1781

Michael Raleigh

Willkommen
* *im* *
BLUE MOON CIRCUS

Roman

Aus dem Amerikanischen
von Susanne Höbel

| Hoffmann und Campe |

Die Originalausgabe erschien 2003 unter dem Titel
»The Blue Moon Circus«
im Verlag Sourcebooks Landmark, Naperville

1. Auflage 2005

www.hoffmann-und-campe.de
Schutzumschlaggestaltung: Katja Maasböl
Satz: Dörlemann Satz, Lemförde
Druck und Bindung: GGP Media GmbH, Pößneck
Printed in Germany
ISBN 3-455-06013-7

HOFFMANN
UND CAMPE

Ein Unternehmen der
GANSKE VERLAGSGRUPPE

Für Sean, Peter und Caitlin

PROLOG

Wyoming 1919

Die Welt war nass und grau, und ganz Wyoming hatte sich in Schlamm verwandelt. Lewis Tully saß auf einem Stein, Wasser troff ihm aus Kleidern und Haaren. Der Himmel über ihm war eine einzige lange, tief hängende Regenwolke, die darauf wartete aufzubrechen, das immer Gleiche, seit einer Woche nun, so schien es. Die Überschwemmungen gingen zurück, und hier und da kamen die Stellen zum Vorschein, wo einst sein kleines Camp – sein Zirkus – gestanden hatte, bevor es die großen Fluten von Regen und Flusswasser fortgeschwemmt hatten.

Die Zelte waren alle weg, alle, auch das große Zirkuszelt – ein grellbuntes Gebilde, noch keine zwei Jahre alt – und die meisten der Zirkuswagen und weiß Gott was noch.

Lewis blickte auf seine durchweichten Schuhe und die graue Schlammschicht auf seiner Hose, die er sich bis zum Gürtel verdreckt hatte, als er den wild gewordenen Colt aus dem Schlamm gezerrt hatte. Er wollte sich gerade die Hose abklopfen, als er jemanden kommen hörte, das Quitsch-Quotsch von Stiefeln im Matsch. Der Mann hockte sich hin, tippte mit dem Finger an ein Holzstück, das im Schlamm steckte, und wartete darauf, dass Lewis ihn wahrnahm.

»Ich hör dich, Sam. Alles klar mit dem Jungen?«

Sam Jeanette lächelte. »Bei ihm ist es vor allem Angst, mehr nicht. Er kann nicht schwimmen. Hat ein bisschen Wasser in die

Lungen gekriegt, ist aber nicht so schlimm. Und Whitey, der Kleine aus Kansas, der hat sich den Arm gebrochen. Das ist schon alles.«

Lewis nickte und sah den Mann an. Sam Jeanette: klein, drahtig und dunkel, Kriegsveteran und Mitglied bunter Zirkusunternehmen sowie Überlebender mehrerer Katastrophen in Lewis Tullys Zirkus, war ohne einen Kratzer davongekommen und wirkte gelassen und sogar trocken. Außerdem hatte er noch etwas zu sagen.

»Sprich, Sam.«

»Den Großteil der Herde haben wir verloren, Lewis. Mindestens vierzig Tiere. Und drei von meinen Zebras«, sagte er.

»Verdammt. Tut mir leid um deine Zebras, Sam.«

Sam nickte. »Zwei von den Lamas sind auch weg, und zwei von den Hunden. Die Wagen …«

»Das mit den Wagen weiß ich schon.«

Alles andere auch, dachte er. *Ich weiß, was es heißt: Ich bin erledigt.*

Shelby erschien auf der Bildfläche; unter seinem dunklen Hut quoll sein wirres, dunkles Haar hervor. Er blutete aus einem langen Kratzer quer über die Wange, und jetzt stellte er sich vor die beiden, beugte sich nach vorn, stützte die Hände auf die Knie und wartete, dass die beiden ihre Unterhaltung beendeten. In dem Schweigen, das folgte, sah er Sam an, dann Lewis.

»Wie geht es dir, Lewis?«

»Ich werde es überleben, aber wozu, weiß ich nicht.«

»Na, wir haben ja schon alles Mögliche …«

»Ja, wir haben schon viel durchgemacht, aber noch nie war es so schlimm. Wir hatten noch keinen müden Dollar verdient, J. M., und jetzt haben wir alles verloren. Wir sind erledigt, ich bin am Ende.«

Shelby nickte und wandte den Blick ab.

»Ich bin am Ende«, wiederholte Lewis. »Das war meine letzte Vorstellung.«

Sie stapften auf der matschigen Straße in die Stadt zurück, wo sie erst vor ein paar Tagen aufgetreten waren, einundvierzig Männer und Frauen, die Tiere hinter sich herzerrten und unter der Last wankten, die sie auf dem Rücken trugen. Lewis Tully hielt den Kopf gesenkt. Er wollte denen, die ihnen begegneten, nicht in die Augen blicken, er wollte das Mitleid, die Neugier, vielleicht sogar die Schadenfreude in ihren Augen nicht sehen. Vielleicht würde er, so überlegte er, den Blick erst dann wieder heben, wenn sie Oklahoma erreicht hatten.

»Lewis.«

Er drehte sich um, guckte in die Richtung, in die Shelby zeigte. Da kam ihm die Galle hoch.

Auf der langen, geraden Straße vor ihnen stand ein großer, magerer Mann, der an ein auf Hochglanz poliertes blaues Auto gelehnt war.

»Dieser widerliche alte Hector Blaney«, hörte er eine Frau sagen.

Klar, es ist Hector Blaney, hätte er am liebsten gesagt, *wem sonst sollte man in einer solchen Situation begegnen?*

Blaney hatte sein Auto halb auf der Straße geparkt, so dass sie ganz nah an ihm vorbeiziehen mussten, so nah, dass man miteinander reden konnte und Lewis hören würde, was Hector sagte.

Hector Blaney versenkte die Hände in seinem knallblauen Anzug und lächelte. Hinter ihm kletterten zwei seiner Männer aus dem Fond des Wagens. Dann stieg auch der Fahrer aus, ein breiter, kräftig gebauter Mann in einem Hemd, das an den Schultern abgeschnitten war, damit man seine muskulösen Arme mit den Tätowierungen sehen konnte. Das war Joe Miles, Hectors Muskelmann und persönlicher Leibwächter.

»Die Überschwemmungen haben euch ganz schön zugesetzt, was, Lewis? Sieht ganz so aus, als wäre damit die Saison für dich zu Ende.« Hector sah ihn mit leuchtenden Augen an, er konnte seine Befriedigung nicht verbergen.

»Dir entgeht aber auch nichts, Hector.«

»Wir haben kein einziges Tier verloren, nicht ein einziges, auch keine Zelte. Wir stehen gut da. In der Regenzeit sollte man sich höher gelegene Gebiete aussuchen, das weißt du ja. Die Welt ist ein einziges Schlachtfeld, Lewis, und da muss man sich die höher gelegenen Gebiete sichern, bevor es der Feind tut.«

»Ja, oder man steckt während der Aufführung die Sitze in Brand, oder man stiehlt die Pferde und beschädigt die Zelte.«

»Das ist doch … das ist alles gelogen«, schnaubte Hector. »Demnächst machst du mich noch für dein Pech verantwortlich. Du hattest noch nie Glück, Tully. Pass auf, was du sagst«, sagte Hector, und Joe Miles trat hinter ihm hervor und ließ seine Muskeln spielen.

»Ja, halt mal schön die Fresse«, sagte Miles.

»Sprichst du mit mir, mein Hübscher?«, fragte Lewis. Er sah Miles an, im gleichen Moment spürte er, wie sich eine ungewöhnlich riesige Pranke auf seine Schulter legte, und er wusste, ohne hinzusehen, dass Joseph Coates – ein echter Muskelmann und so groß, dass man ihn fast als Riese bezeichnen musste – hinter ihm stand.

Der kleinste Anflug von Verunsicherung zuckte über Miles Gesicht, Lewis lächelte, schnaubte kurz und wandte sich wieder Hector Blaney zu.

»Dann will ich mal weiter, Hector.«

Hector Blaney nickte, aber sein Blick wanderte zu dem Trupp hinter Lewis, und er zählte und kalkulierte die Verluste und die Leistungsfähigkeit. Es verschaffte Lewis eine kleine Genugtuung, dass sein Gegner das Bedürfnis hatte, sich seiner Niederlage zu vergewissern.

»Tatsächlich«, sagte Hector nach einem Moment, »sieht ganz so aus, als wärst du für die Saison erledigt.« Dann grinste er. »Vielleicht sogar für länger, was, Lewis?«

»Ja, möglich.«

»Wieder zurück zur Pferdezucht, könnte ich mir denken.«

Lewis nickte und sah an Blaney vorbei. »Liegt mir wohl am ehesten.«

»Ich bewundere Männer, die ihre Grenzen kennen. Na, wir sehen uns sicherlich wieder, Lewis.«

Lewis kam die Galle hoch, und er setzte sich wieder in Bewegung. Plötzlich war Shelby neben ihm.

»Ein bisschen viel, ihm gerade jetzt begegnen zu müssen.«

»Allerdings.« Lewis schluckte seinen Zorn herunter.

Unter den vielen Zirkusleuten, die er kannte, waren etliche, die er nicht mochte, und ein paar wenige, denen er nicht vertraute, aber es gab nur einen, den er wahrhaft verachtete, nur einen Einzigen, den er wirklich als seinen Feind betrachtete, und nun hatte das Leben mit seinem Galgenhumor ihm genau diesen einen Zirkusmenschen geschickt, damit er Zeuge von Lewis Tullys Ende würde.

Lewis stapfte weiter durch den Schlamm und spürte, wie Hector Blaneys Blicke ihm folgten, und ganz gegen seinen Willen kamen ihm Szenen aus der Vergangenheit in den Kopf. Er erinnerte sich an die vielen Konfrontationen mit Hector Blaney, an Dutzende von Auseinandersetzungen, kleine und große: verfeindete Zirkuskarawanen, die sich auf der Straße gegenseitig den Weg abschnitten, Kneipenschlägereien, Faustkämpfe, Flaschen, die als Wurfgeschosse eingesetzt wurden. Er erinnerte sich an Hectors unermüdliche Niederträchtigkeiten, seine kleinen Sabotageakte, und jeder Vorfall vertiefte die Feindschaft und belebte das Zerwürfnis aufs Neue. Und jetzt, in der Erinnerung, sah Lewis auch wieder, wie es angefangen hatte, nämlich mit zwei jungen Männern, die sich wie Jungbullen aneinander gerieben hatten und sich gegenseitig auszustechen versuchten, bis Hector Ernst gemacht hatte.

Eine Situation stand plötzlich lebhaft vor ihm, damals im Zirkus der Germaine Brothers, fast am Ende der Saison 1896:

Fünf Männer in einem heißen Zelt, in dem es nach Moder und Schweiß roch, Matt und Henry Germaine, Lewis Tully, Hector Blaney – beide Anfang zwanzig damals – und ein Kunstreiter, der Bolger hieß. Lewis erinnerte sich an die Stille im Zelt, an das Zirpen der Grillen in den Bäumen draußen. Anschuldigungen, wütendes Leugnen, Vorlage von Beweisen, und der junge Hector Blaney wurde auf der Stelle gefeuert, weil er danach getrachtet hatte, einem Konkurrenten Schaden zuzufügen.

Lewis konnte Hector immer noch vor sich sehen, groß und mager und farblos, in einem Hemd, das er mit seinem mageren Körper nicht ausfüllte. Hector hatte versucht, sich ein Ziegenbärtchen stehen zu lassen, aber auf seinem Kinn sprossen nur ein paar spärliche schwarze Haare, so dass er nicht würdevoll aussah, sondern Jefferson Davis' blassem Geist ähnelte.

Lewis Tully hatte keine klare Erinnerung an das, was Hector an jenem Nachmittag zu seiner eigenen Verteidigung gesagt hatte, aber an seine abschließenden Worte erinnerte er sich:

»Das ist alles dein Werk. Das hast du getan, weil du genau weißt, dass du neben mir keine Chance hast. Ich habe ein gutes Gedächtnis, Tully. Mit dir bin ich noch lange nicht fertig.«

Der junge Hector Blaney hatte von einem zum anderen gesehen, und vor Zorn standen rote Flecken auf seinen Wangen. Er hatte Lewis ein letztes Mal mit wildem Blick angestarrt.

»Wart nur ab.« Und dann war er aus dem Zelt gerannt.

Im Laufe der Jahre war jener Moment von den unmittelbar anstehenden Problemen überschattet worden, und inzwischen betrachtete Lewis ihre gegenseitige Abscheu als etwas Naturgegebenes und Folgerichtiges. Doch jetzt war ihm die Szene im Zelt der Brüder Germaine wieder eingefallen, und ihm wurde klar, wie ein einzelner Moment sich auf alles, was folgte, auswirkte.

Und Lewis war der Auffassung, dass ein Mensch manchmal sein Leben lang, in guten wie in schlechten Zeiten, mit einem anderen verbunden war, der dann seinen Lebensweg immer wieder kreuzte, zuweilen an den ungewöhnlichsten Orten. In seinem Fall war es so, dass das Schicksal oder Gott oder wer auch immer die Welt ordnete, ihn an Hector Blaney gebunden hatte, so wie ihn dieselbe Macht von Kindheit an mit seinem Freund Shelby gebunden hatte.

Lewis merkte, dass Shelby zu ihm aufgeschlossen hatte.

»Er hat lange gewartet, um das zu sehen«, sagte Shelby, und Lewis hörte den Zorn in Shelbys Stimme, der seinem eigenen Zorn nicht nachstand.

»Dreiundzwanzig Jahre, J. M.«

Shelby blieb stehen und legte eine Hand auf Lewis' feuchten Unterarm. »Lass uns noch ein letztes Mal mit Hector sprechen.«

»Wir haben schon genug Ärger, ohne uns noch mit Hector anzulegen, auch wenn ich ihm gern eins auswischen würde. Außerdem kann Hector nichts für die Überschwemmungen.« Und da merkte Lewis, wie er lächeln musste. »Wir wollen ihm nicht mehr in die Schuhe schieben als nötig«, sagte er und klopfte seinem Freund auf den Rücken.

»Schade, dass du ihm damals, als du ihm den Arm gebrochen hast, nicht gleich das Genick gebrochen hast.«

»Ich war zu jung, um es richtig zu machen.«

»Was du da zu Hector gesagt hast – sind wir wirklich erledigt, Lewis?«

Er wollte es schon abstreiten, aber es ließ sich nicht leugnen. Es war verdammt schwer gewesen, diese Truppe zusammenzubekommen. Die ganze Zeit hatte er gedacht, dass dies seine letzte Chance sei, seinen eigenen Zirkus zu haben, er hatte sogar gedacht, es sei wirklich sein letzter. Und jetzt war es damit vorbei.

»Sieht ganz so aus.« Er warf einen kurzen Blick auf die lange, zerstreute Karawane von erschöpften, schmutzigen Zirkusleuten – alles seine Freunde, verdammt noch mal – und wünschte sich nur, dass weder er noch ein anderer je wieder so etwas durchmachen müsste.

»Ich habe die Nase voll vom Zirkus.«

Sie stapften weiter durch den quotschenden Schlamm, dann sagte Shelby: »Also gut, dann züchten wir eben Pferde«, und in seiner Stimme schwang deutlich seine Enttäuschung.

* 1 *

Seltsame Zeiten, seltsame Einfälle

Oklahoma 1926

Eine Prügelei, noch dazu in einer illegalen Kneipe, was die Sache verschlimmerte, außerdem Ruhestörung und Übertretung des Volstead-Gesetzes.

Die Schlägerei, sagte Lewis sich, war nicht seine Schuld gewesen.

»Überhaupt nicht meine Schuld«, sagte er laut in die Dunkelheit seiner Zelle.

Shelby war schuld gewesen, und der alte Emmett McKeon, denn die beiden hatten sich zu einem Pokerspiel mit zwei schmierigen Stadttypen namens Swan und Faraday überreden lassen, da lag es ja auf der Hand, dass es Ärger geben würde. Die beiden Städter hatten sie den ganzen Abend betrogen und hätten ihnen weiter gnadenlos das Geld aus der Tasche gezogen, bis tief in die Nacht hinein. Dann hatte Lewis, der gut sechs Meter entfernt an der Bar saß, etwas bemerkt, einen Blick, der zwischen den beiden Männern gewechselt wurde. Kurz darauf hatte Lewis sich in das Spiel eingemischt. Ein paar Runden lang staunte er darüber, wie Shelby sich auf immer neue Weise das Geld abknöpfen ließ, und dann studierte er die elegant gekleideten Fremden, bis er ihren Trick durchschaute. Ein paar Runden später ließ er die beiden hochgehen.

Die Schlägerei, die daraufhin ausbrach, war temperamentvoll, da die beiden Männer nicht ohne Begleiter gekommen waren, aber sie war auch kurz, denn der Sheriff der Stadt Jasper, Oklahoma, stürzte just in diesem Moment mit vier Deputys in die Bar und verkündete, dass sie alle verhaftet seien.

Also saß Lewis Tully in einer engen Zelle mit Freunden und Feinden, die alle schnarchten, und hörte zu, wie der Mann in der Nebenzelle auf seiner Mundharmonika eine melancholische Melodie spielte. Er konnte die Mondsichel zwischen den Gitterstäben seiner Zelle sehen; wie ein stummer Geist stieg sie am Himmel auf, während sein Mut immer tiefer sank.

Zweiundfünfzig Jahre alt, und ich sitze im Knast.

Der Richter war ein alter Freund, was Lewis' Demütigung noch vergrößerte. Euer Ehren George G. Lester hatte anscheinend selbst eine schlaflose Nacht verbracht. Seine Haare standen ihm vom Kopf ab, und er hatte das Kinn in die Hand gestützt, während der Staatsanwalt die lange Liste der Vergehen der verschiedenen Gefangenen verlas und sie dabei der Reihe nach über den Rand der schmutzigsten Brille, die Lewis je gesehen hatte, musterte.

Der Richter hörte sich die Liste der Anschuldigungen an und wackelte mit dem Kopf, als gäbe er den Takt zu einem Musikstück an, dann unterbrach er die Rede des jungen Verteidigers mit einer knappen Handbewegung und murmelte: »Tretet vor.«

Lewis schob seine Begleiter an den hohen, schmalen Tisch heran, der als Richterbank diente.

»Euer Ehren«, begann der junge Verteidiger erneut und rieb sich sein faseriges Kinnbärtchen.

»Warten Sie einen Moment, Mr Samuelson. Sparen Sie sich Ihre feinen Redekünste. Ich kenne diesen Mann.«

Er lächelte Lewis mit bitterer Ironie an und sagte: »Hallo, Lewis.«

»Hallo, George. Steht dir gut, die Robe.«

Richter Lester zuckte mit den Schultern. »Ist manchmal ein bisschen warm, aber der Job verlangt es.«

»Das hier ist J. M. Shelby, mein Freund und Partner, und dieser Herr ist Emmett McKeon, mein Vorarbeiter.«

Der Richter nickte. »Meine Herren.«

Shelby hob die Hand zum Gruß an den Haaransatz. »Euer Ehren«, sagte er, und Emmett nannte ihn »Hochwürden«, worauf der Richter misstrauisch eine Augenbraue hochzog.

Der Richter wandte sich wieder Lewis zu. »Wie ist es dir ergangen, Lewis?«

»Ich komme zurecht. Ich kann nicht klagen, George.«

»Allerdings gibt es da Leute, die das infrage stellen würden, Lewis. Du wurdest in einer illegalen Bar angetroffen. Einer Flüsterkneipe.«

»Ich weiß, George. Ich meine, Euer Ehren.«

»Saloons sind illegal, Lewis, und das heißt, es ist illegal, sich dort aufzuhalten. Aber das ist noch nicht alles. Hier, hör dir mal die Klageschrift an, die Sheriff Tyler vorbringt. Sein Stil ist ein bisschen blumig, aber er schreibt gründliche Berichte. ›Auch in Augenschein genommen werden konnten die zum Glücksspiel gehörigen Begleitgegenstände und andere verwandte Objekte.‹«

Der Richter hob die Augenbrauen und ließ seinen Blick zwischen Lewis und Shelby hin und her wandern. »Und es geht noch weiter. ›Verursachung von öffentlichem Aufruhr, mit Folge von Körperverletzung und schweren Verletzungen mehrerer Beteiligter, und Beteiligung an Angriffen auf Ordnungshüter bei dem Versuch, den oben erwähnten Aufruhr zu unterbinden.‹«

»Er ist ein wortgewaltiger Mann«, gab Lewis zu.

»Er ist ein Idiot. Also, hör mir zu, Lewis. Du bist Geschäftsmann – bist du in Schwarzmarktgeschäfte verwickelt oder hast du mit dem Brennen oder Schmuggeln von Whiskey zu tun?«

»Es war einfach nur ein Kartenspiel. Eine Runde Poker, weiter nichts.«

»Habt ihr gewonnen oder verloren?«

»Verloren, und hoch. An die, die du gerade aus der Stadt geschickt hast.«

»Alles verloren?«

»Nicht alles, nein«, sagte Lewis und dachte an die Rolle Banknoten, die er Faraday heimlich aus der Tasche gezogen hatte und die jetzt in seiner linken Socke heiß wurde.

»Was treibst du denn so dieser Tage, Lewis?«

»Pferdezucht, Shelby und ich. Deswegen waren wir hier, wir wollten den Leuten ein paar Pferde verkaufen.«

»Nichts mehr mit Zirkus?«

Mit gesenktem Blick schüttelte Lewis den Kopf.

»Hast du schon mal daran gedacht, wieder damit anzufangen?«

»Oh, alle Jubeljahre einmal denke ich daran, dass ich wieder einen Zirkus aufziehen könnte, aber ... beim letzten Mal habe ich ziemlich viel verloren. Das macht einen ganz schön mürbe.«

»War doch nicht das erste Mal, dass du Pech hattest, Lewis, aber du bist immer wieder auf die Füße gekommen.« Der Richter betrachtete Lewis einen Moment lang. »Ich weiß, dass du vor ein paar Jahren eine kleine Truppe hattest.«

»Das war nicht meine Show, ich habe nur bei dem alten Oscar Haimisch ausgeholfen. Er ist inzwischen gestorben. Außerdem war es keine große Sache.«

Richter Lester nickte. »Wie geht es Alma?«

»Ganz gut, soweit ich weiß. Wir schreiben uns, aber ich war schon länger nicht mehr in Chicago.«

»Richte ihr herzliche Grüße von mir aus. Also ...« Der Richter schob sich seine Haare aus dem Gesicht. »Du bist Geschäftsmann. Als solcher bist du eine Säule dessen, was wir hier draußen die westliche Gesellschaft nennen. Aber zwischen dem ehrlichen, gottesfürchtigen Mann des Handels und dem gewöhnlichen Gauner gibt es einen feinen Grat – manche würden sogar sagen, es ist eine nicht erkennbare Linie. Es gehört zum Wesen des Geschäftslebens, dass einem ständig die Möglichkeit zum Diebstahl geboten wird. Jede Transaktion birgt in sich die Gelegenheit zu Unaufrichtigkeit, Schwindel und Betrug, zu Übervorteilung und zum Ausnutzen von Gutgläubigkeit. Jedes Mal, wenn ein Geschäftsmann sein Produkt verkauft, ringen in seinem Bewusstsein zwei fundamentale Fragen mit seinem Gewissen: ›Was ist es wert?‹ und ›Welche Lügen kann ich darüber verbreiten?‹

Mir scheint, Lewis, dass du gewissermaßen an einem Scheideweg in deinem Leben stehst. Diesen Ausdruck in deinen Augen, den kenne ich. Du hattest eine Pechsträhne, und jetzt suchst du die Gesellschaft von Menschen aus niederem Stand. Du, einst stolzes Mitglied der Welt von Handel und Kommerz, siehst dich in der Gesellschaft von Schwindlern, Dieben, Spielern und …« – hier warf der Richter einen kurzen Blick auf Lewis' Begleiter – »… Taugenichtsen. Du stehst mit einem Fuß im Gefängnis, Lewis.«

»Das ist mir neu.«

»Jedenfalls bist du Geschäftsmann, Lewis. Wir hier in dieser Gegend sind einfache Leute, wir haben schon genug Ärger, ohne dass wir uns noch den anderer aufhalsen, und wir leiden, wenn unsere Geschäftsleute die Linie übertreten, die sie von ihren Genossen in den Gefängnissen trennt. Meinem Gefühl nach bist du im Begriff, den Halt zu verlieren.«

»Es gibt Menschen, die würden sagen, dass ich mein Leben lang keinen Halt hatte.«

»Unsinn. Du hast dir einfach ein Geschäftsfeld ausgesucht, das nicht an einen festen Ort gebunden ist. Ich behaupte nicht, mich mit Pferden auszukennen, aber mir scheint, dass es viele Menschen gibt, die Pferde abrichten können, aber nur wenige, die einen Zirkus betreiben können. Du bist Geschäftsmann. Du solltest ein neues Unternehmen aufziehen.«

»Wenn einer mit dem bisschen, was ich habe, einen Zirkus aufziehen will, dann ist er einfach dumm. Außerdem ist es für dieses Jahr zu spät, ein Programm auf die Beine zu stellen. Die meisten Zirkusunternehmen sind schon so weit, dass sie aufbrechen.«

Besonders eins, dachte Lewis.

»Der Lewis Tully, den ich kannte, wüsste solche Hindernisse aus dem Weg zu räumen.«

Lewis wandte sich ab, dann erwiderte er den Blick des Richters. »Um ehrlich zu sein, ich habe mich mit dem Gedanken, einen neuen Zirkus zu gründen, schon befasst.« Er warf Shelby einen verlegenen Blick zu. »Wir könnten vielleicht mit den Pferden und ein paar kleinen Nummern anfangen. Ich war noch bei der Planung.«

»Besser, denn als Vagabund dein Leben zu fristen, Lewis.« Der Richter beugte sich vor. »Es ist das, was du am besten kannst. Wenn es zu schwierig ist, deine eigene Truppe zusammenzubekommen, vielleicht kannst du bei einem der größeren Unternehmen mitmachen.«

Er sah, dass Lewis langsam und störrisch mit dem Kopf schüttelte. »Oder meinetwegen, such deine Leute zusammen und streng dich an, um ein Programm zu organisieren. Ich verurteile dich und deine Freunde zu neunzig Tagen Gefängnis …«

»Aber, George …«

»… auf Bewährung. Aber das nächste Mal, wenn ich dich sehe oder von dir höre oder deinen Namen in der Zeitung lese, dann möchte ich, dass du in Lohn und Brot stehst oder … Zirkusdirektor bist. Gut, das wär's dann, Lewis. Streng dich an und bringe den tüchtigen Menschen im Westen einen Zirkus.« Richter Lester stand auf, sammelte seine Papiere ein und nickte den beiden Anwälten zu.

»Danke, George.«

Lewis stocherte in seinem Essen und versuchte, den Tumult in seinem Inneren zu unterdrücken: Es *war* möglich, er könnte noch einmal eine Truppe zusammenbekommen.

Ihm gegenüber legte Shelby die Gabel nieder.

»Ich habe mich schon gefragt, wann du dir endlich eingestehst, was du wirklich machen willst. Wir haben immer noch die ganzen Zirkuswagen. Und den Elefanten, natürlich.«

»Ich wusste einfach nicht, was wir mit ihr machen sollten.«

»Ist ja egal – bloß ein Pferdezüchter braucht keinen Elefanten. Aber du hast einen und alles andere auch, und jetzt, wo die Katze aus dem Sack ist, kannst du mir auch sagen, was du vorhast. Und dann erklär mir, wie du es finanzieren willst.« Shelby grinste ihn an.

»Ich habe es, ehrlich gesagt, noch nicht zu Ende gedacht. Ein bisschen Geld haben wir noch von den Habseligkeiten und den Tieren, die wir verkaufen mussten. Und ich glaube, ich kann immer noch einen kleinen Kredit bekommen.« Lewis fuhr sich mit der Zunge über die Lippen. »Außerdem habe ich bei dem Kartenspiel gewonnen, Shelby.« Er hätte gern gewusst, ob er so verlegen aussah, wie er sich fühlte, so dümmlich, so töricht.

»Ich habe dich gesehen, du hast dauernd verloren … Du hast das Geld zurückgekriegt?«

Lewis nickte langsam. »Und leider habe ich in dem ganzen Durcheinander auch von seinem Geld was mitgenommen, ich konnte das nicht so schnell auseinander sortieren, meins von seinem, außerdem schien es mir ehrlich gesagt nicht so wichtig, dass dieser fette Schurke sein Geld zurückkriegt, bevor er in den Knast wandert. Wir haben also gewissermaßen einen Einsatz, Shelby.«

»Und was jetzt?«

Was jetzt, wie wahr, dachte Lewis. Ohne es zu wollen, sah er in Gedanken das voraus, was mit einem kleinen, finanziell auf schwachen Füßen stehenden Zirkus alles schief gehen konnte, er kannte sie alle, die Schwierigkeiten, die auf sie zukommen konnten: schlechtes Wetter, Brände, schlechte Straßen, Krankheit in der Truppe und unter den Tieren, Verletzungen und sogar Todesfälle bei Mensch und Tier. Feindselige Städte, arme Städte. Konkurrenz von größeren Unternehmen – mein Gott, alle anderen waren größer. Und es gab alte Feindschaften.

Als könnte er seine Gedanken lesen, sagte Shelby: »Einer der Kerle im Knast hat mir erzählt, dass Hector Blaney mit seiner Truppe aus Arkansas herkommt. Das hast du vermutlich auch gehört.«

Lewis senkte den Blick auf den Teller und spürte die Augen seines Partners auf sich. »Klar habe ich das gehört. Es wird immer so sein, dass es einen größeren Zirkus gibt.«

»Nur dass dieser einen Direktor hat, der rot sieht, wenn er den Namen Lewis Tully hört.«

»Mit dem werden wir schon fertig, wenn es sein muss«, sagte Lewis beiläufig. *Bestimmt muss es sein,* dachte er dann.

»Na ja, er ist uns voraus. Außerdem gibt es jede Menge anderer Zirkusunternehmen, Lewis«, sagte Shelby, und Lewis wurde bewusst, das Shelby seinen Spaß hatte. »Zum Beispiel Preston Crowe.« Shelby sah ihn unschuldig an.

»Preston«, sagte Lewis und merkte, wie resigniert er klang. »Preston macht allen zu schaffen, J. M. Kein anderer hat einen so großen Zirkus, außer vielleicht die Ringlings. Man kann nur hoffen, dass seine Route weit von der eigenen entfernt verläuft.« Er grinste. Shelby nickte und grinste zurück.

»Wie sollen wir es anfangen, Lewis?«

»Ich weiß nicht. Vielleicht können ein paar von der alten Truppe gewinnen, wenn wir ihnen sagen, dass wir es noch einmal versuchen.«

»Wen willst du denn von denen auftreiben, Lewis? Wen?«

Lewis warf seinem Freund einen verlegenen Blick zu. »Ich habe ... also, ich weiß, wo einige von ihnen jetzt sind.«

»Ich hatte Recht. Du hast das alles schon geplant.«

»Na ja, ich habe darüber nachgedacht, dass ich es eines Tages noch einmal versuchen würde …«

»Man braucht ziemlich viele Nummern, Lewis.«

»Nummern kriegt man leicht. Wir halten es klein, keine Nebenvorstellung, nur ein paar ungewöhnliche Nummern, gute Nummern. Ich kann Captain Walling wieder haben, und Joseph Coates …«

»Ein paar ausgemusterte Cowboys und ein großer Mann, den du als Riesen ankündigst. Ein Riese ist doch keine Nummer.«

»Ein Mann, der Wagen stemmen kann, das ist eine Nummer. Ich kann die Brüder Perez haben, falls sie nicht wieder sitzen, und den Grafen und seine Leute und Zheng und seinen Vater. Nummern kriegt man leicht. Was wir brauchen, sind Persönlichkeiten. Solche wie Roy und Shirley. Oder Harley Fitzroy. Oder Lucy.«

»Weiß der Himmel, wie du Harley finden willst. Falls er noch am Leben ist.«

»Er ist am Leben. Und ich glaube, dass ich ihn finden kann.«

»Und Lucy! Lewis, das Mädel wird nicht wieder zum Zirkus gehen – sie hat das alles aufgegeben. Ich spreche mit einem Mann, der komplett den Verstand verloren hat«, sagte Shelby, aber in seinem Gesicht drückte sich Erregung aus.

»Wollen wir mal sehen.«

Shelby musterte ihn einen Moment lang, dann grinste er. »Wir machen einen letzten Versuch. Ich wusste es doch, Lewis, ich konnte es in deinen Augen sehen.«

Lewis fragte sich einen Moment lang, ob er es wirklich auf sich nehmen wollte, ob er noch einmal ganz von vorne anfangen wollte. Dann zuckte er mit den Schultern und bemühte sich, nicht zu lächeln.

»Ein Versuch kann nichts schaden«, sagte er und hörte, wie sein Herz klopfte.

Lewis wartete, bis Shelby schlief, dann schrieb er den ersten Brief, den er an eine Pension in Arroyo Grande, Texas, adressierte, und einen zweiten an eine Adresse in St. Louis. Die anderen wollte er am nächsten Tag schreiben.

Er lag seit einer Stunde im Bett, konnte aber immer noch nicht einschlafen. Seine Gedanken rasten, Gesichter und Bilder von alten Vorstellungen kamen ihm in den Sinn, und hundert Sachen, die zu erledigen waren, bevor er über ein Programm nachdenken konnte, gingen ihm durch den Kopf. Allmählich forderte die Erschöpfung ihren Tribut, und die Zirkusszenen verschwanden. Kurz bevor der Schlaf ihn übermannte, sah er seine Schwester Alma vor sich. Sie schrieb etwas, und irgendwie wusste er, dass das Ärger für ihn bedeutete. Wenn nicht Ärger, so doch Komplikationen.

In Chicago, in einem Haus in der Polk Street, das sich ein bisschen nach links neigte, als müsste es sich von einem Schlag erholen, saß eine ernst dreinblickende Frau an einem schmalen Tisch und schrieb einen Brief.

Alma Tully legte den Stift nieder und nahm einen Zug von ihrer Zigarette. Ihre Gedanken waren bei dem kleinen Jungen, der auf ihrem durchgelegenen Sofa schlief, ein Junge, der auf der ganzen Welt keinen Menschen hatte. Es war nicht ihr Problem, nicht ihre Verantwortung, aber sie hatte die vom Unglück verfolgte Mutter unter ihre Fittiche genommen, und jetzt war die junge Frau an einer Lungenentzündung gestorben, die Krankheit hatte ihren ausgemergelten Körper schnell dahingerafft. Es war nur eine weitere traurige Geschichte von den vielen traurigen Geschichten, die Alma Tully kannte, fast so traurig wie die von dem Jungen, der demnächst wegen einiger Diebstähle in ein Heim kommen würde oder aber als Straßenkind weiterleben müsste. Sie hatte gehört, dass auf den Straßen Chicagos jede Nacht ein Kind starb, und es hätte Alma nicht überrascht, wenn die Zahl viel größer gewesen wäre, denn sie wusste sehr gut, wie die Welt mit ihren mutterlosen Kindern umsprang. Der Tod ihrer eigenen Eltern innerhalb eines Jahres – ihre Mutter war an einer Krankheit gestorben, ihr Vater bei einem Unfall auf den Docks – hatte sie im Alter von zwölf Jahren mutterlos zurückgelassen, und von da an musste sie sich um ihren jüngeren Bruder Lewis kümmern.

Alma Tully konnte sich noch immer an die lange schlaflose Nacht unmittelbar nach dem Tod ihres Vaters erinnern. Sie sah sich als dünnes Mädchen am Fenster eines Hauses in der Parnell Street sitzen und hinaus auf die dunklen Häuser der Nachbarn gucken. Das Mädchen am Fenster hatte die Blicke der Nachbarn, die ihr und ihrem Bruder galten, schon bemerkt, Blicke des Mitleids, vermischt mit Beklommenheit, und sie hatte nicht gewusst, wie sie und Lewis durch den Winter kommen würden.

Alma blickte zu dem Jungen hinüber. Wie alle schlafenden Kinder sah auch Charlie unschuldig aus, ein mutterloses Kind, das sich ständig prügelte und stahl und sich niemals rechtfertigte. Ein raubeiniger kleiner Bursche.

Sie schüttelte den Kopf.

Da kannst du noch so raubeinig sein, mein Kleiner, sagte sie leise.

Sie machte sich wieder an ihren Brief. Lewis würde toben, aber sie würde sich unnachgiebig zeigen, und sie konnte es mit seiner Wut oder was er ihr sonst noch entgegenschleudern wollte, leicht aufnehmen.

»Um Gottes willen, Lewis«, sagte sie laut. »Was soll ich denn sonst mit dem Jungen machen? Außerdem, gibt es einen besseren Ort für einen Jungen als einen Zirkus?«

Sie schrieb weiter, hörte in Gedanken seine vorhersehbaren Einwände, schüttelte den Kopf und sagte: »Du musst es tun, Lewis. Ich bitte dich darum. Mehr gibt es nicht dazu zu sagen.«

Alma las, was sie geschrieben hatte, und nickte.

* 2 *

Eine Komplikation

Der Schlaf wollte nicht gleich kommen, alles war so neu, und er war das einzige Kind im Zug, aber der Schaffner – ein alter Freund von Alma – versicherte dem kleinen Jungen namens Charlie ein ums andere Mal, dass alles gut gehen würde. Schließlich schlief Charlie ein, sein Kopf an ein kleines Kissen zwischen Rückenlehne und Fenster gelehnt. Er schlief und träumte von Oklahoma. Im Traum sah er Alma und den Schaffner, der Harry hieß. Alma nickte ihm zu, als wollte sie einer geheimen Überzeugung Nachdruck verleihen. Es gab auch Tiere in seinem Traum, obwohl er sie nicht hätte benennen können. Es waren merkwürdige Tiere, nicht von dieser Welt, sondern seiner Fantasie und dem Ruckeln des Zuges entsprungen und von den Bonbons und dem Malzbier genährt, das Alma ihm mit auf die Reise gegeben hatte. Im Hintergrund erstreckte sich ein niedriger Hügel, und dann kam ein großer, dünner Mann ins Blickfeld, der einen gebeugten Gang hatte, als wäre er müde. An einem Seil führte er ein Kamel. Das Kamel versuchte den Mann zu beißen, während der Mann auf das Kamel einredete.

»Aufwachen, mein Junge. Es ist Morgen. Gleich sind wir in Jasper, Oklahoma«, sagte Harry, der Schaffner, und schüttelte Charlie an der Schulter. Der blickte zu dem Mann auf und lächelte, und einen winzigen Moment lang vergaß er, dass er allein an einem fremden Ort war. Aber als ihm dann alles wieder einfiel, wurde ihm kalt. Er sah aus dem Fenster, wo sich ihm eine flache, graue Welt zeigte. In der Ferne konnte er einen lang gestreckten Hügel sehen, anscheinend die einzige Erhebung im ganzen Staate Oklahoma und kaum mehr als eine niedrige Kette mit eigenartigen Konturen, die ihn an die Höcker eines Kamels erinnerten.

Harry, der Schaffner, nickte und klopfte ihm auf die Schulter. »Geh mal auf die Toilette und kämm dir die Haare. Hast du gut geschlafen?«

Der Junge nickte; plötzlich verspürte er Hunger und Durst, und einen Moment lang glaubte er sogar, er müsse weinen. Als könnte Harry Mills Gedanken lesen, hielt er Charlie eine kleine Flasche Milch und ein großes, rundes Stück Brot mit Marmelade entgegen. »Hier, nimm. Damit kannst du das große Loch da drinnen stopfen«, sagte er und lachte. Erneut klopfte er Charlie auf die Schulter, dann ging er und rief: »Jasper, Oklahoma … nächster Bahnhof Jasper, Oklahoma.«

Zehn Minuten später standen sie auf dem Bahnsteig, doch Charlie weigerte sich, seine Umgebung zu betrachten. Dann sagte Harry: »Da ist er ja, mein Junge.«

Gegen seinen Willen hob Charlie die Augen und sah zwei Männer auf sich zukommen. Einer war mittelgroß, gedrungen und musste sich dringend rasieren. Er hatte dicke Augenbrauen und eine sternförmige Narbe auf der Stirn, und er trug Arbeitskleidung und eine Mütze wie ein Baseballspieler. Der andere Mann war groß, hatte einen leicht gebeugten Gang und lange Arme. In einem Arm hielt er ein längliches, zylindrisches Paket. Er trug einen Anzug über einem Arbeitshemd und einen Filzhut, der aussah, als hätte jemand darauf gesessen. Seine Haut war von der Sonne gebräunt, und der Junge fand ihn hässlich: das lange Gesicht mit den eingesunkenen Wangen und hohen Wangenknochen, die großen, dunklen Augen und der breite Mund. Außerdem fehlte ihm ein Stück Augenbraue, wo stattdessen eine weiße Narbe prangte.

Der kleinere Mann schien verwirrt, der große Mann verlegen, und als die beiden auf ihn zukamen, spürte Charlie, wie der Lange ihn mit großen dunklen Augen musterte und seine Beklommenheit nicht verbergen konnte. Während der Mann Charlie so mit Blicken prüfte, versuchte er, ein Lächeln zustande zu bringen, und der Junge wartete auf ein Zeichen, dass er die Prüfung bestanden hatte, aber vergebens. Dann wandte der Mann sich halb ab, und als er Charlie wieder ansah, war doch der Anflug eines Lächelns auf seinem Gesicht zu sehen. Jetzt sah er Harry an, nickte und streckte ihm die Hand entgegen, eine riesige Hand mit langen Fingern.

»Hallo, Harry, wie geht es dir?«

»Gut, Lewis. Lange nicht gesehen.«

Sie schüttelten sich mit aufrichtiger Freude die Hände, und Charlie hoffte, dass ihm das zugute kommen würde. Sie sprachen ein paar Sätze.

Dann sah der Lange aus seiner großen Höhe zu Charlie herunter, und Charlie reichte ihm steif die Hand.

Der Mann, der Lewis hieß, ging in die Hocke. »Damit du dich nicht so zu recken brauchst, mein Freund. Ich bin Lewis Tully. Ich bin Almas Bruder.«

»Ich heiße Charlie Barth. Ich bin neun.«

»Ein gutes Alter.« Er lächelte wieder, diesmal war es ungezwungen. »Freut mich, dich kennen zu lernen, Charlie. Dies hier ist mein Freund J. M. Shelby.«

Der kleinere Mann nickte und hob die Finger an den Schirm seiner Mütze. Aus der Nähe sah Charlie, dass Shelbys Sachen mit Öl verschmiert waren und dass Lewis Tullys Anzug verknittert und ausgebeult war und der Hut Schweißflecken hatte. Eins war ihm jetzt schon klar: Alma hatte ihn nicht zu reichen Leuten geschickt. Und nachdem er die Männer aus der Nähe betrachtet hatte, fand er, dass sie beide hässlich waren.

Der Mann, der Lewis hieß, lächelte ihm wieder zu und fuhr

sich mit der Zunge über die Lippen, aber er sagte nichts. Dann stand der auf, sprach wieder mit Harry, dem Schaffner, hielt ihm das Paket hin und sagte: »Hab dir was mitgebracht, Harry.«

»Sehr freundlich von dir, Lewis.«

»Nur eine kleine Geste, du weißt schon …« Er gab ihm das Paket. Harry Mills nahm das Paket entgegen und hielt es in beiden Händen, wie man eine Heiligenreliquie halten würde oder ein Neugeborenes.

»Vielen Dank, Lewis.« Er schüttelte das Paket, und man hörte ein Gluckern. Dann fiel ihm Charlie wieder ein, und er streckte ihm seine Pranke entgegen. »Viel Glück, Charlie. Du wirst es gut haben bei Lewis hier. Wenn er nicht gut auf dich aufpasst, kriegt er es mit Alma zu tun.«

Harry lachte und salutierte, indem er die Hand an den glänzenden Schild seiner Schaffnerkappe legte.

Der Junge sah Harry nach, der davonging und das Paket an die Brust drückte, und plötzlich überkam ihn Panik. Seine Beine waren wie festgewachsen, sein Herz klopfte wild. Er warf Lewis Tully einen Blick zu und fragte sich, ob seine Angst sichtbar war. Anscheinend ja.

Die beiden Männer guckten ihn an, guckten sich dann gegenseitig an, und Charlie fand, dass sie beide besorgt aussahen. Lewis ging in die Knie und legte ihm die Hand auf die Schulter.

»Das ist jetzt eine schwere Zeit für dich. Du kennst uns nicht, und hier ist alles neu für dich, und außerdem weißt du nicht, ob es dir bei uns gefällt. Ich kann nur sagen …« Lewis guckte nach oben und suchte bei Shelby nach Unterstützung, fand aber keine. Er machte eine winkende Handbewegung, und der Junge wartete geduldig, dass Lewis seinen Satz zu Ende sprechen würde. »Ich kann nur sagen, dass wir auf dich aufpassen und dich gut behandeln werden und dass du – dass es interessant wird. Ich glaube, das kann ich sagen, ohne Widerspruch befürchten zu müssen.«

Er sah zu Shelby hinüber, der ihm bestätigend zunickte. »Wir haben hier ein interessantes Leben, Charlie. Du wirst dich nicht langweilen, zumindest glaube ich das nicht. Ich habe einen Zirkus, mein Junge. Ich baue ihn gerade auf. Bin dabei, meine ... meine Mittel und mein Erspartes und alles richtig einzusetzen.« Lewis' Blick wanderte in die Ferne, und er wirkte wie jemand, der plötzlich alle seine Sorgen vor sich sah.

Der Junge guckte ihn an. Er erinnerte sich an einen Zirkus in Chicago, eine aufregende und bunte Angelegenheit voller Lärm und Musik und wilden Tieren und Menschen, die fantastische Dinge vorführten. Der Mann, der all dem vorstand, war ein großer Mann mit welligem Haar und einem Zylinder und einem Mantel mit Schwalbenschwänzen gewesen. Er sah aus wie ein Großherzog und kein bisschen wie Lewis Tully.

Lewis stand auf und klopfte sich das Knie ab.

»Also ...«, setzte er an und hörte gleich wieder auf. »Am besten, wir fangen gleich mit der Arbeit an. Oh, hast du im Zug etwas gegessen?«

»Ja. Ja, Sir. Alma hat mir Brote gemacht. Und ich hatte Malzbier und Schokolade, und beim Aufwachen habe ich Milch und ein Brot bekommen.«

»Da hast du ja wie der König von England gespeist. Du kriegst später was, wenn wir unterwegs sind. Jetzt sollten wir aufbrechen.« Lewis sprach nicht weiter, als wartete er darauf, dass der Junge etwas sagen würde. Der schwieg aber, und Lewis sagte: »Wir machen jetzt eine kleine Reise, wir drei, wir fahren nach Texas. Dann kommen wir wieder zurück, in die Nähe von Jasper.«

»Wohnst du da?«

»Das könnte man so sagen. Jasper ist sozusagen unser Hauptquartier. Aber jetzt fahren wir erst mal nach Texas.«

»Warum musst du dahin fahren?«

»Der Zauberer ist in Texas«, sagte Lewis, als wäre das allgemein bekannt.

»Hast du einen Zauberer?«

»Noch nicht, aber bald haben wir einen. Und auf unserem Weg zurück nach Oklahoma holen wir noch ein Kamel ab. Jetzt fahren wir aber mal los, J. M.«

Charlie folgte den beiden Männern zu Lewis' Wagen, einem alten Milchlaster, dessen hintere Doppeltür mit Eisenstangen zugehalten wurde. Der Wagen war gelb gestrichen, und auf den Seiten stand in blauen Buchstaben LEWIS A. TULLY'S BLUE MOON CIRCUS AND MENAGERIE. Lewis hielt die Wagentür auf und wartete darauf, dass der Junge einstieg.

Shelby kletterte von rechts hinein, Lewis setzte sich hinters Steuer, und als sie losfuhren, wirbelte eine Wolke aus Abgasen und Staub auf, und der Kettenantrieb des Wagens rasselte laut. Hinter der Vorderbank war eine weitere Bank eingebaut worden, so dass drei Personen vorne und zwei hinten Platz hatten, aber der Junge saß zwischen den beiden Männern vorn. Er sah zu, wie die flache, öde Landschaft unter dem Wagen verschwand, tagelang, wie ihm schien, und er war überzeugt, dass dies die längste Autofahrt war, die je einer unternommen hatte, und dass dies die schweigsamsten Männer der Welt waren. Hin und wieder sah er auf und merkte, wie einer der Männer ihn anguckte – Lewis mit einem Ausdruck, als könnte er nicht recht glauben, dass der Junge da war, und Shelby mit sichtlichem Unbehagen. Charlie war im Begriff einzudämmern. In seinem Schlummer hörte er Shelby, der mit kehliger Stimme erörterte, wie man »das Biest« und den »alten Harley« am besten transportieren könnte.

Der Junge gab sich Mühe, Aufmerksamkeit zu zeigen.

»Welches Biest?«

»Das Kamel«, sagte Lewis.

»Ist Harley der Zauberer?«, fragte Charlie.

Lewis sah ihn an. »Ganz schön neugierig, was? Ja, Harley ist der Zauberer.«

Darauf schnaubte Shelby und sagte: »Wenn du ihn findest.«

»Ich werde ihn schon finden.«

»Wenn du ihn dazu überreden kannst, wieder mitzumachen.«

»Keine Angst.«

»Wenn du ihn lange genug wach halten kannst.«

»Keiner kann Wunder wirken, außer dem Herrn in seiner Herrlichkeit.«

Charlie richtete sich auf. »Ist er ein echter Zauberer?«

»So echt, wie ein Zauberer echt sein kann. Der größte von allen. Harley Fitzroy. Fitzroy der Fantastische. Schon mal von ihm gehört?«

»Nein.«

Lewis runzelte die Stirn und zuckte die Schultern. »Ach, na ja, da oben in Chicago hat man vielleicht nicht von ihm gehört. Da gibt es jede Menge weniger bedeutende Zauberer bei den großen Zirkusunternehmen. Beim Ringling Zirkus oder bei dem Zirkus der Gebrüder Sells und so weiter. Die geben ihr ganzes Geld für Ausstattung und Werbung und so was aus und bemühen sich nicht um die echten Talente. Die großen Zirkusunternehmen, weißt du, die verlegen sich mehr auf das Spektakel, die sind nicht an Talenten interessiert. Die großen Zirkusunternehmen haben schon lange keine Weißclowns mehr.«

»Was ist ein Weißclown?«

»Ein Clown, der ganz allein auftritt, alle Augen im Publikum auf sich gerichtet, ohne Hilfe, ohne dumme Requisiten, einfach nur ein komischer Mann, der seine Tricks vor einem Publikum von fünfhundert oder tausend oder fünftausend vorführt. Gibt's nicht mehr. Jedenfalls gibt es hunderte, wenn nicht tausende von Zauberern, aber Harley Fitzroy ist der größte, der je gelebt hat. Er hat den meisten anderen das beigebracht, was sie jetzt wissen. Der größte aller Zeiten.«

»Und der älteste«, sagte Shelby.

»Alter ist ja nichts Schlimmes, schon gar nicht bei einem Zauberer. Man wird ja mit dem Alter nicht dümmer, Shelby, man wird klüger, außer in deinem Fall, natürlich. Er ist ein weiser alter Mann. Und als Zauberer ist er unübertroffen. Der Ohnegleichen, so wird er manchmal genannt.« Lewis warf dem Jungen einen Blick von der Seite zu. »Einmal habe ich gesehen, wie Harley einen Tiger zum Verschwinden gebracht hat.«

»Wie hat er das gemacht?«

»Ich weiß es, aber ich verrate es nicht. Außerdem habe ich gesehen, wie er einen Mann aus der vordersten Reihe hat verschwinden lassen, der Kerl hatte ihm dazwischen geredet. Ich habe gesehen, wie Harley ihn weggezaubert hat. Plötzlich stand der Kerl am Eingang vom Zelt. Das Verrückteste, was ich je gesehen habe. Der Kerl hat richtig geschlottert vor Angst.«

»Weißt du auch, wie er das gemacht hat?«

»Harley weiß selbst nicht, wie er das gemacht hat«, sagte Lewis nach einer kleinen Pause.

Der Junge dachte über das Geheimnis verschwindender Menschen und Tiger nach und schlummerte ein. Er hörte, wie Lewis mit leiser Stimme sagte: »... er behauptet, er habe seine Künste von einem fahrenden Zauberer gelernt.«

Shelby erwiderte etwas darauf, aber so leise, dass der Junge es nicht hörte, und als Letztes, bevor der Schlaf ihn übermannte, hörte er Lewis leise lachen. Er schwebte zwischen Träumen, zwischen Wachen und Schlafen hin und her. Einmal wachte er auf und hörte, wie die beiden Männer über jemanden sprachen, der »Preston« hieß, und dann über jemanden mit dem Namen »Hector«, und diese Namen machten ihnen anscheinend Sorgen.

Seine Träume waren seltsam, sie waren voller merkwürdiger Männer und Frauen und bizarrer Gestalten, die ihn umringten und für fremdartig hielten. Er war wütend und frustriert und aus irgendeinem Grund von dem Bedürfnis überwältigt, zur Toilette zu gehen. In seinem Traum versuchte er, in einem riesigen, dunklen Gebäude eine Toilette zu finden, und weder Lewis noch Shelby halfen ihm dabei.

Als er aus dem Traum erwachte, war der Himmel blassblau, und die beiden sprachen über ihn.

»... und jetzt hast du einen Jungen, um den du dich kümmern musst, Lewis.«

»Nur zu wahr.« Er hörte Lewis seufzen. Shelby schmunzelte und nahm schlürfend einen Schluck aus irgendeiner Flasche. Der Junge hörte, wie die Flüssigkeit in der Flasche schwappte, dann roch er das Getränk. Shelby reichte es Lewis hinüber.

»Wir haben uns hier eine Komplikation eingehandelt, Lewis. Von der Sorte, wie wir sie bisher noch nicht hatten.«

»Oh, so weit würde ich nicht gehen, J. M. Mir scheint, die Erwachsenen, mit denen ich zu tun hatte, haben mir mehr Ärger gemacht, als ein Kind mir je machen könnte. Zum Beispiel dieser Kerl aus New York, der Drahtseilkünstler. Erinnerst du dich an ihn? Ein komischer Kauz! Nichts als Ärger mit ihm. Er hat mich eine Stange Geld gekostet, und durch ihn bin ich in erbitterten Konflikt mit dem Gesetz geraten, als er die Kleine aus Tennnessee geschwängert hat und sich mit dem Vater der Kleinen eine Schießerei lieferte. Er hat seine Spuren bei uns hinterlassen, Shelby.«

»Und der Ire, der Trinker.«

Lewis knurrte. »Foley. Den vergesse ich so schnell nicht. Kaum lief die Show in der Saison, hat er sich mit dem Star aus dem Staub gemacht. Nein, ich glaube nicht, dass dieser kleine Bursche hier uns so viel Ärger machen wird.«

Er lachte: »Und auf keinen Fall kann er so viel Ärger machen wie der alte Rex.«

Neben sich im dunklen Wageninneren hörte der Junge Shelby seufzen, als erinnerte er sich an glücklichere Zeiten.

»Ja, Sir, der alte Rex. Wenn das keine Attraktion im Zirkuszelt war! Rex, der rote Menschenaffe. Eine farbenfrohe Kreatur.«

»Das kann man sagen. Mit einer ganz eigenen Persönlichkeit. Außerdem zärtlich, obwohl die Leute nicht recht wussten, wie sie mit ihm umgehen sollten. Es ist bedauerlich, dass die Menschen aufgrund ihrer Unwissenheit und Engstirnigkeit so intolerant gegenüber Tieren sind, die sie nicht kennen.«

»Er mochte besonders die Damen«, sagte Shelby.

»Na klar, er war ein kräftiges Tier.«

»Weißt du noch, als er die eine Frau geküsst hat? Dicke Schmatzer auf ihre gepuderte Wange …« Shelby lachte in sich hinein.

»Ein bedauerliches Missverständnis, und dieser Trottel von einem Ehemann hat alles noch schlimmer gemacht. War ja nur ein Überschwang der Gefühle, mehr nicht. Ich glaube, sie mochte seinen Geruch nicht«, sagte Lewis leicht amüsiert. »Aber er hatte eine schöne Persönlichkeit. Ein richtiges Original im Zirkus, Shelby.«

»So einen kriegen wir nicht wieder.«

Es entstand ein langes Schweigen, und Lewis räusperte sich.

»Also, mein Lieber, so weit würde ich nicht gehen.«

»Was soll das heißen, Lewis? Was hast du jetzt vor?«

»Ich habe seinen … Sprössling, du verstehst, seinen Nachkommen.«

»Wie bitte?«

»Der von ihm gezeugte Nachkomme, Shelby, sein Sohn. Ich habe den Sohn von Rex, dem roten Menschenaffen, gefunden.«

»Also, ich werd nicht mehr. Wo?«

Lewis lachte leise, als wäre er selbst verblüfft. »Ich würde sagen, gerade ist er auf dem Weg durch Indiana und Illinois. Er kommt vom Osten her zu uns. Der Kerl, der ihn ausfindig gemacht hat, bringt ihn zu unserem Camp. Ja ja, langsam sieht es wieder nach echtem Zirkus aus. Na, hallo Schlafmütze.«

Charlie sah auf, und sein Blick traf auf den von Lewis.

»Ich muss mal.«

Lewis nickte. »Wir halten gleich an. Ich habe den Eindruck, dass du auf der Zugfahrt nicht viel geschlafen hast.«

»Nicht sehr viel.«

Lewis nickte, seine Augen auf die dunkle Straße vor ihnen gerichtet. »Du warst zu aufgeregt. Ich weiß noch, wie ich mit dem Zug gefahren bin, als ich klein war. Ich war zu aufgeregt, um zu schlafen. Alma hat auch nicht geschlafen.«

Sie hat nicht geschlafen, weil sie ahnte, was passieren würde, dachte Lewis.

»Wohin seid ihr gefahren?«

»Wir sind in den Westen gereist. Nach Kansas.« Lewis' Stimme klang plötzlich bitter.

»Warum seid ihr dahin gefahren?«

»Wir waren dahin geschickt worden. Wir sind nach Kansas gefahren, um eine Familie zu finden, denn wir hatten keine eigene Familie.«

»Warum nicht?«

»Sie sind … sie waren gestorben. Bei Mr Shelby war es ähnlich. Er ist auch Waise, genau wie du.« Lewis wandte den Blick von der Straße ab und lächelte dem Jungen zu. Dann guckte er wieder nach vorn.

Lewis wollte das Thema fallen lassen, doch dann fügte er hinzu: »Also, meine Situation war in gewisser Weise wie deine, ich bin auch zu Leuten gefahren, die ich nicht kannte, nur dass wir beide ein paar gemeinsame Bekannte haben. Wir kennen beide Alma und Harry Mills.«

»Hat dir der Zug gefallen?«

»Der Zug? Der Zug hat mir gut gefallen, sehr gut.«

Lewis beendete den Satz in einem Ton, der dem Jungen deutlich machte, dass Lewis nicht weiter über diese Erfahrung sprechen wollte.

Charlie guckte hinaus in die Dunkelheit, er hörte das Rauschen des Windes und sah, wie die Dunkelheit auch den westlichen Himmel überzog.

❊ 3 ❊

Der Magier von Arroyo Grande

In genau dem Moment, als Lewis Tully zu befürchten begann, dass er an Arroyo Grande vorbeigefahren war, tauchte die Stadt in der Ferne auf. Die harsche Sonne von Texas breitete einen weißen Hitzeschleier über der Stadt aus, so dass die Gebäude flirrten, als wollten sie gleich verschwinden. Einen Moment lang glaubte Lewis, er habe eine Fata Morgana vor sich, doch dann kam er zu der Einschätzung, dass Arroyo Grande zu schmuddelig war, um eine Fata Morgana zu sein. Er fuhr langsamer und betrachtete die kleine Ansammlung lehmfarbener Häuser.

»Ziemlich mutig von den Leuten, das hier eine Stadt zu nennen«, brummelte er. »Typisch für den Mann, sich in so einem Loch niederzulassen.«

Lewis wischte sich den Schweiß aus den Augen und von der Stirn. Neben ihm schliefen der Junge und Shelby auf ihren Sitzen. Shelbys Schnarchen füllte das Wageninnere mit tiefen, kehligen Lauten, als würde ein Pferd durch die Nüstern schnauben, während der Junge fipsige Pfeiftöne durch den halb geöffneten Mund machte. Lewis warf einen kurzen Blick auf das schlafende Kind und bemerkte zu seiner Überraschung, wie ihn ein Gefühl der Freude überkam, doch schon im nächsten Moment zog sich sein Magen leicht zusammen.

Letzteres war ihm vertraut, ein Vorläufer der nackten Angst: Es war dasselbe Gefühl wie damals in Omaha, als nachts die

Paviane ausgerissen waren, oder als an einem düsteren Tag in Missouri ein Damm geborsten war und die Wassermassen sein Zirkuszelt fortgerissen hatten. Die Paviane waren später wieder eingefangen worden, nachdem in einer Lokalzeitung von einem »affenartigen Terrorregime« die Rede gewesen war: Die Paviane hatten Pferde in Panik versetzt, Nahrungsmittel gestohlen, sich mit den Hunden im Ort, die danach spurlos verschwanden, eine Straßenschlacht geliefert und auf Häuserdächern sitzend der Bevölkerung ihr rosa Hinterteil entgegengestreckt. Als sie sich über die Auslagen in einer deutschen Bäckerei hermachen wollten, wurden sie schließlich von einer sich zusammenrottenden, von Panik erfüllten Menge überwältigt. Einen schlimmen Moment lang hatte Lewis mit Herzklopfen geglaubt, die Paviane würden dem Zorn der Bäckersfrau zum Opfer fallen, aber die Männer hatten ihr die Axt entwenden können.

Der Brand in Nebraska 1917 war eine andere Geschichte, er führte zum Totalverlust seines nagelneuen Zeltes sowie sechs seiner Zirkuswagen und bereitete seiner Tour ein vorzeitiges Saisonende. Doch diese beiden Ereignisse waren nichts im Vergleich zu den Verlusten, die er im Herbst 1919 hinnehmen musste, als es Unfälle und Verletzungen gegeben hatte und Lungenentzündung sowie die Maul-und-Klauen-Seuche Opfer unter den Tieren gefordert hatten, als die Leute abgewandert waren und er einen großen Stapel Rechnungen nicht mehr begleichen konnte, und dann war die große Überschwemmung gekommen, der Fluss war über die Ufer getreten und hatte die Wagen, die Ausrüstung und die Zelte weggeschwemmt. Seine letzte Unternehmung vor dieser.

Und jetzt ein Kind. Herr im Himmel.

»Alma, was tust du mir an?«, murmelte er.

Sein Leben lang hatte Lewis nie auf die Bedürfnisse eines Kindes achten müssen, er hatte längst aufgehört, sich ein Leben mit Kindern auszumalen. Seine ursprüngliche Reaktion auf Almas

Brief war ein rasches, entschiedenes Nein gewesen, das er mit einem Schnauben und einem Schlag mit der flachen Hand auf den Tisch unterstrich. Es war ihm leichter gefallen, weil Alma in dem Moment nicht da war. Lewis' Zuhörer waren Shelby und Samuel Jeanette gewesen, mit denen er bei einer Flasche Belle of Marion zusammensaß.

»Nein«, hatte er gesagt und gedachte, damit die ganze Sache ein für alle Mal zu beenden. Seine Gefährten hatten zustimmend genickt, obwohl sie beide überzeugt waren, dass Alma sich letztlich gegen Lewis durchsetzen würde.

Er hatte ihr eine Nachricht in dem Drugstore in Chicago hinterlassen, wo sie das Telefon benutzte, und ihr ausrichten lassen, dass es »nicht infrage kam«, und Alma rief zurück und hinterließ eine Nachricht bei Roy Cookson, dem der Gemischtwarenladen Jasper Mercantile in Jasper gehörte. Almas Nachricht lautete schlicht: »Du musst es tun, es ist niemand sonst da.«

Lewis hatte in dem Laden gestanden und auf den Zettel gestarrt. Es hatte keinen Zweck, mit Alma zu streiten, er konnte alle ihre Argumente schon in seinem Kopf hören, in seinem Inneren, wo er weder Geschäftsmann noch Zirkusbesitzer war, sondern auf immer und ewig der kleine magere Junge mit dem ständig verwirrten Gesichtsausdruck, während sie mit der Stimme von Klugheit und Einsicht sprach – Schwester, Mutter und Spielerin in einem, die unaufhörlich ihre Spielschulden einforderte. Schließlich schrieb er seine lakonische Antwort mit Bleistift auf ein unliniertes Blatt:

»Liebe Alma, es wird schrecklich enden. Vergiss nicht, dass ich dich gewarnt habe. Dies hier ist kein Leben für einen Jungen ohne Familie. Soll ich ihn holen, oder schickst du ihn mit der Post? Bitte um Nachricht. Lewis.«

Lewis warf wieder einen verstohlenen Blick auf das Kind. Ein magerer Junge, möglicherweise ein bisschen zu klein für sein Alter. Rote Haare, die mal geschnitten werden müssten, und jede

Menge Sommersprossen auf der Nase. Nicht gerade das hübscheste Kind, das Gott je in die Welt gesetzt hatte, mit großen Ohren, einer Stupsnase und einem Zahn, bei dem es noch ungewiss war, ob er rauswollte oder neu war. Lewis wurde das ganze Ausmaß der Situation des Jungen bewusst: Hier war ein Neunjähriger, der mit zwei verlotterten Burschen in einem klapprigen Lastwagen durch die Wüste fuhr, ein Kind ohne Familie, ein Kind – wollte man den Tatsachen ins Gesicht blicken –, das keinerlei Aussichten in der Welt hatte.

»Herr im Himmel«, sagte Lewis laut, worauf Shelby mit einem kehligen Gurgeln erwachte. Einen Moment später regte sich auch der Junge und blickte verwirrt um sich. Lewis wollte etwas Ermutigendes sagen, aber ihm fiel nichts ein.

»Wir sind da«, sagte er, und zu Shelby gewandt: »So was nennen sie in Texas eine Stadt.«

»Wir haben schon Schlimmeres gesehen. Himmel, wir haben sogar an schlimmeren Orten gespielt.«

Lewis Tully ließ den Blick über die Häuser schweifen. »Mehr als einmal.«

Er seufzte wie jemand, der sich einem verbotenen Vergnügen hingibt, und steuerte den Wagen wieder auf die Fahrbahn. Sie überholten einen alten Mann mit einem Pferdekarren. Der Mann winkte ihnen zum Gruß zu, ohne die Augen von dem Braunen mit dem Senkrücken zu nehmen.

Da hatte Lewis einen dieser furchterregenden Momente, in denen man sich, in einer Art Kurzfassung des eigenen Lebens, mit den Augen eines anderen sieht: Er sah einen zweiundfünfzig Jahre alten Mann in einem staubigen Lastwagen in einer Stadt, die nicht einmal auf der Landkarte verzeichnet war. Sein ganzes Hab und Gut auf dieser Welt: ein halbes Dutzend Fahrzeuge, die jederzeit den Geist aufgeben konnten, ein paar struppige Tiere, dazu ein paar ebenso struppige Menschen. Ein bisschen Geld und einen Koffer voller Versprechen und Möglichkeiten.

Die meisten Menschen, die er kannte, schuldeten ihm Geld – dasselbe Geld, das Lewis seinerseits den übrigen Menschen, die er kannte, schuldete. Es gab seines Wissens keinen Zirkus, der mit so wenig angefangen hatte, wie er jetzt, und es wäre keine Mühe, das zum Scheitern zu bringen, was von kaum mehr als Lewis Tullys hochfliegenden Plänen und kühnen Träumen zusammengehalten wurde. Ihm wurde bewusst, dass er diesmal vielleicht keinen Zirkus zustande bringen würde. Vielleicht würde der Versuch kläglich scheitern. Er spürte einen Knoten der Angst und der Enttäuschung in seiner Brust.

Er erinnerte sich an das, was Dan Gustafsen einmal gesagt hatte: »Manchmal gibt es Zeiten, da existiert dein Zirkus nicht richtig, außer in deinem Kopf, wo du ihn vor deinem inneren Auge siehst. Aber solange du ihn siehst, hast du ihn auch, deinen Zirkus.«

Ich sehe ihn, sagte Lewis sich. *Ich sehe ihn vor mir. Ich habe Tiere, meine Fahrzeuge, meine Leute. Ich habe ein paar alte Nummern und ein paar neue, und wenn das Glück mir hold ist, nur dieses eine Mal, dann habe ich den größten Zauberer aller Zeiten und einen roten Menschenaffen, bei dem die Leute Mr Barnums Gorilla glatt vergessen, und wenn ich Lucy Brown dazu überreden kann, in Zelten und Wohnwagen zu leben, dann habe ich die größte Kunstreiterin dieseits von May Wirth, die ohne Sattel auftritt.*

Lewis hob den Blick zum Himmel.

Ich bitte um nichts.

Aus den Fenstern der kleinen, dunklen Hütten am Ortsrand sahen mehrere Augenpaare zu ihm hinaus, viele davon gehörten Kindern. Er kannte solche Wohnstätten, er kannte die Menschen, das Leben, das sie hatten.

Einige von ihnen schienen Mexikaner oder Indianer zu sein. Das war unerheblich: Es waren Kinder, sie waren arm, und darum ging es in seinem Zirkus.

Er winkte einer Gruppe dunkeläugiger Kinder in einem offenen Fenster zu und hätte ihnen am liebsten seinen Namen und den seines feinen Zirkus zugerufen, aber die Bescheidenheit verbot es ihm. Stattdessen fuhr er die Hauptstraße entlang und parkte vor einem heruntergekommenen Haus mit einem Schild, auf dem HOTEL stand.

»Angeblich wohnt er hier«, sagte er, ohne jemanden direkt anzusprechen. »Schrecklich, hier als alter Mann sein Leben zu beschließen.« Lewis schüttelte den Kopf und ging in das Haus, Shelby und der Junge folgten ihm.

Eine Frau, deren Haare rosa wie gekochter Lachs gefärbt waren, saß hinter einem Gitterfenster und musterte die Ankömmlinge. Ihre Augen waren von einem trüben Grau, und es war klar, dass sie von dem Anblick, der sich ihr bot, nicht beeindruckt war. Lewis stellte sich vor, dass sie jeden Mann, der hier hereinkam, so ansah, und glaubte, ihre Geschichte zu kennen, ohne sie gehört zu haben: Ein Mann hatte sie vor zwanzig oder dreißig Jahren in dieses Kaff gebracht und ihr das Blaue vom Himmel versprochen, er hatte ihr von dem feinen Leben, das sie im Westen haben würden, und dem Geld, das sie mit dem Hotel verdienen würden, vorgeschwärmt.

»Verzeihen Sie, Madam. Ich suche einen Harley Fitzroy.«

Ihre Augen wurden zu Schlitzen, und sie nickte, als würde dies ihre schlimmsten Befürchtungen bestätigen.

»Erster Stock, 2C.«

Sie stapften eine knarrende Treppe hinauf und sahen, wie eine Maus unter der Scheuerleiste verschwand. Sie huschte nicht, wie eine typische Maus es tun würde, sondern bewegte sich ganz gemächlich, als hätten Jahre der unbelästigten Freiheit ihr die Angst vor Menschen genommen. Oben angekommen, hörte Lewis Harley Fitzroy. Er sang.

Es war weniger der Gesang an sich, der so bemerkenswert war, als die Höhe der Töne.

Lewis sah zu dem Jungen hinab. »Harley hat sich immer für einen guten Sänger gehalten. Er kann Töne singen, die nur Hunde hören können.«

Sie blieben vor 2C stehen, und der Junge hätte schwören mögen, dass die Tür von dem Lärm erbebte. Der Mann drinnen schien von einer Frau zu singen, die seinen Annäherungsversuchen widerstand. Mit einer Stimme, die den Jungen überraschte.

Lewis klopfte an die Tür. »Harley. Harley, ich bin's. Lewis Tully. Mach auf.«

Das Lied verstummte, und man hörte den Mann etwas brummeln.

Das Brummeln wurde zu einem lauten Knurren, und dann klang es wie Schimpfen. Sie konnten ein Plantschen hören, als würde jemand schwimmen. Dann hörten sie ihn sagen: »Gott im Himmel« und singen: »Ich fürchte, ich bin indisponiert. Die Tür ist offen.«

Lewis drehte den weißen Emailleknauf und stieß die Tür auf. Die drei standen im Eingang. Der Raum war groß und wirkte noch größer, weil nur wenige Möbel drinstanden, nichts außer einem Kartentisch mit zwei Stühlen, einer kleinen Kommode und einem Bettgestell mit einer durchgelegenen Matratze. Eine dicke grau-weiße Katze musterte sie zunächst und verlor dann rasch das Interesse, ganz anders als der kleine graue Vogel, der laut flatternd um sie herum flog.

Lewis und Shelby wechselten Blicke, Lewis lachte unterdrückt.

»Du hinterlässt überall deine persönliche Marke, was, Harley?«

»Kommt rein, es zieht.«

Die beiden Männer traten ein, aber der Junge blieb wie angewurzelt stehen, gebannt von dem Anblick, der sich ihm bot.

Ein knochiger Mann mit wirrem weißem Haar und einem hängenden Schnurrbart saß in einer hohen, schmalen Wanne, und seine dürren Beine ragten in die Luft, so dass es aussah, als wäre er zusammengeklappt und mit dem Hintern zuerst in die Wanne gesteckt worden. Die Augen des Mannes funkelten hinter kleinen Brillengläsern, und als er sich bewegte, plätscherte es.

»Was zum Teufel …«, setzte Shelby an, aber ein Blick von dem alten Mann ließ ihn verstummen.

»Anscheinend haben wir dein Bad gestört, Harley«, sagte Lewis.

»Ich befinde mich in einer peinlichen Lage. Meine Bewegungsfreiheit ist … eingeschränkt.«

»Du sitzt fest.«

»In einem Wort – ja.«

»Wie lange schon?«

»Kaum länger als zwei Stunden.«

»Hättest in deiner Badewanne sterben können.«

»Diese Gefahr bestand nicht. Ich schulde dem Drachen da unten eine Monatsmiete. Sie will ihr Pfund Fleisch, und wenn sie mir dafür das Leben retten muss, dann würde sie das tun. Hol mich hier raus, Lewis.«

Lewis packte den alten Mann beim Handgelenk, und Shelby hielt ein zerschlissenes Handtuch hoch. Der alte Mann stieg aus der Wanne und wickelte sich in das Handtuch, merkte aber nicht, dass sein Hinterteil durch ein großes Loch in dem Handtuch sichtbar war. Der Junge starrte auf die faltige Haut des alten Mannes, die runzelig und von blauen Adern durchzogen und nach dem langen Bad ganz schrumpelig war. Charlie schätzte, dass er bestimmt über hundert Jahre alt war.

Der alte Mann konnte seine Gedanken anscheinend hören. Er drehte sich in dem Handtuch um und fixierte den Jungen mit einem harten Blick. Charlie klappte die Augen auf und zu und trat zurück. Harley Fitzroys blaue Augen, die von den Brillengläsern vergrößert wurden, wirkten unnatürlich und riesig und schienen ihre Form zu verändern.

»Sieht aus, als hätte ich deinen Freund da verschreckt, Lewis. Du hast wohl noch nie einen gesehen, der so alt ist, was, Junge?«

»Nein, Sir.«

Harley lachte. »Macht keine Umschweife, das gefällt mir.« Er blickte Lewis amüsiert an, dann musterte er Charlie von Kopf bis Fuß.

»Hast du dir auf deine alten Tage eine Familie zugelegt, Lewis?«

»Nein, nein, dies ist einer von Almas ... Das ist Charlie. Er zieht jetzt mit uns.«

Harley nickte. Er hielt das Handtuch um sich fest, kam quer durch das Zimmer und streckte seine Hand aus. Aus der Nähe war er groß, fast so groß wie Lewis, er hatte hohe Backenknochen und markante Züge, und die großen blauen Augen funkelten belustigt.

Er musste sich vornüber beugen, um Charley die Hand zu schütteln. »Harley Fitzroy. Freut mich, dich kennen zu lernen.« In der Luft zwischen ihnen hing schwach der Geruch von Alkohol. Sie schüttelten sich die Hände, und der Junge spürte, wie ihn ein warmes Gefühl durchströmte, das von der Hand des Mannes ausging. Er musste unwillkürlich lächeln.

»Hübscher Junge«, murmelte Harley. »Sieht man, dass es nicht deiner ist. Willkommen in meiner bescheidenen Hütte.«

»Hast du meinen Brief bekommen?«

»Allerdings. Du willst es also noch einmal versuchen, Lewis?«

»Ich fand, es sei an der Zeit. Ich hatte sieben Jahre, um darüber nachzudenken.«

Harley nickte, dann wurde ihm bewusst, dass er immer noch das Handtuch um sich gewickelt hatte.

»Verzeiht meine unwürdige Erscheinung.« Er hüpfte quer durchs Zimmer zu seinen Sachen.

Als Charlie sich verstohlen umsah, hatte Harley ein paar rosafarbene lange Unterhosen angezogen und stieg soeben in eine schwarze Anzugshose. Er humpelte zu dem Spiegel an der Wand, knöpfte sich das Hemd zu, schlang sich eine lange schwarze Bandkrawatte zu einer verwegenen Schleife und schlüpfte in eine schwarze Weste. Darüber zog er einen Rock mit langen Schwalbenschwänzen und drehte sich dann zu ihnen um. Er war immer noch barfuß und sah aus wie ein Beerdigungsunternehmer, der harte Zeiten durchzustehen hat.

»Jetzt können wir über das Geschäft sprechen. Mach mir dein überschwänglichstes Angebot.«

»Komm mit mir, Harley. Es wird so sein …«

»… wie früher«, beendete Harley den Satz. »Mehr kannst du mir nicht bieten, Lewis?«

»Ich habe den größten Elefanten, den du je gesehen hast, und ein paar schöne Pferde, mehr Pferde als alle anderen Zirkusunternehmen. Ich habe an Lucy Brown geschrieben«, sagte Lewis mit einer von Hoffnung erfüllten Stimmung.

»Die liebliche Lucy. Ein Zirkus braucht eine gute Kunstreiterin. Das bringt Männer und Pferdeliebhaber.«

»Ich habe einen abgerichteten Bären und einen Elefanten. Außerdem ein paar mexikanische Trapezkünstler, und ich versuche Joseph Coates ausfindig zu machen, ich habe ihm geschrieben, und auch an Roy und Shirley. Ich habe ein paar so genannte Kuriositätennummern. Und eine kleine Menagerie, die in ein, zwei Monaten noch Zuwachs bekommen wird – Lamas, eine Antilope, Zebras, einen Büffel und so weiter.«

Harley hörte sich Lewis' Aufzählung ausdruckslos an, doch Lewis beobachtete die Augen des alten Mannes, sah, wie sie sich ein, zweimal verengten, sah, wie sie zu leuchten begannen, als er Roy und Shirley, die Clowns, Harleys alte Freunde, erwähnte. Lewis' anfängliche Nervosität war verflogen: Das hier war ein einfacher Kartentrick, und Lewis wusste, welches die Karte mit dem Loch war.

»Ich glaube, wir kriegen die DePerczels und die Antoninis und Mr Zheng. Und Clell Royce übernimmt die Küche.«

»Clell ist nicht tot?«

»Nein. Die Kugel hat Herz und wichtige Organe nicht getroffen.«

»Nächstes Mal trifft sie ihn.« Harley beugte sich vor. »Und Paviane?«

Lewis lächelte. »Diesmal keine Paviane. Ich bin zu alt für Paviane.«

»Ahem. Die haben mich Jahre meines Lebens gekostet, das sage ich dir. Schon deswegen stehst du in meiner Schuld.«

»Sie waren denkwürdig … aber diesmal keine Paviane. Ich soll mich aber noch mit ein paar Leuten treffen, wegen anderer Tiere. Bin mit einem verabredet, wegen einem Kamel.«

»Kamele sind streitsüchtig.«

»So wie du«, sagte Lewis leise. »Jemand hat mich mit einem Russen in Kontakt gebracht. Interessante Nummer.«

»Was macht er?«

»Muskelmann. Aber ein bisschen … anders. Ich habe seine Nummer noch nicht gesehen, sondern nur mit einem gesprochen, der ihn mal gesehen hat. Besser, du siehst ihn, statt dass ich dir davon erzähle. Und er sagt, er kennt jemanden, der Katzen abrichtet.«

»Katzen. Meinst du Tiger? Löwen? Jaguare?«

»Nein. Einen Löwen habe ich, Harley, aber jeder hat einen Löwen. Träge Tiere, als Attraktion überbewertet. Nein, lass deiner Fantasie freien Lauf. Die kleinen.«

»Hauskatzen?«, sagte der alte Mann. »Wer will denn schon Geld bezahlen, um eine Hauskatze zu sehen?«

»Hast du mal eine abgerichtete gesehen?«

»Nein, die kann man nämlich nicht abrichten. Das hat dir Fred Lemmon schon gesagt.«

»Fred Lemmon glaubt, dass die Erde eine Scheibe ist. Er will nur nicht zugeben, dass eine kleine, gestreifte Tigerkatze mehr kann als sein dummer, alter Löwe.«

»Der Kerl sagt, er richtet Hauskatzen ab?«, fragte Harley.

»Das sagt er. Und dann habe ich natürlich noch andere Nummern und Attraktionen, ein paar Kuriositäten.«

»Lewis, es klingt, als wäre das ganze Programm eine Kuriosität.«

»Es ist auf jeden Fall besonders, so viel steht fest.«

Harley blickte auf seine bloßen Füße und ließ sich das, was er gehört hatte, durch den Kopf gehen. Dann sah er auf. »Und wie sieht es aus mit dem Geld, Lewis? Haben wir die Finanzierung für das Ganze?«

Lewis nickte langsam und lächelte in sich hinein. Harley hatte »wir« gesagt, das hatte er gehört.

»Ich habe ein paar Rücklagen. Außerdem besitze ich noch ein paar von den alten Zugmaschinen, und wir richten weitere her, wenn wir welche finden. Ich habe die Tiere. Ein bisschen Geld habe ich aufgenommen, und ein paar Pferde aus der Zucht konnte ich gut verkaufen. Und dann habe ich beim Kartenspielen gewonnen, wenn du es genau wissen willst. Es gibt also ein kleines Polster.«

Harley Fitzroy nickte respektvoll und sagte: »Anders gesagt, du hast weder deinen eigenen Pisspott noch ein Fenster, durch das du ihn leeren kannst.« Er warf Charlie einen Blick zu. »Verzeih meine Ausdrucksweise, Junge.«

Lewis grinste. »Das stimmt. Aber ich bin auf dem besten Wege dahin.«

»Auf dem besten Wege. Weißt du überhaupt, wie alt ich bin, Lewis?«

»Keiner kann so weit zählen.«

»Ich bin zu alt, um durch die Lande zu ziehen, noch dazu mit einem Zirkus voller Verrückter und mit lauter alten Männern und – Sam Jeanette?«

»Natürlich. Wie könnte ich meine Tiere versorgen ohne Sam?«

»Ist auch egal, Lewis, es ist eine total verrückte Idee, eine Bande erwachsener Männer, die sich …«

Charlie sah, wie Lewis angesichts der Klagen des alten Mannes nickte, als müsste er sich der vorgetragenen Logik beugen. Er wartete darauf, dass Lewis widersprechen würde, aber als es schon so aussah, als würde Lewis die Sache fallen lassen, merkte der Junge, wie sich ein listiges Lächeln auf Lewis' Gesicht ausbreitete.

Lewis wartete, bis der alte Mann ausgeredet hatte, schniefte und atmete tief durch, er vergrub die Hände in den Taschen und setzte eine nachdenkliche Miene auf.

»Es wäre wie in alten Zeiten, Harley. Du und ich und Shelby hier, und vielleicht Lucy und die Clowns …« Jetzt war der Zeitpunkt für seinen Trumpf gekommen. »Und der rote Menschenaffe.«

Harley sah ihn aus Eulenaugen an und zwinkerte zweimal. »Der ist tot, das weiß ich mit Sicherheit. Wenn ich ihn wiedersehe, dann weiß ich, dass ich auch tot bin.«

»Das stimmt, aber er hat der Welt etwas hinterlassen. Ich habe seinen, ehm, seinen Sprössling. Er hat nämlich einen Sohn.«

»Erzähl mir nichts.«

»Das habe ich auch schon gesagt«, sagte Shelby.

»Ich habe den Sohn von Rex, dem roten Menschenaffen, Harley. Du kriegst deine Privatunterkunft, wir einigen uns über das Gehalt …«

»Ich bin zu alt, ich interessiere mich nicht für Geld und die Dinge, die man damit kaufen kann. Wenn ich wieder beim Zirkus mitmachen will, dann kann ich auch bei den Christy Brothers oder bei Pawnee Bill oder bei Ben Wallace einsteigen, oder …«

»Die gibt es alle nicht mehr, Harley«, sagte Lewis leise.

»Na, oder ich kann mich bei den Ringlings melden oder bei John Robinson …«

»Du kannst überall auftreten, Harley, das wissen wir beide.

Aber einen Lewis-Tully-Zirkus gibt es kein zweites Mal. Bei mir wirst du einiges erleben, und das ist die Wahrheit. Das weißt du ganz genau. – Komm schon, Harley. Willst du den Rest deines Lebens hier verbringen? Mit Lizzie Borden als Vermieterin?«

»Ich muss es mir überlegen.«

»Ich lad dich zum Frühstück ein.«

»Gutes Angebot. Nehm ich an. Ich muss mich eben noch fertig anziehen.«

Der Junge sah fasziniert zu, wie Harley sich einen langen, zerlumpten Strumpf anzog und darüber einen abgeschabten alten Stiefel. Der zweite Strumpf war auf der anderen Seite des Tisches, und der Junge fragte sich, wie der alte Mann ihn sich holen wollte, als Harley sich langsam umwandte und ihn mit seinen enormen blauen Augen anstarrte. Die Pupillen verschatteten sich leicht, Harley lächelte, und ein großes, pergamentenes Augenlid schob sich in einem langsamen Zwinkern über den Augapfel. Harley rieb leicht mit den Fingerspitzen über die Tischfläche, hin und her, ganz schnell, machte eine Lockgeste mit dem Zeigefinger, und der Strumpf glitt über den Tisch.

Charlie atmete laut ein und trat einen Schritt zurück. Er guckte, ob die beiden Männer etwas bemerkt hatten, aber die beugten sich gerade über eine handgezeichnete Landkarte.

Als sie zum Aufbruch bereit waren, blieb Harley stehen und sagte: »Moment, der Junge hat was im Haar, etwas Ekliges.« Charlie erstarrte, als die Finger des Zauberers ihm durch die Haare fuhren, und er spürte, wie ihm die Röte ins Gesicht stieg, als der Zauberer ein winziges, graues Ei zum Vorschein brachte.

»Hast du da oben eine Hühnerzucht, mein Junge?«

»Nein.« Charlie betastete seine Kopfhaut und grinste. »Sie sind ein guter Zauberer.«

»Ein alter Hut, Harley«, sagte Lewis. »Die Leute werden diese Tricks anscheinend nie leid. Ja, Charlie, ich habe dir ja gesagt, dass er etwas Besonderes ist.«

Harley zuckte mit den Schultern. »Jeder Zauberer kann das. Ich habe mal den fantastischen Jacob Roundtree gesehen, wie der das gemacht hat, der hatte nicht mal ein Ei.«

»Wie bitte?« Shelby runzelte die Stirn.

»Er hat es ohne Ei gemacht. Es gab überhaupt kein Ei.«

»Das verstehe ich nicht«, sagte Shelby.

»Wir waren drei Tage hinter Laramie, Wyoming, und es gab nirgendwo ein Ei, man konnte kein Ei kriegen, aber er hat den Trick vorgeführt.«

Lewis stemmte die Hand in die Hüften. »Der alte Jacob ist schon lange tot.«

»Nein, Sir. Das hätte ich gehört.«

»Hier? Wie das?«

»Wir hatten eine enge Verbindung, manche von uns, Lewis. Wir haben alle davon erfahren, als Hendrick Barnswallow das Irdische segnete.«

»Wer war das?«, fragte Charlie.

»Er war der größte Zauberer aller Zeiten. Er hatte Heilkräfte.« Der Blick des alten Mannes wanderte in die Zimmerecke.

»Er konnte einem Dinge zeigen, die nicht da waren, er konnte schwere Dinge bewegen, ohne sie zu berühren, er konnte die Tiere der Wildnis mit einem Blick zähmen. Man erzählte sich, dass er Gold aus einem staubigen Felsen machen konnte. Zumindest hat Jacob Roundtree das immer behauptet.«

Charlie zeigte auf Lewis. »Er sagt, Sie seien der größte Zauberer, den es je gegeben hat.«

»Er bringt mich dauernd in Verlegenheit, Junge. Und jetzt freue mich auf das Frühstück, Lewis.«

Sie versammelten sich um den Empfangstisch, und die Frau mit dem harten Gesicht präsentierte ihnen die Rechnung.

»Ich habe gesehen, dass Sie Ihren Koffer runtergebracht haben, deswegen habe ich die Rechnung geschrieben.« Sie reichte

Harvey einen Zettel, auf dem zwei lange Zahlenreihen standen, die sich bis zum unteren Rand schlängelten und sich dort trafen wie der Blaue und der Weiße Nil.

Harley schob sich die Brille auf der Nase hoch, studierte das Blatt und keuchte. Er fasste sich ans Herz und begann zu schwanken. Lewis nahm dem alten Mann die Rechnung ab und starrte mit ernster Miene darauf.

»Ich will ja nicht unhöflich sein, Madam, aber so eine Rechnung würde er selbst im Palmer House in Chicago nicht bekommen.«

Die Frau stützte einen Ellbogen auf den Tisch und reckte sich vor.

»Wollen Sie damit sagen, ich will versuchen, jemanden zu betrügen?«

»*Versuchen?* Nein, Madam, das sieht mir nicht nach einem Versuch aus.«

»Ich habe meine Kosten, meine Auslagen, Heizmaterial, Wasser, das alles.«

Lewis guckte auf die Rechnung. »Reinemachen?« Er sah zu Harley hinüber. »Ist sie mal mit einem Besen bei dir aufgetaucht?«

Der Zauberer stützte sich auf den Tisch und machte ein Getue, als bekäme er kaum noch Luft, dann schüttelte er den Kopf. »Sie ist mal mit dem Besen hinter mir hergekommen, mehr aber auch nicht.«

»Meine Dame, ich habe im Gefängnis bessere Unterkünfte gesehen.«

»Klar, dass Sie sich im Gefängnis auskennen.«

»Und eines Tages werden Sie auch Bekanntschaft damit machen.« Lewis zog einen Fünfzig-Dollar-Schein hervor. »Hier, kaufen Sie sich eine Persönlichkeit.«

Sie kräuselte verächtlich die Lippen. »Ihr findet euch wohl mächtig toll, was? Jungs!« Ihr Kreischen zerriss die Luft. »Chester! Alvin! Wo seid ihr!«

»Oh, jetzt hast du uns was eingebrockt.«

Plötzlich war der Raum hinter dem Tisch von den beiden kräftigsten Männern ausgefüllt, die Lewis je gesehen hatte. Sie waren groß und dick, und der größere wog bestimmt an die dreihundert Pfund. Lewis betrachtete den Leibesumfang und fragte sich, wie eine Stadt so karg wie diese zwei Männer solchen Ausmaßes ernähren konnte. Sie hatten die gleichen eng stehenden Augen wie die Frau und ihren schmalen Mund, aber nicht die bösartige Intelligenz, die sich in deren Gesicht ausdrückte. Deswegen kam Lewis zu dem Schluss, dass dies auch die beiden dümmsten Männer waren, die er je gesehen hatte.

»Jungs, dieser Strolch hier ist irgendso ein großkotziger Kerl aus der Stadt, und er schuldet mir einhundertzwanzig Dollar, und jetzt will er mir nur fünfzig geben. Sorgt dafür, dass er mit dem Geld rüberkommt, Jungs.«

Mamas Riesenzwillinge bewegten sich schwerfällig auf Lewis zu, und Shelby stellte sich zum Schutz hinter ihn.

»Welchen willst du, Lewis?«

»Keinen von beiden, aber wenn's sein muss, nehme ich den größeren.«

»Geht in Ordnung.«

»Jungs«, sagte Lewis, »lasst uns drüber sprechen.« Er hob die Hände in einer Geste des Friedens.

»Ihr habt gehört, was Ma gesagt hat. Her mit dem Geld.« Der größere der beiden packte Lewis am Oberarm. Lewis versuchte halbherzig, ihn abzuschütteln, wusste aber, dass er ihn so leicht nicht loswerden würde.

»Also gut, Knabe«, seufzte er, trat dem Mann mit der Hacke auf den Fuß und mit dem anderen Fuß gegen das Schienbein. Der große Mann jaulte auf und krümmte sich vor Schmerz. Lewis machte einen Schritt zur Seite und landete seine Faust in der großen, weichen Mitte des Mannes, wo sein Arm bis zum Ellbogen verschwand. Der Mann ging keuchend zu Boden.

Sein Bruder löste den Blick einen Moment von Shelby, um zu sehen, was vor sich ging, und Shelby gab ihm rasch einen Kinnhaken mit der Linken. Der Mann wankte ein bisschen und sackte mit einem solchen Krachen auf den Boden, dass der Raum erbebte.

Lewis nickte Shelby zu. »Sauber, J. M.«

Shelby lächelte, dann rief er: »Pass auf, Lewis!«, und Lewis drehte sich um und sah, wie die Besitzerin hinter ihm ein Tischbein schwenkte.

Er blieb vor ihr stehen, bis sie mit dem Knüppel ausholte, dann wich er ihr aus und spürte, wie das Holzbein an seinem Gesicht vorübersauste. Der Schwung beförderte sie auf ihren dünnen Beinen quer durch den Raum, wo sie auf der anderen Seite gegen einen riesigen Polstersessel prallte, der rückwärts umkippte.

»Lasst uns abhauen, Leute«, sagte Lewis.

Unter dem umgestürzten Sessel schrie die Besitzerin ihnen wüste Beschimpfungen hinterher.

Als sie aus dem Haus rannten, sagte Lewis zu Harley: »Da hast du dir aber ein feines Hotel ausgesucht, mein Guter.«

»Und jetzt müssen wir uns eiligst aus dem Staub machen. Der Sheriff hat ein Auge auf die Hotelbesitzerin geworfen.«

»In dieser Stadt gibt es einen Sheriff?«, fragte Shelby überrascht.

»Und er hat ein Auge auf sie geworfen?«, fragte Lewis.

»Sie ist eine vermögende Frau.«

»Die Welt ist doch voller Wunder, nicht?«, sagte Lewis.

Als sie im Lastwagen saßen, wandte er sich dem Zauberer zu. »Eins möchte ich gern noch wissen. Warum hast du dir von allen Städten, in denen man leben kann, diese Stadt ausgesucht? Worin besteht der Reiz, Harley?«

Der Zauberer sah aus dem Fenster, als sie aus der Stadt herausfuhren. Er zwinkerte ein paar Mal und zuckte mit den Achseln. »Ich bin hier geboren, das haben sie mir zumindest immer gesagt. Meine Mutter war sich in dem Punkt nie sicher. Aber als ich ein kleiner Junge war, haben wir eine Weile hier gelebt. Und als ich wieder hierher zurückkam, habe ich das herausgefunden, was ich die ganze Zeit schon hätte wissen sollen: Alle, die mich oder meine Familie vielleicht gekannt hatten, waren tot und begraben, und ich war einfach nur ein alter Mann. Scheint so, dass ich die ganze Stadt überlebt habe. Wenn nicht sogar die ganze Zeit. Und jetzt laufe ich weg und gehe zum Zirkus.« Dann wurde er sich des kleinen Jungen auf der Rückbank bewusst.

»Du bist wohl nicht wählerisch, mit wem du durchs Leben gehst, was, mein Junge?«

An dem Abend schlugen sie ihr Camp auf einer Lichtung auf, die Männer saßen um das Feuer und ließen die Whiskeyflasche rumgehen, und Harley erzählte Geschichten. Der Junge saß nur wenige Meter von ihm entfernt und versuchte, ihm zu folgen, aber die meisten Geschichten waren verschwommen, so wie das Leben von Harley Fitzroy auch verschwommen schien – vielleicht hatte er auch mehrere Leben gehabt. Er hatte Zirkusbesitzer und berühmte Zirkuskünstler gekannt, er hatte Freundschaft mit Indianern gepflegt, als die noch auf Pferden durch die Gegend ritten, er hatte mindestens einen Krieg erlebt und Dutzende von interessanten Menschen gekannt, darunter Buffalo Bill Cody, jemand, der Pawnee Bill hieß, mehrere indianische Häuptlinge sowie Wyatt Earp, von dem er sagte, er sei wie »das hintere Ende von einem Pferd«. Ein paar seiner wildesten Geschichten handelten von einem Zauberer namens Roundtree, einem schwarzen Grenzsheriff namens Joseph Pearce und einem jungen Riesen namens Zachary Weed.

Die Schemen der letzten Geschichte schwebten über dem Feuer, und die Männer schwiegen jetzt. Dann erhob sich Lewis Tully.

»Zeit, dass wir in die Falle kommen.« Er ging zu dem Stapel Wolldecken. »Jeder nimmt sich eine. Hier, ich geb dir eine, mein Junge.«

Lewis nahm die dickste Wolldecke, faltete sie auf und schüttelte sie, dann nickte er Charlie zu. »Das ist deine.« Er sah, wie der Junge in die ihn umgebende Dunkelheit starrte.

»Es ist nur für eine Nacht, Junge. Normalerweise schlafe ich in einem Bett unter einem Dach, so wie du auch. Aber heute Nacht schlafen wir draußen. Es ist ein Abenteuer.«

Die Männer breiteten eine dunkle Plane auf dem Boden aus und legten ihre Wolldecken darauf. Charlie rollte sich in seine Decke ein und sah den Männern zu, die sich für die Nacht vorbereiteten. In der Ferne rief eine Eule, und jetzt hörte er auch den Wind, der durch die Baumwipfel pfiff. Charlie lag am Rand der Plane und zog sich die Decke über den Kopf. Trotz der Decke war ihm kalt, und es war ihm unmöglich, eine Stelle zu finden, wo kein spitzer Stein unter der Plane lag. Er versuchte sich den Ort auszumalen, wo diese merkwürdigen Männer wohnten, aber er konnte sie sich nicht in einem Haus vorstellen, und er dachte, er würde sterben, wenn er die ganze Zeit mit ihnen in einem Wagen herumfahren müsste. Hätte man ihn gefragt, dann hätte er zugegeben, dass ihm der alte Zauberer gefiel, aber dann rief er sich ins Gedächtnis zurück, dass er noch keine Tiere gesehen hatte.

Über ihm am nächtlichen Himmel schienen die Nachtvögel lauter zu werden und näher zu kommen, und er stellte sich vor, dass sie sich gegenseitig etwas über ihn zuriefen und dass sie ihn unter seiner Decke sehen konnten. Er sah sich selbst, wie er von einem riesigen Vogel weggeholt wurde, der ihn im Wald verzehren wollte, und fragte sich im nächsten Moment, ob es Fledermäuse waren, die er da hörte.

Ein Kloß formte sich in seinem Hals, und er wollte zu seiner Mutter, doch im nächsten Moment fiel ihm ein, dass es sie nicht mehr gab. Er fragte sich, wie weit es bis nach Chicago war, und bei dem Gedanken an Alma empfand er Betrug, weil sie erst seine Hoffnungen geschürt und ihn dann weggeschickt hatte, in die Einöde, wo er mit irgendwelchen fremden Männern auf dem Waldboden schlafen musste. Er versuchte sich einzureden, dass er wütend auf Alma war, aber gleichzeitig wünschte er sich zu ihr zurück und gestand sich ein, dass er sie und ihre alten, geflickten Pullover und das alte, windschiefe Haus, in dem es nach Kaffee und Zigaretten roch und wo er wenigstens ein Bett gehabt hatte, vermisste. Er wollte nicht hier draußen schlafen, auf den Steinen, zusammen mit Almas verrücktem Bruder.

»Die sind doch alle verrückt«, murmelte er leise.

»Brauchst du was, mein Junge?«, fragte Lewis.

»Nein, Sir.« Charlie nahm den Zipfel seiner Wolldecke und zog ihn fest um sich. Die Vögel sprachen über ihn, so viel war sicher – er hatte davon gehört, dass Krähen miteinander sprechen konnten, und schwor sich, erst beim Morgengrauen einzuschlafen. Nach zwei Minuten schlief er tief und fest.

Ein paar Meter weiter stützte Lewis Tully sich auf die Ellbogen. Shelby und der Alte schnarchten laut, und der Junge, das erkannte Lewis an dessen Lage, schlief auch. Lewis betrachtete die kleinen dunklen Umrisse des Kindes. Wenn er allein auf der Welt wäre, so wie der Junge, dann würde ihm, so musste er sich eingestehen, die Gesellschaft von Lewis Tully und seinen Gefährten mitten in einem Wald als Anfang nicht sehr vielversprechend erscheinen.

In jener Nacht schlief Lewis Tully unruhig und wurde von bösen Träumen geplagt. In jedem Einzelnen war er ein verängstigter kleiner Junge in einem Hemd, das zu groß für ihn war und wie ein Kleid an ihm hing. In nördlicher Richtung konnte er eine Reihe von Bergen sehen, die sich wie eine gezackte Wand feindselig erhoben. Hinter ihm, in der Richtung, aus der er gekommen war, waren Eisenbahngleise, die wenige Meter vor ihm endeten. Seine Träume waren von derben Szenen voller Menschen beherrscht, Menschen mit grimassenhaften Gesichtszügen, großen Nasen und haarigen Gesichtern, fehlenden Zähnen und gruseligen Augen, und sobald diese abschreckenden Geschöpfe seiner ansichtig wurden, näherten sie sich auf bedrohliche Weise und beugten sich zu ihm hinunter. In seinen Träumen wich er zurück, er schämte sich seines zu großen Hemdes und seines ungeschnittenen Haars, seines schmutzigen Gesichts und seiner geringen Körpergröße. Alma war irgendwo am Rand dieser Träume, sie war immer in der Nähe, aber machtlos, ihn vor diesen hässlichen, bedrohlichen Erwachsenen zu beschützen.

✻ 4 ✻

Das Wüstenschiff

Am nächsten Morgen verzehrten sie rasch ein aus Kaffee und trockenen Keksen bestehendes Frühstück, und dann verkündete Lewis, es sei Zeit, »ein Kamel zu besorgen«. Sie fuhren in eine Ortschaft, die aus einer kleinen Ansammlung von Gebäuden bestand und deren Stadtväter einen dunklen Sinn für Humor haben mussten, denn dieser kleine, sonnengebleichte, gottverlassene, armselige Ort hieß »Pleasantville«.

Lewis hielt den Lastwagen vor dem ersten der geduckten kleinen Häuser an, das sich von den anderen lediglich durch das Schild GEMISCHTWAR unterschied.

Kurz darauf kam er mit einem Beutel Einkäufen aus dem Laden. Sie trafen den »Kamelabrichter« bei der Arbeit in einem schmalen Schuppen, der offenbar als Schmiede diente. Der Mann war klein und muskulös, und Charlie fand, er habe noch nie einen so schmutzigen Menschen gesehen. Der Mann stand bis zu den Knöcheln in Asche, die den Fußboden bedeckte, und sein Gesicht war völlig geschwärzt von dem Rauch und dem Dampf seiner Arbeit. Er beschlug ein langes dünnes Stück Metall auf dem Amboss und hielt in seiner Arbeit inne, als sie sich ihm näherten.

»Sind Sie Mr Burwell?«

»Ja. Brauchen Sie was?«

»Wir brauchen ein Kamel.«

Burwell blinzelte, und Lewis meinte, unter all dem Ruß ein Lächeln zu entdecken.

»Sind Sie Tully?«

»Ich denke schon.«

»Dann wollen wir sie uns mal angucken. Sie ist eine richtige Schönheit.«

»Sie« stand mitten auf einer großen, rechtwinkligen Koppel. Mit zusammengekniffenen Augen betrachtete Lewis das Tier einen Moment lang. Verglichen mit anderen Kamelen war dieses ein großes und altes Exemplar, ein einhöckriges arabisches Kamel, das gut zwei Fuß größer war als ein zweihöckriges, und einen langen Hals und lange Beine hatte. Es blickte sinnierend in die Ferne, genau links an Lewis vorbei, und schien zu kauen. Die malmenden Kiefer waren das einzige Lebenszeichen.

»Macht sie auch mal was anderes, als einfach nur dazustehen?«

Burwell legte die Stirn in Falten. »Na klar. Sie ist sogar sehr rege für ein Kamel. Sie tollt gern herum und galoppiert und so. Ziemlich verspielt.«

»Das glaube ich.«

»Sie ruht sich nur gern mal aus. Und bei der Hitze und all den Übungen, die ich mit ihr mache, ist es kein Wunder, dass sie ab und zu eine kleine Siesta macht. Sie ist dann schnell wieder frisch.«

Lewis musterte das Kamel. Das Haar war verfilzt, und das Fell löste sich in dicken Klumpen. Das Tier hatte nackte Flecken, wo man die Haut sah, und es machte nicht den Eindruck, als wäre es jemals gebürstet, gebadet oder sonstwie für einen Auftritt in der Gesellschaft zurechtgemacht worden. Das Tier verbreitete eine Aura von hohem Alter und einem schweren Leben. »In Ihrem Brief haben Sie gesagt, sie sei helle.«

»Helle wie der Tag. Das sieht man ihr natürlich nicht an.«

»Das stimmt allerdings. Von allen Tieren, die ich je gesehen habe, sieht das am allerdümmsten aus, und ich habe in meiner Zeit Tiere gesehen, die waren dümmer, als die Polizei erlaubt.«

»Also, sie hier ist helle. Alle Kamele sind helle.«

Burwell klang bekümmert, und er ging zu dem Kamel und sprach mit ihm, so wie man mit einem Kind sprechen würde, das man zärtlich liebt.

Die Angesprochene drehte den Kopf in seine Richtung und kaute weiter, anscheinend fraß sie eine Ladung Heu. Sie schien Burwell zu bemerken und hielt bei seinen liebevollen Bemerkungen mitten in der Bewegung inne. Nachdem sie ihn ein paar Sekunden angestarrt hatte, kaute sie weiter und richtete den Blick in die Ferne von Oklahoma, als fände sie das, was sie sah, faszinierend, und nichts verminderte den Eindruck, dass es ein dummes Tier war, aber in Wirklichkeit beobachtete das Kamel die Menschen. Zu den vielen Tricks und Strategien, die das Kamel in vierzig Jahren des Zusammenlebens mit Menschen gelernt hatte, gehörte auch die Fähigkeiten, jemanden aus dem Augenwinkel zu beobachten, ohne ihn direkt anzusehen. Der komplett leere Blick war ebenfalls eine eingeübte Pose. Burwell ging zu dem Zaun ihrer Koppel und gab weiter merkwürdige Laute von sich, worauf sie mit der herablassenden Art einer Königin den Kopf zu ihm umdrehte.

Sie war tatsächlich so etwas wie eine Königin, von guter Herkunft, großer Statur und beachtlichem Alter, aufgrund dessen ihr ihre Artgenossen (bei den seltenen Gelegenheiten, da sie andere Kamele getroffen hatte) ein gewisses Maß an Weisheit zusprachen. Jetzt nutzte sie die Gelegenheit, sich die Männer anzusehen, teils um herauszubekommen, wer sie waren, teils um – wie immer – festzustellen, ob der Mann mit der Peitsche dabei war. Sie hatte ihn seit gut dreißig Jahren nicht gesehen, aber Zeit spielte bei ihr keine Rolle, und sie rechnete fest damit, ihm eines Tages wieder zu begegnen, und dann würde es ihm schlecht ergehen.

Burwell klatschte in die Hände und sagte: »Hallo, mein Mädel«, und das Kamel neigte den Kopf zur Seite.

»Sehen Sie?«, sagte Burwell. »Sehen Sie? Sie kann mich verstehen. Sie versteht Englisch. Der Kerl, von dem ich sie gekauft habe, sagt, sie versteht auch Spanisch.«

»Genau, und sie singt und tanzt und kann Haare schneiden«, sagte Shelby.

»Sie haben gesagt, Sie hätten sie ›abgerichtet‹.«

»Nein, Sir, das habe ich niemals gesagt.«

»Das haben Sie wohl. Sie haben gesagt, Sie seien ›mit den Verhaltensweisen von Kamelen vertraut‹. Ich erinnere mich genau daran, weil ich das schön ausgedrückt fand.«

Wenige Meter neben ihm kicherte Harley und schüttelte den Kopf.

Lewis betrachtete Burwell, der sich am Kinn kratzte – eine Geste, die Männer seit Anbeginn der Zeiten machen, wenn sie bis zu den Knien in der Scheiße stecken. Während Burwell die Lügen, die er verbreitet hatte, bedachte, hob er die Hand zu seinem Haarschopf und fuhr darin herum, als wollte er die Wildnis auf seinem Kopf in Ordnung bringen.

»Also, vielleicht habe ich gesagt, dass ich ihr ein paar Sachen beigebracht habe, aber ein Kamel abrichten? Nein, Sir. Ich bin kein Kamelabrichter. Ich bin Schmied, und ein verdammt guter.«

»Das haben wir gehört.«

»Außerdem ist sie schon abgerichtet.«

»Was kann sie denn?«

Burwell war eindeutig nicht darauf vorbereitet, genaue Auskünfte zu geben. Er steckte sich einen Finger ins Ohr, der dort bis zum ersten Gelenk verschwand, und Lewis befürchtete, er könne sich wehtun.

»Also, Sir. Sie kommt, wenn man sie ruft. Jedenfalls manchmal. Und sie setzt sich, wenigstens habe ich schon gesehen, dass sie sich auf Befehl setzt. Natürlich setzt sie sich manchmal auch, ohne dass man ihr das sagt, und es ist auch schon passiert, dass sie sich setzt, wenn man sie zu sich ruft. Sie hat eine störrische Ader.«

»Kamele sind dafür bekannt.«

»Na, sehen Sie. Und ich habe ja schon gesagt, sie kann Englisch und Spanisch. Sie ist echt helle, viel heller als manche Menschen, die ich kenne …«

Heller als Sie zum Beispiel, wollte Lewis sagen. Stattdessen legte er Burwell eine Hand auf dessen verschwitzte Schulter. »Jetzt lassen wir mal die ganze Aufschneiderei. Jeder kann sehen, dass dies ein feines Kamel ist, wenn man alte und struppige Kamele mag. Aber ich habe mein Leben mit Tieren verbracht, und ein Kamel, das Sprachen kann, ist mir bisher noch nicht untergekommen. Aber – ich brauche ein Kamel, und Sie haben eins. Wir haben also die Grundlage für ein Geschäft. Was verlangen Sie also für dieses Wüstenschiff?«

»Fünfhundert Dollar«, sagte Burwell und sprach laut und deutlich. Dabei blickte er in die gleiche Richtung wie sein Kamel, so dass es den Anschein hatte, dass beide von dem sich bietenden Ausblick fasziniert waren.

Shelby schnaubte verächtlich, und Lewis nickte. »Also, Sir, das wäre ein angemessener Preis, wenn Ihr Kamel nicht kurz vorm Abkratzen stünde und wenn es viele potenzielle Käufer gäbe. Aber so haben sie ein altes, verlottertes Kamel, vielleicht ist es sogar senil, und es gibt gerade mal einen Menschen in ganz Oklahoma, der es kaufen würde. Und in Anbetracht dessen biete ich Ihnen fünfundsiebzig Dollar.

»Fünfundsiebzig? Das ist ein lächerliches –«

»Und jetzt danke ich Ihnen, dass Sie sich die Zeit genommen haben. Denn wir müssen weiter nach Tulsa, wo ich mit einem Mann wegen ein paar Lamas verabredet bin.«

»Lamas? Aber …«

Lewis hob zwei Finger an den schweißverfärbten Rand seines Hutes und wandte sich zum Gehen.

»Also gut«, sagte Burwell. »Aber bar auf die Faust.«

Lewis holte ein Bündel Banknoten aus der Tasche, zählte fünfundsiebzig Dollar ab und gab sie Burwell. An dem erfreuten Glitzern in Burwells Augen erkannte Lewis, dass er den Preis auch niedriger hätte ansetzen können, aber gesagt war gesagt.

Der Zauberer klopfte Charlie auf die Schulter. »Du bist gerade Zeuge eines Geschäftsabschlusses geworden.«

»Hat Lewis gewonnen?«

»Schwer zu sagen. Er freut sich, dass er nicht mehr für das glücklose Tier bezahlt hat, aber Mr Burwell hat auch das Gefühl, gut abgeschnitten zu haben. Und es hat beiden Spaß gemacht, und das ist die Hauptsache.«

Als es Zeit war, das Kamel in den Wagen zu laden, sah Charlie zu, wie Lewis und Shelby an dem Seil zogen und das Kamel danach schnappte.

Nach einer Weile hörte es damit auf und verlegte sich stattdessen darauf, die Männer zu beißen. Sie stieß ein schrilles Wiehern aus und ließ ihre Kiefer mit einem lauten Krachen in der Luft zuschnappen, so dass Shelby einen Satz machte.

»Kann sie ihnen wehtun?«, fragte der Junge.

»Und ob. Kamele haben eine schwierige Natur und neigen zu unnötigen Temperamentsausbrüchen. Sie können böse zubeißen. Aber ich würde sagen, dieses macht es nur halbherzig.«

»Warum?«

»Wenn es wollte, könnte es sie bewusstlos treten. Aber das hier ist für das Kamel nur ein Spaß.«

Das Kamel schnappte wieder, diesmal nach Lewis, und daraufhin stürzte Burwell aus der Schmiede, mit einer Peitsche, die er über dem Kopf schwang, und ließ eine Reihe von Flüchen hören.

»Nun mal langsam damit, Burwell«, sagte Lewis, aber es war deutlich, dass Burwell sich über die Gelegenheit freute.

Er ließ die Peitsche knallen und traf den Rumpf des Kamels, und als er ausholte, um erneut zuzuschlagen, riss sie sich von den Männern los und wandte ihre Aufmerksamkeit Burwell zu. Burwell wurde unter dem Ruß blass und machte eine besänftigende Handbewegung.

»Einen Moment mal, da. Wenn du mich angreifst, dann weißt du ja, was dir blüht …« Aber er wich zurück, und dann fing er an zu rennen – ziemlich behende, könnte man sagen –, und das Wüstenschiff war ihm dicht auf den Fersen und hätte ihn, das war den Zuschauern klar, in Grund und Boden getrampelt, wenn Burwell nicht auf die kluge Idee gekommen wäre, mit dem Kopf zuerst durch das Fenster seiner Schmiede zu springen, dass die Scherben flogen. Das Kamel verlangsamte seine Schritte und guckte dann wie ein interessierter Käufer durch das zerborstene Fenster. Was es da sah, schien es zufrieden zu stellen, denn es drehte sich um und trabte zu Lewis hinüber, wie ein preigekröntes Rennpferd, das sich sein Stück Zucker verdient hat.

Lewis streckte vorsichtig eine Hand aus und fing an, dem Kamel den Nacken zu kraulen.

»Wenn du dich jetzt ausgetobt hast, können wir dann in den Wagen steigen?«

Das Kamel betrachtete ihn interessiert und machte ein kleines, gurgelndes Geräusch in der Kehle.

Mit einem Ausdruck des Entsetzens murmelte Lewis: »Oh, nein«, aber er hatte keine Zeit, sich in Sicherheit zu bringen. Mit einem Schlürfen setzte das Kamel zum Spucken an. Lewis wandte sich ab, hob die Hände und sagte: »Barmherziger«, und das Kamel entlud eine mächtige Ladung Speichel über seinen Kopf.

»Oh je«, sagte Shelby.

»Und sie spucken«, erklärte Harley dem Jungen. »Sie spucken mit großer Boshaftigkeit und mit einer Präzision, die unter anderen Umständen bewundernswert wäre. Übel riechendes Gemisch, manche sagen, schlimmer, als getreten zu werden.« Er betrachtete Lewis interessiert und belustigt. »Lamas machen das auch, aber die sind nicht so schlau.«

Lewis hielt die Arme steif an seinem Körper und blitzte das Kamel an. Das meiste war auf seinem Kopf und seiner Schulter gelandet, und es rann an ihm herab und bildete zu seinen Füßen eine braune Pfütze.

Gut zehn Sekunden lang musterten Lewis und das Kamel sich gegenseitig. Dann schnaubte das Kamel und rannte ohne weiteres Aufhebens die kleine Rampe hinauf in den Wagen, sein vorläufiges Quartier. Eine Weile lang stampfte es mit den Hufen und trat gegen die Wände, aber es war klar, dass das nur Schau war, und als der Lärm verstummte, hörte Lewis, wie es anfing, das frische Heu im Wagen zu kauen.

Lewis warf den anderen strenge Blicke zu und suchte nach Zeichen der Belustigung, und der Junge merkte, dass der Zauberer sich Mühe gab, sich das Grinsen zu verkneifen.

»Ich geh noch mal zu dem Bach, den wir vorhin gesehen haben«, sagte Lewis mit tonloser Stimme und marschierte davon, während der Speichel noch immer zu Boden tropfte.

»Du kannst dir ein Hemd von mir leihen«, sagte der alte Mann und bemühte sich redlich, ernst zu klingen. Er warf Shelby einen Blick zu, der vor unterdrücktem Lachen schon ganz rot angelaufen war.

Zehn Minuten später waren sie unterwegs, Lewis in Harleys fadenscheinigem Hemd. Niemand sprach, und als sie losfuhren, hörten sie, wie Lewis in der Fahrerkabine schnupperte, in der jetzt der Geruch des Kamelspeichels hing.

»Das Leben eines Zirkusmenschen ist nicht leicht«, sagte Harley leise.

Charlie saß auf dem kleinen Extrasitz hinter den drei Männern. Die Katze sprang ihm auf den Schoß und betrachtete interessiert den zierlichen Käfig mit Finken, der auf dem Boden stand.

Das Kamel hinter ihnen verlieh seiner Langeweile oder seinem Unmut Ausdruck, indem es trat und trampelte, bis die Seitenwände des Lastwagens wie Kirchenglocken erklangen.

»Hört sich nicht sehr glücklich an, das Kamel«, sagte Shelby.

»Ein glückliches Kamel habe ich noch nie gesehen«, erklärte Lewis. »Wenn ich in einem Fell steckte und in der Wüste aufgewachsen wäre, würde sich das vielleicht auch auf meine Laune auswirken.« Er schnupperte an seiner Hand und brummte: »Eklig, das ist das richtige Wort. Sie sind eklig.«

Es war warm im Wagen und staubig, und Lewis machte sich nichts vor, was seinen Geruch anging, aber plötzlich wurde ihm leicht ums Herz. Er kam mit einem Kamel, wenn auch einem außergewöhnlich hässlichen, und einem Zauberer zurück ins Camp. Andererseits hatte er auch einen Jungen, mit dem er nichts anzufangen wusste. Er warf einen kurzen Blick auf das Kind und sagte sich, dass es eine seiner geringsten Sorgen war, aber überzeugt war er davon nicht.

* 5 *

Das Camp

Charlie erwachte in der Abenddämmerung, als der Lastwagen in eine unbefestigte Straße einbog. Dichte Staubwolken stoben um sie herum auf, als wären sie durch einen Zauber entstanden, dann hielt Lewis an. Der Wagen machte knirschende Geräusche, und Lewis sah zu dem Jungen hin.

»Wir sind da.«

»Endlich zu Hause«, murmelte Shelby, drückte die Tür auf seiner Seite mit der Schulter auf und rutschte raus.

Lewis half dem Jungen auf seiner Seite aus dem Wagen, und dann stand Charlie auf einem kleinen freien Platz, der von Bäumen umgeben war. Er sah sich um, konnte aber keinerlei Lebenszeichen entdecken, und einen Herzschlag lang dachte er, sie seien den ganzen Abend im Kreis gefahren und jetzt an dem gleichen Platz in Oklahoma angekommen, wo sie am Abend zuvor gelagert hatten. Er blinzelte und versuchte, sein Panikgefühl zu unterdrücken.

Hier sollte er leben?

»Es ist da drüben, Junge«, sagte Lewis. »Hier parke ich nur die Wagen. Das ist eine Pekan-Plantage.«

Charlie folgte den Männern durch die kleine Plantage einen sanften Abhang hinunter. Sie traten auf eine Wiese hinaus, und der Junge blieb abrupt stehen.

In der Ferne sah er Lichter und kleine Lagerfeuer, aber seine

Aufmerksamkeit galt den großen, gedrungenen Formen, die um das Oval der Wiese herumstanden: Lastwagen und Autos aller Größen, die alle alt und ramponiert aussahen.

Verbraucht, hätte Lewis Tully gesagt. Verbraucht und am Ende. Bei kalten Tageslicht zwang Lewis sich, seine »Flotte« zu begutachten, und fand, sie sah aus wie das, was nach einer großen Schlacht übrig geblieben war – aus der Sicht des Verlierers. Zwei Autos waren aufgebockt, ein Lastwagen hatte keine Ladefläche mehr, eine Limousine der Marke Nash Light Six hatte zwar einen Erdrutsch in Montana überlebt, doch war dabei ihre Schnauze flach gewalzt worden, so dass sie jetzt aussah, als würde sie die Lippen schürzen. Auf zwei Lastern stand in Weiß »U.S. Army«, und ein Dritter hatte ein rotes Kreuz aufgemalt und mehrere Einschusslöcher in den hölzernen Seitenwänden. Ganz am Rand standen zwei seiner zweifelhaftesten Errungenschaften: Zwei Busse, die er von einem Trödelhändler in der Maxwell Street in Chicago für hundert Dollar gekauft hatte. Er hatte erst neue Reifen besorgen müssen, um mit den Bussen vom Platz zu fahren.

Sieben der Wagen waren schon mit seinem letzten Unternehmen, das so katastrophal geendet hatte, auf Tour gewesen und trugen noch die Aufschrift The Lewis Tully Grand Circus and Menagerie. Drei stammten von anderen Zirkusunternehmen, und den Rest hatte er aus Vorgärten, Gräben und dunklen Gassen im ganzen Land zusammengesammelt.

Die Flotte stellte eine bunte Palette der noch jungen und unsicheren Automobilindustrie dar: Es gab Fords und Chryslers, Oldsmobiles und Hudsons, einen Willys Knight und einen Cleveland Six und einen Pierce-Arrow, der bei einer »Meinungsverschiedenheit« zwischen mehreren Herren in Chicago von Maschinengewehrfeuer in Mitleidenschaft gezogen worden war.

Lewis sah den Jungen an. »Na, was denkst du?«

Der Junge starrte auf die lange Reihe der rostigen Automobile.

»Funktionieren die?«

»Klar funktionieren die. Einige wenigstens.«

»Über die Hälfte«, half Shelby nach.

»Eine eher großzügige Schätzung, J. M., aber es würde mich nicht überraschen«, gab Lewis zu. Dem Jungen erläuterte er: »Das sind unsere Transportmittel. Unser Zirkus ist sozusagen ein ›motorisierter‹ Zirkus. Die großen Unternehmen benutzen die Eisenbahn, aber meiner Meinung nach ist der motorisierte Zirkus der Zirkus der Zukunft.«

»Gehören alle Lastwagen dir?«

»Ja. Ein paar davon schlachten wir aus und holen uns Ersatzteile, damit wir die anderen reparieren können. Man hat ganz schön zu tun, wenn man einen motorisierten Zirkus in Bewegung halten will.«

Der Junge starrte stumm auf den Fuhrpark. So sehr er sich auch bemühte, er konnte die Fahrzeuge zum Ausschlachten nicht von den fahrtüchtigen unterscheiden, in seinen Augen sahen sie alle wie Schrottautos aus. Und jetzt erinnerte er sich an etwas, das seine Mutter ihm aus einem der Bücher aus der Bibliothek vorgelesen hatte, von einem verschwiegenen Ort im Dschungel Afrikas, wo die Elefanten hingehen, wenn sie sterben müssen. Es war eine seiner Lieblingserinnerungen in seinem jungen Leben, eine Erinnerung an einen Moment, da die Welt friedlich zu sein schien und die blasse, dunkelhaarige Frau, die ihm exotische Geschichten vorlas, gütig herrschte und niemals sterben würde. Wenn er an seine Mutter dachte, dann dachte er immer an diese Zeit. Der Friedhof der Elefanten, so hieß dieser verschwiegene Ort, und er lag im Herzen Afrikas, an der dunkelsten und abgeschiedensten Stelle des Kontinents, und kein Mensch hatte ihn je gesehen. Als Charlie jetzt die lange Reihe der zerbeulten Wagen vor sich sah, kam ihm der Gedanke, dass es einen geheimen Friedhof für Autos gab, und wenn das so war, dann glaubte er jetzt, den Ort zu kennen.

In der zunehmenden Dunkelheit erkannte Charlie hinter den Fahrzeugen eine zweite Reihe von Fuhrwerken. Er ging zwischen zwei Lastern durch und holte tief Luft. Vor ihm stand eine Reihe von Zirkuswagen, alle aus Holz, bestimmt zehn Stück, von denen die meisten in einem noch schlimmeren Zustand waren als die Lastautos.

Aber es waren Zirkuswagen, einst bunt angemalt, manche hatten Käfige aufmontiert oder waren mit Engeln und Fantasietieren bemalt. Charlie hatte noch nie solche Wagen gesehen, außer in einem Buch. Er blieb stehen, als wäre er durch einen Zaun gestoppt worden, und Lewis Tully trat zu ihm.

»Nur zu, Junge, du kannst sie ruhig anfassen. Sie kennen jedes Unglück, das einem zustoßen kann.«

»Gehören sie auch dir? Gehören sie mit zu deinem Zirkus?«

Lewis guckte zu den Wagen und nickte langsam. »Sie sind das, was von anderen, längst verschwundenen Zirkusunternehmen übrig ist. Dieser da, das war der Käfigwagen für Dan Rice, damals, 1860, und … und viele andere. Gebaut von den Moeller Brothers Wagonworks in Baraboo, Wisconsin. Und jetzt gehört er zu meinem Zirkus, der und die anderen.« Er sah den Jungen mit einem merkwürdigen Ausdruck in den Augen an, und dem Jungen kam es einen Moment lang so vor, als wäre Lewis Tully gewachsen.

»In diesen Wagen sind die Tiere von Rice & Forepaugh transportiert worden und die von Sells-Floto und von Barkley und von Sieman's and Sanger's Great European Circus, von Al G. Barnes und von den Ringlings. Es gibt Leute, die haben als Kinder diese Wagen gesehen, und jetzt sind sie alt oder schon tot, und die Zirkuswagen sind immer noch hier. Ich werde sie wieder herrichten und –« er drehte sich um die eigene Achse »– auf diesen Lastern transportieren. Und wenn ich fertig bin, dann ist das ein Zirkus wie aus alten Zeiten, der sich in jeder Stadt sehen lassen kann. Komm mal mit, ich will dir was zeigen.«

Der Junge ging hinter Lewis her, und Harley Fitzroy und

Shelby folgten ihnen. Als sie das Ende der Reihe erreicht hatten, zeigte Lewis auf den letzten Wagen. Er war länger als die anderen, und oben war er mit einer schweren Plane bespannt, aber der Junge sah gleich, dass dies ein besonderer Wagen war. Die Plane verbarg zwar das Dach, aber die kühnen Schnitzereien an den Seitenwänden und die Holzskulpturen von Cherubim und Amor-Figuren mit lauter Musikinstrumenten konnte sie nicht verstecken. In leuchtenden Farben stand darunter THE LEWIS TULLY BLUE MOON CIRCUS mit einem kleinen blauen Mond daneben.

»Weißt du, was das ist?«

»Nein, Sir.«

»Ein Carillon«, sagte Lewis, und seine Stimme liebkoste das Wort geradezu.

»Oh«, sagte der Junge.

»Ein Carillon«, widerholte Lewis, »das ist ein Wagen mit einem Glockenspiel, damit die Leute den Zirkus schon aus großer Entfernung kommen hören können. Gibt wohl kaum mehr als ein Dutzend in der ganzen Welt, und dieser hier, das ist meiner. Dieser hier ...« Lewis ließ den angefangenen Satz im Wind verklingen, während er liebevoll den Wagen voller Glocken und Engel betrachtete. Er war überzeugt, dass Wörter dem, was er sagen wollte, nicht gerecht werden konnten.

»Er ist aber groß. Wie kriegt man die großen Wagen auf die Laster?«

»Gute Frage«, sagte Harley.

»Ja, das ist wirklich eine gute Frage. Denn alles, was wir machen und was wir haben, muss auf die Laster. Das Zelt, zum Beispiel, und die großen Masten, die ganzen Sitze müssen darauf verladen werden und unsere Vorräte, unser Essen, das Getreide und das Heu für die Tiere, unser Wasser, und der Diesel für die Laster, dann die Tiere und die Menschen und diese Zirkuswagen hier. Alles.«

Mit einem selbstzufriedenen Ausdruck ließ Lewis den Blick zwischen dem Jungen und dem Zauberer hin und her wandern. »Aber darüber muss ich mir keine Sorgen machen. Mr Shelby hier kümmert sich darum. Wenn ein Laster nicht groß genug ist, dann baut er ihn um, so wie er es mit den beiden da gemacht hat.« Lewis zeigte auf zwei Laster mit enormen Ladeflächen.

Shelby legte die Stirn in Falten. Der Junge sah ihn in stummer Bewunderung an. Lewis deutete seinen Ausdruck.

»Lass dich von seinem Aussehen und seiner Trägheit nicht täuschen. Mr Shelby hier ist ein Mann mit vielen Talenten, könnte man sagen. Sein Nutzen ist schier endlos. Sein Unverstand auch«, murmelte Lewis und drehte sich um.

»Wo ist denn das Zelt?«, fragte Charlie unvermittelt und sah sich enttäuscht um.

Lewis hielt mitten im Schritt an und drehte sich langsam um.

»Was meinst du?«

»Nichts.«

Shelby warf Lewis einen frohen Blick zu. »Er will wissen, wo das Zelt ist, Mr Barnum.«

Lewis sah Shelby irritiert an und wandte sich dem Jungen zu. »Es ist hier, Junge. Du kannst es nicht sehen, es ist noch nicht so weit, dass es aufgebaut werden kann. Noch ein paar Bahnen …« Er machte eine ausholende Handbewegung, und der Junge folgte ihr, um zu sehen, ob das Zelt am Ende der Bewegung erscheinen würde.

»Er will damit sagen«, erklärte Harley, »dass das Zelt zurzeit in anderer Form existiert. Nicht als Zelt erkennbar. Das heißt, dass es momentan noch kein Zelt ist, aber demnächst eins sein wird.«

»Genau so ist es«, sagte Lewis und schritt zielstrebig davon, während ihm Shelby auf den Fuß folgte.

Harley legte dem Jungen eine Hand auf die Schulter und sprach leise mit ihm. »So wie viele andere Teile dieses merkwürdigsten aller Zirkusse auch, mein Junge, existiert das Zelt zurzeit nur in Lewis Tullys reger und gelegentlich ausufernder Fantasie.«

»Werden wir es später einmal sehen?«

»Aber ja, daran zweifle ich nicht. Und wenn wir es sehen, dann wird es so einzigartig sein wie alles andere auch, was Lewis Tully zuwege bringt.«

»Kommt schon«, rief Lewis, und sie trotteten hinter ihm her.

Jenseits der Bäume fiel die Wiese zur Mitte hin ab, und dort sah Charlie eine kleine Gruppe von Hütten und kleinen Häusern und Zelten, anscheinend Dutzende von Zelten. Er fühlte sich an ein Bild in einem Buch über die Invasion der Mongolen erinnert, die in einer kleinen Zeltstadt lebten. Er sah Menschen hin und her gehen, und als Lewis und Shelby sich ihnen näherten, blieben sie stehen und guckten zu ihnen herüber.

Lewis, der neben ihm ging, winkte und rief: »Hallo, alle miteinander!«, worauf die Menschen winkten und Charlie die Antwortrufe hörte: das schrille Wiehern der Pferde, das kehlige Bellen eines großen Hundes, und dann ein Lärm wie von einer Trompete, der vom Rand der Wiese zu kommen schien und über allem schwebte. Ein solches Geräusch hatte der Junge noch nie gehört, und er blieb wie angewurzelt stehen. Er machte den Mund auf, aber die Stimme versagte ihm.

Lewis lachte. »Diese laute Trompete, die du da gerade gehört hast, das war Jupiter.«

»Jupiter?«

»Jupiter ist ein afrikanischer Elefant. Der größte in der ganzen Welt. Nur Jumbo war größer.« Lewis blickte stirnrunzelnd zu dem Jungen runter. »Ich nehme an, von Jumbo hast du schon mal gehört.«

Der Junge nickte. »Jumbo war der größte. Er ist tot.«

»Ja, er ist tot, das stimmt, er und Mr Barnum und Tom Thumb und alle anderen aus dem Zirkus auch. Aber was war das für ein Zirkus! Der beste überhaupt. P. T. und Mr Bailey, die perfekte Kombination. Alles andere bleibt dahinter zurück, er ist das Vorbild, dem wir nacheifern.«

Charlie wollte Lewis fragen, ob er Jumbo mal gesehen hatte, aber seine Aufmerksamkeit wurde abgelenkt.

Aus der im Halbkreis angelegten Siedlung kamen Menschen auf sie zu, viele Menschen, und der Junge freute sich, andere Kinder zu sehen. Die meisten der Menschen waren weiß, manche schwarz, und er sah eine Familie – einen alten Mann, einen jungen Mann, eine Frau und drei Kinder –, die chinesisch aussahen.

Lewis eilte mehrere Schritte voraus, winkte den Menschen zu und rief ihre Namen. Er lachte breit und rief über die Schulter: »Langsam kommen sie, J. M., hab ich's dir nicht gesagt? Bis zum Ende des Monats sind sie alle da, du wirst schon sehen. Am 1. Mai sind wir so weit, oder kurz danach.«

Lewis ging zu einem alten schwarzen Mann und umarmte ihn. Im nächsten Moment kam ein noch älterer Mann, ein weißer, auf ihn zu und streckte ihm die Hand entgegen.

Der Junge hörte, wie Shelby neben ihm lachte. »Sam Jeanette und Old Man Royce. Der alte Zheng ist da, und Harley natürlich. Wenn der Vater des Grafen diesen Winter nicht ins Himmelreich eingegangen ist, dann sind wir umgeben von alten Männern«, murmelte er und wurde sich im nächsten Moment seines jugendlichen Zuhörers bewusst. Er sah zu Charlie hinunter. »Versteh mich nicht falsch. Sie sind alle gut, die besten überhaupt. Lewis hat die besten Leute zusammengebracht. Samuel Jeanette kennt sich mit Pferden noch besser aus als Lewis, obwohl du das Lewis besser nicht weitersagst. Und der alte Zheng und sein Sohn, den wir hier Mr Zheng nennen, können fantastisch mit Tieren umgehen. Und Mr Royce, natürlich, der ist der wichtigste Mann beim Zirkus.«

»Warum?«

Shelby zwinkerte ihm zu. »Er ist der Koch. Er hat in unserem Krieg gegen die Spanier für Admiral Dewey gekocht. Hast du mal von Admiral Dewey gehört?«

»Nein.«

»Du bist noch zu jung.«

Er zeigte auf ein langes, schmales, rot gestreiftes Zelt. »Das ist der beliebteste Ort auf dem Platz, das Küchenzelt.«

Sie waren wenige Schritte hinter Lewis, und Shelby nickte und winkte den Menschen zu, an denen sie vorbeikamen, und rief ihre Namen.

»Die DePerczels sind da. Sehr gut. Hatte befürchtet, sie würden es nicht schaffen.«

»Wer?«, fragte Charlie.

Shelby blickte zu ihm runter. »DePerzcels. So heißen sie. Die Familie des Grafen, ungarischer Adel. Seiltänzer. Hochseil, mit Netz, ohne Netz, Fahrradkünstler – alles. Sie gehören zu den Besten. Der Große da, das ist der Graf. Es heißt, sein Papa kannte Blondin, den größten Drahtseilkünstler aller Zeiten.« Der Junge nickte, als wäre das allgemein bekannt.

Er guckte in die Richtung, in die Shelbys krummer Zeigefinger zeigte, und sah einen großen Mann mit silbrigem Haar und unglaublich breiten Schultern und fand, dass der Mann tatsächlich wie ein Graf aussah, was immer das war, ein Graf.

Etwas abseits, als gehörten sie nicht richtig dazu, stand eine kleine Gruppe von kräftigen, sonnengebräunten Männern.

»Und das sind die Zeltbauer. Unsere Handwerker.«

Shelby ließ den Blick über die Männer gleiten und schüttelte leicht den Kopf. »Paar neue Gesichter dabei«, sagte er leise. »Scheinen nicht viel draufzuhaben, aber hier sind sie richtig. Lewis Tully schickt sie nicht wieder weg.«

Ein starke Geruch lag über dem Camp: der Rauch vom Holzfeuer mischte sich mit dem von heißem Fett, von Benzin und Petroleum und den beißenden Ausdünstungen der Tiere. Der

Junge zog die Schultern hoch und versuchte, im Schatten der beiden Männer zu bleiben. Er bekämpfte seine Neugier und hielt den Blick gesenkt, denn er bemerkte, dass er beträchtliche Aufmerksamkeit erregte. Besonders einer fand ihn offensichtlich faszinierend, wenn nicht gar besorgniserregend: Es war ein knochendürrer Mann in schwarzem Anzug, der an einer Zigarre kaute und den Jungen durch den aufsteigenden Rauch fixierte. Charlie fragte sich, ob der Mann krank sei.

Lewis blickte von dem dünnen Mann zu dem Jungen. »Das hier ist Doc Morin. Unser Tierarzt. Er kümmert sich auch um die Menschen, aber wir müssen immer warten, bis er mit den Tieren fertig ist.« Lewis grinste, aber der Doktor wandte den Blick nicht von Charlie ab und musterte ihn eindringlich.

»Zu mager«, sagte der Doktor.

»Wir päppeln ihn auf.«

»Seine Hautfarbe gefällt mir nicht.«

Lewis sah den Jungen amüsiert an. »Dem Doc gefällt deine Hautfarbe nicht. Wir malen dich blau an.«

»Ich mag seine Hautfarbe auch nicht«, sagte Charlie und guckte auf seine Schuhe.

»So etwas sagt man nicht, mein Junge«, tadelte Lewis Charlie.

Als der Doktor sich abgewandt hatte, blickte der Junge zu Lewis auf und sah dessen Verärgerung.

»Der Doc ist vielleicht manchmal ein bisschen schrullig. Er ist …« Er wandte sich hilfesuchend an Shelby und Harley. »Wie würdet ihr Doc Morin beschreiben?«

»Er ist strohdumm, ein Idiot«, sagte der Zauberer fröhlich.

»O, du bist wie ein großes Kind, Harley. Der Doc ist ein sehr gebildeter Mann, manchmal ist er nur etwas schwierig im Umgang. Er hat nicht gerade ein fröhliches Naturell.«

»Anders als unser Lewis hier«, fügte der alte Mann hinzu. Zu dem Jungen sagte er: »Der Doc ist einer von denen, die gern unglücklich sind. Vielleicht bist du später auch einer von denen.

Aber Lewis hat Recht: Du darfst nicht frech werden, auch wenn du dich ärgerst.«

Sie setzten ihren Weg durch das Camp fort, und Lewis und Shelby begrüßten die Menschen. Man klopfte sich auf die Schultern und umarmte sich sogar, und Harley gab sich Mühe, dem Jungen die Menschen vorzustellen.

»Dieser kleine Mann da, der aussieht, als hätte er gerade in einen wurmstichigen Apfel gebissen, das ist Tony Aiello. Er ist der Elefantenwärter – er ist für Jupiter zuständig. Und siehst du die beiden hübschen mexikanischen Jungen da drüben? Das sind die berühmten Brüder Perez. Manchmal kleben sie sich falsche Schnurrbärte an und treten in derselben Vorstellung später als die Großen Guerreros auf. Sie sind Trapezkünstler, feine Akrobaten – die besten kommen immer aus Mexiko. Der Chinese da, der so würdevoll aussieht, das ist Mr Zheng. Er richtet Tiere ab, meistens guckt er ihnen nur in die Augen und spricht mit ihnen. Verdammt raffiniert, verzeih meine Ausdrucksweise. Und das ist der alte Zheng, von dem ich dir schon erzählt habe.«

»Er richtet auch Tiere ab.«

»Nur gelegentlich. Hauptsächlich ärgert er den Doktor.« Der Zauberer sah den Jungen mit zufriedener Miene an. »Und das geschieht ihm recht. Der alte Zheng ist nämlich selbst eine Art Doktor, er benutzt Kräuter und Pflanzen und solchen Kram und macht daraus Arzneimittel. Ausgezeichnete Mittel sind das, sie wirken nämlich. Die Chinesen sind eine sehr gelehrte Rasse, völlig unterschätzt, wie die Neger auch. Jedenfalls, wenn wir uns krank fühlen, dann gehen wir zu Doc Morin, rein aus Höflichkeit, und der schüttelt den Kopf und bläst uns Zigarrenrauch ins Gesicht und sagt, wir brauchen Ruhe. Dann gehen wir zum alten Zheng, und der gibt uns einen kleinen Trunk oder etwas, das wir in den Kaffee tun, und das macht uns gesund. Das ärgert den Doc natürlich ganz gewaltig.«

Harley guckte sich unter den Menschen um und wirkte enttäuscht. Er warf dem Jungen einen kurzen Blick zu und zuckte mit den Schultern.

»Hatte gehofft, ein paar Freunde hier zu sehen. Vielleicht kommen sie ja noch. Früher hatten wir nämlich eine berühmte Kunstreiterin, ein zierliches Mädchen namens Lucy, sie war eine Attraktion für sich. Aber sie ist nicht hier.«

Harley deutete auf einen erschöpft aussehenden Mann, der einen zerknitterten Anzug trug und auf einer Kiste saß. »Der Mann da, der so müde aussieht, das ist Fred Lemmon, der Löwenbändiger. Ich bin der Meinung, er sollte die Attraktion sein, nicht der Löwe: ›Der phlegmatischste Mann der Welt‹. Zwischen einem Löwen und seinem Bändiger entsteht immer eine Bindung, du kannst dir also vorstellen, wie sich das auf unseren Löwen auswirkt – Brutus, der faulste Löwe einer sehr trägen Rasse. Die können zwanzig Stunden schlafen, und unter Freds Anleitung hat er es sogar geschafft, fast dreiundzwanzig Stunden zu schlafen.«

Lewis kam zu dem Jungen und schob ihn nach vorn, dass alle ihn sehen konnten, und stellte ihn vor.

»Das ist unser neuestes Mitglied, er heißt Charlie Barth. Er zieht für die nächste Zeit mit uns. Bisher war er bei meiner Schwester in Chicago.« Er wandte sich zu dem Jungen und beugte sich runter zu ihm.

»Das hier … das sind meine Freunde.« Er zeigte dem Jungen ein paar der Leute, die der Zauberer ihm gerade erklärt hatte, und nacheinander begrüßten die Zirkusleute Charlie.

»Komm mal mit, mein Junge«, sagte Lewis. »Wir wollen einen Platz für dich finden. Von jetzt an wohnst du bei Shelby und mir. Wir sorgen für alles, was du brauchst. Hunger?«, fragte er erwartungsvoll.

»Nein.«

»Aha.«

Lewis nickte, und der Junge begriff, was es bedeutete. Er verspürte eine plötzliche Sehnsucht nach Alma, die genau wusste, was sie mit einem neun Jahre alten Jungen machen musste. Ein Wind erhob sich, der von den Hügeln jenseits des Camps herüberwehte, und die Luft wurde merklich kühler. Charlie zitterte und hoffte, dass keiner es bemerkt hatte.

»In der Hütte haben wir einen schönen Ofen.« Lewis deutete mit dem Kopf auf eine Holzhütte. »Wir holen dir Wolldecken und was du brauchst. Komm, wir gucken mal, was wir haben.«

In Lewis' Hütte lag eine Mischung von Gerüchen in der Luft: An allem haftete der Rauch von Holzfeuer, und der Junge roch Schweiß und alte Baumwolle und etwas Dumpfes, einen muffigen Geruch, der ihm neu war. Lewis bemerkte die Verwirrung des Jungen.

»Der süßliche Geruch, das ist Pferdegeruch, der kommt von meinen Sachen da.« Er zeigte auf einen Stapel Leder und Seile, dazwischen ein Sattel, Zaumzeug und eine Satteldecke. »Ich arbeite mit Mr Jeanette zusammen bei den Pferden. Möchte gern in Übung bleiben. Mein ganzes Leben habe ich mit Pferden gearbeitet, und ich will damit nicht aufhören. Ich mag Pferde sehr gerne. Manchmal lieber als Menschen.« Shelby, der auch im Raum war, schnaubte.

Lewis guckte sich um und beschloss, welche Ecke der Junge haben sollte, dann warf er Dinge quer durch den Raum, um Platz zu machen. Als er alle Hosen und Jacken und die Seilrollen weggeräumt hatte, sah der Junge ein kleines hölzernes Bettgestell. Lewis zeigte auf eine große Truhe bei der Tür.

»Jetzt machen wir dem Jungen erst mal ein frisches Bett.«

»Du machst gern einen guten Eindruck, was, Lewis?«, sagte Shelby.

Er holte ein sauberes Laken aus der Truhe und warf es Lewis zu, der ihm das schmutzige Laken zurückwarf. Shelby hielt es einen Moment lang an die Nase.

»Komisch, Lewis. Das hier riecht nach Parfum.«

»Na und?«, sagte Lewis verärgert. Sein Blick wanderte von Shelby zu dem Jungen, er zog die Augenbrauen hoch.

»War nur ein kleiner Spaß, Lewis.«

Am Schluss hatte Charlie ein Bett, seine kleine Segeltuchtasche stand am Fußende, und seine Schuhe standen unter dem Bett. Die Männer gingen mit ihm zum Essen und brachten ihn wieder zur Hütte zurück, dann ließen sie ihn einen Moment allein, damit er sich sein Flanellnachthemd anziehen konnte, das Alma ihm gekauft hatte. Charlie stieg ins Bett, zog sich die Decken bis zum Kinn hoch und lag still da, die Arme hinterm Kopf verschränkt. Dann kam Lewis herein und setzte sich auf die äußerste Bettkante, als hätte er Angst, sich mit seinem vollen Gewicht auf dem Bett niederzulassen.

»Alles in Ordnung?«

»Ja, Sir.«

»Nenn mich Lewis.«

»Ist gut. Lewis.«

»Wie ist das Bett?«

»Ziemlich gut.«

»Es ist nicht ganz neu, aber auch nicht richtig alt.« Lewis fuhr sich mit der Zunge über die Lippen und machte eine Geste mit beiden Händen, dann presste er sie zusammen.

»Ist wirklich alles in Ordnung?«

»Ja.«

Lewis sah ihn an und schien darauf zu warten, dass er etwas sagte, aber Charlie wusste nicht, was er sagen sollte. Schließlich seufzte Lewis und sah den Jungen an. »So ist das nun, Junge. Du bleibst jetzt erst mal bei mir. Wir müssen uns überlegen, was das Beste für dich ist, aber vorerst bist du bei mir und …«

Einen Moment lang stieg Panik in dem Jungen auf, und er fragte sich, ob er woandershin gebracht werden würde, aber Lewis sprach weiter, und der Junge versuchte ihm zu folgen.

»... und ich möchte, dass du dich willkommen fühlst. Aber da ist auch ein Problem. Das hier ist ein Zirkus, und ein Zirkus ist ein Geschäft, es ist Unterhaltung und gleichzeitig auch ein Unternehmen, und mit einem Zirkus kenne ich mich aus. Aber ich kenne mich nicht so gut mit kleinen Jungen aus und wie man für einen sorgt. Verstehst du, was ich sagen will?«

»Ja.« Er sah Lewis an und versuchte, so aufmerksam wie möglich auszusehen.

»Mir werden hin und wieder Fehler passieren, ich werde Sachen vergessen, die Alma ohne nachzudenken gemacht hat. Ich kann dir nur versichern, dass ich mir Mühe geben werde, dich gut zu behandeln, damit du das Gefühl hast, du bist hier, nun ja, hier ...« Lewis sah sich in der kleinen verräucherten Hütte um und konnte das Wort nicht aussprechen.

»Jedenfalls, jetzt bist du hier. Ich weiß, du bist etwas anderes gewöhnt.« Lewis zuckte die Schultern. »Und jetzt solltest du besser schlafen. Brauchst du noch was?«

»Nein.«

»Also gut. Dann sehen wir uns morgen Früh.« Lewis drehte die Lampe aus und eilte aus der Hütte.

Als Lewis gegangen war, lag der Junge in der Dunkelheit und lauschte den Stimmen draußen. Allmählich gingen die Leute in ihre Hütten und Zelte, es wurde leiser, und Charlie hörte die Nachtgeräusche. Vögel riefen sich einander zu, und in den Bäumen jenseits des Camps war ein schrilles Pfeifen zu hören. Ganz in der Nähe hörte er das Surren von Lewis Generator, und wenn er sich anstrengte, konnte er die Tiere hören: Pferdehufe auf der Koppel, weiter entfernt ein tiefes Schnauben, dann ein seltsamer, spitzer Schrei, und er dachte, das könnte das Kamel sein, das sich bemerkbar machen wollte. Aus großer Nähe hörte er ein Knurren, bei dem sich die Härchen auf seinen Armen aufrichteten, ein tiefes »Hier bin ich«, das von dem Löwen kommen musste, und wenn es nicht der Löwe war, dann wollte Charlie sich auf der Stelle unter den Holzplanken verkriechen. Die Tiere gaben der Reihe nach Laut, und nach einer kleinen Weile der Stille zerriss ein gewaltiges, schrilles Trompeten die Nacht und ließ die Hütte erbeben – Jupiter, die Elefantendame, die allen kundtat, wie wichtig sie war. Die Pferde anworteten mit einem nervösen Wiehern, dann war alles still.

* 6 *

Ein Dickhäuter und ein Besucher

Ein blasses Licht stahl sich über den Himmel im Osten, als der Junge aus der Hütte schlich; er hatte sich das lange Nachthemd in die Hosen gestopft und trug die Schuhe in der Hand, damit er die schnarchenden Erwachsenen nicht störte. Irgendwo am Rande des Camps bellte ein Hund, und die Pferde antworteten mit einem Wiehern. Der Junge ging dem Geräusch nach und fand die lange, ovale Koppel, wo die Pferde – über siebzig, hatte Lewis gesagt – noch schliefen. Er hatte gehört, dass Pferde im Stehen schlafen, hatte es aber nicht geglaubt – bis jetzt. Als er die Pferde betrachtete, kam ein großes braunes Pferd mit langem Fell an den Beinen und breiten Hufen gemächlich zu ihm herüber, streckte den Kopf aus und beschnupperte ihn. Ganz vorsichtig, mit angehaltenem Atem, streichelte Charlie ihm über die Nase. Am liebsten hätte er gelacht.

Ein paar Minuten verbrachte er mit seinem neuen Bekannten, dann setzte er die Erforschung des Camps fort. Mit der Zeit begriff er, dass die Tiere am äußeren Rand des Camps ihre Quartiere hatten – Maulesel, Zebras, Lamas und ein stummes Quartett von Büffeln, die zottelig und leblos wirkten. Auf der letzten Koppel stand das große, langgliedrige Kamel. Es betrachtete ihn eindringlich, machte aber keine Anstalten, sich ihm zu nähern.

In einem länglichen, schmalen Wagen, der orange angemalt war, entdeckte er den Löwen. Es sah aus, als wäre er in der Nacht gestorben. Doch als der Junge das Tier anguckte, zuckte seine Nase. Ganz in der Nähe stand auf einem Schild, das an einem hohen Käfig auf einer kleinen Ladefläche festgemacht war, dass hier Bill, der Tanzbär, wohnte, aber soweit der Junge sehen konnte, war Bill entflohen, falls er je in dem Käfig gewesen war.

»Der Bär schläft im Lastwagen. Bei Mr Aiello.«

Charlie drehte sich um die eigene Achse und machte einen Satz zurück. Der kleine schwarze Mann, der Jeanette hieß, stand ein paar Schritte von ihm entfernt; er hatte die Arme verschränkt und guckte ihn an, ausdruckslos und ohne ein Zwinkern. Der Junge machte noch einen Schritt zurück, verschränkte unwillkürlich die Arme über der Brust und bemühte sich, so ausdruckslos zu gucken wie der Mann vor ihm.

»Ich habe gesagt, der Bär schläft im Lastwagen.« Der Mann kniff die Augen zusammen und deutete nach links. Charlie drehte seinen Kopf kaum merklich und entdeckte einen kleinen, zerbeulten Lastwagen mit rot-blauen Streifen und dem Bild von einem Bär.

»Sprichst du kein Englisch? Oder bist du einfach nur wählerisch, mit wem du sprichst?«

»Nein. Nein, Sir.« Ein belustigtes Funkeln stand in den Augen des Mannes, und der Junge fühlte sich erkühnt, eine Frage zu stellen. »Kann er wirklich tanzen?«

»Nein, er ist tolpatschig, sogar für einen Bären. Einfach nicht besonders talentiert, eher eine Attraktion in der Menagerie. Aber bei den Kindern ist er sehr beliebt.«

»Ist es ein freundlicher Bär?«

»So was gibt es nicht. Deswegen tragen sie meistens Maulkörbe. Sie sind impulsiv, und immer haben sie Hunger. Sie sind Allesfresser. Das heißt, wenn sie die Wahl haben zwischen einem Apfel und einem neunjährigen Jungen, dann fressen sie beides. Ich mag keine Bären.«

»Warum schläft er in dem Wohnwagen?«

»Er fühlt sich einsam. Anscheinend hat er eine Anhänglichkeit zu Mr Aiello entwickelt, der wollte ihm das Tanzen beibringen, doch dann hat er es aufgegeben. Hast du dir die Pferde angesehen?«

Der Junge erkannte das ehrliche Interesse in der Miene des Mannes und nickte. »Sie sind sehr schön.«

Mr Jeanette nickte. »Natürlich sind sie schön. Lewis hatte schon immer ein Auge für Pferde. Unter den Zirkusleuten ist er dafür bekannt.«

»Und Sie versorgen sie alle«, sagte Charlie, froh, dass er mit seinem Wissen prahlen konnte.

Mr Jeanette schien erfreut. »Ja, das ist richtig. Wir haben ein paar sehr schöne Tiere, ein paar Rassen, von denen du bestimmt noch nie gehört hast. Siehst du die großen da hinten, beim Zaun? Das sind Percheron-Pferde. Die hat man in früheren Zeiten gezüchtet, auf denen sind Ritter in Rüstung geritten. Und der große Braune, der dich beschnuppert hat, das ist ein Belgier. Einer allein kann einen Wagen ziehen, der normalerweise von zwei Arbeitspferden gezogen wird. Dies ist die beste Herde, die dir je unter die Augen kommen wird. Hast du meine Zebras gesehen?« Mr Jeanette lächelte und sah sofort dreißig Jahre jünger aus.

»Ja, Sir. Sie haben mir gut gefallen.«

»Na, sie machen mir ganz schön Ärger … Aber ich nehme an, ein Junge will den Bullen sehen.«

»Den Bullen?«

»Jupiter, den Elefanten. So nennen wir sie, Bullen. Alle miteinander, ob männlich oder weiblich. Komm mit.«

Charlie folgte dem Mann zu einer großen, rechteckigen Einfriedung, die mit doppelt gebundenen, schweren Baumstämmen gesichert war. In der Mitte stand ein enormer Elefant mit nur einem Stoßzahn und grub mit einem Fuß ein Loch in den Boden.

»Hallo, mein Prachtmädel«, sagte Jeanette, aber der Elefant beachtete ihn nicht.

»Was macht sie da?«

»Sie gräbt ein Loch. Gräbst du nicht auch gern Löcher?«

»Vielleicht. Aber warum macht sie das?«

»Vielleicht will sie ausbüxen. Nein, sie gräbt nur so, weil sie hofft, in der Erde etwas zu finden. Etwas, das sie sich ins Maul stecken kann, Mineralien direkt aus der Erde, wer weiß. Jedenfalls macht es ihr Spaß.«

»Was ist mit dem anderen Stoßzahn?«

»Sie hat ein Haus damit angegriffen. Sie hat so ihre Launen.« Mr Jeanette lehnte sich an einen Baumstamm und musterte das Tier liebevoll. Dann bemerkte er etwas aus dem Augenwinkel.

»Es ist so weit, Junge, die Flagge ist gehisst: erster Ruf zum Frühstück.«

Charlie warf noch einen Blick auf den Elefanten und ging hinter Mr Jeanette her zurück zum Camp. Sie trafen Lewis, der aus der Hütte kam und sich das Hemd in die Hose stopfte und verwirrt schien.

»Er war bei mir, Lewis«, sagte Mr Jeanette.

»Oh. Ist gut, Sam. Morgen, Junge. Hunger auf Frühstück?«

»Ja. Ich habe Jupiter gesehen.«

»Ein prächtiges Tier, was?«

»Sie hat ein Loch gegraben.«

»Wahrscheinlich will sie nach China.«

Das Speisezelt war schon gut besetzt. Charlie nahm sich einen Teller mit Würstchen, Spiegelei und Brot und setzte sich an einen langen Tisch neben Lewis. Er schlang sein Essen hinunter, ohne zu sprechen, und hatte Mühe zu schlucken, so aufgeregt war er. Verstohlen guckte er zu den anderen Kindern hinüber, senkte aber den Blick, wenn einer der Erwachsenen ihn ansah. Er hatte es eilig, fertig zu werden.

Charlie verbrachte den ersten Morgen damit, das Camp zu erkunden, hier und da Insekten aufzustöbern, interessante Steine aufzulesen und den anderen Kindern hin und wieder Blicke zuzuwerfen. Irgendwann setzte er sich mit seinem Block Papier und Almas dickem Bleistift vor Lewis' Hütte und fing an zu zeichnen. Bald versammelten sich die anderen Kinder um ihn herum, offenbar beeindruckt von seinem seltenen Talent. Er zeichnete einen Elefanten und eine Giraffe und Pferde. Der Elefant hatte abgeschnittene Hinterbeine, die Giraffe war gestreift, und die Pferde waren so wollig, dass sie eher wie langbeinige Nagetiere aussahen, aber da keins der anderen Kinder auch nur das geringste Zeichentalent besaß, hatte er sie bald für sich gewonnen. Beim Mittagessen saß er mit ihnen zusammen am Tisch, am Nachmittag rannten sie zusammen im Camp herum, und nach dem ersten Tag betrachtete er sie alle als seine Freunde.

Die beiden schwarzen Jungen, erfuhr er, waren Samuel Jeanettes Enkelsöhne Lucius und Eli. Sie waren gesprächig und wollten alles Mögliche über ihn wissen. Die ungarischen Kinder sprachen Englisch mit einem Akzent, während die chinesischen Kinder es perfekt sprachen, und das Mädchen machte gern sarkastische Bemerkungen.

Die Kindern fragten ihn aus, und er erfand auf der Stelle Lügengeschichten. Als die Kinder am Abend bei ihren Familien waren, saß er allein am Rand des Camps, außerhalb des blassen Lichtscheins der Laternen, und lauschte den Geräuschen, die aus den Hütten und Zelten drangen.

Langsam verstand er, wie die Gruppe sich zusammensetzte. Die meisten Zirkusleute lebten in kleinen Familienverbänden, und alle außer den kleinsten Kindern hatten eine Rolle und bestimmte Funktionen in der Zirkusnummer der Erwachsenen.

In Lewis Tullys Camp ging es laut und lebhaft zu, es gab eine kräftige Mischung aus Tiergerüchen und eine Kakofonie von Arbeitslärm und Gekreisch und lauten Befehlen, aber das hervorstechende Kennzeichen des Camps war der Regen. Den größten Teil des Monats April regnete es, jedoch waren es keine warmen, sanften Schauer, sondern peitschender Eisregen, bei dem Männer und Tiere Schutz suchten, der feste Boden zu Schlamm verwandelt wurde und überall große Pfützen entstanden.

Der Regen wurde zu einem festen Bestandteil des Lebens. Die Menschen hatten ständig nasse Sachen, die Tiere rochen nach feuchten Lumpen und waren gereizt, mit Ausnahme des Kamels, das von Natur aus widerspenstig und streitlustig war und im Vergleich ganz umgänglich schien. Der kalte Regen strömte in Rinnsalen durch die Nähte der Zelte und drang durch winzig kleine Risse in den geteerten Dächern in die Hütten ein. Doch niemand hörte auf zu arbeiten, es gab keine Pause in dem schlammigen Chaos, als das sich die Vorbereitung auf Lewis Tulys entstehenden Zirkus darstellte, und nach den ersten paar Tagen verstummten die Klagen über die Nässe.

Der Junge war fasziniert von den Aktivitäten, die ihm größtenteils sinnlos vorkamen, und so sehr er sich bemühte, er konnte keine Struktur erkennen, die am Ende einen vollständigen Zirkus ergeben würde. Es gab mehrere Arbeitsteams: Einige Männer arbeiteten für Lewis oder Shelby, andere unter der Aufsicht eines älteren Mannes, der Emmett McKeon hieß und der die verwirrende Angewohnheit hatte, Charlie den »Dauphin« zu nennen. Die Männer reparierten die Lastwagen, sie renovierten und strichen Lewis' uralte Zirkuswagen, sie nähten Zeltbahnen zusammen, schnitzten Pfosten und sägten lange, breite Bretter zurecht. Später sah der Junge, wie die Männer die Bretter mit roter und blauer Farbe anstrichen, und erkannte, dass das die Sitzbänke werden würden.

Die Nachmittage verbrachte Charlie mit der ständig wachsenden Schar von Zirkuskindern, er lernte ein paar Brocken Ungarisch und brachte den anderen Kindern bei, mit Murmeln zu spielen. An manchen Abenden begleitete er die Kinder von den DePerczels zu ihrem Zelt zurück, und dann las Mrs DePerczel ihnen aus *Robinson Crusoe* oder *Ivanhoe* vor. Charlie fand, dass sie das hellste Wesen war, das er je gesehen hatte, ganz abgesehen davon, dass sie schön war und prächtiges kastanienbraunes Haar hatte, das sie mit Dutzenden von Haarnadeln auf dem Kopf feststeckte. Aber er machte sich Sorgen, weil ihr Englisch etwas gequält klang, und befürchtete, die anderen könnten sie nicht richtig ernst nehmen.

An anderen Abenden verbrachte er Zeit mit Mr Zhengs Kindern oder mit den zwei Jungen der Jeanettes, deren Eltern beide bei den Pferden arbeiteten. Der Mann hieß Benjamin und sprach nur wenig. Die Frau hieß Carlotta und sah ihn mit so offensichtlicher Zuneigung an, dass Charlie ganz verlegen wurde und rasch lernte, ihren Blick zu meiden.

Eines Abends, als die anderen Kinder reingerufen worden waren, durchstreifte Charlie das Camp, über das sich die Dunkelheit senkte. Irgendwann war er bei den Pferdekoppeln und blickte zu dem Belgier hinüber, als eine Stimme ihn überraschte.

»Na, sieht ganz so aus, als wäre ich nicht der Einzige, der auf die Pferde aufpasst.«

Er drehte sich um und sah Lewis, der ihn mit einem leichten Lächeln betrachtete.

»Ich mag Pferde«, sagte Charlie.

»Ich auch.« Er warf einen Blick über die Schulter in die Dunkelheit hinter der Koppel. Als er sich dem Jungen wieder zuwandte, war sein Lächeln verflogen.

»Komm, wir gehen schlafen.«

Auf dem Weg zurück zur Hütte schwieg Lewis. Shelby mischte gerade die Karten, als die beiden hereinkamen. Nachdem Lewis dafür gesorgt hatte, dass Charlie ins Bett ging, hörte Charlie, wie er zu Shelby sagte: »Wir hatten einen Besucher, draußen bei den Pferden.«

»Was für einen Besucher?«

»Groß, dünn, mit Zylinder.«

»Ich hätte nicht gedacht, dass wir so schnell von ihm hören

würden. Was meinst du, was er vorhatte – wollte er die Pferde verhexen?«

»Allein traut er sich nicht. Er fürchtet sich vor Pferden«, sagte Lewis. »Ich glaube, er wollte gucken, was wir haben.«

Der Junge strengte sich an, wach zu bleiben, er wollte mehr hören von dem geheimnisvollen Fremden mit Zylinder, dessen Auftreten diesen ernsten Ton bei den Männern hervorrief, aber er schlief sofort ein.

Zwar hatte Charlie abends oft viel zu tun, aber morgens blieb er ganz für sich. Statt sich zu den anderen Kindern zu gesellen, sah er den Zirkusleuten bei ihren endlosen und oft unverständlichen Bemühungen zu, ihre fahrende Welt herzustellen, und beobachtete, wie sie unermüdlich und ohne zu klagen arbeiteten.

Die Zirkusakrobaten halfen den Arbeitsteams, die Frauen arbeiteten neben den Männern, sie nähten und hämmerten und malten zusammen. Sie flickten Kostüme, pflegten die Tiere, reparierten Zäune und Koppeln und Käfige, besserten die Bemalung auf den Zirkuswagen und auf Lewis' Carillon aus und bauten eine improvisierte Schmiede, wo Shelby und Tony Aiello, der Bärentrainer, viele Tage schweißübertrömt damit zubrachten, Eisen zu schmelzen.

Gerade als es so schien, dass nichts, weder die Unbilden des Wetters noch Müdigkeit oder Unfälle, die Aktivitäten zum Erliegen bringen konnten, da erreichte ein Besucher, dass die Menschen ihre Arbeit unterbrachen.

* 7 *

Das Begrüßungskomitee

Der Besucher traf am Vormittag ein, machte jedoch keine Anstalten, das Camp zu betreten oder gar aus seinem Auto auszusteigen, stattdessen blieb er in einem blitzenden neuen Packard sitzen, und Lewis Tully erriet sofort die Identität des Besuchers, als ihm die Kinder den Wagen beschrieben.

Lewis und Shelby gingen raus, um ihn zu begrüßen, und Joe Miles, der seine großen Körpermassen in einen ungebügelten blauen Anzug gezwängt hatte, schälte sich hinter dem Steuerrad hervor. Der dicke Mann ging um den Wagen herum und öffnete die Tür zum Fonds.

Sein Passagier, der ganz aus Armen und Beinen bestand, klappte sich mit einiger Mühe auseinander und stieg aus. Er trug einen blau-roten Anzug mit, wie es schien, einer Goldblatteinfassung am Revers und dazu einen blauen Zylinder, der auch in dem schwachen Licht wie polierter Stahl aussah.

Lewis trat bis auf wenige Schritte an den Wagen heran, warf Joe Miles einen verächtlichen Blick zu und wandte sich dann ab. Hinter sich hörte er Shelby murmeln: »Hatte doch gemerkt, dass da ein übler Geruch in der Luft hing.«

Hector Blaney zupfte sich seinen blauen Anzugrock zurecht, lächelte breit und nickte.

»Lewis! Das letzte Mal, als ich dich gesehen habe, bist du durch den Schlamm gestapft. Wie lange ist das her?« Hector sah

Joe Miles fragend an. »1919, glaube ich. Wie geht es dir, alter Freund?«

»Ich komme zurecht.«

»Gerade so, wie ich höre.«

»Was führt dich zu meinem Camp, Hector? Haben sie dich in diese Richtung gejagt?«

An dem leisen Gackern hinter sich erkannte Lewis, dass Harley auch da war, und er meinte, ein Fußscharren zu vernehmen: Offenbar versammelte sich einiges an Publikum.

»Ich habe gehört, du machst eine Hund-und-Pony-Show. Mal wieder.« Hector lächelte bösartig und zeigte seine schiefen Zähne.

»Ein bisschen mehr wird es diesmal schon sein.«

»Wie meinst du das? Hunde, Ponys und ein Bär, vielleicht?«

»Oh, Hunde, Reiter, Elefanten, Bären, Akrobaten, Seiltänzer, Clowns. Nichts, was so glitzernd wäre wie dein Unternehmen, aber immerhin ein Zirkus, Hector. Ein echter Zirkus.«

Hector musterte die kleine Menschenansammlung hinter Lewis und schüttelte den Kopf. »Die sehen ja nicht sehr vielversprechend aus.«

Dann fiel sein Blick auf jemanden, und er schüttelte verwirrt den Kopf. Lewis wandte den Kopf und sah, dass Hector Harley Fitzroy anstarrte.

»Ich dachte, der ist tot.«

»War er auch. Wir haben ihn wieder ausgebuddelt, für eine Saison.«

Hector sah ihn säuerlich an. »Bist du nicht ein bisschen alt, um noch mal von vorn anzufangen, Lewis?«

»Man ist nie zu alt, um sich ein bisschen zu amüsieren, Hector. Ich hatte mich schon gefragt, wann du es leid sein würdest, im Dunkeln herumzukriechen, und uns mit einem Besuch beehren würdest.«

Hector Blaney tat überrascht. »Keine Ahnung, wovon du sprichst.«

»Ich habe dich gesehen, Hector. Ich habe gesehen, wie du dich im Schatten herumtreibst und meine Tiere zählst und so weiter.«

»Du bist verrückt.«

Lewis zuckte die Schultern. »Vielleicht habe ich mich geirrt. Wahrscheinlich war es ein anderer schnieker Kerl mit Zylinder. Habe aber den Packard gehört. Vielleicht war es ja dieser nette Herr, der hier vorbeigekommen ist.«

Lewis lächelte Joe Miles zu, der ihn anstarrte und seine Schultern in der engen Jacke anspannte. Lewis nickte.

»Bisschen zugelegt, Joe?«

»Er war's nicht und ich auch nicht. Wir haben dich ja kaum gefunden, Lewis – kein sehr beeindruckendes Camp, was?«

»Nicht das, was du gewöhnt bist, Hector. Jetzt sag mir doch, was dich hergeführt hat.«

»Du hast doch nicht etwa vor, mit dieser miesen kleinen Show auf die Straße zu gehen, oder?«

»Und ob. Kansas, Colorado, Wyoming, Montana.«

»Kommt mir ein bisschen hochgegriffen vor. Wenn ich du wäre, dann würde ich einfach hier bleiben. Wenn ich so klug wäre wie du und wüsste, dass ein echter Zirkus unterwegs wäre in dieser Gegend und die Leute eine echte Zirkusvorstellung zu sehen bekämen, dann würde ich mich gar nicht erst raus trauen.«

»Ist Preston Crowe denn auch in dieser Gegend unterwegs?«

»Ich spreche von dem Hector-C.-Blaney-Zirkus, das weißt du ganz genau.« Hector sah ihn böse an, offenbar verletzte es ihn, dass der Name seines großen Widersachers grundlos gefallen war. »Es ist nicht genug Platz für drei Zirkusunternehmen hier.«

»Aber diese Route haben wir vor. Ich glaube, dass da reichlich Platz ist, solange wir nicht alle drei gleichzeitig am selben Ort auftauchen. Du hast doch keine Angst vor ein bisschen Konkurrenz, oder, Hector?«

»Ich nicht, aber du solltest Angst haben, Tully.«

»Warum?«

Hector Blaney nahm den Zylinder ab und kratzte sich am Kopf.

»Dir scheint immer wieder etwas zuzustoßen, Lewis. Wenn es keine Überschwemmung ist, dann ist es ein Brand oder ein Unwetter. Du hast kein Glück. Vom Pech verfolgt, würde ich sagen.«

Hinter sich hörte Lewis, wie Shelby murmelte, Hector könnte bald selbst vom Pech verfolgt werden.

Lewis sagte: »Hector, alter Freund. Wenn ich glaubte, du wolltest mir drohen, dann würde ich dir den Auspuff an deinem Automobil da verstopfen.«

Joe Miles ließ die Muskeln spielten, und Lewis sah ihn mit hochgezogenen Augenbrauen an.

Hector schnaubte verächtlich. »Ich drohe Kleinen nicht, Lewis. Ich spreche nur die Wahrheit. Du wärst ganz schön dumm, wenn du mit deinem Zirkus da auftauchst, wo ich unterwegs bin. Verdammt dumm. Vielleicht hast du deswegen nie Glück.«

»Danke für deinen Rat, Hector. Und du hast Recht, es wäre dumm von mir, wenn ich mit meinem Zirkus da auftreten wollte, wo du bist. Deswegen will ich dir vorausziehen.«

Hector sah sich in dem kleinen Camp um und zuckte die Schultern. »Sieht nicht so aus, als hättest du genug, womit du losziehen könntest.«

»Ah, da könntest du eine Überraschung erleben, Hector. Wenn wir erst mal aufbrechen, werden wir sicherlich ziemlich schnell sein.«

»Du kannst es nicht mit einem Blaney-Zirkus aufnehmen.«

»Wenn du davon überzeugt wärst, dann wärst du nicht hergekommen, Hector.« Lewis grinste ihn an, und Hector wedelte gereizt mit seinen langen Armen.

»Ich bin fertig mit Reden, Lewis. Wenn du willst, dass dein kleines Unternehmen die Saison heil übersteht, dann bleib schön hier in Oklahoma. Mehr sage ich dazu nicht.« Hector Blaney schwang herum und klappte sich wieder zusammen, um in den Wagen zu steigen.

Lewis sah zu, wie er sich auf den Rücksitz setzte. Als Joe Miles schon die Tür zuschlagen wollte, lächelte Lewis.

»He, Hector? Trägst du immer noch diese Keile in den Schuhen, damit du größer wirkst?«

Shelby lachte, und in Hectors Augen lag alle Feindseligkeit, die er für Lewis empfand.

Als der Packard davonfuhr, spürte Lewis Shelbys Hand auf der Schulter. »Ich war schon gespannt, wann er uns einen förmlichen Besuch abstatten würde.«

»Hector glaubt immer noch, dass er die Leute ängstigen kann, wenn er sich nur zeigt. Tatsache ist, dass wir viel zu viel zu tun haben, um unsere Zeit damit zu vergeuden, uns seinetwegen Sorgen zu machen.«

»Hector konnte dir in Sachen Zirkus nie das Wasser reichen, Lewis. Aber in einem Punkt hat er Recht: Sein Zirkus ist um einiges größer als unserer.«

Lewis sah in die Richtung, in die der Packard entschwunden war, und sagte: »Aber dass er hierher gekommen ist, zeigt, wie besorgt er ist. Wenn wir imstande sind, ihm schlaflose Nächte zu bereiten, haben wir schon was erreicht.«

Eine kleine Menschenmenge hatte sich angesammelt, und Lewis konnte bei den neueren Mitgliedern besorgte Mienen sehen.

»Es ist alles in Ordnung. Geht einfach wieder an eure Arbeit und denkt gar nicht an ihn. Das war Hector Blaney, viel heiße Luft und weiter nichts. Vor ihm brauchen wir uns nicht zu fürchten.«

Lewis sah Charlie, der in ein paar Meter Entfernung bei Harley stand und nervös zuguckte.

»Alles in Ordnung, mein Junge.«

Der Junge kam zu ihm. »Warum mag der Mann dich nicht?«

Lewis seufzte. »Hector Blaney und ich, wir kennen uns seit vielen Jahren. Wir waren schon immer, also, nicht richtig Konkurrenten …«

»Feinde, eher«, half Harley ihm. »Eingeschworene Feinde, bis aufs Blut …«

»Jetzt übertreib mal nicht«, sagte Lewis zu Harley und sah dann den Jungen an.

»Anscheinend sind Hector Blaney und Lewis Tully dazu bestimmt, nicht miteinander auszukommen. Ich kenne ihn, seit wir siebzehn oder achtzehn sind, und wir standen uns immer als Konkurrenten gegenüber: ein-, zweimal bei der Arbeit und einmal wegen eines Mädchens. Ein paar Mal haben wir uns auch geprügelt.«

»Einmal hat Lewis Hector den Arm gebrochen«, sagte Shelby in einem unschuldigen Ton, und Lewis sah ihn verärgert an.

»Wirklich?«

Lewis sah Charlie an. »War keine Absicht. Er ist einfach komisch gefallen. Das hat ihn ganz schön sauer gemacht.«

Er schwieg einen Moment, dann sagte er: »Das alles würde ja vielleicht nicht viel zählen, aber es gab noch etwas anderes. Ich habe dafür gesorgt, dass Hector beim Germaine Brothers Circus rausgeflogen ist.«

»Weswegen?«

»Er wollte jemandem Schaden zufügen, den er nicht mochte. Hector hatte Streit mit einem Kunstreiter, der bei dem Zirkus auftrat. Es ging um eine Dame. Also, es lief nicht so, wie Hector sich das vorstellte, und da hat er dem Mann zu verstehen gegeben, dass die Sache für ihn noch nicht erledigt sei. Kurz darauf stellte der Kunstreiter fest, dass mit seinem Geschirr etwas nicht in Ordnung war, das Zaumzeug war lose oder die Zügel waren beschädigt. Blaney wollte ihm Ärger bei der Vorstellung machen, oder sogar Schlimmeres. Und eines Tages ist eines der Pferde ausgerastet und wollte ihn abwerfen. Jemand hatte dem

Pferd ein Stück Rasierklinge ins Hufeisen gesteckt, und die hatte sich in den Huf eingebohrt.«

Lewis sah Charlie an. »Es gibt nichts Niederträchtigeres, als wenn ein Zirkusmitglied einem anderen Schaden zufügen will und obendrein noch ein Pferd verletzt. Und ich war für die Pferde verantwortlich. Die Akrobaten haben sich darauf verlassen, dass ich für alles gesorgt habe. Ich hatte Hector von der Koppel kommen sehen, dabei hatte er da gar nichts zu suchen. Ich stellte ihn zur Rede, und wir haben uns geprügelt. Ben Germaine, der Chef, ist dazwischengegangen und hat uns und den Kunstreiter in sein Zelt gerufen. Als er hörte, was passiert war, hat er Hector rausgeschmissen. Damit waren wir für immer entzweit. Er hat das nie vergessen.

Später, als wir beide unseren eigenen Zirkus hatten, haben sich unsere Wege öfter gekreuzt, als uns beiden lieb war. Sein Zirkus war immer größer als meiner und ein bisschen bunter …«

»Aber nie so interessant«, sagte Harley.

»Hector konnte eine gute Nummer nie von einer schlechten unterscheiden, er wusste noch nie, was einen guten Zirkus ausmacht. Aber er hat ein Talent zum Geldverdienen«, sagte Lewis nachdenklich. »Irgendwie.«

»Ich habe immer gedacht, er würde im Gefängnis enden«, sagte Harley.

»Das kann noch kommen«, sagte Lewis. »Jedenfalls hat es ihm immer zu schaffen gemacht, Charlie, wenn ich einen Zirkus hatte, auch wenn es nur ein kleiner war. Ich gestehe, dass mir das eine gewisse Genugtuung ist.«

»Wird er uns was antun?«

»Ach, nichts Ernstes. Er wird nicht unsere Fahrzeuge in Brand stecken oder jemanden schicken, der auf uns schießt, oder so etwas. Nicht, weil er das nicht wollte, sondern weil er Angst hat, wir würden es ihm auf gleiche Weise heimzahlen. Ein echter

Feigling. Und rachsüchtig. Außerdem ein Miesepeter, deswegen will er anderen den Spaß verderben. Aber Hector ist mein Problem. Du brauchst dir keine Sorgen zu machen.«

Sie gingen schweigend zum Camp zurück, und Charlie bezweifelte, dass Letzteres richtig war.

Kurz nach Hector Blaneys Besuch passierten beim Blue Moon Circus eine Reihe von kleinen Unfällen.

Ein voll besetzter schwarzer Ford drängte Shelby von der Straße ab, als der zum Einkaufen nach Jasper fuhr. Zwar war Shelby unverletzt, aber sein Wagen verlor einen Reifen.

Zweimal war jemand heimlich bei den Pferden. Das erste Mal fand Lewis, dass ein Riegel an der Koppel nicht richtig eingehängt war, so dass ein Pferd das Tor mit dem Gewicht seines Körpers hätte aufdrücken können und frei gewesen wäre. Beim zweiten Mal lag Lewis auf der Lauer. Er sprang den Eindringling von hinten an, aber der Mann befreite sich aus seiner Umklammerung, und Lewis blieb mit der zerrissenen Jacke des Eindringlings in der Hand zurück und hörte im nächsten Moment, wie ein Wagen mit Kettenantrieb hinter der Pecano-Plantage startete.

Ein andermal überraschte Sam Jeanette abends zwei Männer, die dabei waren, den Generator außer Kraft zu setzen. Sie ließen eine Stemmstange und eine Kneifzange zurück.

Die Zirkusleute fingen an, besonders wachsam zu sein, sie verstärkten die Nachtwache, überprüften immer wieder die Seile, die Tore und die Gerätschaften und beobachteten jeden, der sich dem Camp näherte.

Deswegen nahm Lewis es sehr ernst, als Charlie eines Morgens zu ihm gerannt kam und sagte, er hätte Reiter auf der Straße gesehen. Lewis stellte sich mit einer Gruppe von Männern an den Eingang zum Camp und sah den Reitern entgegen. Es waren insgesamt vier, sie trugen Tücher vor den Gesichtern, um sich vor dem Wind und dem Staub zu schützen, und einer führte ein Paar Packpferde am Zügel mit. Sie ritten langsam, als hätten sie keine Eile, und als sie bei Lewis Tullys kleiner Gruppe von Männern ankamen, ritt der Anführer sein Pferd ganz nah an Lewis heran.

Er lehnte sich über den Sattelknauf und sah Lewis ins Gesicht. »Ich wünschte, ich hätte noch meinen Säbel«, sagte er mit tiefer, gedehnter Stimme.

»Amüsierst du dich, Marcus?« sagte Lewis und ein Lächeln breitete sich über sein Gesicht.

Der Reiter lachte auf und stieg ab. Die anderen Männer entspannten sich, als sie sahen, wie Lewis und der Angekommene sich umarmten. Dann stellte Lewis den Neuen, einen kleinen, untersetzten Mann, als Marcus Walling vor und die anderen als Jack Vance, Jesse Turner und Butch Blake.

»Captain Wallings Rough Riders«, sagte Lewis. »Früher Mitglieder von Teddy Roosevelts 1. Freiwilligenkavallerie und in letzter Zeit bei Pawnee Bills Zirkus.«

»Sieht ganz so aus, als hättest du mit Ärger gerechnet, Lewis.«

»Wir hatten ein bisschen Ärger.«

Marcus sah auf seine drei Begleiter und das, was aus den ruhmreichen Tagen als Zirkus- und Rodeo-Nummern von ihnen übrig war: alternde Männer, die sich auf fremden Ranchen als Cowboys verdingten.

»Hector Blaney ist auch nicht weit, Marcus«, sagte Lewis. »Es ist wie in alten Tagen.«

Marcus Walling nickte und lachte. »Das hoffe ich.«

⁂ 8 ⁂

Alte Zelte, alte Männer

Ein großes Aufgebot von Leuten verbrachte mehrere Tage damit, ein enormes Stück grau-bräunlicher Leinwand aus der Seitenwand von Lewis' Zirkuszelt zu reparieren, Löcher auszubessern und Flicken einzusetzen – bunte Baumwollflicken, handgefärbte Bettlaken, sogar ein aus alten Wolldecken zusammengenähter Streifen. Die neuen Flicken passten sich neben den schon vorhandenen ein, und es war offensichtlich, dass die Stoffstücke nicht farblich auf die Leinwand abgestimmt waren, sondern wegen ihrer grellen Farben ausgewählt worden waren. Die Patchworkbahn wurde neben eine andere Bahn mit leuchtend grünen und gelben Streifen gesetzt, dann rückte die Mannschaft der Leinwand mit Pinsel und Farbe zu Leibe.

Als diese Arbeit fertig war, wurden die Seitenbahnen an ein rundes, rotweiß gestreiftes Stoffstück genäht, und an dem Morgen, als der Regen endlich aufhörte, wurde die Leinwand in einer großen Rolle auf eine Wiese außerhalb des Camps getragen.

Lewis rief alle kräftigen Männer zusammen, die ihre Positionen an den Seilen einnahmen und unter großem Keuchen und Ächzen daran zogen, bis das riesige Zelt sich aufrichtete und von den im Kreis aufgestellten Pfosten, die Shelby und Lewis unter der Leinwand bereitgelegt hatten, gehalten wurde. Als die Männer die Seile festgezurrt hatten, traten sie zurück und betrachteten schweigend das Zelt.

Der Junge ging zwischen ihnen hindurch und sah sich die Gesichter an. Die Männer grinsten und strahlten angesichts des Zeltes und zwinkerten Lewis Tully zu. Lewis selbst verschränkte die Arme und nickte einfach, als wollte er sagen: »Habe ich es euch nicht gesagt?«

Das Zelt überragte die wenigen Bäume drum herum und bauschte sich, als der Wind von Oklahoma in die Öffnungen hineinfuhr. Die grellen Farben der Seitenbahnen zogen die Blicke auf sich. Wo ein Stück Leinwand ohne Flicken war, hatten die selbst ernannten Maler aus Lewis Tullys Mannschaft wilde Tiere, grinsende Clowns und hüpfende Noten gemalt. Und über der großen Öffnung des Eingangs verkündeten Buchstaben, dass dies LEWIS TULLY'S BLUE MOON CIRCUS: EINMALIGE SHOW UND MENAGERIE sei.

Der Junge stand wenige Meter von Lewis entfernt, der alte Zauberer stand neben Lewis, und die beiden blickten das Zelt unverwandt an, als sähen sie etwas, das der Junge nicht sehen konnte.

»Das ist das alte Zelt, oder? Von 1917?«

»Genau.«

»Woher hast du nur das gestreifte Stück, da ganz oben, Lewis?«

Lewis sah Harley mit einem bedächtigen, listigen Lächeln an. »Von einem dieser Heißluftballons. Der ist über einer Wiese in Iowa runtergekommen, unfreiwillig übrigens, und ich war zufällig da. Der Luftfahrer hatte danach keine Nerven mehr fürs Fliegen, da habe ich ihm den Ballon für zwanzig Dollar und eine Flasche kubanischen Rum abgekauft. Ich brauchte Rot da oben. Ein rotes Dach gibt dem Ganzen ein besonderes Leuchten.«

Der Zauberer sah von dem Zelt zu Lewis, dessen Gesicht von den Jahren und einem harten Leben gezeichnet war: verblichene Spuren von alten Verletzungen an den Wangenknochen, Krähenfüße um die Augen, eine Narbe über der Augenbraue und die weißen Einstiche am Kinn, wo eine Wunde genäht worden war. Dann sah Harley wieder zum Zelt.

»Es passt zu dir, Lewis.«

»Du meinst wahrscheinlich, weil es etwas mitgenommen aussieht. Ein Zirkuszelt muss Charakter haben. Und jetzt steht es, Harley. Jetzt müssen wir es mit Nummern füllen und dann mit Zuschauern, und dann haben wir einen Zirkus. Wer weiß, vielleicht verdienen wir sogar ein bisschen Geld.«

»Das tun wir bestimmt.«

Lewis schwieg einen Moment. »Ich weiß nicht. Wenn wir es diesmal wieder nicht schaffen, eine Saison durchzustehen …« Dann riss er sich zusammen. »Keine Ahnung, wie das Programm überhaupt aussehen soll.«

»Außer dass es eine ›einmalige Show‹ sein wird, wie es über dem Eingang steht. Wenn es deine ist, Lewis, dann ist wenigstens das sicher.«

Lewis blickte auf sein Zelt und zuckte die Schultern. »Das Schwierigste für mich ist, gefasst zu sein auf das, was auf mich zukommt, was der Allmächtige an Überraschungen für uns bereit hält. Jeder Einzelne dieser Flicken hat einen Grund, Harley.« Lewis sah sich um und bemerkte den Jungen in der Nähe.

»Na, wie findest du es, Junge?«

Der Junge schob die Hände tief in die Hosentaschen und zuckte leicht mit den Schultern, aber seine Augen leuchteten.

»Ziemlich groß.«

»Eher von der wortkargen Sorte, unser Charlie. Meint, das Zelt ist groß.«

Lewis nickte. »Wahrscheinlich hast du schon größere als dieses gesehen.«

Der Junge legte den Kopf abwägend auf die Seite. »Ich glaube nicht.«

»Also, in dieses Zirkuszelt hier passen sechshundert Zuschauer, und jetzt habe ich auch schon die Sitzbänke da auf den Lastern. An den äußeren Rändern ist es fünfzehn Meter hoch, und in der Mitte, wo der große Pfosten es hält, ist es vierundzwanzig Meter hoch. Hoch genug für Trapezkünstler, Seiltänzer, solche Nummern.«

»Es sieht ziemlich alt aus«, sagte Charlie.

»Sicher, es besteht aus alten Teilen und aus neuen Teilen. Ich hatte auch schon noch ältere Zelte.«

»Wo sind die?«

»Ach, die gibt es nicht mehr. Zelte sind wie Menschen. Sie sind Durchreisende auf ihrem Weg zu anderen Orten. Ich habe in meiner Zeit ein paar Zelte verloren, durch höhere Gewalt und durch menschliches Einwirken.«

»Lewis ist wie ein General, dem das Pferd unterm Hintern weggeschossen worden ist. Ich glaube, er würde gern mal reingehen, Lewis.«

Lewis lächelte Charlie zu. »Klar, komm, wir gehen rein.«

Charlie folgte den beiden Männern durch die Öffnung. Die dicke Leinwand blockte das meiste Licht aus, so dass es sich anfühlte, als wären sie in eine Höhle eingetreten. Die Luft im Zelt war voller unerwarteter Gerüche: Charlie konnte Tiere, Rauch, Essen und den Moder der Leinwand riechen, und außerdem glaubte er, verbranntes Tuch riechen zu können.

Eine Weile lang sprach keiner der Männer.

Ich kann sie hören, dachte Lewis, *wenn ich die Augen zumache, sehe ich ein volles Zelt.*

Lewis sog den starken Geruch ein und sah sich erneut in einem Zelt voller Lärm und Rauch und Menschen, in einem Zelt, dessen Seitenwände sich im Wind, der über die Wiese strich, bewegten, die Luft rauchgefüllt, die Tribünen voller schwitzender Menschen, die in der Manege Dinge sahen, wie sie sie nur ein- oder zweimal im Leben sehen würden.

Harley war der Erste, der sprach. »Ich hätte nie gedacht, dass ich noch einmal ein Zirkuszelt betreten würde, wenigstens nicht ohne Eintrittskarte. Ich bin dir dankbar.«

»Eine Zeit lang hatte ich gedacht, ich würde dich nicht finden.«

Harley lachte leise. »Du meinst, ihr habt gedacht, ich bin tot, du und Hector.«

Lewis klopfte dem alten Mann auf die Schulter. »Nein, das nicht. Was du über Jacob Roundtree gesagt hast, trifft auch auf uns beide zu: Ich hätte es gespürt, wenn du den Löffel abgegeben hättest. Ich bin nur froh, dass du dich niedergelassen hast. Ich weiß, dass du vorher eine Weile durch die Lande gezogen bist.«

»Das stimmt. Ich habe ein paar Orte meiner Vergangenheit aufgesucht. Wollte hier und da ein gutes Werk tun.«

»Ich war mir sicher, dass du dich nicht zur Ruhe setzen würdest.«

»Wenn du mich nicht aufgestöbert hättest, dann hätte ich nach dir gesucht. Ich bin zu alt, um allein rumzureisen, und … Weißt du, ich habe ein bisschen rumgefragt.«

»Wie rumgefragt?«

»Ach, um zu sehen, ob jemand einen Zauberer brauchte. Aber keiner war interessiert.«

»Sie wären interessiert gewesen, wenn sie gewusst hätten, wer da fragt.«

»Lewis, für diese neuen Zirkusunternehmen bin ich ein Name aus der Vergangenheit. Sie werfen einen Blick auf mich, dann fangen sie an, nach einem feschen jungen Mann mit Zylinder und eleganten Kleidern Ausschau zu halten. Sie wollen keinen alten Tattergreis, der sich seine Haare nicht ordentlich kämmen kann. Ich bin zwar ein Zauberer, Lewis, aber ich bin auch ein alter Mann, und der Markt für alte Männer sieht in diesem Land ziemlich schlecht aus.«

»Also, ich bin froh, dass du wieder hier bist. Wir haben unser Zelt und ein paar von unserer Mannschaft. Jetzt brauchen wir nur noch ein paar mehr Leute, damit es ein echter Zirkus wird.«

Lewis dachte an die Briefe, die er versandt hatte, und fragte sich, ob sie ihr Ziel erreicht hatten.

⁂ 9 ⁂

Episteln an die Getreuen

Damals, im März, hatte Lewis elf Briefe versandt – die größte literarische Produktion eines einzigen Tages in seinem Leben –, und er hatte gehofft, fünf bis sechs Antworten zu bekommen, hatte gehofft, wenigstens in einigen Fällen die richtige Adresse zu haben.

Sie war dabei, sechs Gästen das Frühstück zu bereiten, und hatte schon die Suppe für den nächsten Tag aufgesetzt, und das Mädchen, das servierte, hatte sie etwas gefragt, aber Shirley Morrissey war in Gedanken meilenweit weg. Sie sah sich in einer grauen Welt, älter und immer noch hart im Nehmen, aber allein. Es war nicht das erste Mal, dass ihr dieser Gedanke durch den Kopf ging, aber an jenem Morgen schien es ihr nicht wie eine düstere Möglichkeit, sondern die Zukunft. Roy ging es nicht gut, das konnte jeder Dummkopf sehen, andererseits hatte es nie eine Zeit gegeben, da Roy vor Gesundheit strotzend gewesen war. Anscheinend war er mit dunklen Ringen unter den Augen zur Welt gekommen, und seine Nase hatte da, wo andere eine Brücke hatten, eine tiefe Einbuchtung – die Hinterlassenschaft einer kurzen und ohne Bedauern aufgegebenen Karriere als Preiskämpfer. Seine Zähne waren nicht schlecht, aber das lag daran, dass die meisten schlechten gezogen worden waren.

Als er am Abend zuvor von seiner Schicht im Lokal nach Hause gekommen war, konnte er kaum die Füße heben. Es war nicht nur nur das Humpeln – er hatte schon gehumpelt, als sie sich kennen lernten, Folge eines harten Lebens und einer unendlichen Liste von Verletzungen und Wunden, darunter auch einer Schusswunde an seinem linken Schienbein, der Preis dafür, dass er seinen Freund aus einer Schlägerei herausgeholt hatte.

Sie hatte seine Knie untersucht, die von den Verletzungen und von Arthritis geschwollen und verformt waren, und erkannte die Verschlechterung seines Zustands. Die Zeit nahte, da Roy Green nicht mehr würde gehen können, und das wäre nichts, verglichen mit dem Tag, an dem er sterben würde. Der Husten wurde schlimmer, mit jedem Tag ein bisschen, so schien es. Sie hatte nie bezweifelt, dass sie ihn um zwanzig Jahre überleben würde, wollte aber nicht gern daran erinnert werden, und an jenem Morgen sah sie sich zum ersten Mal ohne ihn. Sie beugte sich über den gusseisernen Herd und sah sich festgekettet an dieses Haus, mit einem sterbenen Mann, und sie seufzte.

Sie nahm sechsmal Frühstück vom Grill und beförderte Eier, Schinken und Kartoffeln mit einem Pfannenheber auf die Teller, die Harriet Gilford entgegennahm und dann an ihre Schwester Ella weitergab.

»Holt den Zwieback, Mädels«, sagte sie, dann leerte sie eine Schüssel mit gehackten Zwiebeln in den blubbernden Suppentopf und rührte die Rinderknochen um. Es war noch keine zehn Uhr, aber sie war seit vier Uhr auf den Beinen und hatte ohne Pause gearbeitet.

In zwanzig Jahren werde ich dankbar für das hier sein, es wird mir den Hunger vom Leib halten, aber gerade jetzt habe ich es so satt.

»Ich bin müde.« Sie bemerkte den Blick des jüngeren Gilford-Mädchens und wusste, dass sie laut gesprochen hatte. Sie lächelte der jungen Frau zu – sie war hübsch, dunkelhaarig, mit großen braunen Augen. »Ich wünschte, ich hätte dein Aussehen, Kindchen, zusammen mit meinem Wissen über Männer.« Das Mädchen lächelte verlegen.

»Wenn die Suppe fertig ist, gehe ich eine Weile nach Hause. Du und deine Schwester, ihr übernehmt so lange.«

»Sicher, Miss Shirley.«

Shirley und Roy wohnten in einem niedrigen Haus am Ende einer kleinen Straße, wo ein halb zerstörter Zaun sie von einem Pappelwäldchen trennte. Die Menschen lächelten oder nickten, als sie vorbeiging, denn sie war völlig akzeptiert, und dasselbe galt inzwischen auch für Roy, obwohl sie sicher war, dass sie anfangs Kunden verloren hatten, als die Menschen sahen, dass ihr Mann schwarz war.

Die können mir gestohlen bleiben, hatte sie gedacht.

An der Tür blieb sie stehen, weil ihr plötzlich der Gedanke kam, er könnte tot im Haus liegen. Sie suchte nach dem Schlüssel, mühte sich mit dem Schloss, drückte dann die Tür auf und sah Roy am Sofaende sitzen. Er lächelte ihr zu und hielt ein Blatt Papier hoch.

»Ich habe einen Brief bekommen«, sagte er.

»Jemand hat uns sein Vermögen hinterlassen?«

»Er ist von Lewis Tully. Er stellt ein neues Programm auf die Beine.«

»Was um Himmels willen …«

»›Ein letztes Mal‹, schreibt er. ›Ein letztes Mal‹«, wiederholte ihr Mann, und sie fand, dass er nicht gar so krank und eingefallen aussah.

»Was für eine verrückte Idee«, sagte sie, aber ihr Herz klopfte, als sie durchs Zimmer ging und neben Roy auf das alte Sofa sank und ihre Arme um ihn legte.

Der große Mann hielt das Ende eines uralten Lieferkarrens hoch, während der Besitzer zusammen mit dem Schmied das reparierte Rad ansetzte. Er wischte sich gerade die Hände an den öligen Hosen ab, als der Postbote über den Hof kam, die beiden Männer begrüßte und dem großen Mann einen Umschlug gab.

»Post für Sie, Mr Coates.«

Zum ersten Mal seit ewigen Zeiten wirkte der große Mann wach und interessiert. Der dumpfe leere Blick war plötzlich auf eine Weise lebendig, wie es keiner je zuvor bei ihm gesehen hatte. Während der große Mann den Brief aufriss und überflog, musterte der Postbote ihn genau; schließlich war dies eine ausgezeichnete Gelegenheit, sich den großen Mann aus der Nähe anzusehen. Er war nicht im konventionellen Sinne groß, sondern er maß zwei Meter fünfzehn und hatte Schultern so breit wie der Tührrahmen, durch den er sich dauernd ducken musste. In den Augen der Einwohner dieser Kleinstadt in Iowa war er ein Riese, der Einzige, den sie je gesehen hatten.

Und jetzt lächelte der Riese. Er hielt den Brief hoch. »Von einem alten Freund. Er möchte, dass ich in seinem Zirkus mitmache. Ich werde dann wohl bald weggehen«, sagte er zu dem Schmied.

»Bleibst du noch bis zum Ende der Woche?«, fragte der Schmied.

Mr Coates nickte, dann entschuldigte er sich. Ein eigentümliches Glitzern war in seine Augen getreten, als hätte er einen Schluck aus der versteckten Flasche des Schmieds genommen.

Er fand den Mann, den er suchte, an einen Lieferwagen vor der Samenhandlung lehnend, wo er mit einigen Freunden stand und das Gespräch unterbrach, um Mr Coates anzugrinsen.

»Na, sieh mal einer an, das Monster.« Er selbst war auch groß, mit vielen Muskeln und einem dicken Bauch.

Mr Coates nickte. »Du beschimpfst mich jedes Mal.«

»Und wenn schon.«

Der Riese warf ihm einen seltsamen Blick zu, als hätte er etwas Amüsantes gehört. Dann ging er an den Männern vorbei und um die Ecke zu dem Schuppen hinter dem Geschäft.

»Ach, guckt, er muss mal Pipi«, hörte er den Mann sagen.

Das Außenklo wurde nur noch selten benutzt, aber niemand

hatte Lust, es abzureißen. Der Riese machte die Tür auf, hob sie mit einem kurzen Ruck aus den Angeln und ließ sie fallen, dann riss er die Bank im Schuppen raus – das Kreischen der Nägel, als sie sich aus dem Holz lösten, freute ihn – und warf die Bank zu der Tür. Er beugte sich über die Grube und war froh zu sehen, dass die Kloake noch am Grund schwamm. Dann ging er wieder auf die Straße.

»Ich habe dir gesagt, du sollst mich nicht beschimpfen«, sagte er zu dem schweren Mann.

»Ist das wahr? Und warum soll mich das kümmern, Mr Monster?« Er zwinkerte seinen Freunden zu. »Ich glaube, das Monster will sich Ärger einhandeln.«

Mr Coates musterte die kleine Menge und sah, dass nicht alle grinsten. Wenigstens einige waren vernünftig, das musste er zugeben.

»Du bist mir ein Dorn im Auge, Mister«, sagte der Riese. Der andere Mann drehte sich zu seinen Freunden um, dann wirbelte er herum und versenkte seine große Faust in Mr Coates Magengrube. Der Riese stolperte rückwärts, spannte die Bauchmuskeln an und unterdrückte die aufsteigende Übelkeit, dann setzte er das Gesicht auf, das er sich seit langem für diesen Moment zurecht gelegt hatte.

»Hab ich mir doch gedacht«, sagte Coates zu den anderen Männern. »Eine Faust wie eine alte Frau.«

Der Mann stürzte auf ihn zu, die Faust zum nächsten Schlag erhoben, und Mr Coates umschloss sie mit der größten Pranke Iowas, schwang den Mann zur Seite und hob ihn hoch. Er warf sich den Mann über die Schulter und trug ihn hinter das Haus. Die anderen hatten sie eingeholt, als er bei dem Schuppen ankam. Er hatte sich vorgenommen, dies zu einem dramatischen Moment zu gestalten, mit ein paar gewählten Worten über alte Rechnungen, die beglichen werden mussten, und Drangsalierer, denen eine Lektion erteilt werden sollte, aber das schien ihm jetzt nicht angemessen – viel zu theatralisch. Stattdessen ging er schnurstracks in den Schuppen und warf seinen Widersacher in die feuchte Grube – in einem Anflug der Mitmenschlichkeit mit den Füßen zuerst.

Der schwere Mann landete laut protestierend und mit einem Platschen in der Kloake. Einen Moment lang waren die Zuschauer schockiert, und der Mann in der Grube war vor Verblüffung sprachlos, doch dann begann der Aufschneider zu schreien und zu fluchen und mit Mord und Totschlag zu drohen.

Mr Coates drehte sich langsam um, senkte den Kopf und starrte die anderen Männer unter gewaltigen Brauen düster an. Seine schweren Hände hatte er zu Fäusten geballt. Es war eine eingeübte Haltung, die er früher beim Alf Wheeler Circus benutzt hatte, in der Gewissheit, dass sie einem großen Mann Raum verschaffte.

»Da war noch einer«, sagte er. »Wollte mir nicht noch jemand eine Lektion erteilen.«

»Nein, Sir«, sagte einer der Männer. »Keiner von uns. Nur er, Simmons.«

»Ich habe niemand so etwas sagen hören«, bestätigte ein zweiter Mann.

»Nie etwas anderes als das höchste Lob für Sie, Mr Coates«, sagte ein dritter.

Mr Coates nickte aufmerksam. Im Hintergrund hörte er, wie der Mann in der Grube plantschte.

Er zeigte mit dem Daumen zum Schuppen.

»Hört euch das an«, befahl er.

»Was?«

Mr Coates lächelte. »Er schwimmt. Oder wenigstens tritt er Wasser. Ihr solltet ein Seil holen, aber haltet euch die Nasen zu.« Dann verließ Mr Coates den Hof, ging die Straße entlang, lächelte und grüßte die Menschen, denen er begegnete.

Ein paar Tage später bot sich den Menschen auf den Straßen,

den Farmern und über Land ziehenden Händlern, ein Anblick, der in die Lokalgeschichte einging, und die Berichte darüber wurden im Laufe der Jahre ausgeschmückt und abgewandelt, bis daraus der Stoff für ein Märchen geworden war – es war der Anblick des Riesen Coates, der auf den Straßen des Staates ausschritt, mit einer Melone auf dem Kopf, einem langen Rock mit Frackschößen und einem roten Schal, der im Wind flatterte, und die Reisetasche, die er bei sich hatte, sah in seiner riesigen Hand aus wie eine Damenhandtasche.

Zuerst sahen ihn die Kinder. Sie waren um ein Spinnennetz versammelt und von dem eifrigen Treiben der Spinne so fasziniert, dass sie den Mann erst bemerkten, als er nur wenige Meter von ihnen entfernt war, doch nachdem sie ihn gesehen hatten, konnten sie ihre Augen nicht mehr von ihm abwenden. Noch nie hatten sie einen so großen Menschen gesehen. Niemand sprach.

Der Mann war müde, das sah man ihm an, und ganz staubig; er ging mechanisch, die Schultern nach vorn gebeugt, wie jemand, der unablässig bergauf geht, und er war außerdem ziemlich hässlich. Er hatte einen breiten, streng wirkenden Mund und tiefliegende Augen in einem Gesicht voller Ecken und Kanten, und der obere Teil seines Kopfes war einfach riesig, als würde er gleich explodieren. Der Mann hatte die Kinder bemerkt.

»Oh«, sagte ein Mädchen. Sie stand auf und machte Anstalten wegzulaufen, aber Charlie streckte seine Hand aus und hinderte sie.

»Warte.« Er sah die kleine Reisetasche, die der Mann trug, ganz ähnlich seiner eigenen, und wusste gleich, wer der Mann war. »Laszlo, hol schnell Lewis.«

Der Mann blieb ein paar Meter von den Kindern entfernt stehen und stellte seine Tasche ab. Er sah ihnen in die Augen und nickte, und als er glaubte, bei dem rothaarigen Jungen, der ganz vorn stand, das kleinste Anzeichen eines Nickens gesehen zu haben, fühlte er sich ein bisschen besser. Wenigstens einer, der keine Angst vor ihm hatte. Coates hatte gehört, wie der Junge den anderen Jungen zu Lewis geschickt hatte.

Es fiel ihm ein, dass er nicht lächeln sollte, denn jemand hatte mal gesagt, dass sein Zahnlückengrinsen sogar den Wasserspeiern an einer Kirche Angst einjagen würde.

Der Mann kam zur Ruhe. Mit gerunzelter Stirn sah er an seinem staubigen Anzug hinunter und begann, ihn abzuklopfen, was jedoch nur wenig bewirkte. Er rieb die rechte Schuhspitze am linken Hosenbein und die linke am rechten Hosenbein. Dann setzte er sich hin und wartete auf Lewis Tully, während er gleichzeitig den Gedanken unterdrückte, der seit Iowa in seinem großen Kopf herumgespukt war, dass nämlich auch dieses Abenteuer zu nichts führen würde und er schließlich wieder auf der Straße säße.

Kinder starrten immer, sie waren weder bösartig noch respektlos, und Joseph Coates sagte sich, dass er froh über ihre Gesellschaft war. Während sie ihn seiner enormen Größe wegen anstarrten, musterte er sie. Er glaubte, zwei von ihnen als die Kinder des ungarischen Grafen zu erkennen, die inzwischen fast einen halben Meter größer waren als damals, und meinte, dass der Junge namens Laszlo, der Lewis holen sollte, der älteste Sohn des Grafen war. Die Kinder erinnerten sich offensichtlich nicht an ihn, was ihn nicht überraschte, denn er wusste, dass sieben Jahre im Leben eines Kindes eine enorm lange Zeit waren.

In der Ferne hörte er Stimmen. Er seufzte und wartete, dass diese neue Gruppe sich ihm nähern und ihn anstarren würde. Der Sohn des Grafen kam als Erstes in Sicht, er hatte die Augen weit aufgerissen und war außer Atem, dahinter erschien Lewis Tully. Lewis hatte die Stirn gerunzelt, als er um ein paar Bäume herumkam, dann lächelte er und trat mit ausgestreckten Händen auf Coates zu.

»Joseph, Joseph, welch ein Anblick …«

»Das sagen die Leute immer, Lewis«, sagte Joseph Coates und streckte ihm seine riesige Pranke entgegen. Als sie sich die Hände schüttelten, brachen die Kinder in erregtes Geplapper aus: Wenn dieser Riese Mr Tully kannte, dann durften sie ihn ruhig laut bewundern. Hinter Lewis sah Coates, wie sich Shelby, Harley Fitzroy, Zheng, Mr Jeanette und der alte Royce, der Koch, versammelten.

»Hallo«, sagte Joseph Coates verlegen. »Wo hast du sie alle gefunden, Lewis?«

»Ich habe dran gearbeitet, Joseph. Wir stellen ein großes Programm auf die Beine, Mr Coates, alle zusammen, und es wird wie früher sein, als wir noch jung waren und nicht wussten, was uns bevorstand.«

»Ich kann mich gar nicht erinnern, je jung gewesen zu sein, Lewis.«

Lewis sah an ihm vorbei. »Wie bist du hergekommen, Joseph? Auf Schusters Rappen?«

Coates nickte.

Lewis lächelte. »Langer Weg von Iowa. Ich wette, die Leute werden dieses Bild so schnell nicht vergessen.«

Andere Leute vom Camp kamen jetzt hinzu, sie hatten Coates nie gesehen: Handlanger und Zeltbauer, die er nicht erkannte, und eine mexikanische Familie, die lächelte und nickte, eine Gruppe weißer Männer, wahrscheinlich auch Zeltaufbauer, die ihn schweigend mit verschlossenen Mienen musterten.

Lewis folgte seinem Blick und legte dem großen Mann eine Hand auf die Schulter.

»Das ist Mr Joseph Coates von meinem alten Zirkus, der Riese von Rock Island und … ein alter Freund von mir.«

Ein paar der Männer nickten, und Coates spürte, dass die meisten ihn akzeptierten. Ein paar würden ihn einfach nur dulden, aber es würde keine Schwierigkeiten geben. Er nickte und winkte ihnen mit seiner großen Hand zu.

»Guten Morgen.«

Der älteste Zeltbauer trat vor, grinste und sagte mit einem breiten irischen Akzent: »Und am achten Tag schuf der Herr einen Riesen.« Die Männer lachten, und Emmett McKeon schüttelte dem Riesen die Hand.

»Komm, Joseph, wir suchen dir ein Quartier«, sagte Lewis.

Der Riese nahm seine winzig wirkende Reisetasche und folgte Lewis. Als die Erwachsenen sich auf den Weg zum Camp machten und die Kinder ihr Spiel wieder aufnahmen, blieb Mr Coates stehen und schaute ihnen zu. Die Spinne huschte unter einen großen, vermodernden Baumstamm, und die Kinder versuchten sie im Halbdunkel unter dem Stamm zu sehen, gaben dann aber auf. Coates ging zu dem Baumstamm, wartete so lange, bis die Kinder ihn alle gespannt ansahen, dann beugte er sich runter, umgriff das Ende des Baumstamms mit einer Hand und hob ihn mit einer scharfen Bewegung an. Der Stamm löste sich knirschend vom Boden, und Mr Coates hob ihn auf Schulterhöhe, versicherte sich, dass die Spinne nicht darauf saß, und warf den Stamm ins Unterholz. Er sah die erstaunten Kinder an, deutete auf den Boden, wo die Spinne in Panik über den Boden rannte, und ging davon.

Als er an den Zeltbauern vorbeikam, betrachtete er ihre Gesichter und zwinkerte den Männern zu, was mit Lachen quittiert wurde. Hinten in der kleinen Menge klatschte jemand, und Joseph Coates hörte die Kinder, die sich über die Gratisvorführung freuten.

Shelby sah ihn an und schüttelte den Kopf. »Wie immer nutzt du jede Gelegenheit anzugeben, Joseph.«

»Ich bin unverbesserlich«, sagte Coates und wusste, dass er zu Hause angekommen war, wenn auch nur für eine Saison.

Andere Briefe waren nicht beantwortet worden. Zwei kamen mit dem Vermerk »Empfänger unbekannt« zurück. Der Brief, der an einen Schwertschlucker und Hans-Dampf-in-allen-Gassen namens Barlow gegangen war, kam ebenfalls zurück. Auf dem Umschlag stand: »Verstorben«. Lewis starrte auf die traurige Nachricht, die quer über das Kuvert geschrieben war, und steckte den Brief in seine Truhe.

Und über andere geheimnisvolle Wege der Kommunikation, über Verlautbarungen, die der Wind in die Welt trug und die Menschen in belebten Straßen aufschnappten, bekam Lewis weitere und unerwartete Antworten auf seinen Ruf.

In den nächsten zwei Wochen pilgerten Fremde zu dem Camp und stellten sich Lewis Tully vor, manche kamen im eigenen Fahrzeug, manche fuhren in dem einzigen Taxi von Jasper vor, das von einem finsteren alten Mann gefahren wurde, manche kamen zu Fuß – aber alle wollten zu dem Ort, wo Lewis Tully seine Mannschaft für eine Saison versammelte. Er stellte Zeltbauer, Handlanger, ja sogar eine Band ein, fast gegen seinen Willen.

Die »Band« kam bei strömendem Regen an, vier Männer in einem orange-roten Chrysler; sie trugen ihre eigenen Uniformen und seltsame Lederhelme, mit denen sie wie Mitglieder der preußischen Armee aussahen, und hatten fünfzehn Instrumente dabei. Lewis hörte sich die kurze einstudierte Rede des Bandleaders, eines rotgesichtigen Mannes namens Hermann Hettman, an und wollte schon verkünden, dass er keine Band brauche, da sah er den sorgenvollen Ausdruck des Mannes und hörte sich sagen: »Jeder Zirkus braucht eine Band.«

Charlie war dabei, als Roy Green und Shirley Morrissey eintrafen, ein hellhäutiger Schwarzer und eine weiße Frau mit roten Haaren, das von Grau durchzogen war. Sie kamen in einem alten, tuckernden Ford, der mehr Beulen hatte als Lewis' Zirkuszelt Flicken, und noch bevor sie ausgestiegen waren, hatte sich um das Auto herum eine kleine Menschenmenge versammelt. Lewis umarmte beide, und die anderen – Shelby, Harley Fitzroy, Mr Coates, Sam Jeanette – begrüßten die alten Clowns herzlich. Als sie alle zum Camp gingen, bemerkte Harley den Jungen.

»Alte Freunde, die zwei. Du hast gehört, wie Lewis von Roy Green und Shirley Morrissey gesprochen hat, das weiß ich. ›Die Haken, an denen du einen Zirkus aufhängen kannst‹, das hat der alte Barnum über Clowns gesagt. Und Roy ist der letzte Weißclown.«

Er blickte zu dem Jungen hinunter. »Hat Lewis dir erklärt, was ein Weißclown ist?«

Charlie nickte.

»Hast du mal einen gesehen?«

Charlie schüttelte den Kopf.

»Bald siehst du einen. Warte nur, bis du Roy Green siehst. Shirley ist auch ein besonderer Clown, und die Kinder mögen sie sehr, aber Roy Green … na, du wirst sehen.«

Als sie weitergingen, hörte Charlie den alten Mann brummeln: »Hätte ich nie gedacht, dass die beiden das schaffen.«

Lewis Tully lehnte an einem Zaunpfosten und betrachtete in der Dunkelheit Sam Jeanettes schlafende Zebras. Der Wind wehte aus Westen und füllte die Luft mit dem Geruch von seinen Tieren, seinen Maschinen, seinen Zeltplanen. Von seinem Zirkus.

Ich habe es fast geschafft, dachte er. *Fast geschafft.*

Es war eine schwere Zeit für ihn. Am Tage, bei fünfzehn Stunden Arbeit und Hunderten von kleinen Entscheidungen, blieb kein Raum, sich Sorgen zu machen. Aber jetzt, da seine Leute und die Tiere sich zur Ruhe begeben hatten, kamen seine Ängste hervor, und es waren zu viele, als dass er sie hätte benennen können.

Zum vierten Mal an diesem Abend rechnete Lewis seinen Dieselbedarf durch und fragte sich, wie er in den ersten Wochen der Saison dafür aufkommen sollte, als ihm plötzlich bewusst wurde, dass er nicht allein war. Er hielt den Atem an und spürte die extreme Erregung, die Gefahr auslöst. Gefahr konnte man nie ausschließen. Er hörte ein Geräusch, das Knacken eines

Zweiges – wer immer es sein mochte, war ziemlich ungeschickt. Dann bemerkte er eine Bewegung links von sich, wo die Hauptkoppel war, vielleicht dreißig Meter entfernt. Er guckte angestrengt in die Dunkelheit, und bevor seine Augen seine Ahnung bestätigen konnten, wusste er, wer der Eindringling war. Nach ein paar weiteren Augenblicken konnte er die ungelenk wirkende Silhouette von Hector Blaney, samt Zylinder, ausmachen.

Hector Blaney bewegte sich langsam um das Lager herum, zählte und inspizierte, und Lewis ging hinter ihm her. Er sah, wie Hector die Fahrzeuge und neuen Zelte musterte, die ihm zeigten, dass Lewis' Mannschaft angewachsen war. Er beobachtete Hector Blaney, wie er die Pferde zählte und sich zu wundern schien, dass sie alle noch da waren. Während er an der Koppel stand, spürte eins der Pferde den Fremden und schnaubte aufbegehrend. Hector keuchte und griff sich an die Brust, und Lewis wäre fast erstickt bei dem Versuch, sein Lachen zu unterdrücken.

Hector trat zurück, stemmte die Hände in die Hüften und schüttelte den Kopf.

»Es gibt mich noch«, rief Lewis in einem lauten Flüstern, worauf Blaney in der Dunkelheit verschwand.

In der Ferne hörte er, wie eine Autotür zugeschlagen wurde und der schwere Packard langsam durch die Schlammspuren davonfuhr.

Am nächsten Abend erörterte Lewis seinen Plan. Charlie lag im Bett, tat, als schliefe er, und hörte angestrengt zu. Im hinteren Teil der Hütte saßen Lewis, Shelby und Harley Fitzroy zusammen, wahrscheinlich, so mutmaßte der Junge, über privaten, geheimen und geheimnisvollen Dokumenten den Zirkus betreffend, die nur einige wenige Männer kannten.

Lewis verlas eine Reihe von Namen und die dazugehörigen Aufgaben, und die anderen murmelten ihre Zustimmung. Als er fertig war, legte Lewis die Liste hin und sah die anderen an.

»Habe ich was vergessen?«

»Nein. Sieht so aus, als hättest du an alles gedacht«, sagte Harley. »Ziemlich beeindruckend, so viele Dinge, die zu erledigen sind, und so wenig Leute.«

Shelby, der ihnen gegenübersaß, schwieg, und sein Schweigen war so dezent wie ein Felsbrocken auf der Landstraße.

Lewis kniff die Augen zusammen. »Du glaubst, ich habe was vergessen.«

»Nein, du hast alles geregelt, es ist alles in bester Ordnung«, sagte Shelby, aber der Ton seiner Stimme sagte etwas anderes.

»Nein, jeder im Raum merkte doch, dass du denkst, ich hätte etwas vergessen.«

»Du hast nichts vergessen. Niemand außer dir könnte das Programm niet- und nagelfest machen, Lewis.«

»Aber?«

»Also, wir hatten immer jemanden, der für die Kostüme, die Requisiten und das alles verantwortlich ist, der die Kasse macht und so –«

»Moment mal, J. M. –«

»Ich sage doch nur, es gibt noch ein paar Sachen zu bedenken.«

»Nein, das ist überhaupt nicht das, was du sagst –«

»Wollt ihr euch prügeln, ihr zwei?«, fragte Harley.

»Ich wollte nur behilflich sein«, sagte Shelby, und der Junge fragte sich, warum er so klang, als würde er gleich anfangen zu lachen.

»Die Person, an die du denkst, ist nicht bei der Truppe, und es sieht auch nicht so aus, als würde sie noch auftauchen und ihre Dienste anbieten.«

»War ja nur so eine Idee.«

Lewis sagte nichts, und der Junge wünschte sich, er könnte sein Gesicht sehen. Einen Moment später sagte Lewis: »Ich glaube nicht, dass Lucy kommt.«

»Wahrscheinlich hast du Recht«, sagte Shelby.

»Sie wäre schon längst hier, oder wir hätten von ihr gehört.«

»Na ja, sie hat ja gesagt, sie sei ein für alle Mal fertig mit dem Zirkusleben.«

»Das stimmt«, sagte Lewis, und aus seiner Stimme klang deutlich die Enttäuschung heraus.

Charlie hörte, wie wieder Papier raschelte, dickeres Papier diesmal, und dann sagte Lewis: »Lasst uns mal auf die Landkarte gucken.«

Der Junge drehte sich langsam in seinem Bett um und linste aus dem kleinen Zelt von Laken und Decken hervor, unter dem er lag. Die drei Männer saßen eng beieinander unter Lewis' Lampe und steckten die Köpfe zusammen, während sie eine große, ziemlich zerfledderte Landkarte studierten. Der Junge fand, sie sahen aus wie drei Generäle auf einem alten Stich.

»Wir nehmen die Canty Road, das ist unsere Hauptroute durch Kansas, erst Richtung Westen, dann nach Norden.«

»Nach Westen, dann nach Norden«, wiederholte Shelby. Es klang nicht wie eine Frage, aber für den Jungen lag doch eine Frage darin und für Lewis anscheinend auch.

»Nach Westen und dann nach Norden, ganz richtig«, sagte Lewis mit zusammengebissenen Zähnen. »Wir fahren durch dieses Gebiet, dann machen wir einen kleinen Schlenker nach Osten und gucken, wie weit wir kommen. Wir nehmen alle diese kleinen Städte mit, so viele wir können.«

Die anderen Männer schwiegen einen Moment, dann sagte Shelby: »Ich verstehe, was du vorhast, Lewis.«

»Und was sagst du dazu?«

»Ein guter Plan. An der Route gibt es überall Wasser, die Canty Road ist nie weit vom Wasser entfernt. Und wir werden da kaum Konkurrenz haben, erst wenn wir zu den größeren Bergbaustädten in Colorado kommen. Hector – und vielleicht Preston Crowe.«

Einen Moment lang herrschte Schweigen, dann sagte Lewis: »Hector macht mir keine Angst. Preston Crowe dagegen …« Und er seufzte. »Na, jeder hat sein Kreuz zu tragen. Vielleicht treffen wir gar nicht auf Preston. Viele von diesen Städten lohnen sich für ihn und seinen großen Zirkus nicht. So habe ich mir das zumindest gedacht.« Lewis sah Shelby an. »Vielleicht beschließt er, durch Kalifornien und an der Küste entlang zu reisen«, sagte er in einem hoffnungsfrohen Ton.

»Es wird schon klappen, Lewis«, sagte Shelby. Dann, nach einer kleinen Pause: »Wieder Wyoming.«

»Unter anderem.«

»Alles führt irgendwann nach Wyoming zurück, findest du nicht?«

»Sieht so aus.«

»Wie weit nach Wyoming rein, Lewis?«

»Vielleicht bis nach Sheridan, vielleicht auch bis nach Montana, mal sehen.«

Shelby lächelte. »Diesmal wird alles gut gehen, meinst du nicht?«

»Gott, ich hoffe es.«

Der Junge guckte zu den Männern rüber. Eine Weile lang sahen sie sich gegenseitig an. Schließlich ließ Lewis die Landkarte auf den Tisch fallen.

»Ja, wir machen die Tour nach Wyoming rauf, und diesmal schaffen wir es, bis nach Sheridan zu kommen. Gib mir mal die Flasche, J. M.«

Als der Junge am Einschlafen war, holte Harley ein Kartenspiel hervor und teilte jedem ein Blatt aus. Lewis blickte in sein Glas, Shelby studierte die Landkarte, als hätte sie eine besondere Bedeutung für ihn. Und alle drei lächelten.

* 10 *

Die Überfahrt von Indien

Lewis half Shelby und den Zeltbauern dabei, ein neues Rad an einen Wagen zu montieren, als Sam Jeanette ihn holen kam.

»Du hast Besuch, Lewis.«

»Was für einen, Sam?«

»Er sagt, er hat eine Schlangennummer.«

Lewis seufzte. »Eine Schlangennummer? Ich will doch keine Nebenvorstellung machen. Ich weiß nicht, ob das …«

»Er sagt, er hat eine ungewöhnliche Nummer.«

»Ungewöhnlich, ja? Eine erstklassige Schlange. Himmel, alle …«

»Nein, er hat mir eindringlich vermittelt, dass es eine ungewöhnliche Nummer sei. Er selbst ist auch ziemlich ungewöhnlich. Muss aus einem fernen Land sein, Lewis. Er hat nämlich gedacht, ich bin der Chef. Demnach muss er von weither kommen, wo die schwarzen Leute die Dinge in der Hand haben. Mir gefällt der Mann jetzt schon.«

»Und wo ist er?«

»Im Küchenzelt. Der Mann hatte Hunger, Lewis.«

Lewis fand seinen Besucher auf einem Korb sitzend, der eindeutig ein großer Picknickkorb war, und er hatte die Beine so fest übereinander geschlagen, dass sie wie verknotet aussahen. Obwohl er still dasaß, erweckte er den Eindruck von Zappeligkeit, und seine kleinen dunklen Augen hüpften von einem Gegenstand zum nächsten, hin und her, als könnte er sich nicht mehr erinnern, wie er hergekommen war. Er trug einen khakifarbenen Anzug, der lose an ihm herunterhing, und einen Turban, der für einen größeren Kopf, womöglich für mehrere Köpfe gemacht war.

Als er Lewis sah, entwirrte er seine Beine und sprang auf die Füße, wodurch der Turban langsam seitlich an seinem Kopf herunterrutschte. Der Mann hielt den Turban im letzten Moment fest, zeigte Lewis in einem Lächeln seine perlweißen Zähne und nickte.

»Hallo, Mister, ich bin Ganesh Patel.« Er wollte sich verneigen, dann fiel ihm der Turban ein, und er hielt in der Bewegung inne.

»Lewis Tully«, sagte Lewis und gab ihm die Hand. »Was kann ich für Sie tun, Mr Patel?«

»Ich bin Schlangenbeschwörer. Ich bin ein ausgezeichneter Schlangenmann, einsame Spitze.«

Lewis nickte. Er versuchte, Blickkontakt mit dem Mann zu halten, musste aber immer wieder zu dem Turban hochgucken, der alle Anstalten machte, wieder von dem Kopf des kleinen Mannes zu rutschen, diesmal über sein Gesicht.

»Ich brauche eigentlich keine Schlangennummer. Sehen Sie, ich möchte keine Nebenvorführung oder Freakshow oder dergleichen machen. Und für eine Schlangennummer braucht man eine kleine Bühne. Ihre Nummer wäre zu klein für die Manege.«

Der kleine Mann unterdrückte seine aufsteigende Panik und schüttelte den Kopf, wobei er diesmal den Turban festhielt.

»Aber meine Nummer ist speziell, sehr ungewöhnlich. Keine normale Schlangennummer, keine normale Schlange.«

»Was ist das denn für eine Schlange, die Sie da haben? Eine seltene Kobra? Oder vielleicht ein Python? Die sind schwer unter Kontrolle zu halten. Ich kannte mal jemanden, den hätte sein Python fast aufgefressen.«

»Nein, nein, nein, nein, nein, das ist kein Python, der Python ist nicht giftig, er ist eine große, träge, dumme Schlange.« Der kleine Mann deutete auf den Picknickkorb. »Diese Schlange ist sehr selten, sehr gefährlich, eine Kaiser-Kobra.«

Lewis strich sich mit den Fingern über seinen Fünf-Tage-Bart. »Eine Kaiser-Kobra, wie? Sie haben Recht, die sind ziemlich selten, Mr Patel. Ich habe noch nie eine gesehen, das weiß ich mit Sicherheit.«

Mr Patel grinste. »Dann ist das Ihr Glückstag, denn ich habe hier in dem Korb die seltene Kaiser-Kobra. Eine weibliche«, sagte er und nickte heftig wie zur Bestätigung dieser Information.

»Oh, eine weibliche Kaiser-Kobra. Warum haben Sie das nicht gleich gesagt?«

Shelby tauchte plötzlich an Lewis Ellbogen auf. »Weißt du, was eine Kaiser-Kobra ist, Lewis?«

Lewis warf ihm einen raschen Blick zu. »Ich glaube, sie ist der Sumpfschnepfe und der Beutelratte verwandt.« Er seufzte. »Mr Patel, ich habe nie in meinem Leben von einer Kaiser-Kobra gehört, weder männlich noch weiblich, noch sächlich, und ich wette fünf Dollar darauf, dass Sie auch nicht von einer gehört haben. Warum lassen wir nicht einfach diese Aufschneiderei?«

Mr Patels Blick ging von Lewis zu Shelby, und er versuchte offensichtlich herauszubekommen, ob es angemessen war zu lächeln, wenn man beim Lügen ertappt wurde.

»Gucken wir uns die Schlange doch mal an.«

»Er ist sehr …«

»Sie sagten, sie sei weiblich …«

»Beides … männlich und weiblich zusammen«, sagte Mr Patel.

»Gut, Sie haben eine Hermaphroditen-Schlange. Gucken wir sie uns doch mal an.«

»Ja, Sir. Sehr gut.« Mr Patel zog eine kleine Flöte aus einem

Pappkoffer hervor. Er wischte das Mundstück ab, guckte vom anderen Ende in das Rohr, rückte sich den Turban zurecht und klappte dann den doppelseitigen Deckel an dem Picknickkorb zurück, wobei er ein gespanntes Gesicht machte, als würde er Kristall auspacken.

Dann setzte er sich im Schneidersitz auf den Lehmboden und fing an zu spielen.

Er spielte schrecklich falsch und füllte die Luft mit disharmonischen Tönen und abgerissenen Melodien, und die ganze Zeit guckte er an dem Rohr der Flöte entlang, so dass es aussah, als schielte er. Beim Spielen versuchte er, sich im Rhythmus zu wiegen und gleichzeitig seinen Turban aufzubehalten.

Lewis guckte dem kleinen Mann mit wachsendem Unbehagen zu.

Die Bewegungen des Schlangenmanns waren steif und unsicher, wie bei jemandem, der in Arbeitsstiefeln Foxtrott tanzen will, und unter all den Schlangenbeschwörern, die Lewis im Laufe seiner vierzig Jahre bei verschiedenen Zirkusunternehmen, großen wie kleinen, kennen gelernt hatte, war noch nie ein so ungeschickter gewesen. Seiner Ansicht nach war das ein Widerspruch in sich, eine Unmöglichkeit. Man traf keine ungeschickten Schlangenbeschwörer, weil sie in dem Gewerbe nicht lange überleben würden.

An diesem kleinen Mann war aber noch etwas anderes, etwas, das die Aufmerksamkeit des Zuschauers unweigerlich auf sich zog und festhielt: Es war seine Angst. Seine Augen, sein Atem, seine steife Sitzhaltung, die Blässe, die seine dunkle Haut durchzog, all das sprach dafür, dass Mr Patel fast ohnmächtig vor Angst vor dem war, was in dem Picknickkorb lauerte. Lewis gab zu, dass das den Reiz an der Nummer erhöhte, wenn es auch eher elementar und dumpf war. Die Tatsache, dass ein Tierbändiger, ob er mit Wildkatzen arbeitete oder Bären oder Giftschlangen, sich in Gefahr begab, stellte für das Publikum, so wusste Lewis, einen elementaren Reiz dar. Aber Mr Patels fieberhaftes und unharmonisches Flötenspiel, sein irrer Blick und seine starre Haltung rief in dem Zuschauer nur Beklommenheit hervor.

»Das geht nicht gut für ihn aus, Lewis«, sagte Shelby.

»Wir können nur hoffen, dass in dem Korb gar keine Schlange ist«, sagte Harley.

Aber es stellte sich heraus, dass sehr wohl eine Schlange in dem Korb war, und zwar, wie der kleine Mann geprahlt hatte, ein ungewöhnliches Exemplar.

»Mein Gott, ist das eine große Kobra, Lewis.«

»Und dazu noch verdammt hässlich. Irgendwie sieht sie missgebildet aus.«

Die Schlange war all dies und mehr: groß, ungestalt, mit einem etwas verformten Maul, das entweder auf einen Geburtsfehler oder auf ein besonders hartes Schlangenleben schließen ließ. Außerdem war die Schlange von einem merkwürdigen Grün, fast schon lumineszierend, und ein paar Sekunden lang waren die Männer wie gebannt von dem Bild der Schlange, die langsam aus dem Korb aufstieg.

Lewis spürte eine Hand auf der Schulter und drehte sich zu Harley Fitzroy um. »Lewis, der Kleine da sieht aus, als hätte er sein Todesurteil empfangen.«

»Ich weiß. Mir ist gar nicht wohl dabei.«

Mr Patel warf ihnen einen Blick zu, als wollte er sich ihres Beifalls vergewissern, und schaffte es, um das Mundstück der Flöte herum zu lächeln. Lewis nickte ermutigend, obwohl ihm nicht so zumute war, und die Flötentöne wurden lauter. Die böse aussehende Schlange erhob sich und zeigte ihre Größe, sie neigte den Kopf nach rechts und nach links, und dann verblüffte sie die Zuschauer, weil sie nach vorn schoss und Mr Patel ihre Giftzähne in die Kehle stieß.

»Verdammt!«, sagte Lewis.

»Oh, mein Gott«, murmelte Shelby und eilte nach vorn, aber Lewis hockte schon über dem verletzten Schlangenbeschwörer. Er legte die Hand um die gezackte Wunde, lutschte das Gift heraus und spuckte es hinter sich. Shelby trat nach der Schlange, aber die glitt ohnehin wieder in den dunklen Korb zurück. Als sie sich zusammengerollt hatte, schlug Shelby den Deckel zu.

»Holt den Doktor und den alten Zheng«, rief Lewis, und Shelby rannte los. Es hatte sich eine kleine Menschenmenge eingefunden, als der kleine Mann zu spielen begann, und jetzt strömten andere herbei, um an dem Drama teilzuhaben. Charlie und Laszlo, der älteste Sohn des Grafen, bewegten sich vom Rand in die Mitte der Menge und starrten fassungslos auf den dürren, leblosen Körper.

»Harley?«, sagte Lewis.

Der Zauberer sah ihn beklommen an und kam näher. Jemand rief, der Doktor sei auf dem Weg, und Lewis dachte, er könnte Shelbys Stimme hören, aber er wich zurück und ließ den Kopf hängen, denn der Doktor würde nichts mehr ausrichten können. Mr Patels Körper erkaltete rasch. Lewis Tully spürte, wie sein Herz auf ihm vertraute Art schwer wurde, und er wurde sich der Nutzlosigkeit seiner Hände in der Gegenwart des Todes bewusst. Er ging aus dem Weg, um Harley Zutritt zu gewähren, aber er wusste, dass es nichts mehr zu tun gab.

Doc Morin kämpfte sich durch die Menge, sah von dem kleinen Mann zu Lewis und fluchte unterdrückt. Er kniete sich neben den Mann, versuchte den Puls zu fühlen und warf Lewis einen Blick zu.

»Eine Schlange, Lewis? Wie um alles in der Welt konnte das passieren?«

Lewis schüttelte den Kopf und blickte zu Boden.

Der Doktor zuckte die Achseln, hockte sich hin und begann mit der üblichen Untersuchung, die an dem Tod des Mannes keinen Zweifel ließ. Der alte Zheng erschien, warf einen Blick auf den Mann am Boden und schüttelte kaum merklich den Kopf. Die Zirkusleute, die den gebeugten Rücken des Doc sahen, erkannten an seiner mangelnden Anstrengung, dass er einen Toten vor sich hatte. Langsam und schwerfällig bewegte er den Kopf hin und her und richtete sich auf. Dann machte er einen Satz zurück.

Ein kleiner Aufschrei ging durch die Menge, denn Doc Morin war bekannt dafür, dass er in seinem ganzen Erwachsenenleben noch nie etwas überstürzt hatte; nie hatte er schnell gesprochen oder gehandelt oder gearbeitet oder sich bewegt, laut Lewis selbst dann nicht, als 1917 das ganze Camp in Flammen aufging oder 1919 eine Schlammwelle den größten Teil des Besitzes fortriss, und auch nicht damals, als ein Betrunkener in einer Stadt in North Dakota ein Messer auf den Doc warf und ihn nur um Haaresbreite verpasste. Aber jetzt machte er einen Satz und landete mit einem schwachen Knarzen auf den Füßen. Lewis starrte ihn in stummer Bewunderung an, bis er aus den Augenwinkeln die andere Bewegung, die nämlich den Doktor zu seinem Sprung veranlasst hatte, wahrnahm.

Die Leiche bewegte sich.

Lewis ging langsam zu dem Mann am Boden und blieb vor ihm stehen. Mr Patels Brustkorb hob sich. Lewis wandte sich den Zuschauern zu und sagte: »Shelby, komm her, das musst du dir mit mir zusammen angucken.«

Shelby stellte sich neben ihn, dann kam Harley hinzu, und gemeinsam beugten sie sich über den Körper. Lewis beobachtete Mr Patel, dann wanderte sein Blick zu Harley, und Harley verstand den Blick.

»Guck mich nicht so an, Lewis. Das liegt nicht in meinem Bereich.«

Noch während sie auf die sich hebende und senkende Brust starrten, wurde an Mr Patels verletztem Hals der Pulsschlag sichtbar. Aus dem Biss traten sogar ein paar Tropfen Blut. Dann öffneten sich flatternd die Augenlider, die Augen waren mit einem deutlichen Ausdruck von Dankbarkeit zum Himmel gerichtet, und Mr Patel lächelte.

Seine dunklen Augen bewegten sich, und als er die Umstehenden sah, wurde sein Lächeln breiter. Die anderen merkten, dass er sprechen wollte, und beugten sich vor, um ihn leichter zu verstehen.

»Hallo«, sagte er.

»Er lebt«, sagte der Doc.

»O ja«, sagte Mr Patel. »Ich lebe, und wie.« Er stützte sich auf einen Ellbogen und grinste erst Lewis, dann die staunenden Zuschauer an, die seinen Abgang verfolgt hatten. »Ich habe Ihnen ja gesagt, es ist eine exzellente Nummer.«

Lewis Tully sah ihn mehrere Sekunden lang an, dann krächzte er: »Eine *Nummer*? Das ist Ihre Nummer?«

»O ja«, sagte Mr Patel und nickte heftig zur Bestätigung. »Eine erstklassige Nummer. Sehr gut.«

»Haben Sie das schon öfter gemacht? Ich meine, dass Sie sich von dem Ding da beißen lassen und dann – das Bewusstsein verlieren?«

»Ich sterbe«, sagte er schlicht.

Der Doc räsuperte sich. »Also, so weit würde ich vielleicht nicht gehen …«

»Sie sterben?«, wiederholte Lewis. »Jedes Mal, Sie sterben einfach?«

»O nein. Manchmal spiele ich, und sie ist wie eine normale Schlange. Und manchmal kämpfen wir, ich schlage sie mit der Flöte, es ist nämlich eine ganz schön böse Schlange. Aber manchmal beißt sie mich. Und dann sterbe ich. Ich schlafe von dem Gift ein, sehr schnell, das verdammte Gift, und ich habe keinen Pulsschlag und mein Herz schlägt nicht. Ich sterbe«, sagte er fröhlich. »Es ist eine Gabe.«

»Eine feine Gabe.«

»Er hat eine Art Immunität, Lewis«, sagte der Doc.

»Ich habe es von meinem Vater. Der hat auch diese Gabe. Er hat viele wunderbare Gaben. Er kann mit seinen Beinen einen Knoten machen …«

Lewis starrte ihn weiter an, und einen Moment lang hatte er ein anderes, ihm sehr vertrautes Gefühl, nämlich das eines Mannes, dessen Taschen gerade ausgeraubt wurden.

»Mr Patel, ich überlege, ob ich Sie in einem Spalt der vertrockneten Erde von Oklahoma zu Pulver zermahlen soll.«

Ein rascher Blick auf Lewis überzeugte Mr Patel, dass er gerade in ernsterer Gefahr schwebte als zuvor mit der Schlange. Er richtete sich zum Sitzen auf, dann kam er auf die Füße und hockte sich hin.

»Sie kommen hierher und sagen uns, Sie seien ein Schlangenbeschwörer, dann lassen Sie sich von dem Ding da beißen und jagen uns allen einen Riesenschrecken ein …« Lewis kam langsam in Fahrt, und Shelby trat einen Schritt zurück, weil er glaubte, sie bekämen eine von Lewis' längeren Ansprachen zu hören.

»Sie würden mir nicht glauben!«, sagte Mr Patel.

»Was?«

»Sie würden mich rauswerfen«, sagte der Inder und richtete einen anklagenden Finger in die allgemeine Richtung, wo Lewis stand, obwohl er sich nicht traute, mit dem Finger zu nah an Lewis' Gesicht zu kommen. So sah es aus, als schimpfte er mit einem kleinen Pekannussbaum, der in der Nähe stand.

»Wenn ich sagen würde: ›Hallo, Mr Tully, ich bin ein guter Schlangenbeschwörer‹, würden Sie mich dann nehmen? Nein, nein, Sir, ich glaube, nein. Ich glaube, Sie werfen mich hinaus, in die Kälte der Wüste von Oklahoma.«

Ein paar der Zuhörer, darunter auch Charlie, guckten sich um, dahin, wo angeblich die Wüste von Oklahoma war, oder die Kälte.

»Ich muss Ihnen die Nummer vorführen«, beharrte Mr Patel.

»Ich führe Ihnen die Nummer vor, und Sie sehen selbst, sie ist erstklassig. Niemand hat eine solche Nummer.«

»Sie haben gesagt, Ihr Vater macht das auch«, sagte Lewis.

»Er ist in Indien. Und bald setzt er sich zur Ruhe. Er ist neunzig. Sehr alt. Seine Schlange ist noch älter. Und nicht so schnell. Die Nummer ist nicht dramatisch – alter Mann, sehr alte Schlange.« Mr Patel zeigte ihnen sein perlenweißes Lächeln, aber in seinen Augen war etwas, ein Ausdruck, den Lewis kannte. Lewis betrachtete den zerknitterten Anzug des Mannes und die dunklen Ringe unter seinen Augen. »Meine Nummer ist eine erstklassige Nummer, Mr Tully. Gefährliche Schlange, sehr böse Schlange. Mann wird von Schlange angegriffen. Die Leute mögen diese Nummer.«

Lewis Tully sah dem Mann in die Augen und zählte langsam bis zehn.

»Lewis?«, sagte Harley Fitzroy. »Damit kann man ganz schön verdienen. Die Leute bezahlen ja schon, wenn sie eine Schlange zu sehen bekommen, die nur halb so groß ist und bei Flötentönen aus dem Korb kriecht und hin und her wackelt. Hierfür bezahlen sie erst recht. Schließlich lässt er sich von ihr beißen.«

»Das leuchtet doch ein, Lewis«, bekräftigte Shelby.

Aber Lewis Tully, der sich schon entschieden hatte, sagte einfach: »Ich nehme Sie, Mr Patel, aber sorgen Sie dafür, dass der verdammte Turban richtig sitzt, wenn Sie für den Zirkus Tully arbeiten wollen.« Er klopfte sich den roten Staub von den Knien und ging davon.

»Oh, danke, danke, Sie werden glücklich sein, Sie haben die richtige Entscheidung getroffen …«

Lewis blieb stehen und sah über die Schulter zurück: »Sagen Sie mir eins: Wird dieses Tier Sie eines Tages in meinem Zirkuszelt umbringen? Sie waren ziemlich lange weg.«

»O nein, nein, nein, Sir. Jedes Mal ist es besser, nicht so lange. Es ist die Gabe von meinem Vater. Jedes Mal ist mir schlecht, aber nicht so lange wie vorher. Das erste Mal war ich bewusstlos, ziemlich lange. Meine arme Mutter, sie wollte die Beerdigung bestellen. Sie war sehr traurig.«

Über Mr Patels Augen zog sich ein Schleier, als er daran dachte. »Als sie zurückkam, war ich wieder lebendig.« Er breitete seine kurzen Arme aus.

»Da hat sie bestimmt vor Freude geweint.«

»Später, ja. Erst hat sie mich verhauen. Meinen Vater hat sie auch verhauen.«

»Eine Familie mit gewalttätigen Neigungen«, sagte Harley Fitzroy.

Lewis sah den kleinen Mann ein letztes Mal an. »Wenn die Schlange Sie umbringt, sind Sie gefeuert.«

* 11 *

Zwei Frauen

Die Frau traf eines Vormittags ein. Sie kam in einem stotternden, staubigen, zerbeulten Automobil mit eingedellten Kotflügeln, gesprungenem Fensterglas und einer Tür, die anscheinend mit Bindfaden gehalten wurde.

Sie hielt hinter einem Laster, stieg aus, schüttelte sich den Staub aus dem braunen lockigen Haar und schlug sich mit einem Cowboy-Hut den Rock ab.

Die einzigen Zeugen ihrer Ankunft waren ein paar Kinder, die zwischen den Büschen spielten, und die Frau stellte sich vor ihren Wagen und wartete schweigend, bis sich deren Aufmerksamkeit auf sie richtete.

»Seid ihr das offzielle Begrüßungskomitee?«

Eins der Mädchen kicherte, die Jungen starrten sie schweigend an.

»Wo sind die anderen?«

»Sie arbeiten am Zirkuszelt«, sagte einer der größeren Jungen. Er war ungefähr zehn, und sie kannte ihn nicht. Die zwei schwarzen Jungen ließen darauf schließen, dass Jeanette als Tierhalter da war. Der andere Junge war Chinese, also war Zheng auch da, und sie meinte, sich an das Mädchen mit dem gelockten Haar, fast schon eine junge Dame, als die älteste Tochter des Grafen zu erinnern.

»Ist es groß, das Zelt? Mit Flicken an der Seite?«

»Ganz vielen Flicken«, sagte das Mädchen. »Und ganz vielen Farben.«

»Mr Tully ist ein farbenfroher Mann.« Sie betrachtete interessiert den unbekannten Jungen. In seinen Augen war eine Aufmerksamkeit, die sie bei den anderen Zirkuskindern nicht kannte, und sie hätte eine 10-Dollar-Münze darauf gewettet, dass dieser Junge schon einiges hinter sich hatte. Er war ein Straßenkind. Typisch für Lewis Tully, dass er so einen Jungen zum Zirkus brachte.

»Ich heiße Helen Larsen. Kannst du bitte Mr Tully Bescheid sagen, dass ich da bin?«

Unwillkürlich fuhr sich der Junge durch das wirre rote Haar und nickte. Dann sagte er: »Ja, Madam.«

»Ein wohl erzogener Junge, wie? Helen Larsen, sag ihm Bescheid.«

Der Junge drehte sich um und rannte los, um Lewis zu holen, und die Frau unterhielt sich ein bisschen mit den anderen Kindern und versuchte dabei, den Gedanken zu verdrängen, dass sie im Begriff war, eine Dummheit zu begehen. Zwei Minuten später sah sie sie kommen und gab vor, sie nicht zu bemerken. Als Lewis auf ein paar Meter herangekommen war, tat sie überrascht und spiegelte den Ausdruck auf Lewis Tullys Gesicht, wenngleich der noch ungleich stärker war.

Sie spürte, wie sich ein Lächeln auf ihren Lippen breit machte, und unterdrückte es. Sie hoffte, man sah ihr nicht an, wie erfreut sie war, ihn zu sehen. Ein paar Schritte hinter Lewis war, wie immer, Shelby, der sie offen angrinste. Als Letzter, in einem gemesseneren Tempo, näherte sich Harley Fitzroy, und wieder dahinter das rothaarige Fragezeichen.

Lewis sah irgendwie jünger aus, obwohl sie nicht gleich sagen konnte, woran das lag. Die spinnenbeinartigen Fältchen um seine Augen waren da, ebenso die tiefer gefurchten Falten auf der Stirn, und sie entdeckte graue Strähnen in seinem Haar, aber er sah trotzdem jünger aus. Sein Hemd klebte ihm am Körper vor Schweiß, der den Stoff dunkel verfärbte, und auf einer Wange hatte er eine Ölspur. Autoreparaturen, dachte sie.

Lewis spürte, wie sein Herz in einer Mischung aus Nervosität und Freude klopfte, und das gab ihm ein entrücktes Aussehen. Er machte den Mund auf, aber bevor er etwas sagen konnte, ergriff sie, wie immer als Erste, das Wort.

»Hallo, Lewis. Wie ich höre, hast du hier eine Schlammschau.«

Er nickte zögernd und sagte: »Helen. Wie geht es dir?«

»So einigermaßen.« Sie wagte ein kleines Lächeln und sah das Leuchten in seinen Augen als Antwort. Ihre Augen trafen sich einen Moment lang, dann wandte er den Blick ab.

»Wie geht es den … wie geht es Patsy und Mollie und Jake?«

»Es geht ihnen gut. Die Mädchen sind verheiratet, und Jake hat ein kleines Geschäft in Bridger aufgemacht.«

Lewis rieb sich den Nacken und drehte sich zu Shelby und Harley um. »Ihr erinnert euch an Helen, oder?«

Gib einem Mann fünf Minuten Zeit, dachte sie, *und er redet dummes Zeug.*

»Was meinst du denn wohl, Lewis?«, fragte Harley und nickte dann. »Schön, dich zu sehen, Helen.«

»Ich dachte, du hättest das hier alles aufgegeben und wärst ein ehrlicher Mensch geworden, Harley.«

»Och, noch nicht«, sagte er, und sie trat auf ihn zu und gab ihm einen Kuss auf die stoppelige Wange.

Shelby umarmte sie leicht, und sie küsste auch ihn, dann sah sie Lewis hinterlistig an.

»Du siehst richtig … fit aus, Helen«, sagte Lewis.

Fit? Wenn man bedenkt, dass ich fünzig bin, sehe ich besser als einfach nur »fit« aus, dachte sie.

Während sie ihn mit einem Blick ansah, bei dem er sich wie ein Schuljunge fühlte, streckte sie ihm die Hand entgegen. Als er sie nahm, warf Helen die Arme um ihn und drückte ihn. Sie küsste ihn, als er den Kopf drehte, so dass der Kuss auf der Nase landete, worauf sie beide lachten.

Helen trat zurück und legte den Kopf schräg.

»Ich weiß nicht, ob es die Sonne auf deinem Gesicht ist, aber du siehst anders aus.«

»Ach, weißt du, es ist einfach …« Erst jetzt sah er sie richtig an und ließ den Satz verklingen. Ein bisschen breiter, dachte er, ohne Scham breiter, denn es hatte ihr nie etwas ausgemacht, und ihm war es recht. Vielleicht war auch ein bisschen Grau in ihren braunen Haaren, doch er musste zugeben, dass sie damit sehr damenhaft aussah. Außerdem trug sie die Haare jetzt kurz, wie alle Frauen, aber es stand ihr gut. Vielleicht waren auch ein paar Krähenfüße und Lachfältchen dazugekommen, aber sie hatte immer noch diesen Teint, die Haut eines jungen Mädchens, das nicht einen Tag harter Arbeit in der Sonne kannte. Und dann waren da die grünen Augen, die er vor so vielen Jahren als Erstes an ihr bemerkt hatte und an die er dachte, wenn sie viele tausend Meilen von ihm entfernt war. Und auch jetzt, wie so oft schon, lachte sie ihn aus.

»Ich baue einen Zirkus auf«, sagte er überflüssigerweise, und Shelby verdrehte die Augen.

»Ich habe gehört, ihr wollt damit in unsere Gegend, vielleicht.«

»Möglich. Wir wollen die Canty Road nehmen.«

Sie zog die Stirn kraus. »Wie weit?«

»Oh, ziemlich weit. Bis Wyoming, denke ich. Vielleicht sogar bis Sheridan. Montana, wenn wir den Mut dazu haben.«

Shelby schnaubte. »Mit Glück schaffen unsere Wagen es bis Wyoming, aber das auszuprobieren ist ja schon das Vergnügen.«

»Wenn die Wagen es nicht schaffen, gehen wir zu Fuß weiter«, sagte Lewis, ohne den Blick von ihr abzuwenden.

»Ich dachte schon, wir würden dich diesmal nicht hier sehen, Helen«, sagte Shelby.

»Mr Tully hat mich nicht benachrichtigt. Ich musste es aus zweiter Hand erfahren.«

»Na ja, ich dachte, du würdest es auf jeden Fall mitbekommen«, fing Lewis an.

»Ich musste den Mädels bei der Aussaat helfen«, sagte sie zu Shelby. Dann sagte sie zu Lewis: »Meine Kinder haben ihr eigenes Leben, Lewis. Ich bin übrig. Ich brauche Arbeit.«

»Ich dachte, du hättest Arbeit beim Circus Perry.«

»Das ist schon eine Weile her. Er hat seiner Tochter meine Stelle gegeben. Das war nur fair. Ich dachte, ich könnte zu John Falls gehen, aber der hat Pleite gemacht.«

»John hat Pleite gemacht? Davon habe ich gar nichts gehört. Aber es überrascht mich nicht – wir kleinen Zirkusunternehmen, wir können jederzeit Pleite gehen.«

Lewis wartete, dass sie etwas sagte, aber sie sah ihn nur mit einem kleinen Lächeln an. Erst jetzt wurde er sich seiner verschwitzten Erscheinung bewusst.

»Ich sehe aus, als hätte ich mich im Dreck gewälzt. Wir haben am Zelt gearbeitet, und einer der Laster brauchte eine neue Achse …«

»Das ist ehrlicher Schweiß, Lewis. Ein Arbeiter braucht sich seines Aussehens nicht zu schämen.«

In meinen Augen siehst du gut aus, dachte sie.

»Wie hast du es erfahren?«

»Die Leute reden. Ich kenne Zirkusleute, und die wissen alle, was du vorhast. Was sie nicht wissen, ist, wie du es machst.«

»Das weiß ich selbst nicht so genau.«

»Hast du schon jemanden für die Kostüme und die Requisiten und so?«

Lewis sah zu Shelby hinüber, der einfach eine Augenbraue hochzog.

»Nein, um ehrlich zu sein. Ich hatte überlegt, ob ich Shelby das Nähen beibringen sollte.«

Sie lachten, und die anderen fielen ein.

Helen verschränkte die Arme und sah Lewis freimütig an. »Ich kümmere mich um die Kostüme, Reparaturen, Requisiten, und ich handle die Rabatte aus – du schickst mir die Verkäufer, und ich sorge dafür, dass sie Süßigkeiten haben, die sie verkaufen können. Und ich unterrichte die Kinder, wie früher.«

Lewis rieb sich den Nacken und versuchte sie anzusehen, konnte es aber nicht.

»Also …«, sagte er.

Sie kam nah an ihn heran und sprach mit leiser Stimme. »Ich bin das beste Angebot, das man dir seit langem gemacht hat.«

»Ich kann dir nicht viel bezahlen, Helen«, sagte er leise. Bei dem Geruch von Seife und Talkumpuder, der von ihr ausging, vergaß er, was er sagen wollte. Sie trat noch näher an ihn heran, er wich unwillkürlich zurück, blieb dann aber stehen.

»Über Geld können wir später reden. Ich brauche Arbeit, du brauchst jemanden wie mich. Noch einen Sommer, und ich kann damit aufhören.«

Lewis blinzelte. »Und … was machst du dann?«

»Ich habe ein bisschen gespart. Ich mache ein Café auf.«

Er nickte. »Du hattest schon immer einen guten Geschäftssinn. Nur eine Frage: Was hättest du gemacht, wenn wir keinen Bedarf gehabt hätten?«

»Ich wäre in eine Stadt gegangen, hätte mir ein Zimmer gesucht und Arbeit, hätte Geld verdient. Das machen die Leute dauernd.« Ihr Blick wanderte an Lewis vorbei. »Jetzt stell mich doch mal dem netten jungen Mann hier vor, der dich geholt hat.«

Der Junge trat von einem Fuß auf den anderen.

»Das ist Charlie Barth.«

»Hallo«, sagte der Junge leise.

Helen sah von dem Jungen zu Lewis und lächelte, die Frage stand in ihren Augen.

»Die Frucht einer wilden Jugend, Lewis?«, fragte sie flüsternd.

»Charlie ist ... also, Alma hatte ihn bei sich aufgenommen ...«

»Ah, es hat mit Alma zu tun. Dann hat es bestimmt alles seine Richtigkeit«, sagte sie und ging an Lewis vorbei.

»Da bin ich mir nicht so sicher ...«

»Ich aber«, sagte sie. Sie klopfte dem Jungen auf die Schulter. »Du bist ein Freund von Alma?«

»Ja, Madam.«

»Dann bist du auch mein Freund. Ich finde Alma ziemlich gut.« Sie lächelte Lewis über die Schulter zu. »Wenn Mr Tully jetzt die Freundlichkeit haben würde, mir meine Taschen zu bringen ...«

»Jawohl, Madam«, sagte Lewis leise.

Sie ist wieder da, sagte er sich mit einem plötzlichen Gefühl des Unbehagens, auf das im nächsten Moment übergroße Freude folgte. Kopfschüttelnd ging er zu ihrem Auto und versuchte, seine eigene Verwirrung zu ergründen.

Lewis hörte den Motor schon, als das Auto noch eine gute halbe Meile entfernt war. Er unterbrach die Arbeit, hielt die Zange und die Mutter fest und legte den Kopf auf die Seite, um besser lauschen zu können. Zum einen fuhr das Auto zu schnell, und zum anderen war es offenbar neu – zumindest nach dem sauberen Geräusch des Motors zu urteilen: Ein Nash-Motor, vermutete er, oder ein Dodge Brothers. Jemand, der zu schnell auf einer unbefestigten Straße in einem neuen Auto fuhr: Das schränkte die Auswahl der Verdächtigen erheblich ein.

Lewis machte sich auf den Weg zur Straße und traf Shelby bei den Lastern; der sagte nichts, zog aber eine Augenbraue fragend in die Höhe.

»Fährt wie ein Verrückter, wer es auch ist.« Ein kleines Leuchten trat in Lewis' Augen.

Shelby nickte. »Fährt sich noch zu Tode. Sie oder er.«

»Sie«, sagte Lewis und spürte, wie sich ein Grinsen auf seinem ganzen Gesicht ausbreitete.

Die Fahrerin lehnte an dem nageleuen Nash Light Six, die Hände tief in den Taschen ihres beigefarbenen Mantels, dessen Farbe der des Autos fast entsprach. Sie zog das Kopftuch ab, das sie beim Fahren getragen hatte, und schüttelte ihre üppig glänzende, unmoderne Haarpracht von der Farbe polierten Kupfers. Sie sah Lewis an, und ein kleines Leuchten der Belustigung stand in ihren Augen.

»He, Mister, kann man als Mädel immer noch weglaufen und zum Zirkus gehen?«

»Ich kann es nicht empfehlen. Ich habe das gemacht, und du siehst ja, was aus mir geworden ist. Hallo, Miss Lucy Brown.«

»Hallo, Lewis. Hallo, J. M.«

Shelby berührte seine Hutkrempe. »Lucy. Ich wusste, dass du kommen würdest.«

Sie blickte über die Schulter die Straße entlang, auf der sie gekommen war. »Ich nicht. Ich dachte, ich hätte all das hinter mir gelassen und würde fortan als feine Dame in einer großen Stadt leben. Ein vornehmes Leben führen, wie die Leute sagen.«

In ihrem freimütigen Blick sah Lewis ihre Enttäuschung. Das überraschte ihn.

»Du bist eine feine Dame. Nur nicht von der Sorte. Du bist nicht dafür geeignet. Du bist keine Großstadtdame.«

»Ich bin in einer Großstadt geboren, Lewis.«

»Ich auch. Aber deswegen wird man noch nicht glücklich in einer.«

Lucy Brown zuckte die Schultern. »Wahrscheinlich nicht. Hilfst du mir mit den Taschen? Ich habe massenhaft Kleider mitgebracht, Lewis. Ich glaube, ich bin zu einem Kleiderständer geworden«, sagte sie und lachte über sich selbst.

»Mit Vergnügen. Wir freuen uns, dass du wieder da bist, Miss Lucy Brown. Und andere werden sich auch freuen. Harley ist ebenfalls hier, Lucy.«

»Er lebt noch? Gott segne ihn.«

»Und ein paar andere, an die du dich erinnern wirst. Wir bauen einen Zirkus auf, Lucy. Und ich habe einen kleinen … Jungen bei mir«, hörte er sich sagen, obwohl er nicht hätte erklären können, warum er das sagte.

»Ein Kind, Lewis? Wessen Kind?« Sie legte den Kopf schräg und musterte ihn interessiert.

»Lange Geschichte.«

»Almas Idee«, sagte Shelby grinsend.

»Oh, dann ist es außerdem eine komplizierte Geschichte.«

»Allerdings«, sagte Lewis und nahm in jede Hand einen Koffer. »Wenn Alma damit zu tun hat, dann ist es kompliziert.«

Sie sah ihn vor sich gehen, und plötzlich fiel ihr etwas ein. »Ich hoffe, Helen kommt auch, Lewis.«

»Sie ist schon da«, sagte er mit unheilvoller Stimme.

Dann ist dein Leben wirklich kompliziert, dachte Lucy Brown und grinste ihn an.

❋ 12 ❋

Vom Hofe des Zaren

Kurz vor Sonnenuntergang des ersten richtig warmen Tages im April sah Charlie, wie sich eine Miniaturkarawane über die holprige Straße mit den vielen Schlaglöchern vorwärts bewegte. Es dauerte wenige Minuten, bis sich eine Schar Neugieriger angesammelt hatte, die bei der Ankunft der Neuankömmlinge dabei sein wollten.

Angeführt wurde die Karawane von einem enorm dicken Mann auf einem Pferd, das ziemlich mitgenommen aussah. Trotz seiner Körperfülle sah der Mann gut aus, und während er auf dem schwankenden Pferderücken saß und so tat, als gäbe es keine Schlaglöcher auf der Straße, würdigte er niemanden eines Blickes. Er trug einen roten Rock und Trikothosen, und auf dem Kopf saß schräg ein kleiner Pillbox-Hut, so dass der Mann aussah wie ein Husar bei der Parade.

Hinter ihm fuhr ein Automobil. Ein älterer Mann war über das Steuerrad gebeugt und guckte unter den dicksten Augenbrauen, die je einer gesehen hatte, zu den Zirkusleuten hinaus. Auf dem Rücksitz saßen mehrere Passagiere, alle klein und pelzig und zottelig, und schon bald flüsterten sich die Umstehenden zu, dass die Neuankömmlinge eine Wagenladung Ratten oder Kaninchen oder sogar Stinktiere mitbrachten.

Den Abschluss bildete ein Lastwagen, der wie ein Zigeunerwagen angemalt war, eine farbenfrohe Kiste in Gelb und Orange.

Am Steuer saß eine wunderschöne Frau, majestätisch wie der Mann auf dem Pferd, mit weit auseinander stehenden blauen Augen und schwarzem Haar, das zu einem losen Nackenknoten gedreht war. Sie schien sich zu amüsieren. In den Laster waren eine Tür und mehrere Fenster gesägt, an denen Vorhänge angebracht waren, und der letzte Abschnitt des Aufbaus war zu einem Käfig umgebaut worden. In diesem Käfig saß mit gespreizten Beinen ein Bär und starrte hinaus wie ein Tourist auf der Durchfahrt. Sowohl auf dem Automobil als auch auf dem Laster waren Werbeaufschriften zu lesen, teils in Englisch und teils in einer Sprache, die Harley Fitzroy – niemand wusste, wie – als Russisch identifizierte, und auf der Seitentür des Autos war ein fantasievolles, aber doch erkennbares Porträt des verblichenen und viel betrauerten Zaren gemalt.

Der Reiter zog am Zügel und hob die Hand, worauf die kleine Prozession anhielt.

»Ich gucke nach Mr Lewis Tully«, sagte der Mann mit dröhnender Stimme, die wie die eines Operntenors klang.

Lewis trat vor. »Ich bin Lewis Tully. Mr Alexej Dostojewski?«

»Ich bin«, sagte der Mann und schlug sich auf die Brust in dem scharlachroten Rock. »Das ist meine Familie«, verkündete er und winkte zu dem Automobil und dem Laster. »Außer Katzen und Bär. Sind nur Bekannte.« Er grinste, und ein paar der Umstehenden lachten.

Lewis ging zu dem Reitersmann und gab ihm die Hand. Der Russe sprang vom Pferd und schüttelte Lewis kräftig die Hand. Das Pferd hinter ihm wirkte aufrichtig erleichtert.

Der ältere Mann und die Frau stiegen aus ihren Fahrzeugen, und dann konnte man sehen, dass die Passagiere in dem Auto tatsächlich Katzen waren, ein halbes Dutzend dicker, verwöhnter Katzen, die gerade von einem gemeinschaftlichen Nickerchen erwachten.

»Mr Alvin Choyinsky hat Ihnen von meiner Familie erzählt?«

»Ja, Sir. Er sagte, Sie haben ein paar gute Nummern.«

»Wir haben drei Nummern: Wir haben meine Wenigkeit in einer Vorführung ungewöhnlicher Kraft, sehr schöne Nummer. Wir haben meinen Vater, er trainiert Katzen …«

»Katzen kann man nicht abrichten«, rief jemand aus der Menge.

Dostojewski ließ seinen Blick über die Umstehenden gleiten und grinste. »Sie werden sehen. Wir kommen aus Russland, wir fliehen vor Bolschewiken, laufen weg vor Roter Armee und bringen euch ungewöhnliche Nummern. Mein Vater wird Ihnen zeigen.«

»Und Sie haben einen Bären.«

Mr Dostojewski zuckte die Schultern. »Alle russischen Zirkus haben Bär. Bär ist leicht abzurichten. Ist nichts Besonderes, finde ich. Ich finde, ist langweilige Nummer, Nummer mit Bär, aber Amerikaner lieben, Bär zu sehen. Ist ein netter Bär, aber nicht sehr interessant.«

»Also, wir freuen uns, Sie zu sehen.« Lewis wandte sich den anderen beiden Russen zu und bemühte sich, die Frau nicht anzustarren, was ihm nicht gelang. Er sah sich hilfesuchend um, und sein Blick fiel auf Helen, die ihn hinterlistig anlächelte.

Der Russe machte eine großzügige Geste mit dem Arm. »Meine Frau, Irina.«

»Madam«, sagte er und begrüßte die Russin mit einem Nicken, und die Röte stieg ihm in die Wangen. Er verkniff sich die Frage, ob alle russischen Frauen so schön seien, und behalf sich stattdessen mit höflicher Konversation. »Sie arbeiten mit Katzen?«

»Nein, nein. Vater von Alex, mein Schwiegervater, er trainiert Katzen. Ich arbeite mit Bär.« Sie sah ihn an und lächelte, und Lewis verschlug es einen Moment lang den Atem. Er zwang sich, seinen Blick dem alten Mann zuzuwenden, der die Menge musterte, als wären es lauter Ameisen, die er im Kühlschrank entdeckt hatte.

»Freut mich, Sie kennen zu lernen, Mr Dostojewski.«

Der Mann schnaubte und nickte zu dem jüngeren Mann hinüber.

»Der ist Dostojewski. Er nimmt Namen von berühmten russischen Schriftsteller. Ich heiße Ivanov.«

Lewis sah verwirrt von einem Mann zum anderen.

Dostojewski lächelte.

»Ivanov ist sehr gewöhnlicher Name. Alle in Russland heißen Ivanov. Ist wie ›Jones‹ in Amerika.«

»Graf Ivanov, dein Ahne, war am Hof von Ivan Grozny«, zischte sein Vater. »Ihm war Name gut genug.«

»Wer?«, fragte Lewis.

Dostojewski lächelte. »Großer Zar, Sie sagen ›Ivan der Schreckliche‹. Mein Vater erzählt viele Geschichten von Ivan dem Schrecklichen. Seine Geschichten sind sehr schön, aber sie machen keinen satt.«

Lewis beeilte sich, den aufkommenden Streit zu abzuwenden. »Sie arbeiten also mit Katzen, Mr Ivanov?«

»Natürlich.«

»Haben Sie auch mit anderen Tieren gearbeitet, mit Hunden oder …«

Der Mann blies verächtlich die Luft aus dem Mundwinkel.

»Hunde«, sagte er. »Ich spucke auf Hunde. Hunde sind dumm. Katzen sind intelligent. In den frühen Tagen in Ägypten wusste man, Katzen sind intelligent.«

Der Mann musterte Lewis mit einem zweifelnden Blick. Es war Zeit, etwas Ermutigendes zu sagen.

»Ich habe von Ihren Katzen gehört«, sagte Lewis lässig.

Der kleine Mann hörte ihm aufmerksam zu. »Ja?«

Lewis nickte. »Ein Freund von mir in Seattle hat sie mal erlebt. Er sagt, so etwas hat er in seinem Leben noch nicht gesehen.«

Der alte Mann verneigte sich. »Eine Ehre für mich.«

»Nein, es ist eine Ehre für unseren Zirkus. Aber Sie haben

ja gerade gehört, es gibt noch Skeptiker unter den Leuten hier.«

Der alte Mann schürzte die Lippen und ließ seinen Blick über die Menge gleiten. Mit einem gelangweilten Schulterzucken ging er zum Auto, riss die Tür auf und brüllte: »Sascha!«

Sofort sprang eine dicke weiße Katze von der Rückbank, ihr folgte eine schwarz-weiße Katze, die der Mann am Nacken hochhob.

»Nein! Ich habe gesagt Sascha. Bist du Sascha? Nein, natürlich nicht. Du bist Mischa. Und du bist sehr dumm. Die Menschen sehen dich und denken: ›Ha, diese Katzen sind dumm.‹ Jetzt geh, sonst ich erlaube den Amerikanern, dass sie dich essen.«

Er blitzte Lewis an. »Ich rette Katzen vor der Patrouille der Roten Armee, sehr hungrig, die Patrouille der Roten Armee. Sie sind Barbaren, sie würden Katzen essen, Ratten, Menschen, alles.« Er seufzte, als wäre dies eine Provokation, die alle menschlichen Grenzen überstieg. Aus dem Kofferraum des Autos holte er eine kleine amerikanische Flagge, die er an Saschas linker Vorderpfote befestigte. Dann setzte er der Katze eine kleine blaue Kappe auf, trat zurück und klatschte in die Hände.

»Los, Sascha. Marschieren, marschieren. ›Yankee doodle go to town, riding on pony, eating macaroni …«, sang er tonlos, und Lewis fragte sich, ob der Mann wegen seiner Sangeskünste aus seinem Heimatland verbannt worden war.

Der Mann hatte eine Hand in die Hüfte gestützt, beugte sich über die Katze und sah sie streng an. Die Katze ließ sich auf die Hinterbeine nieder und erwiderte den Blick, und eine ganze Weile lang waren die beiden in einem Bild der Sturköpfigkeit erstarrt. Ein paar der Zeltbauer lachten. Der Russe schnalzte mit der Zunge, worauf die Katze blinzelte. Der Mann nickte, ging mit der Nase ganz nah an die rosa Katzenschnauze, klatschte erneut in die Hände und stand auf.

Langsam erhob sich die Katze, bis sie auf den Hinterbeinen

stand, setzte sich mit steifem Gang in Bewegung und beschrieb am Rande des Platzes ein Oval, während der kleine Russe hinter ihr ging, weiter in die Hände klatschte und eine Mischung aus seiner Version von »Yankee Doodle« und einer russischen Weise sang, und dann fing die Katze an, ihre Pfote auf und ab zu bewegen, so dass es aussah, als würde sie die amerikanische Flagge schwenken.

»Verdammt«, sagte jemand von hinten.

Lewis sah sich die Vorführung des alten Mannes und der weißen Katze an, als Harley Fitzroy plötzlich neben ihm stand.

»Das ist erstaunlich. Es ist wie bei der Zauberei, Lewis: Es klingt nicht besonders interessant, bis man es sieht. Was hat er ihnen sonst noch beigebracht?«

»Ach, das Übliche: durch Reifen springen und so weiter, auf dem Rücken mit Bällen jonglieren. Anscheinend lässt er eine Katze eine andere im Puppenwagen spazieren fahren. Und am Schluss marschieren sie alle wie diese.«

Er sah den alten Zauberer an. Dessen Blick drückte Zweifel aus, als glaubte er, das sei reine Aufschneiderei.

»Lewis, ich habe Elefanten tanzen sehen, ich habe Vögel erlebt, die zählen und sprechen konnten, ich habe einen Jungen gesehen, der bei Wölfen aufgewachsen war, und einen Wolf, der sich für einen kleinen Jungen hielt, aber so etwas habe ich noch nie gesehen oder gehört.« Er schüttelte den Kopf und wandte sich ab. Im nächsten Moment sagte er: »Und ich würde dafür bezahlen, um Katzen in einer Reihe marschieren zu sehen, Lewis. Ganz ehrlich.«

»Ich hoffe, das wollen andere Leute auch.«

»Was macht der Große?«

Anscheinend hatten andere auch schon danach gefragt, denn Mr Dostojewski schritt in seinem eleganten Gang zu dem bunt angemalten Lastwagen, lächelte und winkte den Zuschauern zu, dann umfasste er die vordere Stoßstange mit seiner großen

Pranke und hob den Wagen vom Boden. Die Menge hielt den Atem an und applaudierte, und der große Russe schüttelte einfach den Kopf und zuckte die Schultern. Er hielt einen Finger in die Höhe und stieg eine kleine Trittleiter hoch, die außen an dem Laster angebracht war. Auf dem Dach des Wagens machte er sich an irgendeinem Verschluss zu schaffen, dann öffnete er eine Falltür und holte eine Leiter hervor. Schweigend zog er die Leiter auseinander und stellte sie auf, bis sie gut acht Meter über dem Dach des Lasters in die Luft ragte. Dann sprang er, so anmutig wie eine der Katzen seines Vaters, zu Boden.

Er machte eine ausholende Bewegung mit dem Arm und zeigte auf seine Frau. Die Frau verneigte sich kurz und verschwand dann hinter dem Laster. Als sie wieder hervorkam, klatschten die Zuschauer überrascht, denn sie trug jetzt nicht mehr ihren langen Wollrock, sondern eine enge gelbe Trikothose und ein figurnahes Brokatjäckchen. In einer Hand hielt sie etwas, das wie eine antike Kanonenkugel aussah. Sie machte eine Knicks, ignorierte die Pfiffe und das bewundernde Gemurmel und kletterte auf die Trittleiter am Laster und anschließend die Leiter auf dem Dach hoch, wobei sie sich nur mit einer Hand festhielt. Als sie ganz oben angekommen war, blieb sie still stehen, damit jeder sehen konnte, wie die Leiter zwölf Meter über dem Boden im Wind hin und her schwankte. Dann rief sie ihrem Mann etwas zu.

Der große Russe ließ den scharlachroten Rock zu Boden gleiten und entblößte einen massigen Torso mit großen Muskelpaketen auf Rücken und Schultern. Er ließ seine Muskeln spielen, dann ging er rückwärts, bis er einen gewissen Abstand von dem Wagen hatte. Er ließ sich Zeit, sah zu seiner Frau hinauf, streckte sich und suchte mit den Füßen die richtige Position. Dann sah er sie an und nickte, er senkte den Blick zum Boden und schrie etwas zu ihr hinauf.

Die Frau auf der Leiter saß rittlings auf den obersten Sprossen und hielt die Kanonenkugel über dem Kopf, sie kicherte und, mit einem hinterlistigen Audruck in den Augen, warf sie die Kugel ihrem Mann zu, während die Zuschauer den Atem anhielten.

Die Kugel sauste mit einem hörbaren Zischen durch die Luft auf ihr Ziel zu, und als sie den Mann traf, ging ein Aufstöhnen durch die Menge.

Der Russe machte eine kleine Bewegung und fing die Kugel zwischen den dicken Muskeln auf seinen Schulterblättern auf. Er presste die Muskeln zusammen und drehte sich so um, dass alle die Kugel sehen konnten, dann lockerte er die Muskeln und die Kugel rollte langsam runter. Er drehte sich schnell um und fing sie auf, bevor sie den Boden berührte, hielt sie in die Höhe und warf sie einem von Lewis' Zeltbauern zu. Der Mann brauchte beide Hände, um sie festzuhalten, und reichte sie kopfschüttelnd an seine Kollegen weiter.

Lewis stand mit zufriedener Miene am Rand.

»Machen die Leute mit den Katzen bei dem Zirkus mit?«, fragte Charlie.

»Aber na klar, mein Junge«, sagte Lewis.

Harley lachte und klopfte ihm auf den Rücken. »Was für Tricks hast du noch für die Leute im Westen auf Lager, Lewis?«

»Ich habe den größten Zauberer seiner Zeit und Katzen, die zu *Yankee Doodle* marschieren. Was brauche ich denn sonst noch?« Und als Lewis lachte, wusste er auch die Antwort: Was er brauchte, war Glück.

❋ 13 ❋

Der rote Affe kehrt zurück

»Foley«, sagte Lewis mit gekräuselten Lippen, als wäre ihm ein übler Geruch in die Nase gestiegen.

»Hallo, Mr Tully.« Foley nickte, war aber so klug, ihm nicht die Hand hinzustrecken. Sein Blick wanderte von Lewis zu Shelby, der vor lauter Überraschung den Kopf schüttelte.

»Wo ich gerade gehofft hatte, das Glück sei mir hold«, sagte Lewis.

»Und ich hatte gehofft, wir könnten einen Schlussstrich unter die Vergangenheit ziehen«, sagte Foley.

»Sagten Sie nicht, Ihr Name sei Fogerty?«

»Ich dachte, Sie würden vielleicht gar keine Geschäfte mit mir machen, wenn Sie wüssten, dass ich es bin. Mit oder ohne Rex.«

»Wie Recht Sie haben. Wie sind Sie an ihn rangekommen?«

»Wie ich es in meinem Brief beschrieben habe. Ich habe ihn von dem alten Engländer bekommen, der Ihnen damals Rex verkauft hat.«

»Er hat mir nie erzählt, dass Rex einen Nachkommen hat.«

»Hat ihn sich für eine gute Gelegenheit aufgehoben.«

Foley gab sich große Mühe, wie Jay Gould auszusehen, der im Begriff war, den Silbermarkt zu beherrschen. Lewis sah ihn intensiv an und versuchte, einen Hauch der Befriedigung daraus abzuleiten, dass James Patrick Foley sein gutes Aussehen eingebüßt hatte.

In dem Punkt habe ich keinen Ärger mehr von dir zu erwarten, dachte er bei sich.

In sieben Jahren war Foley um fünfzehn Jahre gealtert. Sein einst frisches Gesicht war jetzt blass, und um die Augen und den Mund hatten sich Falten gebildet. Die trockene Haut auf der Unterlippe war rissig, und eine frische Narbe bildete einen kleinen Halbmond um das eine Auge. Mit seinem Lächeln konnte er zwar immer noch die Vögel auf den Bäumen becircen, aber dazu musste man die Lücke in seinem Gebiss übersehen, wo ein Vorderzahn abgebrochen war.

Lewis ließ den Blick über Foleys Kleidung gleiten – sorgfältig gebürsteter dunkler Anzug, sauberes weißes Hemd – und guckte dann genauer hin: ein alter Anzug und ein Hemd, das ihm um ein paar Nummern zu groß war. Wenigstens der Filzhut, den Foley nervös in den Händen drehte, sah neu aus. Schon früher hatte Foley immer neue Hüte gehabt.

»Wenn dies ein Trick ist, Foley, dann werden Sie bald wünschen, Sie wären nie wieder hierher gekommen.«

»Es ist kein Trick. Ich habe ihn bei mir.«

»Warum haben Sie ihn nicht an einen anderen verkauft und lassen mich in Frieden?«

Foley zog die Stirn kraus. »Niemand sonst wüsste ihn zu würdigen.«

»Da hat er allerdings Recht, Lewis«, sagte Shelby.

»Ich möchte keine Geschäfte mit Ihnen machen, Foley, auch nicht dieses Geschäft.«

Foley zuckte zusammen, und Lewis empfand ein kleines, intensives Gefühl des Triumphs. Er sah, wie die Hoffnung aus Foleys Miene schwand, und begriff, dass Foley diese Möglichkeit nicht in Betracht gezogen hatte.

»Außerdem, warum wollen Sie immer noch Geschäfte mit einem Zirkus machen? Ich dachte, Sie wollten mit der jungen Miss Kelly die Welt erobern – deswegen sind Sie doch mit ihr weggelaufen, oder? Und mir haben zwei Nummern in meinem Programm gefehlt.«

»Sie hat mich verlassen.« Foley versuchte, die beiden Männer ihm gegenüber nicht anzusehen. »Ich habe getrunken und sicher auch ein bisschen gespielt …«

»Ein bisschen?«

»Sie kennen mich ja, Mr Tully.«

»Allerdings. Sie haben mir eine meiner besten Nummern zerstört, Sie haben ein junges Mädchen ihrer Familie und ihren Freunden geraubt …«

»Und sie hat mir den Laufpass gegeben. Sie ist wieder zu Hause, wenigstens ist das das Letzte, was ich von ihr gehört habe.«

»Wieso sind Sie dann nicht hinter ihr her? Ein Mädchen wie sie …«

»Ich habe es versucht. Ich sage Ihnen doch, sie hat mich verlassen.« Foley blickte auf seinen Hut und glättete die Krempe. Dann zuckte er die Schultern und sah Lewis an. »Sie wollen ihn sich nicht einmal ansehen?«

Lewis runzelte die Stirn und sah Shelby an. Er kostete den Moment aus, solange es ging, und machte dann eine kleine wegwerfende Bewegung mit der Hand.

»Also gut, meinetwegen. Gehen wir.«

Lewis und Shelby folgten ihm zur Straße, wo Foley sein staubiges Auto geparkt hatte. Der Anhänger war ein umgebauter Pferdetransporter, dessen hoch eingelassene Fenster mit Gittern versehen waren. Jetzt, da sie nicht mehr in Lewis' Büro waren, bekam Foley Auftrieb und nahm wieder das Gebaren eines Geschäftsmannes an. Er schritt forsch aus und klopfte sich beim Gehen den Rock ab.

Lewis, der hinter ihm ging, sah eine Bewegung hinter einem der Fenster in dem Transporter. Er sah rötlichbraunes Fell, und von dem winzigen Teil, der sichtbar war, musste das Tier ziemlich groß sein. Lewis spürte, wie ihm das Herz schneller zu klopfen begann. Er beschleunigte den Schritt. In der Nähe sah er Harley, der mit Charlie und zwei der Grafenkinder sprach, und winkte sie herbei. Der Zauberer runzelte die Stirn, und dann konnte Lewis sich nicht länger mäßigen. Er fiel in einen Laufschritt und merkte, dass Shelby hinter ihm auch lief.

Lewis zeigte auf den Anhänger, und Harley Fitzroy blieb der Mund offen stehen, als er begriff, worum es ging. Der alte Mann folgte Lewis eiligen Schrittes.

Als sie aufeinander trafen, nickte Lewis zu dem Anhänger hinüber.

»Er ist da drin. Rex ist da drin«, sagte er in einem heiseren Flüstern.

Foley wartete schon bei dem Anhänger, jetzt konnte er wieder lächeln. Er klopfte auf den Anhänger und nickte selbstbewusst.

»Hier haben Sie Ihren Jungen, Mr Tully. Hier ist der Sohn von Rex.« Foley schob drei Riegel zurück und schwang die Tür auf.

Die Männer drängten sich vor dem dunklen Eingang und lugten in den höhlenartigen Anhänger. Ein Paar großer, gelber Augen starrte sie an. Sowohl die Männer und als auch das Tier blieben regungslos stehen, hielten den Atem an und musterten sich prüfend.

Lewis Tully fragte sich, ob das Tier das Klopfen seines Herzen hören konnte. Er wollte gerade etwas zu Shelby sagen, als er merkte, dass der Affe sich bewegte.

»Er kommt raus, Foley.«

»Ich habe ihn unter Kontrolle.«

»Wie, unter Kontrolle? Mit Grants großartiger Armee am Potomac?«

»Auf übliche Weise, Mr Tully, außerdem kann er nicht … Er hat nicht die Beweglichkeit seines Vaters«, sagte Foley mit dem Ausdruck eines Mannes, der sich einen Tunnel gräbt.

Lewis wollte ihn um eine Erklärung bitten, aber das Tier war fast am Eingang. Lewis erkannte in ihm die Züge des alten Rex, des roten Affen, und er sah Shelby und Harley Fitzroy mit einem dümmlichen Grinsen an. Der Affe schleppte sich bis zur Tür, blinzelte seine Zuschauern an und schnaubte.

Hinter sich hörte Lewis andere Zuschauer, die Kinder, die im leisen Flüsterton voll köstlicher Furcht sprachen, die Männer, die verblüfft brummten.

Und dann plumpste der Affe schwerfällig zu Boden und war im Freien.

Rex der rote Affe – junior – sackte auf dem feuchten Lehmboden zusammen und beguckte sich seine Zuschauer. Es wäre sicherlich schwierig gewesen, Einigkeit über das herausstechende Attribut des Affen zu erzielen: Manche hätten seine überragende Größe genannt, andere seinen enormen Kopf, wieder andere starrten wie gebannt auf den Bauch des Affen, der beim Gehen wie ein großer, straffer Sack fast auf dem Boden schleifte. Aber es konnte nicht geleugnet werden, dass er, anders als alle anderen Gorillas auf der Erde, rot war, so unverschämt rot wie der Bart eines echten Iren, so leuchtend rot wie ein neuer Penny.

Charlie stellte insgeheim fest, dass Rex die gleiche Haarfarbe hatte wie die schöne Lucy Brown.

Rex erlaubte allen, seine verschiedenen wunderbaren Merkmale zu bewundern, dann schlug er mit der haarigen Pranke auf den Boden und schnaubte, worauf die meisten Menschen in seiner Nähe zusammenzuckten.

Da grinste Rex.

»Hab ich's doch gesagt«, sagte Lewis, ohne sich speziell an jemanden zu wenden. »Ich hab's doch gesagt, eine Persönlichkeit wie sein Vater. Ein echter Zirkusaffe.« Der Affe bewegte langsam den Kopf und sah jedem der Umstehenden direkt in die Augen, und fast jeder hätte hinterher gesagt, der Affe habe ihn freundlich angesehen.

»Ein Gorilla«, sagte einer der Zeltbauer. »Ein roter Gorilla?«

»Orang-Utans sind rot«, erklärte jemand.

Lewis hörte das und schüttelte den Kopf. »Jeder Zirkus kann einen Orang-Utan kriegen. Das hier ist was anderes.«

»Das ist der größte Affe, den ich je in meinem Leben gesehen habe«, sagte Emmett McKeon.

»Du hast seinen Vater nicht gesehen«, sagte Shelby. »Sein Vater war noch größer.«

»Und Gigantus natürlich«, sagte Lewis. »Beim Zirkus Cullen & Godfrey.«

»Sicher, aber Gigantus war gemein«, sagte Shelby.

»Aber ich gebe zu, dass dieser Kerl hier der dickste Affe ist, den ich je gesehen habe. Wie viel verdrückt er am Tag, Foley?«

»Dreißg Pfund.«

»Dreißig?« Lewis starrte bewundernd auf den ausladenden Bauch des Gorillas. »Ein ausgewachsener Gorilla frisst zwanzig Pfund. Zwanzig Pfund ist eine Menge.«

»Manchmal frisst er auch mehr. Viel mehr manchmal.« Foley machte ein besorgtes Gesicht. »Manchmal tut er den ganzen Tag nichts anderes.«

Lewis nickte. »Vielleicht ist er einsam.«

»Daran habe ich nie gedacht.«

»Dreißig Pfund«, sagte Lewis in einem heiseren Flüstern. »Herr im Himmel.« Dann sagte er zu dem Gorilla: »Hallo, Rex. Ich kannte deinen Erzeuger.«

Als Rex darauf rülpste, nickte Lewis. »Jetzt weiß ich, dass er ein McCoy ist. Der Alte hat gern gerülpst. Und gefurzt.«

»So dass alle aus dem Raum geflüchtet sind«, ergänzte Shelby.

»Hauptsache, er stand im Mittelpunkt.«

»Also gut, Foley. Sprechen wir über das Geschäft.«

Foley holte ein paar ziemlich schwarze Bananen aus dem Fahrerhäuschen und warf sie in den Anhänger. Rex junior hörte den Aufprall, drehte den Kopf ein wenig und strebte, trotz seiner Körperfülle mit erstaunlicher Behändigkeit, zu seinem Snack. Er beeilte sich nicht, aber er bewegte sich mit einer Zielstrebigkeit, die beeindruckend war.

Ohne auf eine Reaktion zu warten, machte Lewis sich wieder auf den Weg zu seinem Büro. Foley ging ein paar Schritte hinter ihm und sprach mit Lewis' Rücken.

»Ich hatte gehofft, ich könnte bleiben.«

»Und dann was? Wollen Sie die Frauen belästigen? Oder wieder mal eine Vorführung platzen lassen?«

»Ich könnte bei der Pflege von Rex helfen.«

»Dabei brauche ich keine Hilfe. Ich habe Tony Aiello, der hat den ersten Rex auch betreut.«

»Aber es gibt bestimmt etwas, wobei ich helfen könnte.«

An der Tür zu seinem Büro blieb Lewis stehen und drehte sich langsam um.

»Haben Sie noch Geschick mit Pferden? Können Sie noch reiten?«

»Ja, natürlich.«

»Wenn Sie sich nicht zu schade sind, hin und wieder auszumisten, können Sie mit Mr Jeanette arbeiten. Wir haben diesmal eine ziemlich große Herde.«

»Ist in Ordnung, Mr Tully. Und es tut mir leid wegen …«

»Lassen wir das. Ich will nicht mehr daran erinnert werden. Sie können bei den Zeltbauern Unterkunft nehmen. Jetzt gehen wir rein und klären das.« Lewis öffnete die Tür und ließ Foley eintreten. In dem Moment spürte er eine Hand auf der Schulter, und als er sich umdrehte, lächelte Harely ihm zu.

»Gut, dass du ihn anheuerst.«

»Gut für wen, Harley?«

»Gut für dich, weil es ein Akt der Freundlichkeit ist. Gut für ihn, weil er einen Akt der Freundlichkeit brauchen kann. In dem Jungen schlummert eine kranke Seele.«

»Ich weiß nichts von seiner Seele«, brummelte Lewis und ging hinein.

»Und ob«, sagte der alte Mann leise.

An dem Abend, als die Menschen sich schlafen gelegt hatten und die vernünftigeren Tiere auch, verließ Lewis Tully seine Hütte und ging zu dem Anhänger mit Rex, dem roten Affen. Er stand mit Händen in den Taschen davor und grinste. In dem Anhänger hörte er das Tier schnarchen – sein Vater hatte manchmal das ganze Camp mit seinen nächtlichen Geräuschen wach gehalten und es geschafft, dass ein Zelt voll abgebrühter, zynischer Stadtmenschen bei einem Aufheulen oder einem dumpfen Schlag seiner Pranke gegen die Käfigwand von den Sitzen sprang.

Eine echte Bühnenpersönlichkeit.

»Ich kannte deinen Vater, Rex. Er war eine große Attraktion, und trotz allem Lärm und Geschrei hatte er ein sanftes Wesen. Ich weiß, dass du bei diesem Zirkus ein großer Star sein wirst, und wir werden dir ein angemessenes Quartier besorgen. Wir machen es dir richtig bequem.« Er seufzte. »Dreißig Pfund am Tag«, murmelte er zu sich selbst. »Na, du musst noch wachsen, das kann jeder sehen. Du wirst es gut haben beim Tully-Zirkus, Rex.«

Ganz hinten in dem röhrenartigen Anhänger rülpste Rex junior im Schlaf. Lewis gab einen kleinen Salut in die Richtung und ging wieder zu seiner Hütte.

⁂ 14 ⁂

Abenteuer, Erkundungen

Obwohl niemand zu sagen vermocht hätte, wann der genaue Zeitpunkt gekommen war, war der Zirkus bald nach der Ankunft des roten Affen komplett. Ein paar Menschen machten den beschwerlichen Weg über die unbefestigte Straße zu dem Areal, weil sie etwas verkaufen wollten – Vorräte, Futter, Werkzeuge, Tiere –, aber neue Nummern kamen nicht hinzu.

Allmählich bemerkte der Junge, dass eine Veränderung in den Zirkusmenschen vor sich ging: Sie beschäftigen sich mit ihren eigenen Dingen und hielten sich fern von den anderen. Manche trennten sich ein kleines Plätzchen hinter den Bäumen ab, wo sie stundenlang ihre Kunststücke und Nummer übten. Er verlor eine Reihe seiner Spielkameraden, weil sie von ihren Familien zur Unterstützung gebraucht wurden. Charlie war als Zuschauer durchaus willkommen, aber er fühlte sich bald unbehaglich, obwohl er nicht hätte sagen können, warum. Nach einer Weile machte es ihn unzufrieden, und seine Frustration machte sich Luft in stürmischen, staubigen Prügeleien mit Laszlo, dem Sohn des Grafen, oder Lucius, dem Enkel von Sam Jeanette.

Eine Zeit lang verbrachte er seine einsamen Stunden damit, die Erwachsenen bei ihrer Arbeit zu beobachten, besonders Lewis und Shelby.

Er bemerkte einen neuen Ausdruck in Lewis' Blick, spürte eine Veränderung in ihm und wachte jeden Morgen mit dem Wunsch auf, in Lewis' Nähe zu sein. Er bemühte sich, mit Lewis Schritt zu halten, und wollte ihn ständig in Gespräche verwickeln, über irgendetwas, aber ihm wurde schnell klar, dass Lewis weder Zeit für Konversation hatte, noch sich um ihn kümmern konnte.

»Kriegen wir noch neue Nummern?«, fragte der Junge.

»Ich glaube nicht. Wir haben genug.«

»Und mehr Tiere?«

Lewis sah den Jungen verärgert an. »Nein. Wir haben genug Tiere. Und ich habe auch keine Zeit, deine Fragen zu beantworten.«

Lewis strebte auf die Gruppe von Zeltbauern zu. Nach ein paar Schritten drehte er sich um, als wollte er noch eine Erklärung abgeben, aber der Junge war verschwunden, und Lewis ging kopfschüttelnd weiter.

Bald darauf fing der Junge an, Lewis aus der Ferne zu beobachten. Von seinen Beobachtungsposten fielen ihm neue Züge an Lewis Tully auf, die er offen gestanden verwirrend fand. Zum einen stellte er fest, dass Lewis niemals Helen Larsen ansah, auch wenn sie so nah beieinander waren, dass sie fast zusammenstießen. Er sah sie nie an, sah ihr nie in die Augen, und manchmal sprach er mit Leuten, die rechts und links von ihr standen, ohne wirklich zu merken, dass sie in der Mitte stand. Andererseits hatte Lewis immer häufiger in der Nähe der Frauenquartiere zu tun, wo Helen Besprechungen mit den Künstlern abhielt und in ihrem kleinen Zelt einen Fundus von Kostümen und Requisiten angelegt hatte.

Eines Morgens, als Lewis bei den Koppeln an dem Jungen vorbeiging, fing Charlie an, ihm Fragen zu stellen, doch Lewis ging weiter, als hätte er den Jungen gar nicht bemerkt.

Mit heißen Wangen und zugeschnürter Kehle sah Charlie sah ihm hinterher.

»Das hat nichts zu bedeuten«, sagte eine Stimme hinter ihm; es war Shelby, aber der Junge drehte sich nicht um. Er nickte und sah zum Himmel hinauf, weil er Angst hatte, die Tränen könnten ihm aus den Augen laufen.

»Er hat zu tun und er hat Sorgen, beides.«

Als der Junge seiner Stimme wieder trauen konnte, fragte er: »Was für Sorgen hat er?«

»Viele Sorgen. Wir stehen kurz vor dem Aufbruch, und da gibt es vieles, was ihm Sorgen macht. Wie soll er uns alle ernähren, die Menschen und die Tiere? Wo werden wir auf der Route Wasser finden, und wo werden wir Vorräte bekommen? Er weiß nicht, ob der Zirkus jetzt so weit ist, und wenn ja, ob wir Pleite gehen, und er macht sich Sorgen, dass wir schlechtes Wetter kriegen könnten oder mit größeren Zirkusunternehmen konkurrieren müssen. Er hat miterlebt, wie ein paar Unternehmen untergegangen sind, und die letzten waren seine eigenen. Ich war dabei, und ich kann dir sagen, es hat keinen Spaß gemacht. Er hat reichlich Grund, sich Sorgen zu machen, und deswegen ist er so schwierig. Du hast ihn gestern gesehen, als er den alten Mann angeheuert hat.«

Charlie nickte und dachte wieder an die seltsame Szene: Ein ausgemergelter, schmutziger, krank aussehender Mann, der Dugan hieß, war gekommen und hatte Lewis um Arbeit gebeten. Lewis hatte mit ihm gesprochen und ihm zweimal gesagt, dass er niemanden mehr anheuerte, doch der alte Mann bettelte weiter, und schließlich erklärte Lewis sich bereit, ihn zu nehmen; er teilte ihn im Küchenzelt ein unter der Bedingung, dass der Mann ein Bad nahm. Den Rest des Nachmittags war Lewis stumm und mit finsterer Miene durch das Camp gegangen.

»Lewis war böse auf den Mann.«

Shelby lachte. »Nein, er war böse auf sich selbst, weil er den Mann angeheuert hatte, obwohl wir schon komplett sind und er nicht weiß, wie er uns alle bezahlen soll. Jedenfalls, er ist zurzeit ziemlich oft böse, und das kommt nur daher, dass er sich Sorgen macht.«

Charlie wischte sich schnell die Augen und fragte: »Glaubst du, dass der Zirkus Pleite geht?«

Shelby überlegte. »Nein, das glaube ich nicht, diesmal nicht. Aber man kann nie wissen. Man denkt immer, diesmal wird es klappen. Ich weiß, dass wir ein gutes Programm haben, und wir unterscheiden uns ein bisschen von den anderen Zirkusunternehmen, denen wir vielleicht begegnen werden. Lewis ist klug, und es gibt nicht viel, was ihm Angst macht. Aber wir sind ein kleiner Zirkus, und es ist ganz leicht, einen kleinen Zirkus kaputtzumachen – du würdest dich wundern. Eine Überschwemmung hat Ben Wallace an einem einzigen Abend ruiniert, und ein Zugunglück war der Ruin von Hagenbeck-Wallace, und Ringling musste einen Monat früher aufhören, weil ein Orkan ihm großen Schaden zugefügt hatte – der größte Zirkus überhaupt, und ein Sturm hat ihn lahm gelegt.«

Shelby kniff sich in die Unterlippe und sah in die Ferne. »1917 war es ein Brand, der uns erledigt hat. In der nächsten Saison wurden die Tiere krank, eine ganze Reihe von ihnen sind verendet, und niemand konnte ihnen helfen. 1919 war es eine Überschwemmung.« Er schwieg und fuhr einen Moment später fort. »Wir waren gerade über die Grenze nach Wyoming gekommen. Es hat uns das Zelt weggerissen, sechsundvierzig Tiere sind umgekommen, und unsere Wagen wurden fortgeschwemmt. Zum Glück haben wir keine Menschenleben zu beklagen gehabt. Kein einziges. Aber es war ein langer Marsch nach Hause. Es regnete die ganze Zeit, wir kamen uns vor wie Lees Soldaten nach der Niederlage von Gettysburg. Wir mussten wieder durch ein paar von den Städten, in denen wir zuvor gespielt hatten, und das war hart – obwohl die Leute freundlich zu uns waren. Und wenn ich hundert Jahre alt werde, ich werde nie den langen, schlammigen Marsch vergessen, die ganze Zeit mit Lewis Tullys Rücken vor mir.« Er sah den Jungen an. »Aber wir hatten auch in anderen Jahren Schwierigkeiten, obwohl es nie so heikel war wie dieses

Mal, mit all den Menschen und Tieren und der ganzen Ausrüstung, und alles muss auf Lastern transportiert werden, durch die Ebene und die Wüste und dann über die Berge. Was er sich da vorgenommen hat, das ist eine ziemlich lange Strecke für einen Zirkus. Deswegen hat der Mann ein paar Sorgen im Kopf, und er ist es nicht gewohnt, einen kleinen Jungen wie dich um sich zu haben. Er meint es nicht böse. Jetzt muss ich aber weitermachen, ich habe zu tun.« Shelby zwinkerte ihm zu und tätschelte ihm den Kopf, dann war er weg.

Eine Weile lang betrachtete der Junge die bunte Mischung von Zelten und Hütten, Zäunen und Lastern und Zirkuswagen – eine kleine Stadt mitten in der Einöde – und versuchte sich vorzustellen, wodurch all das zerstört werden könnte. Shelbys Worte hatten ihn schockiert: Es war ihm nie in den Sinn gekommen, dass all dies und sein Platz darin nicht von Dauer sein könnten.

In den Tagen darauf heftete er sich Shelby an die Fersen und änderte bald seine Meinung über ihn. Der erste Eindruck, dass Shelby, aufgrund seiner struppigen, haarigen Erscheinung, seiner kurzen Arme und Beine und der fortwährend gefurchten Stirn wegen etwas wirr im Kopf und von eher niederer Intelligenz war, erwies sich, nachdem man Zeuge von Shelbys unermüdlichen Aktivitäten und seinen erstaunlichen Talenten geworden war, als falsch. Zum Beispiel war Shelby in der Lage, Möglichkeiten zu entdecken, die anderen verborgen blieben. Charlie erlebte mehrmals, dass Erwachsene, darunter auch Lewis, sich mit Schwierigkeiten abmühten, die zu lösen sie nicht imstande waren, doch wenn Shelby dazukam und einschritt, löste er das Problem in kürzester Zeit.

Er war als Ingenieur ein Naturtalent, der die Grundfragen von Gewicht und Hebelwirkung in jeder Größenordnung verstand, außerdem konnte er zeichnen und seine Ideen mit wenigen Strichen skizzieren, so dass die Arbeiter seine Anweisungen nicht nur aus ihrer Erinnerung befolgen mussten.

Die Männer erkannten die Realität ziemlich schnell, dass nämlich Lewis Tullys struppiger Stellvertreter mehr als nur die Summe seiner nicht sehr ansehnlichen Teile war. Doch sie mochten ihn schon, bevor sie zu dieser Erkenntnis kamen. Seine trocken-humorvolle Art, seine Freundlichkeit und sein durch nichts ins Wanken zu bringender Optimismus angesichts der schwierigsten Aufgaben machten ihn zum Freund der Arbeiter.

Gelegentlich wurde Shelby sich bewusst, dass der Junge ihm an den Fersen klebte oder ihn beobachtete, und dann trat ein verblüffter Ausdruck in sein Gesicht, als wäre dies eine ihm nicht erklärliche Eigenwilligkeit des Jungen, aber er äußerte nie Verärgerung. Mehr als die anderen schien er die Gegenwart des Jungen zu tolerieren, und oft hatte er ein freundliches Wort oder einen kleinen Witz für ihn parat.

Charlie fand andere Möglichkeiten, sich die Zeit zu vertreiben. Er war überzeugt, dass seine Ausflüge zu den Rändern des Camps und dessen dunklen Nischen sein Geheimnis waren. Seine Erkundungen führten ihn in alle Ecken des Camps, zu den Tierzelten und den Koppeln, zu den Arbeitsplätzen und den Nahrungsmittellagern. Und schließlich wagte er sich, atemlos und kribbelig vor Aufregung, in die Wohnquartiere der Akrobaten und ihrer Familien.

Der erste dieser Besuche führte ihn in das dunkle Zelt der DePerczels. Einen Moment lang stand er still, atmete die Gerüche ein und lauschte dem Klopfen seines eigenen Herzens, doch schließlich versicherte er sich, dass die ganze Familie draußen war und ihren Hochseilakt übte. Das Zelt roch nach Mrs DePerczels Parfum und nach Essen – in dem Zelt stand ein kleiner Kochherd, denn sie bestand darauf, ihrem Mann hin und wieder eine gute ungarische Mahlzeit zu kochen – und nach Pimentöl, das Mr DePerczel sich in großen Mengen in seine pomadisierten Haare schmierte.

Als Charlies Augen sich an das schwache Licht gewöhnt hatten, fing er mit seinen Erkundungen an, er öffnete Schubladen und Truhen, berührte Kleidung, Bürsten, ungarische Bücher und das Spielzeug der Kinder. Er warf sich in einen kleinen bemalten Sessel, schloss die Augen und versuchte sich vorzustellen, wie es wäre, wenn er inmitten dieser lärmenden Familie lebte und an ihrem Lachen teilhätte, wenn er sie jeden Morgen beim Aufwachen vorfinden würde. Schließlich nahm er aus einer kleinen Kommode eine Münze, die er, als er wieder in seiner Hütte war, in seiner Segeltuchtasche versteckte.

Er fuhr mit seinen Erforschungen fort und war ganz euphorisch, wenn es ihm gelang, in das private Quartier eines Schaustellers einzudringen, wo er im Dunkeln saß und sich das Leben vorzustellen versuchte, das hier stattfand. Er schlich sich in das Zelt der Zhengs, in die kleine, quadratische Hütte der Brüder Perez, in das lange Zelt, wo die Jeanettes lebten, in die Hütte mit dem Dach aus Zeltplane, wo Roy Green und Shirley Morrissey wohnten, in den Wagen der Russen mit seinen exotischen Gerüchen, und zu guter Letzt in Lucy Browns Zelt, wo er ein Reich aus Puder und Parfum erwartet hatte und stattdessen eine karge Wohnstatt voller Sättel, Zaumzeug, Pferdedecken und Reitstiefel vorfand und einen köstlichen Geruch von Leder und Pferden.

Jedes Mal versuchte er sich vorzustellen, dass er einer der Bewohner sei, und aus jedem Quartier nahm er etwas mit. Später, wenn die Erregung nachließ, war er von Schuldgefühlen geplagt, und fast wurde ihm übel, wenn er diejenigen im Camp traf, deren Wohnquartier er aufgesucht hatte, aber er sagte zu niemandem etwas. In seiner Tasche wuchs die Sammlung entwendeter Gegenstände. Wenn er in Lewis' Hütte war, musste er sie immerzu anstarren. Anfangs versuchte er sie außer Sichtweite unter seinem Bett zu verstecken. Später holte er sie hervor und ließ sie da stehen, wo alle sie sehen konnten.

Als er von einem verbotenen Besuch bei den Antoninis, den Jongleuren, zurückkehrte, einen kleinen, perlmuttbesetzten

Kamm in seiner hinteren Hosentasche, sah er Helen Larsen. Sie stand allein vor ihrem Zelt, und irgendwie verriet ihm ihre Haltung, dass sie schon eine Weile so dastand. Der Junge drehte sich rasch um und versicherte sich, dass sie von ihrem Standpunkt nicht gesehen haben konnte, wie er in das Zelt der Antoninis eingedrungen und es wieder verlassen hatte, aber etwas an ihrem Gesichtsausdruck machte ihn beklommen. Er hatte das Gefühl, sie wollte ihm etwas sagen. Kurz darauf fing der Junge an, sie zu meiden.

Die Abende waren die beste Zeit für Charlie. Nach dem Essen spielte er eine Weile mit den anderen Jungen. Danach, wenn die Kinder wieder bei ihren Familien waren, machte er seine ausgiebigen Erkundungsgänge durchs Camp und versetzte sich in eine Schattenwelt voller exotischer Tiere und Zauberei. Er sah sich selbst als mutigen Abenteurer, der das Unbekannte allein zu erforschen hatte, und dabei ließ er die Stimmen und Geräusche der Menschen in ihren Zelten immer weiter hinter sich, bis er im Schutz der Bäume versteckt war und vorgeben konnte, dass er der einzige Bewohner dieser seltsamen Gegend war. Mehrmals stellte er sich bei diesen Ausflügen vor, dass er Lewis Tully oder Shelby oder den alten Harley Fitzroy aus unermesslicher Gefahr rettete. Und einmal war Lewis selbst der Bösewicht, eine dunkle, schweigsame Gestalt des Bösen, die nur mit einem gezielten Schwertstreich an seinen Missetaten gehindert werden konnte.

Manchmal sah sich der Junge auch als Retter von Lucy Brown, und einmal war er gerade dabei, Helen Larsen aus unaussprechlichen Bedrohungen des Dschungels zu retten, als ihm jener Ausdruck in ihren Augen wieder einfiel und er beschloss, nicht weiterzuspielen.

Er erforschte seine Welt mit großem Ernst. In dem Gehölz um das Camp herum lebten kleine Tiere: Vögel und Schlangen, Echsen und Insekten. Er beobachtete Eichhörnchen und Fleckenhörnchen, die durch das Unterholz sprangen, und unternahm manch vergeblichen Versuch, sie zu fangen. Er saß fasziniert vor einer großen Spinne, die eine Bremse in ihr Netz gelockt hatte und sie für eine spätere Mahlzeit einspann.

Das Camp bot ihm, so dachte er genüsslich, die Möglichkeit echter Gefahren. Er kletterte auf der Einzäunung der Koppel entlang, an den dösenden Pferden vorbei, und sagte sich, wenn er fiele, würde das seinen sicheren Tod bedeuten. Dagegen brachte ihn jeder Besuch bei dem Kamel in echte Todesgefahr, dessen war er sich sicher. Häufig starrte das Kamel ihn offensichtlich gelangweilt an, und manchmal hatte er das Gefühl, es konnte ihn gar nicht sehen. Doch einmal schien seine Gegenwart den Zorn des Tiers zu erregen, und es galoppierte quer über die Koppel und warf sich mit aller Macht seines struppigen Körpers gegen den Holzzaun. Der Junge hörte das Ächzen der Planken und wich hastig zurück. Das Kamel stieß seinen langen Kopf über den Holm vor und entblößte seine quaderförmigen Zähne, dann klappte es das Maul mit einem Geräusch zu, als würden Steine aufeinander rasseln.

Zutiefst erschrocken ließ Charlie sich fallen und lag stocksteif auf dem Boden, bis er überzeugt war, dass das Kamel weder zu ihm herunterreichen noch über den Zaun springen konnte. Einen Moment schien es ihm, als würde sein Herz seine Brust sprengen, und er fragte sich, ob er jetzt sterben müsste. Das Kamel schien ebenfalls darauf zu warten, denn es stand mit schräg gelegtem Kopf am Zaun, und während es kleine Kaubewegungen machte, troff ihm der Speichel aus dem Mundwinkel. Dann schnaubte es und trottete davon, genau zur Mitte der Koppel, wo es sich fallen ließ und prompt eindöste.

Das Kamel wollte mich umbringen, sagte er sich.

Von dem Gedanken erregt, sprang er auf, klopfte sich den Staub ab und rannte wieder ins Camp, um jemandem von seinem Erlebnis zu erzählen.

Das Kamel döste in der Koppel. Den Jungen zu erschrecken hatte ihm noch mehr Spaß gemacht, als die Pferde in der Nebenkoppel in Aufregung zu versetzen, doch das waren nebensächliche Vergnügungen verglichen mit dem Gedanken an den Mann mit der Peitsche und dem, was es tun würde, wenn sich ihre Wege wieder kreuzten – und diese Aussicht erhielt es am Leben.

Charlie war hocherfreut, dass der erste Mensch, dem er begegnete, Lucy Brown war, und noch bevor sie ihn begrüßen konnte, rief der Junge ihr seine Neuigkeiten zu.

»Das Kamel wollte mich umbringen!«

»Oh, Schätzchen, du bist doch nicht etwa zu dem ekligen alten Tier reingegangen, oder?«

»Nein, aber es war hinter mir her, es wollte über den Zaun springen.«

Lucy machte den Mund auf, dann nickte sie nur. »Ach so. Also, ich hätte mich zu Tode gefürchtet. Hattest du Angst?«

»Nein, aber ich war mir sicher, es würde über den Zaun kommen.«

»Also, sei mal schön vorsichtig«, sagte sie. Er nickte und ging weiter, und sein Gesicht glühte vor Freude, dass er der Gefahr entronnen war. Lucy machte so lange ein ernstes Gesicht, bis er außer Sichtweite war.

Wieder einmal war er allein, als er in Lewis' Hütte ankam, und er machte sich sofort daran, sein aufregendes Erlebnis in einer Zeichnung festzuhalten. Als er damit fertig war, nahm er ein neues Blatt und begann ein neues Abenteuer zu zeichnen. Bei diesem kam Jupiter, der Elefant, vor. In jener Nacht träumte er von seiner Mutter. In dem Traum versetzte er sie mit Geschichten von seinen Abenteuern in Erstaunen. Am Morgen wachte er auf und sah sich suchend nach ihr um.

✻ 15 ✻

Gaukelkunst

An einem warmen Morgen, als Lewis Tully und die meisten der Erwachsenen an den Lastwagen mit Anhängern arbeiteten, auf denen das Zelt, die Zeltpfosten und die Tribünen transportiert werden sollten, schlich sich der Junge zu dem alten Zauberer, um ihn zu beobachten. Er kroch auf dem Bauch über den Boden und versteckte sich hinter einer Reihe von Büschen. Ein paar Meter von ihm entfernt, von den Ästen einer ausladenden Pappel vor der Morgensonne geschützt, hatte Harley Fitzroy sich in Fitzroy den Magier verwandelt – eine Verwandlung, die der Junge seit einer Woche jeden Morgen verfolgte, wenn der alte Mann seinen Beutel und seine Kisten, seinen Hut und seinen Umhang zum äußersten Rand des Camps brachte, wo eine Reihe von Pappeln entlang eines Bachlaufs standen. Die anderen Mitglieder der Truppe wussten Bescheid und ließen den alten Mann bei seinen geheimnisvollen Vorbereitungen in Frieden.

Der Junge sah zu, wie Harley Fitzroy die Grundelemente seines Repertoires durchging. Anscheinend gab es eine Hierarchie der Zaubertricks. Einmal hatte Lewis den Zauberer aus irgendeinem Grund holen wollen und unterbrach ihn mitten bei einem Trick, bei dem sein Umhang und zwei Kisten eine Rolle spielten. Während Lewis mit ihm sprach, hatte Harley einfach weitergemacht, als störte es ihn gar nicht, dass er einen Zuschauer hatte. Ein andermal hatte der Junge gesehen, wie

Harley in der Bewegung erstarrt war, als in der Nähe nur ein Zweig geknackt hatte. Er hatte reglos in den Wald gestarrt und sich erst wieder bewegt, als er überzeugt sein konnte, dass er allein war.

Der Junge durchschaute die Gründe für dieses kapriziöse Verhalten des alten Mannes nicht. In seinen Augen war es alles Zauberei und alles Blendwerk. Irgendwie hatte Harley Fitzroy etwas Überirdisches an sich. Einmal hatte Charlie ihn mit Mr Dugan, dem Tramp, der jetzt als Küchenhilfe arbeitete, außerhalb des Camps gesehen.

Harley sprach, und Dugan hustete und schüttelte den Kopf, und während Charlie die beiden beobachtete, legte der Zauberer dem mageren Mann seine Hand auf die Schulter und starrte mehrere Sekunden lang in seine Augen. Mr Dugan richtete sich auf, der Husten schien nachzulassen, und als Dugan kurz darauf wieder an seine Arbeit ging, spiegelte sich Überraschung in seinen Augen. Harley hingegen sah müde und erschöpft aus, was dem Jungen zutiefst einleuchtete.

Soeben hatte Harley seine Katze Xenophon aus den unteren Regionen einer großen Kiste verschwinden lassen, die auf einem Baumstumpf stand. Harley guckte in die Kiste, um sich zu überzeugen, dass ihm dieser Teil des Zaubertricks gelungen war, dann brummelte er etwas, während er mit seinem verbogenen Stab auf eine zweite Kiste klopfte. In einer großartigen Geste schwenkte er einen bunten Schal über dieser zweiten Kiste, trat mit einem erwartungsvollen Lächeln zurück und guckte hinein. Dann machte er ein langes Gesicht.

Er guckte in die Kiste, nahm sie hoch, schüttelte sie, doch Xenophon kam nicht zum Vorschein.

»Verflucht, zur Hölle noch mal!«

Xenophon miaute kläglich, und Harley suchte die Umgebung ab, bis er die Katze auf einem der unteren Äste eines Pecanobaums entdeckte, wo sie sich an die frischen grünen Hülsen klammerte. Der alte Mann seufzte und half der Katze von dem Baum herunter.

»Verzeih, Xenophon, dieser Trick bedarf noch der Feinabstimmung, aber wir kriegen das schon hin, das verspreche ich dir.« Die Katze maunzte kläglich und sah ihn enttäuscht an. »Ich mache es wieder gut. Wir holen dir ein schönes Stück Fisch von Mr Royce. Jetzt geh und jag die Feldmäuse, solange ich ein paar andere Zaubertricks übe.«

Schon mehrmals hatte der Junge erlebt, wie Harley ein Lebewesen, meistens seine Katze, an einer Stelle verschwinden und an einer anderen wieder auftauchen ließ. Er hatte gesehen, wie der alte Mann komische Dinge aus leeren Behältnissen hervorholte, wie er gewisse Gegenstände in andere von ganz neuer Beschaffenheit verwandelte, und einmal war er Zeuge geworden, wie Harley Fitzroy die Katze mehrere Zentimeter über dem Boden zum Schweben brachte. Die Levitation hatte höchstens fünf Sekunden gedauert und endete damit, dass Xenophon laut und Staub aufwirbelnd auf den Boden plumpste. Harleys Trick schien sowohl für den Meister als auch für die Katze quälerisch zu sein, denn Xenophon trottete davon und warf dem Zauberer einen finsteren Blick über die Schulter zu, und Harley blieb zurück, murmelte etwas vor sich hin und guckte auf seine Hände.

Trotz dieser und anderer Wunder, großer wie kleiner, schien Harley von seinen Künsten enttäuscht. Häufig seufzte der alte Mann oder brummelte etwas vor sich hin, wenn er ein Kunststück beendet hatte, oder er starrte das herbeigezauberte Objekt an, als wäre es überhaupt nicht das, was er im Sinn gehabt hatte. Seine Versuche, Dinge und insbesondere die unglückliche Katze Xenophon von einem Ort an einen anderen zu versetzen, schienen ihm große Pein zu bereiten und gaben Anlass zu den seltenen, dafür aber sehr anschaulichen Verwünschungen, die der Zauberer dann ausstieß. Ein Kunststück wollte ihm gar nicht gelingen; es hatte mit einem Stapel seidener Taschentücher zu tun, über denen Harley einfach seine Hände wedelte, ohne dass sich jedoch etwas tat.

Die ganze Zeit sah der Junge zu und hielt den Atem an, damit ihm kein Aufstöhnen entfuhr, und er fragte sich, warum der alte Mann nicht höchst beeindruckt von seinen großen Talenten war. Es waren aber nicht die Kunststücke allein, die den Jungen immer wieder zu dem versteckten Ort im Wald hinzogen, sondern der alte Mann selbst, mit seinen ulkigen Kleidern, seinem lachhaften Zauberhut und seinem Umhang, der an ihm herabhing wie ein schlecht gefärbtes Bettlaken; dazu kam das borstige weiße Haar, das sich den Versuchen des Zauberers, es zu bändigen, widersetzte, und vor allem sein Gesicht.

Harley Fitzroys Gesicht, das für einen neunjährigen Jungen ein lustiger Anblick war, wenn es die Verärgerung angesichts nicht beherrschbarer Dinge ausdrückte, nahm während eines Zaubertricks einen ganz anderen Ausdruck an. Die wässrigen blauen Augen wurden größer und glänzender und leuchteten voller Hoffnung, die Haut bekam ein jugendliches Leuchten, und der Junge konnte deutlich sehen, dass der alte Mann sich königlich freute, wenn ihm ein Kunststück gelang.

So war es auch an jenem warmen Sommermorgen, als der alte Mann die Katze fortschickte und sich mit einigen Seiltricks beschäftigte – seltsame Knoten, die sich durch das Schütteln einer Hand lösten, und zwei zerschnittene Teile eines Seils, die sich auf wunderbare Weise zusammenfügten. Der Junge sah zu, wie der alte Mann eine gerade Stahlstange aufhob und sie durch einfache Berührung in der Mitte bog.

»Manno!«, flüsterte der Junge.

»Oho!«, sagte der alte Mann zu sich selbst, hielt die gebogene Stange vor sich hin und bewunderte sie. Im nächsten Moment begradigte er sie wieder und kicherte hocherfreut.

Er fing an zu pfeifen, während er durch sein Repertoire ging, doch plötzlich hielt er verwirrt inne. Er sah zum Camp hinüber, schien einen Moment lang zu lauschen und zuckte dann die Schultern. Er stülpte einen kleinen schwarzen Karton um, schüttelte ihn und setzte ihn auf den Baumstumpf. Nach einem Moment des Zögerns sagte der alte Mann etwas mit leiser Stimme, klopfte auf den Karton und hob ihn hoch, und zum Vorschein kam eine bildschöne Kröte, dick, mit Warzen und schleimig grün. Harley bückte sich, so schnell es seine arthritischen Gliedmaßen erlaubten, und strich mit dem Zeigefinger über die Kröte.

»Du bist aber ein Prachtexemplar, was? Richtig schön für eine Kröte. Mal sehen, was wir noch mit dir anstellen können.« Er trat zurück, wedelte mit dem Umhang und sagte leise etwas vor sich hin, dann machte er noch einen Schritt zurück und lachte.

Die Kröte war verschwunden.

Charlie bedauerte das. Kröten waren schließlich in der allgemeinen Hierarchie der natürlichen Lebewesen etwas Besonderes. Er seufzte. Die Kröte quakte. Charlie sah auf den Boden und entdeckte sie keine zwanzig Zentimeter von sich entfernt.

»Manno!«, rief er aus und vergaß alle Heimlichkeit und alles Versteckspielen.

»Habe ich mir gedacht, dass sie dir gefällt«, sagte der alte Mann, und Charlie zuckte zusammen. Er stand auf, bereit, jeden Moment in Richtung Camp davonzustürzen, und machte sich auf eine Schimpfkanonade des verärgerten Zauberers gefasst.

Harley Fitzroy stand auf seinem Übungsplatz und machte eine bedauernde Handbewegung. »Vielleicht habe ich mich getäuscht. Die meisten Jungen mögen Kröten – wenigstens hatte ich das gedacht. So war es, als ich ein Junge war. Wir mochten sie.«

»Ich … ich mag sie auch«, sagte Charlie.

Der Zauberer nickte. »Dann guck sie dir genau an und lass sie laufen, wenn du fertig bist. Aber lass sie nicht zu den großen Tieren, sonst hast du keine Kröte, sondern einen grünen Pfannkuchen.«

Die Vorstellung von einem Pfannkuchen in der Form einer Kröte erheiterte Harley, und einen Moment lang konnte er nicht sprechen, weil er sich den Bauch in leisem Lachen hielt. Als er sich wieder in der Gewalt hatte, sah er den Jungen verlegen an.

»Jedenfalls musst du auf sie aufpassen. Die sind nicht besonders schlau. Deswegen ernähren sie sich von Insekten.«

Der Junge sah von der Kröte zu dem Zauberer. »Sie wussten, dass ich hier bin«, sagte er schließlich.

»Was hast du denn gedacht?«

»Ich dachte, Sie könnten mich nicht sehen.«

»An manchen Tagen kann ich dich auch nicht sehen. Aber meistens weiß ich, dass du da bist.«

Der Junge zwinkerte und musste diese Aussage erst einmal verdauen.

»Woher?«

»Stell nicht lauter dumme Fragen. Ich muss jetzt weiterarbeiten. Wenn du da nicht geschlafen hast, dann wird dir aufgefallen sein, dass ich in Schwierigkeiten bin.«

»Nein. Ich finde, Sie sind ein toller Zauberer.«

»Ich war mal ein toller Zauberer. Jetzt bin ich ein alter, vergesslicher Mann«, sagte er und entfernte sich, wobei sein Umhang sich hinter ihm wie ein großes Segel bauschte.

»Darf ich hier bleiben?«, rief Charlie ihm nach.

Der Zauberer blieb stehen und wirbelte herum. Er zeigte mit seinem langen, knochigen Finger auf den Jungen, und einen Moment lang waren seine Augen kalt und unfreundlich.

»Du kannst hier bleiben, solange du niemandem erzählst, was du hier siehst. Nichts, weder das Gute noch das Schlechte«, sagte er mehr zu sich als zu dem Jungen.

»Ich sage niemandem etwas.«

Der alte Mann nahm wieder seinen Platz bei dem Baumstumpf ein, und der Junge folgte ihm.

»Ich habe gesehen, wie Sie die Sachen verschwinden lassen.« Er musste lächeln, versuchte aber, es sich zu verkneifen.

Der alte Mann warf ihm einen dankbaren Blick zu. Dann zuckte er die Schultern und klopfte auf den Baumstumpf. »Danken wir dem Allmächtigen, dass ich wenigstens noch ein paar Dinge hinkriege. Es gab einmal eine Zeit, mein junger Freund, da konnte ich diesen Baumstumpf verschwinden lassen.«

»Wie?«

Harley Fitzroy sah in die Ferne, und ein träumerischer Ausdruck trat in seine Augen. »Das kann man nicht erklären. Eigentlich war es das, was man ›Magie‹ nennt. Nur dass ich sie jetzt nicht mehr finden kann.«

»Haben Sie sie verloren?« Charlie runzelte verwirrt die Stirn.

»Nein, nein, ich … es ist immer noch da, noch hier, bloß, ich kann es im Moment …« Er musterte den Jungen eingehend. »Ich erklär dir das ein andermal. Jetzt muss ich aber wirklich weitermachen. Lass mich also in Ruhe arbeiten, und sei schön still.«

»Ist gut, Mr Fitzroy.«

»Du kannst mich Harley nennen, wenn keiner dabei ist«, sagte der alte Mann und machte eine Handbewegung, die anzeigte, dass das Gespräch beendet war.

Der alte Mann verbrachte eine gute Stunde damit, seine Zauberkunststücke zu üben – nichts besonders Gewagtes, seiner Berufsauffassung nach, sondern einfach solides Handwerk –, und sein junger Zuschauer konnte sowohl an dem Gesichtsausdruck des alten Mannes als auch an seinem Gemurmel erkennen, dass der Zauberer einigermaßen zufrieden war.

Mit der Zeit akzeptierte Harley Fitzroy den Stand der Dinge. Jeden Tag gewann er Fertigkeiten zurück, Handbewegungen und Täuschungsmanöver und kleine Variationen von alten Standardtricks, die er erfunden hatte und im Laufe von sechzig Jahren, in denen er aufgetreten war, an andere Zauberer weitergegeben hatte. Ihm wurde klar, dass er sich trotz der Spuren, die die Zeit hinterlassen hatte, trotz der ständigen Enttäuschungen und demütigenden Missgeschicke immer noch als Zauberer betrachten konnte. Er konnte sich in Lewis Tullys Zirkus immer noch seinen Unterhalt verdienen. Was die anderen Fähigkeiten anging, so hatte er sie größtenteils verloren. Nicht ganz, aber doch so weit, dass er sie nicht mehr beherrschte und sie ihm nicht mehr zu Gebote standen. Er konnte einen Vogel aus dem Ärmel seines alten Mantels zaubern, er konnte die unglückliche Xenophon ein paar Zentimeter vom Boden heben und eine Kröte drei Meter versetzen, aber die eigentliche Zauberkraft war ihm abhanden gekommen.

Was er zu dem Jungen gesagt hatte, war richtig: Die Kräfte waren da, er wusste, dass sie um sein altes Haupt herum lebten und atmeten, aber sie reagierten nicht mehr auf seinen Befehl, sie durchdrangen ihn nicht mehr.

Er seufzte und schüttelte das aufkommende Gefühl der Einsamkeit ab, der Sehnsucht nach einer längst vergangenen Zeit und den Menschen, die damals lebten. Er war nicht überrascht, dass die Kräfte ihn verlassen hatten, er wusste, was das bedeutete: dass er ans Ende eines langen, langen Weges kam, und die Kraft, eine lebendige Energie, die einen ihr ähnlichen Geist suchte, in ihm nichts fand, woran sie sich festmachen konnte. Der Kreislauf hatte sich mit seinem Alter geschlossen, jetzt unterschied er sich kaum mehr von dem kleinen Jungen an Mutters Seite, der nichts wusste und über keinerlei Kräfte verfügte.

Eines Tages, in nicht allzu großer Ferne, würde er sterben. Nicht so wie andere Menschen, es würde keine traurigen Szenen wie bei Tolstoi geben, und es würde auch nicht bald geschehen: Seine zahllosen körperlichen Beschwerden waren verschwunden, er hatte sich seit Jahren nicht so gut gefühlt. Nein, sein Ende würde als eine leise, allmählich größer werdende Schwäche kommen, und die anderen würden es vielleicht gar nicht bemerken. Eines Morgens würde er einfach nicht mehr aufwachen.

Er schüttelte den Kopf, um den Gedanken zu verscheuchen. »Jetzt musst du aber dein Geld verdienen, mein Lieber. Du darfst den alten Tully nicht hängen lassen«, murmelte er und spürte eine Welle der Zärtlichkeit und Dankbarkeit, weil sein alter Freund ihn zu sich genommen hatte ohne die geringste Sicherheit, dass es eine lohnende Investition war.

Ja, die Zauberkunststücke stellten sich wieder ein – manche waren ein bisschen eingerostet, manche wurden erschwert, weniger durch sein vernebeltes Erinnerungsvermögen als vielmehr durch etwas so Irdisches wie Arthritis –, aber sie kamen wieder, und das war »besser, als in die hohle Hand geschissen«, wie der schelmische Jacob Roundtree gesagt hätte.

Am Ende eines jeden Arbeitstages lag er auf seiner schmalen Pritsche und spürte die Erleichterung in seinem ganzen Körper. Der alte Mann lächelte. Er hatte noch seine Zauberkunststücke, und er hatte noch das Andere, das ihn nie im Stich gelassen hatte.

Natürlich wusste ich, dass du da warst, mein Junge, hätte er sagen können. *Ich konnte dich spüren.*

Er warf einen bedeckten Blick zu dem Jungen hinüber und lächelte. Die Gegenwart des Jungen erfreute ihn. Er würde sich an jedem Kind erfreuen, aber dieses Lumpenkind, dieses unerwünschte Kind, das zu Lewis Tully abgeschoben worden war, erinnerte ihn an den jungen Harley Fitzroy vor fast achtzig Jahren. Er musste oft an den kleinen Jungen, der er damals war, denken, kein mutterloser Geselle, keine Waise, wenigstens nicht vor der Cholera, aber immer ein Junge, der abseits von den anderen stand, kein hübscher Junge mit seinem wilden Haar und dem langen, eiförmigen Kopf und den Augen, die in Erwachsenen Beklommenheit auslösten.

»Du bist anders, so wie ich«, hatte seine Mutter einmal gesagt, als sie ihm die Haare bürstete. »Man sieht es an deinen Augen, und das finden die Menschen unheimlich. Du kannst daran nichts ändern. Du siehst Dinge, die andere nicht sehen, und du weißt Dinge, bevor man dir davon erzählt.«

»Ich will aber nicht anders sein.«

»Du bist es aber. Und es ist der Wille des Herrn, deswegen ist es gut so.«

Nach ihrem Tod zogen seine Brüder ihn auf, aber sie hatten keine Zeit für ihn und konnten mit seinem merkwürdigen Wesen nichts anfangen, und so war er mit vierzehn Jahren weggelaufen.

Sein Schöpfer oder sein Schicksal hatten sich einen seltsamen Lebensweg für ihn ausgedacht, und ein Jahr später hatte er die Bekanntschaft des sanftmütigen und möglicherweise leicht verrückten Hendrick Barnswallow gemacht, Hellseher und Heiler, heiligster und weisester unter den Menschen.

Später hatte er durch Hendrick andere in dieser Schattenbrüderschaft kennen gelernt: Riley James, der mit Tieren kommunizieren konnte, Blind Bill, der in den Gesichtern und Herzen der Menschen zu lesen vermochte, obwohl er blind war, Little Jeff Tomkins, der mit geschickten Fingern kleine, aufsehenerregende Wunder der Levitation vollbringen konnte, und Jacob Roundtree, der Schaukünstler und Abenteurer unter ihnen, der, ein reizbarer und furchtloser Geselle, in seinem grell bemalten Wagen durch den Westen reiste, Quacksalbermedizin verkaufte und hin und wieder, fast gegen seine Natur, ein gutes Werk tat.

Aber es war Hendrick Barnswallow gewesen, der den Jungen sofort verstanden hatte und ihm erklärte, welche Gaben er mitbekommen hatte und was sie bedeuteten. Von Hendrick hatte er ein paar Heiltricks gelernt, von den anderen, denen er begegnet war, hatte er den Umgang mit Tieren erlernt sowie seine Kenntnisse über Zauberkunststücke erworben, mit denen er sich einen unregelmäßigen Lebensunterhalt verdiente. Er hatte gelernt, dass Zauberei, so wie er sie bis dahin verstanden hatte, nichts weiter war als ein paar schale Tricks und Täuschungsmanöver, aber dass es in der Welt eine Magie gab und dass nur wenige Menschen aufgrund ihrer seltenen Talente und Gaben in der Lage waren, sich diese Magie zunutze zu machen, sie anzuzapfen, so wie man Ahornsirup von einem Baum zapfen konnte, und dass er selbst nicht nur eine dieser Gaben, sondern gleich mehrere mitbekommen hatte.

Eine Zeit lang träumte er den Traum aller jungen Männer, dass er nämlich seine Talente zu seinem Fortkommen in der Welt einsetzen könnte, und seine Vorstellungen von Erfolg und persönlichen Triumphen machten ihn schwindeln und umnebelten den Pfad, der vor ihm lag, bis Hendrick eines Abends an einem verglimmenden Feuer zu ihm sagte: »Es kommt eine Zeit im Leben eines Menschen, da muss er seine Existenz rechtfertigen. Jeder, ob Mann oder Frau, muss eine Erklärung hinterlassen, warum er da war.«

Der junge Mann zweifelte nicht, dass Hendrick seine Gedanken lesen konnte, und er wandte den Blick ab und kümmerte sich plötzlich angelegentlich um das Feuer, über dem Hendrick gerade ihr Essen bis zur Unkenntlichkeit hatte verkohlen lassen.

»Und wie mache ich das?«

Hendrick sah ihn mit einem schiefen Lächeln an. »Ach, da gibt es verschiedene Möglichkeiten. Manche gründen eine Familie und sorgen für sie, manche tun gute Werke, manche leisten etwas für die Menschheit an sich – mit Erfindungen, medizinischen Entdeckungen und dergleichen. Manche wirken als eine Art Mittler für die Güte des Herrn auf dem Weg zu den Menschen. Manche sind Heiler. Manche nehmen sich der Menschen an, denen sie auf ihrem Lebensweg begegnen, und berühren nur ganz wenige davon, und zwar die, die es am dringendsten brauchen. Ich spüre, dass du einer von diesen Letzteren bist, Harley.

Ein Mensch, der in den Herzen anderer lesen kann, ist von großem Wert.«

»Davon verstehe ich nichts.«

»Du wirst es verstehen. Soll ich uns einen Kaffee kochen?«, fragte Hendrick, und offensichtlich hielt er es für einen guten Vorschlag.

»Nicht für mich, Hendrick«, sagte Harley, denn es hieß, dass der Kaffee, den der alte Mann braute, einmal einem streunenden Hund das Leben gekostet habe.

Er blühte in der Gesellschaft dieser eigentümlichen Männer auf und saugte die Erkenntnisse ihrer langen Erfahrung auf wie ein Schwamm, und als es nur noch wenige Monate bis zu seinem siebzehnten Geburtstag waren, wurde ihm bewusst, dass er sich nie um seine Berufung Sorgen zu machen brauchte, denn er hatte sie von Geburt an. Er würde als Zauberer durch die Welt reisen, und was seine unerwünschten »Kräfte« anging, so würde er es seinem Schöpfer überlassen, ihm zu zeigen, wie und wann er sie benutzen sollte. Von dem Tag an verdingte er sich als Zauberer, aber seinen Wert zeigte er auf andere, feinere Art.

Jetzt waren sie alle tot, diese eigenbrötlerischen Männer – außer vielleicht Roundtree, der womöglich aus reiner Sturheit einfach am Leben blieb. In den letzten fünf Jahren war es ihm immer wieder aufgefallen, dass die meisten Menschen, die er gekannt hatte, jetzt tot waren. In diesen Momenten kam es ihm vor, als stünde er am Rand der Welt der Toten, wo er in einem kargen Raum mit seinen Erinnerungen lebte, unbekannt, unerwünscht, sein Verschwinden unbetrauert. Wie er zu Lewis gesagt hatte: Er war einfach ein unordentlicher alter Mann geworden, einer mehr, der auf der Bank saß, in der Sonne döste und von der Kälte herumgestoßen wurde.

Auf dem Platz zwischen den Bäumen führte der Mann seine Tricks vor, und der Junge, den weder Hunger noch Durst noch seine menschlichen Bedürfnisse kümmerten, sah ihm zu;

er wollte seinen Platz nicht einmal für kurze Zeit verlassen, denn wenn der alte Mann nach seinen Übungen seine Sachen zusammenpackte, überfuhr den Jungen jedes Mal ein Frösteln. Er rutschte auf dem Boden hin und her, entfernte einen kleinen Stein, der ihn drückte, und legte das Kinn in die Hände. Er sah dem alten Mann mit seinen Kisten und seinen Kunststücken zu und merkte gar nicht, dass viele der Kunststücke allein für ihn waren.

⁕ 16 ⁕

Blue Moon Circus

An einem späten Vormittag der ersten Maiwoche wurde der letzte Zirkuswagen fertig. Shelby trat einen Schritt zurück, begutachtete das Werk und ließ Lewis holen. Zwei Minuten später war Lewis Tully da, sein Gesicht war ausdruckslos, aber seine Augen leuchteten. Er betrachtete den Wagen, ohne dass seine Miene etwas verriet.

»Du wolltest mich sprechen, Mr Shelby?«

Shelby nickte zu dem Wagen hinüber. »Er ist fertig.«

Lewis hob eine Augenbraue. »Aha? Und wie viele sind es noch?«

Shelby lächelte. »Wenn du nicht einen im Klohaus versteckt hältst, dann ist das der Letzte. Sie sind alle fertig, Mr Tully.«

Lewis musterte die Männer in Shelbys Team, die alle so aussahen, als hätten sie gerade die britische Flotte geschlagen. Er war darauf bedacht, jedem Mann in die Augen zu sehen, dann wandte er sich mit größtmöglicher Lässigkeit dem letzten Wagen zu.

Mit angehaltenem Atem wagte er ein leises: »Nun also«, und hoffte, er würde nicht in ein Freudengeheul ausbrechen. Am Rande seines Blickfeldes sah er, wie die Männer sich drängten, um besser sehen zu können, aber er weigerte sich, seine Gefühle zu zeigen. Er wippte auf den Fußballen auf und ab, bohrte die Hände in die Hosentaschen und starrte den Wagen an.

Von allen Wagen, die er hatte, war dies sein Lieblingswagen: Er war ein Zigeunerkind, so wie Lewis, eine Antiquität. Es war ein Käfigwagen mit Abteilungen für mehrere große Wildkatzen oder verschiedene kleinere Tiere, der in Al G. Barnes' Zirkus und in dem von Hagenbeck-Wallace Dienste geleistet hatte, und eine Zeit lang hatte er dem alten Adam Forepaugh gehört, der der größte Zirkusmensch aller Zeiten gewesen wäre, wenn es nicht P. T. Barnum gegeben hätte; und für kurze Zeit hatte dieses Museumsstück auf Rädern zum Zirkus von Dan Rice gehört. Lewis stellte sich vor, dass der alte Rice den Wagen mit seinen eigenen Händen berührt hatte.

Und jetzt war er hier, an diesem abgelegenen Ort in Oklahoma, zu neuem Leben erweckt worden, ein tomatenrotes Gebilde, so rot, dass einem die Augen davon wehtaten, mit kleinen pausbäckigen Putten an den vier Ecken, die von längst verstorbenen deutschen Holzschnitzern liebevoll geschnitzt und von Shelbys erstaunlichen Leuten frisch bemalt worden waren. Die Vergoldung hatten sie mit billiger Goldfarbe ersetzt, die Einzelheiten waren in kräftigen Farben gemalt, wie sie sich die ursprünglichen Handwerker bestimmt nicht erträumt hatten, die Querstreben waren silberfarben gestrichen, und an den Seiten und auf der Rückwand stand in Weiß auf gelbem Hintergrund: THE LEWIS TULLY BLUE MOON CIRCUS AND MENAGERIE, daneben war ein kleiner blauer Mond gemalt.

Erst bei Dan Rice und jetzt bei Lewis Tully, dachte Lewis, *was für ein Weg für einen einzelnen Wagen.*

Shelby stand neben ihm und tat so, als würde er sich die Farbe unter den Nägeln wegkratzen, während er mit angehaltenem Atem wartete. Er warf einen verstohlenen Blick auf Lewis und stellte befriedigt fest, dass der regelrecht verstört wirkte. In all den Tausenden von Kleinigkeiten, die den Zirkus ausmachten, waren sie Partner, sie arbeiteten beide unermüdlich und teilten die Arbeit und die Probleme, die bewältigt werden mussten, um den Zirkus lebendig zu machen. Aber in dieser einen Sache waren sie keine Partner. Shelby wusste, dass er mit seiner Tüchtigkeit, manche würden sagen, mit seinen Talenten, der Einzige war, der einen Kasten aus morschem Holz und zerbrochenen Rädern so komplett verwandeln konnte. Dies war ein Geschenk für seinen Freund, und Lewis wusste das auch.

Und jetzt entspannte sich Lewis' Miene, er schüttelte den Kopf und starrte mit einem breiten Grinsen auf dieses Wagenwunder. Dann wandte er sich zu Shelby und nickte einfach. »Wusste ich doch, dass ich den Richtigen dafür hatte. Fahr sie heute Abend alle auf, und wir gucken sie uns an.«

Shelby zuckte mit den Schultern. »Du bist der Chef.«

Am gleichen Abend führte Lewis nach dem Abendessen eine kleine Prozession von Zirkusleuten an – Zeltbauer, Akrobaten und ihre Familien, alle miteinander – und ging mit ihnen zu dem schmalen Streifen am Rande des Pecanowäldchens. Dort hatte Shelby die Zirkuswagen in einer langen, farbenprächtigen Reihe aufgestellt, in einer Karawane, wie sie auch durch eine Stadt fahren würde. Und in dem kupferfarbenen Licht der untergehenden Sonne leuchteten Lewis' Wagen wie an jenem Tag, als sie brandneu aus der Werkstatt gekommen waren, und da, wo die Farbe noch nicht getrocknet war, glitzerte die Oberfläche. Die Zirkusleute gingen an den Wagen auf und ab und bestaunten sie.

Ein paar Meter abseits stand Lewis Tully zusammen mit Shelby und betrachtete liebevoll seine Wagen.

Nur ein paar abgewrackte Zirkuswagen, sagte er sich.

Nur eine Versammlung von allem, was abgenutzt, ausgemustert und nutzlos ist. Und ich bin Lewis Tully und habe Dutzende solcher Ansammlungen gesehen.

Aber die gehören alle mir, dachte er. *Auf jedem Wagen steht »Tully«.*

Er sah Shelby an und wandte den Blick wieder ab.

»Und?«, sagte Shelby und klang ein bisschen mürrisch.

Lewis guckte auf seine schmutzigen Stiefelspitzen, doch dann endlich entspannte er sich. Er nickte zu den Wagen hinüber. »Man hätte es nicht besser machen können.« Er schwieg und wurde sich der Nähe des unbeholfenen Mannes neben sich sehr bewusst. Dann fügte er hinzu: »Niemand hätte es besser machen können.«

Shelby nickte knapp und ging.

Nach und nach verlief sich die Menge, alle gingen wieder zu ihren Wohnquartieren, und Lewis guckte sich noch einmal seine Wagen an. Als er gehen wollte, bemerkte er den Jungen.

»Und, wie findest du sie?«

Charlie wollte eine sinnvolle Bemerkung machen, aber alles, was er über die Lippen brachte, war: »Es ist wie ein Wunder.«

Lewis lächelte. »Da bin ich mir nicht so sicher, aber jedenfalls sind sie ziemlich besonders.« Er klopfte Charlie auf den Rücken und sagte: »Gehen wir zurück.«

Der Junge nickte und ging hinter ihm her. Er wollte etwas über die Wagen sagen, über Shelbys wunderbare Fähigkeiten, aber er merkte, dass Lewis nicht zu einem Gespräch aufgelegt war.

Er spürte noch den freundlichen Klaps, den Lewis ihm gegeben hatte, und erst da fiel ihm auf, dass Lewis das nie zuvor gemacht hatte. Er wollte reden, er wollte Fragen stellen, aber nach einem weiteren Blick in Lewis Gesicht begnügte er sich damit, auf dem Weg zurück zur Hütte mit Lewis Schritt zu halten.

Ein paar Tage später fuhr Lewis nach Tulsa, und als er zurückkam, hatte er das Auto voller Kartons und Papierpacken – Handzettel und Plakate. Er nahm eins der Plakate, heftete es an den Stamm der großen Pappel am Eingang zum Camp und trat zurück, um die Wirkung zu sehen. Wie er sich erhofft hatte, versammelte sich schnell eine kleine Menge hinter ihm, die sein Werk bewunderte. Das Plakat war in sechs Farben und verkündete, dass – IN KÜRZE – der LEWIS A. TULLY BLUE MOON CIRCUS AND MENAGERIE in die Stadt kommen würde.

Am nächsten Tag würden Shelby und ein paar der Männer mit dem »Plakatauto« losfahren und mit der langwierigen Arbeit beginnen, die Plakate in den Städten entlang ihrer Route anzubringen. Lewis betrachtete das Plakat und sagte sich befriedigt, dass die Ankündigungen sicherlich Aufsehen erregen würden, wenngleich sie eine gute Mischung zwischen Zirkus-Tamtam und echten Lügen darstellten. Hinter ihm stand plötzlich Harley Fitzroy.

»Farbenfroh, aber ehrwürdig, Lewis.«

»Angenehm fürs Auge, finde ich. Rex ist ein echter Knüller.«

»Er zieht die Aufmerksamkeit auf sich, Lewis.«

Lewis schlug Shelby auf die Schulter. »Alles bereit für morgen?«

»Ja. Ich nehme Emmett und zwei seiner Leute mit. Es wird eine vergnügliche Fahrt.«

»Aber seid vorsichtig.«

Shelby zuckte die Schultern. »Vorsichtig sein macht doch keinen Spaß.«

Captain Walling ging mit Lewis zu dem Lastwagen, und als sie noch zwanzig Meter entfernt waren, sah Lewis, dass die Motorhaube geöffnet worden war.

»Ich glaube nicht, dass sie Zeit hatten, etwas anzurichten, Lewis.«

Lewis prüfte den Motor, die Schläuche und die Leitungen, er drehte die Verschlusskappe vom Benzinkanister ab und roch an dem Inhalt, dann fuhr er mit dem Finger an der Öffnung entlang und dann um seinen Mund.

»Wahrscheinlich hast du recht, Marcus, aber ich möchte auf Nummer Sicher gehen, deshalb nehme ich ein bisschen Diesel ab, um zu sehen, ob jemand, wer auch immer, Zucker reingetan hat.«

»*Wer auch immer?*«, sagte Marcus Walling mit einem Lächeln.

»Oder was auch immer«, sagte Lewis und klopfte ihm auf die Schulter. »Ich glaube, es war eine Schlange, Marcus«, sagte er und ging davon.

Lewis begann einen langen, ausführlichen Rundgang durchs Camp, er fing mit dem äußeren Kreis der Wagen und Fahrzeuge an und ging dann weiter nach innen, aber er entdeckte keine weiteren Anzeichen, dass Hector Blaneys Leute ihm einen Besuch abgestattet hatten.

Jawohl, ich bin mir sicher, es war eine Schlange, sagte er sich.

* 17 *

Eine Legende des Westens

Am nächsten Abend blieb Lewis bei den Tierkoppeln stehen. Er paffte an einer Zigarre und ließ seinen Blick über die Tiere gleiten. Ein paar der älteren Pferde kamen zum Zaun, und eins hob den Kopf über die oberste Latte, damit Lewis ihm die Nase streicheln konnte.

Er ging an den Zebras und Lamas vorbei, an dem schwarzen Bären und Dostojewskis russischer Version eines Bären, vorbei an dem winzigen Schuppen, in dem Mr Patel in bedenklicher Nähe der giftigen Schlange schlief, die ihn mindestens einmal am Tag zu töten versuchte.

Bei der speziell gesicherten Koppel, auf der Jupiter lebte, blieb Lewis stehen und musterte die schlafende Elefantenkuh. Ein einsames Tier, dachte er, das einst daran gewöhnt war, mit zwei Dutzend anderer Elefanten im Sells-Floto-Zirkus zu arbeiten und jetzt ganz allein sein Dasein in Tullys Zirkus fristete. Er musste zugeben, dass sie trotz ihrer Größe und beängstigenden Stärke eine eher langweilige Nummer war und nicht die Persönlichkeit besaß, die er von anderen Elefanten kannte. Er vermutete, dass ihre natürliche Widerborstigkeit und die endlosen Fluchtversuche ihr im Laufe der Jahre die Energie für andere Aktivitäten geraubt hatten.

Das Kamel kam eifrig zum Zaun getrottet und starrte ihn mit schief gelegtem Kopf an, wie es ein Mensch auch tun würde. Es sah ihn aus großen, dunklen Augen an, und wieder hatte Lewis den Eindruck, dass es kurzsichtig war. Etwas anderes fiel ihm an den Augen auf: ein merkwürdiger Ausdruck, ein unnatürlicher Glanz, den man bei einem Menschen als Zeichen von Wahnsinn gedeutet hätte. Das Kamel war dabei, sein Winterfell zu verlieren, und es hing ihm in Fetzen vom Körper herab. Es beschnüffelte Lewis, legte den wolligen Kopf auf den schweren Holm und betrachtet ihn eine Weile, dann schnaubte es sprühend und trottete, offensichtlich gelangweilt, davon. Als Lewis das Tier von hinten sah, bemerkte er eine dunkle Stelle am Rumpf, wo das Winterfell schon abgefallen war, und er beschloss, sich diese Stelle am nächsten Morgen genauer anzusehen. Es sah aus wie ein Brandmal.

Sein Rundgang an den Zelten und Hütten vorbei führte ihn auch zu dem Zelt von Lucy Brown, in dem es dunkel und still war. Plötzlich und unvermittelt sah er wieder ein Bild vor sich: Lucy Brown in einem langen Flanellnachthemd, das kupferfarbene Haar über den Rücken fallend. Seit Jahren hatte er dieses Bild nicht mehr gesehen – hatte sich bemüht, es zu vertreiben –, doch jetzt kam es zurück. Er kannte Lucy Brown in dem freizügigen Kostüm, das sie bei der Aufführung trug, und dachte sich nichts dabei, schließlich zogen sich alle Kunstreiterinnen so an. Aber einmal, als sie knapp neunzehn war, hatte er sie am Eingang ihres Wohnzelts so gesehen, im Nachthemd, und das Bild hatte sich ihm für immer eingeprägt.

Verdammt, Lewis, sie ist halb so alt wie du. Sie würde dich auslachen. Jeder mit einem Fünkchen Verstand würde dich auslachen.

Er ging schneller, strebte auf seine eigene Hütte zu und senkte den Blick zu Boden, als er an Helens Zelt vorbeikam. Er hörte sie im Zelt und wusste genau, was sie gerade tat. Sie beendete jeden Tag mit dem gleichen Ritual, bürstete sich die Haare, legte die Kleider für den nächsten Tag zurecht und richtete ihre Dinge, damit alles recht ordentlich war. Sie würde noch in einem

Straßengraben Ordnung schaffen. Und dann würde sie beim Licht einer kleinen Lampe lesen – Bücher, Zeitschriften, alte Zeitungen.

Da liegt das Problem, sagte er sich. *Das Problem liegt genau da. Lucy Brown ist einfach nur eine kleine Verirrung. Aber diese Frau, die ich seit vierunddreißig Jahren kenne, die kommt aus einem anderen Stall.*

Lewis gestand sich, dass er gehofft hatte, Helen würde kommen, obwohl er nicht den Mut gehabt hatte, sie einzuladen. Und jetzt, da sie hier war, fragte er sich, ob dies nicht eine weitere Quelle von Problemen darstellte, eine Erinnerung an vergangenes Scheitern.

Er blieb stehen und lauschte den Geräuschen ihrer abendlichen Verrichtungen, doch plötzlich wurde er gewahr, dass sie sich nicht mehr bewegte. Sie hatte ihn gehört. Lewis beeilte sich, zu seiner eigenen Hütte zu kommen, er bewegte sich so leise wie möglich und war sich doch bewusst, dass fast alle im Camp seine schweren Stiefel auf der harten Erde hören konnten.

In seiner Hütte, wo die beiden Schlafenden mehr Lärm machten als eine Wiese voller Frösche, zog er sich leise aus. In dem schwachen Licht konnte er gerade die Umrisse des Jungen erkennen. Charlie hatte sich unter der Decke verkrochen und sie ganz über seinen Kopf gezogen, so dass kaum etwas von ihm zu sehen war. Als Lewis diese Angewohnheit entdeckte, hatte er aus Angst, der Junge könnte in der Nacht ersticken, die Decke zurückgezogen, aber nach wenigen Minuten hatte Charlie sie wieder über sich gezogen wie einen wollenen Burnus.

Lewis betrachtete den schlafenden Jungen und spürte seine eigene Verwirrung. Ihm wurde plötzlich bewusst, dass er keine Ahnung von dem hatte, was der Junge fühlte oder dachte, er wusste nicht einmal, wie Charlie seine Zeit verbrachte, wenn er nicht in Lewis' Nähe war. Er versuchte sich an die Stelle des Kindes zu versetzen: allein in der Gegenwart von beschäftigten, erschöpften, besorgten Fremden. Beschäftigten, erschöpften, besorgten Männern.

Ich müsste wissen, wie du dich fühlst, dachte er. *Ich müsste wissen, wie du dich fühlst, mein Junge, denn ich war auch einmal in deiner Situation, wo nur Kälte und Härte ist, und ich wünsche das keinem. Aber anscheinend kann ich nichts für dich tun.*

Er ging zu dem Bett des Jungen und blickte auf ihn hinunter.

Ich möchte nicht in deiner Haut stecken, mein Junge, und das ist die Wahrheit.

Lewis Tully wandte sich von dem Jungen ab, sagte sich, dass er sich rundherum mit Problemen umgeben hatte, und ging zu Bett. In der Dunkelheit warf er einen letzten Blick auf das Bett des Jungen und versuchte, seine plötzlich aufkommenden Schuldgefühle zu unterdrücken.

Als er aufwachte, gab es neue Probleme.

Noch vor der Morgendämmerung stand er auf und verabschiedete Shelby und seine Begleiter. Dann, als die ersten Morgengeräusche aus den Hütten und Zelten drangen, ging Lewis zu der Koppel, wo das Kamel schlief. Als er sich näherte, öffnete es ein Auge und musterte ihn von der anderen Seite der Koppel, und als er auf den Holzzaun kletterte, stellte es sich auf die wackligen Beine. Lewis blieb rittlings auf dem Zaun sitzen, bis das Kamel nur wenige Meter entfernt war, dann sprang er herunter.

Das Kamel schnaubte gereizt und kam in vollem Galopp auf ihn zu. Lewis war überrascht, wie schnell es war, und sprang zurück, als es sich mit voller Wucht gegen den Zaun warf, so dass er fast zerbarst. Es streckte den großen Kopf über den obersten Holm und schnappte nach ihm, wobei es mit den großen Zähnen klapperte und ihm einen Blick zuwarf, als würde es ihn verwünschen. Dann trottete es davon und zeigte ihm die Flanke mit dem Brandmal. Was da eingebrannt war, war das Letzte, was er sehen wollte.

Auf dem Mal stand: U.S. ARMY.

»Herr im Himmel.« Und zu dem Kamel sagte er: »Klar, dass du den Weg zu meinem Zirkus findest. Du bist älter, als du aussiehst, so viel steht fest.«

Und jetzt?, fragte er sich, *was habe ich mir da aufgebürdet? Ich habe es am Hals. Jawohl, ich habe das berühmteste Kamel, das es im Alten Westen gibt, in meinem Zirkus.*

»Freut mich, deine Bekanntschaft zu machen, Sheba. Ich wünschte, es gäbe einen Markt für Kamelfleisch.«

Das Kamel drehte den Kopf zur Seite und sah ihn mit zusammengekniffenen Augen an.

Lewis schüttelte den Kopf. Er kannte alle Geschichten über das Kamel und glaubte, dass mindestens die Hälfte der Wahrheit entsprachen: Gegen Ende der 1880er Jahre war ein experimentierfreudiger Kavallerie-Verwalter auf die kühne Idee gekommen, für die Wüstenzüge der U.S.Army Kamele zu benutzen. Ein Dutzend Kamele wurde erworben, und die Kavallerie versuchte sie für den Einsatz bei Patrouillen, für lange Märsche und für Erkundungszüge abzurichten.

Das Experiment schlug furchtbar fehl. Die Kamele erwiesen sich als reizbar, sie waren intelligenter als Pferde, aber sie waren stur und für die groben Vorstellungen von Tierhaltung in der Armee nicht geeignet. Nach mehreren Vorfällen, bei denen junge Kamele versucht hatten, ihre Trainer umzubringen, war die Aufgabe ihrer Abrichtung einem besonders brutalen Sergeanten namens Brierly überlassen worden. Unter seinem Regiment der Gewalt und des Missbrauchs konnten die Kamele als in gewissem Maße abgerichtet gelten. Sie hatten aber auch gelernt, sich gegen ihre Trainer zu wenden. Ein betrunkener Corporal, der dem Sergeanten bei seiner Aufgabe assistierte, war von dem größten Kamel, das Sheba hieß, fast zu Tode getrampelt worden. Sergeant Brierlys Reaktion hatte darin bestanden, das Kamel unbarmherzig mit einer Lederpeitsche zu traktieren.

Als Sheba sich erholt hatte, wimmerte das Tier und kauerte sich jedes Mal zusammen, wenn Brierly sich ihm näherte, bis zu jenem heißen Julimorgen, als er, die Peitsche in der Hand, ihre Koppel betrat. Sheba drehte den Kopf zur Seite und wich zurück, während er näher kam. Das Tier wich immer weiter zurück, und als er die Peitsche hob, ging es auf ihn los, trat und schlug aus und schnappte mit den riesigen Zähnen nach ihm, bis Brierly als blutiges Bündel Mensch auf der Koppel herumrollte. Ein Dutzend Männer eilte ihm mit Seilen und Gewehren zu Hilfe, und ein junger Soldat, der geschickt mit dem Lasso umgehen konnte, legte dem Kamel ein Seil um den Hals. Als die Männer das Kamel von Brierly wegzogen, war er bewusstlos, aber nicht tot. Und das Kamel hatte ihm von zwei Fingern die obersten Glieder abgebissen.

Im Laufe der Zeit starben einige der Tiere an Krankheiten, die es in der natürlichen Umgebung ihrer Herkunft nicht gab, und manche erwiesen sich als nicht beherrschbar. So wurden die restlichen Tiere an Zirkusunternehmen und Zoos verkauft. Zwei entflohen, und um sie rankten sich wilde Legenden. Es hieß, eins von ihnen trüge einen Reiter, der wie der Tod aussah und dessen Herannahen den Tod bedeutete. Viele Jahre später wurde eines der Tiere, ein männliches, auf den Ebenen gesehen, mit einer schauerlichen Last auf dem Höcker: dem verwesenden Leichnam eines Mannes, der – ob als makabrer Scherz oder als boshafter Racheakt – auf dem Rücken des Tieres festgebunden worden war. Das Brandmal auf der Flanke des Tieres bewies, dass es zu der ursprünglichen Gruppe von Kamelen der Armee gehört hatte.

Das einsame Tier, dessen Weg über die Jahre nicht vollständig nachvollzogen werden konnte, war das große weibliche Kamel mit Namen Sheba, dennoch war es nicht gänzlich aus dem Sichtkreis verschwunden. Über drei Jahrzehnte hatten Menschen, die den Südwesten durchquerten, es gesehen, eine struppige Erscheinung von unstetem Temperament und kämpferischem Wesen, mit plötzlicher Neigung zur Gewalt. Es hieß, dass sie jeden, der eine Peitsche bei sich führte, angriff, und offenbar hatte sie eine besondere Abneigung gegen jeden, der das Pech hatte, eine Sergeantenuniform zu tragen.

Lewis Tully lehnte sich an den Zaun, wischte sich den Schweiß von der Stirn und betrachtete sein Kamel. Er hörte Stiefel auf dem Boden hinter sich und wurde sich bewusst, dass jemand neben ihm am Zaun lehnte.

»Hast du eine Zuneigung zu deinem Kamel entdeckt, Lewis?«, fragte Sam Jeanette.

»Nicht unbedingt. Weißt du, was wir hier haben?«

»Ein hässliches Kamel mit einem üblen Temperament.«

»Ein hässliches Kamel ... mit einem Brandmal der U.S. Army.«

Lewis drehte sich um, weil er die Reaktion des alten Kavalleriemannes sehen wollte. Samuel Jeanettes Mund bildete ein kleines »o«, und sein Blick wanderte von dem Kamel zu Lewis.

»Aber das ist fast vierzig Jahre her – das kann nicht sein, Lewis.«

»Sie leben unendlich lange, und sie vergessen nie etwas, und es gab nur eins, das man nie gefunden hat, und das ist ...«

»Sheba«, vollendete Sam Jeanette den Satz mit einem staunenden Beiklang.

»Genau.«

»Ich habe eine Legende des Westens vor mir.«

»Was du vor dir hast, ist ein Ärgernis mit Höckern. Und es hat den Weg in meinen Zirkus gefunden.«

»Na, Mr Tully, wen wundert das?«

Lewis nickte, und Sam Jeannette fing an zu lachen, und im nächsten Moment lachte auch Lewis Tully, so laut wie er seit langem nicht gelacht hatte.

⁂ 18 ⁂

Ein Ringkampf

Der Junge hockte am Boden und beobachtete das Treiben in einer Ameisenkolonie, als die Geräusche an sein Ohr drangen. Er kannte diese Art von Geräuschen, er hatte sie schon früher gehört, in dem Haus, in dem er vor langer Zeit gewohnt hatte, aber es dauerte ein paar Sekunden, bis er sie zuordnen konnte. Als ihm das gelang, erhob er sich, und Angst stieg in ihm auf. Denn was er hörte, war ein Kampf. Männer, die sich schlugen.

Ängstlich ging er zu dem Wagenplatz, während mehrere Erwachsene an ihm vorbeirannten. Aus allen Richtungen kamen die Männer von den Arbeitsteams herbei, sie keuchten, ihre Augen waren geweitet, ihre Hüte flogen davon – sie alle wollten die Prügelei sehen. Er hörte die Pferde auf der Koppel hinter den Wagen, die nervös auf den Kampfeslärm reagierten.

Der Junge schob sich durch eine Wand von Erwachsenen hindurch, bis er freie Sicht hatte, und einen Moment lang hätte er nicht sagen können, was er eigentlich sah. In der Mitte des Kreises, den die Menschen bildeten, stoben zwei Männer eine gelbe Staubwolke auf, während sie stolperten und zu Boden stürzten, sich erhoben und erneut aufeinander losgingen und dabei knurrten und stöhnten vor Schmerz. Als der Junge ihre verschwitzten Gesichter sah, riss er vor Staunen die Augen auf. Die Ringkämpfer waren Joseph Coates und der Russe – der freundliche Joseph Coates und der lächelnde Alexej Dostojewski, die in diesem Moment weder freundlich waren noch lächelten. Beide Männer waren schweißüberströmt, und der Staub auf ihren Gesichtern war zu einer schlammigen Schicht geworden. Ihre Hemden hingen in Fetzen, und sie keuchten vor Anstrengung.

Charlie war entsetzt. Die beiden Männer waren oft so freundlich zu ihm gewesen, und jetzt sah er, wie sie einander mit aller Macht wehtaten. Er dachte, einer könnte schwer verletzt werden, möglicherweise sogar sterben. Er guckte zu den Zuschauern hin und sah deren schockierte Gesichter; manche waren von der Szene abgestoßen, andere genossen sie offensichtlich. Er suchte vergeblich nach Lewis, wünschte sich, dass Shelby da wäre, und dann sah er Irina.

Die Russin stand an der Seite und sah den Kämpfenden aufmerksam zu. Sie war vorgebeugt, als wartete sie gespannt darauf, ihrem Mann jeden Moment zur Hilfe zu eilen, und dabei lächelte sie.

Lewis und Sam Jeanette kamen von den Koppeln herbeigerannt, und Lewis stieß die Zuschauer beiseite und bahnte sich einen Weg zur Mitte, bis er vor den sich auf dem Boden rollenden, ineinder verbissenen Männern stand.

»Was soll das hier?« Er sah sich um, aber die Umstehenden, die er fragend ansah, schienen genauso wenig zu wissen wie er.

»Worum geht es hier, was …« Dann sah er die Frau. Er war schon im Begriff, ihr etwas zuzurufen, als ihre Miene ihm Einhalt gebot.

Zum einen waren ihre Wangen gerötet, auf ihrer Stirn stand der Schweiß, eine einzelne Haarsträhne hatte sich aus ihrer festen Frisur gelöst, und sie sah atemberaubend schön aus. Was aber Lewis Tully daran hinderte, etwas zu rufen, war ihre offensichtliche Freude an dem, was sie sah. Sie zitterte vor Erregung, und jetzt breitete sich sogar ein Lächeln über ihr Gesicht.

In dem Staub wenige Meter vor ihr versuchte ihr Mann unter großen Anstrengungen, auf den Rücken von Mr Coates zu klettern. Sie sah gespannt zu, und als es ihm gelang, klatschte sie in die Hände und rief: »Gut, Alex, gut, gut, gut.« Im nächsten Moment schüttelte Mr Coates Alex ab, so wie ein junger Hund sich das Wasser abschüttelt, und der massige Körper ihres Mannes flog durch die Luft. Mit einem dumpfen Aufprall landete Dostojewski auf dem Rücken, und seine Frau stieß ein schrilles Lachen aus.

»Oh, Mr Coates, sehr schön, sehr schön.«

Überrascht drehte Coates sich zu ihr um und entbot einen Gruß, als sich der Ehemann der Frau mit neuer Wucht auf ihn warf, so dass er und sein Gegner durch die Stoßkraft in die Menge hineinkatapultiert wurden und die Zuschauer auf einer Breite von drei Metern zur Seite weichen mussten. Die beiden Ringer standen auf, packten sich bei den Schultern und rissen sich gegenseitig zu Boden, mit einem Krachen wie von umstürzenden Bäumen. Der Russe war schneller und schwang sich keuchend auf Mr Coates' Rücken – Lewis sah die Zunge des Mannes und hatte plötzlich eine Vision, dass einer der beiden sich in dem Ringkampf die Zunge abbeißen würde. Alexej nahm Joseph Coates in den Schwitzkasten und zog ihn langsam, unnachgiebig rückwärts zu Boden, so dass er auf dem Rücken lag, und sprang dann auf seine Brust, um ihn festzunageln.

Aber im letzten Moment rollte Coates sich herum, und der Russe landete mit dem Gesicht im Staub. Joseph Coates zog sich hoch in die Hocke und wartete schwer atmend darauf, dass sein Widersacher sich berappeln würde. Der Russe hatte eine Platzwunde über dem linken Auge. Er wischte sich mit der Hand drüber, warf einen Blick auf das Blut und verneigte sich zu Coates.

»Sehr exzellent.«

Lewis sah seine Chance dazwischenzugehen, doch dann warf sich der Russe erneut auf Coates, und Lewis musste zurückspringen. Während sich die beiden auf dem Boden wälzten, ging Lewis zu der Frau.

»Verdammt, mögen Sie es etwa, wenn Männer sich prügeln?«

Sie blinzelte, sah ihn aus großen blauen Augen an und runzelte dann die Stirn. »Natürlich mag ich es nicht. Dies ist kein Kampf. Sie spielen bloß.« Mit einem knappen Schütteln ihres schönen Hauptes drückte sie aus, dass sie von ihm enttäuscht war.

»Sie spielen?« Lewis sah sich ungläubig um und guckte Sam an. »Mr Jeanette, anscheinend ist das keine Prügelei.«

»Sieht mir aus wie Mord und Totschlag.«

»Nur ein kleiner Zeitvertreib, mehr nicht«, sagte Lewis.

»Hmmm. Wahrscheinlich ist es das erste Mal, dass die beiden einen ebenbürtigen Spielfreund gefunden haben.«

Die Frau drehte sich zu Mr Jeanette um und grinste. »So ist es, Mr Jeanette. Was Sie sagen, stimmt ganz genau.«

In der Mitte des Rings ließ die Kraft der Kämpfenden nach. Sie waren beide auf Knien, packten sich gegenseitig an den Schultern und warfen sich zu Boden, und der Russe stöhnte auf. Joseph Coates stieß ein Knurren aus, ein tiefes Wolfsknurren, und dann fingen beide Männer an zu lachen. Sie sanken in den Staub, hielten sich umfasst, lachten und klopften sich auf den Rücken.

Lewis Tully seufzte. »Helfen wir den Ringern mal auf die Füße, Leute.«

Als die Männer aufrecht standen, wenn auch mit Schlagseite, aber immerhin, sagte Lewis: »Alles in Ordnung?«

Joseph Coates keuchte, er beugte sich nach vorn und stützte sich auf die Knie, dann nickte er und sagte mit heiserer Stimme: »Bestens. Alles … bestens.«

»Ich auch, alles bestens«, sagte der blutverschmierte Russe. »Und ich bin sehr müde.«

»Wenn ihr zwei wieder einmal die Idee habt, euch zu schlagen, vielleicht solltet ihr es auf Gras machen.«

Alexej hob seine schmutzigen Finger an die Wunde über seinem Auge. »Gras, ja, das ist gute Idee für Ringen mit Mr Coates, mein guter Freund Mr Coates«, und er klopfte dem Riesen auf den Rücken. Coates legte dem Russen seinen langen Arm um die Schultern, und die beiden wankten davon.

Die Frau sah Lewis an und wartete auf seine Reaktion. Sie zog eine Augenbraue hoch, als forderte sie seinen Kommentar heraus.

Er sah den beiden Raufbolden hinterher und schüttelte den Kopf. »Sah mir ganz ernst aus.«

»Natürlich. So spielen sie. Sie wollen gewinnen.«

»Aber es ist gefährlich, das ist es.«

»Nur ein bisschen. Und es ist nötig. Mein Mann, für ihn ist das gut, ein bisschen spielen. Er lächelt immer, er lächelt für alle, für Sie, für die Zirkusleute, für die Arbeiter. Es ist harte Arbeit, immer lächeln, denn innen lächelt er nicht viel. Seine ganze Familie ist tot, alle, nur sein Vater nicht.«

»Von den Bolschewiken?«

»Ach, Bolschewiken, Hunger, sogar weiße Armee. Ein Bruder, sehr jung, er hat für die Bolschewiken gekämpft, er ist auch tot. Für meinen Mann ist das sehr gut. Sehr nötig. Und für den wunderbaren Mr Coates ist es sehr wichtig.«

»Ja, er hätte umgebracht werden können.«

Sie schüttelte den Kopf. »Nein. Es ist wichtig, dass jemand ihn anfasst. Wer fasst ihn an, in seinem Leben? Sie? Legen Sie die Hände auf den Mann? Alle Menschen müssen angefasst werden, alle brauchen es, dass jemand die Hand auf sie legt. Legen Sie die Arme um Mr Coates, schlagen Sie ihm mit der Hand auf den Rücken?« Sie lächelte. »Ich glaube nicht. Amerikaner fassen sich nicht viel an. Russen fassen sich gern an.« Ein spielerischer Glanz trat in ihre Augen, und Lewis wandte den Blick ab und schluckte. »Es ist wie eine Umarmung. Für Mr Coates ist es wie eine Umarmung.«

Mit einem kleinen Nicken wie eine Verbeugung stand sie auf und folgte den beiden müden Kriegern.

Er starrte ihr nach und dachte, dass der Russe wenigstens in einem Bereich des Lebens Glück hatte, dann wurde ihm bewusst, dass er starrte. Einen Moment lang hob er den Blick zum Himmel und gab vor, in Gedanken zu sein, und als er glaubte, er könne den anderen wieder ins Gesicht sehen, bemerkte er Helens Blick auf sich. Inzwischen konnte er alle ihre Blicke deuten, und dieser sagte ihm, dass sie besorgt war.

»Einen Moment lang war ich besorgt, aber sie haben nur gespielt.«

Sie schüttelte den Kopf, bevor er den Gedanken ganz ausgesprochen hatte. »Ich meine nicht die beiden. Ich muss mit dir sprechen.«

»Hast du ein Problem?«

Sie hielt eine kleine Segeltuchtasche hoch. »Nein, du hast ein Problem.«

✻ 19 ✻

Charlie in Not

Langsam, als bereitete ihr jede Bewegung Schmerzen, holte Helen die einzelnen Dinge aus der Tasche des Jungen. Da waren zunächst seine wenigen Kleidungsstücke, ein kleiner Karton Malstifte, ein paar Zinnsoldaten, ein Kinderbuch. Sie breitete die Dinge auf Lewis' Tisch aus, ordnete sie mit leichten Handgriffen und trat dann einen Schritt vom Tisch zurück. Sie sah ihn mit ihren grünen Augen an, und der Ausdruck darin gefiel ihm nicht.

»Ich wollte, dass du diese Sachen zuerst siehst«, sagte sie langsam, »denn ich glaube kaum, dass du dir das, was er in seiner Tasche hat, mal angesehen hast.«

»Nein. Es gab keinen Grund, warum ich …«

»Ich wollte, dass du das siehst, denn das ist alles, was er in der Welt besitzt. Das und die Kleider, die schmutzstarrenden Kleider – der Junge stinkt zum Himmel, Lewis –, die er am Leibe trägt.«

Einen Moment lang betrachtete Lewis die Sachen des Jungen, und er spürte Zorn in seiner Brust aufkeimen. »Ich sage dir, das ist mehr, als ich …«

Sie beugte sich über den Tisch, und er dachte, sie würde ihn schlagen. »Wenn du den Satz zu Ende sprichst, Lewis, dann zerkratze ich dir das Gesicht. Ich weiß, was du an Besitz hattest, als du in den Westen gekommen bist, und ich weiß, was du hattest, als du mit Shelby weggelaufen bist. Aber wir sprechen jetzt nicht von deinem Leben. Dies ist das Leben von einem anderen kleinen Jungen, und bloß weil er eine Tasche voller zerlumpter Sachen hat, heißt das nicht, dass er besser fürs Leben gerüstet ist als du. Du hattest Alma, du wusstest, dass es irgendwo in der Welt jemanden gibt, der deine Familie ist. Du wusstest, dass es jemanden gibt, der an dich denkt.«

»Aber er hat hier viele Menschen, die sich um ihn kümmern ...«

»Nein, das stimmt nicht. Jetzt pass auf.«

Widerwillig folgte er ihren Händen, als sie in die Tasche fuhren und weitere Dinge hervorbrachten, ganz andere, als die, die schon auf dem Tisch lagen. Helen ordnete die Gegenstände in einer geraden Linie vor den Sachen des Jungen, bis es schließlich rund ein Dutzend waren.

Lewis runzelte die Stirn und versuchte, den Sinn darin zu erkennen, aber er sah keinen Zusammenhang. Er schüttelte genervt den Kopf. Dies hier war die verrückte Sammlung eines kleinen Jungen – Münzen und Medaillen, Kämme und Kinkerlitzchen. Sein Blick fiel auf eine Münze. Er nahm sie in die Hand und erkannte die kyrillischen Schriftzeichen, die er auf Dostojewskis Sachen gesehen hatte. Vielleicht hatte der dem Jungen die Münze geschenkt. Er zuckte die Schultern und sah zu Helen hinüber, die den Kopf schüttelte.

»Das ist nicht einfach seine kleine Münzsammlung, Lewis. Sieh dir das an.« Sie tippte mit dem Finger auf den letzten Gegenstand in der Reihe.

Geistesabwesend nahm er ihren langen, schlanken Finger wahr, die vom Wetter und von harter Arbeit geröteten Knöchel. Aber sie wollte, dass er die Haarnadel anguckte. Eine lange, mit kleinen Perlen besetzte Haarnadel, die Lucy Brown gehörte und ihr teuer war. Nie hätte sie sie weggegeben.

»Vielleicht hat sie sie verloren.«

»Vielleicht. Vielleicht sind auch die anderen Dinge verloren gegangen, und er war da und hat sie aufgehoben. Und wenn, dann wusste er, dass die Dinge nicht ihm gehörten, und er hat sie trotzdem behalten. Aber ich glaube nicht, dass er sie gefunden hat.«

»Du glaubst, er ist in ihre Zelte gegangen.«

Sie sagte nichts und sah ihn nur an.

Lewis nahm eine kleine, aus Knochen geschnitzte Figur in die Hand und schüttelte den Kopf. Wenn Menschen in Hütten und Zelten lebten, hatten sie sehr wenig von dem bei sich, was für die meisten ein Zuhause ausmachte, und deswegen war es um so wichtiger, dass die anderen die Grenzen und die Privatsphäre achteten.

»Er ist in ihre Zelte gegangen«, sagte Lewis noch einmal, und Helen schüttelte wieder den Kopf.

»Er hat keinen Grund zu stehlen, auch wenn er selbst nur wenig besitzt«, sagte Lewis. Er hörte ihr empörtes Einatmen und hielt die Händ abwehrend in die Höhe.

»Was jetzt?«

»Es hat nichts mit dem zu tun, was der Junge besitzt, und es hat nichts damit zu tun, dass er in ihre Zelte gegangen ist, auch wenn das falsch war.«

»Vielleicht nicht, aber wir können keinen Dieb im Camp dulden. Ich habe dir erzählt, Alma hat in ihrem Brief geschrieben, dass er hin und wieder etwas in Geschäften gestohlen hat, aber ich dachte, er probiert nur aus, wie weit er gehen kann …«

»Lewis, die Tasche stand mitten im Raum.« Sie funkelte ihn an.

»Und? Was soll das heißen?«

»Er hat nicht probiert, wie weit er gehen kann. Er ist nicht einmal ein Dieb, wenigstens kein Dieb mit einem verständlichen Motiv. Sieh dir doch die Dinge an. Nicht eins hat wirklich einen Wert – ich glaube, dies ist eine ungarische Münze. Wozu sollte er die stehlen? Eine ungarische Münze und eine russische Münze und eine kleine geschnitzte Figur und ein … dieser Zierlöffel hier, wozu würde er den haben wollen? Und eine Haarnadel, ich bitte dich, Lewis, eine Haarnadel.«

Er steckte die Hände in die Taschen und merkte nicht, dass er einen Schritt vom Tisch zurückgetreten war. Er war verlegen, ihr Zorn verwirrte sie. Sie sah ihn eindringlich an, wie sie es manchmal getan hatte, wenn sie darauf wartete, dass er etwas sagte, was er wahrscheinlich nicht sagen konnte. Lewis rieb sich den Nacken, dann steckte er die Hand wieder in die Tasche.

»Eine Haarnadel«, wiederholte er, um Zeit zu gewinnen. »Ich weiß wirklich nicht, welchen Sinn das haben soll.«

»Es hat gar keinen, soweit ich sehen kann. Aber ich bin auch kein kleiner Junge, der mitten in einer Schar von Erwachsenen, die keine Zeit für ihn haben, frei herumläuft. Ich habe gesehen, wie der Junge durch dein Camp streunt, Lewis, und die Leute bemerken ihn nicht einmal. Ich habe gesehen, dass er Leute anspricht, und er kriegt keine Antwort. Ich habe gesehen, dass er mit *dir* spricht und keine Antwort bekommen hat.«

»Manchmal kommt er, wenn ich mitten in der Arbeit steckte, und fängt an, Fragen zu stellen …«

»Und dann braucht er jemanden, der sich einen Moment Zeit nimmt, um seine Fragen zu beantworten. Das kriegt er *hier* jedenfalls nicht, das steht fest.« Sie stieß einen langen Seufzer aus, als wäre sie erschöpft von der Diskussion

»Ich verstehe das nicht, das mit dem Stehlen.«

»Wahrscheinlich versteht er es selbst nicht. Aber jetzt haben wir ihn ertappt, und dann kriegt er genügend Aufmerksamkeit, wahrscheinlich mehr, als ihm lieb ist, und nicht von der Sorte, die er haben möchte, und ganz sicherlich nicht die, die ein Junge wie er braucht, aber immerhin Aufmerksamkeit.«

Sie wandte den Blick ab, und er spürte, wie der Zorn in ihm aufstieg, aber er wusste nicht, warum. Lewis schüttelte den Kopf und schüttelte ihn noch, nachdem sie aufgehört hatte zu sprechen. Er merkte nicht, dass sein Gesicht erregt aussah und sein Mund eine störrische Linie der Weigerung bildete.

»Es war von Anfang an ein Fehler. Das habe ich Alma gleich gesagt. Weißt du, das hier ist einfach kein Ort für ein Kind, es sei denn, es gehört zu einer Zirkusfamilie, es ist kein Ort für einen Jungen wie ihn, schon gar nicht, wenn er so einer ist …«

»Was für einer?«

»Ein Junge mit lauter Problemen.«

»Dann hat Alma sich also geirrt, sie hat einen Fehler gemacht.«

Lewis runzelte die Stirn und musterte sie, um zu sehen, ob sie das sarkastisch meinte. »Genau, sie hat sich einfach geirrt.«

Helen nickte und schien resigniert. »Sie wusste nicht, was sie machen sollte, die Arme.«

»Er braucht eine richtige Familie. Er kommt aus der Stadt. Er braucht ein Zuhause …«

»Und das hat er nicht, Lewis. Sie wusste nicht, was sie tun sollte, also hat sie alles auf eine Karte gesetzt. Sie hat das Kind nicht ihrem Bruder geschickt, weil der alles mit sich machen lässt, sondern weil er selber früher und über eine lange Zeit ein unerwünschtes Kind war. Weil ein Mann, der sich an das Leben auf der Straße erinnert, der noch weiß, wie es war, als er mit anderen Jungen in einem Speicher gelebt hat, der noch weiß, wie er in Wyoming mitten in der Nacht weggelaufen ist, ein Mann mit all diesen Erinnerungen weiß vielleicht besonders gut, wie er mit einem Jungen umgehen muss, *den niemand brauchen kann.*«

Ihr Zorn überraschte ihn. Tränen traten ihr in die Augen, und ihr Gesicht war so rot wie seins. Er wollte gerade eine Art Entschuldigung vorbringen, als sie die Hand hob.

»Du und ich, wir haben eine so lange Vergangenheit, dass es mir manchmal peinlich ist, daran zu denken. Wir hatten … kleine Höhepunkte, und dann hat es Zeiten gegeben, da hast du mich sehr wütend gemacht, und Zeiten, als du mich verletzt hast, und wahrscheinlich trifft umgekehrt das Gleiche zu. Aber in all den Jahren, die ich dich kenne, ist dies das erste Mal, dass ich mich für dich schäme, Lewis.«

Mit traurigem, aber unnachgiebigem Blick erwiderte sie den verwundeten Ausdruck in seinen Augen. Lewis schüttelte den Kopf und wollte etwas zu seiner Verteidigung sagen, aber dann wurde ihm bewusst, was er tat.

»Ich habe immer das Bedürfnis, mich zu erklären, dabei ist es der Junge, um den ich mir Sorgen machen sollte.«

Sie zuckte die Schultern und sagte: »Guck mal unter das Kissen auf seinem Bett.«

Gehorsam hob Lewis das Kissen hoch, und zum Vorschein kamen Charlies Zeichnungen.

»Oh, ich weiß, dass er zeichnen kann«, fing Lewis an.

»Sieh sie dir an.«

Er betrachtete die Bilder und schmunzelte über die Zeichnungen, auf denen der Junge von Sheba angegriffen wurde oder Gefahr lief, von Jupiter zertrampelt zu werden. Dann sah er die, auf denen Charlie mit anderen Menschen zu sehen war – Charlie mit Harley Fitzroy, mit einem der anderen Kinder, mit Lewis. Auf dem Bild saßen Charlie und Lewis auf dem obersten Holm der Pferdekoppel. Lewis konnte sich nicht erinnern, je mit dem Jungen so bei der Koppel gesessen zu haben.

Helen fing an, die Sachen des Jungen wieder in seine Tasche zu packen. Lewis wollte ihr helfen, aber sie wehrte seine Hand ab.

»Ich weiß nicht, was ich jetzt tun soll«, sagte er.

Sie nickte. »Das kann ich mir vorstellen. Erst einmal suchen wir den Jungen, und du sprichst mit ihm. Dann kommt er zu mir, oder wir schicken ihn wieder zu Alma.«

Ohne ihn noch einmal anzusehen, ging sie aus der Hütte. Er sah ihr nach. Dann setzte er sich vorsichtig auf das Bett des Jungen. Nach einer Weile nahm er die Segeltuchtasche, wog sie in der Hand und war überrascht, wie leicht sie war. Mehr als er selbst gehabt hat, viel mehr sogar, aber immer noch viel weniger als das, was einem Kind zustand.

Ungebeten kam ihm die Frage in den Sinn: *Wenn dies dein Sohn wäre und jemand sagte, dass dies sein Anteil sei, was würdest du dann sagen? Wenn dieser Junge deinen Namen, Tully, trüge und die Welt sagte ihm, er würde all seinen Besitz in einer Segeltuchtasche tragen, was würdest du dann sagen?*

Lewis sah sich in der Hütte um und versuchte sie mit den Augen des Jungen zu sehen: ein kleiner karger Raum voller Männersachen, Bettgestelle und Truhen, Kisten und Kartons, Spinnweben in den Ecken, Staub und trockene Erdklumpen auf dem blanken Holzfußboden, eine halb geleerte Whiskeyflasche auf dem Tisch. Der Raum roch nach Rauch und Whiskey und zwei fremden Männern, die alt genug waren, um seine Großväter zu sein. Er sah die schmutzigen Bettücher auf der Matratze des Jungen und musste daran denken, wie er am Abend zuvor zu ihm hinübergeschaut hatte.

Ich habe dir doch gesagt, dass ich nicht weiß, was ich tun soll, Junge. Jetzt wissen wir beide, dass ich Recht hatte.

Er dachte an Helen und sah wieder ihr zorniges, ungeduldiges Gesicht und erinnerte sich, dass er sich ihr gegenüber beinahe zum Idioten gemacht hätte. Er spürte, wie ihm das Blut in die Wangen stieg.

»Na, das ist vorbei, so viel steht fest«, sagte er laut. Er war von seiner eigenen Enttäuschung überrascht.

Nach einer Weile hob er die Tasche des Jungen wieder an. Er erinnerte sich an den schmuddeligen Kissenbezug, in dem seine und Almas Sachen auf der Zugreise in den Westen verstaut waren, und stellte die Tasche hin. Dann ging er hinaus, um Charlie zu suchen.

Der Junge hatte beobachtet, wie Lewis und Helen zusammen in Lewis' Hütte gegangen waren, und gemerkt, wie sich sein Magen zusammenkrampfte. Er wollte ihnen folgen und sie durch die dünnen Wände belauschen, doch dann spürte er den deutlichen Wunsch, sich von ihnen zu entfernen. Er machte ein paar Schritte zurück, und als er sicher sein konnte, dass niemand ihn sah, drehte er sich um und rannte bis zu dem Wäldchen am Rande des Camps. Er rannte weiter, und als er das schmale Wäldchen hinter sich gelassen und die offene Prärie erreicht hatte, rannte er immer weiter.

Jetzt ruhte er sich an einer einsamen toten Eiche aus und leckte sich über die trockenen Lippen. Er war zutiefst erschöpft, weil er sich so weit in die Prärie gewagt hatte, bevor ihn die Angst vor der völligen Einsamkeit einholte und er umkehrte. Auf dem Weg zurück, durstig und erschöpft wie er war, spürte er die Bereitschaft zu sterben, doch dann schien ihm Sterben wenig erstrebenswert, und er hoffte stattdessen auf Limonade und etwas zu essen. Eine Talsenke verhinderte den Blick auf das Wäldchen, das zwischen ihm und Lewis' Camp lag, so dass er den Eindruck hatte, immer noch Meilen entfernt von dessen Schutz zu sein.

Einen Moment blieb er stehen, weil er eine kleine Schlange gesehen hatte, die zwischen ein paar Bartgrasstengeln hindurchglitt, und als er aufblickte, stand er plötzlich einer kleinen Viehherde gegenüber. So aus der Nähe erschienen ihm die Tiere riesig und bedrohlich und durch seine Gegenwart aufgebracht. Er nahm einen Stock und schwang ihn vor den Tieren. Die Kühe sahen ihn dumpf an und trotteten davon. Zwei Kälber am äußeren Rand der Herde stürzten erschreckt davon.

Als Charlie zum höchsten Punkt der Erhebung kam, sah er einen riesigen Vogel, der über ihm seine Kreise zog. Es war ein Mäusebussard, aber in Charlies erregter Fantasie wurde er zu einem Geier, der groß genug war, um einen einsamen Knaben davonzutragen, noch bevor selbiger Knabe in dieser Einöde seinen Tod gefunden hatte. Er wollte rennen, aber seine Fußen waren wie Blei, und so erklomm er rückwärts den Rest des Hügels und schwang seinen Knüppel wie ein Schwert über dem Kopf.

Als er sah, dass der Vogel sich nicht vertreiben ließ, wuchs seine Panik. Er fing an zu wimmern, dann schrie er den Vogel an, er solle ihn allein lassen. In seiner Fantasie hatte er die Konfrontation vor Augen, mit der es enden würde, Junge gegen Riesenvogel, und er sah, wie die zwei sich in einer letzten, gewaltsamen Umarmung vereinen würden. Tage später, vielleicht sogar erst Jahre später würde Lewis Tully mit seinen Freunden auf die Kadaver stoßen, ineinander verschlungen und sehr, sehr tot, und er würde begreifen, wie tapfer der Junge gewesen war. Andere Vögel würden den Ort meiden, an dem Charlie Barth den obersten König der Geier getötet hatte.

Er fuhr fort, seinen Knüppel mit ausholenden Bewegungen zu schwingen und Drohungen und Beleidigungen auszustoßen, mit denen er den kreisenden Vogel herausforderte.

»Ich bring dich um, du großer, hässlicher Vogel, und dann, weißt du, was ich dann mache? Das sage ich dir. Ich …« Ihm fiel nichts ein, und er suchte nach etwas, das dem Geier Eindruck machen würde. »Dann esse ich deine Augäpfel.«

Dreihundert Meter oben in der Luft entdeckte der Bussard ein Kaninchen, das eine halbe Meile entfernt aus seinem Bau kroch, und fuhr im Sturzflug herab, weit weg von Charlie auf dem Hügel. Charlie war erleichtert, machte noch ein paar halbherzige Sprünge und wedelte mit seinem Stock in die Richtung seines Widersachers, dann fiel er zu Boden. Er war schweißüberströmt, sein Gesicht war heiß, und er glaubte, keinen Schritt mehr machen zu können. Andererseits musste er beweisen, dass er dem Bild des tapferen Jungen tatsächlich gerecht wurde. Indem er sich schwer auf den Stock stützte, richtete er sich wieder auf, erreichte die Spitze des Hügels und sah zu seiner großen Freude, dass das kleine Wäldchen keine zweihundert Meter von ihm entfernt lag. Unmittelbar hinter dem Wäldchen war der Bach, und nur wenige Meter weiter stand sein Bett. Wie ein verwundeter Soldat stützte er sich auf den Stock und humpelte zum sicheren Camp.

Verborgen von den ersten Bäumen, sah Harley Fitzroy den Jungen näher kommen, so wie er ihn auf seinem ganzen qualvollen Weg beobachtet hatte. Er hatte die Auseinandersetzung mit dem Bussard gesehen und die erstaunliche Konfrontation mit einem halben Dutzend Jungkühen, was ihn in seiner Überzeugung bestärkt hatte, dass die Kindheit eine lange Phase des Wahnsinns war. Als der Junge wenige Schritte vor ihm war, trat Harley aus dem Schutz der Bäume.

»Hast du dich entschlossen zurückzukommen?«

»Oh.«

Der Junge blinzelte zu dieser Walderscheinung hinauf und bemühte sich, seine Dankbarkeit hinter stahlharter Gleichgültigkeit zu verbergen. Doch eigentlich war ihm zu heiß.

»Ich habe Durst, Harley.«

»Na klar, du bist an einem heißen Tag ohne Wasservorrat aufgebrochen. Manche würden sagen, dass das ziemlich idiotisch ist, aber ich enthalte mich des Urteils. Wie weit bist zu gekommen?«

»Ungefähr dreißig Meilen. Dann bin ich umgekehrt.«

»Also sechzig Meilen, alles in allem. Ein ziemlich langer Marsch, eine reife Leistung für jemanden in deinem Alter.« Er blinzelte in die Sonne, die gerade ihren höchsten Punkt überschritten hatte. »Und in weniger als zwei Stunden, nach meiner Rechnung – ein strammer Schritt, angesichts deiner kleinen Beinchen. Komm, Junge, wir holen dir was zu trinken.«

»Ja, Sir.«

Der alte Mann führte ihn in den Wald und legte ihm die Hand auf die Schulter.

»Ich habe einen Geier gesehen, der war bestimmt sechs Meter lang.«

»Ein sechs Meter großer Geier, sagst du? Das kann nur eine Sorte Geier gewesen sein. Das war der Große Oklahoma-Geier. Das ist ja unglaublich. Die sind hier ziemlich selten, weißt du.«

»Ich habe ihn vertrieben.«

»Das muss man auch, bei Geiern. Sie schmecken schrecklich.«

Der Junge warf ihm einen Blick zu. »Hast du mal einen Geier gegessen?«

»Ich habe es mir nicht ausgesucht, verstehst du, aber ja. Gelegentlich. In meiner Zeit habe ich so gut wie alles gegessen. Eine saftige Ente ist mir lieber … mit Preiselbeeren.«

Der Junge nickte, und sie gingen schneller, und als das Camp in Sicht kam, sah Charlie, dass Lewis auf sie wartete.

»Wir haben uns dir gegenüber nicht richtig verhalten, das steht fest.« Lewis Tully erwiderte den verängstigten und unverwandten Blick des Jungen, musste aber dann seine Augen abwenden.

»Es tut mir leid, was ich getan habe. Das mit dem Stehlen und so.«

Lewis schüttelte den Kopf. »Es geht nicht um das Stehlen. Ich behaupte nicht, dass ich verstehe, warum du das getan hast. Vielleicht versteht Helen das – Mrs Larsen –, aber …« Er bemerkte die kleine harte Linie um den Mund des Jungen, als er Helens Namen erwähnte. »Sie möchte, dass wir uns dir gegenüber richtig verhalten, Junge, mehr nicht.«

»Sie mag mich nicht.«

»Natürlich mag sie dich. Sie mag alle Kinder, hat selbst drei großgezogen.«

»Was ist mit denen jetzt?«

»Sie sind erwachsen und haben gute Berufe.«

»Du magst sie.«

»Sie … sie ist nicht schlecht. Aber jetzt wollen wir über dich sprechen. Und was wir tun können wegen deiner … unserer …«

Lewis wedelte mit der Hand durch die Luft und sagte schließlich »Situation.«

Charlie spürte, wie Panik in ihm aufstieg. »Wirst du mich wegschicken? Das kannst du nicht. Alma hat gesagt, sie tut mich in ein Heim. Bitte, schick mich nicht zurück, ich bin jetzt auch lieb. Ganz lieb.« Die Augen des Kindes füllten sich mit Tränen. »Schick mich nicht weg, bitte.«

Herr im Himmel, Alma bringt mich um, wenn ich dich zurückschicke, dachte Lewis. Zu dem Jungen sagte er: »Wenn ich dich zurückschicke, ist das keine Lösung. Wir müssen uns überlegen, wie wir es hier so machen, dass du … dass du alles hast, was du brauchst.«

»Ich habe doch alles, was ich brauche«, sagte der Junge. Er wischte sich über die feuchte Wange und gab sich einen Ruck in dem Bemühen, älter oder robuster oder härter auszusehen, bewirkte aber nur, dass er sehr klein und verloren aussah. Lewis nickte.

Dieser kleiner Junge in deiner Obhut ist zutiefst verängstigt. Gut gemacht, Tully. Himmel!

Er beugte sich über den Tisch, und das Kind wandte den Blick ab.

»Es ist schwer, den Menschen zu vertrauen, stimmt's? Immer dann, wenn du glaubst, du hast einen Freund gewonnen, dann wenden sie sich von dir ab, oder so scheint es mindestens. Also, ich kann dir nicht befehlen, den Menschen hier zu vertrauen, obwohl du das kannst. Du könntest das ganze Land von einer Ecke zur anderen durchqueren, und doch würdest du keine besseren Menschen finden. Deswegen habe ich sie zusammengeholt. Ich hätte andere Akrobaten einstellen können, aber diese Menschen hier sind ein besonderer Schlag. Das weißt du auch von einigen: Ich weiß, dass du Harley magst, und ich glaube, Mr Shelby gefällt dir inzwischen auch ganz gut. Und die Leute, mit denen du beim Essen sitzt, die Zhengs und die DePerczels und die Antoninis, das sind alles gute Menschen.«

Der Junge zuckte leicht die Schulter, als wollte er sagen: »Na und?« und verschränkte die Arme fest über der Brust.

»Also gut. Sie sind gute Menschen, aber das hilft dir noch nicht. Probieren wir es einmal so: Es gibt Menschen, denen du ans Herz gewachsen bist, und deswegen ist das hier ein guter Ort für dich, wir müssen nur einen Weg finden, wie wir dein Leben besser gestalten. Und es gibt noch etwas anderes, was uns vielleicht weiter hilft.«

»Was denn?«

»Du bist hier unter Menschen, von denen manche – und mindestens einer, von dem ich es sicher weiß – genau verstehen, wie du dich zurzeit fühlst, und die genau wissen, was in dir drinnen vorgeht, weil es ihnen auch so ergangen ist.«

Der Junge zog die Nase kraus. »Wer denn?«

Lewis seufzte und zeigte sich mit dem Daumen auf die Brust. »Lewis Arthur Tully. Und ich werde dir keine Lügengeschichte auftischen und sagen, dass es einen Ersatz für eine Mutter oder einen Vater gibt, aber wenn du jemanden hast, der deine Situation versteht, na ja, dann ist das ja ziemlich wichtig.«

Der Junge sah ihn eindringlich an.

»Du hattest auch keine Eltern?«

»Ich habe meine verloren, genau wie du. Meine Eltern sind beide gestorben, erst meine Ma und dann, weniger als ein Jahr später, mein Pa. Und da hatte ich nur noch Alma, und Alma war auch erst zwölf.«

»Und wie alt warst du?«

»Ich war acht. Ein Jahr lang ungefähr versuchte Alma, für uns beide zu sorgen, aber sie war ja selbst noch ein Kind. Dann haben uns die Leute in ein Waisenhaus gesteckt. Und nach einer Weile wurden wir in den Westen geschickt, mit der Eisenbahn. Davon habe ich dir erzählt. Erinnerst du dich?«

»Ja.«

»Ein ganzer Zug voller Kinder. Lauter Charlie Barths, so

kannst du es dir vorstellen. Jedenfalls, mich hat man zu einer Familie geschickt, in ein großes Haus mit vielen Menschen, die ich nicht kannte … und Alma ist zu anderen Leute gekommen.« Lewis schwieg einen Moment bei der Erinnerung. »Sie haben uns getrennt«, sagte er und bemerkte nicht das Erstaunen, das in seiner Stimme lag. »Und die Familie, bei der ich war, war keine gute Familie, die Leute waren nicht glücklich, und dann starb die Frau, so dass ich dem Mann ausgeliefert war.«

»War er böse?«

»Er war ein Hitzkopf und ein Säufer – sag Mrs Larsen nicht, dass ich diese Wörter benutzt habe –, und eines Tages bin ich weggerannt, ohne mich noch mal umzusehen. Aber ich erinnere mich ganz genau an alles und daran, wie ich mich gefühlt habe, und ich schwöre dir, dass ich deine Gefühle bestimmt ein bisschen verstehe. Eigentlich ist dies der beste Ort auf Gottes grüner Erde für einen Junge wie dich, andererseits ist es der schlechteste, weil wir die ganze Zeit so beschäftigt sind. Ich glaube, dass verstehst du jetzt schon ein bisschen. Jedenfalls, es ist keine Rede davon, dass ich dich wegschicke. Helen ist der Meinung, dass du in ihr Zelt ziehen sollst.«

»Das will ich nicht.«

»Es hat sicherlich keinen Zweck, dich zu irgendetwas zu zwingen, was du nicht möchtest, aber du musst besser versorgt werden.«

»Ich will hier bleiben. Bei dir.« Der Junge sah Lewis mit intensivem Blick an, aber um seine Mundwinkel begann es zu zucken.

»Vielleicht könnten wir einen Mittelweg finden. Sie findet, du solltest tagsüber unter der Aufsicht eines Erwachsenen sein – da wäre es nicht verkehrt, wenn du eine Weile lang bei ihr wärst.«

Der Junge zuckte mit den Schultern, was man als Einwilligung deuten konnte.

»So machen wir es dann. Du bleibst hier bei mir, aber du gehst zu ihr, wenn sie es sagt.«

»Meinetwegen.«

»Und stiehlst nicht mehr von den Leuten hier im Camp.«

»Nein«, sagte der Junge und senkte rasch den Blick.

»Ich spreche mit Helen.«

»Ich mag sie nicht«, nuschelte der Junge und merkte gleich, dass das nicht stimmte.

»Bald wirst du sie mögen. Es hat Zeiten gegeben, da habe ich sie auch nicht gemocht, aber über die Jahre ist sie mir recht lieb geworden.«

Das Kind hielt den Blick gesenkt, die Mundwinkel bebten, und Lewis unterdrückte den Wunsch, sich zu entschuldigen. Mit einem Seufzen stand er auf, um Helen Larsen zu suchen, die sicherlich sagen würde, dass der Junge bei ihr wohnen sollte, sich dann aber mit dem Kompromiss zufrieden geben würde.

Am nächsten Morgen ging Charlie in jede Hütte und jedes Zelt, wo er etwas entwendet hatte, und entschuldigte sich stockend und stammelnd. Die Bewohner reagierten teils mit Überraschung, teils mit Neugier, nur Ivanov, der alte Russe, war sichtlich verärgert angesichts dieser Verletzung seiner Privatsphäre. Er schnaubte zornig etwas auf Russisch, bis Irina ihm zu schweigen befahl. Sie sah Charlie gnädig an und sagte: »Sei ein lieber Junge« und schickte ihn weg.

Die schwierigste Begegnung war die mit Lucy Brown. Anfangs war sie aufrichtig empört, dass er etwas von ihr genommen hatte. Sie hörte sich geduldig seine Entschuldigung an, ließ ihn sich setzen und stellte ihm ein paar Fragen.

Unter ihrem unverwandten Blick aus braunen Augen wurde er ganz zerknirscht. Er saß auf einem kleinen Hocker, hielt sich starr mit beiden Händen am Sitz fest und rutschte dauernd herum. Mit seinen schmutzigen Sachen und seinem ungekämmten Haar fühlte er sich unwürdig in ihrem Zelt. Als sie verstand, dass er sich nicht darauf verlegt hatte, sie allein zu bestehlen, entspannte sie sich. Er wollte ihr sagen, dass er es nicht getan hatte, um sie zu verletzen, dass er sie nett fand, sehr nett sogar, und schön, aber er biss sich stattdessen auf die Zunge.

Nach einem langen Schweigen beugte sie sich zu ihm vor und sagte: »Hast du was von Lewis genommen?«

»Nein«, sagte er, und aus dem verwirrten Schweigen, das darauf folgte, wurde Lucy klar, dass ihm das gar nicht in den Sinn gekommen war. Charlie zuckte mit seinen mageren Schultern. »Lewis hat ja nichts, was ich nehmen konnte, außer einer Whiskeyflasche, und die passt nicht in meine Tasche.« Darauf musste Lucy lachen, und der Junge fand, es war das schönste Lachen, das er je gehört hatte.

Als er überall Abbitte geleistet hatte, meldete er sich mit ein paar seiner Sachen bei Helen Larsen in ihrem Zelt. Der Kompromiss, auf den Lewis und Helen sich geeinigt hatten, sah vor, dass Charlie weiterhin bei Lewis wohnen, aber die Tage bei Helen verbringen würde, die ihn auch unterrichtete. An diesem ersten Morgen erlaubte sie ihm aber zu zeichnen. Sie stand wenige Meter von ihm entfernt und beschäftigte sich mit den Kostümen, und während er seinen Zeichenblock aufklappte, warf sie einen Blick über seine Schulter. Auf den ersten Blättern waren kleine Zeichnungen von Tieren – sie zeigten nicht unbedingt Anzeichen von Genialität, bewiesen aber doch erstaunliche Fertigkeiten für einen Jungen seines Alters.

Auch jetzt war sie überrascht und fragte sich, was sie noch über diesen kleinen, traurigen Jungen erfahren würde. Als sie sich ihrer Arbeit zuwandte, hörte sie, wie der Stift auf dem Papier zu kratzen begann und der Junge, der es nicht gewohnt war, still zu sitzen, unruhig auf dem Stuhl hin und her rutschte, und sie musste an die Zeiten denken, als diese Geräusche Bestandteil ihres Lebens gewesen waren. Sie sah ihn wieder an.

Das Kind einer anderen Frau, dachte sie, *und ich habe mit den Kostümen und den Requisiten zu tun, und Lewis will bestimmt, dass ich die Buchhaltung mache. Nein, das wird kein Zuckerschle-*

cken, meine Zeit beim Lewis-Tully-Zirkus. Dass ich in meinem Alter auf einen kleinen Jungen aufpassen muss. Seufzend klopfte sie eins von Lucy Browns Reitkostümen aus.

Ein paar Minuten später hielt der Junge, der gerade ein Bild von Jupiter malte, inne, denn er hörte, dass Helen Larsen vor sich hin summte.

* 20 *

Miss Lucy Brown

Lucy betrachtete sich eingehend im Spiegel. Sie war nicht rundum zufrieden mit dem, was sie sah, hatte sich aber damit abgefunden, so wie man sich mit den schlechten Eigenschaften eines geliebten Haustiers abfindet: ein rundes Gesicht mit einem Teint, der etwas dunkler war, als die Mode es vorgab, und eine immer runder werdende Figur, während sie sich mit außerordentlicher Geschwindigkeit ihrem dreißigsten Lebensjahr näherte. Hohe Wangenknochen, große, strahlende braune Augen, ein breiter Mund und fast perfekte Zähne, wenn man die wenigen vergoldeten Backenzähne nicht zählte, und kastanienfarbenes Haar – ihr großer Stolz –, das ihr, was ganz und gar unmodern war, bis zur Taille reichte. Lucy wusste, dass sie keine Schönheit war, obwohl die Männer sie immer gemocht hatten, und in den hunderten von Kleinstädten, in denen sie Vorstellungen gegeben hatten, sah man in ihr eine Helena von Troja. Sie erinnerte sich, wie ihre Mutter ihr die langen, weichen Haare gekämmt und zufrieden gesagt hatte, sie würde bei der Aufführung wunderschön aussehen.

Ihre Mutter und sie hatten oft gestritten, und immer war es um Lucys Vorstellung von einem Leben in Anstand und Würde gegangen und wie man es erreichen konnte. Lucy wollte das Zirkusleben und seine Stallgerüche, das Reisen und das, was sie in jungen Jahren als Mangel an Würde empfunden hatte, hinter sich lassen. Und ihre Mutter versuchte alles, um sie daran zu hindern.

»Ich weiß, was du willst«, hatte ihre Mutter gesagt, »zumindest glaubst du, dass du das willst: Du willst ein kleines Haus mit einem Garten und am Sonntag Gottesdienst und einen Mann, der dich auf Händen trägt. Und vielleicht gibt es sogar Frauen, die das erreichen, aber ich habe nie eine gekannt, bei der das so war. Die Leute in den Städten sind anders als wir. Wenn du das Zirkusleben aufgibst, dann gibt es für dich Arbeit in den Pferdeställen oder in einer Manufaktur, in einer Strickfabrik oder einer Gerberei. Und einen Mann, der dich als seine verdammte Sklavin behandelt und sich selbst für den Kronprinzen hält.«

»Und was ist hier so anders?«

»Hier bist du etwas Besonderes. Vielleicht findest du jemanden, der erkennt, dass du ihm ebenbürtig bist – oder sogar mehr.«

Lucy seufzte bei dem Gedanken an ihre Mutter, die auch noch mit fünfundfünfzig eine Schönheit war, wenn sie im Grätschstand auf den Rücken von zwei hübschen Rotbraunen ritt und ihr langes Haar im Wind flog. Wie eine Königin sah sie aus.

»Sie war eine Königin«, sagte Lucy. *Und es würde sie glücklich machen, wenn sie wüsste, dass ich wieder dabei bin,* dachte Lucy.

An dem Morgen, als Lewis' Brief angekommen war, wollte sie gerade einen Heiratsantrag ablehnen. Der Bewerber, ein wohlhabender Bierbrauer – der trotz der Prohibition eine große Menge Lagerbier produzierte –, war wohlwollend, aufgeblasen, ohne sich dessen bewusst zu sein, und unaussprechlich langweilig. Er hatte außerdem massenhaft Geld und Beziehungen, was Lucy Brown früher sehr reizvoll erschienen war, und Zugang zu guten Kreisen, zur höheren Gesellschaft – so viele Jahre hatte Lucy sich gewünscht, die Bekanntschaft von feinen Damen zu machen. Sie wollte sie kennen lernen und erfahren, ob sie einen inneren Wert hatten, der sie über normale Frauen erhob. Eigentlich war es diese Neugier, die sie bewogen hatte, das Zirkusleben aufzugeben – sie wollte das haben und das sein, was sonst niemandem in ihrer Familie möglich gewesen war.

Jetzt war ihr der Gedanke peinlich, dass sie gegangen war, weil sie eine »Dame« hatte werden wollen. Und nach drei Jahren ohne Zirkus konnte sie sich eingestehen, dass sie nie wirklich glücklich gewesen war, seit sie den Zirkus verlassen hatte.

Lucy warf einen letzten bedauernden Blick in den Spiegel und ging hinaus zur Koppel. Sam Jeanette wartete schon mit einem Paar Rappen.

»Guten Morgen, Sam.«

»Morgen, Lucy. Die sind nervös. Müssen mal rangenommen werden.«

»Oh, daran soll es nicht mangeln.« Lucy Brown rieb die Rücken der Pferde mit Harz ein, nahm die Zügel in die Hand und sprang mit einem Überschlag auf den Rücken des Pferdes, das neben ihr stand. Sie stellte sich auf, spreizte die Beine und stellte jedem Pferd einen Fuß auf den Rücken, dann flüsterte sie: »Los geht's, ihr Süßen!«, und ritt mit ihnen auf der Bahn um den ovalen Platz.

Zunächst hielt Lucy die Pferde zurück, dann ließ sie die Tiere das Tempo bestimmen. Nach der ersten Runde spürte sie die Begeisterung der Pferde am gesteigerten Tempo. Lucy nahm die Sonne auf ihrem Gesicht und auf ihrem Haar wahr, sie sog den vertrauten, beruhigenden Pferdegeruch ein und genoss das Gefühl des Risikos. Sie dachte an das ruhige Leben in ihrem kleinen Haus in Cincinnati, an den verblüfften Blick des Bierbrauers, als sie ihm sagte, sie würde wieder zum Zirkus gehen, und sie musste laut lachen, weil das alles so komisch war.

Wem wollte ich etwas vormachen?, fragte Lucy sich. *Dies ist mein Platz, bis ich zu alt zum Reiten bin, und vielleicht höre ich auch dann nicht auf.*

Sie ließ die Zügel fallen, machte einen Salto rückwärts und landete sicher auf beiden Pferderücken. Jemand am Zaun klatschte. Aus den Augenwinkeln sah sie Mr Jeanette, und ein paar Schritte entfernt stand Jem Foley, der, das wusste sie, jede ihrer Bewegungen genau verfolgte.

Am Rand der Tränke rollte Foley ein Seil auf und hängte es an einen Pfosten, während seine Augen gebannt an Lucy Brown hingen, die ihre Übungen machte. Beim Training trug sie Hosen und ein weites Hemd, und als sie auf den blanken Rücken der Pferde um den Platz ritt, schmiegte sich das Hemd im Wind eng an ihren Körper, und ihre Haare flogen. Foley machte den Mund auf, dann schloss er ihn wieder.

Sam Jeanette sah ihn an. »Kann fantastisch reiten, was?«

»Ja«, sagte Foley.

»Sie sind doch auch geritten, oder?«

Foley wusste nicht, ob Sam mit Häme gefragt hatte, aber er entdeckte keine Spur davon in seinen Augen. »Ja, Sir. Ich war ziemlich gut. Ziemlich gut.«

»Warum haben Sie aufgehört?«

»Ach, zu alt«, sagte Foley munter. Dann bemerkte er Jeanettes Blick auf sich und guckte weg. »Nein, ich war nicht zu alt, ich war erledigt. Es war der Hang zur Flasche. Habe mich mit dem Trinken um drei Anstellungen und um wer weiß noch was gebracht. Erst waren meine Reflexe hinüber, dann mein Ruf. Niemand hat mich genommen.« Er sah zu Lucy Brown hinüber. »Sie ist richtig gut. Es heißt, May Wirth ist die beste, aber Lu … Miss Brown ist richtig gut.«

»Sieht auch gut aus«, sagte Jeanette leise.

Foley drehte sich um, und diesmal entdeckte er einen Anflug der Belustigung.

»Stimmt, nicht schlecht. Wenn man auf diesen Typ – wenn er den Geschmack trifft.«

»So ist es.«

Wenn man sich eine Göttin wünscht, dachte Foley.

Am nächsten Morgen schlich Foley sich zur Koppel und musste innerlich lachen, weil sein Herz so stark klopfte.

Überwiegt das Gefühl von Peinlichkeit oder die Angst?, fragte er sich. *In Jem Foleys Fall wohl die Peinlichkeit.*

Jetzt bot sich ihm die Gelegenheit, die er sich wünschte, denn alle im Lager schliefen noch, außer der Mannschaft im Küchenzelt. Er spürte die aufgehende Sonne, konne sie aber nicht sehen, und das Licht war noch so schwach, dass er die einzelnen Pferde kaum ausmachen konnte. In einer Ecke der Koppel standen sie eng beieinander, fast berührten sie sich und schliefen. Lucys großer Grauer schnaubte, dann hob ein anderes Pferd den Kopf, ein Fuchs. Sie sahen, wie er über den Zaun kletterte, blieben aber still, weil sie ihn kannten.

Foley streifte sich die schweren Stiefel ab, ging rasch über die Koppel, das Zaumzeug hielt er hinter seinem Rücken. Er kam mit sicherem Schritt auf das Pferd zu und hatte ihm das Zaumzeug übergestreift, bevor es wusste, wie ihm geschah. Er führte es von den anderen Pferden weg, und es wartete geduldig auf den Sattel. Foley streichelte es einfach.

»Kein Sattel, mein Mädel, nur eine kleine Übung«, und er sprang aus dem Stand und landete auf dem Rücken des Pferdes, presste ihm die Hacken in die Flanken und ritt los.

Bei der ersten Runde verlor er den Hut, aber das störte ihn nicht. Er spürte den Wind in seinem Haar und sog den Pferdegeruch ein und erlebte das unglaubliche Glücksgefühl, das man beim Reiten hat. Ein paar Minuten lang ließ er die Zügel schießen, und das Pferd galoppierte frohgemut um den Platz, und zwei der Genossen liefen mit. Dann zog Foley die Füße hoch, und als das Pferd in die längere Gerade einbog, richtete er sich auf dem bloßen Rücken auf. Er nahm die Zügel in den Mund, warf die Schultern nach hinten und breitete seine Arme aus, als wollte er die unsichtbare Menge umarmen. Als das Pferd im

Kreis galoppierte, konnte er dem Impuls nicht widerstehen, er ließ die Zügel fahren und machte einen Salto. Er landete unsanft, aber immerhin blieb er oben.

Foley grinste. Kein Harz auf dem Rücken des Tieres, und er in Socken, aber er konnte es noch, und einen winzigen Moment lang war er wieder zwanzig Jahre alt. Dies eine war ihm erhalten geblieben, trotz all seiner Tiefschläge, seiner dummen Fehler, und wenn er noch reiten konnte, vielleicht bestand dann die Hoffnung, dass er am Ende seiner Tage nicht sein Leben als Stallbursche fristen musste. Er ließ sich auf den Pferderücken gleiten, nahm die Zügel und ließ das Tier laufen.

Nach einer Weile saß er ab, bürstete das Pferd, tätschelte es und sprach leise mit ihm, wie es seine Art war, und er sagte sich, dass das Pferd fast ebenso viel Spaß an dem Ritt gehabt hatte wie er. Nachdem es wieder trocken und entspannt war, kletterte Foley über den Zaun aus der Koppel.

Als er verschwunden war, kam Lucy Brown hinter einer großen Ulme hervor und sah ihm nach.

Unter den Zirkusleuten machte sich eine gewisse Aufregung breit, ein Gefühl, dass es nun zur Sache ging, und die Akrobaten probten jetzt in ihren Kostümen und brachten sie anschließend zu Helen Larsen, damit sie letzte Änderungen und Ausbesserungen vornahm. Vormittags arbeitete sie allein, nachmittags bekam sie Unterstützung von Lucy Brown.

»Was halten Sie von Foley?«, fragte Lucy.

Helen zögerte, dann sagte sie: »Ich glaube, er ist ein Mann, der in den Abgrund geguckt hat. Aber er hat gute Augen. Außerdem ist er attraktiv«, sagte sie mit einem trockenen Blick auf Lucy.

»Von all dem weiß ich nichts.«

Lucy spürte, wie ihr die Röte in die Wangen stieg, deswegen drehte sie sich so, dass Helen ihr Gesicht nicht sehen konnte.

Sie und Foley hatten angefangen, sich zu unterhalten, anfangs war es nur eine kleine Begrüßung, dann ein kurzes Gespräch über Pferde. Mehrmals fanden diese Begegnungen in Sam Jeanettes Gegenwart statt, doch eines Nachmittags hatte der alte Mann sich entschuldigt, dass er nach »seinen verrückten Zebras« sehen müsste, »damit sie sich nicht gegenseitig umbringen«. Lucy wusste zwar nicht, warum, aber sie war sicher, dass Sam gegangen war, damit sie und Foley allein sein konnten.

Bin ich so leicht zu durchschauen?, fragte sie sich.

Doch in James Foleys Gegenwart verspürte sie eine seltsame Ruhe, und irgendwie glaubte sie, etwas Ähnliches bei ihm zu bemerken.

Noch so ein gescheiterter Zirkusmann, sagte sie sich. *Und ich fange an, mich für ihn zu interessieren.*

Sie konnte nicht sicher sagen, was ihre Mutter von James Foley gehalten hätte, aber sie wusste, was ihre Mutter ihr gesagt hätte, denn das hatte sie mehr als einmal gehört.

»Sie haben alle eine Geschichte«, hörte sie die Stimme ihrer Mutter, »und die musst du erfahren, bevor du dich mit einem einlässt.«

Lucy musste an Foleys Morgenritt denken und den Salto: Ziemlich ungeschickt, nicht leicht und elegant, aber es war im Halbdunkel, und es war nicht sein Pferd. Sie verstand das, was sie gesehen hatte, und hätte gern James Foleys Geschichte erfahren.

»Ich glaube, Lewis mag ihn nicht«, sagte Lucy nach einer Weile.

»Vor einigen Jahren hat Foley etwas gemacht, was Lewis Geld und Nerven gekostet hat. Aber das ist lange her, und wenn Lewis ihn überhaupt nicht leiden könnte, dann wäre Foley jetzt nicht hier. Außerdem, meine liebe Miss Lucy Brown, die sich von niemandem etwas sagen lässt, seit wann interessiert es dich, was Lewis Tully denkt? Oder sonst wer?«

Lucy lachte, und Helen fiel mit ein.

Mit im Zelt saß Charlie und machte die Aufgaben, die Helen ihm gestellt hatte, während er gleichzeitig eifrig zuhörte, was er immer tat, wenn Erwachsene miteinander sprachen. Dass Helen und Lucy zusammen arbeiteten, verblüffte ihn, irgendwie hatte er geglaubt, sie würden sich nicht mögen.

»Sie mögen Lucy«, sagte er eines Nachmittags, als Lucy wieder in ihr Zelt gegangen war.

»Ja sicher. Warum?« Helen musterte ihn, dann nickte sie und lächelte. »Es überrascht dich. Du glaubst, eine alte Dame wie ich wäre eifersüchtig auf ein hübsches junges Ding wie Lucy. Aber das bin ich nicht. Lucy hat etwas Besonderes – und ich könnte mir denken, dass dir das schon aufgefallen ist. Lucy und ich kennen uns schon lange. Wir haben zusammen gearbeitet, als sie noch ein Kind war, das war auch bei Lewis. Und bei anderen Zirkusunternehmen. Sie hat mir bei der Arbeit geholfen, und ich habe ihr ein paar von den Kostümen gemacht, in die sie sich hineinzwängt.«

Sie hielt ein knappes gold-rotes Reitkostüm in die Höhe und schüttelte den Kopf. »Wie zum Beispiel dieser skandalöse Fetzen.«

Dann sah sie wieder den Jungen an und sagte: »Du magst Lucy, und mich magst du nicht. Das find ich schade. Vielleicht können wir später Freunde werden. Jedenfalls bin ich nicht eifersüchtig auf sie, weil sie hübsch und jung ist und ich alt bin.« Sie fing wieder an zu arbeiten und sagte leise: »Früher war ich auch hübsch. Nicht so wie Lucy oder wie die hübsche Russin Irina, aber ich war nicht übel. Ich weiß, das kann man heute kaum noch glauben«, sagte sie und lächelte ihm zu. Charlie lächelte gegen seinen Willen zurück.

Sie war dabei, ein Kostüm der Brüder Perez auszubessern, und anscheinend war das schwierig. Der Junge hörte, wie sie unterdrückt schimpfte, und einen Moment später rief sie: »Hergott noch mal!«, in einem Ton, der starke Gefühle erahnen ließ.

Der Junge sah von seinen Rechenaufgaben auf. Helen hielt das Kostüm in die Höhe, und er sah, dass sich der Saum über der Stelle, die sie gestopft hatte, löste. Sie bemerkte seinen Blick und schien verlegen.

»Beachte mich gar nicht. Ich bin gereizt. Und jetzt werde ich die halbe Nacht brauchen, um diese alten, zerschlissenen Kostüme für den Lewis-Tully-Zirkus zu flicken.« Sie seufzte und ließ das Kostüm auf den Tisch sinken.

»Mögen Sie Lewis?« Er hatte keine Ahnung, woher die Frage kam, anscheinend war sie von selbst aus seinem Mund geschlüpft, und jetzt hätte er sie am liebsten wieder zurückgeholt.

Helen sah ihn lange an, den Kopf zur Seite geneigt. Auf ihrer Stirn standen Schweißperlen, und eine Haarsträhne klebte an ihrer Wange. Er fand, dass sie hübsch aussah, was ihn überraschte, schließlich war sie sehr alt.

Helen musterte ihn und überlegte, ob das eine Frage wäre, die sie stellen würde, wenn sie an seiner Statt wäre. Dann zuckte sie die Schultern und lächelte. Warum auch nicht?

»Nicht immer. Lewis und ich … man könnte sagen, wir haben eine komplizierte Freundschaft. Wir mögen uns nicht immer, aber wir sind Freunde.« Sie sah ihn belustigt an. »Ich kann deine Gedanken lesen, mein Süßer. Du fragst dich, wie Lewis Tully mit einer alten, schrulligen Frau wie mir befreundet sein kann. Tja, die Welt ist voller Wunder«, sagte sie und widmete sich wieder ihrer Arbeit.

✻ 21 ✻

Gemeinsame Kräfte

Lewis hatte die Hände in die Hüften gestemmt und sah zu, wie Zheng mit Bill dem Bären arbeitete. Ganz in der Nähe war Irina mit ihrem eigenen Bären beschäftigt und lachte und klatschte in die Hände. Der russische Bär war dick und hatte ein dunkles, dichtes Fell, und er konnte tatsächlich ein bisschen tanzen und auf einem gedrungen aussehenden Fahrrad ein paar Meter fahren. Auch als Jongleur gab er sich Mühe: Für ungefähr drei Sekunden jonglierte er mit Äpfeln, dann fraß er sie alle auf, worauf Irina ihn durch die Manege vor sich her trieb. Lewis war überzeugt, dass die Zuschauer die Nummer lieben würden. Und Irina.

Sie strich sich die Haare aus den Augen, und Lewis ermahnte sich, sie nicht anzustarren. Stattdessen wandte er sich Zheng zu, der in die Hände klatschte und seinen Bären dazu brachte, kleine Halbdrehungen zu machen. Wenige Meter entfernt stand der alte Zheng und beobachtete seinen Sohn und den Bären mit angespannter Miene. Als sein Blick den von Lewis traf, schüttelte er leicht den Kopf.

Der junge Zheng drehte sich zu Lewis um. »Wir machen Fortschritte mit diesem hier. Sehen Sie, er tanzt – ein wenig.«

»Ich bin beeindruckt. Wie machen Sie das?«

»Ich gucke bei der Dame und ihrem Bären zu. Sie belohnt ihn mit vielen Küssen, sie ist zärtlich und streichelt ihm die Nase.«

»Sie küssen Bill, Zheng?«, fragte Lewis sarkastisch.

Zheng sah ihn ausdrucklos an, aber Lewis merkte, dass er sich amüsierte. »Ich küsse diesen hier nicht, noch nicht. Es würde meinen Vater stören, er denkt jetzt schon, sein Sohn ist verrückt.«

»Sagen Sie ihm von mir, dass er einen guten Sohn hat.«

»Er weiß, dass ich ein guter Sohn bin, Lewis. Aber er glaubt, dass die Arbeit mich verrückt machen könnte.« Zheng sah zu den beiden Käfigen mit den Totenkopfäffchen hinüber.

Die Affen waren Zhengs neueste Aufgabe und, so würde Zheng zweifellos sagen, seine neueste Sorge, die ihm Lewis Tully beschert hatte, mit seiner Unfähigkeit, einen armen, mittellosen Menschen abzuweisen.

Lewis war sich seiner Tat sehr bewusst gewesen. Der Mann, der die Affen verkaufen wollte, war groß und hager, und sein Unglück hing an ihm wie ein weiter Umhang. Er trug sein Anliegen schnell und mit einem üblen Akzent vor und versuchte Lewis glauben zu machen, dass er ein italienischer Affentrainer sei und dass dies Klammeraffen seien.

Lewis hörte sich die Ansprache in miserablem Englisch mit italienischem Akzent an und rief dann Mr Zheng hinzu, den er im nächsten Moment hinter sich hörte.

»Mr Tully?«, sagte Zheng in seinem präzisen, akzentfreien Englisch.

»Ich weiß nicht recht, was ich hiervon halten soll, Mr Zheng. Hier ist ein Mann, anscheinend aus Italien, ein Mr Pianetto. Vielleicht können Sie etwas zu ihm sagen, damit er sich etwas entspannt. Fragen Sie ihn, woher er kommt.«

Zheng nickte und sprach den Mann in wohlklingendem Italienisch an.

Der Mann trat einen Schritt zurück, sah panikerfüllt zu Lewis und sagte: »Was meint er?«

»Mr Zheng hier spricht Italienisch. Er war früher beim Da' Nicola Circus aus Florenz in Italien. Er ist eine Art Sprachgenie,

Mr Zheng hier. Er spricht fünf oder sechs Sprachen. Ich habe das Gefühl, dass Sie nur eine sprechen, und das ist Englisch. Was haben Sie mir vorzutragen, Mr Pianetto?«

Mr Pianetto riss seine traurigen Augen weit auf, breitete die Arme aus, und der Akzent verflüchtigte sich. »Ich brauche ein bisschen Glück, Mr Tully. Ich bin pleite, bankrott, am Ende. Ich hatte eine Pechsträhne, ich ...«

»Ich glaube, ich verstehe, was Sie sagen wollen. Womit handeln Sie?«

»Ich will ...« Lewis sah dem Mann an, dass er überlegte, ob eine weitere Lüge ihm helfen könnte. »Ich bin einfach Vertreter, ich putze Türklinken«, sagte er düster. »Wie die Hälfte der Männer in diesem Land. Ich verkaufe alles.«

»Wie kommt einer dazu, Affen zu verkaufen?«

Pianettos gequälter Blick wurde noch trüber. »Ich fand, dass es ...«

»... keine schlechte Idee sei«, beendete Lewis den Satz für ihn. »Wie viele haben Sie in ihrem Käfig?«

»Zwölf. Es sind gute Affen. Klammeraffen, diese hier.«

Lewis schüttelte den Kopf. »Nein. Klammeraffen sehen anders aus, sie haben längere Arme und Beine. Sie sind nicht so hübsch wie diese, aber viel leichter zu handhaben. Das hier sind, und das wissen Sie selbst sicherlich ganz genau, Totenkopfäffchen, und Sie haben Recht, die Leute lieben Affen, besonders diese Sorte. Aber ...«

Aber sie sind launisch und unberechenbar und angriffslustig, dachte er. *Sie sind eine echte Plage,* wollte er sagen, *in einem Zirkus sind sie ein Fluch, kein Zirkusmensch im Vollbesitz seines Verstandes nimmt Totenkopfäffchen in sein Programm auf.* Doch dann erinnerte er sich an einen kleinen Zirkus in New Jersey, da wurden Totenkopfäffchen als kleine Jockeys auf Ponys und Ziegen eingesetzt, und die Kinder waren hellauf begeistert. Er sah Zheng erwartungsvoll an, der den Blick ausdruckslos erwiderte.

Lewis zog die Augenbrauen hoch, worauf Zheng die Lippen schürzte, ein Ausdruck, der bei ihm Begeisterung bedeutete. Lewis hob die Hand ans Kinn und zeigte mit dem Finger auf Zheng.

»Ich übernehme das«, sagte Zheng.

»Was wollen Sie für die Affen haben?«

Pianetto fuhr sich mit der Zunge über die Lippen, studierte Lewis Tullys vom Leben gezeichnetes, von der Sonne gebräuntes Gesicht und erkannte, dass Lewis sich nicht über den Tisch ziehen lassen würde. »Machen Sie mir ein gutes Angebot«, sagte er und schluckte heftig.

Lewis gab ihm zwanzig Dollar für den Käfig und zwei Dollar pro Äffchen, und Pianetto strahlte vor Dankbarkeit, als er das Geld in die Tasche steckte.

Als Pianetto fort war, hockte Lewis sich neben den Käfig und steckte einen öligen Finger zwischen den Stäben hindurch. Ein paar der Äffchen griffen nach dem Finger und versuchten ihn in den Käfig zu ziehen. Eins schaukelte auf einer Stange und sah Lewis direkt in die Augen.

Lewis lachte leise. »Na, Kleiner.«

Das Äffchen stürzte sich von der Stange und hangelte sich wie wild an den Stäben entlang, während es gleichzeitig kreischte und hin und her schwang.

»Einen mit Persönlichkeit haben wir dabei«, sagte Lewis.

Das Äffchen beruhigte sich allmählich und war erneut Ziel der gelbsüchtigen Blicke seiner Artgenossen. Nachdem sie sechs Monate lang auf engem Raum mit ihm gelebt hatten, fanden sie ihn nicht mehr niedlich, auch seine Mutter nicht, die ihn einmal im Schlaf erdrosseln wollte. Das Äffchen war schlau, aggressiv, manipulativ und neigte zu übertriebener Zurschaustellung seiner Gefühle. Ein Mensch mit diesen Eigenschaften hätte vielleicht sein Leben im Kerker gefristet, ein Hund wäre eingschläfert und ein Vogel von anderen Vögeln zu Tode gepickt worden.

Das Äffchen, hingegen, das mit einer leicht derangierten Psyche zur Welt gekommen war, starrte einfach nur zurück und grinste.

Mr Zheng beobachtete die Äffchen eine Zeit lang, dann wandte er sich zu Lewis, und in seinem Gesicht war der winzigste Hauch von Belustigung zu sehen.

»Der da ist interessant.«

»Inwiefern interessant?«

»Ich glaube, er ist verrückt«, sagte Mr Zheng und ging.

Jetzt lebten die Äffchen in zwei Käfigen: In dem einen waren elf Totenkopfäffchen, in dem anderen nur das eine.

»Ist er das?«

»Ja, er ist schwierig. Ich habe ihn von den anderen getrennt. Als ich sie füttern wollte, war er gerade dabei, einen seiner Artgenossen zu erwürgen.« Zheng seufzte. »Sehr schwierig. Aber auch der klügste.«

»Das wundert mich nicht.«

Lewis ging zu den Käfigen und guckte in den mit den elf Äffchen, die alle unterschiedlich gelangweilt herumsaßen, sich putzten oder dem hingaben, was Lewis als die Affenvariante sexueller Perversion verstand, dann trat er an den anderen Käfig und blickte hinein. Der einzelne Bewohner saß mit dem Rücken zu Lewis, klaubte das Fruchtfleisch aus einem mürben Apfel und warf es im Käfig herum. Lewis lachte.

Das Äffchen drehte seinen winzigen Kopf, sah Lewis und geriet in Erregung. Lewis wollte gerade etwas sagen, als das Äffchen ausholte und Lewis eine Ladung Apfelstückchen ins Auge warf. Lewis wischte sich das Gesicht, und das Äffchen rannte wie verrückt im Käfig herum und schnatterte triumphierend.

»›Schwierig‹, hat Mr Zheng gesagt. Schwierig bist du, das stimmt.«

Sechs Tage, nachdem Shelby losgefahren war, kam er mit den drei Iren zurück, und Lewis begrüßte sie am Eingang zum Camp. Die Laster waren mit Heu, Hafer und Stroh beladen, und an Shelby und seinen Männer waren Spuren einer Schlägerei zu erkennen. Shelby hatte eine Platzwunde quer über der Nase, und einer der jüngeren Iren hatte eine Verletzung über dem Auge. Lewis betrachtete die Männer eingehend, sah den selbstbewussten Blick in Shelbys Augen und wusste, wie die Schlägerei ausgegangen war.

»Gut, dass ihr wieder da seid, J. M. Alles in Ordnung?«

»Bestens. Haben ein bisschen Heu und so eingekauft.«

»Mit Mr Shelby erlebt man allerlei Abenteuer«, sagte Emmett McKeon.

Lewis nickte. »Eine Auseinandersetzung mit Leuten in der Stadt?«

Shelby schüttelte den Kopf. »Nein. Die Stadtleute waren freundlich. Mit Plakateuren.«

»Hector Blaneys Leute«, sagte Lewis und begriff, dass er darauf nur gewartet hatte.

»Ja, wir sind ihnen in drei Tagen zweimal begegnet, als sie dabei waren, unsere Plakate abzureißen oder ihre über unsere zu kleben. Ich habe ihnen gesagt, dass dir das wahrscheinlich nicht gefallen würde.«

»Heftige Worte wurden gewechselt«, sagte Emmett mit einem kleinen Lächeln.

»Kann ich mir denken. Wie viele hat er denn ausgeschickt?«

»Sieben. Und die wollten uns das Leben schwer machen.« Shelby blickte zu Emmett hinüber. »Ich kann dir erzählen, dass dieser alte Mann hier – mit nur einer Ausnahme – der gerissenste Kämpfer ist, den ich je gesehen habe.«

»Das wundert mich nicht. Habt ihr alles gut überstanden?«

»Aber ja. Unsere Plakate kleben im ganzen Land, von hier bis Kansas und Colorado. Die Leute wissen, dass wir kommen, Lewis, und sie haben Lust auf Zirkus.«

»Gut gemacht. Danke.«

Die Männer tippten sich an die Hüte und machten sich auf den Weg ins Camp.

Lewis und Shelby lehnten sich an die heiße Motorhaube des Wagens.

»Was hältst du von unserer Route?«

»Das wird klappen. Es gibt da viele Farmer, die uns Mais und Korn und Heu und so weiter verkaufen wollen. Auch mit Fleisch werden wir gut versorgt sein. Für ein paar von diesen Farmern, Lewis, wird unser Zirkus den Ausschlag geben, ob sie aufgeben müssen oder bleiben können.«

»So ist es immer.« Lewis sah sich um und stellte eine letzte Frage. »Was ist also mit Hector, J. M.?«

»Also, ich glaube, seine Plakateure machen uns keinen Ärger mehr, wenigstens im Moment nicht. Irgendwann hat er keine Leute mehr.« Shelby drehte sich zu den Lastern um.

»Aber wir werden wieder mit ihnen zu tun bekommen, Lewis.«

»Ich bin mir ziemlich sicher, dass er neulich jemanden geschickt hat, um an dem Wagen rumzudoktorn. In dem Fall sind sie unverrichteter Dinge wieder abgezogen, aber versucht haben sie es jedenfalls.«

»Wir müssen von jetzt an mächtig aufpassen. Sie wissen, dass wir so weit sind, Lewis. Sie wissen, dass wir alles beisammen haben.«

»Da haben sie Recht. Was ist mit Hectors Vorbereitung?«

»Das Übliche: Papier und viel Tamtam. Sein Plakat ist ein Kunstwerk, Lewis.« Er legte die Hand über die Augen und lachte. »Man könnte denken, die Ringlings kommen durch Kansas, wenn man sein Plakat liest. Er behauptet, dass er ein Dutzend Elefanten hat und noch mal so viele Wildkatzen.«

Lewis schnaubte. »Ein Dutzend Elefanten, das gefällt mir. Wenn er Glück hat, dann sind es vier, und mehr Wildkatzen wird er auch nicht haben. Früher hatte er mehr, aber Tiere haben es schwer bei Hector Blaney.«

»Selbst wenn es nicht alles Aufschneiderei wäre, Lewis, Hector Blaney hat sich nie mit unserem Zirkus messen können.«

»Das mag sein, aber an den Plakaten kann man nicht erkennen, was für ein Idiot er ist.«

Shelby nickte, dann sah er Lewis an. »Idiot oder nicht, er bedeutet Ärger.«

»War schon immer so. Habt ihr Preston gesehen?«

»Nein. Hoffen wir das Beste.«

»Habt ihr mal einen kleinen Umweg gemacht? Vielleicht nach Sparta rein?«

Shelby wandte den Blick ab und setzte eine lässige Miene auf. »Och, einen kleinen Abstecher, ja.«

»Betty Ostertag hast du aber nicht gesehen, oder?«

»Doch, ehrlich gesagt, habe ich.«

»Geht es ihr gut?«

»Ja. Sie lässt grüßen.«

»Hat sie dich darauf gebracht, über ein Leben in Sparta, Kansas, nachzudenken?«

Shelby guckte auf seine Stiefelspitzen und zuckte die Schultern. Einen Moment lang schwieg er, dann lachte er. »Ich weiß nicht, worauf sie mich gebracht hat, Lewis. Aber sie hat mich zum Nachdenken gebracht, wie immer.«

»Du kommst an dieser Frau nicht vorbei, J. M. Langfristig gesehen setze ich auf sie.«

»Langfristig gesehen vielleicht. Im Moment gehöre ich zu einer Zirkustruppe und stehe bei Lewis Tully in Lohn und Brot.«

Lewis klopfte ihm auf die Schulter. »Gut, dass du wieder da bist, J. M. Wird Zeit, dass wir diese Bande hier in Bewegung setzen.«

Lewis machte sich auf den Weg zum Camp und war in Gedanken versunken. Shelby sah ihm einen Moment lang nach.

Langfristig gesehen hast du wahrscheinlich Recht, was Betty Ostertag angeht, aber im Moment ist nicht sie es, die einen guten Freund braucht.

Shelby ging Lewis nach und war bald wieder auf seiner Höhe.

Am Abend versammelte Lewis alle Mitglieder des Camps um ein großes Lagerfeuer, das er gegen die kalte Abendluft angezündet hatte. Alle waren ungewöhnlich still. Die Kinder saßen zusammen und unterhielten sich flüsternd, aber Charlie beteiligte sich nicht daran, sondern hatte seine Augen auf Lewis Tully geheftet.

Schließlich stellte sich Lewis vor das Lagerfeuer und hob die Hand mit der Bitte um Aufmerksamkeit.

»Ich werde mich kurz fassen. Es ist euch inzwischen sicherlich aufgefallen, dass wir fast unmerklich in den letzten drei, vier Wochen zu einem Zirkus geworden sind. Morgen früh brechen wir auf. Unsere erste Station ist Jasper. Die meisten von euch wissen, welche Route wir nehmen werden, aber um es ganz offiziell zu machen: Wir werden zwischen hier und der Staatsgrenze zu Kansas in einem halben Dutzend Städten Vorstellungen geben, dann geht es in einer mehr oder weniger diagonal verlaufenden Linie quer durch Kansas bis nach Colorado und dann weiter nach Wyoming. Wenn wir Kansas hinter uns lassen, erreichen wir mit unserem bescheidenen Zirkus Teile der Plains, wo die Menschen bisher noch nicht oft einen Zirkus gesehen haben. Manchmal liegen die Städte ziemlich weit auseinander, und manchmal wird es gar nicht so leicht sein, richtige Straßen zu finden. Aber ich glaube, es wird interessant.«

»Das ist es bei dir immer, Lewis«, rief jemand von hinten, und alle lachten.

Lewis lachte auch. »Also, ich möchte, dass es diesmal so interessant wird wie zu anderen Zeiten, aber ohne die, ehm, die Abenteuer. Ich hoffe, dass uns diesmal Überschwemmungen, Feuerkatastrophen, Orkanschäden, Autopannen, wilde Rinderherden, Schießereien und Duelle erspart bleiben.«

»Was ist mit den Pavianen, Lewis?«, rief eine knarzende Stimme, die zwar verstellt war, aber Lewis erkannte sie natürlich.

»Wir brauchen keine Paviane, wenn wir Ärger wollen, Harley, wir haben ja dich.«

Er wartete, bis die Zwischenrufe und Pfiffe verstummt waren, dann hob er wieder die Hand.

»Ich hoffe, dass wir bis November reisen können. Ich will den Menschen etwas geben, worüber sie noch im nächsten Jahr reden und nachdenken. Und ich will, dass wir alle unseren Spaß haben. – Da ist vielleicht eine Sache, die uns von den anderen Zirkusunternehmen, bei denen manche von euch waren, unterscheidet. Die meisten von ihnen haben in den letzten Jahren die Umzüge aufgegeben: Sie seien zu teuer und sie zeigten den Mensch zu viel, ohne dass sie dafür bezahlten, das sagen die großen Zirkusunternehmer. Aber ich habe diese Wagen nicht aus Gräben und Scheunen und von verlassenen Grundstücken geholt, um sie nur schön anzumalen. Deswegen gibt es jedes Mal, wenn wir in eine Stadt einziehen, einen Umzug.«

Ein erregtes Murmeln ging durch die Menge.

»Und jetzt wollen wir uns zur Ruhe begeben. Morgen haben wir eine Verabredung mit der nichts ahnenden Bevölkerung von Jasper, Oklahoma.«

⁂ 22 ⁂

Umzug!

Am nächsten Morgen brachen sie die Zelte ab, und Lewis Tullys Zirkus organisierte sich als eine lange dünne Schlange auf der Straße, eine Armada auf Rädern: der Carillon und der Wagen für die Kapelle sowie die neun Zirkuswagen auf Lewis' umgebauten Lastwagen, die Laster mit den Vorräten, der Ausrüstung, den Kostümen, den Süßigkeiten und Souvenirs, ein Wagen für den Generator, einer mit den Wasservorräten, einer für das Zirkuszelt und die Zeltmasten, einer für Lewis' selbst gebaute Tribüne, zwei mit Heu, Hafer und Tierfutter, einer für die kleineren Zelte, ein riesiger Mack Bulldog für Jupiter und seine eigenen Heuvorräte, ein Tankwagen voll mit Benzin, vier lange Tiertransporter mit den Pferden, den Lamas, dem Büffel und den Zebras, zwei Busse für die Zeltbauer und die anderen Arbeiter, vier kleinere Wagen, die den Akrobaten gehörten, und fünf Personenwagen – insgesamt achtunddreißig Fahrzeuge. Lewis stand mit einem Fuß auf dem Trittbrett seines Wagens und ließ seinen Zirkus vorbeiziehen, dann kletterten er und Shelby ins Auto, und er fuhr an der Schlange vorbei und setzte sich an die Spitze.

Jasper, Oklahoma, hatte seit zehn Jahren, als ein von Pferden gezogener Zirkus dort Halt gemacht hatte, keine Zirkusveranstaltung mehr gesehen, und das wusste Lewis Tully. Er ließ seine Karawane eine halbe Meile vor der Stadt anhalten, wo die bunten Zirkuswagen von den Lastwagen abgeladen und vor Pferde und Maulesel gespannt wurden. Als alles bereit war, ging Lewis an der Karawane entlang, nickte den roten und orangefarbenen und gelben Wagen zu, die in der Sonne Oklahomas leuchteten. Vor dem limonengrünen Wagen, in dem die Kinder des Tully-Zirkus reisten, blieb er stehen.

»Seit ihr bereit für den Umzug?«

Die Kinder kicherten und nickten. Charlie, der ganz hinten saß, nickte auch und fuhr sich über die Lippen, er sah Lewis nicht an. Lewis betrachtete ihn einen Moment: Charlie saß ein paar Zentimeter abseits von den anderen und zeigte so, dass er nicht richtig dazugehörte. Unter Lewis' Blick wurde er unruhig, und Lewis erkannte, dass der Junge vor Aufregung ganz zappelig war.

Ein einziges Nervenbündel, und niemand, dem er das erzählen kann.

»Charlie, du bist für diesen Wagen mit den kleinen Menschen verantwortlich.« Die Kleinen kicherten, und ein schwaches Lächeln breitete sich auf dem Gesicht des Jungen aus. »Deine Aufgabe, Mr Barth, ist es, darauf zu achten, dass niemand aus dem Wagen fällt. Ich komme später vorbei, dann zählen wir nach.«

Der Junge warf Lewis einen kurzen Blick zu und zwinkerte, dann wandte er sich ab.

An der Spitze des Zuges saß Mr Zheng auf dem Carillon, bereit, das Glockenspiel zu betätigen. Zwei von Lewis' großen Belgiern scharrten mit den Hufen und warteten auf das Zeichen zum Ziehen. Zheng starrte mit großen Augen in die Ferne. Als er Lewis sah, strahlte er.

»Sie sind der Mittelpunkt dieses Wagens, Mr Zheng. Sind Sie so weit?«

»O ja, Lewis. Ich warte darauf, die Glocken zu spielen.«

»Gut.« Lewis nickte Zhengs jungem Kutscher zu. »Jetzt lassen Sie die Leute was hören, Mr Zheng, und denken Sie daran, dies ist ein Zirkusumzug, kein Leichenzug.«

»Ich habe den Plan, die Menschen …« Zheng suchte nach

dem richtigen Wort »… zu verblüffen«, sagte er dann und fing an zu spielen. Er begann mit einem enormen Gerassel, das mit Leichtigkeit den gesamten Staat »verblüffen« konnte, und ging dann zu einer fröhlich-metallischen Version von »Stars and Stripes Forever« über. Der Carillon fuhr los, und Zheng amüsierte sich prächtig mit seinen Glocken.

Lewis lachte und winkte den Zug voran. Hinter dem Carillon kamen die frisch gemalten Zirkuswagen, jeder voller Tiere, und nach dieser Vorhut schickte Lewis der Stadtbevölkerung Pferde, eine Reihe nach der anderen, angeführt von Lucy Brown auf ihrer großen grauen Stute. Captain Walling und seine Leute in den blauen und khakifarbenen Uniformen der Rough Riders führten den Rest der Herde an, dann kam Jupiter, der mit der rot-goldenen Sänfte auf dem Rücken und all den bunten Gurten und Bändern ganz verwandelt aussah. Darauf folgte der leuchtend gelbe Wagen der Russen, dann der mit den Kindern. Lewis sah den selbst gebauten Wagen für die Kapelle – auch dies Shelbys Werk –, der mit einer riesigen Laubsägefigur eines Drachens geschmückt war und von Reitpferden gezogen wurde. Auf der kleinen Plattform saßen Mr Hettman und seine drei Mannen und bereiteten sich auf ihren Auftritt vor, säuberten die Mundstücke ihrer Instrumente und bliesen probeweise hinein.

Lewis reihte sich dahinter ein, und ihm folgten die Wagen mit den Vorräten und die Personenwagen, die alle frisch gewaschen und über und über mit blau-weiß-roten Kokarden geschmückt waren. Lewis wusste, wenn er seinen Zirkus richtig dehnte und mit der richtigen Geschwindigkeit einziehen ließ, dann sah es aus, als wäre er drei Straßenblocks lang.

Neben ihm trommelte Shelby mit den Fingern auf dem Armaturenbrett und lächelte. »Wie sieht's aus? Wollen wir mitmachen?«

»Und ob«, sagte Lewis, drückte auf die Hupe und folgte seinem kunterbunten Zirkuszug in die Stadt.

Jasper hatte seit 1916 keinen Zirkus erlebt, aber anscheinend war auch sonst nicht viel passiert. Zumindest ließ die fast hysterische Reaktion der Bewohner, die aus ihren Häusern gestürzt kamen, darauf schließen.

Irgendwo in der Ferne, fast übertönt von Mr Zhengs leidenschaftlich vorgetragener Version von »The Old Rugged Cross«, war eine Art Alarm zu hören. Im nächsten Moment stellte sich heraus, dass es die Feuerwehr war. Die Freiwillige Feuerwehr von Jasper erschien am anderen Ende der Stadt auf der Straße, sie bestand aus einem Dutzend gutmütiger Männer der Plains, die sich in ihre Uniform zwängten und auf ihre Wagen aufspringen wollten, doch vergeblich, weil die schon losgefahren waren, und so mussten mehrere Freiwillige hinter den zwei grünen Feuerwehrwagen der Feuerwehr von Jasper herrennen, die Kurs auf den Umzug von Lewis Tullys Zirkus nahmen.

Ganz in der Nähe erspähte Lewis den Sheriff, der ihn in jener denkwürdigen Nacht in der illegalen Kneipe verhaftet hatte; zwei Deputys begleiteten ihn, alle drei trugen Gewehre, und ihren Mienen nach zu urteilen waren sie bereit, sich wieder mit dem Gesetzesbrecher von damals anzulegen.

Lewis scherte aus und fuhr auf die Friedenshüter zu, während gleichzeitig die Feuerwehrwagen Stoßstange an Stoßstange vor Mr Zhengs Carillon hielten, was Mr Zheng jedoch nicht veranlasste, mit dem Spielen aufzuhören. Lewis warf Shelby einen amüsierten Blick zu, stieg aus und nickte dem Sheriff und seinen Leuten zu.

»Was zum Teufel geht hier vor?«, fragte der Sheriff. Mit misstrauischem Blick sah er die Straße entlang, wo überall Objekte und Tiere aufgefahren waren, die in Jasper, Oklahoma, so fremd waren, dass sie auch vom Mond hätten sein können.

»Das ist ein Zirkusumzug, Sheriff. Mein Zirkusumzug, und heute ist es auch Ihrer.«

Der Sheriff zuckte zusammen und hielt die Hand hinter

das Ohr. Er warf einen gereizten Blick in die Richtung, wo Zheng mit seinen Glocken einen ohrenbetäubenden Lärm veranstaltete.

»Können Sie ihm sagen, er soll aufhören?«

Lewis schüttelte den Kopf. »Er ist Chinese. Die Chinesen sind sehr musikalisch.«

Der Sheriff musterte Lewis eingehend und versuchte ihn einzuordnen.

»Hier war seit Jahren kein Zirkus mehr.«

»Jetzt ist einer da, Sir. Es sei denn, es gibt irgendwelche Einwände. Meine Männer sind hier durchgekommen und haben Plakate geklebt …«

»Nein, keine Einwände. Der Bürgermeister mag sogar Tiere. Nur …« Der Sheriff bemühte sich, eine angemessene Ermahnung zu erteilen. »Nur dass Sie mir keinen Ärger machen, in meiner Stadt.«

»Nein, Sir«, sagte Lewis.

»In Ordnung, Zirkusleiter«, sagte der Sheriff und trat beiseite.

Inzwischen hatten sich auf beiden Seiten der Straße Menschen eingefunden, sie waren aus den Geschäften gestürzt und hatten die Fenster aufgerissen. An der Spitze des Zuges hatten sich die hübschen grünen Feuerwehrwagen von den Zirkuswagen losgelöst und fuhren rückwärts aus der Straße. Dabei ließen sie die Feuerglocken läuten, was wie eine armselige Nachahmung von Lewis' feinem Carillon klang, dann zogen sich die Feuerwehrleute in ihre Wache zurück, und der Umzug setzte sich unter dem Jubel und dem Winken der Bevölkerung wieder in Bewegung.

Lewis stieg in seinen Wagen. Er fuhr einhändig und winkte mit der anderen Hand und seufzte. Er musterte die Gesichter und sah die Erregung angesichts des denkwürdigen Ereignisses, sah die Freude und das Lachen, und er wusste, dass die Menschen sich noch jahrelang an diesen Mittwochnachmittag erinnern würden. Endlich kam Lewis an dem kleinen Gerichtsgebäude vorbei, wo der Ehrwürdige George Lester in seiner Robe stand. Der Richter lachte und winkte, und Lewis tippte sich an den Hut.

Auf einer leeren Wiese am westlichen Rand der Stadt, wo ein Bach aus den fernen Hügeln herabplätscherte, schlugen sie ihr Lager auf. Nach einer halben Stunde, in der alle zusammen, Männer wie Frauen, zupackten, hatten sie das Zelt ausgerollt, die Spannseile rundherum sowie den Mittelpfosten und die kleineren Stangen unter der Zeltplane auf dem Boden ausgelegt. Die Zeltbauer hämmerten die Pflöcke ein, und eine Stunde später erhob sich das Zelt, an Seilen hochgezogen und von Stangen gestützt, auf der grünen Wiese der Oklahoma Plains und rief unter den Beistehenden ein Raunen der Bewunderung hervor. Mit einer Höhe von fünfundzwanzig Metern war es die höchste Erhebung innerhalb von drei Meilen um Jasper herum und wurde nur von einem kahlen Hügel überragt, der bei den Einheimischen als Mount Jasper bekannt war. Bis mittags um eins war eine kleine Gauklerstadt entstanden, eine Nomadensiedlung aus Lastern und Zugfahrzeugen und bunten Zelten.

Den Nachmittag verbrachten die Zirkuskünstler mit ihren Vorbereitungen, während die Städter der Menagerie von Lewis Tully einen Besuch abstatteten. Wie erwartet, zog Jupiter die Massen an, und Tony Aiello ließ den Elefanten einen kleinen Tanz vorführen, bei dem der sich auf die Hinterbeine stellte, laut trompetete und in gespieltem Zorn mit den Vorderhufen in die Luft trat.

Als die Zuschauer ängstlich zurückwichen, erzählte Aiello, der an einer Zigarre lutschte, lauter Lügengeschichten: Er gab das Gewicht des Elefanten mit vierzig Tonnen an, beschrieb sein Temperament als das eines »nubischen Dämons der Wüste« und erklärte, Jupiter sei ein Elefantenbulle und würde deshalb in regelmäßigen Abständen von Wahnsinnsanfällen, auch »Musth« genannt, heimgesucht, bei denen das Tier zum Menschenmörder wurde. Aiello verglich Jupiter mit dem legendären »Romeo« von dem alten Mabie Brothers Circus, der zu seiner Zeit angeblich fünf Männer und zwei Dutzend Pferde getötet hatte. Als er seine Schilderung beendet hatte, war die Stimmung der Menge von Achtung und Aufregung zu furchtsamer Verehrung für dieses mörderische Wesen umgeschlagen. In der Stadt war ein Killer-Elefant, und die Menschen fanden es wunderbar.

Auch der Löwe bekam seinen Teil der Aufmerksamkeit, obwohl er den ganzen Nachmittag schlief und nur zur Fütterungszeit aufwachte. Die Kinder und Erwachsenen versammelten sich bei den Lamas, den Antilopen, den Zebras und den Bären, die ihre Schnauzen schamlos zwischen den Gitterstäben durchsteckten und um Essbares bettelten, die Besucher gingen auch zu Lewis' kleiner Herde struppiger Bisons, die als »die letzte amerikanische Büffelherde« angekündigt wurde.

»Der rote Wagen ist fertig, Lewis.« Er hatte Helen nicht kommen hören und fragte sich, ob sie schon länger hinter ihm gestanden hatte. Lewis' roter Wagen war kein Zirkuswagen, sondern ein Lieferwagen, dessen Seitenwand aufgeklappt werden konnte, so dass ein Kassenfenster entstand.

»Macht Lucy den Verkauf?«

Sie sah ihn listig an. »Natürlich. Man muss den Herren von Jasper doch was zum Angucken geben, wenn sie sich überlegen, ob sie ihr Geld ausgeben wollen oder nicht.« Sie folgte seinem Blick, der auf Roy und Shirley ruhte.

»Was hast du noch für diese guten Menschen hier, Lewis?«

Jetzt glaubte er, ihr in die Augen sehen zu können. »Ach, ich habe noch ein paar Sachen, die es den Unentschlossenen leichter machen werden. Ich lasse den alten Zauberer auf sie los, vielleicht kann er ein paar von ihnen verschwinden lassen.«

Sie lachte, und er sprach weiter wie unter Zwang. »Warte nur, bis sie erst meine Vorstellung gesehen haben.« Er blickte Helen kurz an. Sie musterte ihn zustimmend, und dann breitete sich langsam ein Lächeln über ihr Gesicht, wie er es seit vielen Jahren nicht mehr gesehen hatte, und er musste lachen.

»Niemand wird den Menschen hier eine bessere bringen, Mr Tully«, sagte sie und tätschelte ihm die Schulter. Einen Moment lang spürte er den Druck ihrer Finger, und in dem Augenblick hätte er kein Wort rausbringen können. Als sie ging, zwang er sich, den Dingen vor ihm seine uneingeschränkte Aufmerksamkeit zu widmen.

Auf der gegenüberliegenden Seite des Platzes sah er Charlie. Der Junge wanderte allein durch die Menagerie und beguckte sich nicht die Tiere, sondern die Menschen. In dem Moment sah Lewis ihn, wie ein Fremder ihn sehen würde – ein Junge, der sich unbeobachtet in der Menge bewegt. Ein nachträglicher Gedanke. Lewis sah, wie der Junge eine Familie beobachtete, die sich gegenseitig die Tiere zeigte.

Zwei ziemlich abgerissene Jungen in Lumpen standen eng umschlungen und guckten sich die Zebras an. Beim Anblick ihrer Kleidung wusste er alles, was es über ihr Leben zu wissen gab.

So einen habe ich auch in meinem Zirkus, dachte er. *Die Welt ist voll von euch.*

»Gefallen euch die Zebras?«

Sie drehten sich in einer Bewegung zu ihm um, und er sah, dass es Brüder waren, einer ein bisschen größer als der andere. Sie sahen ihn an, und er sagte mit einem Nicken zu den Tieren: »Gefallen sie euch?«

Sie nickten beide, und er ging in die Hocke, um aus ihrer Höhe mit ihnen zu sprechen. »Ihr müsst euch unbedingt den Elefanten ansehen, er ist der größte in diesem Teil der Welt.« Sie nickten, und ihm fiel Rex der Affe ein. »Und in der Vorstellung gibt es einen … Ihr kommt doch zu der Vorstellung, oder?«

Ohne zu zögern schüttelten sie gemeinsam die Köpfe. Sie hatten keinen Zweifel, dass die Vorstellung jenseits ihrer Möglichkeiten lag. Sie besaßen nichts.

»Wartet mal«, sagte er.

Er bemerkte, dass Charlie den Blick abwandte, als er sich näherte, und so tat, als sähe er ihn nicht.

»Da bist du ja. Wie gefällt es dir?«

»Gut«, sagte der Junge, ohne ihn richtig anzusehen.

»Es tut mir leid, dich an so einem Nachmittag um etwas zu bitten, aber ich brauche deine Unterstützung.« Lewis zog einen kleinen Stapel blauer Eintrittskarten aus seiner Hemdtasche.

»Wir nennen sie ›Annie Oakleys‹, weil sie Löcher haben. Sie sind für Leute, die so aussehen, als hätten sie nicht das Geld, um zur Vorstellung zu kommen. Zum Beispiel diese beiden Jungen da drüben. Ich glaube, sie haben nicht genug Geld für Eintrittskarten. Was meinst du?«

Charlie sah mit gerunzelter Stirn in ihre Richtung und schüttelte den Kopf. »Kann sein. Sie sehen irgendwie arm aus.«

»Exakt meine Meinung. Geh doch mal zu ihnen und finde heraus, ob sie vielleicht Interesse an zwei Karten hätten. Oder drei, falls sie, du weißt schon, eine Mutter oder einen Vater haben, die auch gern die Vorstellung sehen würden. Und dann könntest du mal über den Platz gehen und sehen, ob es noch andere Leute gibt, die eine Karte brauchen könnten.«

Der Junge sah ihn erfreut an. »Ist gut.«

»Ich kann dir doch vertrauen, nicht? Es ist ja wichtig für uns, dass wir uns mit den Leuten hier gut stellen.«

»Ich mach das.«

»Gut. Sehr schön.« Er legte dem Jungen eine Hand auf den Rücken, und Charlie zuckte unter der ungewohnten Berührung zusammen. Lewis fühlte die spitzen Schulterblätter des Jungen.

Achten wir darauf, dass dieses Kind genug isst?

Er klopfte dem Jungen auf die Schulter und ging seiner Wege, verfolgte aber genau die erregte Reaktion der beiden abgerissenen Jungen, als Charlie ihnen drei Karten gab.

Die geschlossene Ansammlung von Menschen vor ihm bedeutete, dass Harley Fitzroy in Erscheinung getreten war, und Lewis eilte hinzu, um zu sehen, in welcher seiner vielen verschiedenen Persönlichkeiten der alte Mann auftrat. Als Lewis vor dreißig Jahren Harley Fitzroy zum ersten Mal sah, war der Mann ganz in Schwarz gekleidet vor die Zuschauer getreten und hatte sie in Angst und Schrecken versetzt, weil er einen jeden von ihnen mit dem Blick eines Verrückten anstarrte. Im Laufe der Zeit hatte Lewis ihn als gestrengen Schulmeister auftreten sehen, als alten Mann auf unsicheren Beinen, als Betrunkenen, als pedantischen deutschen Professor und als Clown.

Jetzt reckte Lewis sich, guckte über die Köpfe der Zuschauer hinweg und sah, dass Harley sich selbst darstellte. Er hatte die Katze unter dem Arm und streichelte ihr über den Kopf. Er trug einen braunen Derby und hatte seinen alten Anzug gebürstet, und jetzt lächelte er möglichst viele Menschen an. Er nickte den Kindern zu, tätschelte die Katze, machte eine Handbewegung, sagte: »Hoppla!«, und die Katze war weg. Er suchte in seinen Taschen nach, die Zuschauer lachten, dann erblickte er einen Mann mit einem großen Hut. Auf den ging er zielstrebig zu. Der Mann sah betreten drein und wich zurück, aber Harley war schon bei ihm, lüftete den Hut mit einer Hand und befühlte den Kopf des Mannes mit der anderen.

Er stieß ein triumphierendes »Hah!« aus und hielt die Hand in die Höhe, damit alle sehen konnten, was er gefunden hatte: nicht die Katze, sondern einen Vogel. Harley legte sein altes Gesicht in tausend Falten und machte eine finstere Miene, als hätte der Mann die ganze Sache geplant. Der Zauberer ließ seinen Blick über die Menge gleiten, bis er ein kleines, ärmlich gekleidetes Mädchen mit traurigen Augen sah, dem man das Leben vom Gesicht ablesen konnte. Er starrte sie an und legte ihr eine Hand auf die Schulter. Der Vater machte einen Schritt zurück.

»Guten Morgen, junge Dame. Ein feiner Tag für den Zirkus.«

Er ließ seine Hand auf ihrer Schulter liegen, bis er merkte, dass ihr Körper wärmer wurde. Sie blinzelte und ein Hauch von Jugendlichkeit stieg ihr ins Gesicht. Dann griff er ihr an den Nacken.

»Oh Gott, was ist denn das?«

Er brachte einen Kanarienvogel zum Vorschein und hielt ihn ihr anschuldigend vors Gesicht.

Das Mädchen machte Mund und Augen auf, dann lachte es. Harley wechselte rasche Blicke mit dem Vater und sah, dass ihn das Lachen seiner Tochter ebenso sehr überraschte wie der Vogel.

»Bringen Sie sie heute Abend zur Vorstellung«, sagte Harley leise, und der Mann nickte.

Bringen Sie sie zur Vorstellung und zeigen Sie ihr, dass es auch Schönes in der Welt gibt, sagte Harley mit seinem Blick, dann ging er weiter.

Ein Kind zeigte mit dem Finger zu einer Stellte hinter Harleys Schulter, und als der alte Mann sich umdrehte, sah er Xenophon in einer Falte der Zeltwand über dem Eingang sitzen.

»Da bist du ja, du Schlawiner!«, rief er, und die Zuschauer lachten. Zu sich selbst brummelte Harley: »Wie ist sie denn da hochgekommen, zum Teufel?« Er drehte sich noch einmal um, lächelte, tippte sich an den Hut und verschwand.

* 23 *

Die erste Vorstellung

Eine Welle der Spannung durchströmte das Speisezelt, der Junge fühlte sie, sah sie in den erregten Gesichtern der Zirkuskünstler und der Mannschaft, und sie hatte auch ihn selbst ergriffen, hatte sich tief in seiner Magengrube festgesetzt, so dass er unruhig in seinem Essen stocherte. Es war schwer stillzusitzen, unmöglich, sich zu konzentrieren. Er saß ganz vorn auf der Stuhlkante, als wollte er jeden Moment auf und davon stürzen. Wenn ihn keiner ansah, beobachtete er die anderen und stellte fest, dass sie alle ganz albern waren und kicherten und sich benahmen, als hätten sie zu lange in der Sonne gesessen. Er stocherte in seinem kalten Essen und rutschte auf seinem Platz hin und her, er war ein einziges Nervenbündel und würde jeden Moment vor Aufregung platzen. Plötzlich senkte sich eine Hand leicht auf seine Schulter, und er wusste sofort, dass es Helen war.

»Du musst was essen.«

»Ja, Madam«, sagte Charlie.

»Wenn du nichts isst, wirst du vor lauter Aufregung krank. Und kranke Kinder kriegen keine Süßigkeiten. Das wäre doch traurig, wenn du der einzige Junge wärst, der keine Süßigkeiten bekommt.«

Er sah ihr in die Augen und wusste, dass sie sich ein wenig lustig machte. Sie war umgeben von einem schwachen, rötlichen Leuchten, woran er merkte, dass die Welle auch Helen berührt hatte. Sie klopfte ihm noch einmal auf die Schulter und ging.

Als der Junge aufgegessen hatte, ging er zum Rand des Camps und beobachtete alle Vorgänge. Der Lärm der Menge und lauter neue Gerüche schwebten durch die Luft. Mr Royce hatte alle aus dem Küchenzelt geschickt und angefangen, Popcorn zu machen, und von irgendwoher kam ein anderer Geruch, der in den Plains von Oklahoma so fern und fremd war wie die Sterne am Himmelszelt: Jemand machte Zuckerwatte. Außerhalb des Camps hatten geschäftstüchtige Stadtbewohner Tische aufgestellt und verkauften Sandwiches, Brathähnchen, Wiener Würstchen und sogar Bier – auf einem handgeschriebenen Schild stand, es sei »Root Beer«, aber das glaubte niemand.

Aus dem Zirkuszelt drangen die Klänge eines Walzers, den Mr Hettman mit seiner kleinen Kapelle probte, und vom Camp hörte Charlie das aufgeregte, hektische Murmeln von gut dreißig Menschen, die sich für die Vorstellung umzogen. In allen Hütten und Zelten vollzogen sich Metamorphosen: Ein müde wirkender, staubiger Zirkuskünstler ging in sein Zelt, und ein Schmetterling flog heraus, die Männer frisch rasiert in bunt gemusterten Hemden und eleganten Röcken mit Schwalbenschwänzen, die Frauen in berauschenden Kleidern oder in Trikothosen, die mit Pailletten bestickt waren. Der Junge stand vor dem Zelt der Antoninis, als sie, die Häupter königlich erhoben und in ihre grellbunten Kostüme gewandet, heraustraten. Er ging weiter und hielt dann staunend inne, als er Mr Zheng in einem goldenen Umhang und mit einer rot-goldenen Kappe sah. Mit majestätischen Schritten kam er auf Charlie zu und zog die Augenbrauen hoch.

»Wie gefällt dir mein Kostüm?«

»Es ist toll.«

»Manchmal macht es Spaß, Chinese zu sein«, sagte er und schritt davon. »Ich muss eilen und mein Glockenspiel betätigen.«

Kurz darauf erklang Mr Zhengs metallische Musik und rief die Menschen zur Vorstellung.

Der Junge stand gerade vor Helens Zelt, als Helen mit Lucy herauskam und an Lucys silbrig und weiß schimmerndem Kostüm noch hier und da etwas zurechtzupfte. Mit dem straff zurückgenommenen Haar und dem gepuderten Gesicht sah die junge Frau aus wie eine Prinzessin. Das Rouge und den dunklen Lippenstift trug sie, damit man ihr Gesicht auch auf den billigsten Plätzen gut sehen konnte. Im Zelteingang blieben die beiden stehen, und Lucys Blick fiel auf Charlie.

»Hallo, mein Süßer. Du siehst aus wie ein kleiner Engel.« Sie lächelte, aber ihr Blick war plötzlich entrückt, und ihm wurde bewusst, dass sie, wenigstens für den Moment, nicht mehr das einfache Mädchen aus Iowa war, sondern die Königin von Lewis Tullys Zirkus. Als ihr Kostüm endlich richtig saß, eilte sie davon. Im nächsten Moment kam Helen in einem hellblauen Kleid aus dem Zelt und strich sich das Haar zurecht.

»Na, bist du bereit.«

»Kann sein.«

»Lewis sagt, wir haben eine Strohvorstellung.«

»Was?«

»Eine komplett ausverkaufte Vorstellung. Und weil so viele Zuschauer kommen, müssen einige von ihnen vor den Bänken auf Stroh sitzen. Mit wem gehst du? Sitzt du bei den Zhengs?«

Der Junge zuckte die Schultern und sah ihr nicht in die Augen. »Vielleicht.«

Sie zögerte einen Moment. »Na, jetzt kannst du erst mal mit mir kommen, bis wir sie finden. Ich habe noch keine Begleitung für den Abend.«

»Ist gut«, sagte er und war überrascht, als sie seinen Arm bei sich einhängte. Er wollte ihn schon zurückziehen, doch dann dachte er, er würde sie gewähren lassen, wenigstens vorerst.

Die Luft im Zelt war schon jetzt blau vor Rauch und Staub. Lewis hatte gesagt, es passten sechshundert Zuschauer in sein Zelt, aber bei dem Anblick der vielen Menschen wurde man an Pershings Army erinnert. Die Tribüne bog sich unter dem Gewicht der Menschen, und davor saßen tatsächlich etliche Zuschauer im Stroh, andere sogar auf dem bloßen Boden, dem trockenen Gras und der gelben Erde von Oklahoma, und ihren Gesichtern nach zu urteilen war das ein kleiner Preis für das Vergnügen, eine Zirkusvorstellung zu sehen.

Helen ging mit Charlie zu einer Bank an der Seite des »Hippodroms«, dem schmalen Streifen zwischen der Manege und der hinteren Zeltwand, wo Lucy Brown und Captain Wallings Mannschaft ihre Reitkunststücke vorführen würden. Helen erspähte einen Süßigkeitenverkäufer und kaufte dem Jungen eine Tüte Bonbons.

Auf der anderen Seite des Zeltes spielte Lewis Tullys kleine Kapelle, und die Zuschauer wiegten sich zu den Klängen von »The Man on the Flying Trapeze«, »In the Good Old Summertime« und »Sidewalks of New York«.

Shelby kam durch den hinteren Zelteingang und winkte dem Jungen und Helen zu. Er war ohne Hut und hatte sich nicht nur gewaschen und frische Sachen angezogen, sondern auch rasiert. Dennoch konnte man ihn als den erkennen, der er war, und damit war er in Charlies Augen der einzige Mensch im Zirkus, der sich keiner Metamorphose unterzogen hatte.

Shelby sah sich um, machte dann langsam eine Runde um die Manege, das Hippodrom und die Tribüne. Er zählte die Süßigkeitenverkäufer – es waren die jüngeren Zeltbauer, die mit rotweißgestreiften Hemden ausgestattet worden waren – und ging wieder raus. Beim Verlassen hielt er die Hand in die Höhe, worauf die Kapelle mit viel Energie »Yankee Doodle« zu spielen begann.

Charlie steckte sich einen Bonbon in den Mund. Helen neben

ihm seufzte leise. Er warf ihr einen verstohlenen Blick zu, und sie sah zu ihm hinunter und lächelte.

»Ich glaube, den nächsten Herrn wirst du erkennen.«

Der »nächste Herr«, war niemand anders als Lewis Tully selbst, und der Junge reckte sich erstaunt. Es war Lewis Tully, aber ganz anders, als der Junge ihn sich je hätte vorstellen können. Dieser Lewis Tully betrat mit forschem Schritt das Zelt, er war ein Mann, der keine Zeit zu verschwenden und viel zu tun hatte. Wie Shelby und die anderen Männer vom Zirkus war er gewaschen und rasiert und trug einen blauen Rock mit Schwalbenschwänzen über einem gestärkten weißen Hemd, dazu eine dunkelblaue Fliege. Mit dem seidenen Zylinder, den er in einem gewagten Winkel auf dem Kopf trug, sah er noch größer aus, als er war. Er trat ins Zentrum des Zeltes, wo er umgeben von seinem Publikum war, und lüftete den Zylinder mit einer Geste, mit der man Bessergestellte begrüßt. Er verneigte sich im Kreis herum, damit jeder Teil der Tribüne bedacht wurde, dann hob er seine Hand und brachte die Kapelle zum Verstummen. Schweigend musterte er die Ränge, Dankbarkeit stand in seinem Gesicht, dann hob er das gelbe Megafon, das er in der Hand hielt, zum Mund.

»Guten Abend, verehrte Damen und Herren, liebe Jungen und Mädchen, Bürgerinnen und Bürger von Jasper, Oklahoma. Willkommen in Lewis A. Tullys Blue Moon Circus. Ich bin Lewis Tully, der Conférencier und Direktor der Reiteréquipe. Wir haben ein kleines Programm für Sie zusammengestellt, von dem wir glauben, dass es dem Vergleich mit den großen Zirkusvorführungen, die Sie in vergangenen Jahren gesehen haben, standhält.«

»Immer politisch opportun«, murmelte Helen. Sie sah Charlie an. »Hier haben sie keine anderen Zirkusvorstellungen gesehen.«

»Wir haben überall in der Welt nach Kunststücken Ausschau gehalten, die ein modernes, weltoffenes Publikum begeistern, faszinieren und unterhalten können«, fuhr er fort.

»Meister der Übertreibung und der Beschönigung«, sagte Helen dazu.

»Kunststücke, die nie zuvor öffentlich aufgeführt worden sind«, fuhr Lewis fort.

»Meister der unverblümten Lüge«, flüsterte Helen Charlie ins Ohr, und er sah die Heiterkeit in ihren Augen.

»Kunststücke, derengleichen bisher noch nie unter einem Zeltdach vereinigt waren.«

Sie dachte einen Moment lang nach und sagte: »Da hast du Recht, Mr Tully.« Sie betrachtete den großen Mann in der Mitte der Manege, dann senkte sie den Blick, als sei ihr ein dunkler Gedanke durch den Kopf geschossen.

Der Junge betrachtete Lewis' Bekleidung mit prüfendem Blick. Er dachte an den einzigen Zirkus, den er bisher gesehen hatte: ein buntes Bild, Hufedonnern von Tieren, auf Seilen und an Trapezen herumwirbelnde Menschen. Mitten in dem Getümmel hatte ein Mann mit einem Megafon gestanden. Der Mann hatte einen schwarzen, gewachsten Schnurrbart und einen feinen Anzug, in dem er aussah wie ein Großherzog oder etwas ähnliches. Besonders im Gedächtnis waren Charlie die hohen, glänzend schwarzen Reitstiefel, die spiegelblank poliert waren und unter den hellen Lichtern des Zirkus funkelten. Charlie maß Lewis Tully an dieser Erinnerung und fand, dass er dahinter zurückblieb. Unter dem blauen Rock trug Lewis Tully seine schlichten schwarzen Arbeitshosen und die gleichen Stiefel, die der Junge von seinem ersten Tag an bei Lewis gesehen hatte.

Helen neben ihm schien seine Gedanken zu lesen. »Da ist er in seinem feinen Rock und dem Zylinder, und dazu trägt er seine alten, abgestoßenen Stiefel. Das sieht ihm ähnlich. Aber so habe ich ihn immer vor mir. Wenn ich ihn nie wieder sehen würde, dann würde mir dieses Bild von Lewis Tully im Gedächtnis bleiben«, sagte sie, dann murmelte sie noch etwas, das der Junge nicht verstehen konnte.

Das Zelt war auf seine Weise beeindruckend, der Umzug war eine feine Sache gewesen, aber der Junge war nicht überzeugt – schon gar nicht, nachdem er den Direktor in seinem nicht so feinen Aufzug gesehen hatte –, dass die Vorstellung selbst an einen richtigen Zirkus heranreichen könnte. Die Nummern rasten an ihm vorbei – erst die fliegenden Brüder Perez, die sich hoch in der Luft von Trapez zu Trapez schwangen, dann die Antoninis, die furios tanzten und sprangen und mit hölzernen Keulen ebenso wie mit brennenden Fackeln jonglierten, dann Jupiter, die auf einem großen Ball balancierte, sich auf einen bunten Holzwürfel setzte und zugleich fürstlich und gelangweilt aussah. Der Graf trat mit seiner gesamten Familie auf, sein dröhnendes Lachen schallte weit nach draußen in die Plains, während er seinen Hochseilakt vorführte und hin und wieder ein kleines Stolpern vortäuschte.

Captain Walling und seine Männer kamen mit einem Dutzend reiterloser Pferde in die Manege und stoben Wolken von rotem Staub auf, der sich auf Hüte und Gesichter legte. Als die Nummer vorbei war und der Captain und seine Männer sich verneigten, erinnerte Lewis die Zuschauer daran, dass dies echte Veteranen aus Teddy Roosevelts berühmtem Ersten Freiwilligenregiment waren, dann traten die Männer mit den Tieren ab. Ein einzelnes Pferd, ein junger Colt, blieb allein im Hippodrom zurück und stampfte ungeduldig mit den Vorderhufen auf.

Gerade als das Publikum zu der Überzeugung kam, dass dies ein Fehler im Programm war, betrat Joseph Coates die Arena. Er ging zielstrebig auf das Pferd zu, sprach mit ihm, tat so, als würde er zuhören, schüttelte den Kopf, bückte sich dann unter gespielter Verärgerung und hob es auf die Schultern. Coates nickte den Zuschauern zu und trug das Pferd aus der Manege, wie andere ein Reh tragen würden. Die Menge starrte staunend. Mr Coates machte etliche Schritte mit dem Pferd auf dem Rücken und setzte es dann ab. Das Pferd raste zum Ausgang hinaus,

Coates schlug sich gründlich die Hände ab und trat nach einem letzten Gruß ins Publikum hinter den Vorhang zurück.

Shelby kam zu der Bank, wo Helen und Charlie saßen, und setzte sich neben den Jungen. »Wie ist es bisher?«, fragte er in die Gegend.

»Bisher ist es Zirkus, Shelby«, sagte Helen.

Shelby nickte. »Das sollen sie auch denken.«

Die Brüder Perez kamen wieder ins Zelt, in anderen Kostümen und die Haare anders gekämmt, und vollführten als die »Fabelhaften Guerreros« unter der Zirkuskuppel Kunststücke an den Ringen.

Als sie abgegangen waren, lag die Manege mehrere Minuten leer vor ihnen. Shelby sah Charlie an.

»Gefällt es dir?«

»Ja, sehr. Was kommt jetzt?«

»Jetzt kommt der zweite Teil. Im ersten Teil zeigen wir dem Publikum, dass wir unser Handwerk verstehen. Im zweiten Teil zeigen wir ihnen, dass wir etwas Besonderes sind.«

»Und wann geht es …« fing er an, kam aber nicht dazu, den Satz zu Ende zu sprechen.

Später erinnerte sich der Junge nur undeutlich an die nun folgende Stunde, denn der Lärm, die Lichter und das rote Leuchten der untergehenden Sonne im Zirkuszelt sowie die rasche Folge der Nummern verklärten und verzerrten die Eindrücke.

Im ersten Augenblick vergaß der Junge, dass er die Akrobaten kannte. Er sah sie, wie die Zuschauer sie sahen, er verfolgte die Nummern mit dem gleichen Staunen und Lachen. Die Luft im Zelt wurde schwerer von den Ausdünstungen der Tiere und den sechshundert Zuschauern, von Zigarrenrauch und Schweiß, von Speisen und feuchtem Stroh, und das Hemd klebte dem Jungen an seinem mageren Rücken, aber er bemerkte es nicht, so sehr war er von den vorüberflackernden Bildern des Zirkus gebannt.

Roy und Shirley stritten sich pantomimisch bis auf den Tod um ein Hühnerbein.

Mr Patel hielt alle in Atem, als er vor seiner übel gelaunten Schlange schräge Töne auf seiner Flöte hervorbrachte und in seinem Nah-Todes-Zustand zusammenbrach. Lewis und Doc Morin eilten hinzu und inszenierten in ihren einstudierten Rollen die Tragödie, während auf der Tribüne drei Menschen in Ohnmacht fielen.

Irina tanzte mit ihrem Bären, dann forderte sie das Schicksal heraus, indem sie ganz oben auf der schwankenden Leiter stand und so tat, als würde sie den Halt verlieren. Irgendwann fand sie kopfüber ihre Balance, wie ein dunkelhaariges Gespenst, und ließ die Eisenkugel auf die Schultern ihres Mannes fallen; Alexej und Mr Coates hoben den gelben Wagen mit Irina hoch und trugen ihn aus der Manege, als wäre er aus Pappe; dann kam Mr Ivanov in die Manege und brachte die seltsamen kleinen Katzen mit, die er in abenteuerlichem Englisch anfauchte; und als die Katzen mit dem kleinen roten Kinderwagen, den sie vor sich her schoben, wieder aus der Manege verschwanden, schwenkte er die amerikanische Flagge.

Im Grätschstand auf den sattellosen Zwillingsbraunen ritt Lucy Brown hinein; sie sah in dem freizügigen Reiterkostüm wie eine Königin aus. Sie führte Salti vorwärts und rückwärts vor, anmutig glitt sie von dem einen Pferd herunter und saß auf dem anderen auf. Die Frauen im Publikum neideten ihr ihre Grazie, und die Männer verliebten sich in sie.

Jetzt war es an der Zeit, die Menschen das Fürchten zu lehren. Foley und Mr Coates schoben einen kleinen Wagen in die Manege, einen exotischen, orange-gelben Karren mit einem schlecht gemalten Bild eines Gorillas und der Aufschrift König des Dschungels in Goldlettern darüber. Lewis war sich nicht sicher gewesen, was das Bild anging: Emmett McKeon hatte es gemalt, aber er hatte keine Erfahrung mit Tierbildern, was dazu führte, dass der Gorilla eher wie ein Bär aussah und sein Gesicht dem von Cal Coolidge ähnelte. Als der Karren mitten in der Manege stand, sahen sich die beiden Männer an, als hofften sie, den gefürchteten Moment hinauszögern zu können. Dann riss Foley mit einer übertriebenen Bewegung das Gitter auf und machte einen großen Satz zur Seite.

Nichts passierte.

Foley warf Lewis außerhalb des Rings einen Blick zu, haute mit der Faust auf den Karren und flüsterte laut: »Futter!« Noch ehe das Wort verhallt war, kam der Karren durch das mächtige Gewicht seines Insassen ins Wanken. Lewis hörte ein Raunen durch die Zuschauer gehen, dann sprang Rex der Affe aus dem Karren; er war mit einem dicken Seil, dick genug, um eine Fregatte zu halten, gesichert. Eine ganze Weile saß er auf den Hinterbeinen und sah sich um. Seine großen schwarzen Augen blickten feindlich, und die breite Brust hob und senkte sich mit seinem Atem.

Von seinem Platz aus wollte Lewis sehen, wie sich der Affe vor einer Zuschauermenge verhielt. Der intensive Blick des Gorillas hatte zunächst bewirkt, dass eine tiefe Stille sich auf die Zuschauer senkte, während sie warteten, wie es weiterging. Dann warf Rex sich mit einem Brüllen, das das Leben der Anwesenden um ein Jahr verkürzte, in Richtung Tribüne.

Der Affe wich wieder zurück und ließ die Wirkung einsinken, sein enormer roter Kopf schwenkte langsam von rechts nach links. Er schien sich zu enstpannen, worauf die Zuschauer Mut fassten und erwartungsvoll nach vorn auf die Sitzkanten rutschten. Plötzlich sprang der Affe unvermittelt vor, wedelte mit seiner großen Hand, als wollte er zuschlagen, und wirbelte eine gelbe Staubwolke auf. Er wankte um den kleinen Karren herum, stieß ihn heftig und rüttelte an den Gitterstäben, so dass der ganze Aufbau sich vom Chassis zu lösen drohte.

Rex zerriss die Luft mit seinem Brüllen, seine riesige Faust fuhr krachend gegen die Seitenwand des Karrens, er rüttelte an den Gitterstäben und rannte dann an den Manegenrand, er zeigte den Menschen von Jasper, Oklahoma, sein furchterregendes Gesicht und entblößte seine Stoßzähne. Die Leute schrien und sprangen entsetzt zurück, einige purzelten vom Ende der Sitzbank und landeten übereinander auf dem Boden.

Rex stürzte sich nach vorn, wurde von dem Seil zurückgehalten, packte das Seil und knabberte daran. Einen Moment lang hielt er in einer komischen Pose mit dem Seil in seinem großen Maul inne. Er stellte sich auf die Hinterbeine, fletschte die Zähne, schlug das scheußliche Seil auf den Boden und blickte auffordernd in die Menge. Als Rex die vor Schreck erstarrten Zuschauer musterte, fiel sein Blick auch auf Lewis. Lewis sah in seinen Augen ein winziges Glitzern von Primatenhumor und wusste, dass er einen Schauspieler in der Truppe hatte.

Mit großem Getue warf Foley eine Handvoll Äpfel und Bananen in den Karren, und Rex begab sich wieder hinein. Foley ging mehrere Schritte zurück, bis er bei Lewis war.

»Also, wenn es je einen Zweifel gab, ob dies der Sohn des großartigen Rex, des roten Affen, ist – jetzt sind sie ausgeräumt. Ein geborener Schauspieler, wie der Alte auch.«

Beim Eingang zu dem Karren blieb Rex stehen und warf noch einmal einen gründlichen Blick auf die Zuschauer, dann machte er sich an seinen Imbiss. Foley und Joseph Coates verriegelten die Tür und zogen den Karren aus der Manege.

Augenblicklich gewann das Publikum seinen Mut und seine Stimme wieder zurück, es wurde gejuchzt und gejubelt und nach einer Fortsetzung gerufen. Lewis stellte die Menschen einen Moment lang auf eine Geduldsprobe. Sie warteten erregt auf das große Finale, das alles, was sie gesehen hatten – Clowns, die sich prügelten, Schlangenbeschwörer, die tot umfielen, Muskelmänner, die Kanonenkugeln auf ihren Schultern auffingen, und Katzen, die zu der Melodie von »Yankee Doodle« marschierten, eine

Göttin, die auf Pferden ritt, und ein mörderischer Gorilla, der auf sie losgelassen wurde –, übertreffen würde.

Charlie guckte Helen an, die mit einem kleinen Lächeln den Eingang des Zeltes beobachtete. »Was kommt jetzt?«

Shelby wechselte einen Blick mit Helen und sah dann den Jungen an. »Man hört mit dem Besten auf, man zeigt etwas, das unübertroffen ist. Die meisten Vorstellungen hören mit einer großen, lauten Nummer auf. Manche würden mit Lucy aufhören.«

»Was gibt es Besseres als den Gorilla?«

Shelby nickte und sah zum Eingang. »Wenn ich mich nicht ganz schwer irre, dann kriegen wir den alten Mann zu sehen. Falls er wach ist.«

Lewis trat mit seinem Megafon in die Manege, und die Musik verstummte.

»Meine verehrten Damen und Herren, liebe Jungen und Mädchen. Wir kommen zur letzten Nummer des Abends und der außergewöhnlichsten Nummer überhaupt. Der größte Zauberer seiner Zeit. Fitzroy der Magier.«

Als der Junge sich umdrehte, sah er, wie der Vorhang sich kräuselte und eine Katze zum Vorschein kam, hinter ihr war eine Erscheinung in Schwarz und Gold zu sehen. Der Junge richtete sich auf und sah angestrengt zu dieser neuen Person hinunter, zu dem großen Mann, der mit langsamem, aufrechtem Gang die Manege betrat, das Gesicht finster entschlossen, und einen konischen Hut auf dem Kopf trug, der bei jedem anderen albern ausgesehen hätte, und einen Umhang, der sich hinter ihm bauschte und ihm einen Hauch von Macht und Kraft verlieh.

Harley sagte nichts, sondern stand eine ziemlich lange Zeit, so schien es, auf einen Stock aus Ebenholz gestützt und betrachtete die Zuschauer auf den Tribünen. Die Menschen in der ersten Reihe und die Kinder auf dem Stroh wurden nervös, dann nickte Harley und zeigte ein kleines Lächeln. Er drehte sich um und tat so, als sähe er erst jetzt die Katze, er zeigte auf sie, wedelte mit dem Stock, und Xenophon verschwand.

Die Menschen rissen Augen und Mund auf, dann, als eine Frau in der obersten Reihe kreischte, weil sie plötzlich eine Katze auf dem Schoß hatte, brach Gelächter aus.

Harley zuckte die Schultern, als wollte er sich für das Missgeschick entschuldigen, zog seinen Hut ab und ließ seine Finken fliegen. Er guckte in seinen Hut, zog einen kleinen Hund hervor und verscheuchte ihn mit der Hand. Während sich sechshundert Menschen den Hals verrenkten, um alles mitzukriegen, guckte der Zauberer mit gerunzelter Stirn in seinen konischen Hut und zog ein bizarres Objekt nach dem anderen hervor: einen bunten Ball, seidene Tücher, ein Bündel Zigarren mit einer Schleife darum, eine Kaffeetasse, eine Mundharmonika, einen Pferdehuf. Misstrauisch beäugte er ein zerkrumpeltes Taschentuch und täuschte Überraschung vor, als er ein Käsebrot herauszog, und das Publikum lachte laut auf.

Er nahm sich einen kleinen Helfer aus der Menge, einen Jungen, den er seiner entsetzen Mutter entwendete, schwenkte seinen Umhang über ihm und ließ ihn verschwinden. Die Frau schrie auf, Harley sah sie verärgert an und zeigte mit dem Finger auf die andere Seite, wo der Junge blinzelnd im grellen Licht stand. Er zog aus Männerohren Eier und aus Kindernasen Süßigkeiten hervor, er ließ seine Finken aus dem Blumenstrauß auf dem Hut einer Dame emporflattern. Aus den Falten seines Umhangs zauberte er Frösche, Bänder, weiße Handschuhe und Strohhüte hervor. Gegenstände, die die Zuschauer verloren hatten, kamen unter Harleys Umhang oder in den Kleidern anderer Zuschauer zum Vorschein. Der alte Mann blinzelte ins Publikum und unterdrückte nur mühsam ein Lächeln.

Am Schluss stand Harley barhäuptig da und verneigte sich zu dem Applaus. Er faltete seine Arme unter dem Umhang und wartete, bis der Applaus verklang. Dann legte er den Kopf zur

Seite, hielt einen Finger hoch und zeigte damit auf den trockenen Staub zwischen Manege und Tribüne. Er beugte sich vor und zog mit dem Finger einen Kreis, dann trat er zurück und sprang überrascht hoch, so wie das gesamte Publikum auch, als der Kreis in Flammen ausbrach.

Nachdem er sich gefasst hatte, zeigte er wieder auf den Flammenkreis, der kurz darauf zu einem Reif wurde, den der Zauberer durch die Mitte der Manege trieb. Bevor der Flammenreif die hintere Zeltwand erreichte, erlosch er. Harley drehte sich zum Publikum um und ließ die Augenbrauen auf und nieder tanzen. Die Zuschauer juchzten und klatschten, sie sprangen auf und stampften mit den Füßen, sie jubelten und brachten Lewis Tullys Zelt zum Wanken. Der alte Mann tippte sich an den konischen Hut, winkte zerstreut und eilte davon mit der Miene eines Mannes, der sich zu einer Beratung mit Königen einfinden muss.

Beim Ausgang kam Harley an Lewis vorbei, der sein Publikum verabschieden und es mit seinen neu gewonnenen Einsichten wieder in die Plains hinausschicken wollte. Lewis klopfte Harley auf die Schulter und sagte: »Und wir dachten schon, du hättest es nicht mehr drauf.«

Harley blickte Lewis an, und Lewis merkte, dass der Zauberer versuchte, sich ein kindliches Grinsen zu verkneifen. Ein eigentümliches Leuchten stand in seinen blassblauen Augen, und Lewis sah ihm einen Moment lang nach, bevor er ein letztes Mal vor sein Publikum trat.

* 24 *

Nachtgedanken

Helen brachte Charlie zu dem alten Armeezelt, wo er mit Lewis und Shelby übernachten würde. Auf dem Weg begegneten sie den Kindern des Grafen, und Helen ging ein paar Schritte voraus, damit der Junge mit seinen Freunden über den Abend sprechen konnte. Beim Eingang vom Zelt sah er sie an und schlug die Plane zurück. Lewis hatte ein Licht brennen lassen.

»Jetzt ab ins Bett mit dir.«

Sie ging ihm voraus, schlug seine Wolldecke zurück, und legte das Männerflanellhemd zurecht, das ihm als Nachthemd diente. Der Junge stand immer noch am Zelteingang, seine Augen glänzten von dem, was er alles gesehen hatte.

»Dir ist wahrscheinlich nicht nach Schlafen zumute.«

Er schüttelte den Kopf, und ein kleines Lächeln stand in seinen Mundwinkeln.

»Meinst du, dir wird schlecht?«

Er guckte überrascht und schüttelte dann wieder den Kopf.

»Du hast eine ganze Tüte Bonbons und eine Tüte Erdnüsse gegessen und zwei Gläser Limonade getrunken, und du hast Stunden in der Gegenwart einer Dame verbracht, die du nicht magst. Ich dachte nur, das hat dich vielleicht ein wenig mitgenommen.«

Errötend wandte er den Kopf ab und sagte: »Nein, mir ist nicht schlecht.«

»Na, dann lasse ich dich mal allein, damit du das tun kannst, was junge Burschen so tun, bevor sie ins Bett gehen. Die Männer werden bald kommen. Schlaf gut.«

»Gute Nacht«, murmelte er und machte sich bettfertig.

Lange lag er auf seiner Pritsche, hielt die Decke über den Kopf gezogen und hörte sein rasendes Herz. Er erlebte den Zirkusabend in allen Einzelheiten noch einmal, beschrieb sich jede Nummer in einem nervösen Flüstern und kam zu dem Schluss, dass die seltsamen kleinen Katzen möglicherweise seine Lieblingsnummer waren, außer vielleicht Lucy Brown, die er für die hübscheste Frau auf der ganzen Welt hielt, und natürlich Harley, der für ihn der größte Zauberer war, den er je gesehen hatte, obwohl er zugegebenermaßen nur zwei andere in seinem Leben erlebt hatte.

Shelby warf die Plane am Eingang zurück und kam ins Zelt, in dem schwachen Licht versuchte er, den Jungen auszumachen.

»Noch wach, eh, Chef? Wundert mich nicht. Ich kann nach einer Vorstellung auch nicht einschlafen, und ich habe in meiner Zeit bestimmt dreitausend gesehen.«

Er ging zu dem kleinen Kartentisch und setzte sich.

Der Junge sah, dass Shelby eine große Flasche Bier hatte und etwas, das er als Hühnchen in gewachstem Papier identifizierte. Shelby machte die Packung auf und löste mit einem lauten Zischen den Flaschenverschluss.

»Ich bin nicht müde.«

»Natürlich bist du müde, du merkst es bloß nicht, wegen der ganzen Aufregung. Aber meinetwegen, steh ruhig auf und setz dich zu mir, wenn du willst.«

Der Junge glitt aus dem Bett und setzte sich Shelby gegenüber. Ein paar Minuten saß er, das Kinn in die Hand gestützt, da und sah zu, wie Shelby sein Hühnchen aß.

Shelby biss ab und sah ihn an. »Möchtest du was?«

»Nein. Sind alle im Bett, außer uns?«

»Manche ja, manche nein. Die Vernünftigen wissen, dass wir im Morgengrauen aufstehen müssen. Das Camp abzubauen ist harte Arbeit, und wir sind nicht so viele, deswegen müssen wir früh anfangen. Die nächste Stadt ist Praeger, das ist fünfundvierzig Meilen von hier. Wir müssen gegen Mittag da ankommen, alles wieder aufbauen und am späten Nachmittag oder am Abend eine Vorstellung geben. Wenn wir in die größeren Städte kommen, geben wir zwei Vorstellungen am Tag, da geht es richtig zur Sache, das kannst du mir glauben.«

Charlie musterte Shelby einen Moment, seine Narben, die Haare, die gebrochene Nase und alles, und kam zu dem Schluss, dass Shelby längst nicht so hässlich war wie andere Männer, die er gesehen hatte.

»Guckst du mich an oder das Hühnchen?«

Der Junge fühlte sich ertappt und lachte verlegen. Er schüttelte den Kopf, und Shelby erhob sich und holte eine Flasche Limonade aus einer Kühlbox hinten im Zelt.

»Hier.« Mit seinem breiten Daumennagel machte er den Verschluss ab und gab dem Jungen die Flasche, dann hob er seine Flasche zum Wohl.

»Ist Lewis dein bester Freund?«

Shelby hielt mitten beim Kauen inne und lächelte. »Du springst von einer Sache zur anderen, was? Ja, das ist er. Wir kennen uns schon sehr lange. Neununddreißig Jahre, wenn ich mich nicht täusche.«

»Bist du auch aus Chicago?«

»Nein, ich bin aus St. Louis. Ich habe Lewis in Wyoming kennen gelernt. Wir haben im gleichen Haus gewohnt. Hat er dir davon mal erzählt?«

»Wo es schlecht war?«

»Ja, genau. Dann weißt du ja, wovon ich spreche.«

Der Junge zuckte die Schultern und schüttelte den Kopf. »Nur, dass es da schlecht war.«

»Und das war es auch. Ich war der Jüngste, deswegen hat Lewis auf mich aufgepasst wie ein älterer Bruder. Dann sind wir gegangen – getürmt, um genau zu sein –, er hat mich mitgenommen, und seitdem sind wir zusammen. Wir sind also ziemlich gute Freunde, um deine Frage zu beantworten. Manchmal kommt es mir so vor, als wären wir Brüder. Wenn er etwas Neues anfängt oder eine neue Idee hat, ist es gleich klar, dass ich mitmache.«

»Ich wünschte, ich hätte einen Bruder.«

Shelby nickte. »Ich hatte mal einen, als ich klein war, aber der ist gestorben.«

Er erinnerte sich genau an den Abend, und er würde sich bis ans Ende seiner Tage daran erinnern, der Moment war in seinem Gedächtnis fest eingegraben, wie auch ein paar andere Erinnerungen, zum Beispiel die Nacht, als er mit Lewis Tully in die Plains hinausgelaufen war, oder der heiße Nachmittag, an dem ein verängstigter junger Spanier mit seiner Pistole auf Lewis' Brust gezielt hatte. Jetzt sah er das Zimmer wieder vor sich, klein und stickig und voll gestellt mit Betten. Er sah sich selbst in dem Zimmer, wie er sich in der Nacht im Bett umdrehte und den Körper neben sich spürte. Er hatte seinen Bruder in der Dunkelheit angefasst und die kalten Glieder, die schon steif wurden, gespürt, und zu weinen begonnen. Dann waren sie gekommen und hatten seinen Bruder weggenommen.

»Hattest du Angst?«

»Wann genau?«, fragte Shelby und fragte sich zum ersten Mal, ob der Junge seine Gedanken lesen konnte.

»Als du mit Lewis weggelaufen bist.«

»Eigentlich nicht. Ich war mit Lewis zusammen. Er war schon fast dreizehn und doppelt so groß wie ich. Ich war acht und fand, dass er der Tapferste und Klügste von allen war.«

Und jetzt, all die Jahre später, jetzt bin ich es, der auf Lewis aufpasst, dachte Shelby, *denn solange er auf alle diese Menschen hier achten muss, braucht er jemanden, der auf ihn aufpasst. Aber das weiß Lewis gar nicht.*

Bei dem Gedanken musste er lächeln.

»Woher hast du die Narbe?«

»Ich habe eine Narbe?« Shelby tat überrascht und befühlte seine Stirn. Charlie lächelte.

»Kuba. Da hat Lewis seine am Bauch her. War ungefähr die gleiche Zeit.«

»Wie ist das denn passiert?«

»Von einem Stück Fels, das bei einer Schießerei rausgebrochen war.«

»Wart ihr Soldaten, Lewis und du?«

»Ja.«

»Warum wart ihr in Kuba?«

Shelby seufzte. »Es gab einen Krieg. Einen kurzen Krieg. Ein paar Politiker hatten ihn vom Zaun gebrochen, aber damals glaubten wir, dass es eine großartige patriotische Sache war, und wir waren stolz darauf, dass wir mitmachen konnten. In der Army waren wir sowieso. Ich war neunzehn, und mein gesunder Menschenverstand hatte sich noch nicht durchgesetzt. Aber die Welt ist klein: Captain Walling und seine Jungen waren auch da, gleicher Tag, gleicher Berg, gleiche Schlacht wie Lewis und ich. Wir kannten sie damals noch nicht, musst du wissen. Und Mr ...«

»Wart ihr auch Rough Riders? Bei Teddy Roosevelt?«

»Hast du schon mal von Teddy Roosevelt gehört?«

»Ich habe in einem Buch von ihm gelesen.«

»Also, nein, wir waren keine Rough Riders. Aber der Captain und seine Jungen, die ja. Die Rough Riders waren Freiwillige. Wenigstens kann ich sagen, dass ich mich für diesen Wahnsinn nicht freiwillig gemeldet habe. Wir wurden eingesetzt. Lewis und ich waren in der Dritten U.S. Kavallerie. Auch so eins von den Abenteuern, in das Lewis mich verwickelt hat. Aber das ist eine andere Geschichte.«

Shelby guckte auf die Tischplatte und war wieder auf dem Berg San Juan, wo er sich das blutende Gesicht hielt, während Lewis herumwirbelte und dem jungen spanischen Offizier gegenüberstand. Er sah sich selbst, wie er Lewis etwas zurufen wollte, dann, wie der Spanier abfeuerte und wie Lewis' Beine zu Gummi wurden, dann schoss Lewis auf den Spanier. Später stellte sich heraus, dass weder Lewis noch der Spanier eine Ente in der Badewanne treffen konnten.

Er zitterte leicht. »Du lieber Himmel. Jetzt hast du aber ein paar unangenehme Erinnerungen in mir geweckt, Junge. Vielleicht kann Lewis dir von der Zeit erzählen. Ich denke nicht gern daran zurück.«

Er lächelte, und der Junge lächelte zurück und entblößte dabei einen leicht schief stehenden Zahn. Es ließ sich nicht leugnen, dass der Junge ihn nachdenklich stimmte. Shelby hatte Kinder schon immer gern gemocht, aber dieser bedürftige Junge und die Zeit, die Shelby mit ihm verbrachte, erinnerten ihn daran, dass das Leben noch andere Möglichkeiten bereithielt, Möglichkeiten, die ihn in letzter Zeit immer häufiger beschäftigten.

Er dachte an das kleine Blockhaus, wo Betty Ostertag wohnte, und an seinen letzten Besuch da, und an die unumgängliche Frage, die sie ihm schließlich gestellt hatte.

Wie lange noch?

Es war nur fair, und sie hatte die Frage ruhig, ohne Hysterie, gestellt, aber ihre Stimme sagte ihm: *Du bist mir eine Antwort schuldig, ich muss es wissen.*

Einen Moment lang hatte Shelby gedacht, er könnte ihr eine ehrliche Antwort geben, doch dann sprach er schon.

»Bis Lewis weiß, dass der Zeitpunkt zum Aufhören gekommen ist oder bis er alles im Gang hat und mich nicht mehr braucht.«

»Meinst du, dass er dich irgenwann nicht mehr bei sich haben möchte, J. M.?«

»Das habe ich nicht gesagt. Ich habe gesagt, wenn er mich nicht mehr braucht. Du denkst vielleicht, das ist nicht fair.«

Sie sah ihn offen an. »Ich habe nicht vor wegzugehen. Wenn du sagst, du kommst hierher«, und sie zeigte mit dem Finger auf den Boden ihres adretten kleinen Hauses, »genau hierher, dann werde ich wohl warten können.«

Jetzt dachte Shelby an Betty und an ihr hübsches Haus, an ein Leben, das ihm von Jahr zu Jahr verlockender erschien. Er sah Charlie an: Es wäre eine feine Sache, wenn er einen Jungen wie ihn haben könnte.

»Schmeckt deine Limonade?«

»Ja, gut. Wo ist Lewis?«

»Ach, wer weiß, wo er sich nach der ersten Vorstellung der Saison rumtreibt, vielleicht ist er in den Ort gegangen, auf einen kleinen Drink.

Vielleicht, sagte er sich, *aber ich glaube, er ist noch drüben.*

Es war noch jemand mit ihm im Zelt, wahrscheinlich eine Feldmaus – Lewis konnte sie auf den zerkratzen Sitzbänken scharren hören. Aus der Innentasche seines Jacketts nahm er eine Halbliterflasche Oscar Pepper und drehte langsam den Korken heraus. Er nahm einen langen Schluck, verschloss die Flasche wieder und steckte sie zurück in die Tasche. Der Mond am Himmel warf seine Strahlen durch das Mittelloch in dem roten Leinendach des Zirkuszelts und tauchte die Dinge auf dem Boden in kleine silbrigrosafarbene Schatten. Lewis spürte, wie der Whiskey brennend durch seine Kehle rann; zum ersten Mal seit Wochen konnte er sich entspannen. Draußen waren entfernt ein paar Stimmen zu hören – seine Truppe, die sich für die Nacht zurückzog, vielleicht auch noch ein paar Leute aus der Stadt, die den Abend nicht beenden wollten, als könnten sie so die Vorstellung festhalten, den einen Abend in ihrem Leben, an dem sie etwas Außergewöhnliches erlebt hatten.

Seine Vorstellung. Lewis stand auf und betrachtete das leere Zelt, die schäbigen Bänke, den Erdboden.

Das Zelt roch nach den Tieren, den Pferden und Zebras und nach dem alten Jupiter, es roch nach sechshundert schwitzenden Menschen der Plains, die sich Schulter an Schulter auf den Bänken gedrängt hatten, nach Popcorn und modriger Leinwand und nassem Stroh auf feuchtem Boden. Es roch genau so, wie das Zelt von Dan Gustafsen an einem regnerischen Frühlingsabend des Jahres 1892 gerochen hatte.

Ich habe es geschafft. Ich habe wieder meinen eigenen Zirkus, und ich fahre damit über die Plains, und es ist mir gleichgültig, wenn ich nie einen Dollar verdiene. Ich habe wieder meinen eigenen Zirkus.

Lewis Tully sah durch das Loch im Dach seines Zelts und grüßte zu den Sternen hinauf.

Helen las eine Zeitung vom Vormonat, die sie in der Stadt gefunden hatte, und ließ sie sinken, als sie seine Schritte draußen hörte. Helen Larsen schüttelte den Kopf, sie war so töricht, und das ärgerte sie: Vierunddreißig Jahre waren vergangen, und noch immer schlug ihr Herz schneller, wenn sie seinen Schritt hörte, auf eine Entfernung von zwanzig Metern konnte sie seine Stimme aus einer Menge heraushören, und sie erkannte ihn jedes Mal, wenn er mit anderen, ähnlichen Männern zusammenstand. Nein, nicht »ähnlich«, es gab niemanden in ihren Gedanken, der ihm »ähnlich« war.

Er würde auf dem Weg zu seinem Zelt vorübergehen, der letzte, der noch draußen war. Sie war sich ganz sicher, dass er bei seinen Tieren gewesen war oder vor seinem Zelt gestanden und es angestarrt hatte – nein, wahrscheinlich hatte er im Zelt gesessen, im Dunkeln, und von seinem Zirkus geträumt. Helen Larsen faltete die Zeitung zusammen und legte sie auf den Tisch neben ihrem Bett. Sie zog sich ihren Mantel über und ging zum

Eingang des Zelts, und als seine Schritte kurz davor waren, schlug sie die Plane etwas zurück und sah hinaus.

»Lewis?«

Er blieb stehen und steckte die Hände in die Gesäßtaschen – eine alte, nervöse Geste, die ihm, das wusste sie, nicht bewusst war. Sie trat aus dem Zelt und zog den Kragen ihres Mantels fester, mehr aus Gewohnheit denn aus Notwendigkeit.

»Hallo«, sagte er, als hätten sie sich nicht vor zwei Stunden erst gesehen.

»Was hast du gemacht, Lewis? Dein Geld gezählt?«

Er lächelte verlegen und schüttelte den Kopf. »Nein, das überlasse ich dir und Lucy.« Er blickte in dem dunklen Camp um sich und sagte leise: »Und mir ist es auch egal, wie viel wir eingenommen haben.«

»Ich weiß. Es war ein Witz.«

Lewis nickte. »Wenn es das Geld wäre, dann würde ich wahrscheinlich etwas anderes machen.«

»Das glaube ich nicht.« Sie verschränkte die Arme vor der Brust und lehnte sich an den Zeltpfosten. »Du würdest das Gleiche machen. Mit einem größeren Zirkus vielleicht, aber du wärst trotzdem ein Zirkusmann.«

Er sah sie lange an, und sein Blick sagte ihr, dass er nicht wusste, wie er sie verstehen sollte.

»Nichts, weswegen du dich schämen müsstest.«

Lewis nickte. Er änderte die Stellung und guckte auf seine Stiefelspitzen, dann zum Himmel und gab allen Anschein von Unentschlossenheit.

»Also«, sagte Lewis und wartete darauf, dass sich ein Satz in seinem Kopf bilden würde. Es überraschte ihn, wie sehr er mit ihr sprechen wollte.

»Abbau im Morgengrauen?«

Er nickte. »Wenn ich vernünftig wäre, ginge ich ins Bett …

aber nach der ersten Vorstellung ist es so schwer, zur Ruhe zu kommen.«

Deine erste Vorstellung seit Jahren, hätte sie gesagt, *die, von der du geglaubt hattest, dass sie nicht zustande kommen würde.* Sie sah ihn eine Sekunde lang an, dann wandte sie sich ab, weil sie seinen Blick auf sich spürte.

»Ich weiß gar nicht, was ich machen soll, so aufgedreht bin ich. Erst dauert es so lange, bis man eine Vorstellung zusammenhat, und plötzlich ist es wie ein Güterzug, der vorbeidonnert, und schon sitze ich in einem leeren Zelt.«

Sie betrachtete sein Profil und dachte an andere Male vor langer Zeit, als sie vor ihrem kleinen Zelt gestanden und ihm zugehört hatte. Lewis sagte etwas über das Wetter – es würde schön bleiben –, und sie guckte auf die dunklen Plains hinaus und sah sich als junges Mädchen, und ein schlaksiger junger Lewis Tully stand neben ihr vor ihrem Zelt, und der Junge redete in die Nacht hinaus von dem Zirkus, den er eines Tages haben würde, während das Mädchen sich fragte, ob dies der Mann sei, mit dem sie ein Leben lang verbunden sein würde.

Helen schüttelte die Erinnerung ab und sah den zweiundfünfzig Jahre alten Zirkusmann und wünschte sich einen Moment lang, dass sie wieder das Mädchen sein könnte; sie würde nichts verändern wollen, nur wieder jung sein und verliebt ins Leben und in die Versprechen, die es überall bereitzuhalten schien.

Vor hundert Jahren, dachte sie.

»Also gut«, sagte er, »der Morgen bricht bald an, ob ich bereit bin oder nicht.« Er scharrte mit den Füßen und sah sie an.

»Gute Nacht, Lewis.«

»Nacht.«

Sie ging in ihr Zelt und lauschte dem Geräusch seiner Schritte, die sich zu seinem Zelt fortbewegten – das einzige Geräusch im Camp.

✻ 25 ✻

Der Letzte der Weißclowns

Lewis Tullys Blue Moon Circus brauchte den ganzen Mai und die erste Hälfte vom Juni, um die wenigen Städte in Oklahoma abzuklappern, dann durchquerte er Kansas auf der langen Diagonale der sich endlos schlängelnden Canty Road. In Kansas mieden sie die größeren Städte, machten einen großen Bogen um Wichita und gaben stattdessen Vorstellungen in Städten mit Namen wie Buhler und Inman, Ness City, Dighton und Leoti. An zweiundzwanzig Spielorten gab der Zirkus achtundzwanzig Vorstellungen, die meisten ohne Zwischenfälle. Die Zirkustruppe blieb unverletzt, die Tiere blieben gesund, die Menschen aus den Kleinstädten drängten sich in dem bunt geflickten Zelt und bejubelten alle Nummern der Vorstellung. Am 3. Juni fuhren Shelby und ein paar andere in zwei Autos voraus; sie hatten einem enormen Stapel Plakate dabei, auf denen das Kommen des Blue Moon Circus angezeigt wurde. Lewis wollte mit seiner Truppe Vorstellungen in einigen der kleineren ländlichen Städte geben. Die letzte hieß Goode's Crossing und lag in der Nähe der Staatsgrenze.

Inzwischen hatte Charlie eine ganze Reihe »Pflichten«, wie er das nannte, angehäuft. Er half Lucy Brown, den Kartenverkaufsschalter in dem roten Wagen aufzubauen – Lewis hatte einmal erklärt, dass der Kartenverkaufswagen in jedem Zirkus der rote Wagen hieß, ungeachtet seiner Farbe und ungeachtet der Tatsache, ob es ein Wagen war. Charlie half Mr Zheng und Mr Aiello und sprang bei den Totenkopfäffchen und Rex dem roten Menschenaffen als »Käfigjunge« ein, er holte das Fressen und kehrte mit zugehaltener Nase den Unrat aus, der sich in erstaunlichem Tempo auf dem Boden des Gorilla-Käfigs ansammelte. Es hätte ihn geekelt, wenn es ihn nicht so sehr fasziniert hätte, immer in der Nähe der Tiere zu sein.

Auch Sam Jeanette stellte den Jungen bei sich ein, und Charlie lernte, dass es ein gutes halbes Dutzend Leute ein paar Stunden lang beschäftigte, allein die Pferde in Lewis Tullys Zirkus mit Futter und Wasser zu versorgen. Gelegentlich machte er Botengänge für Helen Larsen, jedoch geschah das eher selten, denn Helen war daran gelegen, den zerbrechlichen Waffenstillstand zwischen sich und dem Jungen nicht zu gefährden. Sie schickte ihn nur zu Menschen, von denen sie wusste, dass er sie mochte, und bat ihn nur um Dinge, die ihm nicht peinlich sein würden. Kostüme, die den weiblichen Mitwirkenden gehörten, zum Beispiel, lieferte sie selbst.

Der Junge beobachtete Lewis, wann immer er die Gelegenheit hatte, und machte ein großes Aufhebens um seine Aufgaben, wenn er Lewis in der Nähe glaubte. Hin und wieder hielt er plötzlich bei einer Arbeit inne und bemerkte, dass Lewis ihn beobachtete. Dann nickte Lewis ihm knapp zu und wandte sich rasch ab, und der Junge, von Verlegenheit überwältigt, machte sich eilig davon.

Einmal kam Lewis vorbei, als der Junge mit der Gabel Heu auf die Koppel brachte, sein Hemd klebte ihm feucht vor Schweiß am Rücken. Als Charlie sich umdrehte und Lewis sah, sagte er: »Du machst das gut, sehr gut.« Der Junge lief dunkelrot an und begann in wilder Hast mit der Heugabel zu hantieren. Lewis wollte noch etwas sagen, aber als ihm nichts einfiel, ging er schnell weiter, zum anderen Ende der Koppel, und hatte dabei das Gefühl, als hätte er sich feige verhalten.

Der Junge hörte, wie Lewis' Schritte in Richtung Jupiters Koppel verschwanden; er war stolz auf das Kompliment und gleichzeitig verlegen. Während er weiterarbeitete, wiederholte er, was Lewis gesagt hatte: »Du machst das gut, sehr gut.« Er hielt inne, weil ihm einfiel, dass noch am Tag zuvor Lewis ihn bei der Arbeit gesehen und nichts gesagt hatte. Charlie stützte sich auf die schwere Heugabel und dachte an Shelby, der ihn ermahnt hatte, die Dinge nicht persönlich zu nehmen. In solchen Momenten vermisste er Shelby. Er wusste, dass er Shelby etwas so Persönliches nicht direkt gefragt hätte, aber er hätte sich dem Thema indirekt nähern können, und dann hätte er mehr über Lewis Tully erfahren, denn Shelby war immer bereit, über Lewis zu sprechen.

Die Vorstellung in Goode's Crossing, die in der Kühle des späten Nachmittags stattfand, unterbrach die Serie der reibungslos verlaufenden Vorstellungen. Es gab einen ersten Unfall, als Caesar, das jüngste der Antonini-Kinder, auf einer niedrigen Rampe von seinem Einrad fiel. Er landete auf einem seiner Brüder, wobei das dünne Rad sich verbog und nicht mehr zu gebrauchen war. Die anderen Antoninis eilten ihren Brüdern zu Hilfe – der älteste war sichtlich besorgter um den Schaden, den das Einrad erlitten hatte –, und Lewis' zuverlässige Kapelle spielte »Hail to the Chief«, was das seit altersher erprobte Zeichen für Zirkustruppen aller Orten war, dass ein Problem aufgetaucht oder ein Unfall sich ereignet hatte.

In einem Zirkus wie dem der Ringlings rief die Melodie vielleicht eine ganze Truppe von Clowns in die Manege – Männer auf Stelzen, Zwerge, die sich gegenseitig mit Mineralwasser bespritzten, ein bunt gemischtes Völkchen, das die Zuschauer ablenkte, während die Zirkusleute sich um das Unglück kümmerten.

Lewis ließ seinen Blick über die besorgten Zuschauer gleiten, während der junge Antonini und sein Einrad abtransportiert wurden. Der Junge spielte seinen Part recht gut, er übertrieb die

Schwere seiner Verletzung und gab vor, durch zusammengebissene Zähne tapfer zu lächeln.

In drei Jahrzehnten der Zirkuserfahrung hatte Lewis Tully hunderte solcher Momente erlebt, von Bagatellen wie einem Anzerrissenen Kostüm bis zu einem tödlichen Unfall oder dem Angriff einer Raubkatze, und er hatte Hunderte von Methoden gesehen, wie man mit der Situation umgehen konnte, von denen alle spektakulärer als seine eigene waren.

»Hol Roy«, sagte er zu Shelby. Im nächsten Moment humpelte der alte Clown herbei, das Gesicht ungeschminkt.

Lewis versuchte, seine Überraschung zu verbergen, wollte sich rausreden, ließ es dann aber.

»Ich brauche jemanden, der die Lücke füllt«, sagte er.

Der alte Clown grinste ihn an. »Ohne meine Bemalung? Willst du all diese weißen Menschen zu Tode ängstigen?«

Lewis versuchte, den Gesichtsausdruck des Clowns zu deuten. »Möchtest du sie dir vornehmen, Roy?«

»Ja, Sir, ich glaube schon.«

»Ich kann Shirley holen lassen.«

Roy Green schüttelte den Kopf. »Nein. Ich habe das schon manchmal gemacht, Lewis. Es klappt schon.«

»Dann zeig ihnen was«, sagte Lewis. Und zu Sam Jeanette sagte er: »Sag Captain Walling, dass seine Kavallerie wieder dran ist. Er muss rein, sobald Roy mit seiner Nummer durch ist.«

Durch den Spalt im Vorhang sah Lewis, wie der Clown mit schmerzenden Knien in die Manege humpelte. Er spürte eine Hand auf der Schulter und wusste, dass es Shirley war.

»War das deine Idee, Lewis?«

Er sah in ihr besorgtes Gesicht. »Meine, aber auch seine. Und ich will ihn so haben. Er ist einer der letzten Weißclowns, da gibt es keinen besseren Zeitpunkt.«

Ein Zelt voller Mensch, ein Clown, der sie in den Bann schlagen und da halten musste: So war es früher gewesen, bevor die großen Zirkusunternehmen mit ihren Spektakeln angefangen und die einfachen Traditionen fallen gelassen hatten. Lewis verschränkte die Arme, beobachtete Roy Green und hoffte, dass Shirley nicht sein rasch schlagendes Herz hören konnte.

Roy Green ging humpelnd bis zur Mitte der Manege, wo er stehen blieb und die Zuschauer musterte. Von seinem Standpunkt konnte Lewis nur Roys Rücken sehen, aber er wusste, was die Menschen sahen: Einen korpulenten schwarzen Mann, der den Hut in der Hand hielt – selbst wenn Roy geschminkt war, zeigte er immer seine Haare, damit die Zuschauer wussten, dass er schwarz war, und damit sie entscheiden konnten, ob das was ausmachte – und die Zuschauer mit großen kindlichen braunen Augen lächelnd ansah. So brachte er sie zum Schweigen. Etwas, das für die meisten anderen Zirkuskünstler das Schlimmste überhaupt gewesen wäre, ein atemloses, blinzelndes, zappeliges Schweigen.

Roy Green guckte die Wand der weißen Gesichter an, sein Blick ruhte hier und da einen Moment, sodass alle sein Lächeln spüren konnten, sein Herz, und bevor er noch etwas gemacht hatte, hatte er erreicht, dass die Hälfte der Zuschauer ihm zulächelte.

Lewis stellte sich vor, dass in dem Moment ein anderer Zirkusmann vorbeikam, das tiefe Schweigen in Lewis Tullys bunt geflicktem Zelt vernahm und sich dachte, dass er von dem Tully-Zirkus keine Konkurrenz zu erwarten habe.

Lewis beobachtete die gebannten Gesichter.

Ich könnte jetzt auf die Tribüne kommen und eure Wertsachen entwenden, ich könnte euch die Uhren aus den Taschen und die Ringe von den Fingern stehlen, und ihr würdet das erst viel später begreifen, denn Roy Green hat euch in seinem Bann, und jetzt zeigt er euch was.

Roy führte eine Pantomime von einem Mann vor, der ein Essen kocht, bei dem alles schief geht, alles fällt hin, läuft über, geht schließlich in Flammen auf. Er war ein Mann, der von einem Hund gezerrt wurde und eine Reihe von Abenteuern und Gefahren zu bestehen hatte, er fuhr mit einem Fahrrad über eine holprige Straße, er war ein ungelenker Mann, der einen Berg erklomm, wobei ihm so manches Missgeschick zustieß. Er schien unermüdlich, mit Beinen aus Gummi und Gelenken, die sich in zwei Richtungen bewegen ließen, und wirkte nicht älter als zweiundzwanzig. Er spielte zehn Minuten lang, und als er fertig war, wollten die Zuschauer, diese schlichten weißen Menschen, ihn mit nach Hause nehmen.

Lewis lächelte Shirley zu. »Ich war immer der Meinung, dass ein Zirkus erst mit einem Weißclown vollständig ist. Früher haben die Menschen das erwartet: einen Clown, der allein in die Manege tritt und seine eigene Vorführung macht, und alle Augen im Zelt sind auf ihn gerichtet.«

Er schüttelte den Kopf und sah durch den Spalt ins Zelt, wo Roy Green sich vor einem stehend applaudierenden Publikum verneigte. »Zu still für die großen. Die haben damit Schluss gemacht, die Ringlings und die anderen: ihr Verlust, nicht meiner.«

Sam Jeanette war plötzlich neben Lewis und schlug Shirley auf die Schulter.

»Anscheinend steckt noch Leben in dem alten Mann, wie?«

»Sieht so aus.«

Lewis wandte sich Sam zu. »Wie geht's dem jungen Caesar?«

»Ach, der, der ruft nach dem Priester, der bittet um Papier und Bleistift, der will zu seiner Mama. Genau das, was man von Caesar erwarten würde.«

»Ich mag den Jungen. Er hat Sinn für Drama, genau das, was man sich von einem Zirkusakrobaten wünscht. Hat er sich das Bein gebrochen?«

»Nur das Knie verrenkt, sagt der Doc. Und vielleicht ist eine Rippe gestaucht, wo er auf seinem Bruder gelandet ist.«

»Dergleichen haben sie früher auch überstanden.«

In der Manege stand Roy Green, lüftete seinen Hut und verneigte sich tief, dann humpelte er davon, seine geschwollenen Gelenke schmerzten umso mehr nach dem, was er ihnen zugemutet hatte. Die Menschen klatschten, pfiffen und riefen nach ihm, als er schon längst verschwunden war.

Lewis betrat das Zelt und kündigte Captain Walling und seine Rough Riders an. Er traf Roy Green hinter dem Vorhang. Die Augen des Clowns blitzten vor Erregung, und er wollte etwas zu Lewis sagen, brachte aber nichts über die Lippen.

Aber Lewis sagte, als er an Roy vorbei ging: »Sieht man so gut wie gar nicht mehr, einen richtigen Weißclown.«

⁂ 26 ⁂

Lewis. A. Tullys Autobiografie

Lewis saß spät noch am Tisch und blätterte in einer von Helens Zeitungen. Diese war noch gar nicht so alt, vom 21. April 1926, und voller seltsamer Nachrichten von, so kam es ihm vor, einem anderen Planeten.

Der legendäre Sergeant York, Held des Weltkrieges, hatte eine Schule für Kinder aus armen Verhältnissen gegründet.

»Gut, Alvin, so hältst du dir Ärger vom Hals«, murmelte Lewis.

Roald Amundsen und Lincoln Ellsworth waren mit einem lenkbaren Luftschiff über den Nordpol geflogen.

»Die zwei scheinen zu viel Zeit zu haben.«

Nach einem regenreichen Frühjahr wurde im Mittleren Westen eine reiche Getreideernte sowie eine überdurchschnittliche Obsternte erwartet.

»Dann hatte es ja auch was Gutes.«

Die Deutschen beklagten sich bei jeder Gelegenheit, dass nach dem Krieg in den Nachbarländern keine vollständige Entwaffnung stattgefunden habe.

»Freut mich zu hören.«

Billy Sunday forderte die amerikanischen Männer auf: »Versuchen Sie doch mal, Ihre Frau zu loben, auch wenn Sie sie damit zunächst verängstigen.«

Darüber musste Lewis lachen. Dann war da ein Bild von

Mrs Coolidge und einer Gruppe Politiker aus dem Weißen Haus, die in einer Privatloge in John Ringlings Zirkus saßen.

»Und wo war der Präsident? Ist er sich zu schade für den größten Zirkus der Welt?«

Ihm wurde bewusst, dass er mit sich selbst sprach, und sehnte sich nach Shelby. Er schätzte sein bisschen Privatsphäre, den seltensten Luxus für einen Mann, der ständig in einer großen Gruppe unterwegs ist, aber in solchen Momenten, wenn er zu aufgeregt war, um schlafen zu können, war er dankbar für die Gesprächigkeit und den trockenen Humor seines ältesten Freundes. Hätte Shelby den alten Roy Green in der Manege gesehen, könnte er jetzt auch nicht schlafen.

Er schüttelte den Kopf und guckte wieder auf die alte Zeitung. Man hatte entdeckt, dass zehnjährige Kinder zwölf Stunden am Tag in einer Tabakfabrik arbeiteten.

Kinder, um die sich niemand auf der Welt kümmert, sagte er zu sich. Dann warf er einen schuldbewussten Blick zu dem Bett des Jungen hinüber.

Als hätte ihn das aus dem Schlaf geholt, rührte Charlie sich, er reckte den Kopf, über den die Decke wie eine Kapuze gezogen war, so dass nur die Augen zu sehen waren.

Große, verwunderte Augen, die im Licht von Lewis' Laterne blinzelten.

»Habe ich dich mit meinem Gequatsche geweckt?«

»Nein, ich habe nichts gehört.«

»Also, wenn doch, dann entschuldige bitte. Ich spreche immer mit mir selbst, wenn ich die Zeitung lese. Alte Angewohnheit. Das mache ich auch, wenn Shelby hier ist. Entweder er antwortet oder er sagt, ich soll still sein.« Lewis lachte leise und war verlegen unter dem Blick des Jungen.

»Kommt er bald zurück?«

»Müsste jeden Tag hier sein. Du magst Shelby, stimmt's?«

Ein Zögern, dann ein rasches Nicken.

»Das ist gut. Er ist ein guter Mann, und klug dazu. Ich weiß, dass er freundlich zu dir ist und viel geduldiger, als ich es bin.«

»Er ist dein bester Freund«, sagte der Junge. Er schlug die Decke zurück; er war stolz auf sein Wissen, aber unsicher, ob es ihm zustand.

»Das stimmt. Wir kennen uns von Kindheit an.«

»Ihr wart zusammen in dem Haus, von dem du mir erzählt hast, das mit dem bösen Mann. Shelby sagt, du bist wie sein Bruder.«

Lewis blinzelte verunsichert, dann nickte er vage.

»Das … das trifft es ganz gut. Wir haben einiges durchgemacht. In dem Haus, zum Beispiel.«

»Und bei der Schießerei wart ihr auch zusammen.«

Lewis lachte laut, seine Heiterkeit überraschte ihn. »Das klingt, als wäre es ein Vergnügen gewesen, als hätten wir uns einen Spaß daraus gemacht, jemanden zu finden, der auf uns schießt. Shelby hat dir davon erzählt?«

Der Junge nickte. »Er hat gesagt, du bist von einer Kugel getroffen worden und er von einem Felsbrocken …«

»Ein Felsstück, von einer spanischen Kugel.« Er lächelte dem Jungen zu. »Und wir dachten beide, dass unser letztes Stündchen geschlagen hat. Unseres und das von dem armen Spanier, der auf mich geschossen hatte, wir saßen zu dritt auf dem Berg und bluteten und mussten uns große Mühe geben, nicht loszuheulen.«

»Weil es so wehgetan hat?«

»Nein, weil wir alle geglaubt haben, wir müssten sterben. Ich war mir sicher, dass Shelby erledigt war: Er hatte eine Kopfwunde, und die bluten ja wie verrückt, man konnte sein Gesicht gar nicht mehr sehen, so viel Blut war da. Und ich habe versucht, meine Wunde zusammenzudrücken. Und dann war da der arme Spanier, der betete die ganze Zeit und schüttelte den Kopf, und überall um uns herum erstürmten Soldaten den Berg und fielen tot um – zwei habe ich gesehen, einen von unserer Truppe und einen von den Rough Riders, beide hat es direkt vor mir erwischt, als vom Gipfel geschossen wurde.«

»Und was ist dann passiert?« Der Junge hatte sich ganz aus seiner Decke befreit und saß mit offenem Mund und glänzenden Augen im Bett.

»Zwei Dinge: Als Erstes kam eine Einheit Spanier vom Berg runter und auf uns zu, und als der Offizier uns entdeckte, zeigte er mit seinem Schwert auf uns, und ich dachte, sie würden uns gefangen nehmen – falls wir nicht vorher gestorben wären. Dann ließen die Spanier plötzlich von ihrem Plan ab, weil sie etwas gesehen hatten, was ihnen gefährlich schien. Ich sah nach oben und sah …«

»Andere Amerikaner.«

»Richtig, ich sah andere Amerikaner. Um genau zu sein, ich sah die Männer der Zehnten U.S. Kavallerie. Ich guckte hoch und sah überall schwarze Gesichter, farbige Männer, das Neunte und Zehnte Regiment, das aus Negern bestand, hat uns gerettet und noch viele andere dazu, unter anderem auch Teddy Roosevelts berühmte Rough Riders. Du kannst Captain Walling fragen, er war da, obwohl ich ihn damals noch nicht kannte. Ganz schön zäh, diese farbigen Burschen, es waren Berufssoldaten, keine Freiwilligen wie ein paar von Teddys Jungen – sag dem Captain nicht, dass ich das gesagt habe –, denn diese farbigen Männer waren Veteranen aus den Indianerkriegen und hatten alles Mögliche mitgemacht. Der Sergeant stellte vier von seinen Männern ab, die sollten uns den Berg runterbringen, und dann hat er mir zugezwinkert und gesagt: ›Wir holen euch da raus, Mann, dich und deinen Freund. Es sei denn, ihr wolltet hier oben gern sterben.‹

Ich wollte eine schlaue Antworten geben, aber mir war ziemlich schlecht, also habe ich nur genickt. Der Sergeant stand einfach da, die Kugeln sausten um seinen Kopf herum und schlugen in die Bäume hinter uns ein, und er hat nicht mit der Wimper gezuckt. Er guckte zu, bis die Männer uns transportbereit gemacht hatten, holte noch zwei von seinen Leuten, die den Spanier runterbringen sollten, dann ist er mit seiner Truppe weiter den Berg raufgestiegen.«

»Ist er umgekommen? Der Sergeant?«

»Nein, natürlich nicht. Nein – er ist hier.« Lewis lächelte, als der Junge ihn überrascht ansah. »Der Sergeant war Sam Jeanette. Ich habe ihn viele Jahre nicht gesehen, aber dann ergab sich die Gelegenheit, dass ich ihm danken konnte, als ich Ephraim Williams ein paar Pferde für seinen Zirkus verkaufte – das war ein Zirkus nur mit Negern, Eph Williams hatte einen großartigen Zirkus. Sam Jeanette betreute die Pferde und trainierte mit den Reitern.«

»Sind alle Menschen in deinem Zirkus deine Freunde?«

Lewis dachte einen Moment lang nach. »Solange sie in meinem Zirkus sind, sind sie meine … meine Familie, wir gehören zusammen. Ein paar kenne ich nicht so gut, zum Beispiel die Dostojewskis und die Perez-Jungen – aber sie sind mir alle ans Herz gewachsen. Aber es stimmt schon, ich versammle gern Leute um mich, die ich schon lange kenne. Ich sehe das so, dass der Allmächtige oder das Schicksal – ich weiß nicht, wie du's mit der Religion hältst, Alma hat sich nie besonders dafür interessiert –, irgend so eine Instanz jedenfalls schickt einem die Menschen, und ich denke dann, offenbar sollen einige davon Teil meines Lebens sein. Manche Menschen, die ich kannte, sind erst sehr spät wieder in meinem Leben aufgetaucht, als ich schon nicht mehr geglaubt habe, dass wir uns noch einmal sehen würden. Wie Sam Jeanette oder auch Harley; den habe ich kennen gelernt, als ich achtzehn war und in Dan Gustafsens Zirkus geholfen habe, die Pferde abzurichten. Und Helen – Mrs Larsen –, die kenne ich länger als alle anderen, abgesehen von Shelby.«

Lewis starrte in die Ferne. Der Junge sagte eine Weile nichts, dann fragte er: »Hattest du mal eine Frau?«

»Nein, keine Zeit für eine Frau oder eine Familie. Beinahe hätte ich … einmal war ich nah dran zu heiraten, aber das war, oh Gott, das war vor langer Zeit, und jetzt ist es, glaube ich, Zeit, dass wir uns beide aufs Ohr legen. Wir unterhalten uns ein andermal weiter«, sagte Lewis und kam sich etwas töricht vor.

»Ist gut«, sagte der Junge, und Lewis hörte eine gewisse Erregung in Charlies Stimme.

Als Lewis sich die Stiefel auszog, gestand er sich ein, dass es ihm Spaß gemacht hatte, die Fragen des Jungen zu beantworten.

Du sprichst einfach gern von dir selbst, Tully, das ist es doch.

Er legte sich auf seine Pritsche und blickte zum Zeltdach hoch. Als er über die Dinge nachdachte, die er Charlie gerade erzählt hatte, fiel ihm auf, dass er so gut wie nichts über das Kind wusste, außer den paar Dingen, die Alma ihm berichtet hatte.

Lewis sah zu dem Jungen hinüber, mit dessen Form unter der Decke er mittlerweile vertraut war, und suchte nach Worten.

»Sag mal, Charlie …«

Der Junge setzte sich erwartungsvoll auf.

»Mir fiel gerade ein –«, fing Lewis an.

Was denn, Tully? Was fiel dir ein?

Dann kam ihm ein neuer Gedanke, und er wunderte sich, dass er ihm nicht schon eher gekommen war.

»Ich weiß, dass du gern zeichnest. Ich habe ein paar von deinen … ehm … Werken gesehen.«

Der Junge machte ein erfreutes und gleichzeitig verlegenes Gesicht.

»Ich hab da eine Aufgabe für dich, in der nächsten Stadt, in der wir bleiben. Du kennst doch das Bild von dem Affen auf Rex' Wagen, nicht? Also, ich bin mir nicht sicher, dass Mr McKeon Rex so gut getroffen hat.«

»Er sieht aus wie ein Bär.«

»Genau das habe ich auch gedacht. Meinst du, du könntest einen besseren Rex zustande bringen. Was meinst du?«

»Ich habe noch nie mit richtiger Farbe gemalt.«

»Emmett kann dir zeigen, wie man das macht, und du kannst mal versuchen, Rex, den roten Menschenaffen, zu malen. Und dann«, sagte Lewis, dem das Thema immer besser gefiel, »einige von unseren Wagen haben ein paar Kratzer abgekriegt, als wir neulich die steile Straße hochgefahren sind. Vielleicht kannst du die ein bisschen ausbessern.«

Der Junge nickte schon zustimmend, bevor Lewis zu Ende gesprochen hatte. »Sicher, kann ich machen, Lewis.«

»Das habe ich mir gedacht«, sagte Lewis. »Jetzt leg dich hin und schlaf.«

Der Junge lag zitternd vor Erregung im Bett. Er stellte sich vor, wie er die Zirkuswagen und Fahrzeuge neu lackierte, wie er Plakate für die Vorstellungen zeichnete und Freunde und Fremde gleichermaßen mit seinem Talent beeindruckte. Und bis der Schlaf kam, sagte er sich mit atemlosen Erstaunen immer wieder, dass er nun ein Mitglied des Blue Moon Circus war.

»Ich arbeite für den alten Lewis Tully«, sagte er leise zu sich selbst.

* 27 *

Mexikanische Begegnung

Am nächsten Morgen weckte Lewis den Jungen sanft und schickte ihn ins Küchenzelt zum Frühstück, während er sich selbst an den Abbau machte. Um halb acht war alles verladen, und sie fuhren los. Lewis fuhr und warf hin und wieder einen verstohlenen Blick auf das Kind.

Als sie ungefähr vierzig Minuten unterwegs waren, zeigte Lewis auf ein kleines Schild am Straßenrand mit der Aufschrift WILLKOMMEN IN COLORADO.

»Die Staatsgrenze. Verabschiede dich von Kansas, Charlie.«

Der Junge sah aus dem Fenster und dann wieder zu Lewis und lächelte schüchtern.

»Aber es sieht gar nicht anders aus als Kansas.«

Lewis lächelte und nickte. »Bald aber. Bald siehst du die Berge.«

Nachdem sie acht Meilen hinter der Staatsgrenze waren, brach an einem der vorderen Lastwagen die Achse, und Emmett McKeon und seine Männer brauchten zwei Stunden, um den Wagen aufzubocken und die Achse auszuwechseln. Eine Stunde später blieb der Wagen, auf dem das Zelt und die Zeltstangen geladen waren, mit den Vorderrädern in einem schlammigen Graben stecken. Die Räder hatten sich irgendwie zwischen den Steinen, die im Schlamm lagen, verkeilt, und die Männer konnten den Wagen beim besten Willen nicht freibekommen. Lewis sagte, sie sollten Jupiter vorspannen.

Der alte Elefant warf Lewis einen angewiderten Blick zu und weigerte sich zu ziehen. Die Menschen versammelten sich um den verunglückten Wagen und machten Vorschläge. Tony Aiello und Zheng versuchten, den Elefanten zu überreden. Aiello piekte ihn mit dem Stierhaken und stieß italienische Flüche aus. Jupiter war unbeeindruckt. Er schüttelte den Kopf, stemmte seine baumstammdicken Beine in den Boden und blickte in die Ferne, als suchte er die Serengeti.

»Ich versuche es«, sagte Zheng. Er legte die Hände auf die Hüften und musterte den reglosen Dickhäuter, dann fing er an, seine Fäuste mit raschen Bewegungen in seine Beine zu bohren, was Lewis an eine schwedische Masseuse in St. Paul erinnerte, zu der er einmal eine Zuneigung gefasst hatte.

Jupiter warf Zheng einen vernichtenden Blick zu und setzte sich inmitten einer Wolke roten Staubs.

»Na, das war ja sehr wirkungsvoll.« Lewis blickte zur Sonne Colorados auf und fluchte unterdrückt. Er sah Harley Fitzroy an und zuckte die Schultern.

»Ein toller Vormittag. Erst der Achsenbruch und jetzt ein Lastwagen, der stecken bleibt, und eine Elefantenkuh, die denkt, sie ist die Königin von Ägypten.« Er stellte sich unmittelbar vor Jupiter.

»Wenn ich ein Gewehr hätte, würde ich dich erschießen«, sagte er mit zusammengebissenen Zähnen.

»Na, sie weiß ja, dass du das nicht ernst meinst«, sagte Harley Fitzroy.

»Sie weiß nämlich, dass du ein Gewehr hast, Lewis«, fügte Sam Jeanette hinzu.

Lewis blitzte die Männer an. »Waren da nicht drei? Drei Weise, das dachte ich immer. Und, ihr großartigen Denker, was schlagt ihr vor?«

»Appelliere an ihre Vernunft«, sagte Harley.

»Appelliere an ihre Eitelkeit«, sagte Sam. »Erzähl ihr, wie

wichtig sie für die Vorstellung ist, dass die Menschen nicht in den Zirkus gehen würden, wenn es keine Elefanten gäbe.«

Lewis sah Sam Jeanette lange an, um zu sehen, ob er seinen Spaß mit ihm trieb. Harley Fitzroy versuchte erst gar nicht, seine Belustigung zu verbergen.

»Die Viecher sind intelligent«, sagte Harley. »Mann, Lewis, du weißt, dass Jupiter schlau ist. Die ganzen Jahre hat sie es geschafft, als die faulste, untalentierteste Elefantenkuh in der Geschichte des Zirkus zu überleben.«

Der alte Mann merkte, dass ein großes braunes Auge auf ihm ruhte. »Nichts für ungut, Madam, aber Sie halten nicht das, was Sie versprechen.« Er wich ein paar Schritte zurück.

Lewis seufzte. »Also gut, ich übernehme den Part des Bösewichts«, sagte er leise. Einen Moment lang guckte er auf seine Füße, dann ging er zu dem Elefanten. Er war sich bewusst, dass sich eine Menge eingefunden hatte. Die Kinder standen alle an der Seite, direkt vor Lewis, und aus dem Augenwinkel sah er auch einige der Frauen. Auf diese Zuhörer könnte er gut verzichten.

Lewis stellte einen Fuß auf einen Stein, stützte einen Ellbogen auf sein Knie und war mit dem Kopf kaum dreißig Zentimeter von dem Ohr des Tieres entfernt. Er räusperte sich, senkte seinen Kopf und sprach so leise, dass er hoffte, nur der Elefant würde ihn hören können.

»Also, meine Teure, wir stecken in der Klemme. Wir müssen den Wagen aus dem Graben kriegen, und du bist die Einzige, die ihn rausziehen kann. Ich brauche also deine Hilfe.« Ein großes, schrumpeliges Augenlid senkte sich über das Auge und hob sich wieder, der Elefant war offensichtlich nicht beeindruckt.

»Dann gibt es noch etwas, das du bedenken solltest, Königliche Hoheit, nämlich was passiert, wenn du uns nicht mit dem Wagen hilfst. Mir ist klar, dass es gegen deine, eh, Ehre geht, so vor diesen stinkigen Wagen gespannt und angeschrien zu werden, besonders auf Italienisch, und gestoßen und geschubst zu werden, aber wenn du uns nicht hilfst, den verdammten Wagen aus dem Graben zu ziehen, dann binde ich dich nie wieder los. Dann haben wir ein so genanntes mexikanisches Patt – was allerdings eine Patt-Situation mit den Mexikanern zu tun hat, das weiß ich auch nicht, aber so wird es sein – ein mexikanisches Patt, ein Wagen, der bis ans Ende aller Zeiten im Graben steckt, und eine einsame Elefantendame, die auf ihrem Hinterteil sitzt und in der Sonne Colorados alt und schrumpelig wird. Einsam, ungeliebt, *hungrig*«, sagte er.

»Und du solltest bedenken, was das hier für Menschen sind. Wir sind hier nicht in Kansas, o nein, weit davon entfernt. Die Leute hier, die Einwohner von Colorado, die sind wild, und außerdem sind sie arm, selbst die beste Ernte wirft nicht genug für alle ab, und ich habe gehört, dass die letzte Ernte schlecht ausgefallen ist. Es ist eine bekannte Tatsache, dass eine Elefantenkuh ausreichend Nahrung für ziemlich viele Menschen bietet. Wenn du also lange genug hier sitzen bleibst, dann werden einige Leute einen feinen Schmaus in dir sehen, und das ist die reine Wahrheit. Sie stellen sich vor, wie sie einen Braten aus dir machen.

Nun gut, ich habe gesagt, was ich sagen wollte. Überleg dir gut, was das Beste für dich ist. Frage dich, was das Beste für eine Elefantenkuh in deiner Situation ist. Wo liegen deine Interessen? Das ist die Frage, die du dir stellen musst.«

Lewis beugte sich vor, gab ihr einen freundlichen Klaps und ging. Hinter sich hörte er ein tiefes, rumpelndes Grunzen, das Scharren dicker alter Knie auf trockenem Boden, und dann war sie aufgestanden. Sie stieß einen kleinen Trompetenton aus, und Lewis hörte, wie der Wagen sich in Bewegung setzte. Innerhalb von sechs Sekunden hatte sie das Fahrzeug aus dem Graben gezogen. Er warf ihr einen kurzen Blick über die Schulter zu und nickte. Die Umstehenden fingen an zu klatschen, und Lewis Tully ging einfach weiter, als bemerkte er nichts. Als er in seinen Wagen stieg, fragte er sich, ob die beiden Probleme, die aufgetaucht waren, kaum dass sie die Grenze nach Colorado überschritten hatten, ein Omen seien.

Eine Stunde später und, nach Lewis' Rechnung, fünf Meilen vor ihrem ersten Halteplatz trafen sie Shelby. An sein Auto gelehnt und in die Sonne blinzelnd, wartete er mit seinen Männern an einer kleinen Kreuzung.

Lewis hielt an und sprang aus dem Wagen. Charlie beobachtete, wie die beiden Männer aufeinander zugingen. Sie sagten nichts zur Begrüßung, aber Lewis schlug Shelby auf die Schulter, und Shelby nickte knapp, dann hörte der Junge Shelby sagen: »Ich dachte schon, ihr lasst Colorado aus.«

»Wir sind ganz pünktlich. Wenn du da gewesen wärst, um beim Abbau zu helfen, dann hättest du hier nicht so lange warten müssen.« Lewis winkte den anderen Männern zu. »Gut, euch zu sehen, Jungs.« Zu Shelby gewandt, sagte er: »Wie sieht es aus?«

Shelby sah ihn in der blendenden Sonne mit zusammengekniffenen Augen an. »Ab jetzt wird es aufregend.«

»Cowboys und Bergleute, was noch?«

»Schlechte Straßen, zwei eingestürzte Brücken, ein, zwei Städte, die so aussehen, als wären sie seit unserem letzten Besuch einfach gestorben. Und zwei andere Zirkusunternehmen.« Shelby wartete auf Lewis' Reaktion.

Lewis ließ den Blick in die Landschaft wandern, als suchte er eine einfache Lösung. »Hector Blaney und Preston Crowe, alle beide?«

»Ja. Hatte leider wieder eine ›Diskussion‹ mit Mr Blaneys Leuten, die unglücklich verlaufen ist. Ich vermute, dass ein paar von ihnen lernen müssen, ihre Verrichtungen mit der linken Hand zu machen. Die Leute von Preston haben wir auch gesehen, aber mit denen hat es keinen Ärger gegeben.«

»Das ist ja klar. Preston würde seine Plakate nicht über unsere kleben, in seinen Augen wäre das unehrenhaft. Also werden wir mit beiden zu tun bekommen.«

»Ja, aber sie können nicht in jede Stadt gehen, und ich habe ein paar Abstecher von der Route gemacht, damit wir uns aus dem Weg gehen.« Shelby grinste. »Manchmal werden wir praktisch parallel reisen. Und es gibt ein paar Städte, die können wir auch einfach auslassen.«

»Wir überspringen sie.«

»Hab ich was Interessantes verpasst?«, fragte Shelby, als sie zu Lewis' Wagen gingen.

»Nein«, sagte Lewis.

Harley Fitzroy kam um den Wagen herum.

»Lewis ist immer so bescheiden. In deiner Abwesenheit hat er angefangen, mit Elefanten zu sprechen.«

Shelby lachte, und Lewis Tully blickte über die Schulter in Richtung Westen, wo das Land allmählich anstieg, bis es in die Berge überging, und wo das Terrain, das Wetter und zwei andere Zirkustrupps ihm das Leben schwer machen würden.

⁂ 28 ⁂

Abenteuer in Colorado

Die Nummer der Brüder Perez war gerade in Schwung gekommen, da fing ein Störer laut zu stänkern an, ob es denn in diesem Zirkus keine echten Amerikaner gäbe. Er saß ganz am Ende der obersten Reihe, ein beleibter Mann mit roten Haaren und einem bestimmten Gesichtsausdruck, der Lewis vertraut war. Mit jeder Nummer wurden die Reden des Rothaarigen etwas aggressiver und seine Stimme etwas lauter, er übertönte mit Leichtigkeit die Geräusche auf der Zuschauertribüne sowie die musikalische Untermalung. Die Männer, die rechts und links von ihm saßen, straften ihn mit Missachtung oder täuschten Taubheit vor. Der rothaarige Mann forderte wieder, dass er echte Amerikaner sehen wolle, und Juvenal, der ältere der Brüder Perez, guckte zu ihm hinauf. Der Mann grinste, stieß seinen Banknachbarn die Ellbogen in die Rippen und stand auf, dass man ihn von überall sehen konnte.

»Krieg ich jetzt mal ein paar echte Amerikaner zu sehen?«, brüllte der Mann und stemmte die Hände in die Hüften.

Ein unwirsches Raunen ging durch die Zuschauer, teils ängstlich, teils erregt bei der Aussicht auf ein Gemenge, und aller Aufmerksamkeit richtete sich auf den großen Mann – und das war genau das, was er sich gewünscht hatte. Lewis hob den Vorhang und sah, dass Captain Wallings Männer zu ihrem Auftritt bereitstanden. Er gab Walling ein Zeichen, worauf der sein Pferd zu Lewis wandte.

»Was haben wir da draußen? Einen Städter, der die Sache ein bisschen aufmischen will?«

»Nein, anscheinend kennt ihn keiner. Ich alter Mann habe da einen Verdacht. Ich glaube nämlich, dass das hier eine Abordnung von Hector Blaney ist.«

Der Mann im Zuschauerraum stellte seine Forderung erneut, und Lewis sah Captain Walling an. Der Captain grinste listig und gab seinen Reitern ein Zeichen. Er stieg auf, tippte sich an den Rand seines alten Army-Hutes und ritt ins Zelt, hinter ihm seine Männer. In der Mitte der Manege sah Lewis Juvenal Perez, der den Störer böse anguckte und dann mit seiner Nummer weitermachte.

Als die vier Reiter um die Manege herumritten und unmittelbar unterhalb des Standorts des dicken Mannes zum Stehen kamen, verstummte der mitten im Satz.

Captain Walling stützte sich auf seinen Sattelknauf und nahm den großen Mann ins Visier. Ein zweiter Mann, der zu dem Rothaarigen gehörte, zwängte sich zwei Reihen tiefer zwischen eine Frau und ihre Tochter, worauf er mit schockierten Blicken bedacht wurde. Der Captain zeigte auf diesen Mann und sagte: »Butch, der Mann hier belästigt anscheinend die Frauen, schick ihn bitte raus.«

»Jawohl, Captain.« Butch stieg ab, kletterte über die Bänke und packte den sich duckenden Mann beim Kragen. Captain Walling sah mit einem Ausdruck vagen Interesses zu und wandte sich dann wieder dem großen Störer zu.

»Soweit ich gehört habe, wollen Sie Amerikaner sehen.«

Der Mann fuhr sich mit der Zunge über die Lippe. »An Ihnen habe ich nichts auszusetzen, es ist nur … ich sehe hier überall Ausländer …«

»Meinen Sie, meine Freunde hier?« Der Captain sah ihn verständnislos an.

»Ja, vielleicht nicht diese Jungen hier, aber überall im Land gibt es Ausländer, die sich eine goldene Nase verdienen, und derweil müssen gute Menschen …«

»Sind das keine guten Menschen?« Der Captain zeigte mit seiner Reitgerte auf die Brüder Perez und schien verblüfft.

»Ich will ja nicht sagen, dass dies hier keine guten Menschen sind.«

»Dann erklären Sie noch einmal genau, was Sie sagen wollten.«

Der Mann sackte auf seinem Platz zusammen und fuhr sich wieder mit der Zunge über die Lippen. »Ich mag es nicht, wenn diese ganzen Ausländer hierher kommen …«

»Gehe ich recht in der Annahme, dass Sie zu Hector Blaney gehören?«

»Ich arbeite gelegentlich für Hector, das ist wohl wahr.«

»Für den Blaney Zirkus. Und Sie sind hierher gekommen, um bei unserem Zirkus rumzustänkern und alle diese Menschen zu stören.«

Der Mann sah dem Captain in dessen klare blaue Augen und schüttelte den Kopf. »Nein, Sir, Sie haben mich falsch verstanden.«

»Sie wollen Amerikaner sehen.« Der Captain tippte sich mit der Reitgerte auf die Brust. »Hier ist einer. Und jetzt verschwinden Sie, sonst werden wir Sie vor allen diesen netten Leuten aus dem Zelt zerren.«

Der Störer war sich bewusst, dass alle ihn ansahen und dass er verglichen mit dem Captain größer und schwerer war. Er reckte sich und ballte die Hand zur Faust. »Wenn Sie mir die Chance zu einem fairen Kampf geben …«

Captain Wallung beugte sich so weit vor, bis er nur noch eine Peitschenlänge von dem Mann entfernt war.

»Niemand spricht hier von einem Faustkampf, Mister. Sie sind hierher gekommen, weil Sie Ärger wollen, nicht weil Sie vorhaben, sich nach den Regeln der Kunst zu schlagen. Sie wollen Ärger, und den haben Sie jetzt auch.« Er senkte seine Stimme und legte geheuchelte Freundlichkeit hinein. »Und jetzt machen Sie, dass Sie verschwinden, bevor es Ihnen dreckig geht.«

Der Captain lächelte kalt, und nach einem kurzen Moment kletterte der Mann von seinem Sitz runter und strebte dem Ausgang zu. Captain Walling sah ihm nach, bis der Mann aus dem Zelt verschwunden war, dann lüftete er den Damen zum Gruß den Hut und verschwand bis zu seinem Auftritt eine Weile später.

In jener Nacht konnte der Junge nicht schlafen. Er sah Lewis und Shelby und Harley beim Kartenspielen zu und hörte, worüber sie sprachen, und als Hector Blaneys Namen erwähnt wurde, stützte er sich auf einem Ellbogen auf.

»Schickt er noch mehr Männer, die uns Ärger machen?«

Die drei Köpfe drehten sich zu ihm um. Lewis sah ihn an und sagte dann: »Du hast uns heute Abend wahrscheinlich über den Mann sprechen hören.«

»Du hast gesagt, Hector Blaney hat den Mann geschickt. Um uns Ärger zu machen.«

»Das stimmt. Und er wird es wieder versuchen. Damals, als wir unseren Zirkus aufgebaut haben, da wollte er uns nur den Mut nehmen. Jetzt weiß er, dass wir ein Programm haben und wie es aussieht. Und von jetzt an wird er versuchen, uns Steine in den Weg zu legen und Probleme zu machen.«

Charlie schwieg, und Lewis sah, dass der Junge bekümmert war.

Lewis lächelte. »Mach dir keine Sorgen wegen Hector Blaney. Mit dem werden wir schon fertig. Das mit dem Wetter ist eine andere Geschichte, und wir wären dir dankbar, wenn du dich bei dem Allmächtigen für uns verwenden könntest.«

Lewis sah, dass der Junge Farbe am Handgelenk hatte, und wechselte das Thema.

»Wie kommst du mit deinem Meisterwerk voran?«

»Ich habe erst die Umrisse gemalt.«

»Ich habe schon einen Blick drauf geworfen«, sagte Shelby. »Es ist jetzt schon besser als das alte Bild von Rex. Der Junge ist ein echter Michelangelo.«

»Wer ist das?«

»Ein alter Italiener«, sagte Lewis. »Der hat Kirchendecken angemalt und so was. Aber der ist schon tot, von dem brauchst du keine Konkurrenz zu fürchten.«

»Ich glaube, Kirchendecken anmalen, das könnte ich nicht«, sagte der Junge.

»Das ist auch nicht nötig«, sagte Harley Fitzroy. »Beim Zirkus kannst du mehr verdienen. Stimmt's, Lewis?«

»Klar, guck uns doch an, Charlie« sagte Lewis und lächelte dem Jungen zu. »Wie würdest du das hier nennen, Harley?«

»Luxus«, sagte der alte Mann, ohne von seinen Karten aufzusehen.

An mehreren Punkten kreuzte die Canty Road größere Querstraßen, die Colorado unterteilten, und Lewis hatte vor, Shelbys Vorschlag aufzugreifen und die Städte, die an diesen Kreuzungen entstanden waren, zu meiden. Im Zelt zeichnete er den Schlangenkurs, den sie nehmen würden, auf der Karte ein und legte sie dann auf den Tisch, wo Shelby, Harley, Sam Jeanette, Helen und Lucy beim Poker saßen. Auf der anderen Seite des Zeltes saß Charlie auf seiner Pritsche und trank ein Malzbier.

»Das ist unsere Route. Wenn wir den direkten Weg nehmen, kommen wir entweder Preston Crowe oder Hector Blaney ins Gehege. Sie reisen auf den größeren Straßen nördlich und südlich von uns und kommen in alle größeren Städte. Ich bin mir sicher, dass Preston schneller ist als wir, mit all den neuen Mack-Zugmaschinen.«

»Er hat immer die besten gehabt, dieser Preston«, sagte Shelby.

»Deswegen steuern wir folgende Städte an: Capville, Harvey's Corners, Ft. Fess, Brierly, Ida, Little Egypt, Hoyt's Mill, Bad News, Ophelia und noch ein paar in dieser Größenordnung. Es sind zwar nicht die größten Städte im Lande, aber wir werden trotzdem reichlich Konkurrenz haben. Problem ist nur, dass ich mich wohler fühlen würde, wenn ich wüsste, wo die anderen beiden Trupps gerade sind. Und irgendwann wird Hector sich von Preston bedrängt fühlen und uns auf die Pelle rücken.«

»Verdammt schlecht geplant, wenn ich das mal sagen darf, drei Zirkusunternehmen in einem Staat«, sagte Harley.

»Das passiert nicht zum ersten Mal. Wenn wir in den östlichen Staaten unterwegs wären, würden wir vielleicht mit vier oder fünf anderen Trupps um die Städte konkurrieren.«

Sam Jeanette schüttelte den Kopf. »Du planst das nicht wie ein alter Kavallerist, Lewis.«

»Wie meinst du das, Sam?«

»Du musst Kundschafter ausschicken, eine Vorhut. Autos für die großen Straßen und Reiter auf den Nebenstraßen. Lass feststellen, wo sie sind, und nimm einen anderen Weg.«

Lewis sah ihn an und lächelte. »Kundschafter, Vorhut, ich komme mir vor wie J.E.B. Stuart. Demnächst empfiehlst du uns noch, einen Angriff zu reiten.«

»Einen Angriff auf Hector, das wäre möglich«, sagte Sam Jeanette fast träumerisch.

Und so kam es, dass Lewis zwischen den Vorführungen Männer mit Autos vorausschickte, während Captain Wallings Männer auf Pferden die Spielorte der anderen Zirkusunternehmen ausfindig machten und sich den Klatsch und Tratsch in der Gegend anhörten.

Schon am ersten Tag brachten die Kundschafter Lewis sehr gute Nachrichten: Seine beiden Konkurrenten saßen fest. Einer von Prestons großen Mack Bulldogs hatte einen Motorschaden, und die Reparatur würde mindestens einen Tag dauern. Aus der

Gegend fünf Meilen südlich der Canty Road kamen noch bessere Nachrichten, denn Hector Blaney, der in Zirkuskreisen für seine Knauserigkeit ebenso bekannt war wie für seine verbrecherischen Neigungen, hatte wieder angefangen, seiner Truppe altes Fleisch aufzutischen. Butch, einer von Captain Wallings Männern, brachte die Neuigkeit, dass über die Hälfte von Hector Blaneys Leuten erkrankt waren. Das allein hätte noch nicht ausgereicht und Hector, in seiner nicht ruhenden und unersättlichen Gier, der ausgetrockneten Erde noch den letzten Nickel abzuringen, hätte seine Truppe weiter angetrieben, aber er war von dem grünen Hacksteak selbst krank geworden. Der gesamte Blaney-Zirkus lag mit einer Magen-Darm-Vergiftung darnieder.

»Ich habe gehört, dass Hector im Sterben liegt«, sagte Butch.

Lewis schüttelte langsam den Kopf. »So früh in der Saison würde er niemals sterben.«

»Ich habe es von einem seiner Leute, und der hat es aus Hectors eigenem Mund gehört.«

»Alles Schauspielerei. Hector muss man verstehen. Er braucht Aufmerksamkeit, so wie eine Blume die Sonne braucht.«

»Er ist ziemlich krank, Lewis, ich glaube, er ist am Ende.«

»Solches Glück ist uns nicht beschieden.«

Aber so, von allen Sorgen über konkurrierende Unternehmen zeitweilig befreit, zog der Tully-Zirkus in das östliche Colorado ein, wo er den einfachen Leuten seine Vorstellung bot. Und im Gegenzug gaben diese einfachen Leute ihnen Abenteuer und Komplikationen, Herausforderungen und Morddrohungen.

In Harvey's Corners war der Höhepunkt des Abends nicht Captain Wallings fantastisches Reiterballett und auch nicht Lucy Browns brillante Pferdeakrobatik, sondern Mr Patels unglückliches Ringen mit seiner Kobra. Wie Lewis schon längst vermutet hatte, steckte in Mr Patel viel mehr von einem Schauspieler, als man ahnte, und seine Vorstellung nahm von Mal zu Mal an Dramatik und Intensität zu. Er holte aus seinem Auftritt alles raus, was zu holen war, bis aus den Zuschauerreihen Schreckensschreie erklangen. Er lernte, seine Augen ganz weit aufzureißen, so dass sein Gesicht eine Maske der Furcht war und noch den Zuschauern in der letzten Reihe Angst machte. Er hatte sich angewöhnt, jedes Mal, wenn die Schlange ihn angriff, seinen mageren Körper zuckend nach hinten zu werfen, und verfeinerte sein schräges Flötenspiel, so dass seine Melodien in ihrer Diskordanz gespenstisch klangen. Wenn er spielte, war es, als würde ein verirrter Junge in der Dunkelheit pfeifen.

An dem Nachmittag in Harvey's Corner kam er bei seiner Nummer an die Stelle, wo die Zuschauer merkten, dass er die Kobra nicht beherrschte. Angstschreie von Männern und Frauen tönten durch das Zelt, und ein Mann rief laut, man möge »das verdammte Tier wieder in den Kasten tun, bevor noch jemand verletzt wird«. Dann griff die Kobra an, Mr Patels Knie gaben nach, seine Augen rollten in den Augenhöhlen nach hinten, er warf die Flöte in einer gekonnten Bewegung von sich und sank auf den mit Sägemehl bestreuten Boden.

Doc Morin stapfte in die Manege mit der Miene eines Menschen, der sich belästigt fühlt, aber zugleich bekümmert ist, und Lewis, um einen sorgenvollen Ausdruck bemüht, trottete hinter ihm her. Während Doc Morin mit dem Stethoskop hantierte und Lewis das Publikum beschwichtigte, rannten drei Personen aus dem Publikum in die Manege. Allen voran ein kleiner, eleganter Mann mit einem gepflegten Kinnbart, der eine schwarze Tasche bei sich hatte und sich wichtigtuerisch gab. Er stieß Doc Morin aus dem Weg und machte sich an Mr Patel zu schaffen.

Die anderen beiden waren die Schwestern Kendall, zwei zum Verwechseln ähnliche Zwillinge, die Mitte zwanzig waren und im Ort für ihre guten Werke und ihr soziales Engagement bekannt waren. Noch waren sie unverheiratet, denn in den Augen der Männer hielt sich ihre auffallende Schönheit mit ihrem Einsatz für das Frauenwahlrecht und ihrer Verfechtung feministischer Grundsätze die Waage. Im Klartext hieß das, dass die Männer sich vor ihnen fürchteten.

Als nun der kleine Arzt sich über Mr Patel beugte, stand die eine Schwester – später hieß es, dass es Mary gewesen sei, die politisch weniger aktive, die daher als die nettere galt – mit wilden Blicken und bebendem Busen hinter ihm. Die andere Schwester – man erzählte sich später, dass dies Marjorie gewesen sei, die aufgrund ihrer unumwunden geäußerten Ansichten zu der Unterlegenheit des Mannes und aufgrund der Tatsache, dass sie kürzlich das Boxen und das Rauchen angefangen hatte, weniger beliebte der zwei Schwestern – nahm sich der Schlange an. So standen die beiden vollbusigen Schönheiten der Plains aktionsbereit da und fixierten die vor ihnen liegenden Aufgaben.

Dann brachte der kleine Arzt Bewegung in die Szene. Er stand auf, schüttelte dramatisch den Kopf und erklärte mit der Stimme eines Opernsängers: »Der Mann ist tot. Er ist von der Schlange ermordet worden.«

Gerade wollte er auf die schuldige Schlange zeigen und mit seiner Rede fortfahren, als Mary ihn aus dem Weg schob. Sie schubste ihn mit aller Kraft, so dass der Arzt just in dem Moment zu Boden ging, als Doc Morin sich erhob.

Die junge Frau starrte hoffnungslos auf Mr Patel, hob ihre großen blauen Augen zum Himmel jenseits von Lews Tullys Zelt und warf sich dann auf Mr Patel. Sie begann, an der Wunde zu saugen und das Ausgesaugte auszuspucken.

Unterdessen umkreiste ihre Schwester langsam die Schlange. Das Tier war sichtlich eingeschüchtert und wich immer weiter zurück, ohne ein Zeichen der Widerwehr zu geben. Die furchtlose junge Frau schnitt der Schlange den Rückzug ab und holte mit der Rechten zum Schlag aus, der aber sein Ziel verfehlte. Dann entdeckte sie Mr Patels Flöte. Sie ergriff die Waffe und scheuchte die Schlange in der Manege herum, schlug immer mal wieder zu und wirbelte Unmengen von Staub und Sägemehl auf.

Lewis stand benommen in der Manege und wusste nicht recht, wie er sich verhalten sollte, bis er bemerkte, dass die Frau versuchte, die Kobra zu erschlagen.

»He, Madam, bringen Sie die Schlange nicht um, sie gehört zu der Nummer. Madam? Die Schlange ist eine Menge Geld wert, und der kleine Mann ist ihr sehr zugeneigt.« Und dann fing er an, ihr durch die Manege hinterherzurennen. In dem Moment betraten zwei uniformierte Polizisten das Zelt, und der Arzt rappelte sich auf, zeigte auf Lewis Tully und sagte mit einem teuflischen Ausdruck in den Augen: »Verhaften Sie den Mann da, es hat hier einen Mord gegeben!«

Einer der Polizisten setzte Lewis nach, und der andere trat zu Mary Kendall, die immer noch versuchte, Mr Patels Leben zu retten, nicht ahnend, dass sein Leben bereits gerettet war, und zwar von Geburt an. Der Polizist war von ihren Bemühungen so fasziniert, dass er ihr zusah und die ganze Aufregung drum herum vergaß. Sein Kollege, ein schwergewichtiger Mann, verlor nach ein paar Schritten die Lust an der Verfolgung. Er blieb stehen, stützte keuchend und schwitzend die Hände auf die Knie und schien dem Zusammenbruch nahe.

Die andere Schwester hatte zwar Körpergröße und moralische Überlegenheit auf ihrer Seite, aber die Schlange war kampferprobt, denn die Menschen hatten ihr schon immer nach dem Leben getrachtet, und sie überstand den Prügelhagel mit der Flöte, rollte sich zusammen, wartete den letzten Schlag von Marjorie ab und schlüpfte in die wohltuende Kühle ihres Korbes.

Lewis trat zu der jungen Frau.

»Gut, Madam, Sie haben Ihre Gefühle deutlich gemacht. Jetzt geben Sie mir doch einfach die Flöte, ja?«

Er lächelte freundlich-herablassend und streckte seine Hand aus; er konnte ja nicht wissen, dass der selbstbewusste Ausdruck auf seinem Gesicht, die hinlänglich bekannte Miene, mit der einer Frau vermittelt wird, dass jetzt ein Mann zugegen sei, der die Sache in die Hand nehmen werde, dass dies genau der Ausdruck war, der sie bewogen hatte, für die Rechte der Frauen zu Felde zu ziehen.

Lewis erstarrte mit ausgestreckter Hand. Er sah ein seltsames Licht in den blassen Augen der Frau aufflackern und begriff, dass sie den Wunsch verspürte, ihn mit der Flöte zu verprügeln.

»Madam, es ist offensichtlich, dass Sie erregt sind.«

Die junge Frau kräuselte die Lippen und kam langsam auf Lewis zu, und er sah sich schon von dieser erregten Frau zu Brei gestampft am Boden liegen, als ihre Schwester plötzlich ausrief: »Er lebt!«, und aller Augen blickten zu ihr hinüber.

Mr Patel rollte sich auf die Seite, blinzelte und schüttelte den Kopf, als müsste er den Staub herausschütteln, dann grinste er die blonde Gestalt über sich an. Ein Stöhnen ging durch die Zuschauer, wie immer an diesem Punkt des Geschehens, und der Polizist schüttelte den Kopf und bedeutete seinem Kollegen, er möge näher kommen und sich die Sache ansehen. Der Arzt stemmte die Hände in die Hüften und betrachtete die Szene verärgert und verdutzt.

Marjorie Kendall murmelte: »Ein Wunder«, ließ die Flöte fallen und trat neben ihre Schwester. Lewis hob die Flöte auf und ging zu dem kleinen Arzt. Aus der Nähe schien er John Wilkes Booth zu ähneln, und der manische Ausdruck seiner Augen verstärkte den Eindruck noch.

»Was soll dieser Unfug? Ich habe den Puls genommen, es war kein Herzschlag da. Was soll das Ganze?«

Lewis lächelte. »Anscheinend sind Sie ein bisschen verwirrt und haben übereilt gesprochen. Beim nächsten Mal sollten Sie vielleicht warten, bis Sie Ihrer Sache sicher sind.«

»Ich weiß ja nicht, was für ein Scharlatan Sie sind, Sir, aber ...«

»Mister, dies ist ein Zirkus, und niemand ist gestorben, obwohl Sie die Leute so sehr in Aufruhr versetzt haben, dass es Verletzungen hätte geben können.« Lewis wartete einen Moment, bis der kleine Arzt zu einer Erwiderung ansetzen wollte, und sagte dann: »Ich hoffe, Sie haben aus dieser Erfahrung etwas gelernt«, dann drehte er sich um und ging.

Der dicke Polizist kam jetzt zu ihm. »Mr Tully? Beachten Sie den Mann gar nicht. Er kandidiert bei der nächsten Wahl, und das hat seiner Persönlichkeit nicht gut getan. Allerdings war er auch vorher nicht sonderlich beliebt.«

»Danke, Deputy.«

In der Manege stellte sich Mr Patel, unterstützt von seiner hübschen Retterin, wieder auf die Beine. Doc Morin machte ein Getue darum, seinen Puls zu messen und Herz und Lunge abzuhören, und tat dann so, als sei er von der Wiederherstellung ganz verwirrt. Die Zuschauer, die einiges erlebt und eine zusätzliche Vorstellung genossen hatten, bei der die Schlange von einer der Schwestern verfolgt wurde und diese wiederum von dem Polizisten und während der beinahe ein tätlicher Angriff auf Lewis verübt worden wäre, standen von ihren Sitzen auf. Beifall und Jubelrufe drangen in die Nacht hinaus.

* 29 *

Cowboys und andere Anfechtungen

In Fort Fess, wenige Meilen nördlich von Limon, einer größeren Stadt, und ungefähr da, wo Ackerland in Ranchland überging, trafen sie auf ihre ersten Cowboys.

Die Schüsse waren während der Nummer der Antoninis zu hören, und Lewis spürte, wie sich sein Magen zusammenkrampfte. Er dachte nach: Sam Jeanette hatte eine Pistole, aber das hier war kein Ort für Schießereien. Er schnappte sich Tony Aiellos Stierhaken und sah sich rasch um, bis sein Blick auf Shelby traf. Gemeinsam gingen sie zur Tribüne.

»Unsere ersten Pistolenhelden«, sagte Shelby.

»Dass wir an einem Samstag in einer Rinderstadt auftreten, ist genau das, was ich vermeiden wollte, aber man kann nicht alles planen.«

Sie sahen den mit der Pistole, es war ein schmalgesichtiger Junge in einem Hemd, das an ihm schlackerte, und mit einem Hut, der für einen viel größeren Kopf gedacht war. Er nahm etwas ins Visier und guckte am Lauf seiner Pistole entlang. Seine Gefährten waren vier dünne Männer mit großen Hüten, von denen der Älteste ungefähr in Lewis Alter war. Er hatte sich angewidert abgewandt. Die anderen waren jung und albern, sie hatten rote Gesichter und glasige Augen.

»Betrunken, alle miteinander«, sagte Shelby.

Die Zuschauer um die jungen Rinderhirten saßen starr vor

Angst, und einige rutschten auf der Bank möglichst weit weg von den Unruhestiftern. Einer der Cowboys sagte etwas, und der Junge mit der Pistole drehte sich zur Seite und richtete den Lauf auf Lewis. Lewis blieb ein paar Meter vor dem Jungen stehen und hielt seinen Arm vor Shelby.

»Lass uns stehen bleiben, J. M.«

Lewis sah zum Zeltdach hinauf und bemerkte zwei Einschusslöcher.

Er zeigte darauf und sprach zu dem Jungen. »Du hast mein Zelt beschädigt.«

»Sieht ganz so aus.« Der Junge grinste frech und sah zu seinen Freunden hinüber. »Wollen Sie ein Theater draus machen?«

Er konnte kaum richtig fokussieren, aber die Pistole hielt er vage auf Lewis gerichtet.

»Ich erinnere mich nicht, dass ich dir etwas getan habe.«

»Komm, Floyd, wir holen uns was zu trinken.« Der ältere Cowboy war aufgestanden und guckte den Jungen an.

»Hier sind Sie nicht mein Chef, Jess. Ich bin ein freier Mann, ich bestimme selbst.«

Er lächelte zu Lewis rüber, und der Speichel troff ihm aus dem Mundwinkel. Der Junge zog ihn wieder in den Mund.

»Großer Gott, J. M.«, sagte Lewis, »einer, der sabbert.«

»Ich dachte, die sabbern alle.«

»Junge, so geht das nicht.«

»Wir haben hier nur unseren Spaß, Mister«, sagte einer der anderen Jungen.

Lewis stützte sich auf den Stierhaken und musterte den Schützen.

»Schon mal von einem Mann mit Namen Jonas Meacham gehört?«

»Nein.« Der Junge kniff die Augen zusammen, überzeugt, dass man ihn verspotten wollte.

»Er war ein Zirkusmann, genau wie ich. Hatte seine eigene

Truppe, klein, wie diese hier. Eines Abends, in einer schwierigen Stadt, kommen ein paar Männer in seinen Zirkus und zerschießen ihm das Zelt. Meacham ist zu ihnen gegangen und hat mit ihnen gesprochen, und einer von ihnen hat ihn einfach totgeschossen, vor seiner Frau. Meacham hatte nicht einmal eine Waffe dabei. Jetzt möchte ich dich fragen, mein Junge, hast du auch so etwas im Sinn? Willst du mich oder einen meiner Leute hier erschießen?«

»Ich hab noch nie einen erschossen. Das hier ist nur zum Spaß.«

»Dazu ist ein Zirkus auch da, dass man Spaß hat.« Lewis ließ seinen Blick über die verängstigten Zuschauer auf ihren Bänken gleiten. »Aber mir scheint, keiner von den anderen hier hat seinen Spaß.«

»Was geht mich das an, ich will …« Der Junge sah sich mit einem trägen Grinsen um, und Lewis holte mit dem Haken aus und legte ihn dem Jungen um den Hals. Lewis zog, und der Junge stolperte aus der Bankreihe, machte einen Überschlag und landete auf dem Boden. Einer der anderen Jungen stand auf und machte einen unsicheren Schritt nach vorn, doch der alte Cowboy griff ihn sich und zog ihn wieder auf den Sitz zurück. Als der nächste Junge kommen wollte, stellte Shelby sich ihm mit erhobener Faust in den Weg.

Lewis stützte sich wieder auf den Haken und stellte einen Fuß auf die Pistole. Er betrachtete sie und sah, dass es ein Colt Dragoon war, eine Antiquität, verzinkt mit einem Griff in der Form eines Geweihs. Er beugte sich runter, nahm die Pistole, leerte den Zylinder und hielt sie dem Jungen entgegen, als der sich aufrappelte.

»Das hier ist echtes Stück Geschichte, verdammt, wir sind im Jahr 1926. Was machst du denn mit einer sechsschüssigen Feuerwaffe?«

Ein großer, müde wirkender Mann mit einem Sheriffabzeichen und einer blauen Mütze kam ins Zelt. Er zog die Stirn hoch, als er den jungen Cowboy und die Pistole in Lewis' Hand sah.

»Ich kümmer mich drum«, sagte er. Er nahm die Pistole entgegen und schüttelte den Kopf. »Ich bin enttäuscht von dir, Floyd. Für wen hältst du dich eigentlich? Wild Bill Hickok? Jetzt komm mit, mein Junge, und werd bloß nicht frech.« Mit einem Nicken zu Lewis sagte er: »Tut mir leid, dass Sie Ärger hatten. Sie wissen ja, wie das ist mit den jungen Männern.«

»Ich war auch mal so.«

»Waren wir alle«, sagte der Polizist mit müder Stimme.

Der Betrunkene in Ida hatte eine Stimme wie ein heulender Hund und den langen Atem eines Redners. Bei der ersten Frau, die in die Manege kam – das war Mrs Antonini, eine Großmutter –, bekundete er sein Interesse und hörte nicht wieder auf, bis Irina in ihrem hautengen Kleid auftrat und er beinahe die Fassung verlor. Aber beim Anblick von Lucy Brown in Trikothosen und Rüschenröckchen gab er auch seine letzte Zurückhaltung auf. Mit lauter Stimme erklärte er seine Begehrlichkeit und kam von der Tribüne herunter, in der deutlichen Absicht, ihre Bekanntschaft zu machen. Lewis ging auf den Mann zu, als er Foley sah, ohne Hut, mit gesenktem Kopf und die rechte Hand zur Faust geballt.

»Verdammt«, knurrte Lewis. »Das hat uns noch gefehlt.«

Er rief Foley etwas zu, wusste aber, wie wenig er damit ausrichten konnte, und tröstete sich mit dem Gedanken, dass er Foley auch noch hinterher umbringen könnte. Der Betrunkene mit der Rednergabe eines Cicero hatte die unteren Sitzreihen erreicht und es dabei irgendwie geschafft, mit dem linken Fuß in der Handtasche einer Dame stecken zu bleiben, so dass er sich nicht nur unbeliebt machte, sondern auch in seinem Fortkommen beträchtlich behindert war. In dem Moment betrat mit energischen Schritten eine schlanke, grauhaarige Frau das Zelt, musterte die Zuschauer mit stahlgrauem Blick und erspähte den Betrunkenen. Sie näherte sich ihm mit großer Entschlossenheit und erwartete ihn an der untersten Reihe.

Der Mann schüttelte den Fuß in dem Versuch, die Handtasche wieder loszuwerden, als er die Frau sah. Ein äußerst dümmliches Lächeln überzog sein Gesicht, und er erstarrte in der Bewegung. Im Hintergrund sprang Lucy von einem Pferd zum anderen und machte Überschlag vorwärts und rückwärts, aber selbst wenn sie nackt auf dem Cembalo gespielt hätte, hätte sie keine Aufmerksamkeit auf sich ziehen können.

Der Betrunkene setzte ein ernstes Gesicht auf, versenkte die Hände in den Hosentaschen und legte die Stirn voller Konzentration in Falten, in der Hoffnung, seinen Zustand zu verschleiern.

»Hallo, Schatzilein«, sagte er und versuchte, trotz der Handtasche an seinem linken Fuß würdevoll zu wirken. Die schlanke Frau betrachtete ihn einen Moment lang, wie man eine Schnecke auf der Tomatenstaude betrachten würde, dann schlug sie ihn mit einem einzigen Faustschlag nieder. Der Betrunkene purzelte lärmend über die letzten Bänke, und die Menschen auf der Tribüne applaudierten. Ein paar Frauen aus dem Publikum scharten sich um die dünne Dame und murmelten Beschwichtigendes, während eine Gruppe von Männern den verdatterten Betrunkenen ins Freie trugen.

Foley wollte sich wieder seiner Aufgabe zuwenden, als Lewis ihm den Weg abschnitt.

»Was zum Teufel hatten Sie vor, Foley?«

»Ich wollte ihn rauswerfen.«

»Nein, Sie hatten etwas ganz anderes vor. Ich habe Sie beobachtet, Sie haben rotgesehen. Für wen halten Sie sich eigentlich? Für Jack Dempsey?«

»Jemand musste ihn stoppen, auf der Stelle.«

Ein seltsamer Ausdruck trat in Foleys Augen, einer, den Lewis noch nicht kannte. Das zerfurchte Gesicht war dunkelrot, der

Mund eng zusammengepresst, ein ganz anderer Foley als der freundliche, lächelnde Gauner, der den roten Affen hergebracht hatte.

»Wenn einer aus der Stadt von einem von uns Zirkusleuten geschlagen wird, denken alle seine Freunde, sie müssen ihm zur Seite stehen, und dann sitzen wir in der Klemme. Wir brauchen keine Schlägereien.«

»Ich habe manche Prügelei mitgemacht, Mr Tully«, sagte Foley in aller Ruhe. »Davor habe ich keine Angst.«

»Das mag ja sein, aber Sie sind nicht für die Zuschauer verantwortlich. Wenn ein Problem auftaucht, kümmere ich mich darum. Und wenn wir einen unverschämten Betrunkenen im Zelt haben, schicke ich keinen Boxer hin.«

Ein kleines Lächeln breitete sich auf Foleys Gesicht aus, und er entspannte sich.

»Tut mir leid, ich wollte keinen Ärger machen, ich wollte Ärger vermeiden.« Sein Blick wanderte in die Ferne, und Lewis wusste gleich, dass er zu Lucy hinübersah.

Ihre Nummer war fast vorbei, das meiste davon unbemerkt von den Zuschauern, weil die lieber zuguckten, wie ein Betrunkener sich zum Gespött machte, aber Lucy hatte ihre Nummer voller Konzentration absolviert. Zum guten Schluss schenkte das Publikum ihr wieder seine Aufmerksamkeit und merkte jetzt, dass es etwas Besonderes verpasst hatte. Auf den Bänken wurde es still; Lewis hatte immer gesagt, man könne während Lucys Nummer ein Gebet sprechen und man würde es noch in der letzten Reihe hören können. Lewis musterte Foleys Gesicht, sah den Ausdruck in dessen Augen und fragte sich, ob die Geschichte sich wiederholen würde. Nein, dachte er, Lucy ist nicht mehr das dumme, flatterhafte Geschöpf von achtzehn Jahren, sondern eine erwachsene Frau. Und sie kann einen besseren Mann finden als diesen unsteten Gesellen.

»Ich hatte Sie nie für einen Streithahn gehalten.«

»Das bin ich auch nicht. Ich möchte nur daran erinnern, dass ich kein Tramp bin.« Foley sah Lewis in die Augen.

Lewis wandte sich ab, er war plötzlich verlegen. »Niemand hält Sie für einen Tramp, Foley … aber das ganze Geschwätz, das kennt sie doch schon. Sie muss vor einem Betrunkenen nicht beschützt werden.«

»Entschuldigung.«

Lewis nickte und ging. Er musste wieder an den Ausdruck in Foleys Augen sehen, als er hinter dem Betrunkenen her war.

✻ 30 ✻

Weise Männer

Über eine Woche lang plagte Charlie sich mit seinem Porträt des Roten Affen ab. Erst musste er lernen, wie man die Farben mischt, dann versuchte er, das Gesicht möglichst getreu zu malen. Diese letzte Hürde erwies sich als hartnäckig, denn obwohl Rex auf Charlies Bild, anders als auf dem von Emmett McKeon, keinem Bären ähnelte, sah er zunächst aus wie ein großer brauner Seelöwe, dann wie ein Affe mit riesigen Augen und dann wie ein furchtbar unglücklicher Mensch. Shelby kam vorbei und äußerte die Ansicht, dass der Affe eine große Ähnlichkeit mit Lewis aufweise. Dann kam Lewis vorbei und sagte, seiner Meinung nach sehe der Affe aus wie Shelby.

Schließlich ging der Junge dazu über, Rex durch das kleine Guckloch in seinem Karren zu beobachten, wo dieser rülpsend und schnarchend saß. Einmal wachte der Affe auf, öffnete ein feuchtes braunes Auge einen Spaltbreit und klatschte mit der Hand gegen die Wand seines Gefängnisses. Der Junge erschrak und ließ seinen Malstift fallen. Er wich ein paar Schritte zurück, aber als ihm klar war, dass der Affe seinen Kasten nicht demolieren würde, trat er wieder näher. Rex schloss langsam die Augen. Plötzlich machte er das rechte Auge auf und richtete es auf den Jungen, danach schlief er ein, und Charlie war sich sicher, dass in dem Auge des Affen ein listiges Lächeln gestanden hatte.

Endlich war das Bild fertig. Die anderen Kinder, die ihm immer beim Malen zugesehen hatten, waren die ersten Bewunderer. Charlie besserte noch die Augen aus, als Sam Jeanettes Enkelsohn Lucius sagte: »Das ist echt gut, Charlie.«

Charlie tat so, als hätte er es nicht gehört, aber er merkte, dass er lächelte. Nach und nach äußerten auch die anderen Kinder ihre Bewunderung, und Charlie zuckte mit den Schultern und spürte, wie ihm die Röte ins Gesicht stieg. Er drehte sich um und sagte: »Danke«, dann sah er Lewis auf sich zukommen.

»Du bist fertig?«

Der Junge wollte schon sprechen, warf dann einen raschen, unentschlossenen Blick auf sein großes Werk und bejahte.

Lewis betrachtete das Bild und nickte bedächtig. Er spürte den Blick des Jungen auf sich, sah, wie der Junge sich mit der Zunge über die Lippen fuhr, und kostete den Augenblick aus. Schließlich drehte er sich zu den anderen Kindern um.

Er zeigte mit dem Daumen auf das Bild. »Also, das hier, das ist ein richtiger Gorilla.«

Die Kinder nickten fast im Gleichtakt, und Charlie atmete auf. Lewis beugte sich zu ihm und klopfte ihm auf die Schulter.

»Hast du gut gemacht.« Nickend entfernte er sich. Über die Schulter rief er zurück: »In jedem Zirkus braucht man einen, der einen Gorilla malen kann.«

Wenn Charlie nicht damit beschäftigt war, die Kratzer an den Lastwagen und den Zirkuswagen auszubessern, half er Zheng und Sam Jeanette bei der Arbeit. Zheng beeindruckte ihn mit seinem Wissen über die Tiere, und er freute sich, ihm zu helfen und dabei zuzuhören, wenn Zheng mit den Tieren sprach.

Die Zeit, die er mit Sam Jeanette verbrachte, war anders: Seit er Lewis' dramatische Schilderung der Ereignisse auf dem San Juan Hill gehört hatte, war Jeanette für ihn nicht nur ein kluger alter Mann, sondern ein echter Held, der sowohl Lewis als auch Shelby das Leben gerettet hatte. Der alte Mann arbeitete schweigend mit den Pferden und den Zebras und sagte nur gelegentlich ein paar herbe, lobende Worte, wenn ein Tier eine gute Leistung gezeigt hatte. Mit Charlie sprach er wenig und auch dann nur, um ihm eine Aufgabe zu erklären, aber der Junge fühlte sich bei ihm wohl.

Sam Jeanette stand in der Mitte des Pferchs und sah kopfschüttelnd zu, wie die Zebras in einem krummen Bogen vorbeitrotteten, den man beim besten Willen nicht als Kreis bezeichnen konnte. Plötzlich beugte sich ein kleines Tier vor und biss eins der größeren. Das große Tier trat seinen Angreifer und ging dann weiter im Kreis. Sam rief den Tieren Befehle zu und schlug sich mit einem langen Stock an die Beine, und die Tiere bildeten widerstrebend einen besseren Kreis. Er übergab Foley den Stock und kletterte aus der Koppel. Von der anderen Seite beobachtete er einen Moment, wie Foley mit den Zebras stritt. Er schmunzelte und schüttelte den Kopf und bemerkte den Blick des Jungen.

»Die sehen aus, als wären sie dumm, wie? Als wüssten sie nicht, was ein Kreis ist. In Wahrheit machen sie das absichtlich. Zebras sind mit die schwierigsten Tiere, mit deren Erschaffung sich der liebe Herrgott die Zeit vertrieben hat.«

»Glaubst du, er hat sie zum Zeitvertreib gemacht?«

»Zebras und noch ein paar andere Tiere.« Sam sah ihn an und fragte dann: »Wie kann sich ein intelligenter Junge wie du sonst eine Giraffe erklären? Sehen Giraffen nicht so aus, als hätte sich jemand einen Spaß erlaubt?«

»Doch, eigentlich schon. Sind Zebras besonders schwer abzurichten?«

»Also, ein Mann, der mit Bären oder Raubkatzen arbeitet, würde mir widersprechen, weil diese Tiere immer gefährlich sind, aber wenn man ihnen zu fressen gibt und ihnen ihre Ruhe gönnt, die ja den größten Teil des Tages ausfüllt, dann tun sie das, was man ihnen sagt. Solange sie dich nicht umbringen, natürlich. Aber ein Zebra kann einen Mann bis zur Bewusstlosigkeit treten, und sie treffen genau. Du hast die beiden gesehen, die sich gerade gezankt haben?«

»Ja. Warum haben sie sich gezankt?«

»Das junge Tier will zeigen, was es hat, und das alte will sich das nicht gefallen lassen. Schwierige Tiere. Störrisch.« Sam dachte einen Moment nach und blickte dahin, wo Sheba ihre Koppel hatte. »Allerdings kann man ein Zebra nicht mit einem Kamel vergleichen, wenn es um Widerborstigkeit oder Launenhaftigkeit geht. Um fair zu sein, kein einziges Tier auf Gottes grüner Erde ist in derselben Klasse wie das Kamel, und Mr Tully hat sich ein Kamel geholt, das den Ruf hat, besonders schwierig zu sein.«

»Warum?«

Es ist böse, wollte Sam sagen, aber was er tatsächlich sagte, war: »Es ist ein sehr ungewöhnliches Kamel. Lewis hat gern besonders auffallende Tiere in seinem Zirkus.«

»Du weißt alles über Tiere.«

»Nein. Mr Zheng und Mr Aiello, die wissen mehr über den alten Jupiter und die großen und die kleinen Affen und was sonst so rumläuft. Über Rex kann man natürlich nicht viel wissen, da er der Einzige seiner Art ist.«

»Ist er der einzige rote Affe in der Welt?«

»Der einzige rote Gorilla, soweit ich gehört habe, abgesehen von seinem Daddy, der außerdem ein bemerkenswerter Schauspieler war, wie ein Clown im Affenkörper.«

»Weißt du was über Elefanten?«

»Nur dass sie nicht gut sehen, aber sehr gut hören können. Und ich weiß, dass die Elefantendame, die wir haben, klüger ist als die meisten Menschen und so stark wie eine Lokomotive, aber sie ist ein Gewohnheitstier und launisch dazu. Außerdem ist sie verschlagen und sehr geduldig, und mindestens einmal im Jahr büxt sie aus. Sie will nicht wirklich für immer abhauen, es macht ihr nur Spaß. Einmal habe ich gesehen, wie sie ein Gatter mit ihrem Rüssel aufgemacht hat.«

»Ich wünschte, wir hätten Hunde«, sagte der Junge.

»Ich nicht. Hunde kämpfen miteinander, manchmal bringen sie sich gegenseitig um. Es gibt alle möglichen Tiere, die Kunststücke vorführen, ohne sich hinterher gegenseitig zu zerfleischen. Pferde zum Beispiel mögen sich. Siehst du, wie sie Kopf an Hinterteil nebeneinander stehen? Das machen sie, damit sie sich gegenseitig mit dem Schweif die Fliegen aus dem Gesicht schlagen können.«

Er lächelte Charlie zu und fand zunehmend Gefallen an dem Thema. »Es gibt jede Menge Tiere, die interessanter sind als Hunde. Nimm zum Beispiel das normale Hausschwein, das ist nämlich ein intelligentes Tier, aber die Menschen würden niemals Geld dafür bezahlen, um eine Vorführung mit Schweinen zu sehen. Ein Publikum, das bereit ist, sich Schweine anzugucken, muss ziemlich gebildet sein.«

Als es gerade so schien, als wollte Sam ins Schwärmen geraten, bremste er sich. »Und natürlich kann man sie nicht mehr essen, wenn sie Zirkustiere waren.«

Der Junge sah Sam entsetzt an, dann merkte er, dass Sam sich einen Spaß erlaubte, und grinste.

»Du warst doch auch Soldat. Das hat Lewis mir erzählt.«

Sam Jeanette lächelte. »Wenn er dir das erzählt hat, dann hat er dir auch erzählt, wie wir Bekanntschaft geschlossen haben.«

»Du hast ihm das Leben gerettet, ihm und Mr Shelby und dem armen Spanier.«

Der alte Mann lachte fröhlich. »Der arme Spanier, so nennt er ihn seit dem Tag, als sie aufeinander geschossen haben, damals, 1898.« Nach einem versonnenen Moment fügte er hinzu: »Sind beide sehr schlechte Schützen, Lewis und der Spanier. Gott sei Dank.«

»Er hat gesagt, du bist ein Held, und deine Männer haben alle anderen gerettet.«

Jeanette sah den Jungen an. »Ich war kein Held, ich war Unteroffizier der Zehnten U.S. Kavallerie. Aber wir haben alle gerettet, da hat er Recht. Meine Leute haben diese armen weißen Jungen aus der Gefahr geholt, und es ist uns nie gedankt worden.«

»Warum nicht?«

»Die Zeitungen interessierten sich nicht für die Taten der farbigen Soldaten. Aber weißt du was? Die Spanier fanden uns richtig aufregend.« Sam Jeanette zwinkerte ihm zu und drehte sich zu der Koppel um, wo die Zebras sich damit vergnügten, Foley das Leben schwer zu machen.

»Lass sie mal Pause machen, Junge«, rief Sam, »bevor sie dir den letzten Nerv rauben.«

Kurze Zeit später fand Charlie Harley auf der anderen Seite einer kleinen Baumgruppe von jungen Pappeln, wo er auf einem Fass hockte und mit einem seltsamen Ausdruck im Gesicht in die Ferne starrte. Er sah aus, als hätte er soeben etwas Verblüffendes beobachtet, und saß wie versteinert, so dass der Junge beschloss, ihn nicht zu stören, sondern sich zu entfernen. In dem Moment winkte der Zauberer ihn herbei, ohne sich umgedreht zu haben.

Charlie kam zu ihm und setzte sich in einiger Entfernung auf den Boden.

»Hallo«, sagte Harley.

Der Junge wagte ein kleines Lächeln, dann fragte er: »Übst du einen neuen Zaubertrick?«

»Nein. Wenn du einer der Erwachsenen wärst, dann hätte ich jetzt gesagt, dass ich mitten in einer intensiven Kontemplation der Mächte bin, die die Welt regieren. Aber weil du einer von den Kleinen bist, sage ich einfach, dass ich nachgedacht habe.« Nach einem Moment murmelte er: »Und mir meine so genannte Zukunft angesehen habe.«

»Was heißt das?«

»Das heißt, dass ich zu alt werde und dass es höchste Zeit ist, es zuzugeben. Ich hatte mich schon fast überzeugt, dass alles wieder zurückkommt, meine Energie und meine, na ja, meine Zauberkraft eben, alles, was ich früher konnte. Es gab eine Zeit, da galt ich als so etwas wie ein Heiler – ich konnte Menschen von kleinen Krankheiten und Verletzungen heilen.«

»Ich weiß.«

Der alte Mann sah ihn durchdringend an. »Woher weißt du das?«

»Ich habe gesehen, wie du Mr Dugan die Hand aufgelegt hast, und danach ging es ihm besser.«

»Ach das, das war … das war nichts.«

»Wie hast du das gemacht?«, fragte der Junge, ohne sich um Harleys Abwinken zu kümmern.

»Das zu erklären dauert zu lange. Meine Lehrmeister haben mir das beigebracht.«

»Hendrick? Der Mann, von dem du mir erzählt hast?«

»Der in erster Linie. Aber jetzt ist es mir alles abhanden gekommen. Ich bin ein sehr alter Mann, und du wärst erschrocken, wenn du mein Alter wüsstest, mein Junge. Ich bin alt und schwach und am Ende angekommen.«

Etwas in den Augen des alten Mannes beunruhigte Charlie, und ihm war unbehaglich.

»Und was passiert jetzt?«, fragte er.

»Nun, zum einen werde ich denselben Weg gehen wie alle meine Gefährten vor mir auch.« Er sah den entsetzten Blick in den Augen des Jungen, blinzelte ein paar Mal und riss sich zusammen.

»Ich vergesse immer, wie das für jemanden in deinem Alter klingt. Ich will damit nicht sagen, dass ich am Mittwoch in einer Woche hinübergehen werde oder so. Ich kann mich immer noch auf meinen eigenen zwei Beinen fortbewegen, und einen gesunden Appetit habe ich auch. So gesehen, kann ich mir auch in Lewis' Zirkus meinen Unterhalt verdienen, ich beherrsche die Tricks und die Kunststücke und so. Ich bin nicht krank, und es geht mir um einiges besser als dem armen Roy Green, es würde mich wundern, wenn Roy …«

Harley warf dem Jungen einen Blick zu und schlug sich mit der Hand an den Kopf. »Jetzt hör mich an. Entschuldige bitte, Charlie. Du weißt das von Roy, oder?«

»Ich weiß, dass er krank ist.«

»Richtig, er ist krank, das ist es, in einem Wort: krank.« Harley nickte.

»Wird er sterben?«, fragte der Junge leise.

»Vielleicht noch lange nicht, mein Junge, aber ja, er wird sterben. Seine Lungen sind hinüber, und du weißt ja, wie er geht – seine Beine sind schlimmer als meine. Aber du brauchst dir über diese Dinge keine Sorgen zu machen. Jetzt aber – lass uns mal ein paar von meinen Tricks durchgehen, und du sagst mir, welche ich morgen Abend in der Vorstellung vorführen soll.«

Der Junge nickte und versuchte, sich auf die Hände des alten Mannes zu konzentrieren. Nach einigen Minuten platzte er raus mit: »Sagst du mir, wann?«

Der Zauberer erstarrte mitten in seinem Zaubertrick und zog die Augenbrauen hoch. »Ob ich dir sage, wann ich vorhabe, diesen weltlichen Zirkus zu verlassen? Ja, dir sage ich es als Erstem. Aber warte nicht mit angehaltenem Atem darauf, dass es bald so weit ist, ja?«

»Nein, Sir«, sagte der Junge.

An dem Abend ging er schon zu Bett, bevor die Männer hereinkamen, und er lag auf seiner Pritsche und dachte über diese neue Erkenntnis nach, dass zwei der freundlichsten Menschen, die er beim Zirkus kannte, sterben würden. Er hatte Harleys Behauptung, dass sein Tod nicht unmittelbar bevorstand, keinen Glauben geschenkt – selbst ein Zauberer konnte so etwas nicht voraussehen. Charlie begriff seinen Irrtum: Er hatte sich gestattet zu glauben, dass dieser Zirkus immer existieren würde und dass all diese seltsamen Menschen viele Jahre um ihn herum sein würden. Jetzt musste er sich der Wahrheit stellen: Manche von ihnen konnten sterben, die Saison würde mit dem Einbruch des kalten Wetters zu Ende gehen, und er hatte keine Ahnung, was dann mit ihm geschah, aber eins wusste er mit Gewissheit: Irgendwann würde er wieder sein Zuhause verlieren, auch wenn es vielleicht noch eine Weile dauerte, bis es so weit war.

Ein anderes Bild stellte sich ungebeten vor seinem geistigen Auge ein, ein Bild, das er lange Zeit zurückgedrängt hatte: wie er auf einer Stuhlkante saß, zitternd vor Angst und kalt vor Schreck, und ihm gegenüber, in dem schäbigen Sessel, den sie liebte, saß seine Mutter, die Augen geschlossen, als wäre sie eingenickt, aber er wusste, dass sie tot war. Es war mitten in der Nacht, die Holzhütte mit den zwei Zimmern wurde vom Wind gerüttelt, und er war allein in der längsten Nacht seines Lebens. Charlie wollte nie wieder solche Angst erleben.

Am Morgen erwachte er und hörte den Chor der schnarchenden Männer. Draußen begrüßten die Vögel das erste schwache Tageslicht, und einer der Bären schnaubte, als steckte ihm etwas in der Nase. Charlie lag auf seiner Pritsche und dachte an seine Ängste vom Abend zuvor. Sein Blick wanderte zu Lewis, der fest schlief. Lewis wusste von all diesen Dingen, Lewis hatte auch nie ein Zuhause gehabt, und trotzdem war er unglaublich alt geworden und hatte einen heimatlosen Jungen vor einem harten Leben gerettet. Was immer geschah, er musste sich an Lewis halten und alles tun, um sich gut mit ihm zu stellen.

Nach dem Frühstück machte Lewis seine Runde durch das Lager und nahm sich verschiedener Aufgaben an, wobei er, sobald eine beendet war, zur nächsten überging. Charlie hielt sich hinter ihm, er sprach mit Laszlo und Lucius und Eli, den Enkeln von Sam Jeanette, aber er ließ Lewis nicht einen Moment lang aus den Augen.

Ende Juni erreichten sie den Punkt, wo die Canty Road in einem langen Bogen nach Norden schwenkte, und sie kamen langsamer voran: Die Landschaft von Colorado begann mit ihrem unerbittlichen Anstieg in die Berge, die Straßen waren hier schlechter. Abends und am frühen Morgen war es kühler, das Aufbauen und Abbauen würde im Laufe der Zeit schwieriger werden, und sollte es Regen geben, dann könnte Lewis von Glück reden, wenn seine kleine Truppe pro Woche in vier Städten auftreten konnte.

An einem Vormittag erreichten sie Little Egypt, und Lewis' Kundschafter brachte die Nachricht, dass Preston Crowe in einer der Bergbaustädte im Südosten und mehrere Tage hinter ihnen war und Lewis nicht so schnell einholen würde.

Lewis schüttelte den Kopf. »Du weißt nicht, wie hart Preston Crowe seinen Zirkus antreiben kann. Wenn er sich das vornimmt, dann holt er uns ein.« Lewis wusste, dass es an den östlichen Flanken größere Städte gab, und hoffte, dass es nicht in Prestons Interesse war, mit dem Tully-Zirkus um die Wette zu ziehen.

Von Hector Blaney hatte der Kundschafter keine Neuigkeiten.

»Na ja«, sagte Lewis, »es wird nicht lange dauern, bis wir was von ihm hören.«

* 31 *

Jupiters Jux

Die Vorstellung in Little Egypt war tadellos, und der Aufbruch am nächsten Morgen wäre ebenso glatt über die Bühne gegangen, wenn es nicht einen Abtrünnigen gegeben hätte.

»Jupiter ist weg.«

Tony Aiello stand in Lewis' Zelt und bemühte sich, seine Hände still zu halten. Dann nahm er den verschwitzten Hut ab und begann, die Krempe zu kneten.

»Weg?«, sagte Lewis, aber es war keine Frage.

Tony Aiello seufzte. »Ich habe sie überall gesucht, besonders bei den Essensvorräten. Ich dachte, vielleicht würde ich sie im Küchenzelt finden, so wie damals, 1917.«

»Herr im Himmel, das ist ein schlechter Traum.«

»Sie kann nicht weit gekommen sein.«

»Natürlich kann sie weit gekommen sein. Elefanten sind klug und schnell. Sie wandern quer durch Afrika, aus Langeweile, warum sollte sie es also nicht bis Detroit, Michigan, schaffen. Einmal im Leben habe ich die Gelegenheit, meinen Zeitplan einzuhalten, und jetzt muss ich nach einem entlaufenen Dickhäuter suchen.«

»Es tut mir leid, Lewis.« Tony verzog sein Gesicht zu einer anderen Grimasse, die starke Gefühle ausdrücken sollte. In Wahrheit war bei ihm jeder Gesichtsausdruck eine Grimasse, die sich alle glichen, und die Unterschiede waren nur für diejenigen erkennbar, die ihn gut kannten. Lewis kannte die jetzige Grimasse aus der schrecklichen Saison von 1919, als ein entlaufener Elefant ein kleines Ärgernis war, verglichen mit den bevorstehenden Katastrophen. Er wusste, dass Tony aufrichtig zerknirscht war – was an sich eine Seltenheit war, denn Tony Aiello hatte in seinem ganzen Leben nur ein- oder zweimal zugegeben, einen Fehler gemacht zu haben.

»Ach, wir werden sie schon finden, Tony.«

Shelby drückte sich den Hut auf den Kopf. »Wir können mal in dem hübschen kleinen Canyon nachsehen, an dem wir gestern vorbeigekommen sind. Das wäre doch ein gutes Versteck für ein Tier.«

Lewis schüttelte den Kopf. »Das wäre ihr zu langweilig. Sie will nach anderen Elefanten Ausschau halten oder nach interessanten Ausblicken, nur leider wird sie feststellen, dass Elefanten in Colorado eine Seltenheit sind.«

»Sie ist ein Gesellschaftstier«, sagte Tony.

»Und vieles andere auch«, murmelte Lewis, »sie ist außerdem eine Plage. J. M., hol den Captain und seine Männer. Sam, hol Foley, er kann reiten, lass die Männer nach Osten und nach Westen ausschwärmen. Wir beide fahren voraus, und Lucy und Helen können in die entgegengesetzte Richtung fahren.«

Als sie zum Auto gingen, klopfte Shelby Lewis auf die Schulter. »Wäre vielleicht besser, wenn wir sie nicht finden würden. Bei dem ganzen Ärger, den wir mit ihr haben.«

Lewis nickte. »Das stimmt allerdings. Aber wer weiß, in welchen Ärger sie geraten kann, wenn sie sich nur mit Begeisterung hineinwirft. Außerdem, wenn es bekannt wird, dass ich mitten in Colorado einen Elefanten verloren habe, glaubst du, die anderen Zirkusleute würden mich das je vergessen lassen?«

Jupiter amüsierte sich prächtig. Vom Camp trottete die Elefantenkuh in nördliche Richtung davon, und eine halbe Stunde lang legte sie ein zügiges Tempo vor, so begeistert war sie von ihrer eigenen Klugheit und Behändigkeit. Doch schon bald wurde sie langsamer, weil Neugier und Appetit ihr ein rasches Vorankommen unmöglich machten. Sie kam zu kleinen Farmen und Gehöften und musste in jedes Gebäude auf ihrem Weg einen Blick werfen. Vor einem Bauernhaus blieb sie in einer Wäscheleine hängen und hatte, als sie weitertrottete, ein hellblaues Laken wie ein riesiges Stirnband um den Kopf gewunden.

Die Bewohner, von denen die meisten gerade mit ihrem Tagewerk begannen, sahen etwas Graues vorbeihuschen, das einen Moment lang die Sonne verdeckte, oder sie hoben den Blick vom Frühstückstisch und sahen sich einem großen feuchten Auge gegenüber, das auf ihr Rührei starrte. Wenn sie nach draußen stürzten, hatte der große Besucher schon kehrtgemacht, und der enorme Rumpf entschwand in einer haushohen Staubwolke in Richtung Norden.

Jupiters Ausflug führte durch eine winzige Ortschaft an einer unbefestigten Straße, und als sie durch das verschlafene Zentrum trottete, schuf sie eine Legende, die sowohl sie als auch die Ortschaft selbst überdauern würde.

Ihre ausschweifende Wanderung durch die Ebene weckte zunächst Neugier und Angst, dann Ärger, weil sie durch die Gärten trampelte, frisches Getreide vom Acker ausrupfte und über Felder stapfte, auf denen die Keimlinge gerade zu sprießen begannen. Nördlich der Ortschaft wurde sie von einem Bullen vertrieben und endete in einer dunklen Scheune, aus der sie flüchtete, indem sie die rückwärtige Wand durchbrach und in einem Schauer zerberstender Bretter davonstob.

Überall gab es Nahrung, Wasser war reichlich vorhanden, und es gab viel zu sehen: Felsformationen und andere Tiere, und insgeheim war Jupiter auf boshafte Weise erfreut, wenn Rinder und Schafe bei ihrem Anblick die Flucht ergriffen.

Fünf Stunden nach ihrer Flucht erreichte sie eine Anlage, die aus drei Gebäuden bestand und von einer niedrigen Mauer umgeben war. Inmitten dieser Mauer erhob sich verlockend ein großes Tor, hinter dem Jupiter in einem hübschen Garten lauter grüne Sachen wachsen sehen konnte, und nach einem kurzen Zögern beschloss sie einzutreten.

Wenn er Glück hatte, überlegte Lewis, dann würden sie die nächste Stadt erreichen, bevor die Einwohner die Schäden verglichen und eine Rechnung wegen der tatsächlichen oder eingebildeten Zerstörungen aufstellen konnten. Ein Sheriff führte sie in einer seltsamen Karawane zu dem Ort, an dem der Ausflug des Elefanten, der in Tullys Zirkus als »Jupiters Jux« und in dem Teil von Colorado als »Elefantenausflug« bekannt wurde, endete.

Lewis stieg aus dem Auto aus und betrachtete das Schild über dem großen Tor.

»Greenwood Home für Amerikanische Veteranen«, las Shelby.

»Ich kann lesen«, murmelte Lewis.

Innerhalb der Mauern bot sich ihnen das Bild einer Schlacht. Nichts rührte sich. Im Hof stand eine kleine Gruppe von Männern mit Besen, Harken, Nudelhölzern und anderen mörderischen Haushaltsgegenständen. Aus jedem Fenster guckten Menschen mit grauen Haaren, und gut zwanzig weitere Krieger standen auf der schmalen Veranda vor dem Haus. Sie alle grinsten, schwitzten, keuchten und waren erregt von dem Moment der Konfrontation.

Sechs Meter vor dieser Angriffslinie stand Jupiter und sah sowohl schuldbewusst als auch töricht aus. Das hellblaue Laken war ihm über den Kopf gerutscht und bedeckte ein Auge. Anscheinend war er auch durch die Wäsche der Heimbewohner marschiert, denn von dem einem Stoßzahn hing lose ein Handtuch. Seine Vorderbeine waren weiß bespritzt, als hätte jemand versucht, sie anzumalen, und auf dem Rumpf waren dunkle Flecken zu sehen.

»Nichts als Ärger mit diesem Tier«, murmelte Lewis.

Er drehte sich um und winkte Zheng und Aiello zu sich. Tony hatte den Stierhaken dabei, Zheng die Kette für die Beine.

Ein kleiner Mann im dunklen Anzug trat aus dem Gebäude. Von Ferne betrachtet sah er aus wie ein typischer bornierter Geschäftsmann einer Kleinstadt, der einem Zirkusbesitzer das Leben zur Hölle machen kann. Aus der Nähe jedoch hatte er ein sonnengebräuntes Gesicht und einen Ausdruck in den Augen, der Lewis an ein Kind denken ließ, das einen Grund zum Lachen sucht. Als Lewis vor ihm stand, strahlte der Mann ihn an. Der Mann wollte etwas sagen, aber Lewis hob die Hand, damit er schwieg.

»Bevor Sie etwas sagen, lassen Sie mich Ihnen versichern, dass mir dies außerordentlich leid tut.«

»Was tut Ihnen leid?«, fragte der Mann und sah ihn verdutzt an.

»Na, der Schaden, den sie angerichtet hat, der Ärger, den sie Ihren, ehem, Schützlingen verursacht hat.«

Der Mann guckte die alten Männer um sich herum an. »Meine Schützlinge? Ärger? Gütiger Gott, die Männer hier haben sich königlich amüsiert.«

»Also, ich hoffe …«

»Bei dem Trompetenstoß dachte ich, ein paar der Männer könnten tot umfallen, aber es war ein großartiger Moment. Und, du liebe Güte, Sie hätten das mit ansehen sollen, wie sie hier über die Beete gejagt ist.«

»Ich kann es mir lebhaft vorstellen. Anscheinend war sie in der Wäsche.«

»Wir haben fünfhundert Handtücher. Eins können wir entbehren.«

»Und irgendwo ist sie reingetreten, das sieht man.«

»Sie hat einen Eimer mit Kalkfarbe gefunden, mit dem wir den Zaun streichen wollten. Es wurde etwas heikel, als sie ihren Fuß nicht aus dem Eimer befreien konnte. Ich dachte, Elefanten seien klug«, sagte er und senkte die Stimme.

»Das sind sie auch. Aber dieser hier ist alt. Bestimmt verstehen Sie das.«

Der kleine Mann nickte. »Sie lässt den Kopf hängen. Meinen Sie, es fehlt ihr was?«

»Nein, es ist ihr peinlich. Außerdem versucht sie, unter dem Laken hervorzusehen. Und was ist das für ein braunes Zeug ...?«

»Schokolade. Sie hat den Kopf zur Küche reingesteckt und sich an der Schokoladenglasur gütlich getan.«

»Schokolade mag sie gern«, sagte Shelby.

»Ja, es sah ganz so aus.«

Einer der alten Männer trat zu ihnen und stützte sich auf den Mopp, den er in dem Scharmützel als Waffe benutzt hatte.

»Sie sagen immer ›sie‹. Ist es ein weiblicher Elefant?«

»Ja«, sagte Lewis. Er sah die Enttäuschung in den Augen des alten Mannes und sagte: »Aber die Weibchen sind die schwierigen. Beide haben Stoßzähne, aber das Weibchen kämpft, nicht die Männchen. Mr Shelby hier kann Ihnen erzählen, wie sie den Stoßzahn verloren hat.« Er zwinkerte Shelby zu und gab Aiello und Zheng ein Zeichen, den Elefanten zu sichern, während Shelby den Männern eine Lügengeschichte auftischte.

Man sah Jupiter ihre Niederlage und Zerknirschung an. Lewis gab ihr einen Klaps aufs Bein.

»Du machst dich zum Gespött. Wenn wir noch andere Elefanten hätten, würden sie dich auslachen.«

Jupiter schnaubte und scharrte auf dem Boden, weigerte sich aber, Lewis anzusehen. Sie erlaubte es ihren Hütern, sie anzuketten und zum Wagen zu führen. Als ihr graues Hinterteil durch das Tor verschwand, jubelten die Veteranen mit heiseren Stimmen, und das schien ihr frischen Mut zu machen.

* 32 *

Frauen und andere Angelegenheiten

Die Sonne ging flammend rot unter, und Lewis starrte in südwestliche Richtung, wo schon bald, davon war er überzeugt, ein gewisser Preston Crowe mit der längsten motorisierten Karawane erscheinen und die größeren Städte anpeilen würde. Lewis bedachte das Wetter, die Straßen, die Vorräte und die Tiere, die möglicherweise die Strapazen nicht überstehen würden, und schüttelte gedankenverloren den Kopf, als er merkte, dass er beobachtet wurde. Er drehte sich um und sah Irina, die ihn mit trauriger Miene ansah.

»Guten Abend, Madam«, sagte er, etwas verlegen. »Ich spintisiere bloß.«

Sie runzelte die Stirn. »Das heißt Sorgen machen?«

»Nein, nein, ich träume vor mich hin.«

»Ich denke, Sie machen Sorgen.«

Er lächelte wegen ihrer Grammatik.

»Ich habe über das Geschäft nachgedacht, mehr nicht.«

»Ein Mann bringt Zirkus zu den Menschen und dann macht Sorgen die ganze Zeit. Ich denke, das ist seltsam.«

»Das ist immer so im Zirkusleben. Ich bin mir sicher, in Ihrer Heimat ist das nicht anders.«

»Vielleicht. Aber ich denke, es ist seltsam. Sie brauchen Ehefrau. Wenn zwei Sorgen machen, ist leichter.«

Er lachte. »Eine Ehefrau? Das fehlte mir noch.«

»Ich glaube, jeder braucht Ehefrau. Oder Ehemann … oder jemanden für schwere Zeiten.«

»Es gibt viele – die meisten Menschen in meiner Truppe haben keinen Partner.«

»Manche. Mr Coates, ja, aber ihm gefällt nicht.«

»Mr Shelby …«

»Mr Shelby hat Frau in Kansas. Ich höre, wenn er spricht von dieser Dame.« Sie lächelte und forderte ihn auf, weitere Fälle anzuführen.

»Die Brüder Perez –«, fing er an, und ihr Lachen ließ ihn verstummen.

»Mr Tully, die Brüder Perez sind keine Brüder.« Sie schüttelte den Kopf und schloss beim Lachen die Augen. »Wir haben Wort in russischer Sprache, ich kenne Wort in englischer Sprache nicht, aber nicht ›Brüder‹. Sie lieben sich, denke ich, aber nicht wie Brüder«, und ihre strahlend blauen Augen blitzten vergnügt. Eine dunkle Röte war ihr in die Wangen gestiegen, und Lewis wandte sich ab.

»Was sie in ihrem Privatleben tun, geht mich nichts an. Ich habe vor langer Zeit gelernt, dass dies eine merkwürdige Welt ist, und vieles darin ist mir fremd.«

Sie strich sich eine Strähne aus dem Gesicht und zuckte die Schultern. »Merkwürdige Welt, ja. Aber mit vielen Frauen darin«, sagte sie und verabschiedete sich von ihm.

Er sah ihr nach, und als sie an Helens Zelt vorbeikam, warf sie ihm einen bedeutungsvollen Blick über die Schulter zu.

Sechsundzwanzig Tage lang, an denen sie insgesamt vierunddreißig Matinee- und Abendvorstellungen gaben, reisten sie in nördlicher Richtung durch Colorado, ohne dass es größere Zwischenfälle gab. Ein Höhepunkt war die Vorstellung am 4. Juli in Little Dublin, die mit einem Feuerwerk endete – Lewis hatte es über Zhengs chinesische Verbindungen in der Stadt gekauft.

»Gibt es in dieser Stadt Chinesen, Zheng?«, hatte Lewis gefragt.

Zheng hatte gelächelt. »Überall gibt es Chinesen. Wir sind unvermeidlich.«

Mitte Juli, als sie auf einige entlegene Bergwerksstädte in Colorado zusteuerten, fing der Regen an und verwandelte die Canty Road in eine Schlammwüste. Immer wieder blieben die Fahrzeuge im Schlamm stecken, und sie mussten die Pferde, die Maulesel und schließlich auch Jupiter vor die Fahrzeuge spannen, um sie freizubekommen. Lewis wollte auch Sheba einsetzen, aber das Kamel sah sie alle hochmütig an und setzte sich in den Matsch.

Lewis fuhr an den Rand und ließ seine Truppe passieren, eine durchnässte, abgehalfterte Kolonne, die wie eine geschlagene Armee aussah. Das schwierige Terrain machte seinen Lastautos zu schaffen, und sie mussten immer wieder anhalten, um Reparaturen auszuführen. Nicht dass alle seine Fahrzeugprobleme auf die Straßenverhältnisse zurückzuführen wären – es waren wieder Besucher da gewesen, wahrscheinlich von dem fanatischen Hector Blaney geschickt, und obwohl Lewis' Männer sie vertrieben hatten, war es den Besuchern doch gelungen, zwei der Dieseltanks mit Sand zu verunreinigen.

Inzwischen war Preston Crowe ihnen weit voraus auf der breiteren Godfrey Road im Westen, und Lewis' Kundschafter berichteten, dass Blaney mit seinem Zirkus kreuz und quer durch Colorado zog, in dem wahnsinnigen Versuch, die anderen zu überholen.

Lewis fragte sich, ob der Zeitpunkt erreicht war, da ihn seine beiden Konkurrenten abgehängt hatten und er im Staub hinterherhinkte, und er sandte ein Stoßgebet zum Himmel, dass er mit seiner Karawane Wyoming erreichen möge. Als er sich dem letzten Wagen anschloss, galt seine Sorge den Tieren, die die kalten, feuchten Nächte ertragen mussten.

Das erste Totenkopfäffchen wurde zwei Tage danach krank. Doc Morin nahm es zu sich, sagte aber zu Lewis, dass das Tier bis zum Morgen tot sein würde – eine Voraussage, die sich als korrekt erwies. Lewis ließ den Affen am Straßenrand beerdigen.

»Warum ist er gestorben?«, fragte Charlie. Er sah Lewis dabei nicht an, aber Lewis wusste, dass die Frage an ihn gerichtet war.

»Er war krank. Dieses Wetter tut keinem von uns gut, die Kälte und die Nässe nachts – die Affen leiden besonders darunter. Sie sind nicht sehr widerstandsfähig, sie erkälten sich leicht, und dieser hatte eine Lungenentzündung. Und wenn einer krank wird, dann kann es den anderen genauso gehen.«

»Können sie nicht bei uns schlafen?«

Lewis sah den Jungen amüsiert an. »Nein, mein Junge, wir können nicht elf Affen in unserem Zelt haben, sie würden uns in kürzester Zeit zum Wahnsinn treiben. Nein, wir müssen uns nur überlegen, wie wir sie warm halten können. Und wo wir schon dabei sind, wir sollten auch für Jupiter beten. Elefanten mögen die Kälte nämlich auch nicht.«

Der Junge wollte noch eine Frage stellen, bemerkte aber den besorgten Ausdruck auf Lewis' Gesicht und spürte, dass er ihn besser in Ruhe lassen sollte. In der Nacht dachte er an den toten Affen und dann an Roy Green und den alten Harley, und er fragte sich, ob sie alle sterben würden, einer nach dem anderen, und ihn allein in diesem Niemandsland zurücklassen würden.

Am nächsten Tag gab Lewis den Zeltbauern Anweisungen, die Affenkäfige mit den restlichen verfügbaren Decken auszupolstern, so dass die Affen gewissermaßen gegen die Kälte isoliert waren. Es war nicht perfekt, aber vielleicht reichte es, bis die Kältephase vorbei war. Und für Jupiter hatte Lewis sich eine andere Medizin ausgedacht.

Der Junge sah zu, wie Lewis große weiße Zwiebeln aus einem Jutesack nahm und sie dem Elefanten ins Maul stopfte, und Jupiter zerkaute sie, als wären sie ein echter Leckerbissen. Lewis sah den Jungen an.

»Sie hat schon ein bisschen gezittert. Wenn ein Elefant vor

Kälte anfängt zu zittern, kann er krank werden. Man muss ihn warm halten. Und dazu sind Zwiebeln bestens geeignet. Dich würde das auch aufwärmen, so eine schöne rohe Zwiebel.«

Charlie verzog das Gesicht, und Lewis grinste und fuhr fort, den Elefanten mit Zwiebeln zu füttern.

Das kühle Wetter hatte ein Ende, als sie sich Wyoming näherten, und ging unmittelbar in heiße, windstille Tage über, und der Junge erfuhr, dass die Hitze ihre eigenen Probleme mit sich brachte: Die Autos waren wie Backöfen, Wasser wurde ein Schatz, und die Tiere litten unter der Hitze. Die Lamas waren besonders anfällig, denn sie ertrugen die Hitze nicht gut, und wenn die Karawane anhielt, sorgte Lewis dafür, dass die Lamas eine Weile im Wasser plantschen konnten. Aber schließlich ließ das heiße Wetter nach, ohne dass Lewis auch nur ein Tier verloren hatte. Zehn Meilen südlich von der Staatsgrenze schlugen sie das Camp auf, und Lewis rief Shelby, Harley Fitzroy, Helen Larsen und Sam Jeanette in sein Zelt zu einer Konferenz.

»Also, wir haben Kansas und Colorado geschafft, und in wenigen Tagen sind wir in Wyoming. Wir treten noch in einer Bergarbeiterstadt auf, einem Ort namens Sickles' Mill, und dann lassen wir Colorado hinter uns.«

»Schwierige Stadt, zumindest hatten wir diesen Eindruck, als wir unsere Plakate aufgehängt haben, Lewis. Vor ein paar Monaten ist da das Bergwerk zugemacht worden. Es gibt viele unglückliche Menschen da.«

»Dann brauchen sie einen Zirkus. Wir werden uns nicht zu lange dort aufhalten. Außerdem sind wir schon fast in Wyoming. Es gibt nur wenige große Städte, die überlassen wir Preston. Er wird in Laramie und Cheyenne auftreten, und danach, so hoffe ich, geht er nach Casper. Aber wir bleiben auf der Canty Road und bei den kleinen Städten.«

»Was ist mit Hector Blaney?«, fragte Shelby.

»Schwer zu sagen. Wahrscheinlich will er in den großen Städten absahnen, aber er kann es mit Preston nicht aufnehmen, und ich glaube nicht, dass er sich für die Kleinstädte interessiert.«

»Kleine Städte sind besser als keine Städte.«

»Das stimmt, aber ihr habt unsere Plakate in den Städten aufgehängt, also sind es unsere.«

Shelby sah ihn aus zusammengekniffenen Augen an. »Vielleicht interessiert er sich wegen der Plakate dafür. Und wir können ihn nicht daran hindern, unsere Plakate abzureißen oder eigene Vorankündigungen anzubringen. Wenn er den Leuten was vorlügt, wie großartig sein Zirkus ist, dann warten die Leute vielleicht, bis er in die Stadt kommt.«

»Wir müssen ihm eben voraus sein und die Leute auf uns aufmerksam machen.«

Helen lächelte ihm zu, und er versuchte, sie nicht zu beachten.

»Willst du immer noch bis nach Sheridan, Lewis? Montana und der Norden, hat, glaube ich, jemand gesagt.«

»Also, ich weiß nicht, ob ›der Norden‹, aber ich würde es gern bis Sheridan schaffen, das stimmt. Und vielleicht bis nach Montana rauf, warum nicht?«

»Warum nicht bis Kanada?«, überlegte Harley laut. »Warum nicht bis zum Nordpol? Wir könnten quer rüber bis in die Mongolei ziehen. Und den Mongolen einen Tully-Zirkus vorführen.«

»Bist du es leid, Alter?«

»Alter? Hör mal, Mr Tully, als George Washington so alt wie ich war …«

»Ja?«

»… da war er schon eine ganze Weile tot«, sagte Harley. »Sprich weiter.«

»Ich habe alles gesagt.«

Die anderen standen auf und gingen aus dem Zelt. Am Eingang blieb Helen stehen und sah ihn fragend-amüsiert an.

»Du hast allen immer pünktlich ihr Geld gegeben – hast du denn auch schon etwas verdient, Lewis?«

»Ach, ich komme zurecht«, sagte er und wollte ihr nicht in die Augen sehen.

»Es kommt bei Null raus, meinst du, oder?«

»Und was ist daran auszusetzen? Ich habe in meinem Leben noch keinen Gewinn gemacht. Warum sollte ich jetzt damit anfangen?«

Sie sagte nichts, und dann musste er ihr doch in die Augen sehen. Sie sah ihn an mit einem Blick, den er von früher kannte und der ihn damals wie heute sprachlos machte. Lewis sagte nichts, er war verdutzt von den Möglichkeiten, die in diesem Blick angedeutet wurden. Einen Moment lang schien es, als könnte er die Jahre zurückdrehen, wenn er nur das Richtige sagte, in diesem einen Moment, und er gestand sich ein, dass er sich das wünschte.

Helen streckte den Kopf aus dem Zelt in die Abendluft, und Lewis fiel nichts ein. Er wollte schon sagen, dass Geld unwichtig sei, als sie ihn wieder ansah. Es war kein richtiges Lächeln, aber in ihren Augen lag etwas, das ihm zeigte, dass sie ihn auslachte.

Lewis fuhr sich mit der Zunge über die Lippen und wollte etwas sagen, doch sie kam ihm zuvor.

»Komm doch mal vorbei, und ich mache dir einen Tee, und dann kannst du mir deine seltsamen Ideen erklären.«

»Das mache ich«, sagte er, aber sie war schon aus dem Zelt verschwunden.

✻ 33 ✻

Preston

In der dritten Juliwoche gaben sie eine Nachmittagsvorstellung in Sickles' Mill, wo sie das Zelt auf einer leeren Wiese außerhalb der Stadt aufgeschlagen hatten. Sie verschenkten über hundert Freikarten an verarmte Familien und herumstreunende Kinder und spielten vor einem vollen Haus voller schwitzender Menschen. Am Abend fuhren Lewis und Shelby in die Stadt, um neue Vorräte zu besorgen und ihren Wasservorrat an dem Hydranten in der Stadt aufzufüllen. Anschließend kehrten sie im Saloon ein, einem lang gestreckten, flachen Gebäude mit einem großen Schild im Fenster, auf dem stand: FÜR IMMER GESCHLOSSEN. DER EIGENTÜMER.

Lewis kauften den Männern im Saloon Drinks, verhandelte über eine Ladung Heu und Getreide und genehmigte dann sich und Shelby einen Whiskey.

Er wollte gerade einen zweiten bestellen, als die Tür aufging und alle Gespräche im Saloon verstummten. Lewis drehte sich nicht um, sondern musterte die Gesichter der anderen Gäste, um zu sehen, ob das Schweigen Ärger bedeutete oder einen Gesetzeshüter ankündigte oder einen Betrunkenen signalisierte. Was er in den Mienen las, war Neugier und Belustigung und eine gewisse Achtung. Dann fiel ein großer Schatten über den Teil der Bar, wo er stand, und noch bevor die tiefe, sonore Stimme ertönte, wusste er, wer den Saloon betreten hatte.

»Hallo, Lewis.«

Lewis wechselte einen bedauernden Blick mit Shelby und sagte: »Hallo, Preston« und drehte sich um.

Preston Crowes mächtige Gestalt stand vor ihm, strahlend über das ganze Gesicht: Wie immer war Preston Crowe der perfekte Showman. Er trug einen eleganten blauen Anzug und einen Strohhut, und Lewis sagte sich, dass niemand mit einem Strohhut in eine Stadt im Westen einreiten konnte, niemand außer Preston. Eine schwere Goldkette zierte seinen mächtigen Bauch, und der blaue Anzug spannte sich über seiner Körperfülle. Er wog fast zweieinhalb Zentner, aber während jeder andere mit diesem Gewicht dick gewesen wäre, war es bei Preston einfach ein Zeichen des Wohlstands. Sein Gesicht war straff und glatt rasiert, ihn umschwebte der Duft von teurem Toilettenwasser, und seine Augen funkelten, als hätte er einen guten Witz gehört.

Lewis hielt ihm die Hand hin, und Preston schüttelte sie, dann begrüßte er Shelby mit Handschlag und nannte ihn »J. M.« Er lüftete seinen Strohhut und zeigte die Rundung seines enormen Kopfes. Lewis hatte immer gedacht, dass Preston schon deshalb so dick sein musste, um seinen riesigen Kopf tragen zu können.

»Wusste gar nicht, dass du in der Gegend bist, Preston«, sagte Lewis.

Preston lachte angesichts der Lüge und bestellte Drinks für alle. Wie immer war er höflich, er sprach mit angenehmer Stimme, zeigte sich großzügig und wirkte äußerst selbstbewusst.

Er stellte sich neben Lewis an die Bar und nahm einen Schluck von seinem Whiskey.

»Es hat mich sehr gefreut, als ich hörte, dass du wieder eine Truppe hast, Lewis.«

»Nicht so sehr wie mich, Preston.«

»Es hat zu lange gedauert. Hector ist auch irgendwo in der Gegend.«

»Seine Männer haben uns Besuche abgestattet, aber wir haben sie geläutert weggeschickt.«

Preston lächelte und hob einen Finger als Zeichen für den Barkeeper.

»Lass mich, Preston, ich bin dran.«

»Nein. Das ist das Mindeste, was ich für einen alten Zirkusmann tun kann, den ich in dieser Gegend von der Bildfläche vertreiben werde.«

»Das hat noch niemand getan, Preston.«

»Du hast meine Show nicht gesehen.« Preston guckte in sein Glas hinein und sprach. »Ich habe zwei Dutzend Elefanten, Lewis.«

»Hector behauptet, er habe ein Dutzend.«

Preston lachte. »Er hat vier, und zwei davon sind krank. Ach, mit Hector hat man seinen Spaß. Eigentlich gehört er ins Gefängnis, wenn man es recht bedenkt. Aber meine zwei Dutzend gibt es wirklich, Lewis. Ich habe fünfzig Pferde und fünf Kutschen, ich kann ein Kutschenrennen veranstalten wie die Ringlings, ich habe einen Löwendompteur mit zwölf Wildkatzen, ich habe eine Truppe Hochseilakrobaten und Trapezkünstler und chinesische Jongleure, und mein Tierpark besteht aus über zweihundert Tieren. Ich habe zwölf Clowns und eine Hunde-Nummer, abgerichtete Affen, Scharfschützen, Kunstreiter, Schlangenmenschen, und einen Mann, der sich selbst mit Pfeil und Bogen erschießt.«

Preston sprach mit gleichförmiger Stimme, in der ein ungläubiger Ton mitschwang, als könnte er selbst nicht fassen, wie gut er es hatte und wie genial er war.

»Mein Camp sieht aus wie eine kleine Stadt, Lewis, und wenn wir auf die Straße fahren und ich meine neuen Lastwagen vorausschicke, dann weichen die anderen schnell an den Rand aus, um uns vorbeizulassen.« Er leerte sein Glas und sah Lewis an.

»Du warst schon immer ein großer Künstler, Preston. Ich war

immer der Meinung, du könntest den Ringlings das Wasser reichen, wenn du das Geld dazu hättest.«

»Danke, Lewis.«

»Also, ich habe auch Akrobaten und Seilkünstler und Trapezkünstler, Preston. Ich habe allerdings nicht zwei Dutzend Elefanten.« Er hielt einen Finger in die Höhe. »Ich habe nur einen, und das ist Jupiter, der größte Elefant der Welt. Und ich habe eine Clown-Nummer, und das sind Roy Green und Shirley Morissey.« Lewis sah zu, wie Prestons Augen größer wurden, und spürte ein angenehmes Gefühl im Magen. »Ich habe eine Kunstreiterin, und das ist Lucy Brown. Ich habe einen Russen, der Hauskatzen abrichtet, und einen Schlangenbeschwörer, der jedes Mal, wenn er von seiner Schlange gebissen wird, tot umfällt und dann wieder lebendig wird, sodass die Zuschauer denken, Jesus hat ein Wunder gewirkt. Ich habe ein paar von den alten Rough Riders, und ich habe einen neuen roten Menschenaffen, und du brauchst gar nicht den Kopf zu schütteln, Preston, denn es ist eine Tatsache, und ich habe zwei Männer, die einen Lastwagen hochstemmen können, und, Preston, stell dir vor, Preston, ich habe Harley Fitzroy.« Lewis verkniff sich ein Lächeln.

Preston Crowes Kiefer malmten, und einen winzigen Moment lang war er sprachlos, doch das überspielte er mit einem breiten Grinsen.

»Was du nicht sagst!«

»Komm und guck dir meine Show an.«

Preston sah ihn eine Weile an und sagte dann: »Du warst immer ein echter Zirkusmann, Lewis. Immer ein achtbarer Konkurrent. Es klingt so, als wäre es die fantastischste Show, die man sich ausdenken könnte, aber es ist nichts verglichen mit der Größe und der Farbenpracht und dem Glanz, den ich den Menschen geben kann. Wenn ein Zirkus wie meiner in die Stadt kommt, vergessen die Leute deinen auf der Stelle.«

»Manche ja. Aber nicht alle.«

»Vielleicht. Mach das Beste aus deinem Aufenthalt hier, Lewis. Ich nehme mir die großen Städte vor, aber ich ziehe schnell, und ich werde in vielen kleineren Städten Halt machen, und außerdem werde ich in ganz Wyoming spielen und danach in jeder größeren Stadt in Montana.«

»In allen beiden?«, fragte Lewis, und sie lachten.

»Wir werden uns wiedersehen, nehme ich an.«

»Viel Glück«, sagte Lewis.

»Dir auch, Lewis. Du brauchst es.«

Preston schlug ihm auf den Rücken und ging aus dem Saloon. In der Tür winkte er den anderen Männern zu, die sich für die Drinks bedankten.

»Ich mochte Preston schon immer«, sagte Shelby leise.

»Ganz der Gentleman«, sagte Lewis. Er versuchte sich ein Zelt vorzustellen, das viermal so groß war wie sein eigenes, mit Zuschauern gefüllt und einer Manege, in der sich zwei Dutzend Elefanten drängten und Männer sich in goldenen Kutschen ein Rennen lieferten, einen Löwendompteur mit einem Dutzend Wildkatzen.

»Verdammt«, sagte er.

* 34 *

»He, Rube!«

Sie sahen die Menschenansammlung, als sie wieder zum Camp kamen, ein enges Knäuel Männer in der Nähe der Pferdekoppel.

Lewis und Shelby warfen sich Blicke zu, bogen von der Straße ab und näherten sich den Männern. Einige drehten sich um, als sie das Auto hörten, und Lewis erkannte den Ausdruck: eine Mischung aus Aufregung, Angst und Blutrünstigkeit – Männer, die bei einer Schlägerei zusahen.

Sie stiegen aus dem Auto und schoben sich durch die Menge. Ein großer, schwammiger Mann in losem Hemd stand vor Zheng und Sam Jeanette. Hinter ihm standen in einer unordentlichen Reihe vielleicht ein Dutzend Männer, offensichtlich seine Verstärkung. Eine größere Gruppe stand weiter abseits, als wäre sie nicht unmittelbar beteiligt. Sam hatte einen Fuß vorgesetzt, seine Arme hingen am Körper herunter, und Lewis wusste, dass er kurz davor war loszuschlagen. Hinter ihm sah Lewis Foley, die Brüder Perez, Alexej und Joseph Coates. Der große Mann vor Sam drehte sich um und sagte etwas zu seinen Freunden, und Lewis sah, dass er jung war, um die zwanzig.

Wieder so ein Junge, der glaubt, er sei Dempsey.

Er hatte blonde Haare und dunkle, eng beieinander stehende Augen und einen enormen Kopf, der zu seinem restlichen Körper passte, und als Lewis sich näherte, sah er, wie der Junge seine Hände dehnte und streckte.

Lewis trat dicht neben ihn und legte ihm eine Hand auf die Schulter.

»Was ist hier los?«

Der Junge schüttelte Lewis' Hand ab.

»Nichts, worüber Sie sich Ihren grauen Kopf zerbrechen müssten, Mister.«

Lewis schenkte ihm keine Beachtung. »Sam?«

»Dieser Herr hier hat Zheng einen Streich gespielt.«

»Er mag keine Chinesen, Lewis«, sagte Zheng.

»Dann kann er ja gehen.« Er sah den Jungen an. »Sie haben hier nichts verloren. Entweder Sie behandeln meine Leute mit Respekt, oder Sie machen sich vom Acker.«

Jetzt drehte sich der Junge um, warf einen Blick des gespielten Erstaunens auf seine Zuschauer und sah Lewis an. Er war nur wenig größer als Lewis, aber bestimmt zwanzig Kilo schwerer.

»Sie reisen mit Monstern, Mister. Und Schlitzaugen und ...« – er warf einen Blick auf Sam Jeanette – »und Farbigen. Ihr Zirkus ist voll mit denen. Ich soll diese Monster, die Sie mitbringen, mit Respekt behandeln? Dass ich nicht lache.«

»Der gehört mir, Lewis«, sagte Sam Jeanette.

»Nein, er gehört niemandem. Der Junge hier wollte gerade gehen.« Lewis packte ihn am Kragen und wich aus, als der seine Faust herumschwang. Sie traf Lewis nicht mit voller Wucht, streifte aber seine Schläfe. Lewis verlor das Gleichgewicht und taumelte rückwärts. Der Junge nahm Aufstellung, hob seine beiden großen Fäuste, und ein gieriges Leuchten trat in seine Augen.

Alexej brach durch die Reihe, und Lewis sah, wie ein paar der älteren Bergleute auf der anderen Seite zu Boden gingen, als Joseph Coates sich mit seiner Schulter zwischen ihnen durchdrängte. Der Junge drehte sich zu Alexej um und blinzelte. Dann entdeckte er Joseph Coates und riss seine Augen weit auf. Lewis sah, wie die anderen Bergleute näher kamen, einer war mit einem Rohr bewaffnet. Shelby ließ den alten Warnruf »He, Rube!« ertönen, und schon standen der große Junge und seine Freunde einer Mauer von Zirkusleuten gegenüber – Akrobaten, Zeltbauer, Handlanger.

»Moment!«, rief Lewis. »Keiner rührt sich vom Fleck!«

Die größere Gruppe der Bergleute schien zurückzuweichen. Vielleicht waren der Junge und seine Freunde nicht aus dem Ort, oder vielleicht waren sie aus dem Ort, und die Älteren wollten nichts mit ihnen zu tun haben. Lewis musterte seine eigenen Männer und glaubte, sie könnten es mit dem Jungen und dessen Freunden aufnehmen, aber es war unvermeidlich, dass die anderen sich irgendwann einmischen würden.

Lewis ließ seinen Blick über die größere Gruppe gleiten: Es waren vor allem Bergleute, harte, unglückliche Männer. Wenn die sich an einer Schlägerei beteiligten, würde es schlecht ausgehen, und viele seiner Männer würden Verletzungen davontragen. Nein, er musste handeln.

Er hob beide Hände und drehte sich langsam im Kreis, so dass er die Männer auf beiden Seiten ansehen konnte.

»Nun mal langsam, Jungs, ganz langsam.« Er sah den Jungen an, dessen unsteter Blick zwischen Alexej und Joseph Coates hin- und herwanderte.

»Ganz richtig, mein Junge, einer von den beiden wird dir vor all deinen Freunden die Arme ausreißen. Aber wir wollen nicht, dass es ausufert. Diese Männer sind meine Freunde. Wenn du ihnen was antust, musst du dich vor mir verantworten. Ich frage dich noch einmal: Gehst du jetzt?«

Der Junge grinste und schüttelte den Kopf, aber seine Augen waren stumpf geworden, und er brachte sich gerade in Position und holte zu einem Faustschlag aus, als Lewis zuschlug. Der Junge sackte zusammen und richtete sich gleich wieder auf einem Knie auf. Er blinzelte, schüttelte den Kopf, malmte mit den Kiefern und erhob sich. Lewis spannte den Körper an und spürte, wie der Ring der Männer zurückwich und Platz machte.

Lewis und der Junge umschlichen sich langsam im Kreis, und keiner der beiden holte aus. Der Junge hielt die Fäuste vor das Gesicht, aber er beugte den Oberkörper so weit vor, dass sein Kopf weit herausragte. Lewis stieß mit der linken Faust zu, weil er sehen wollte, was der Junge tun würde. Der Junge hielt die Fäuste dichter zusammen, aber er bewegten den Kopf nicht. Er bot ein Ziel.

Lewis bewegte sich nach links, schlug kurz zu, sah, wie die Fäuste sich vor das Gesicht hoben, und versetzte seinem Gegner einen Kinnhaken. Mit der Rechten landete er einen Schlag in der Magengrube des Jungen, worauf der Junge mit einem Fausthieb konterte, der Lewis auf der Stirn traf und ihn ins Wanken brachte.

Der Junge kam jetzt auf ihn zu und schlug mit langen, ausholenden Bewegungen auf ihn ein, und Lewis wich nach rechts aus, ging in Deckung, kreiselte herum und schlug blindlings zu, um den Kopf freizubekommen. Er traf den Jungen mit einer rechten Geraden, und sofort strömte Blut aus dessen Nase. Der Junge hob die Hand zur Nase und betrachtete das Blut. Er wischte sich das Gesicht mit dem Ärmel ab, senkte den Kopf und ließ einen Faustwirbel auf Lewis niedergehen. Die meisten Schläge konnte Lewis mit den Armen abwehren, aber ein paar trafen ihn am Kopf, und er ging in Deckung.

Der Junge griff ihn erneut an, und Lewis ging in die Hocke und landete eine Reihe von Körperhaken unter den Armen des Jungen hindurch. Ein Flankenschlag traf den Jungen am Kiefer, er taumelte nach hinten, wedelte mit einem Arm, und Lewis glaubte, er würde niedergehen. Aber der Junge fing sich, starrte Lewis an und ging zum Gegenangriff über. Sein Gesicht war jetzt rot und geschwollen, die Kinnpartie blutverschmiert, und die eng stehenden Augen blickten wütend und verwirrt. Er kam mit schwingenden Fäusten auf Lewis zu, und Lewis spürte, wie die Stiefelspitze des Jungen ihn am Oberschenkel traf. Er wich seitlich aus und landete drei Fausthiebe, als ein schwerer, rechter Kopfhaken ihn traf und zu Boden warf. Er spürte ein dumpfes Pochen auf der linken Gesichtshälfte und hörte sein eigenes Keuchen.

»Steh auf, Lewis«, hörte er jemanden sagen. Ihm war heiß, ihm war übel, er schmeckte den Staub, der sich mit seinem Schweiß vermischte. Er musste zur Seite rollen, um wieder auf die Füße zu kommen, und der Junge war schon wieder da, bevor Lewis bereit war. Er duckte sich unter dem frischen Angriff, bohrte dem Jungen seine rechte Faust in die Rippen und hörte dessen Stöhnen. Lewis machte ein paar Schritte zurück und atmete ein, aber bekam nicht genug Luft. Der Junge ging wieder auf ihn los, es kam zu einem Schlagabtausch, und Lewis wusste, dass drei von vier seiner Schläge ihr Ziel fanden, aber sie hatten nur wenig Wirkung. Der Junge hatte ihm eine Platzwunde über dem Auge zugefügt, und jetzt rann Schweiß in die Wunde. Die beiden verhakten sich wieder ineinander, der Junge trat nach ihm, aber Lewis wehrte den Fuß mit seinem Bein ab und stieß ihm die Stiefelspitze in die weiche Haut.

Er hörte, wie der Junge keuchend »Scheiße« sagte, und schlug ihm mit der Rechten auf die verletzte Nase. Sie umkreisten sich wieder, und Lewis rang nach Atem. Auch der Junge keuchte, und die Luft schlug beim Ausatmen Blasen vor seiner verletzten Nase, sein Gesicht war tomatenrot, aber er gab nicht auf. Sie rangen miteinander, und jeder versuchte, den anderen mit kurzen Hieben aus der Halbdistanz zu treffen, während der Junge Lewis wieder mit den Füßen traktierte. Als sie voneinander abließen, schlug Lewis dem Jungen mit der Linken ins Gesicht, der Junge machte eine Grimasse, aber sonst nichts. Lewis hatte den Jungen mit seinen härtesten Faustschlägen bearbeitet, aber der Junge kämpfte weiter, und Lewis hatte nichts mehr in Reserve.

Der Junge erwischte Lewis mit einem linken Körperhaken, und Lewis ging zu Boden. Er setzte sich auf, keuchte, rang nach Luft und sah sich dann nach seinem Gegner um. Er stand in der Nähe, vornübergebeugt und die Hände auf die Knie gestützt. Sein Gesicht war rot und fleckig, und er hoffte, dass Lewis nicht wieder hochkommen würde.

Lewis lächelte, erhob sich auf einem Knie und erkannte, dass dem Jungen mulmig wurde. Er war wieder auf den Beinen, bevor der Junge sich ihm nähern konnte, und duckte sich unter dem rechten Schwinger des Jungen. Er schob ihn mit beiden Händen von sich, spürte das Gewicht des Jungen und merkte, wie seine eigenen Kräfte ihn verließen. Er wich zurück und versuchte, genug Kraft für einen perfekten Schlag zu sammeln.

Er hörte Stimmen um sich herum, ein Gemurmel, und ihm wurde bewusst, dass seine ganze Truppe zusah, wie er zusammengeschlagen wurde. Dann hörte er Helens Stimme.

»Sie sollen damit aufhören«, sagte sie, und ein anderer versuchte, sie zu beruhigen. Er hörte, wie sie den Mann beschimpfte.

Der Junge richtete sich auf und wischte sich die feuchten Haare aus dem Gesicht. Er war ganz schön fertig. Lewis wusste, dass seine Schläge zumindest das Selbstbewusstsein des Jungen erschüttert hatten.

Ein Zweiundfünfzigjähriger hat dich so zugerichtet, mein Lieber.

Lewis winkte ihn zu sich, obwohl er nicht wusste, was er tun würde, wenn der Junge wieder vor ihm stand. Der Junge ging ein letztes Mal auf ihn los, und Lewis senkte den Kopf in Erwartung der ersten Schläge, als eine riesige Gestalt in blauem Anzug sich dazwischen schob und die Kämpfenden trennte. Lewis fiel rückwärst in den Staub, setzte sich auf und hörte den Neuankömmling mit dröhnender Stimme sagen: »Der Kampf ist vorbei, meine Herren.«

Ein Muskelprotz löste sich aus der Gruppe hinter ihm und rief: »Du hast hier nichts zu sagen, Dicker.« Preston Crowe brachte ihn mit einem krachenden Schlag seines Spazierstocks zu Fall.

»Und ob ich was zu sagen habe«, sagte Preston ruhig und musterte die Menge.

Er betrachtete Lewis' Gegner.

Der junge Streithahn guckte wütend und sperrte den blutenden Mund auf, um zu protestieren, worauf Preston ihm die Stockspitze in den Rachen steckte. Der Junge machte ein Würgegeräusch, und ein Ausdruck von Panik trat in sein Gesicht.

»Mein Name ist Preston Crowe, und ich bin kein Schwächling wie diese Kerle, die ihr euch aussucht; ich sage euch gleich, dass ich mit eigenen Händen einen Mann umgebracht habe, und es würde mir nichts ausmachen, es wieder zu tun.« Er schob den Stock ein bisschen vor, der Junge würgte, seine Augen traten ihm aus dem Kopf, dann zog Preston den Stock heraus und wandte sich ab.

»Ich habe meine Leute nach eurem Sheriff geschickt«, sagte Preston, ohne sich an einen speziell zu richten. »Hallo noch einmal, Lewis.«

»Danke, Preston«, sagte Lewis und wusste nicht, ob er noch deutlich sprach. Shelby zog ihn mit einem Griff unter die Achselhöhlen hoch, und Helen eilte zu ihm und betupfte seine Verletzungen mit einem Taschentuch, während sie eine Salve von Flüchen abließ, die einen Matrosen hätten erröten lassen.

»Keine Ursache. Aber nächstes Mal solltest du dir einen aussuchen, der eher in deiner Altersklasse ist, Lewis, oder einen Knüppel bei dir tragen.«

Lewis versuchte zu Atem zu kommen. »Es war nicht meine Idee. Ich wollte vermeiden, dass es eine große Prügelei gibt.«

»Das verstehe ich. Ich habe mal gesehen, wie zwei Männer in einer großen Rauferei umgekommen sind.«

Lewis lehnte sich zurück und rang immer noch nach Atem. Als er glaubte, wieder sprechen zu können, sagte er: »Barnum hat mal ein gutes Dutzend in einer Schlägerei verloren, habe ich gehört.«

»Aber wir sind im zwanzigsten Jahrhundert.«

»Das hat mir gefallen, das mit dem Mann, den du mit deinen eigenen Händen umgebracht hast«, sagte Lewis, und seine Stimme klang in seinen eigenen Ohren irgendwie fern, bemüht. »Hauptsache, es ist eine gute Geschichte.« Er lächelte Preston zu.

Preston errötete leicht. »Ich habe das schon öfter gesagt. In bestimmten Situatonen ist es recht wirkungsvoll. Bei jemandem von meiner Statur sehen sich die Menschen vor, bevor sie dich einen Lügner nennen.«

Preston betrachtete die Anwesenden, dann sagte er leise: »Hallo, Helen« und lüftete seinen schicken Strohhut.

»Sehr schön, dich zu sehen, Preston.«

»Die Jahre haben dich freundlich behandelt, Helen.«

»Der Teufel spricht mit silberner Zunge, Preston. Aber trotzdem danke.«

Der Sheriff traf ein, es war ein pummeliger Mann mit einem gequälten Gesichtsausdruck. Er guckte sich die Menschen an, sprach mit einem älteren Mann und ging dann zu dem jungen Schläger und seinen Gefährten. Der Sheriff stellte sich direkt vor den Jungen und sprach auf ihn ein, bis dessen Gesicht puterrot war. Dann wirbelte er herum und schritt davon, und der junge Mann sah ihm benommen nach.

Der Sheriff tippte sich an den Hut, als er Helen sah, und kam zu Lewis.

»Ist alles in Ordnung, Sir?«

»Ich werde es überstehen.«

»Es tut mir leid.«

»Harte Zeiten machen die Menschen hart.«

Der Sheriff schüttelte den Kopf. »Ärger aus allen Himmelsrichtungen. Diese Leute sind nicht aus unserer Stadt, sie kommen hierher, auf der Suche nach Arbeit oder Ärger, und es kümmert sie wenig, was es ist. Und einer der Männer hat mir berichtet, dass jemand diese jungen Kerle angestachelt hat, sich mit Ihnen anzulegen.«

Lewis runzelte die Stirn. »Wer war das?«

»Ich habe ihn nicht gesehen, aber die Jungen hier sagen, es war ein großer Mann mit tätowierten Händen.«

Lewis wechselte einen Blick mit Shelby. »Joe Miles.«

»Wer ist das?«

»Einer, der für einen anderen Zirkus arbeitet. Wir kennen uns schon lange.«

Der Sheriff guckte bekümmert und nickte. »Es tut mir leid, dass Ihnen das hier passiert. Sie haben einen netten Zirkus, und Sie waren großzügig mit den Freikarten. Wenn die Kerle Sie nicht in Ruhe lassen, solange Sie in der Stadt sind, dann kommen Sie zu mir.«

»Ist in Ordnung, Sir.«

Der Sheriff grüßte und ging davon.

»Ich zieh mich dann auch mal zurück, Lewis«, sagte Preston. »Ich war gerade beim Essen, als ich sah, dass die Männer in deine Richtung losstürmten. War gut, dich zu sehen, Lewis.«

»Das Vergnügen war ganz meinerseits, Preston«, murmelte Lewis und stellte sich auf die Füße.

»Nimm dich vor diesem alten Bastard Hector Blaney in Acht, Lewis. Und noch eins, Lewis. Wenn wir uns in Montana begegnen, dann mache ich Kleinholz aus deinem kleinen schmutzigen Zirkus.«

»Das wollen wir erst mal sehen«, sagte Lewis. Er schüttelte die helfenden Hände ab und machte ein paar Schritte. Ihm war schwindlig, und als er um sich blickte, sah er, dass seine ganze Zirkusmannschaft ihn anstarrte. Harley Fitzroy stand mit verschränkten Armen dabei und schüttelte den Kopf, und Charlie hatte sich zwischen zwei Erwachsene gedrängt. Lewis sah dessen entsetzten Gesichtsausdruck, als er merkte, dass er das Gleichgewicht verlor. Shelby fing ihn auf, und im nächsten Moment war Doc Morin zur Stelle.

»Bringt ihn in mein Zelt«, sagte Helen, und niemand widersprach.

Gestützt von Shelby ging er durch seine Leute und beantwortete ihre nervösen Fragen gereizt mit: »Mir geht es gut, es ist alles in Ordnung.« Ihre besorgten Mienen beachtete er gar nicht.

⁂ 35 ⁂

Wiederherstellung

Sie ließen ihn eine Stunde schlafen, und als er aufwachte, saß Harley Fitzroy neben ihm und hatte ihm seine knochige Hand auf die Schulter gelegt. Die Hand fühlte sich heiß an, fast als hätte der Zauberer Fieber. Doc Morin kam in das Zelt und verschloss Lewis' Wunde über dem Auge mit zehn Stichen und die am Kinn, von der Lewis gar nichts wusste, mit vier Stichen, er verpflasterte die Schürfwunde an der Wange und bandagierte den Brustkorb, weil er eine angebrochene Rippe vermutete. Er arbeitete schnell und effizient, wobei er die ganze Zeit fluchte und sich beschwerte.

»Morgen Früh tun Ihnen all die Stellen weh, die ich nicht verarztet habe, aber das haben Sie nicht besser verdient«, brummelte er.

»Seien Sie still, Doc«, sagte Helen mit ruhiger Stimme, aber er nahm keine Notiz von ihr.

»Sich wie ein Sechzehnjähriger zu schlagen, wie ein betrunkener Matrose, und dann muss man die halbe Nacht aufbleiben und ihn verbinden und zunähen …«

»Wieso sind Sie eigentlich Arzt geworden?«

»Für jemanden mit meinen Neigungen und meiner Disposition schien es der richtige Beruf.«

Lewis lächelte Helen hinter Doc Morins Rücken zu, aber sie sah ihn kühl an, und er wandte den Blick ab.

Als der Doc fertig war, verstaute er seine Sachen in seiner Tasche, ließ einen Blick über Lewis' Wunden wandern und schüttelte missbilligend den Kopf.

»Sie sind zu alt für solche Sachen, Lewis. Deswegen habe ich mich entschieden, mit Tieren zu arbeiten: Die sind zwar dumm, aber sie verletzen sich niemals absichtlich. Wenn ein Tier sich verletzt, dann war es eben unvermeidlich.« Er guckte böse, kramte in seiner Tasche nach den Zigarren, nickte Helen einen Gruß zu und ging aus dem Zelt.

»Ich habe nie einen Mediziner gekannt, der so übel gelaunt war und so griesgrämig«, sagte Lewis. »Ich weiß nicht, warum ...«

»Er hat Recht.«

Bei dem harten Ton ihrer Stimme zuckte er zusammen, aber er weigerte sich, klein beizugeben. »Er hat nicht Recht. Und du auch nicht, wenigstens nicht in diesem Punkt.« Lewis sah ihr in die Augen. »Es ging nicht anders.«

»Ich weiß, dass du eine große Schlägerei vermeiden wolltest, aber ein anderer hätte für dich einspringen können. Du musst auch mal jemand anders einen deiner Kämpfe ausfechten lassen. Du bist zu alt für diese Torheiten.«

»Bald, vielleicht, aber jetzt noch nicht. Es ist mein Zirkus ... und es sind meine Freunde. Und sie müssen wissen, dass ich für sie eintrete, wenn so etwas geschieht. Und das habe ich getan, Helen, sonst nichts.«

»Ich glaube, du wolltest diesen Aufschneider in Grund und Boden prügeln.«

»Ja, sicher. Aber ich wusste, dass es mir wahrscheinlich nicht gelingen würde. Und ich bin sehr froh, dass es vorbei ist.«

»Ich bin froh, dass er dich nicht umgebracht hat«, sagte sie ganz leise.

Lewis sah sie einen Moment lang an, dann wurde er verlegen: Schmutzig, verschwitzt und ohne Hemd lag er auf ihrem sauberen Bett. Er sah den harten Ausdruck auf ihrem Gesicht und sagte sich, dass sie ihn nicht in ihrem Zelt haben wollte, es war nur aus Mitgefühl, dass sie ihn zu sich genommen hatte. Zeit zu gehen.

Er sah sich um, konnte aber sein Hemd nicht finden.

»Ich habe dein Hemd. Es hatte am Rücken einen Riss, und ich habe es geflickt, während du geschlafen hast.«

»Danke. Es ist sowieso schmutzig.«

»Im Zirkus ist es schwierig, immer sauber zu sein.«

Helen reichte ihm sein Hemd und half ihm dann, es überzuziehen. Sie betrachtete ihn und bemerkte den Kontrast zwischen der wettergegerbten Haut am Hals und der weißen Haut seines Körpers. Ihre Augen suchten die sternförmige Wunde, wo die Kugel aus der Pistole des Spaniers in seinen Körper getreten war, aber der Verband bedeckte die Stelle. Sie sah zu, wie Lewis sich das Hemd mit steifen Fingern zuknöpfte, und musterte die Verletzungen in seinem Gesicht.

»Du warst immer ein störrischer Mensch, und das ist keine Tugend.«

»Du aber auch. Du warst immer ein Dickkopf. Immer. Du hast dir von niemandem je etwas sagen lassen, Helen, du …« Beide bemerkten zur gleichen Zeit die Erregung in seiner Stimme, sie sahen sich überrascht an und lachten.

»Ich fühle mich immer ein bisschen komisch, wenn ich eine Prügelei hatte.«

Sie legte ihm die Hand auf die Schulter, und einen Moment lang trafen sich ihre Blicke.

»Also …«, sagte er und wollte gehen.

»Ich bin froh, dass du es einigermaßen überstanden hast, Lewis«, sagte sie, und er sah, dass sie weitersprechen wollte, es dann aber ließ.

Sein Arm bewegte sich ohne sein Zutun, und er schob ihr eine Strähne aus der Stirn. Sie biss sich auf die Lippen und wandte sich ab, und er merkte, wie er rot wurde.

Mit dem Rücken zu ihm sagte sie: »Du musst dich in deinem eigenen Zelt sehen lassen, damit der kleine Junge weiß, dass du nicht tot bist. Als du … als du geschlafen hast, war er draußen und hat dauernd reingeguckt.«

»Ich glaube, der Junge nimmt sich alles sehr zu Herzen.«

»Das stimmt. Er kennt es nicht anders. Das hier muss ihm alles verrückt vorkommen, und er weiß nicht, was ihn am nächsten Tag erwartet.«

»Das geht mir genauso.«

Sie wandte sich lächelnd ab, und er ging. Einen Moment lang stand er vor ihrem Zelt. Er hatte diesen Ausdruck in ihren Augen gesehen, als er ihr das Haar aus der Stirn gestrichen hatte, er hatte ihr Unbehagen und ihre Verwirrung gesehen.

Oder habe ich mich geirrt?, fragte er sich.

Er warf noch einen Blick auf ihr Zelt und machte sich auf den Weg zu seinem.

Shelby saß mit Sam Jeanette am Tisch, zwischen ihnen eine Whiskeyflasche. Der Junge lag im Bett und tat so, als schliefe er.

Lewis nickte.

»Guck, Sam, da kommt John L. Sullivan.«

»Wie geht es dir, Lewis?«

»Ich fühle mich wie die Leiche von John L. Sullivan.«

Shelby hielt die Flasche hoch. »Darf ich dir einschenken?«

»Gleich.«

Er ging zu der Pritsche des Jungen und wusste nicht, was er sagen sollte. Dann beugte er sich über das Bett und tippte Charlie auf den Rücken. Der Junge schoss hoch und sah ihn mit großen Augen an.

»Ich wollte dir nur zeigen, dass ich nicht tot bin.«

Charlie begutachtete Lewis' Wunden. »Bist du schlimm verletzt?«

»Am meisten verletzt ist mein Stolz.«

»Schade, dass du verloren hast. Ich dachte, du würdest gewinnen«, platzte er heraus und bereute es sofort, das las Lewis in seinen Augen.

Lewis setzte sich auf die Bettkante.

»Du hast eine bessere Meinung von mir als ich selbst. Ich habe nicht geglaubt, dass ich gewinnen würde. Die Schlägerei, bei der du gewinnen kannst, ist die, die du vermeiden kannst. Jedenfalls wollte ich dem Kerl nur zeigen, dass er meinen Freunden keinen Schaden zufügen kann. Mehr wollte ich gar nicht.«

»Aber du bist verletzt worden.«

»Ja, das schon. Und er auch. Und daraus kann man etwas lernen, ich weiß nur gerade nicht, was das ist. Aber jetzt musst du schlafen.«

»Genau das versucht der Junge schon die ganze Zeit, Lewis«, sagte Sam, und Lewis nickte.

Einer plötzlichen Eingebung folgend, sagte er: »Komm, wir machen einen kleinen Spaziergang, an der frischen Luft.«

Der Junge sah ihn verwirrt an, dann sprang er aus dem Bett und zog sich die Hose über. Lewis stellte schuldbewusst fest, dass der Junge auf die kleinste Aufmerksamkeit seinerseits reagierte.

Ein paar Minuten gingen sie schweigend durchs Camp, und Lewis versuchte zu ergründen, warum er den Jungen zu dem Spaziergang aufgefordert hatte. Mehrmals wollte er ein Gespräch beginnen, aber wusste nicht, wie.

»Du konntest nicht schlafen?«

»Nein, ich habe es versucht.«

»Hast du Hunger?«

»Ich glaube nicht.«

Irgendwo hörte Lewis eins der Pferde laut schnauben, und er glaubte auch ein Lama in der kleinen Koppel zu hören, aber sonst war es ganz ruhig.

»Komm, wir gehen mal weiter raus, damit wir die Nachtgeräusche hören können.«

Lewis ging mit dem Jungen an den letzten Zelten und den

Lastwagen vorbei, bis sie das Camp hinter sich gelassen hatten. Schweigend stiegen sie einen kleinen Pfad rauf, der durch das Gestrüpp und das Gras zu einer kleinen Kuppe oberhalb des Camps führte.

»Wer hat den Pfad gemacht?«, fragte Charlie.

»Ich vermute, das waren Rehe. Die meisten Pfade werden von Rehen gemacht.«

»Gibt es überall Rehe?«

»Es scheint so. Überall, nur nicht in Chicago«, sagte Lewis und freute sich über das Lächeln, mit dem der Junge zu ihm aufsah.

Im Licht des Halbmonds konnten sie einen dicken quer liegenden Stamm erkennen, auf dem sie sich niederließen. Ganz in der Nähe hörten sie ein schrilles Pfeifen.

»Was ist das?«

»Eine Fledermaus.«

Nach einem Moment nervösen Schweigens sagte Charlie: »Fred Lemmon sagt, die fliegen einem in die Haare.«

Lewis schmunzelte. »Fred Lemmon steckt voll von abergläubischem Unsinn. Die normale Fledermaus fürchtet sich vor uns Menschen und will nichts mit uns zu tun haben, auch nicht mit unserem Haar.«

Lewis blickte hinunter in die schmale Niederung, in der Nebelfetzen herumtrieben.

»Ich gucke mir gern den Nebel an«, sagte er unvermittelt.

Der Junge war einen Moment still, dann sagte er: »Glühwürmchen.«

Lewis guckte nach unten und sah, dass der Junge Recht hatte: Hier und da blinkten kleine gelbe Lichtlein, und als er so guckte, sah er, dass es Hunderte von Lichtern waren und dass die ganze Niederung von Leuchtkäfern wimmelte.

»Wie viele Nächte sie wohl schon da sind, und ich habe sie nicht bemerkt. Manche Menschen nennen sie Feuerfliegen.«

»Ich habe mal welche in einem Glas gefangen, aber dann habe ich sie freigelassen.«

»Das hast du richtig gemacht.«

»Ich habe noch nie so viele gesehen«, sagte Charlie.

»Ich schon, vor langer Zeit.«

»Als du ein Junge warst?«

»Ja.« Einen Moment danach sagte er: »Ich war mit meinem Vater zusammen.«

Charlie sah zu ihm auf und machte seinen Mund zu einem kleinen »o«. »War Alma auch da?«

»Aber sicher. Es war ein Abend wie dieser.«

Lewis sah vor seinem geistigen Auge, wie er mit Alma und dem Vater unter dem Nachthimmel saß und über die Prärie guckte, an einem Abend, als alle Glühwürmchen der Welt sich anscheinend an einem Ort versammelt hatten.

»Wieso leuchten sie so?«, hatte er gefragt.

»Sie sagen sich gegenseitig guten Tag«, hatte sein Vater erwidert, und Alma, die auf der anderen Seite des Vaters saß, fragte sich laut, wie ihr kleiner Bruder so dumm sein konnte, dass er das nicht wusste.

Lewis erinnerte sich, wie er in der kühlen Luft zu frieren begann und sein Vater ihn an sich herangezogen und den Arm um ihn gelegt hatte. Allen drei wurde kalt, aber sie blieben sitzen und guckten sich weiter die Lichterschau an. Aus der Entfernung von fünfundvierzig Jahren schien es ihm ein Augenblick des vollkommenen Glücks, obwohl er wusste, dass das nicht der Fall gewesen sein konnte, so kurz nach dem Tod seiner Mutter. Dennoch erinnerte er sich daran, wie sie zu dritt dagesessen hatten und nicht aufstehen und den Moment beenden wollten, selbst dann nicht, als sie merkten, wie der Tau ihnen in die Kleider kroch.

»Sie sagen sich gegenseitig guten Tag«, sagte Charlie.

»Du weißt wohl mit Insekten Bescheid?«

»Meine Ma hat es mir erklärt.«

Lewis wurde sich bewusst, dass dies das erste Mal war, dass der Junge seine Mutter erwähnt hatte.

»Du denkst wahrscheinlich oft an deine Mutter.«

Charlie nickte. »Manchmal. Manchmal, wenn ich aufwache …« Er brach ab.

»Dann vergisst du, dass es die Wahrheit ist.«

Der Junge nickte kaum merklich.

»So geht es einem. So war es wenigstens bei mir. Ich glaube, meine Ma war schon ein Jahr tot, als ich es endlich geglaubt habe. Wenn man klein ist, denkt man, dass die Eltern immer am Leben bleiben.«

»Aber das können sie nicht.«

»Nein, das können sie nicht. Trotzdem ist es immer ein Schock.« Er sah, dass der Junge wieder nickte.

Lewis beobachtete, wie er auf die mondbeschienene Wiese guckte. Wahrscheinlich war es Zeit, zum Camp zurückzugehen, aber er sagte lange Zeit nichts. Einmal blickte Charlie zu ihm auf und verfolgte dann weiter das Treiben der Leuchtkäfer.

»Ich mag Käfer und Insekten«, sagte Charlie.

»Das ist gut, denn die Welt ist voll davon.«

Sie guckten den Glühwürmchen weiter zu, dann bemerkte Lewis, dass Charlie zitterte. Er legte dem Jungen die Hand auf den Kopf.

»Deine Haare sind nass.«

Der Junge schien überrascht.

»Das kommt vom Tau. Noch ein paar Stunden, und alles ist nass.«

Der Junge nickte, er war jetzt todmüde, aber Lewis fiel es schwer zu gehen.

»Komm, Zeit, dass du in die Falle kommst.«

Er klopfte dem Jungen auf den Rücken, und sie standen von dem Stamm auf und gingen zum Camp zurück. Charlie war still, er war zu müde, um noch mehr Fragen zu stellen.

Lewis brachte den Jungen ins Bett und setzte sich dann zu den anderen Männern an den Kartentisch.

»Jetzt einen Drink?«, fragte Shelby.

»Ja.«

Sam Jeanette sah ihn merkwürdig an. »Du und der Junge, ihr hattet ein Abenteuer, Lewis?«

»Wir haben Glühwürmchen geguckt.«

»Ist doch was Schönes an einem lauen Abend.«

Sie plauderten und spielten ein paar Runden Poker, und als sie sich zur Ruhe begaben, sagte Lewis: »Ich glaube, die Kerle aus der Stadt könnten für morgen was im Schilde führen, wenn wir weiterziehen. Wir müssen uns einen Plan machen«, und die anderen Männer nickten.

✻ 36 ✻

Nachhutgefecht

Um neun rollten die Wagen. Ein paar Meilen außerhalb der Stadt fuhr Lewis an den Rand und ließ die Kolonne passieren. Das letzte Fahrzeug war ein Lastwagen. Shelby saß am Steuer, seine Mitfahrer waren Alexej und Joseph Coates, Foley, Emmett McKeon und seine Söhne sowie zwei der kräftigeren Zeltbauer.

»Sieht doch ganz gut aus, hier«, sagte Lewis.

Sie standen in einem kleinen Espenwäldchen, wo die Straße enger wurde und die Bäume rechts und links eine dichte Mauer bildeten.

»Könnte passen«, sagte Shelby. Die beiden Männer standen neben Lewis' Auto und blickten zu einem südlich liegenden Kamm hinüber. Ein einzelner Reiter stand auf der Kuppe und beobachtete das Stück Straße, das sie schon hinter sich hatten.

»Jack sieht aus wie eine Statue, was?«, sagte Shelby.

»Stimmt.«

Shelby drehte sich eine Zigarette, und Lewis guckte in die Wolken. Sie standen noch keine zehn Minuten in dem kleinen Wald, als Jack seinen Hut lüftete.

»Wir kriegen Gesellschaft«, sagte Lewis.

Jack Vance hob den Hut ein zweites Mal.

»Zwei Autos. Also gut. Seid vorsichtig und bleibt nicht den ganzen Tag.« Er schlug Shelby auf den Rücken und setzte sich wieder ins Auto.

Die Männer in dem Verfolgerauto bemerkten das Hindernis erst, als sie schon davorstanden: ein morscher Baustamm quer über der Straße. Der große Ringkämpfer vom Tag zuvor stieg aus und winkte die anderen herbei. Insgesamt waren es sieben Männer, und sie stellten sich an dem Stamm entlang auf.

»Den haben sie hierher geschafft, sie wissen, dass wir kommen«, sagte er mit einem gezwungenen Lächeln auf seinem geschwollenen Gesicht. »Los.«

Er beugte sich über den Baumstamm, und die anderen versuchten, den Stamm zu heben, als sie einen Lastwagen näher kommen hörten.

Shelby bretterte in das hintere Auto, so dass es hochkant stand, von der ansteigenden Straße rutschte und auf die Seite kippte. Er legte den Rückwärtsgang ein und näherte sich dem anderen Auto. Der Junge und seine Gefährten rannten zu dem Lastwagen, bis sie merkten, was Shelby vorhatte, und erstarrten. Shelby fuhr von hinten in einem spitzen Winkel auf den Wagen auf, schob ihn von der Straße und klemmte ihn zwischen zwei Bäumen ein. Das Auto klappte in sich zusammen, als wäre es aus Pappe, der Kühler zerbarst, und eine weiße Dampfwolke stieg in den Himmel.

Dann sprang Shelby aus dem Lastauto, in der Hand einen Schraubenschlüssel, und die anderen Männer folgten ihm. Sie rannten los und nahmen jeder einen Gegner ins Visier. Ein dunkelhaariger Mann kam mit einem Stein in der Hand auf Shelby zu. Shelby duckte sich darunter durch und schlug dem Mann mit dem Schraubenschlüssel auf den Kopf. Der Mann ging zu Boden, und Shelby guckte sich nach dem Jungen vom Vortag um und sah, dass er zu spät kam. Joseph Coates ging seelenruhig auf ihn zu, während der Junge ihn in Kämpferhaltung erwartete. Seine Rechte hatte er erhoben, und er versuchte ein hämisches Grinsen zustande zu bringen, als Coates ihn mit einem einzigen Schlag bewusstlos schlug.

Eine Stunde später hatte der Lastwagen die Zirkuskolonne eingeholt. Lewis fuhr langsamer, bis er mit Shelbys Wagen auf einer Höhe war.

»Geht es allen gut, J. M.?«

»Kommt drauf an, was du mit ›allen‹ meinst. Hier geht es allen bestens, abgesehen von ein paar Schürfwunden, und ich werde einen blauen Fleck haben, weil Mr Coates mich umgestoßen hat … in seinem Eifer, an die Kerle ranzukommen.«

Joseph Coates lächelte schuldbewusst und sank tiefer in den Sitz.

Lewis betrachtete die zerbeulte Kühlerhaube und sah Shelby mit hochgezogenen Augenbrauen an.

»Es hat einen Unfall gegeben«, erklärte Shelby.

»Kann ich mir denken.«

»Sie werden wohl eine Weile zu Fuß gehen müssen, die armen Kerle.«

»Ist doch eine ganz hübsche Gegend zum Spazierengehen.«

Abends im Camp war Helen gerade damit beschäftigt, Irinas Kostüm zu flicken, als Lewis vorüberging – in leicht gebeugter Haltung, um seine gequetschte Rippe zu schonen. Die Russin sah ihm nach und warf einen Blick auf Helen, die die Augen von ihrer Näharbeit hob.

»Ich finde, er ist schön.«

»Wer?« fragte Helen und hob die Augen jetzt nicht mehr.

»Lewis Tully. Ich finde, er ist ein schöner Mann.«

»Ich habe immer gedacht, er sei eher hässlich.«

Die Frauen sahen sich an, und Irina zog die Stirn kraus.

»Hässlich? Nicht schön?«

»Na, vielleicht nicht richtig hässlich, aber jedenfalls nicht gut aussehend.«

Irina zuckte die Schultern und verzog das Gesicht. »Natürlich nicht gut aussehend. Aber er ist schön.«

Helen musterte sie. »Jedem das Seine.«

»Ich habe Alexej«, sagte Irina mit einem Lächeln, »ich brauche keinen anderen Mann. Ich finde, Alexej ist auch schön. Ein kluger und guter Mann und sehr groß. Große Arme, große Schultern, große …« Irinas Augen rundeten sich, und sie hielt inne. »Alles ist groß«, sagte sie abschließend und lief dunkelrot an. Helen blinzelte, legte das Nähzeug in den Schoß und fing an zu lachen, da konnte sich die Russin nicht mehr zurückhalten und lachte auch.

»Du bist ohne Scham, Irina. Ich bin froh, dass ihr zum Zirkus gekommen seid.«

»Gut. Ich mag dich und Mr Lewis Tully. Und du guckst ihn an, wenn er vorübergeht. Das sehe ich.«

»Ach, das ist doch Unsinn. Ich kenne Lewis schon …«

»Das sehe ich. Es ist gut, du bist schöne Frau, er hat keine Frau …«

»Ich bin zu alt, und was viel wichtiger ist, er ist Lewis Tully. Ich kenne ihn schon fast mein ganzes Leben, er ist kein Mann, auf den eine Frau ihre Hoffnung setzen darf. Deswegen habe ich einen anderen geheiratet. Deswegen … und auch weil ich ihm nie genug war.«

»Vielleicht jetzt?«

»Jetzt ist er wahrscheinlich noch schlimmer.«

»Du warst seine Frau, einmal?«

Helen wollte etwas sagen und zögerte.

Ja, ich war seine Frau.

»Ja. Aber es ist so lange her, dass es mir so vorkommt, als wäre es eine andere Frau gewesen, eine, die einmal jung war.«

Einen Moment lang wandte sie den Blick ab, und der Russin tat es leid, dass sie sich aufgedrängt hatte.

»Ich bin neugierig. Alexej sagt das immer. Es tut mir leid.«

»Das macht nichts.« Helen senkte den Blick auf ihre Näharbeit und war von melancholischen Gefühlen überwältigt, was sie selbst überraschte. »Du hättest ihn mal sehen sollen, als er achtzehn war …«

»Achtzehn! Ihr wart Kinder zusammen?«

»So ungefähr. Ich war sechzehn, und ich war nie zuvor jemandem wie Lewis Tully begegnet. Er hatte sich schon fünf oder sechs Jahre allein durchgeschlagen und war ziemlich selbstbewusst. Und er hat kein Geheimnis daraus gemacht, dass er mich für ein Bauernmädchen hielt, das nicht besonders viel Ahnung hatte. Aber andererseits war es sonnenklar, dass er mich mochte«, fügte sie hinzu. Sie lächelte Irina an.

»In dem Sommer damals war ich sein Mädchen, und alle wussten das. In der nächsten Saison gab es das zwischen uns, was die Leute ein ›Einverständnis‹ nennen, und ich sage dir, Irina, das war die glücklichste Zeit meines Lebens. Mit Sicherheit war es die aufregendste. Ich lebte bei den Zirkusleuten, ich bekam die Welt zu sehen, so dachte ich damals, und ich hatte einen Verehrer, der außergewöhnlich war und von allen gemocht und respektiert wurde. In den nächsten vier Jahren waren wir zusammen, von einer Saison zur nächsten, und selbst wenn wir uns monatelang nicht sahen und ich nichts von ihm hörte, machte ich mir keine Sorgen. Wahrscheinlich wussten alle außer mir, dass sein Leben aus Abenteuern bestand, und ich war eins davon. Aber ich hatte die Vorstellung, dass das Schicksal einen mit einem bestimmten Menschen zusammenbringt, und ich hatte meinen gefunden.

Es wurde nie mehr daraus, und ich glaube, irgendwann begriff ich, dass ich nicht so wichtig für Lewis Tully war. Damals fingen wir an zu streiten, und wir haben uns oft gestritten, ohne über das zu sprechen, was uns wirklich bedrückte.«

»Aber jetzt sprecht ihr miteinander, ich denke.«

»Er vielleicht. Jedenfalls, ich hatte am Ende der Saison einen anderen Mann kennen gelernt, Will Larsen. Er war lustig und gutmütig und nicht so sehr interessiert daran, in der Weltgeschichte herumzureisen. Ich habe Lewis trotzdem noch eine Weile lang gesehen, aber wir haben uns nur gestritten. Und bald darauf war es aus zwischen uns. Er ging von dem Zirkus weg, bei dem wir waren, und ich hörte jahrelang nichts von ihm. Als ich ihm das nächste Mal begegnete, war ich verheiratet und hatte ein Kind. Wir haben uns wieder angefreundet, aber das hat sehr lange gedauert.«

»Und jetzt seid ihr zusammen in einem Zirkus«, sagte Irina.

»Jetzt sind wir einfach alte Freunde.«

Irina erwiderte ihren Blick und schwieg. Nach einer Weile sagte sie: »Alte Freunde. Sehr schön.«

✻ 37 ✻

Affentheater

In den verbleibenden Juli-Tagen und in der ersten August-Woche zogen sie auf der Canty Road durch Wyoming, streiften die Laramie-Berge in einem lang gezogenen umgekehrten Fragezeichen und traten in entlegenen Städten im südlichen Teil des Staates auf.

Charlie saß im Lastwagen neben dem wortkargen Lewis und war dankbar für den gesprächigen Harley Fitzroy, der auf der anderen Seite von ihm saß. Der Regen trommelte auf das Dach, und Charlie hörte, wie der Schlamm an die Reifen klatschte. Einmal verloren die Hinterreifen die Haftung, und er dachte, der Wagen würde sich auf die Seite legen, und Lewis fluchte mehrmals.

Lewis warf Charlie einen Blick zu, als wäre ihm gerade eingefallen, dass er da war, und lächelte gequält. »Noch mehr von diesem Wetter, und wir müssen die Autos stehen lassen und Jupiter, die Pferde und die Maultiere vor die Wagen spannen.«

Östlich und nördlich ragten die Berge auf, die ihnen jetzt näher waren als auf ihrem Weg durch Colorado. Einmal schlugen sie in der Dunkelheit das Camp auf, und als Charlie am folgenden Morgen aufwachte, stand vor dem Zelt ein großer, mit Kiefern bewachsener Berg, als wäre da die Welt zu Ende, und er erschrak zutiefst.

Wyoming schien sich endlos in die Länge zu ziehen, überall sah man Antilopen, die auf den struppigen Wiesen ästen und beim Herannahen der Wagen ins Gebüsch sprangen. Einmal hielt Lewis an, um dem Jungen eine Ansiedlung von Präriehunden zu zeigen, und als sie weiterfuhren, guckte der Junge den Tieren verwundert nach.

Mehrere Male bemerkte Charlie, dass Lewis zufrieden nickte, wenn bestimmte landschaftliche Merkmale auftauchten oder Tiere, die sich vor dem Lärm und Staub in Sicherheit brachten, und als Lewis merkte, dass er beobachtet wurde, lächelte er.

»Jeder hat seine Lieblingslandschaft, und das ist meine.« Nach einer ganzen Weile sagte er: »Schade, dass ich sie verlassen musste.«

»Warum musstest du sie verlassen?«

»Überall in der Welt ist es für einen Zwölfjährigen schwer, allein durchzukommen, aber Wyoming war – zumindest damals – der schwierigste Ort, den man sich für einen Jungen ohne Familie vorstellen konnte.«

»Wusstest du nicht, wo Alma war?«

»Sie war verschwunden. Wir hatten uns aus den Augen verloren – ich war bei einer Familie, die hierher umzog, und sie war bei einer, die es nach South Dakota verschlug. Ich habe sie erst später wieder ausfindig gemacht. Jahre später. In Chicago.«

Gegen Ende August kamen sie in ein Gebiet, wo die Ebene erst leicht anstieg und dann stetig bergan führte. An manchen Stellen war die oberste Schicht der Landschaft stark erodiert, so dass die Schichten der Vergangenheit zum Vorschein kamen, und Lewis und Shelby entdeckten Knochen, die in dem Fels sichtbar waren. Lewis erklärte, dies seien Fossilien, Knochen von riesigen Reptilien, die vor langer Zeit gelebt hatten, und den ganzen Tag versuchte der Junge sich an die Vorstellung zu gewöhnen, dass die Welt einst von Tieren bevölkert war, die größer als Jupiter waren.

An einem Tag sahen sie weniger als eine Meile entfernt eine Trichterwolke, und kurz vor Harriston kamen sie in einen furchtbaren Hagelschlag. Die Hagelkörner hatten die Größe von Murmeln und durchschlugen einige der Frontscheiben. In Glennis brach ein Pferd sich ein Bein in der Vorstellung und musste getötet werden. In Fort Baines riss sich zu der übergroßen Freude der Kinder im Ort ein Zebra los, in Pellastra brach auf der Zuschauertribüne zwischen Cowboys zweier verfeindeter Ranches ein Kampf aus, und in der wohlhabenden Stadt Shoshone sollte sich für Lewis ein alter Alptraum wiederholen, allerdings kamen diesmal keine Paviane darin vor.

»Was haben sie gemacht?« Lewis riss die Augen weit auf und guckte von Zheng zu Harley Fitzroy, der alle Mühe hatte, sich das Grinsen zu verkneifen.

»Sie sind ausgebüxt.«

»Alle?«

»Ja.«

Lewis zwang sich, die eine Frage zu stellen. »Auch der ... der Komische?«

»Der ganz besonders. Er war es, der die anderen befreit hat.«

»Befreit, Zheng? Verdammt, das sind doch keine unterdrückten russischen Leibeigenen, von denen hier die Rede ist, das sind Totenkopfäffchen.«

»Er ist aus seinem Käfig entkommen und hat den anderen Käfig aufgemacht. Sie sind alle frei. Alle elf«, sagte Zheng, und Lewis hatte den starken Verdacht, dass Zheng das lustig fand.

»Es kann nicht so schlimm sein wie damals mit den Pavianen. Es sind alles kleine Affen, sie können keinen so großen Schaden anrichten.«

»Zheng, die Paviane waren nur übermütig und nicht verrückt.« Vor seinem geistigen Auge sah Lewis Tully das bezaubernde Gesicht des betreffenden Äffchens, das verrückte Flackern in seinen Augen, der Blick, der von dem Nichtvorhandensein eines Gewissens zeugte. »Dieser Affe ist ...«, er suchte nach dem richtigen Wort.

»Ein krimineller Affe«, sagte Harley hilfreich.

»Ein Psychopath«, sagte Zheng. »Tief gestört.«

»Ach, ihr habt erreicht, dass es mir schon viel besser geht. Ich ordne an, dass jeder – Mann, Frau und Kind – sich auf die Suche nach diesen Tieren macht.«

Er warf Zheng einen vernichtenden Blick zu und ging aus dem Zelt.

Am Anfang der Hauptstraße von Shoshone blieben sie stehen und starrten sprachlos auf die Verwüstung.

»So muss es ausgesehen haben, als die Goten in Rom einfielen«, sagte Harley, und Lewis bedeutete ihm, still zu sein.

Die nächsten drei Stunden verbrachte die Belegschaft des Tully-Zirkus damit, wie eine Militärkolonne die Ortschaft zu durchkämmen und die ausgerissenen Affen wieder einzusammeln; dabei folgten sie dem Pfad der Zerstörung und hörten den erzürnten Bewohner zu, die den Hergang der Ereignisse schilderten.

Die Hauptgruppe von sechs Affen war in einen Gemüseladen eingefallen und hatte erst eine Fressorgie veranstaltet und sich dann einen Kampf mit den Kunden geliefert und diese mit angebissenem Obst bombardiert. Kunstvoll aufgebaute Dosenpyramiden waren krachend eingestürzt, Obst war an den Wänden zerplatzt und hatte klebrige Streifen hinterlassen, und die Menschen waren hinter der Theke in Deckung gegangen wie Soldaten im Kreuzfeuer. Lewis und seine Leute stürmten mit Netzen, Tüchern und Seilen in das Geschäft und hatten die flüchtigen Affen nach einem kurzen, intensiven Gefecht eingefangen. Die Affen kreischten und schnatterten, besonders einer, der das Pech hatte, mit dem Kopf voran in ein Essiggurkenfass zu stürzen, und jetzt traumatisiert war.

Drei waren in ein Hutfachgeschäft eingedrungen und wurden eingefangen, als sie Hüte und Hauben aufprobierten und damit vor dem Spiegel Grimassen schnitten.

Einer wurde in einer Flüsterkneipe gefunden, wo die Männer eine unerquickliche Situation noch verschlimmert hatten, weil sie dem Affen Bier gegeben hatten. Das völlig betrunkene und wie verrückt schnatternde Tier wurde festgenommen, als es über die Tastatur des Klaviers hüpfte.

Damit war nur noch einer auf freiem Fuß, und der hatte auf seinem Zug durch die Stadt von einem Ende zum anderen alle ins Angst und Schrecken versetzt, ganz abgesehen von dem eigentlichen Schaden, was Lewis Tullys schlimmste Befürchtungen hinsichtlich des Täters bestätigte. Das verrückte Äffchen hatte Kartons und Pakete aufgerissen, Tuchballen entrollt, Getreidebehälter umgestürzt, es war in einem Speiselokal über die Teller der verblüfften Gäste stolziert, hatte in der kleinen Bibliothek aus Büchern Seiten herausgerissen und die Stille mit seinen schrillen Triumphschreien durchbrochen, es war durch die Bank getanzt, hatte auf den Rücken von Brauereipferden Saltos vollführt und eine kleine Herde Schafe verrückt gemacht. Schließlich, als Shelby und sechs entschlossene Verfolger ihm auf den Fersen waren, war es die Stufen zur Kirche hinaufgeflitzt und durch die offene Tür in das Gotteshaus geflohen.

Rufend und gestikulierend rannten die Männer ihm hinterher, als sie in ihrer Verfolgungsjagd von einer Gestalt wie aus einem Volksmärchen oder aus einer Stammeslegende aufgehalten wurden.

Der Geistliche Harold Block stand vor dem Portal zu seiner Kirche.

Er war ein Meter neunzig groß und wog weit über zwei Zentner. Sein graues Haar reichte ihm bis zum Kragen, und weil er sich mit den Augengläsern, die ihm ein durchreisender Optiker empfohlen hatte, nicht anfreunden konnte, betrachtete er die Welt aus dauerhaft zusammengekniffenen Augen. Um die Wahrheit zu sagen, der Geistliche hatte ein Gehör wie eine Katze und eine Stimme wie eine Belagerungskanone, aber er konnte ein Verandalicht nicht vom Vollmond unterscheiden.

Er trat auf den Absatz vor seiner Kirche, wobei er fast die Stufen runtergestolpert wäre, und richtete sich zu voller Größe auf. Er stützte sich selbstbewusst auf die geweißte Brüstung und nickte den Gestalten, die vor ihm Aufstellung genommen hatten, zu.

Anscheinend waren es zwischen sechs und hundert Personen, und die Alkoholfahne, die ihm in die Nase stieg, schien darauf hinzudeuten, dass Jeff Quinn, der Stadtsäufer, mit dabei war, aber es spielte keine Rolle, wer es war noch wie viele es waren. Er hatte sich schon mehrmals den Massen entgegengestellt, er war sogar ein Held, denn er hatte in einer anderen Stadt eine wilde Meute daran gehindert, mit einem Mulatten ihr grausames Spiel zu treiben. Damals war seine Sehkraft besser gewesen, aber dasselbe kämpferische Herz schlug auch jetzt in seiner Brust, und er lächelte und hob seine große Hand, als die Männer die Stufen erstürmen wollten.

»Ich glaube, das reicht, meine Freunde.« Er legte den kleinsten Anflug einer Drohung in die Anrede und sah, dass die Männer zurückwichen.

»Morgen, Herr Pfarrer«, sagte einer.

»So ist es. Ein guter Morgen, und noch besser, wenn des Menschen Herz frei von Gewalt ist.«

»Wir planen keine Gewalttaten, Herr Pfarrer«, sagte Shelby. Irgendwas stimmte mit dem Geistlichen nicht, aber Shelby konnte es sich nicht erklären.

Der Affe erschien in der Tür, und jemand schrie: »Das ist er ja, der kleine …«

Der Geistliche drehte sich um und musterte die kleine Form auf der Brüstung hinter sich.

»Aber er ist kaum größer als ein Kind!«

»Er ist älter, als er aussieht, Herr Pfarrer«, sagte Shelby.

»Was hat der Mann denn getan, dass ihm nicht vergeben werden kann?«

»Es ist kein Mann, es ist ein Affe, Euer Ehren«, sagte Emmett McKeon.

»Ihn zu beschimpfen wird niemandem weiterhelfen.« Der Geistliche starrte auf die kleine Kreatur hinter sich, versuchte ein klares Bild zu bekommen und gab es sofort wieder auf. Soweit er erkennen konnte, sah es tatsächlich wie ein Affe aus, aber …

»Er gehört zu unserem Zirkus«, sagte Shelby.

»Er hat mein Geschäft verwüstet«, sagte ein wütender Sätdter.

»Wir holen ihn uns, und dann …«, sagte Shelby, aber der mächtige Geistliche versperrte den Eingang.

»Nein, Sir, der Mann sucht Schutz!« Er drehte sich zu dem Affen um. »Das tun Sie doch, oder?«

Der Affe machte aufgeregte Geräusche und nickte.

Der Geistliche überlegte einen Moment. »Sie sind ein Fremder, ja? Ire, vermutlich. Nun, hier sind Sie in Sicherheit.« Zu Shelby sagte er: »Er kann so lange hierbleiben, wie er möchte. Männer wie er«, sagte er mahnend, »haben die Eisenbahn gebaut. Wenn es sein Wunsch ist, wieder zu Ihnen zu kommen, dann werde ich ihn nicht hindern. Aber er entscheidet selbst. Nun zerstreuen Sie sich und gehen Sie Ihrer Arbeit nach.«

Shelby sah den Geistlichen an, drehte sich zu den anderen um und zuckte die Achseln.

»Ihr habt den Geistlichen gehört. Gehen wir.« Er ging, und die brummelnden Männer folgten ihm. Und der Affe klatschte in die Hände.

Als sie gegangen waren, winkte der Geistliche den Affen in die Kirche und fand, dass sein Schützling ein ziemlich haariger kleiner Kerl war. Als der Geistliche die Tür schloss, entwischte das Tier hinter ihm und entkam auf die Straße, wo es den Zirkusmännern hinterhersetzte.

Als alle Affen wieder eingefangen waren und der Zirkus aus Shoshone wegzog, blickte Lewis zurück auf die kleine Stadt der Plains und sagte zu Shelby und Harley: »Ich wusste doch, dass Wyoming interessant würde.«

Als sie Casper erreichten, hörten sie die gute Nachricht, dass Preston Crowes Karawane erneut wegen Motorschäden aufgehalten worden war.

»Wir bleiben drei Tage«, sagte Lewis zu Shelby.

»Gut. Dann können wir ausnahmsweise mal reichlich Vorräte besorgen. Auch Diesel, denn der wird langsam knapp, und weiß der Himmel, wo wir zwischen hier und Sheridan Diesel finden.«

Sie kauften Heu und Getreide, Nahrungsmittel und Diesel, und die Stadtältesten gestatteten ihnen, an den Hydranten Wasser zu zapfen. Sie gaben vier Vorstellungen, und jede war ausverkauft. Die Einwohner von Casper verliebten sich scharenweise in Lucy Brown, die hier Kunststücke vorführte, die sie bisher noch nicht gezeigt hatte. Nach der zweiten Vorstellung war die Spannung aus Mr Patels Nummer raus, aber bei der ersten Vorstellung war die Reaktion der Zuschauer überwältigend: Die ungläubige Stille, das Aufatmen der Erleichterung, der aufbrausende Applaus, all das schwellte den Stolz des kleinen Inders, so dass er wie ein Großherzog durch die Manege stolzierte.

* 38 *

Merkwürdige Zeiten, merkwürdige Ideen

Sam Jeanette hatte gerade die Runde gemacht und setzte sich mit der Zeitung von Casper hin, als er Lucys großen Grauen wiehern hörte. Sie trottete über die Koppel, als hätte sie jemanden erkannt, dann gab sie ein leises Schnauben von sich, wie sie es tat, wenn sich Fremde näherten. Im nächsten Moment meinte er, ein Kratzen auf Holz zu hören, und erstarrte. Als er das Geräusch ein zweites Mal hörte und auch ein erneutes Schnauben, sprang er auf.

Der Mann in der Koppel mochte Pferde nicht besonders, und beim Anblick von Lewis Tullys Percheron-Pferden sowie den großen Belgiern bekam er Herzklopfen, aber seine Furcht vor Pferden war nichts im Vergleich zu seiner Furcht vor dem Mann, der ihm den Befehl gegeben hatte. Deswegen machte er sich mit schwitzigen Händen an dem Gatter zu schaffen. Das unbehandelte Holz gab mit einem Quietschen nach, was die Pferde anscheinend reizte. Der Mann schluckte und trat auf die Koppel, er hoffte, seine Aufgabe schnell erledigen zu können.

In der Mitte der viereckigen Koppel sah er sich einer großen, grauen Stute gegenüber. Sie schnaubte, und der Mann machte einen Satz zurück. Als sie auf ihn zukam, rannte der Mann, von Angst übermannt, aus der Koppel. Er suchte Schutz hinter den Bäumen am Rande des Lagers und wollte gerade erleichtert aufatmen, als jemand hinter dem Zaun hervortrat. Der Mann war schwarz und ziemlich alt und sah nicht besonders kräftig aus, und der Eindringling holte gerade seinen Totschläger heraus, als Sam Jeanette ihn mit einem Axtstiel zu Boden schlug.

Ein paar Meter entfernt von der Stelle hielt ein zweiter Mann in seinem Werk inne und lauschte; es war ein gedrungener Mann mit kurzen Armen und Beinen, breitem Brustkorb und großem, kugeligen Bauch. Er hatte gehört, wie sein Komplize mit dem Riegel hantierte und mit lauten Schritten auf die Koppel ging. Der gedrungene Mann schüttelte den Kopf und fluchte, aber er beeilte sich nicht und sah sich auch nicht um. Er machte sich an dem Gatter zu der kleineren Koppel für die Zebras zu schaffen und öffnete es, dann ging er auf die Koppel und bewarf die Tiere mit Steinen und beschimpfte sie. Danach ging er zu einer kleineren Koppel. In der Dunkelheit konnte er nicht erkennen, welche Tiere in der Ecke lagerten. Wahrscheinlich Lamas, dachte er. Der Pferch war mit einem Riegel und einem Seil gesichert, und er brauchte vielleicht zwanzig Sekunden, bis er das Gatter geöffnet hatte. Er stieß es weit auf und marschierte selbstsicher, die Hände in die Seiten gestützt, auf die Koppel. Als er das Tier erkannte, blieb er stehen und spürte Angst in sich aufkommen.

Es war ein Kamel.

»Ich glaub's ja nicht. Was bist du für ein hässliches Biest!«

Jetzt lächelte er und machte vorsichtig ein paar Schritte, um das Tier besser sehen zu können. Selbst in der Dunkelheit konnte er erkennen, dass es ein altes Kamel war, und obwohl es auf dem Boden lag, war es offensichtlich, dass es das größte Kamel war, das er je gesehen hatte.

Das war aber ohne Bedeutung, denn er hatte in seiner Zeit Kamele abgerichtet und so manches fast dabei umgebracht. Er hatte viele verschiedene Tiere abgerichtet und sich niemals barmherzig gezeigt, aber die Kamele waren ihm von allen am meisten verhasst. Wie die Menschen waren sie niederträchtig und bösartig, und seine Erfahrungen mit ihnen hatten ihn zwei Finger gekostet.

Im Hintergrund hörte er Geräusche, ein Scharren, und fragte sich kurz, ob sein Komplize in Schwierigkeiten sei. Er sollte sich besser aus dem Staub machen, aber einen Moment erlaubte er sich noch, bei dem Kamel zu verweilen, und er betrachtete das große struppige Tier in der Ecke. Eine winzige Erinnerung an ein bestimmtes Kamel schoss ihm durch den Kopf, und er wollte sich dieses vor ihm genauer ansehen.

Er schüttelte den Kopf: Das Alter und die schlechten Augen spielten ihm übel mit. Zu dem Kamel sagte er: »Zu mehr als einem Fußabtreter taugst du nicht«, dann wandte er sich ab und wollte gehen.

In der kühlen, dunklen Ecke ihrer Koppel verspürte Sheba ein überschwängliches Freudengefühl. Sie hatte das Profil gesehen, als der Mann sich an dem Gatter zu schaffen machte, und dann seinen großen, bärtigen Kopf und seinen gedrungenen Körper, den schwankenden Gang und die kurzen Gliedmaßen erkannt. Zwar hatte er keinen Stock, aber an seinem Gürtel hing etwas. Und dann sah sie seine Hand.

Ein wärmendes Gefühl durchströmte sie, am liebsten wäre sie aufgesprungen und hätte ihn auf der Stelle angefallen, aber sie zwang sich, bewegungslos sitzen zu bleiben. Sie klappte nicht einmal mit den Lidern, als er näher herankam. Und als er stehen blieb und sie anstarrte, als hätte er sie erkannt, verriet sie sich mit keiner Regung.

Der gedrungene Mann trottete in aller Seelenruhe zurück zum Gatter, als er hinter sich plötzlich kein Geräusch, sondern eine Bewegung spürte. Er machte eine halbe Umdrehung und sah, dass ein Albtraum auf ihn zustürzte.

Das Kamel hatte die Koppel mit wenigen Sätzen durchmessen

und wurde schneller, und der Mann wurde sich seiner schweren Stiefel, die sein Vorankommen behinderten, unangenehm bewusst. Mit knapper Not erreichte er den Zaun, und seine Brust wäre vor Erleichterung fast zersprungen. Er schwang das Gatter herum und legte den Riegel vor, als das Kamel dahinter zum Stehen kam. Der gedrungene Mann sprang zurück und starrte das Tier an, und ihre Blicke verhakten sich ineinander, als sie sich in den Moment zurückversetzten, da sie sich gegenseitig fast umgebracht hatten.

Beim Anblick der wilden, manischen Augen des Kamels grinste der Mann böse.

»Du bist es doch! Du lebst immer noch, du Teufelsbrut.«

Das Kamel schnaubte und kam näher, und der Mann hielt seine verstümmelte Hand hoch.

»Jawohl, du altes, struppiges Biest, du kriegst mich nicht, du kriegst mich *nie*«, sagte er in einem heiseren Flüstern, und als er sich bückte, um einen großen Stein aufzuheben, spuckte Sheba eine dicke Ladung Speichel auf seinen Kopf.

Sie machte ein paar Schritte zurück, nahm Anlauf und setzte über den Zaun wie eine große, wollige Antilope. Im Nu war sie über ihm und trat voller Übermut zielbewusst auf seinen Kopf ein, so dass sie die Seile erst bemerkte, als sie sich um ihren Rumpf legten. Die Seile zogen sie zurück in ihre Koppel und schnitten ihr fast die Luft ab, als sie sich zur Wehr setzte. Wutentbrannt schlug sie nach den Seilen und den Männern aus, und als sie merkte, dass die Männer außer Reichweite für ihre Hufe waren, fing sie an zu spucken. Bis Sheba wieder in ihrer Koppel war, hatten alle eine Ladung Speichel abbekommen. Die Männern schlugen das Gatter zu, Sheba rannte zur Mitte, nahm Anlauf und wollte wieder über den Zaun springen, aber ihre alten Beine sackten ein. Sie machte noch zwei Versuche, jeder schwächer als der vorige, und schließlich blieb sie am Zaun stehen und streckte den Kopf in Richtung des bärtigen Mannes hinüber.

Der kauerte am Boden. Die Arme schützend über den Kopf gelegt, lag er stöhnend und wimmernd da, während die Kamelspucke an ihm herabrann. Lewis Tully stand daneben und wischte sich das Gesicht mit seinem Halstuch ab. Sein Blick wanderte von Sheba zu dem Mann, aber er sagte nichts. Er ging auf das Kamel zu und stellte sich unmittelbar in ihre Blickrichtung. Sheba schnaubte verärgert und versuchte, um Lewis herumzugucken, sie wollte den Eindringling nicht aus den Augen lassen.

Lewis sah zu, wie seine Männer dem Mann auf die Beine halfen, und bemerkte unwillig das Gerät am Gürtel des Mannes. Der Mann stand auf, fluchend zerrte er seine Arme aus der Umklammerung und funkelte das Kamel hasserfüllt an. Dann fiel Lewis auf, dass dem Mann zwei Finger an der linken Hand fehlten.

Shelby packte den Mann von hinten und hielt ihn fest, während der sich schimpfend widersetzte.

»Lass mich los, sonst mache ich Mus aus dir …«

Lewis baute sich vor dem Mann auf. »Mister, wir wissen alle, wer Sie geschickt hat, und«, sagte er mit einem Blick zu dem Kamel hinüber, »ich glaube, ich weiß, wer Sie sind.«

»Sie sind doch verrückt. Sie haben mich nie gesehen.«

»Shelby, dieser Mann hier wollte unserer Sheba einen Besuch abstatten, und wir haben ihn unterbrochen. Werfen wir ihn zu ihr hinein.«

Ein paar der Zeltbauer halfen Shelby, den Mann zu dem Pferch zu zerren. Der Mann wehrte sich, er trat und wand sich, seine Augen quollen ihm vor Angst aus dem Gesicht, als er Sheba anstarrte. Sheba ihrerseits schlenderte gemächlich zum Gatter, als wollte sie einen Apfel entgegennehmen.

»Nein, sie bringt mich um, sie bringt mich um!«

»Und woher wollen Sie das wissen?«, fragte Lewis leise.

»Ich weiß es. Ich kenne diese Viecher, ich habe mit ihnen gearbeitet.«

»Bei der Army. Und da haben Sie Ihre Finger verloren.«

»Nein.«

»Werft ihn hinein. Ich kann mich hier nicht verplaudern«, sagte Lewis und drehte sich auf dem Absatz herum.

»Ich wollte nichts Böses anstellen«, winselte der Mann. »Ich sollte nur ein paar von den Tieren freilassen.«

Lewis sah ihn an und nickte Shelby zu, und sie ließen den gedrungenen Mann los. Sam Jeanette kam von der Pferdekoppel und hatte den anderen Mann dabei, der ziemlich zugerichtet aussah.

»Hier ist noch so einer, Lewis. Er wollte meine Herde rauslassen, da musste ich ihm eins überziehen.«

»Wie viele noch?«, fragte Lewis und blickte von einem zum anderen.

»Nur wir zwei«, sagte der Große.

»Und was ist mit dem hier?«, rief Emmett McKeon. Lewis drehte sich um. Emmett schob einen großen, dünnen Mann vor sich her. Der zerbeulte Hut war dem Mann ins Gesicht gerutscht, und er ging mit wankenden Schritten.

»Was hat er gemacht?«, fragte Lewis.

»Habe ihn erwischt, wie er dabei war, unsere Reifen aufzustechen, Lewis.«

»Welche Reifen?«, fragte Lewis mit zusammengebissenen Zähnen.

»An dem großen Lastwagen.«

Lewis nickte und schwieg, um sich zu beruhigen. Er hörte, wie ihm das Blut in den Ohren rauschte. Nach einem Moment drehte er sich zu dem Mann mit den fehlenden Fingern um.

»Brierly, so heißen Sie.«

Der dicke Mann schüttelte den Kopf, aber Lewis hatte gesehen, dass er sich ertappt fühlte.

»So hießen Sie wenigstens. Sie haben bei der Armee Pferde zugeritten – und dann haben Sie versucht, Kamele abzurichten. Bei Sheba haben Sie zwei Finger eingebüßt.«

»Nein. Sie irren sich. Ich heiße Davis, mein Name ist Davis. So heiße ich.«

Lewis nickte und sagte: »Und wenn Sie sich Kaiser Wilhelm nennen, ich erkenne Sie doch. Falls Sie sich hier noch einmal blicken lassen, binde ich Sie an einem Pfosten in Shebas Koppel fest, und dann wird man sich lauter Geschichten über Sie erzählen.«

»Davis« funkelte ihn böse an, konnte aber seinen Blick nicht lange von dem Kamel abwenden.

Lewis sah seine Leute an. »Ich glaube, wir bringen diese Männer nach Hause. Das gehört sich so.« Die Männer wurden auf einen Pferdewagen geladen. Sheba trottete auf ihrer Koppel im Kreis, warf den zottigen Kopf nach hinten und wirkte hoch erfreut. Lewis sah zu ihr hinüber und schüttelte den Kopf.

»Ich wusste ja, dass du verrückt bist, aber jetzt weiß ich, dass du bei dem richtigen Zirkus bist.«

Eine halbe Stunde lang untersuchten sie das Camp, die Wagen und die Ausrüstung, aber außer dem durchstochenen Reifen fanden sie nichts.

»Mehr haben sie nicht geschafft, Lewis«, sagte Shelby,

»Versucht haben sie es immerhin«, sagte Lewis sehr verärgert. Er sah zum Himmel hinauf, als wollte er das Wetter ergründen. »Weit kann er ja nicht sein. Wir müssen unserem Nachbarn einen Besuch abstatten.«

»Wird aber auch Zeit«, sagte Sam Jeanette.

✻ 39 ✻

Hector C. Blaneys Zirkus

Sie fanden den Blaney-Zirkus in einer Senke weniger als zehn Meilen von ihnen entfernt. Zwei Männer bewachten den Eingang und richteten sich auf, als Alexej langsam auf sie zufuhr. Alexej lehnte sich aus dem Fenster und grinste sie breit an.

»Ist das hier Camp von Mr Hector C. Blaney?«

»Nein, du Trottel, das hier ist das Weiße Haus. Jetzt verzieh dich, bevor wir Kleinholz aus dir machen.«

»Ich wünsche mit Mr Hector Blaney zu sprechen, ich habe exzellente Nummer.«

»Dann komm morgen Früh, wenn er wieder nüchtern ist.«

»Ich möchte ihn jetzt sehen.«

Die beiden Männer kamen an den Wagen heran, und einer packte Alexej am Arm. »Steig mal aus, du Bauer, dann zeigen wir dir, was eine Harke ist.«

Die Wachen versuchten Alexej aus dem Wagen zu zerren, und gleichzeitig ging die Tür zum Laderaum auf und Lewis und Shelby und noch ein paar Männer kamen heraus.

Alexej stieß einem seiner Angreifer die Tür gegen den Kopf, stieg aus und schlug ihn zu Boden. Der andere Mann hob ein Gewehr und fuhr sich mit der Zunge über die Lippen.

Lewis starrte ihn an und spürte hinter sich eine große Gestalt, der Atem heftig ging. Er streckte den Arm aus, um Joseph Coates zu bremsen.

»Immer langsam, Joseph.« Zu den Wachen sagte er: »Wir müssen zu eurem Chef.«

»Hector schläft.«

»Dann weckt ihn«, sagte Lewis. »Ein paar von euren Kerlen haben sich in unsere Richtung verirrt, und wir bringen sie zurück.«

Der Gewehrlauf zuckte.

»Lass das«, knurrte Joseph Coates.

»Holt mir Hector, meine Freunde«, sagte Lewis, »dann werden wir alle den Morgen erleben.«

Der Mann sah von Lewis zu Joseph Coates, dann stürzte er los zum Camp. Lewis und die Männer folgten im Lastauto. Es war ein großes Camp, mit vielen neuen Lastwagen, die am Rand parkten, und großen, geräumigen Zelte, und dazwischen ragte das Zelt des Chefs hervor, eine große, gold-weiße Angelegenheit mit einer hohen Spitze und maurischen Verzierungen und mehr Seilen und Heringen als an einem Dreimaster. Obenauf stand in funkelnden, dreißig Zentimenter hohen Buchstaben HECTOR C. BLANEY. Lewis blieb vor dem Zelt stehen, und alle stiegen aus.

»Ah, ein großartiger Zirkusdirektor«, sagte Emmett McKeon.

Lewis' Blick wanderte am Zelt hoch. »Hector mochte schon immer orientalische Themen für seine Vorstellung. Junge Mädchen, die Schleiertanz machen, und so.«

Er lehnte sich aus dem Fenster und rief: »He, Hector! Hector, es sieht so aus, als hätten wir ein paar Dinge zu besprechen.«

Der nervöse Wachmann kam aus dem Zelt gestolpert und eilte außer Sichtweite, als wollte er der drohenden Gefahr entgehen. Seinen Chef konnte man im Zelt heftig fluchen hören.

Lewis hörte zu, beeindruckt von Hectors reichem Wortschatz und seiner kraftvollen Ausdrucksweise. Er drehte sich zu Shelby und McKeon um.

»Er ist und bleibt der Meister, keiner reicht an ihn heran.«

Shelby schüttelte den Kopf, als wollte er sich von den Ausdrücken befreien. »Ich kenne manche von den Wörtern gar nicht.«

»Fast schade, ihn zu unterbrechen. He, Hector! Komm raus und begrüß deine Gäste.«

Die fluchende Stimme senkte sich um eine Oktave, ließ aber nicht vom Fluchen ab, bis sich der Vorhang teilte und Hector Blaney in einem rot-blauen Anzug heraustrat. In dem Moment bemerkte er, dass er seinen Zylinder vergessen hatte, und er griff sich immer wieder an den Kopf, als hoffte er, der Zylinder würde herbeigeflogen kommen.

»Hallo, Lewis«, sagte Hector argwöhnisch und entrang sich ein Lächeln, aber seine schmalen Augen musterten die Männer eilig.

Er zählt sie, dachte Lewis.

»Wir sind zu zehnt, Hector. Und deine drei haben wir dabei, alle tot.«

Hector blinzelte und wurde bleich. Ein Raunen ging durch die Menge, die sich um ihn versammelt hatte. Lewis sagte: »Das war ein Scherz, Hector, sie leben noch.«

»Was willst du hier, Lewis?«

»Ich will mit dir über diese Jungen reden und warum zwei von ihnen mitten in der Nacht bei meinen Tieren waren und einer an den Lastwagen und wie es ihnen übel ergangen ist, so wie es dir in wenigen Minuten übel ergehen könnte.«

Hector schaute sich um und sah, dass seine Männer sich hinter ihm sammelten, und Joe Miles, der tätowierte Muskelmann, bahnte sich einen Weg durch sie hindurch, bis er kurz hinter Hector stand. Hector richtete sich dramatisch auf.

»Soll das eine Drohung sein, Lewis? Ich nehme das …«

»Klar ist das eine Drohung, und bevor deine Männer Hand an mich legen, nehme ich mir dich vor, Hector, also sei still. Ich sprach von den Unbilden, die deine Männer erleiden, wenn sie nachts durch die Gegend streunen. Oh, und da fällt mir ein – es hat uns alle traurig gemacht, als du letztens mit Dünnpfiff so krank darniederlagst.«

Lewis ließ seinen Blick teilnahmsvoll über Blaneys Männer streifen. »Nichts ist trauriger als ein ganzes Camp voller erwachsener Männer, die sich den ganzen Tag in die Hosen scheißen.«

Ein Murmeln ging durch die Männer, und Lewis sah sie an.

»Jedenfalls, ich habe dir diese Jungens zurückgebracht, die unsere Herde freilassen wollten und sich an unseren Zebras vergriffen haben und so weiter. Fehlen dir ein paar Tiere, Hector?« Lewis sah ihn in gespielter Besorgnis an.

»Natürlich nicht. Ich habe Tiere, die noch kein Mensch gesehen hat.«

»Nenn eins.«

»Albino-Zebras.«

»Hast du wieder schwarze Streifen auf weiße Maulesel gemalt, Hector? So ein bisschen wie Adam Forepaughs ›weißer Elefant‹, was?«

»Nein, Sir, das hier sind McCoy. Ich habe ein Dutzend Elefanten, Lewis.«

»Die will ich mir mal ansehen.«

»Also – es ist viel zu früh, um Dickhäuter zu wecken. Du weißt doch, wie sie sind –«

»Verarsch mich nicht, Hector, wenn du sechs Elefanten hast, dann habe ich zwei Köpfe. Also, was wollten deine Männer bei meinen Tieren?«

»Das weiß ich nicht, aber ich schmeiße jeden raus, der glaubt, ich muss mich auf diese Weise um die Konkurrenz kümmern. Ich bin hart, aber gerecht, Lewis, und ich würde deiner kleinen Truppe niemals etwas antun. Ich hätte nicht gedacht, dass du so lange durchhältst.«

»Ich lasse deinen Kopf in meiner Zirkuskuppel aufhängen, wenn du deine Jungs noch einmal zu mir schickst, Hector.« Er sah zu Shelby hinüber. »Holt Mr Blaneys ungezogene Bengel her.«

Shelby verschwand mit Mr Coates im Lastwagen, man hörte ein lautes Gescharre, dann kamen sie mit den drei Gefangenen wieder raus. Joseph Coates gab zweien einen kleinen Stoß, so dass sie mit der Nase auf den Boden fielen. Hinter ihnen sagte jemand was von »Trotteln und Deppen«.

Alexej sah Lewis mit gerunzelter Stirn an. »Er sagt wieder Trottel. Er sagt, ich bin Trottel. Ich kenne nicht Trottel, aber mir gefällt nicht.« Er lächelte dem Wachmann zu. »Erklär mir das Wort. Wir gehen zwischen Bäume, und du erklärst mir Englisch.«

»Lass ihn in Ruhe, Alexej«, sagte Lewis und wandte sich Hector zu. »So geht es nicht, Hector. Ich weiß noch, wie es früher war, als die Zirkusleute sich gegenseitig hintergingen und ausraubten und aus dem Weg schoben, wenn sich die Gelegenheit ergab, und als es für jeden ehrlichen John Robinson oder Al Barnes oder M. L. Clark einen Schurken wie dich gab.«

»Willst du sagen, dass ich ein Dieb bin, Lewis?«

»Ich sage, dass du gemeiner bist als die gemeinste Schlange – nichts für ungut, Hector.«

Hector ließ seinen Blick wieder über die Anwesenden gleiten. »Sieht ganz so aus, als hättest du alle meine Leute geweckt, Lewis. Wir sind drei zu eins in der Überzahl, und mir gefällt es nicht, wie du mit mir sprichst.«

Lewis sah Hectors versammelte Mannschaft an, die jetzt nur noch wenige Schritte von seinen eigenen Leuten getrennt stand, und nickte.

»Ich habe nur zehn von meinen mitgebracht, Hector, aber die sind was Besonderes. Wir würden deine Leute so dezimieren, dass für das Abbauen deines Camps nicht mehr genug übrig wären. Und dir, Hector, würde es sehr schlecht ergehen.«

Hector zuckte kaum merklich die Schultern, dann wandte er

den Kopf zur Seite, aber Lewis bemerkte das Zeichen, das Hector seinen Männern gab.

Sechs von Blaneys Männern stürzten nach vorn und droschen wild mit den Fäusten, einer schwang einen kleinen Knüppel, doch Shelby streckte ihn mit einem knappen Schlag zu Boden. Joe Miles ging mit erhobener Faust auf Lewis los und wollte zuschlagen, als Joseph Coates Miles' Arm packte und ihn aus dem Gleichgewicht brachte. Miles schlug zu und traf Coates an der Stirn, worauf der Riese von Rock Island ihn am Hemd packte und zu sich heranzog. Joseph hob ihn hoch über seinen Kopf und warf ihn dann zu Boden, so dass ihm die Luft wegblieb. Blitzschnell lagen vier der sechs Angreifer am Boden. Die anderen Männer aus Hectors Mannschaft, die sich gern eingemischt hätten, nahmen jetzt von der Idee Abstand.

Hector starrte mit Eulenaugen auf Miles hinunter, der nach Luft rang, er betrachtete die anderen Männer am Boden und schüttelte den Kopf. »Ihr habt genau das bekommen, was ihr verdient habt. Es gab keinen Grund, Lewis' Männer anzugreifen.«

Er drehte sich zu Lewis um und machte ein Gesicht wie ein enttäuschter Vater, und Lewis versetzte ihm einen Fausthieb auf die Wange, der ihn zu Fall brachte.

Hector sah ihn von unten an. »Du willst also großen Ärger, Lewis? Das können wir einrichten.« Er erhob sich auf einem Knie, sah den Ausdruck in Lewis' Gesicht und verharrte in dieser Stellung, wobei er sich das Kinn rieb.

»Schlägereien haben noch nie etwas gelöst, Lewis.«

Lewis' Blick glitt über das große, grellbunte Camp und blieb an Hectors großem Zelt hängen. »Das ist ja wirklich ein feines Zelt, Hector.«

»Das Zelt war teuer und …« Hector brach ab und riss die Augen weit auf.

»Das ist ein fabelloses Zelt, ein – wie heißt das Wort, J. M.?«

»›Fabelhaft‹, Lewis?«, sagte Shelby.

»Richtig, genau. Ein fabelhaftes Zelt. Wäre doch eine echte Tragödie für den Zirkus, wenn dem Zelt ein Unglück widerführe. Das wäre so wie damals, als wir Lillian Leitzel oder Alfred Cordona verloren haben oder den Jumbo von Barnum. Aber irgendwie ist mir nicht wohl bei dem Anblick, Hector.«

»Lass die Finger von meinem Zelt, Lewis.«

»Ja, aber selbstverständlich. Ich hoffe nur, es hält auf alle Ewigkeit, wie dein Zirkus auch.«

Unwillkürlich drehte Hector sich zu dem Zelt um, an dem er so hing, und sah dann Lewis trotzig an.

»Bleib du uns vom Leib, Lewis, und wir lassen euch in Ruhe.«

»Genauso stelle ich es mir vor. Also, schön, dass wir mal miteinander gesprochen haben, Hector. Wir sehen uns.«

»Oh, wir sehen uns, daran besteht kein Zweifel. Viel Glück mit deiner kleinen Hunde-und-Pony-Show, Tully.«

Lewis winkte seinen Leuten, und alle kletterten wieder in den Wagen. Shelby sah Lewis einen Moment lang an und sagte: »War ein gutes Gefühl, was? Den alten Hector so zu Boden zu strecken?«

»Oh, und wie. Und wie.«

»Du solltest dich was schämen.«

»Das tue ich«, sagte Lewis und stieß einen tiefen, befriedigten Seufzer aus.

Shelby ließ den Motor an und setzte plötzlich zurück in die noch versammelten Blaney-Männer, die aus dem Weg sprangen, um nicht unter die Räder zu kommen.

»Hoppla!«, rief Shelby aus dem Seitenfenster und lachte.

* 40 *

Ein kleines Glück

Der Tully-Zirkus nutzte den restlichen August, um Wyoming abzuklappern, wo die Hitze so groß war, dass Lewis befürchtete, sie könnte den unsichtbaren Klebstoff, der seinen Zirkus zusammenhielt, zum Schmelzen bringen.

Sie hielten häufig an kleinen Bächen und Flüssen, wo Lewis die Tiere zur Kühlung ins Wasser ließ. Nachts lag er auf seiner Pritsche und versuchte, die wahnwitzigen Gedanken von Katastrophen, die ihnen bei der Hitze und in der Höhenlage blühen könnten, abzuschütteln und die noch größere Angst, dass seine Fahrzeuge auf den schlechten Straßen endgültig zusammenbrechen könnten.

Gegen Ende des Monats, als er bei einem Rancher Heu kaufte, hörte er die ersten guten Nachrichten seit vielen Wochen: Der Blaney-Zirkus war wieder einmal auf Probleme gestoßen. Diesmal war es Hector selbst, der die Schwierigkeiten hatte, denn eine Frau aus Gillette behauptete, dass er der Vater ihres Kindes sei. Anscheinend war der Sheriff eingeschaltet worden, und Hector war mit seinem Zirkus in die Berge verschwunden und wollte sich bedeckt halten, bis sich die Sache beruhigt hatte.

Dann brachte einer von Lewis' Kundschaftern die Nachricht, dass Preston Crowes großer Zirkus auch Probleme hatte: Einerseits waren einige Tiere krank geworden, andererseits war ein Generator ausgefallen.

Auf dem Weg zu ihrem nächsten Standort merkte Lewis, wie sich sein Körper zum ersten Mal seit langem entspannte. Nach einer Weile fragte er sich zögernd, ob ihm, nach den vier Monaten, die sie unterwegs waren, endlich das Glück hold war. Seine Stimmung wurde besser, er war gesprächig und grub mit Shelby alte Geschichten aus. Charlie saß zwischen ihnen, und Lewis freute es, dass die Augen des Jungen vor Aufregung leuchteten, wenn sie ihm die alten Geschichten von ruhmreichen Künstlern und Akrobaten und unglaublichen Abenteuern erzählten. Unwillkürlich dehnte er die Geschichten aus, fügte neue Details hinzu und schmückte die Handlung aus, und einmal fing Lewis einen Blick von Shelby auf, und die beiden lächelten.

Sie hielten an, damit die Tiere an einem kleinen Bach trinken konnten, und Charlie beobachtete Lewis, der mit Sam Jeanette scherzte und so gesprächig und lebhaft war, wie Charlie ihn noch nie gesehen hatte.

Der Junge fragte Shelby, der in der Nähe stand: »Warum ist Lewis glücklich? Ist etwas Gutes passiert?«

Shelby lächelte. »Das könnte man sagen. Mehrere Sachen eigentlich. Er kommt endlich zu der Einsicht, dass wir die anderen beiden abgehängt habe.«

»Fahren die jetzt nach Hause?«

Shelby schmunzelte. »So einfach ist das Leben nicht, mein Junge. Wir werden Preston wiedersehen, bevor wir, du und ich, viel älter geworden sind. Aber der alte Hector scheint ziemlich viel am Hals zu haben. Und das andere ist, dass wir schon bis Wyoming gekommen sind, und es sieht so aus, als würde nichts uns daran hindern, noch weiterzukommen. Und so weit sind wir noch nie gekommen. Nicht mit unserem eigenen Zirkus. Lewis ist nie so weit gekommen. Wir werden es bis Sheridan schaffen. Wir werden in Sheridan sein, bevor die anderen beiden uns einholen.«

Shelby warf einen Blick zu Lewis hinüber, zwinkerte Charlie zu und ging stillvergnügt lächelnd davon.

So wird es sein, dachte Shelby, *dieses eine Mal wird es alles so sein, wie wir es geplant haben. So wie Lewis es wollte.*

Sie hatten angehalten, damit die Tiere trinken konnten, und Lewis sah von der Landkarte auf und schlug ganz beiläufig eine ungeplante Vorstellung in Allanville vor.

»Allanville«, sagte Shelby.

»Ich weiß, dass es uns einen halben Tag Reisezeit kostet, aber ich glaube, wir haben die Zeit«, sagte Lewis, obwohl Shelby gar keinen Einwand erhoben hatte.

»Nur ein kurzer Aufenthalt«, fügte Lewis hinzu, »nur eine Vorstellung, dann ziehen wir weiter.«

Shelby zuckte die Achseln, als ginge ihn das alles nicht an. »Allanville«, sagte er wieder.

»Ich stelle mir das so vor …« sagte Lewis und brach ab, weil Shelby ihn angrinste.

»Gleich als du mir in Jasper gesagt hast, dass wir auf der Canty Road fahren werden, da habe ich mir gedacht, dass du es irgendwie fertig bringen würdest, mit dem Lewis-Tully-Zirkus nach Allanville zu kommen.«

»Also, wahrscheinlich ist es eine dumme Idee, und wir verschwenden einen ganzen Tag in dieser kurzen Saison, aber …«

»Bin ganz deiner Meinung«, sagte Shelby und schlug ihm auf den Rücken. »Außerdem, wir schaffen es trotzdem nach Sheridan, bevor die anderen dort eintreffen.«

»Es sieht ganz danach aus, J. M. Ich habe nicht geglaubt, dass es so laufen würde, aber einem geschenkten Gaul … du weißt schon.«

Und so kam es, dass sie am Nachmittag des ersten September auf einem niedrigen Kamm ein paar Meilen nördlich des Powder River anhielten und einen Umzug durch die kleine, sonnenverbrannte Stadt vorbereiteten. Als sich die Wagen versammelt hatten, standen Shelby und Lewis zusammen auf dem Kamm. Die

Luft brannte heiß in ihren Lungen, und hinter ihnen vibrierten die Pappeln mit dem schrillen Geschrei der Zikaden. Um sie herum war der Geruch von trockener Erde, von Präriegras und von den Zedern auf der Bergflanke hinter ihnen.

Lewis atmete tief ein und sagte sich, wenn es möglich war, dass Hitze schön war, dann war dies hier schön. Er betrachtete die Stadt im Tal, die niedrigen Berge dahinter, und stellte fest, dass manche Häuser in den letzten vierzig Jahren neu hinzugekommen waren und andere fehlten. Allanville selbst, das sah er jetzt, war eine ungleichmäßig angelegte Stadt, als hätten Jahrzehnte des gnadenlosen Sonnenscheins sie bis auf das eine Ende verschrumpelt. Es war ein kleiner, bedeutungsloser Ort, aus dem über die Jahre Farbe und Leben gewichen zu sein schien.

»Sieht nicht besonders aus, was?«, sagte Shelby.

»Nein. Ich erinnere mich an ganz viel Grün und viele Bäume an dem einen Ende. Da drüben. Alles weg.«

»Vielleicht für die Holzwirtschaft.«

»Es war ein großer, geschäftiger Ort. Zumindest schien es so.«

Shelby nickte und sagte nichts, und Lewis legte ihm einen Arm um die Schultern.

Charlie saß im Auto neben Helen und wartete, dass der Umzug beginnen würde. Er sah zu den beiden Männern hinüber und merkte, dass auch Helen sie beobachtete.

»Was gucken sie sich an?«

»Sie gucken sich die Stadt an. Sie haben sie seit vielen Jahren nicht gesehen. Sie liegt abseits vom Weg.« Sie schwieg und merkte, dass der Junge sie weiter fixierte und mehr hören wollte. »Sie haben da gelebt, mein Süßer, das ist die Stadt, in der sie beide gelebt haben.«

»Die Stadt ist nicht sehr groß«, sagte er nach einer Weile.

»Das stimmt.« Sie seufzte. »Steig aus, wenn du möchtest, und sieh sie dir an. Dann kannst du beim Umzug in dem Wagen mit den anderen Kindern fahren.«

Charlie stieg aus und ging zum Rand, wo Lewis und Shelby standen. Er hatte das Gefühl, nicht erwünscht zu sein, und blieb ein paar Schritte hinter ihnen. Die Männer sprachen, aber er konnte sie nicht verstehen. Er wollte sich abwenden, als Lewis sich plötzlich umdrehte.

Lewis sah ihn mit einem merkwürdig sanften Ausdruck an. Er zeigte zu der Stadt hinüber und sagte: »Das ist Allanville. Komm, sieh es dir an.«

Gehorsam stellte sich der Junge zwischen die beiden und guckte auf die kleine Stadt hinunter.

»Früher war sie viel größer ... damals«, sagte Lewis, als müsste er sie verteidigen.

»Drei- oder viertausend Einwohner bestimmt«, sagte Shelby.

Charlie hob den Blick und sah, dass die beiden Männer ganz versunken schauten, und sagte: »Wohnen jetzt viele Menschen dort?«

»Nein«, sagte Lewis. »Jetzt ist es ein vertrockneter, kleiner Ort. In fünfzig Jahren wird da gar keine Stadt mehr sein. Städte sind wie Menschen, sie sterben, wenn ihre Zeit um ist.« Er zeigte in Richtung Westen. »Da drüben, auf der anderen Seite des Berges, da war eine Ranch ...«

»Da habt ihr gewohnt?«

Charlie bemerkte Lewis prüfenden Blick. »Ja, da haben wir gewohnt. Ich und Mr J. M. Shelby hier. Und bei der ersten besten Gelegenheit sind wir abgehauen und so weit wie möglich weggerannt.«

Shelby drehte sich brummelnd um. »Zwei kleine Landstreicher«, sagte er, und dann sagte Lewis eine Zeit lang nichts. Der Junge verkniff sich die Fragen, die vielen Fragen, die er Lewis Tully stellen wollte.

»Kein glücklicher Ort für uns«, sagte Lewis endlich.

»Und warum willst du dann mit deinem Zirkus hierher kommen?«

»Weil … also, kein Mensch vergisst den Ort seiner Kindheit, das ist das eine. Auch wenn es keine besonders gute Kindheit war. Die Vergangenheit ist wie ein Magnet, ob gut oder schlecht, man kann sie nicht vergessen. Und ich hatte immer das Gefühl, dass so wie ich damals weggegangen bin, wie Shelby und ich weggegangen sind, dass wir noch etwas zu erledigen haben. Manche der Menschen hier waren gut zu uns, es waren freundliche Menschen, sie wussten, wie unser Leben auf der Ranch da aussah. Andere fanden, dass wir nicht besser als Herumstreuner waren.« Er sah zu dem Jungen hinunter. »Wenn viele Leute sagen, dass du ein Herumstreuner bist, dann fängst du an, es zu glauben. Inzwischen ist viel Zeit vergangen, und ich weiß nicht, wer von den Menschen von damals noch lebt, aber ich möchte den Leuten da zeigen, dass ich kein Penner geworden bin. Obwohl das nicht der eigentliche Grund ist, glaube ich.«

Charlie sah, wie Lewis mit seinen Motiven rang, und platzte dann heraus: »Ist der böse Mann, bei dem du gewohnt hast, noch hier?«

Lewis lächelte zum ersten Mal. »Nein, er ist längst tot. Er ist an einem Herzanfall gestorben, noch vor dem Krieg. Außerdem war er kein böser Mann.«

»Du hast gesagt, er war gemein. Er war ein gemeiner Schweineh-«

»So etwas sagt man nicht«, unterbrach Lewis ihn ruhig. »Er war gemein. Er war unglücklich, verbittert, vom Leben enttäuscht, und Menschen, die diese Verbitterung in sich tragen, können ziemlich gemein werden. Aber er war nicht wirklich böse. Aber es war die Hölle, bei ihm zu leben, besonders für kleine Jungen. Er schuftete sich halb zu Tode und war der Meinung, was gut für ihn war, wäre auch gut für uns, schließlich gab er uns ein Dach über dem Kopf und zu essen. Man hätte ihm keine Kinder anvertrauen sollen.«

Lewis Tullys Gedanken wanderten zu dem Mann und dem

Haus und dem Elend in diesem Haus, und dann drehte er sich zu dem Jungen um. Charlie starrte auf die Stadt hinunter, als wollte er Lewis Tully und J. M. Shelby darin entdecken.

Man hätte ihm nur keine Kinder anvertrauen sollen, dachte Lewis. *Und mir vielleicht auch nicht.*

Als könnte er Gedanken lesen, fragte der Junge: »Wie geht es weiter, wenn der Zirkus vorbei ist?«

»Also, dann … ein Zirkus hat ein Winterquartier, wenn die Saison vorbei ist, und ehm, also … unser Zirkus wird in Oklahoma überwintern.« Er wusste wohl, dass er sich um die eigentliche Frage des Jungen gedrückt hatte, und klopfte Charlie auf die Schulter.

»Jetzt komm, wir müssen mit dem Umzug beginnen.«

Dem Jungen kam es so vor, als wäre Lewis Tullys Umzug durch Alanville der längste und merkwürdigste gewesen. Zum einen erstreckte er sich länger als die Stadt selbst. Dazu kam, dass die Einwohner ganz still waren und bloß mit großen Augen zusahen, als Lewis mit Musik und in farbenfroher Pracht in ihre Stadt einzog und ihre wackligen Häuser mit dem schrillen Pfeifton des Carillon zum Erbeben brachte. Anfangs sah man kaum Kinder, denn es war ein gewöhnlicher Schultag, und nur die ganz Kleinen waren auf der Straße, bis der Umzug an dem orangefarbenen Schulhaus am Ende der Front Street vorbeizog.

Die Lehrerin, eine große Frau mit ernsten Augen und grauem Haar, entließ ihre Schüler auf die Straße, damit sie diesen Einbruch der wirklichen Welt in ihrem Ort nicht verpassten.

Allmählich begriffen die Menschen, dass sie nicht träumten und dass es den Blue Moon Circus wirklich gab, und die wortkargen Einwohner von Allanville klatschten begeistert Beifall.

Am Kopf der Parade saß Lewis Tully auf einer großen, bunt geschmückten Stute, musterte die Menschen und erkannte kein einziges Gesicht. Er ritt ein paar Meter zurück und winkte Captain Walling zu sich.

»Ja, Lewis?«

»Marcus, reite zwischen den Menschen durch und sag ihnen, dass die Vorstellung gratis ist.«

Der Captain lächelte und sagte: »Feines Unternehmen, das du hier hast«, und ritt davon.

Eine besondere Spannung hatte das Camp ergriffen, das sah der Junge in den Gesichtern um sich herum: Sam Jeanette brüllte ihm mit schnarrender Stimme Anweisungen zu und fuhr seine geliebten Zebras an, so dass der Junge glaubte, den alten Sergeanten herauszuhören. Helen saß schmallippig in ihrem Zelt und führte einige sehr späte Reparaturen an Antoninis Kostüm aus, Shelby schritt auf und ab wie jemand, dessen Frau im Kreißsaal liegt, und Lewis sprach mit überhaupt niemandem. Als Sam ihn nicht mehr brauchte, wanderte Charlie durch das Camp und lauschte dem Chor der Hammerschläge, mit denen die Zeltbauer die Pflöcke in den Boden schlugen, an dem das Zirkuszelt befestigt wurde.

Rex, der rote Affe, saß in seinem schmalen, langen Käfig, umgeben von Kohlköpfen, Karotten und Äpfeln. Er grinste beim Anblick seines Futters, und der Junge war froh, dass wenigstens einer in der Truppe so war wie immer. Er guckte zu, wie Rex das Gemüse sortierte und das, was er nicht wollte, durch die Gitterstäbe schmiss; in dem Moment sprach jemand ihn an.

»Ziemlich schwierig mit den Erwachsenen, nicht?«

Es war Lucy; auch sie war von der Stimmung ergriffen, denn um ihre Augen lag ein Ausdruck, der ihm sagte, dass dies ein besonderer Tag war. Sie sah nicht einmal hübsch aus in dem Moment. Er nickte.

»Alle sind verrückt.«

Sie lächelte. »Nein, mein Süßer, sie sind nicht verrückt. Sie sind nur nervös.«

»Warum? Warum sind sie nervös?«

»Sie wollen, dass dies eine perfekte Vorstellung wird, weil sie besonders wichtig für Lewis ist. Sie möchten noch mehr als ihr Bestes geben. Wenn sie wie ich wären, würden sie den Menschen etwas ganz Neues zeigen wollen, etwas, das noch keiner gesehen hat. Du weißt, was es mit dieser Stadt und Lewis auf sich hat, oder?«

»Ja.«

»Dann verstehst du das ja.« Sie betrachtete ihn aufmerksam. »Vielleicht nicht ganz, aber ein bisschen wenigstens. Er möchte hier Gutes tun, und wir wollen, dass es eine besondere Vorstellung wird.«

Sam und Foley brachte Lucys Pferde, und Charlie sah, wie Lucy Foley von der Seite anschaute. Es kam ihm vor, als lächelte sie, zwar nur mit den Augen, aber immerhin ein Lächeln. Foley blinzelte nervös und tippte sich an den Hut. Als sie sich wieder Charlie zuwandte, schien sie entspannter, und auf ihren Wangen waren zwei kleine rote Flecken.

»Also, mein Süßer. Deine alte Freundin muss an die Arbeit. Bis dann.«

»Bis dann, Lucy«, sagte er.

Er fand Harley Fitzroy hinter seinem Zelt, wo er auf einer Kiste saß und auf die graue Wand der Berge hinter der Stadt starrte. Er wirkte wach, gespannt, belebt. In den letzten Tagen hatte der Junge Veränderungen an dem alten Mann festgestellt: Sein Gang war forsch, seine Miene ernst, seine Augen in die Ferne gerichtet. Und jetzt, in diesem Moment, schien er nicht zu atmen. Zu seinen Füßen lag Xenophon wie ein abgelegter Pelz. Unwillkürlich trat Charlie einen Schritt zurück und wollte schon gehen, als der alte Zauberer langsam den Kopf wandte und lächelte.

»Steh nicht da wie eine Salzsäule. Nimm dir einen Stuhl«, sagte er und deutete mit dem Kopf auf eine zweite Kiste. Charlie zog sie ein bisschen heran und setzte sich beklommen auf den Rand.

Auch Harley kam ihm seltsam vor, wie die anderen, aber diese Andersartigkeit verstörte ihn, denn Harley wirkte betrunken.

Der Junge sagte unvermittelt: »Warst du in Trance?«

Der alte Mann lachte. »Nein, ich habe geträumt. Ich war in Erinnerungen, um genau zu sein.«

»Bist du auch aus dieser Stadt?«

»Nicht aus Allanville, nicht wie Lewis und Shelby. Aber ich habe einen großen Teil meiner Jugend in diesen Bergen da verbracht. Sie heißen Big Horns, und sie sind auf ihre Weise magisch. Ich kannte mal einen, der glaubte, dass der Allmächtige selbst in diesen Bergen lebt.«

»Der liebe Gott wohnt im Himmel.«

»Hast du ihn da gesehen?«

»Alma hat es mir gesagt.«

»Aha. Na, mit den Metaphysikern will ich mich lieber nicht anlegen. Aber dieser Herr war fast so klug wie Alma, und er glaubte, dass man Gott zuweilen in diesen Bergen antreffen kann. Ich denke, dass da was dran ist. Und da ich jetzt wieder hier bin …« Er brach ab, sah das hoffnungvolle Leuchten in den Augen des Jungen und lachte. »Nein, ich bin nicht wieder jung. Aber ich habe das Gefühl, dass mir etwas zurückgegeben worden ist oder erneuert. Wenn ich mir meiner körperlichen Gesundheit sicher sein könnte und wüsste, dass diese vertrockneten alten Knochen mich durch die Welt tragen würden, dann hätte ich nicht schlecht Lust, mich wieder auf den Weg zu machen und zu sehen, ob ich nicht noch nützlich sein könnte wie dereinst.«

»Aber bist du jetzt nicht nützlich?«

»Nicht wie damals. Aber doch ein wenig, meinen Freunden zumindest. Und ich hoffe, ich kann Lewis noch ein wenig von Nutzen sein.«

»Hast du denn …«, begann Charlie und sprach nicht weiter, weil er unter dem prüfenden Blick des alten Mannes nichts Dummes sagen wollte.

»Nein, ich habe keine neuen magischen Kräfte, leider nicht. Aber ich glaube, etwas anderes ist zurückgekommen. Wenigstens hoffe ich das.« Er schenkte dem Jungen ein schiefes Lächeln, mit dem er ein bisschen verrückt aussah.

»Es muss dir ziemlich albern vorkommen. Die Erwachsenen benehmen sich etwas albern, wenn sie sich plötzlich Dingen gegenübersehen, die sie seit ihrer Jugend nicht gesehen haben. Lewis geht es auch so, und J. M. Aber ich vermute, dass ihre Gefühle etwas komplizierter sind als meine.«

Die Katze regte sich zum ersten Mal, und der alte Mann sah sie mit gerunzelter Stirn an. »Ich dachte, du bist tot«, sagte er und zwinkerte dem Jungen zu.

⁎ 41 ⁎

Vorstellung auf besonderen Wunsch

Es war eine kleine, nervöse Menge, die beim Eintritt zur Gratisvorstellung in Lewis' Zelt ein leises Gemurmel verbreitete, als trauten sich die Menschen nicht, mit normaler Lautstärke zu sprechen. In seinen abgeschabten Stiefeln und seinem bunten Frack betrat Lewis die Manege.

»Meine Damen und Herren, liebe Jungen und Mädchen, guten Abend und herzlich willkommen im Blue Moon Circus. Mein Name ist Lewis Tully. Ich bin seit siebenunddreißig Jahren beim Zirkus und habe Vorstellungen in vielen Städten gegeben, in großen und kleinen, in den Vereinigten Staaten, Kanada und Mexiko. In all den Jahren wollte ich immer einmal in Allanville auftreten, denn vor langer Zeit, als ich ein kleiner Junge war, habe ich hier gelebt. Nicht sehr lange, aber ein Ort prägt sich einem Kind schnell ein und bleibt ihm in Erinnerung. Ich hoffe, dass Ihnen unsere Vorstellung heute Abend Freude machen wird und dass Sie gern daran zurückdenken werden.«

Lewis machte eine Pause und ließ seinen Blick über die Menschen von Allanville schweifen, und er hatte das Gefühl, dass er eine verloren gegangene Verbindung zu seiner Kindheit wiederhergestellt hatte.

»Ein alter Zirkusmann sagte einmal, er wünschte sich, dass das Bild seiner Vorstellung im Herzen seiner Zuschauer bleibe. Diesen Ehrgeiz habe ich gar nicht. Ich hoffe einfach nur, dass

Ihnen das gefällt, was Sie hier sehen werden, und dass Sie sich daran erinnern werden – an uns, die ganze Truppe, wenn das nächste Mal ein ›Blue Moon‹ vorbeikommt.«

Darauf tippte Lewis sich an seinen Hut, machte eine große Verbeugung und trat zurück, um die erste Nummer anzukündigen.

Die Vorstellung war so perfekt, wie man es sich nur wünschen konnte. Lucy Brown und die Brüder Perez führten Kunststücke vor, die sie bisher nur beim Training probiert hatten. Lewis setzte sich auf eine Bank und sah sich seine eigene Zirkusvorstellung an. Wieder ging sein Blick über die Zuschauer, in der Hoffnung, jemanden zu erkennen, aber es war niemand dabei. Er machte sich klar, dass nicht nur sein eigenes Leben in den vierzig Jahren, die er nicht in Allanville gewesen war, verstrichen war, und zwang sich zu der Erkenntnis, dass der Ort, in dem er eigentlich eine Vorstellung geben wollte, nur noch in seinem Herzen existierte. Dennoch, er guckte sich die kleine Zuschauermenge an und sah, wie sie mit angehaltenem Atem die wilden Kunststücke verfolgten, als wären es die waghalsigsten Nummern, die je in einem Zirkuszelt aufgeführt worden waren.

Er sah, dass seine Truppe den Leuten von Allanville das Beste gab, was sie zu bieten hatte, aber er wusste, dass sie es für ihn, Lewis Tully, tat. Als Lucy die Zuschauer mit ihrer Nummer berauscht hatte, zwinkerte sie ihm zu, und sein Magen machte einen Sprung, und nachdem Captain Walling und seine Reiter mit fünfundvierzig Pferden das Einfangen einer Mustangherde inszeniert hatte, stand Lewis auf. Der Captain grüßte mit seinem Säbel, und Lewis tippte sich an den Hut.

Dann war der Moment gekommen, in dem Harley angekündigt wurde, und Lewis nannte ihn: »Das große Wunder der modernen Zirkuswelt, der Ohnegleichen, der Zauberer aller Zauberer, der eine, von dem alle gelernt haben, Fitzroy der Große!«

Lewis trat zurück, setzte sich auf seinen Platz – und nichts passierte.

Alles war still im Zelt, ein paar Zuschauer rutschten unruhig auf ihren Sitzen hin und her. Dann stand Lewis auf und nickte Herman Hettman zu, und die kleine Musikkapelle fing an, mit viel Energie »The Bonny Blue Flag« zu spielen.

Charlie, der neben Helen saß, sah Lewis' Zeichen, das ihr galt, und blickte zu ihr auf.

»Was ist los? Wo ist Harley?«

»Ich weiß es nicht. Wahrscheinlich kommt er mit seinem Kostüm nicht zurecht.«

Der Junge achtete nicht auf ihre Worte, hörte aber den Ton in ihrer Stimme und richtete den Blick auf den Eingang. Die Stimmen unter den Zuschauern wurden lauter, jemand fragte, ob der Zauberer die Stadt verlassen habe, und der Junge spürte, wie Panik in ihm aufstieg. Er stand auf, fühlte Helens Hand, die sich auf seine Schulter drückte, und plötzlich erschien der alte Mann im Zelt, und man konnte denken, er wäre die ganze Zeit schon da gewesen.

Charlie stockte der Atem, jemand murmelte: »Oh Gott«, und er wollte etwas sagen, aber seine Zunge gehorchte ihm nicht. Auf Lewis Tullys grob gezimmerten Bänken, unter dem vielfach geflickten Zeltdach, saßen gebannt die Zuschauer, und Charlie konnte ihr Beben fast durch die Bänke hindurch spüren und begriff.

Die Gestalt, die aller Augen auf sich zog, stand sehr aufrecht und hatte weißes Haar, sie trug ein schwarz gerändertes, scharlachrotes Gewand und stützte sich ein wenig ungeduldig auf einen Stock aus Ebenholz. Dem Jungen kam er größer, jünger vor, und sein Gesicht war röter, so dass das schlohweiße Haar im Kontrast dazu leuchtete. Harley ließ sich Zeit, die Menge zu betrachten, und sein Blick ruhte fast auf jedem Einzelnen, dann trat er in die Manege vor, während seine Katze ihm folgte, und als er in der Mitte ankam, hätte in der letzten Reihe eine Prügelei ausbrechen können, niemand hätte sich darum gekümmert.

Charlie schüttelte den Kopf angesichts der Verwandlung, die stattgefunden hatte, er musste sich an den Gedanken gewöhnen, dass der Mann in der Manege nicht der Mann war, mit dem er sich in den letzten Wochen angefreundet hatte, und dann hörte er, dass Helen etwas murmelte.

Als er sie ansah, war ihr Blick stur auf Harley gerichtet, und Charlie dachte sogar, sie hätte aufgehört zu atmen. Als sie ihn bemerkte, lächelte sie ihm verlegen zu.

»Ich habe ihn früher einmal so erlebt, damals war ich sechzehn oder siebzehn«, sagte sie. Und nach einem Moment sprach sie weiter und sagte: »Er ist nicht wie wir, weißt du.«

»Ja, aber …« Er schüttelte den Kopf.

»Ich verstehe es auch nicht«, sagte sie.

Der alte Mann in der Mitte der Zirkusmanege schien die Katze erst jetzt zu bemerken, er sah auf sie hinab, anscheinend etwas verärgert, und klopfte mit seinem schwarzen Stock auf den Sägemehlboden vor der Katze und hob behutsam die Spitze des Stockes. Langsam, fast unmerklich hob sich das Tier, und die Levitation wurde begleitet von dem leisen ungläubigen Stöhnen der Menschen auf den Sitzreihen.

Harley ließ die Katze zehn lange Sekunden in der Luft schweben, die Zuschauer waren mucksmäuschenstill, und das einzige Geräusch war das klagende Miauen der Katze. Der alte Mann hielt den Stock waagerecht von sich, dann setzte er ihn abrupt ab, und Xenophon stürzte zu Boden. Die Menge juchzte, und die Katze sah ihren Herrn verärgert an und trottete von dannen, um ihren verletzten Stolz zu retten.

Charlie starrte Harley an, dann sprang er vom Sitz auf. »Er hat seine Tasche nicht dabei. Er hat seine Sachen nicht.«

Helen sah ihn unsicher an. »Oh, ich glaube, er hat alles, was er braucht, mein Süßer.«

Der Zauberer blickte ins Publikum, als wollte er es warnen, still zu sein, und zauberte dann aus seinem Gewand eine Taube hervor. Nach der Taube kam eine Maus, die er angewidert betrachtete und sofort wieder verschwinden ließ. Ein Mann in der zweiten Reihe lachte laut, rutschte aber auf der Bank nach hinten, als der Zauberer ihn kalt ansah. Harley trat zurück, schlug sein Gewand auf und ließ seine Finken fliegen, mindestens ein Dutzend.

»Er hatte immer nur vier«, sagte Charlie.

Die Vögel flatterten munter zwitschernd umher, und Harley ließ sie, einen nach dem anderen, wieder verschwinden. In den nächsten Minuten produzierte der Zauberer Kästen, Glocken, Fächer, einen kleinen Hund und ließ alles wieder verschwinden. Er trat an die erste Zuschauerreihe, pflückte Eier, Bälle und Münzen aus Ohren, Nasen und Haar der Zuschauer, warf die Schätze in die Luft und sah zu, wie die Kinder die Hände aufhielten, so wie Blumen ihre Kelche dem Regen öffnen. Er ließ Pennys, Bonbons, Haarbänder und Kaugummi auf sie herabregnen.

Dann trat er zurück, wartete, dass das Gelächter und die Aufregung sich legten, und betrachtete die Menschen mit gerunzelter Stirn. Als wieder Ruhe eingekehrt war, zog er einen schönen goldenen Seidenschal hervor und hielt ihn hoch, dass jeder ihn ansehen konnte. Dann einen roten. Er zog einen Schal nach dem anderen hervor, bis er sechs hatte.

Charlie sah zu Helen auf. »Er macht jetzt Knoten rein, und dann lässt er die Knoten verschwinden. Ich habe gesehen, wie er das geübt hat.«

Helen schüttelte den Kopf, ohne die Augen von Harley abzuwenden.

»Nein«, sagte sie.

Harley stand vor der kleinen bunten Palette, als könnte er sich nicht erinnern, wie es weiterging. Dann trennte sich ein Schal von den anderen. Er bewegte sich, bis er mehrere Zentimeter über dem Erdboden in der Luft hing, dann hängte sich ein zweiter daneben, dann ein dritter, bis schließlich alle Schals wie ein langes Seil in der Luft hingen.

Dann fingen sie an zu marschieren.

Sie marschierten und drehten sich und kehrten um, und als sie zu tanzen begannen und es sichtbar wurde, dass keine Hand sie führte, kein Faden gezogen wurde, stockte dem Publikum der Atem.

Der Junge sank gegen die Bank hinter sich und hörte, wie sein Herz hammerartig gegen die Rippen schlug. Sagen konnte er nichts.

Harley machte eine Handbewegung, die Schals fielen zu Boden, und die Menschen sprangen von ihren Sitzen auf und fingen an zu jubeln. Harley schenkte dem kleinen Haufen, den die Schals bildeten, keine Beachtung, legte den Kopf auf die Seite und stützte sich auf seinen Stab, bis Ruhe eingekehrt war.

»Der Zauber, den Sie gesehen haben«, sagte er mit seiner heiseren Stimme, »existiert in Ihren Herzen. Ich danke Ihnen für die Freundlichkeit, dass Sie zur Vorstellung meines großen Freundes Lewis Tully gekommen sind, und wünsche Ihnen einen guten Abend.« Er verneigte sich tief und verließ die Manege, während die Menschen von Allanville jubelten und klatschten und mit den Füßen stampften.

Die Zuschauerin, die noch auf ihrem Platz saß, war eine Frau von über siebzig. Sie trug ein Kleid, das aus der Mode gekommen war, als Teddy Roosevelt Präsident war, und sah Lewis mit dem trockenen Lächeln eines Menschen an, der gesehen hat, dass sich eine Prohezeiung bewahrheitet.

»Ich habe Sie sofort erkannt, noch bevor Sie gesprochen haben, Lewis Tully.«

»Hallo, Mrs Hayes«

»Sie haben ein gutes Gedächtnis. Obwohl ich mir vorstellen kann, dass Sie sich an diese Stadt und die Menschen darin besser erinnern als an manch andere. Sie waren damals in jenem Alter.«

»Ja, ich erinnere mich gut.«

Sie nickte. »Deswegen sind Sie zurückgekommen.«

»Die meisten sind schon gestorben.«

»Natürlich. Es ist vierzig Jahre her oder mehr. Sie sind entweder tot oder weggezogen, Lewis, die meisten Menschen jedenfalls, die guten wie die schlechten. Mein Bruder auch, er ist 1914 gestorben.«

»Ich hatte gehört, dass er tot ist.«

»Mir hat die Vorstellung gefallen, Lewis. Obwohl ich mir nicht sicher bin, was ich da alles gesehen habe. Der Zauberer, den Sie da haben …« Sie schüttelte den Kopf bei dem Gedanken. »Es ist klar, dass die Menschen Sie mögen, Sie respektieren, aber die Leute, die damals hier lebten, wären nicht überrascht gewesen zu sehen, was aus Ihnen geworden ist.«

»Ich glaube, da irren Sie sich, Madam. Für die meisten war ich nur ein Straßenkind.«

»Für manche, ja. Aber man hat nie aufgehört, über Sie zu sprechen, nachdem Sie weggelaufen waren. Besonders, weil Sie den Kleinen mitgenommen hatten.«

»Mr Shelby, mein Partner.«

Sie nickte. »Das hat den Leuten Eindruck gemacht, auch denen, die geglaubt haben, ihr würdet tot am Straßenrand gefunden. Ich wusste, dass man euch nicht tot finden würde, und ich bin froh, dass ich Recht hatte.«

»Ich auch.«

»Warum Zirkus, Lewis?«

Er sah sich um, sah das Zelt an und zuckte die Schultern. »Ich hatte immer das Gefühl, nicht so gut zu sein wie andere, die ein Zuhause hatten, bis ich den Zirkus kennen lernte. Nachdem ich zum Zirkus gestoßen war und später, als ich meinen eigenen hatte, da hatte ich das Gefühl, dass ich auch zählte, dass ich so gut war wie jeder andere.«

Sie sah ihn prüfend an und fragte: »Haben Sie je geheiratet?«

»Nein, Madam.«

»Und Sie ziehen immer noch durchs Land. Es wird höchste Zeit, dass Sie eine Frau finden, Sie sind noch jung.«

»Ich bin zweiundfünfzig.«

Sie hob eine Augenbraue und lächelte.

»Guten Abend, Lewis. Es war schön, Sie zu sehen.«

»Ganz mein Vergnügen, Mrs Hayes.«

⁂ 42 ⁂

Unerledigtes

Fast eine halbe Stunde lang saß Lewis im Zirkuszelt und starrte in die Dunkelheit, er ließ die Vorstellung noch einmal an sich vorbeiziehen und versuchte, Bilder aus der Vergangenheit zu verscheuchen. Aber diese Bilder drängten sich ihm auf und verlangten Aufmerksamkeit, und er sah Gesichter und Ereignisse, die lange vergraben gewesen waren. Er sah sich auf der Ladefläche eines Wagens, der in die Stadt fuhr, um Besorgungen zu machen, er sah sich auf dem Feld arbeiten, die Kühe eintreiben, Zäune ausbessern, Holz schlagen. Er erinnerte sich an die Blasen an den Händen, an seine durchgeschwitzten Sachen, in denen er abends todmüde ins Bett fiel. Er war ein kleiner, magerer Handlanger für einen einsamen Fremden, der jähzornig war und schnell zuschlug.

Lewis machte die Runde durch das Camp. Die Tiere waren still, außer Rex, der in die Nacht hinaus rülpste und furzte. In dem langen Zelt saßen die Zeltbauer, ließen die Flasche herumgehen und spielten Karten, und Emmett McKeon sang. Lewis machte sich auf den Weg zu seinem eigenen Zelt, wo Shelby und vielleicht Sam und Harley beim Kartenspielen saßen und wo der Junge auf seiner Pritsche lag und sich mit den Wolldecken rumschlug, ein kleines Nervenbündel, aufgeregt, zappelig.

Sie lehnte an dem Pfosten ihres Zeltes; sie trug ihren schweren blauen Morgenmantel und hatte die Arme verschränkt; in ihren Augen stand ein seltsamer Ausdruck.

»Ich habe den schweren Schritt eines müden Gesellen gehört, da wollte ich mal gucken.«

»Genau das bin ich. Ich hätte nicht gedacht, dass du noch auf bist.«

»Ach, ich gehe noch lange nicht ins Bett. Möchtest du reinkommen und dich einen Moment hinsetzen? Ich habe Eistee von Mr Royce.«

Lewis sah sie an, blinzelte, wandte den Blick ab und nickte dann, bemüht, seine Freude zu verbergen. Er klopfte sich auf die Gesäßtasche.

»Wenn du magst, spendiere ich uns einen Drink.«

»Alkohol ist in allen achtundvierzig Staaten verboten.«

»Das habe ich auch schon gehört. Es ist ja nur zu medizinischen Zwecken.«

Sie lächelte und sah ihn an, dann hielt sie die Zeltplane hoch und ließ ihn eintreten. Er bückte sich und ging hinein, wobei er sich ein wenig lächerlich vorkam, und Helen folgte ihm.

Lewis Tully stand in ihrem Zelt und versuchte, nicht wie ein Fremder bei einer Hochzeit dazustehen. Abgesehen von dem einen Mal, als sie ihn nach der Schlägerei versorgt hatte, waren sie seit vielen Jahren nicht mehr allein gewesen.

Er bemerkte die Kerzen; sie benutzte immer noch Kerzen, sie hatte immer das sanfte Licht gemocht.

»Es ist lange her, dass wir uns zu zweit getroffen haben«, sagte sie, und Lewis fragte sich, ob sie seine Gedanken lesen konnte.

»Ich kann mich gar nicht an das letzte Mal …« Nein, Lügen waren Schlangen, und dieser wollte er gleich im Ansatz den Kopf abbeißen. Er erinnerte sich nämlich sehr gut an das letzte Mal, als er mit ihr allein in einem kleinen Zelt gewesen war, sie erinnerten sich beide. Aber zwei Leben waren seither vergangen.

Er zog seinen Flachmann heraus und stellte ihn auf den Tisch. Sie brachte zwei Gläser aus einem Karton zum Vorschein und hielt sie für ihn hoch.

»Diese Gläser reisen immer mit, falls ich mal Gäste habe, aber meistens packe ich sie gar nicht aus.« Sie sagte das ohne Wehleidigkeit, sondern lediglich als Bemerkung über ihre veränderten Lebensumstände.

Sie stellte die Gläser auf den Tisch neben seinen Oscar Pepper, und er goss ihnen beiden drei Fingerbreit ein. Er reichte ihr ein Glas, nahm das andere und erhob es.

»Auf dich.«

Sie schüttelte den Kopf. »Auf deinen Zirkus, Lewis. Und auf deine Freunde.«

Er leerte das Glas zur Hälfte und sah sie an, wie sie so nah vor ihm saß. Sie nippte an ihrem Glas und verzog das Gesicht.

»Ich finde, Oscar Pepper ist ein besonders scharfer Whiskey.«

»Ich hatte eine Flasche Belle of Marion, aber die habe ich mit Shelby und Harley getrunken. Aber Old Mock, das ist ein feiner Whiskey, und Grommes and Ulrich auch, ein guter Whiskey, ursprünglich in Chicago hergestellt …« Er plapperte und erzählte unsinniges Zeug, dann leerte er sein Glas in einem Zug, damit er nicht sprechen konnte. Sie lächelte ihn an und hatte den leicht amüsierten Ausdruck, mit dem sie zeigte, dass sie sich ihm überlegen fühlte. Dann setzte sie ihr Glas ab, und er musste daran denken, dass sie das immer auf die gleiche Art gemacht hatte, als kleine Inszenierung.

Er erinnerte sich an das, was dann kam, wenigstens was damals danach kam – er erinnerte sich an einen Nachmittag bei großer Hitze, in einem kleinen Wald in Michigan. Daran würde er sich immer erinnern, selbst wenn er noch achtzig Jahre lebte. Und als er sich an das erinnerte, was dann immer geschah, wurden ihm die Knie weich. Sie warf ihm einen kurzen Blick zu, in dem Selbstgewissheit und Entschlossenheit, Verlegenheit und Vorfreude lagen. Er wischte sich den Whiskey von den Lippen und sah das leere Glas an, als könnte es ihm helfen.

»Soll ich dir noch mal eingießen, Lewis?« Sie sah ihn an, die

Augen groß und unschuldig, und griff nach dem Flachmann. Sie beugte sich vor und streifte ihn.

Automatisch griff er nach dem Flachmann. »Hier, ich mach das schon«, sagte er, und seine Finger berührten ihre. Er hielt inne und sah sie an, er konnte nicht glauben, dass es nach so langer Zeit wieder genauso passieren würde. Sie drehte sich zu ihm um und richtete sich ganz auf, so dass sie wenige Zentimeter getrennt waren, und sah ihm in die Augen. Sie tat überrascht, sah ihn fragend an. Lewis Tully spürte sein Herz klopfen, nein, er *hörte* sein Herz klopfen. Er schlang seine langen Arme um sie. Sie drückte ihre Lippen auf seine, ihr Bademantel öffnete sich und glitt ihr von den Schultern und zu Boden.

Seine Hände lagen auf ihrer Taille, und er erinnerte sich, wie schlank und zierlich sie als Mädchen gewesen war, vor so vielen Jahre. Jetzt war sie nicht mehr schlank, sie würde nie wieder jung sein, aber für ihn fühlte sich ihre Haut jung an.

Er fuhr ihr mit den Händen über den Rücken und den Po, während sie die Knöpfe an seinem Hemd aufknöpfte und es ihm in Windeseile auszog. Sie machte einen Schritt zurück, zog ihn mit sich und setzte sich aufs Bett, während sie seinen Gürtel und den Verschluss seiner Hose öffnete.

Er berührte sie an der Schulter, spürte, wie ihm die Brust eng wurde, und wollte etwas sagen.

»Helen …«

»Mach die Kerzen aus, ja?«, sagte sie und legte sich auf das schmale Bett.

Er stand auf und seine Hose rutschte ihm zu den Knöcheln. Er blies die Kerzen aus, blieb in den Hosenbeinen hängen, stolperte und fiel hin, und sie lachte. Er rappelte sich wieder auf, stieß sich das Knie an einem Stuhl, und als er zu ihr ins Bett stieg, wurde er das Gefühl nicht los, dass er ein Eindringling war. Sie umfasste ihn an den Schultern und hielt dann inne.

»Oh, Lewis – die Rippen?«

»Ach, die sind wieder gut.« Er schloss sie in die Arme, einen Moment hielten sie sich fest umschlungen, dann berührten sich ihre Lippen.

»Ich hatte immer das Gefühl«, sagte er, »dass ich dir eine Erklärung schulde für all das, was damals war, und später ist mir aufgegangen, dass du glücklich warst und dass ich derjenige war, der bedauerte, was geschehen war.«

Sie stützte sich auf den Ellbogen und musterte ihn in der Dunkelheit, und obwohl er ihr Gesicht nicht erkennen konnte, wusste er, welchen Ausdruck es trug. »Das stimmt aber nicht, Lewis. Ich war verletzt, zutiefst verletzt, ich dachte, es würde mich umbringen. Aber ich kam zu dem Schluss, wenn ich das mit mir herumtrug, würde ich nie ein richtiges Leben haben.«

»Mit Lewis Tully hättest du auch kein richtiges Leben gehabt, das steht fest.«

»Lewis Tully war sich nicht sicher, ob er mich wollte. Deswegen habe ich es aufgegeben und mir einen anderen Mann genommen und eine Familie gehabt.«

»Und das hättest du nicht gehabt, wenn du mit jedem letzten Schmuddelzirkus im Land umhergezogen wärst. Will war ein guter Mensch, kein Zweifel.«

»Das war er, und ich habe ihn geliebt. Ich liebe ihn auch jetzt noch, ich denke immer an ihn – wenn du mit den Händen arbeitest und du sitzt in einem kleinen Zelt, die meiste Zeit ganz allein, dann wandern die Gedanken. Wir hatten ein gutes Leben, ich habe ihn geliebt, und ich bin traurig, dass es ihn nicht mehr gibt. Aber vor fast vierunddreißig Jahren habe ich einen Jungen kennen gelernt, einen hübschen, mageren, arroganten Jungen, der für den Dan-Gustafson-Zirkus arbeitete, und seither ist sicherlich keine Woche ins Land gegangen, ohne dass ich an ihn gedacht habe. Das war Lewis Tully, der glaubte, weil er sich in einem Alter allein durchschlagen musste, wo andere noch zur Schule gingen, brauchte er nichts und niemanden.«

»Ich kann mich an ihn erinnern. Er war ein echter Dickschädel, der mal einen Tritt in den Arsch verdient hätte.«

»Manchmal schließe ich die Augen, Lewis, und dann sehe ich dich, eine ganze Reihe, ein Lewis neben dem anderen, zu unterschiedlichen Zeiten: Ich sehe dich mit Dans Zirkus, da bist du ein übermütiger Cowboy, der mit der Herde arbeitet, und ich sehe dich mit Tieren. Und ich weiß noch, wie du Dans Truppe geleitet hast, als er zu alt dafür wurde, und dann die Truppe der Brüder Verblen, aber alle wussten, dass es dein Zirkus war, damals warst du vielleicht dreißig, und du hattest dieses Leuchten in den Augen, das ausdrückte, dass du den Stern von Indien in einem Zirkuswagen gefunden hattest.«

Lewis lachte und schüttelte den Kopf. »Also, ich musste ja mit mir selbst zufrieden sein, Helen, damit ich dir nicht ewig hinterhertrauerte. Ich habe Jahre gebraucht, um zu verwinden, dass du einen anderen geheiratet hast. Du musst wissen, Männer denken, dass ihr Mädchen bis in alle Ewigkeit auf sie wartet.«

»Fast bis in alle Ewigkeit, wenigstens manche.« Sie wandte den Blick ab und schüttelte verärgert den Kopf. »Und dann sehe ich dich in dieser verdammten Army-Uniform – das war das Dümmste, was du je gemacht hast, Lewis, und du hast den armen Shelby mit reingerissen, und ihr seid beide verwundet worden.«

»Ich habe aufgehört, das verstehen zu wollen.« Er starrte vor sich hin und wurde sich bewusst, dass das gelogen war. »Nein, damals war es sinnvoll. Ich wollte mein ganzes Leben umkrempeln. Ich hatte gerade das von dir erfahren, du weißt schon, von dir und Will.«

Sie sah ihn nachdenklich an, dann sagte sie: »So vieles, was wir tun, so vieles, was nicht passieren müsste.« Sie seufzte und lächelte.

»Eins möchte ich dir noch sagen: Ich habe es immer als Glück empfunden, wenn wir uns getroffen haben, wenn wir bei einer Truppe zusammen waren, wenn du für meinen Zirkus gearbeitet hast – auch als ich wusste, dass du zu Will Larsen gehörtest. Du warst trotzdem irgendwie in meinem Leben. Es hat Momente gegeben, da habe ich mir gewünscht, die Zeit zurückdrehen zu können, zu dem Punkt, als wir noch jung waren, als du …«

Als du zu mir gehört hast, beendete er den Satz leise für sich.

Er wartete, dass sie etwas sagen würde, und als sie schwieg, wurde er verlegen. Dann tätschelte sie ihm die Schulter und sagte: »Wenn ich dir sagen würde, wie ich mich in all den Jahren gefühlt habe, käme ich mir lächerlich vor.«

»Bedauerst du manchmal die Vergangenheit?«

»Das ist müßig, Lewis.«

Sie lagen eine gute Stunde still nebeneinander, und als er dachte, sie sei eingeschlafen, murmelte sie, er müsse wieder in sein Zelt gehen, falls der Junge noch wach sei. Er hätte gern noch etwas gesagt, etwas über sie beide, so dass es für diese Begegnung eine Wiederholung geben könnte, aber ihm fiel nichts ein. Er zog sich an und stand einen Moment neben ihrem schmalen Bett und betrachtete sie.

Am Eingang zu ihrem Zelt sah er sich um. Er fragte sich, ob dies – wie es ihm schien – wirklich seine letzte Chance war, und dann fragte er sich, wie er handeln sollte.

Ich kann nicht wieder alles verpatzen, sagte er sich.

❄ 43 ❄

Der älteste Widersacher

Auf ihrem Weg nach Norden sahen sie stundenlang die Waldbrände: große, dichte Rauchwolken, die wie schwarzer Regen über den Bergen hingen, und Feuerzungen, die die Bäume auf dem Kamm verzehrten. Noch war das Feuer nicht über den Kamm und in die Ebene hinabgekommen, und wenn sie Glück hatten, würde es den größten Schaden auf der abgelegenen Seite der Berge anrichten.

Charlie war im Wagen mit Lewis und Shelby, die die Wolken begutachteten und schwiegen.

Schließlich brummelte Shelby: »Zu trocken, es muss regnen, dringend.«

»Wenn es Regen gibt, dann Gewitter mit Blitzen, und dann könnte an anderer Stelle ein neues Feuer ausbrechen, während dieses gelöscht wird.«

Sie schwiegen wieder, und der Junge sagte plötzlich: »Kommt es von den Bergen runter? Das Feuer, meine ich.«

»Könnte«, sagte Lewis, ohne den Blick von der Straße abzuwenden.

Danach verstummte Charlie, und von Zeit zu Zeit sah er die Männer an, um abzuschätzen, ob sie besorgt waren. Der Ausdruck in Lewis' Augen sagte ihm, dass der Brand ein Grund zur Besorgnis war.

In Sheridan gaben sie zwei Vorstellungen, auf einem Stück

Land neben dem Pferdeabrichtungsplatz. Es roch durchdringend nach Pferden, und der Boden war von Hunderten von Hufen pulvrig getreten. Die Vorstellungen verliefen glatt und ohne Missgeschicke, und Charlie spürte etwas Neues in Lewis, hätte es aber nicht benennen können.

Lewis war zum ersten Mal seit ihrem Aufbruch von Jasper entspannt. Nach der zweiten Vorstellung kauften sie Diesel, füllten die Wasservorräte auf und besorgten frische Nahrungsmittel, und dann machte Lewis mit dem Jungen einen Spaziergang am Stadtrand, wo genau gegenüber vom Bahnhof ein riesiges weißes Gebäude, eine Holzkonstruktion mit Hunderten von Fenstern, stand.

»Das ist das Sheridan Inn«, erklärte Lewis. »Teddy Roosevelt, Buffalo Bill, Würdenträger, die zu Besuch kamen, und die Mitglieder aller Königshäuser in Europa sind da abgestiegen. Das feinste Hotel im Westen, nach meiner Einschätzung.«

»Hast du auch mal dort übernachtet?«

Lewis lachte. »Zirkusleute haben keinen Bedarf an so feinen Unterkünften. Ich gebe allerdings zu, dass ich einmal zum Lunch dort war. Und einmal habe ich einen Whiskey an der Bar getrunken. Sehr gute Bar«, sagte er. Er betrachte das Sheridan Inn, zuckte die Schultern und sah zu Charlie hinunter.

»Komm, mein Junge, wir haben einen langen Weg vor uns zu unserem nächsten Spielort. Denn unser nächster Spielort ist in Montana.« Nach einem Moment sagte er leise: »Endlich.«

»Der nächste Spielort« war die Stadt Fort Cousins, eine knappe Meile hinter der Staatsgrenze von Montana, und sie trafen am späten Vormittag dort ein. Sie schlugen ihr Camp am nördlichen Rand der Stadt auf, am Fuß eines Berges, dessen Flanke mit dürrem Gras bewachsen war. Dahinter erhob sich ein höherer Berg, der in der trockenen Hitze braun geworden war, und dahinter wiederum standen Bäume auf einem noch höheren Bergmassiv.

Lewis musterte die zerklüftete Kammlinie und die Waldränder mit scharfem Blick, ob er Rauch entdecken konnte, aber er sah keinen. Über ihnen verdunkelte sich der Himmel, das bleierne Grau verdichtete sich zu schwarzen Donnerwolken, die jeden Moment mit einem Gewitter drohten.

»Mir gefällt der Himmel nicht, Lewis«, sagte Shelby.

»Mir auch nicht, aber ich weiß nicht, was wir daran ändern können. Wir werden der Stadt nicht ohne eine Vorstellung den Rücken kehren.«

»Wäre nicht das erste Mal, dass ein Zirkus in einer Stadt keine Vorstellung gibt«, sagte Shelby, aber Lewis wusste, dass er ihm nicht widersprach.

Lucy war dran, und mit ihrer Nummer näherte sich die Vorstellung dem Ende, da hörte Lewis den Donnerschlag, und sofort verengte sich seine Brust. Der Donner wurde lauter, gewann an Gewicht, und wenn Lewis die Augen schloss, konnte er ihn als gewaltigen zornerfüllten Ball sehen, der über den Himmel auf sie zurollte. Wenige Minuten vergingen, dann hörte er den Regen, der hart gegen die rote Leinwand des Zirkuszeltes klatschte. Ein aufgeregtes Raunen ging durch die Zuschauer. Lucy verließ die Manege, während die Zuschauer wild klatschten, in dem Moment hörte Lewis das Krachen, als würde die Oberfläche der Welt gespalten.

Er sah sich um, sah Shelby, dessen Blick auf ihm ruhte, und deutete mit dem Kopf zum Mittelmasten. Shelby verschwand aus dem Zelt. Einen Moment später kam er wieder herein und schüttelte den Kopf. Fünf Minuten darauf hörte Lewis erneut ein Krachen und biss die Zähne zusammen. Er trat aus dem Zirkuszelt und machte schnell die Runde, um sich zu vergewissern, dass alles in Ordnung war. Der Regen hatte aufgehört, aber Lewis roch ihn noch. Lewis blickte zum Himmel hinauf, dann ging er wieder ins Zelt, um die Vorstellung zu beenden. Er war noch nicht beim Zelt, als er erneut ein ohrenbetäubendes Krachen und Bersten hörte, und Sekunden später sah er den gezackten Blitz, der den Himmel zerteilte. Er ging ins Zelt.

Die Vorstellung wurde beendet, und die meisten Zuschauer hatten das Zelt bereits verlassen, als Lewis den Ruf hörte, den er den ganzen Abend schon zu hören glaubte, das einzelne, furchterregende Wort: *Feuer!*

»Verdammt«, seufzte er und rief nach Shelby.

Vor dem Zelt zerstreute sich die Menge der Zuschauer. Aus nördlicher Richtung kamen ein paar Männer aufgeregt angerannt und meldeten, wo das Feuer ausgebrochen war. Er konnte den Rauch riechen und hörte die Tiere schreien, auch die Menschen schrien. Und über allem Lärm hörte er das laute Trompeten Jupiters.

»Ich kann es nicht sehen, Lewis«, sagte Shelby, »ich kann es riechen, aber nicht sehen.«

Lewis rannte weiter, dann erblickte er Sam Jeanette, der in die Richtung der Wagen und Laster gestikulierte.

»Das Heu!«, sagte Lewis. »Verdammt noch mal, das Heu. Komm schon, Sam. Wir treiben die Tiere zusammen.«

Shelby und Sam rannten durch das Camp und riefen um Hilfe, und Lewis hielt auf die Zirkuswagen zu. Er sah die Flammen, bevor er wusste, um welchen Wagen es sich handelte, es waren kleine helle Flammen, die noch nicht außer Kontrolle geraten waren, obwohl eine helle Stichflamme anzeigte, dass ein anderer Wagen gerade Feuer gefangen hatte.

Er rannte weiter, und dann waren seine Leute um ihn herum, und er rief ihnen Befehle zu.

»Holt die Wagen hier raus, führt die Tiere weg.«

Emmett McKeon und seine Leute rannten zu den Lastwagen, und man hörte ein halbes Dutzend kettengetriebener Fahrzeuge, die alle auf einmal starteten und losfuhren. Lewis und die anderen kamen fast gleichzeitig bei den brennenden Heuwagen an, und einen Moment später war Foley mit dem Wasserwagen zur Stelle.

Eine Weile lang schien es so, als hätten sie das Feuer besiegt, es auf zwei Wagen beschränkt, und Lewis wagte zu hoffen, dass sie, wenn der Regen wieder einsetzte, gerettet wären. Doch dann flackerten die Flammen erneut auf; ob der Wind sie getragen oder das trockene Gras einen Funken gefangen hatte, vermochte er nicht zu sagen, aber es sprang auf das Planendach eines anderen Wagens über, nahm seinen Weg in rasender Geschwindigkeit über die trockenen Zäune und darüber hinaus.

Lewis blieb stehen und sah, wie die Flammen das trockene Gras erfassten und sich in alle Richtungen ausbreiteten, und ihm wurde klar, dass das Feuer das ganze Camp umzingeln konnte.

»Lasst es, lasst es, wir gehen in Deckung, zurück, alle Mann, ganz zurück. Sam, hol deine Tiere raus.«

Sam Jeanette sah Lewis fragend an, und Lewis sagte: »Tu, was sich nicht ändern lässt, Sam«, und der alte Mann rannte los, um die Tiere freizulassen.

Sie überließen die brennenden Fahrzeuge sich selbst. Lewis sah, wie die Flammen sich ausbreiteten, und warf einen Blick auf das Zirkuszelt.

»Das Zelt, wir wollen versuchen, das Zelt zu retten.« Er rannte los, rief nach dem Wasserwagen und den Schläuchen und der Eimerbrigade, und es kam ihm vor, als hörte er sich aus weiter Ferne, als riefe einer nach Wasser, mit dem er einen Brand löschen wollte, der nicht gelöscht werden konnte.

Er beobachtete, wie die ersten Funken auf der Leinwand landeten, glühende Asche und Leinwandfetzen, die von den brennenden Wagen herübergeweht kamen, er sah, wie sie sich auf dem Zelt niederließen und erloschen und dann, wie einer der Funken das Feuer entfachte.

Die Leute versuchten, das Wasser auf das Zelt zu richten, reichten aber nicht hoch genug, und in wenigen Minuten stand die Zeltspitze in Flammen, und die Feuerzungen tänzelten an den Seitenwänden entlang nach unten. Lewis verfolgte, wie sie in goldenen Linien an den Nähten entlanghüpften, wie einige der Flicken zu brennen anfingen, und wusste, dass es keinen Zweck hatte.

Eine schwere Glocke schlug dröhnend über den Rufen der Menschen und den Schreien der Tiere, und die Feuerwehr der Stadt fuhr vor. In kürzester Zeit hatten die Männer den Schlauch mit dem starken Strahl auf das Zelt gerichtet, aber das Feuer hatte sich schon des Zeltes bemächtigt.

Ich werde mein Zelt verlieren, dachte er. *Ich werde meinen Zirkus verlieren.*

Der Mann, der die Feuerwehrleute dirigierte, drehte sich zu Lewis um und schüttelte den Kopf. Lewis nickte. Er sah Shelby an, auch der wusste Bescheid.

Lewis blickte sich nach seinen Leute, seinen Freunden um, die alle von Schweiß und Löschwasser glänzten und nach Atem rangen, und er wusste, dass sie das Feuer so lange bekämpfen würden, bis es auch ein paar von ihnen gefordert hatte. Er sah den alten Harley Fitzroy in der langen Reihe für die Löscheimer sowie den alten Royce und Doc Morin, der ihm einen »Hab ich doch gesagt«-Blick zuwarf, er sah Helen und Lucy und all die anderen, und er machte ein paar Schritte zurück und hob einen Arm.

»Es ist vorbei, J. M., sag ihnen, sie sollen sich in Sicherheit bringen. Hol sie da raus, sag ihnen, sie sollen ihre Sachen holen, wir wollen so viel wie möglich retten, und dann sehen wir später, was wir haben.«

Lewis Tully beobachtete, wie die Feuerwehrleute und die anderen den Kampf einstellten und auseinander stoben, um ihre Kinder und ihre Habseligkeiten zu retten. Er hörte, wie Shelby Anweisungen ausrief, die keinen Raum für Angst ließen, wie er die Menschen zur Eile trieb, damit sie das Camp verließen. Er wollte sich vergewissern, dass alle sich in Sicherheit brachten, und sah, dass manche stehen geblieben waren und zu dem brennenden Zelt hochsahen. Im Widerschein der Flammen waren ihre Gesichter von einem rot-goldenen, fast hoffnungsvollen Leuchten, und er fand, dass sie wie Kinder aussahen. Lewis verschränkte die Arme und sah mit an, wie das Feuer das Zelt auffraß.

Der gesamte Mittelteil des Zeltes wurde Raub der Flammen, lange Feuerschlangen stiegen wie Klauen in den Himmel auf. Er sah, wie die rote Zeltplane langsam herabsackte, wie der Mittelpfosten aufloderte und die Flammen an den straff gespannten Seilen entlangliefen.

Shelby trat hinter ihn und sagte: »Komm mit uns, Lewis.«

»Gleich. Sofort.«

Einen Moment lang spürte er Shelbys Hand auf seiner Schulter und hörte dann, wie Shelby zu den anderen ging. Lewis wandte die Augen nicht ab, als sein Zelt zu einer riesigen Leinenfackel wurde, er spürte die Hitze von den Flammen auf seinem Gesicht, dann den Regen, erst ein paar Tropfen, dann ein stetiges Strömen, das immer lauter und stärker wurde und den Brand im Laufe der Nacht löschen würde. Nach einem letzten Blick auf das brennende Zelt wandte er sich ab und ging.

Helen stand ein paar Schritte hinter ihm, mit verschränkten Armen. Hinter ihr waren die Zirkusleute damit beschäftigt, das Camp abzubrechen und sich außerhalb der Reichweite der Flammen zu begeben, und noch weiter hinten standen die Leute aus der Stadt und guckten zu.

Lewis trat zu Helen. Sie sah ihn an, ihre Augen waren trocken, und sie musterte ihn.

Lewis zeigte auf die Städter am Rande der Szene.

»Meinst du, wir können sie überzeugen, dass das Teil der Vorstellung war?«

Sie lächelte und legte die Arme um ihn. Er verbarg das Gesicht in ihrem Haar und spürte ihren warmen Körper durch ihre Kleider. Einen Moment lang wünschte er sich, er könnte in ihr Bett kriechen und schlafen. Dann löste er sich von ihr. Etwas drängte sich in sein Bewusstsein, ein neues Unglück.

Er ließ den Blick über das Camp und die Menschen gleiten und sagte dann: »Ich habe den Jungen nicht gesehen.«

»Oh Gott«, sagte sie leise.

Der Junge hatte am Rand gestanden und zugesehen, wie das Feuer den Blue Moon Circus und seine Welt verschlungen hatte, und er hatte gebetet, dass Gott das Feuer ausmachen möge, aber die großen Flammen waren durch die Luft gesprungen und hatten das Zelt zerstört, und der Junge dachte, sein Herz würde vor Schmerz zerspringen.

Er rannte los, er wollte weg von seinem Leben und diesem Albtraum, und er blieb erst stehen, als er ein kleines Pappelwäldchen am Fluss erreicht hatte. Er stolperte über die großen Wurzeln und durch das Gestrüpp, und als der rot-schwarze Widerschein der Flammen nicht mehr auf den Baumstämmen leuchtete, drehte er sich um. In der Beuge von Stamm und Wurzeln eines mächtigen Baumes sank er nieder, verbarg sein Gesicht in den Händen und weinte.

Er weinte nicht um sich, sondern um alle, um Lewis, der seinen Zirkus verlieren würde, um Shelby, der immer so freundlich zu ihm war, um Helen, die jetzt keine Arbeit mehr hatte, und um Harley Fitzroy, der wieder zu einem alten Mann werden und sich auf einer schmalen Bank in einer kleinen Stadt zum Sterben hinlegen würde. Er weinte um Roy Green und den alten Dugan, die jetzt auch bald sterben würden, und um den Verlust des Zirkuszelts, mit dem sein Leben hier ein Ende fand. Aber am meisten weinte er um Lewis Tully, denn als das Feuer ausbrach und über die Wagendächer sprang, hatte er in Lewis' entsetzten Augen die Zukunft gesehen, das Ende des Zirkus und das Ende der Menschen im Zirkus.

Sie rannten durch das regennasse Durcheinander des Camp, und Harley brüllte: »Da ist er nicht!«, als Lewis stehen blieb und in sein eigenes Zelt guckte. Harley nickte zu den Bäumen am Rand des Camps.

»Dort ist er noch am ehesten.«

»Ich weiß nicht, wo wir ihn noch suchen sollen, wenn er da auch nicht ist«, sagte Lewis.

Als sie den Waldrand erreichten, machte der alte Mann ein paar Schritte und starrte angestrengt in die Dunkelheit, obwohl Lewis eher den Eindruck hatte, dass er lauschte. Dann nickte Harley.

»Er ist da drin. Soll ich reingehen?«

»Nein, ist schon in Ordnung. Ich glaube, ich bin derjenige, den er jetzt braucht. Aber vielleicht könntest du später mit ihm sprechen.«

»Ich habe nicht vor wegzugehen, Lewis.«

Lewis betrat das Wäldchen und wartete, bis seine Augen sich an die Dunkelheit gewöhnt hatten. Der Regen pladderte auf das Laubdach. Lewis ging tiefer in den Wald und fing dann an, mit ruhiger Stimme nach dem Jungen zu rufen.

Lewis fand ihn, die Arme um die Knie geschlungen, an den Stamm einer Pappel gelehnt. In dem schwachen Lichtschein sah Lewis, dass das Gesicht des Jungen tränenübertrömt war und sein dünner Körper von Schluchzern geschüttelt wurde.

Lewis sagte nur: »Alles in Ordnung, Charlie?«

Als der Junge den Blick nicht heben wollte, setzte sich Lewis auf den Erdboden neben ihn, und ein paar Minuten lang wurde die Stille nur von den Schluchzern unterbrochen, während Charlie um Fassung rang.

»Alles in Ordnung?«

»Ja.«

»Weinst du, weil das Feuer dir Angst gemacht hat?«

»Nein«, sagte der Junge, und der Ton seiner Stimme deutete an, dass er die Frage dumm fand.

»Warum dann?«

»Weil ich glaube, dass jetzt alle sterben.«

»Wer wird sterben?«

Der Junge sah ihn vorwurfsvoll an. »Roy Green und Mr Dugan und Harley ...«

»Junge, die ersten beiden, die sind krank, das stimmt, aber Harley wird uns wahrscheinlich alle überleben.«

»Und du.«

»Ich hatte eigentlich nicht vor, zu sterben. Aber wenn ich noch ein paar Abende wie diesen erleben muss, dann überlege ich es mir vielleicht noch mal.«

Der Junge sah ihn durch die Dunkelheit an. »Der Zirkus ist kaputt, oder?«

»Das meiste. Aber die Menschen sind unverletzt, alle. Der Einzige, um den wir uns Sorgen gemacht haben, war Charlie Barth. Und wahrscheinlich haben wir ein paar Tiere verloren, aber ich wette, die meisten tauchen wieder auf. Es ist kein guter Ausgang, aber es hätte verdammt viel schlechter kommen können.«

Lewis hob den Blick in die Bäume, und der Junge sah ihn verstohlen an.

»Ich habe Geld. Wenn du Geld für einen neuen Zirkus brauchst.«

»Wirklich? Wie viel denn?«

»Einen Dollar und zehn Cent.«

Lewis nickte. »Da bist du ein echter Krösus. Wie bist du zu so viel Geld gekommen?«

Der Junge zuckte die Schultern. »Ich habe es auf dem Boden im Küchenzelt gefunden.« Dann sagte er: »Ich glaube, es gehört dir. Es lag da, wo du gesessen hast. Aber du kannst es haben.«

»Hast du es genommen, weil du dir in der Stadt etwas kaufen wolltest?«

»Nein. Für später, wenn der Zirkus vorbei ist und ich nicht mehr bleiben kann. Ich wollte sicher sein, dass ich durchkommen würde. So wie du und Shelby, als ihr kein Zuhause hattet.«

Lewis erinnerte sich plötzlich an eine Nacht, die er in einem ganz ähnlichen Wäldchen verbracht hatte, er und ein kleinerer Junge, wie sie sich aneinander geschmiegt und sich vorgelogen hatten, dass sie vor nichts und niemandem in der Welt Angst hatten. Und hier war wieder ein kleiner Junge, der glaubte, er habe keinen Platz in der Welt.

»Was auch geschieht, du hast ein Zuhause. Niemand wird dich allein losziehen lassen, mein Junge.« Er sah zu dem Jungen hinunter, der jedes Mal, wenn Lewis ihn ansah, noch kleiner und zarter wirkte. »Aber behalte das Geld – für alle Fälle.«

Der Junge sah ihn von der Seite her an und richtete den Blick dann in die Dunkelheit. Er hielt die Knie mit den Armen umschlungen und wiegte sich vor und zurück, und Lewis verstand plötzlich, wie der Junge all das Durcheinander und die Zerstörung erleben musste. Er legte ihm eine Hand auf das nasse Haar, dann legte er ihm den Arm um die Schultern.

»Es wird sich etwas finden. Du brauchst dir keine Sorgen zu machen.«

Der Junge nickte und sagte: »Ist gut.« Er war offensichtlich nicht überzeugt. Einen Moment später fragte er: »Was passiert jetzt mit dir?«

»Mit mir? Also …« Er zuckte die Schultern und erkannte, dass Charlie ernsthaft besorgt um ihn war.

»Ich habe so etwas schon mal erlebt. Es hat mich damals nicht umgebracht, und es wird mich auch jetzt nicht umbringen.«

»Machst du wieder einen neuen Zirkus?«

»Ich denke schon«, sagte er, aber er merkte, dass er das selbst nicht glaubte.

Lewis stand auf, er war müde, sein Hemd klebte nass an ihm, und blickte auf den Jungen hinunter, ein unglückliches, verängstigtes Häufchen Mensch, das sich immer noch wiegte. Seine Füße hatte er gekreuzt, und Lewis fielen die abgestoßenen Schuhe und die schlecht sitzende Hose auf, die von einem der

Kinder des Grafen abgelegt worden waren. Alle anderen Kinder im Zirkus waren jetzt in der Geborgenheit ihrer Familien. Nur dieses Kind war in den Wald gelaufen, hatte sich versteckt. Lewis fragte sich, ob er auch je so verloren ausgesehen hatte. Während er den Jungen musterte, wurde Lewis plötzlich klar, was er tun musste.

»Was auch geschieht, Charlie, mit oder ohne Zirkus, du bleibst bei mir.«

Der Junge blickte auf, er wusste nicht recht, was er sagen sollte, dann sagte er: »Ja, Sir.«

»Du kannst andere Leute Sir nennen, dann denken sie, du wärst wohl erzogen, aber nenn mich einfach Lewis.«

Lewis streckte die Hand auf und half dem Jungen auf die Beine.

Als das erste Tageslicht den Himmel erhellte, stand Lewis Tully neben der Ruine, die sein Zelt jetzt war, und begutachtete die gründliche Zerstörung, die das Feuer am Abend zuvor angerichtet hatte. Dach und Vorderteil des Zeltes waren völlig ausgebrannt, zwei der drei Tribünen waren verkohlt, und die großen Zeltmasten sahen aus wie angesengte Reste von einem Campfeuer. Er untersuchte die Seitenwände, dann ging er wieder zum Camp.

Der Morgen war kalt und feucht, und nach dem Regen, der den Brand gelöscht hatte, war die Luft mit dem Geruch von nassem Holz und verkohlter Leinwand erfüllt. Nach und nach erwachte das Camp, und Lewis ließ seine Leute den Schaden und die Verluste beziffern und die Tiere eintreiben, die sie am Abend freigelassen hatten.

Der alte Royce und seine Mannschaft lärmten und hantierten, als wäre dies ein ganz normales Frühstück an einem regenfeuchten Morgen, und die Hütten und Zelte der Mitglieder waren wieder aufgebaut worden. Lewis saß an seinem kleinen Kartentisch, trank einen Kaffee und hörte sich die Bestandsaufnahme der Katastrophe an.

»Drei Lastwagen: Ein Heuwagen, natürlich, da hat es angefangen, dann der mit der Ausrüstung, und einer der Pritschenwagen«, sagte Shelby. »Ein paar Reifen sind geplatzt, aber andere Teile können wir noch verwenden.« Er seufzte. »Drei von den Wagen, Lewis.«

»Und der alte Wagen, der von Mr Forepaugh?«

»Der ist unbeschädigt. Und das Zelt und die Tribünen – das weißt du, oder?«

»Ja, natürlich.« Lewis wandte sich Sam Jeanette zu, der mit zutiefst besorgter Miene vor ihm stand.

»Die große Koppel ist zerstört, aber die Pferde sind wohlauf, Lewis. Die meisten haben wir eingefangen, die großen Belgier und die Percherons schaffen es sowieso nicht weit, wir haben über fünfzig in einer kleinen Mulde südlich der Stadt gefunden. Es fehlen noch gut zwei Dutzend, aber die finden wir noch. Ich glaube, sie sind mit Lucys Stute losgerannt. Die ist ziemlich unternehmungslustig, aber irgendwann dreht sie um, und dann kommen die anderen auch.«

»Wie sieht es mit den anderen Tieren aus?«

Sam sah bekümmert drein. »Ein paar von den Zebras sind weg, vier habe ich gefunden, aber die anderen zwei –«

»Tot?«

»Aber nur, weil sie schwierig sein wollten.«

Lewis lächelte angestrengt und wartete.

»Die Lamas sind hier geblieben, den Büffel haben wir, die Bären sind auch da, und Alexej und Irina haben sich um die kleinen Biester gekümmert. Der Löwe ist ebenfalls kein Problem, der ist zu faul, um wegzulaufen.« Sam schien um eine unangenehme Wahrheit herumzutanzen.

»Was noch, Sam?«

Sam seufzte und sagte: »Jupiter.«

»Sie ist tot?«

»Schlimmer, sie ist frei.«

»Gütiger Himmel, das hat mir noch gefehlt.«

»Und ich glaube, sie ist schon lange weg …«

»Das Feuer hat ihr mächtig Angst gemacht, Lewis«, sagte Emmett McKeon.

Lewis ließ sich auf den Stuhl sinken und dachte nach. Dann sah er Shelby an. »In wie vielen Städten haben wir Plakate ausgehängt?«

»In dreien.«

Lewis dachte weiter nach und sagte dann: »Wir sollten die Plakate in den letzten beiden wieder abnehmen. Wir machen noch eine Aufführung, dann ziehen wir.«

»Lewis, du hast kein Zelt.«

»Das wäre nicht die erste Vorstellung, die unter freiem Himmel stattfindet.«

»Und keine Sitze.«

»Ein paar Sitze haben wir, und wir haben Strohballen.«

Shelby nickte. »Ich wusste, dass du das sagen würdest, ich wollte nur ein bisschen streiten.«

Zheng war ins Zelt gekommen. Sein Gesicht war aschfahl, und unter den Augen hatte er bräunliche Ringe. Er kam ein paar Schritte herein, dann blieb er stehen, als wartete er auf Erlaubnis, näher zu treten.

»Kommen Sie rein, Mr Zheng. Wir plaudern gerade ein bisschen, über das Zirkusleben und Brände und Katastrophen und so.« Lewis versuchte ein Lächeln, dann sah er den entsetzten Ausdruck in Zhengs Augen.

»Was ist passiert, Zheng? Ist was mit Ihrem Vater?«

»Es geht ihm blendend. Ich habe nach den Tieren gesucht, den Affen.« Er sah Lewis an, und in seinen Augen stand Schuld und Versagen.

»Sie sind tot.«

»Nein. Das Leben ist nicht so einfach, Lewis. Ich habe einen gefunden … nur einen.« Zheng verneigte sich und ging rückwärts aus dem Zelt, und als er wieder reinkam, trug er einen kleinen Käfig in der Hand. Darin saß ein einzelner, angesengter, rußverschmierter Affe. »Dieser hat überlebt.«

»Der arme …«, fing Lewis an, dann sah er die Augen des kleinen Tieres. Der Affe starrte ihn an, dann sprang er an die Stäbe seines Käfigs und fing an zu schnattern und auf und ab zu springen.

»Das ist nicht möglich«, murmelte Lewis.

»Doch«, sagte Zheng.

»Herr im Himmel«, sagte Emmett McKeon und bekreuzigte sich.

»Der Brand hat den Armen wahrscheinlich zu Tode erschreckt«, versuchte Sam Jeanette zu erklären.

»Nein«, sagte Zheng. »Als ich ihn fand, hat er Applaus gemimt.« Zheng machte mit steifen Bewegungen ein Klatschen nach.

Lewis starrte den kleinen Affen an. »Du hast geklatscht, wie? Dem Feuer Beifall geklatscht?«

Und der Affe sprang auf und ab und grinste.

✻ 44 ✻

Das Ende des Zirkuslebens

Lewis fuhr mit drei Zeltbauern, die kleinere Verbrennungen erlitten hatten, nach Billings. Hinter ihm fuhr Shirley mit Roy Green, dessen kaputte Lungen mehr Rauch abbekommen hatten, als ihnen gut tat.

Im Krankenhaus ließ Lewis seine Männer untersuchen und bezahlte die Rechnung, dann ging er zu Roy, bei dem gerade ein junger Arzt war, und traf Shirley an der Tür.

»Sieht so aus, als würden wir nicht weiterfahren, Lewis.«

»Ich komme noch mal vorbei, wenn wir die letzte Vorführung hinter uns haben.«

Sie schüttelte den Kopf. »Ich glaube nicht, dass er so schnell rauskommt.«

»Meinst du, er kommt durch, Shirley?«

»Dieses Mal wahrscheinlich schon.« Sie sah ihn müde an. »Aber lange wird er es nicht mehr machen, Lewis. Er ist ein kranker, erschöpfter Mann.«

»Du weißt ja, wo du mich finden kannst, wenn das hier vorbei ist. Halt mich auf dem Laufenden, was ihn angeht, und ich sage dir Bescheid … wenn sich was ergibt«, sagte er, dann ging er in das Zimmer, wo Roy lag.

Roy Green sah müde und alt aus, aber er wirkte auch gefasst. Er hob die Hand zum Gruß, als Lewis das Zimmer betrat.

»Ich höre, du willst leben.«

»Vorerst ja.« Roy sprach mit rauer Sitmme, und Lewis hörte den keuchenden Atem.

Lewis setzte sich auf den Bettrand und verspürte das dringende Bedürfnis, etwas mit den Händen zu machen – eine Zigarette rollen, sich einen Whiskey eingießen, eine Tasse Kaffee zum Mund führen. Er sah Roy verstohlen an und bemerkte, dass der alte Mann ihn beobachtete.

»Es tut mir leid, dass ich gerade jetzt krank werden musste, und auch das mit dem Zelt und den Wagen und so tut mir leid.«

»Das sind alles Dinge. Die Menschen sind alle am Leben.«

»Jedem anderen würde ich jetzt mein Beileid aussprechen, aber ich glaube, du wirst auf den Füßen landen. Du wirst dir etwas einfallen lassen, wahrscheinlich etwas ganz Besonderes.«

Er lachte geräuschlos, und einen Moment später lachte auch Lewis.

»Und wenn du einen Clown brauchst – ich bin ja noch hier …«

»Klar, Roy.«

»… und selbst wenn nicht, Lewis …«

»Ich werde immer etwas für Shirley haben, Roy. Wenn ich überhaupt wieder etwas auf die Beine stelle.«

Roy nickte mit einem zufriedenen Ausdruck.

»So oder so, Roy, wenn wir den Winter überleben, dann hörst du von mir.«

»Bis dann, Lewis. Und danke: Es war eine gute Saison.«

Lewis tätschelte ihm das Knie und ging.

Kurz nachdem sie die Grenze von Montana überquert hatten, blieben sie auf einem Bergkamm stehen, um sich ein Bild von der Landschaft vor ihnen zu verschaffen. Lewis war gerade aus dem Wagen gestiegen, als Shelby auf etwas zeigte.

»Guck mal, Lewis.«

Lewis guckte mit schmalen Augen in die Ebene. Auf einer engen Straße eine knappe Meile entfernt schlängelte sich eine lange Karawane von kunterbunten Wagen und Lastern.

Lewis nickte. »Preston.«

Es war wirklich Preston, und seine Karawane sah aus dieser Entfernung aus wie die Vorhut einer einfallenden Armee. Die großen roten Mack-Lastwagen blitzten in der Sonne, und die anderen Fahrzeuge in Prestons Fuhrpark waren von einem leuchtenden Orange, damit sie ja niemand übersehen würde. Von oben betrachtet, sah Prestons roter Wassertransporter aus wie eine große Wurst auf Rädern. Sein Zirkus schlängelte sich in der Länge von fast einer Meile durch die Ebene. Lewis bemerkte Shelbys besorgten Blick.

Er zuckte die Achseln. »Das ist jetzt nicht mehr wichtig, J. M.«

»Trotzdem, ich finde es nicht so gut, dass wir hier campieren und das vor Augen haben …«

»Ich weiß nicht, J. M. Ist doch ein hübscher Anblick. Es gibt ganze Länder, die keine so lange Straße haben, wie Preston sie für seinen Zirkus braucht.« Lewis lächelte und legte Shelby die Hand auf die Schulter.

Sie gaben eine letzte Vorstellung in Montana, ein paar Meilen von Billings entfernt, und Lewis füllte Wasser und Diesel und Verpflegung auf, stattete Shirley und Roy einen letzten Besuch ab und gab ihnen ein paar Dollar für, wie er sagte, »Zusatzausgaben«.

Am folgenden Tag, unter einem tiefen, grauen Himmel, der Regen oder womöglich Schlimmeres ankündigte, versammelte Lewis seine Truppe auf dem Platz, den der Ring der Fahrzeuge bildete.

Er stand mit den Händen in den hinteren Hosentaschen und ließ seinen Blick über die Gesichter vor sich wandern. Die Gruppe war geschrumpft. Ein paar der Zeltbauer und Handlanger waren schon gegangen – einige hatten ihm alles Gute gewünscht, andere hatten sich leise davongemacht, so wie sie auch eines Tages ohne Ankündigung gekommen waren.

Ein paar der Anwesenden wirkten nervös, andere traurig, vielleicht war auch manch einer erleichtert, und alle waren sie müde.

»Das war eine kurze Saison für uns. Ich hatte gehofft, noch etwas weiter nach Montana zu kommen und vielleicht bis zum Einbruch der Kälte durchzuhalten, aber es sieht ganz so aus, als wäre es für uns vorbei. Dennoch habe ich das Gefühl, ich sollte dankbar sein für das, was wir hatten. Es war eine großartige Show, wir haben unseren Spaß gehabt, und wir haben den Menschen etwas für ihr Geld gezeigt. Wir waren in Ortschaften, wo noch nie ein Zirkus aufgetreten ist, und haben unser Bestes gegeben ...« Seine Stimme verklang, er blickte die Menschen vor sich an und lächelte.

»Aber eins möchte ich noch sagen: Dieses Mal haben alle mitgemacht, die ich dabeihaben wollte. Die Besten, dieses eine Mal. Ich ziehe jetzt wieder in den Süden, und wer gern wissen möchte, was ich vorhabe, der kann mir dahin schreiben. Vielleicht möchten sich einige von euch mit Preston Crowe in Verbindung setzen«, fuhr er grinsend fort, »oder auch mit dem ausgezeichneten Hector-Blaney-Zirkus ...« Lachen und ein paar Pfiffe zeigten ihm, dass das eher unwahrscheinlich war, und Lewis lachte auch und nickte. »Und wer vorübergehend eine Unterkunft braucht, der kann gern in das sonnige Jasper, Oklahoma, kommen und bei mir und Shelby und den Jungs unterkriechen. Ich habe noch euren letzten Lohn, und ihr solltet mir eine Adresse geben, damit ich mich bei euch melden kann, für den Fall ...«

Er lächelte und war plötzlich verlegen. »Jedenfalls, heute Nachmittag wird das Camp abgebrochen.«

Helen bereitete sich auf die Abfahrt vor. Lewis war zwar überrascht, aber es leuchtete ihm ein. Geräuschvoll betrat er ihr Zelt, und obwohl sie sich nichts anmerken ließ, wusste er, dass sie ihn gehört hatte. Sie machte sich an irgendwelchen Dingen auf ihrer winzigen Kommode zu schaffen und tat so, als wäre sie ganz vertieft, und er wusste nicht, was er sagen sollte. Dann streckte er einfach den Arm aus und legte ihr die Hand auf den Rücken, und sie drehte sich um. Tränen standen ihr in den Augen, und wie immer, wenn sie im Begriff war zu weinen, war ihre Nasenspitze rot, aber Helen tat so, als merkte sie davon nichts. Sie gab ihm einen kleinen Kuss auf die Lippen und nahm ihn so fest in die Arme, dass er von ihrer Kraft überrascht war. Er machte einen Schritt zurück, weil er Platz brauchte für das, was er sagen wollte. Dann, um ein bisschen Zeit zu gewinnen, nahm er den Hut ab.

»Helen, ich muss dir etwas sagen …«

»Ich weiß schon, was immer es ist, das du mir sagen willst.«

»Ach ja?«

Sie nickte. »Ich möchte wissen, was aus dem Jungen wird.«

»Er bleibt bei mir.«

»Er braucht ein Zuhause. Er braucht einen Ort, wo er sicher ist und wo er sich gut aufgehoben weiß und jemand sich um ihn kümmert.«

Lewis wandte den Blick ab, um zu verbergen, dass sie ihn verletzt hatte. »Ich behaupte nicht, dass mein Camp der beste Ort für einen Jungen ist. Aber er könnte es schlechter treffen. Und es ist um vieles besser als das, was ich hatte. Aber ich kümmere mich um ihn. Es muss ja in Jasper oder in der Nähe eine Schule geben.«

Lewis hörte seinen eigenen Reden mit Erstaunen zu: Es war, als hätten sich die Wörter von selbst geformt.

»Bestimmt gibt es eine«, sagte sie.

Er nickte und fragte sich, ob er so töricht und so hilflos aussah, wie er sich fühlte. »Es wird sich schon alles finden, er ist ein guter Junge. Und wenn ich wieder aufbrechen muss, um Geld zu verdienen …«

Ja, was dann, Tully?

»Er kann mit zu mir kommen, Lewis«, sagte sie.

»Du fährst also nach Hause.« Er nickte und gab sich Mühe, lässig zu klingen, aber seine Brust drohte zu zerspringen.

»Ja, ich fahre nach Hause. Zurück nach North Dakota.«

Er sah sie an und fuhr sich mit der Zunge über die Lippen, und ihm war klar, dass dies der Moment war, den er vor vielen Jahren hatte verstreichen lassen, dass der gleiche Moment noch einmal da war.

Ganz mit der Ruhe, Tully, sagte er sich.

»Ich würde mich sehr … freuen, wenn du mit uns kommen würdest.«

»Mit *uns*?«, fragte sie und sah ihn an. »Ach so, du meinst, damit ich mich um Charlie kümmern kann.«

Er machte den Mund auf und wollte sprechen, hielt dann aber inne. Dies war gefährliches Terrain. Dann schüttelte er den Kopf und lachte, wegen seiner eigenen Dummheit, weil die Situation so lachhaft war, weil es eine dumme Idee war, und sagte: »Nein, das ist nicht genau das, was ich meine.«

»Aha«, sagte sie, sie war nicht sehr hilfreich.

»Nein, ich meine, ich möchte, dass du mit mir kommst. Der Junge – du bist nicht für ihn verantwortlich, ich bin für ihn verantwortlich. Er kommt sowieso mit mir, was auch sonst passiert. Aber ich möchte, dass du mit mir kommst. Ich weiß, dass ich dir nichts bieten kann, was du nicht schon hast, aber …« Er sprach nicht weiter.

Sie hielt den Blick gesenkt, so dass er ihre Augen nicht sehen konnte, aber ihrem Gesichtsausdruck entnahm er, dass sie höflich wartete, bis er zu Ende gesprochen hatte.

»Irgendwie werde ich genug zum Leben haben, das habe ich immer geschafft, ich habe nie betteln müssen. Ich habe die Tiere und ein paar Sachen, die man verkaufen kann. Wir werden nicht mittellos sein. Ich weiß, dass du eine hübsche kleine Farm in North Dakota hast –«

»Die habe ich meinen Kindern überschrieben, jetzt können sie sich darüber den Kopf zerbrechen.« Sie sah ihn direkt an, und er meinte, den Anflug eines Lächelns in ihren Augen zu sehen.

»Ich bin nicht sehr geschickt mit diesen Dingen«, sagte Lewis.

»Das stimmt. Das warst du noch nie, Lewis.«

»Kommst du mit mir?«

»Besser spät als nie, Lewis?«, sagte sie ein klein wenig spitz.

»Das habe ich nicht gesagt, ich habe es auch nicht gedacht.«

»Aber es ist wahr. Es trifft sicherlich auf die meisten Dinge zu. Aber – ja, ich komme mit dir.«

»Wenn du noch Zeit brauchst –«

Jetzt lächelte sie. »Nein, Lewis, du bist derjenige, der Zeit braucht, um sich sicher zu werden.«

»Ich bin mir jetzt aber sicher, Helen.«

Sie schob eine Strähne aus seiner Stirn und sagte: »So oder so, Lewis, ich muss jetzt packen.«

»Ja, natürlich.« Er setzte sich den Hut wieder auf und blieb noch einen Moment stehen. Dann sagte er: »Wir sind uns also … wir sind uns einig, ja?«

»Ja, Lewis.« Sie nickte, ihre Augen leuchteten, und ein kleiner Ton der Überraschung schwang in ihrer Stimme. »Dieses eine Mal sind wir uns einig.«

Lewis Tully ging aus dem Zelt, ihm war schwindelig vor Aufregung, er bekam keine Luft.

Sieh an, dachte er, *jetzt habe ich eine Frau und ein Kind und kein Einkommen. Und was passiert als Nächstes?*

Helen räumte die Sachen, die auf dem Bett zum Packen lagen, zur Seite und setzte sich.

Stimmte es wirklich, fragte sie sich, was sie gerade gesagt hatte: »Besser spät als nie«?

Sie stellte sich die Reaktionen ihrer Kinder vor: Ihr Sohn mit seinen eingefahrenen Vorstellungen, der so tun würde, als hätte ihn der Blitz getroffen, obwohl sie nicht glauben mochte, dass er wirklich so unbeweglich war; und ihre beiden Töchter, die doppelt so klug waren wie er und mit vorgetäuschter Missbilligung reagieren würden. Dabei wussten sie ganz genau, warum Helen nach Oklahoma gefahren und sich mit ihren fünfzig Jahren bei dem Zirkus gemeldet hatte.

Sie kam sich ein klein wenig töricht vor, das musste sie zugeben.

Aber die letzten sechs Monate waren die besten in meinem Leben.

»Und was passiert jetzt?«, fragte sie sich laut, und schon bei der Frage packte sie freudige Erregung.

⁕ 45 ⁕

Abrechnung

Lewis verbrachte mehrere Stunden damit, alle zu verabschieden: Die Brüder Perez wollten zu Joaquin Villareals Zirkus in Mexiko stoßen, die Antoninis brachen nach Texas auf, Alexej und Irina nach Seattle, die DePerczels nach Kalifornien – man erzählte sich, dass es eine neue Art von Film gebe, einen Film mit Ton, und der Graf witterte da seine Chance, weil er meinte, ein großer, attraktiver Mann mit einer dröhnenden Stimme hätte vielleicht Aussichten. Mr Patel nahm das Angebot einer Mitreisegelegenheit von dem Grafen an, er wollte Verwandte in San Francisco besuchen. Lewis stellte sich ein tränenreiches Wiedersehen vor, bei dem alle anwesenden Inder gemeinsam in Ohnmacht fielen, nachdem ihre zahmen Schlangen sie gebissen hatten. Foley wollte Rex in die Südstaaten mitnehmen, wo er mehrere Angebote von kleinen Menagerien hatte, die aus Rex einen Star machen wollten. Er versicherte Lewis, dass er einfach ein bisschen Geld verdienen wollte.

Lewis sah ihm nach, als er zu seinem Auto ging, und rief ihm hinterher: »Sie wissen ja, wo Sie mich finden können, Foley.«

»Ja, Sir, ich weiß«, sagte Foley, ohne sich umzudrehen. Als er bei seinem Auto war, sah Lewis, wie Lucy auf Foley zuging. Die beiden sprachen einen Moment, und ein Fremder hätte denken können, es seien zwei Jugendliche. Lucy gab Foley einen Zettel, und Foley nickte. Als es so aussah, als wollten sie sich küssen, drehte Lewis sich weg.

»Sind wir so weit?«

Shelby nickte. »Die alte Centerville Road ist der schnellste Weg nach Hause.«

»Jetzt noch nicht. Erst nehmen wir wieder die Canty Road.«

Shelby zog die Augenbrauen hoch.

»Wir müssen uns noch verabschieden, bevor wir diese Gegend verlassen«, sagte Lewis.

Shelby lächelte. »Dachte ich mir, dass du so was im Kopf hast.«

»Das gehört sich doch so.«

Sie hatten die kleine Karawane kommen sehen, ein staubiger Zug, geflickt und schmutzig, der eher aussah wie die kaiserliche Armee auf dem Rückzug und nicht wie ein Zirkus. Hector Blaney erwartete ihn am Kopf einer Gruppe von ungefähr fünfzig seiner Leute. Lewis fuhr mit seinem Lastwagen so dicht auf, dass Hector einen Satz zurück machen musste, dann stiegen Lewis und seine Leute aus ihren Wagen.

»Hallo, Hector, alter Kumpel.«

Hector Blaney sah sich um und versicherte sich, dass Joe Miles in der Nähe war. Er warf Lewis vorsichtig einen Blick zu und nickte knapp. »Lewis. Shelby. Wie sieht's aus?«

»Nicht besonders. Du hast sicherlich schon gehört, dass wir ein paar Probleme hatten.«

Hector nickte und konnte das glückliche Leuchten in seinen Augen nicht verbergen. »Habe was von einem Brand gehört. Hatte allerdings nichts mit mir zu tun.« Hectors Blick wanderte in die Ferne, und Lewis war sicher, dass Hector sich fragte, warum ihm das mit dem Feuer nicht eingefallen war.

»Das wissen wir, Hector. Feuer ist nicht dein Stil, dazu muss man klug sein. Tut mir übrigens leid, das mit deinem persönlichen Pech und dem Mädel in – Gilette, oder wo war es noch?«

»Da war nichts dran. Ich war nicht der Vater.«

»Natürlich nicht. Es kann doch niemand ernstlich glauben, dass du in der Lage bist, ein Kind zu zeugen, oder?«

Hector Blaney stand starr und versicherte sich, dass seine Männer das nicht gehört haben konnten.

»Aber wir sind nicht gekommen, um zu streiten, Hector. Wir wollten dir sagen, dass wir aufhören. Wir sind erledigt, der Brand hat uns den Rest gegeben. Mein Zelt ist verbrannt, die Sitze, die Masten, ich habe einen Teil meines Fuhrparks verloren.«

»Ich kann dir einen guten Preis für einen Teil deiner Tiere bieten.«

»Hector, du bist ein erbärmlicher Lügner. Von jedem Halsabschneider würde ich einen besseren Preis bekommen. Nein, ich will dir weder was verkaufen noch mit dir streiten, ich will mich ein bisschen verkleinern. Habe hier ein paar Tiere, die ich nicht mehr brauchen kann.«

»Ach ja?« Hectors Miene hellte sich auf und verdunkelte sich im nächsten Moment. »Was für Tiere? Pferde würdest du mir nie geben, das weiß ich.«

»Nein, die Pferde muss ich behalten, falls wir nächstes Jahr eine Pony-Show aufziehen wollen.«

»Den Elefanten?«, fragte Hector mit großen, hoffnungsvollen Augen.

»Das hätte ich gern getan, aber wir haben sie verloren. Sie ist verschwunden. Vielleicht hat Preston sie.«

Hector blickte finster, als der Name seinen unschlagbaren Widersachers fiel.

»Was dann?«

Lewis drehte sich um und winkte, und seine Leute traten zur Seite, um das zottelige Ungetüm durchzulassen.

Sam Jeanette hielt Sheba an einem dicken Riemen fest und führte sie durch die Menge. Lewis sah das Tier an und schüttelte den Kopf angesichts seiner Ausstattung: Die schwere marokkanische Decke, die man ihr übergeworfen hatte, war ein Beduinentraum in Rot und Gold, dazu ein passender Sattel, und auf dem Kopf eine flache, farblich passende Kappe, mit der sie irgendwie gelehrt aussah. Hunderte von goldenen Quasten hüpften, Dutzende von kleinen Schellen läuteten bei jedem Schritt, den Sheba machte, rote Bänder flogen in der warmen Luft, und Lewis fand, dass sie stolz auf ihr Erscheinungsbild war.

»Das ist aber groß«, sagte Hector.

»Ich nehme an, du hast schon eine kleine Herde Kamele.«

»Nein, kein einziges. Meins ist gestorben. Und ich habe noch nie ein so großes gesehen.« Er sah Lewis misstrauisch an. »Kriege ich den Sattel und die … na, die Ausrüstung auch?«

»Klar. Wozu brauche ich einen Kamelsattel, wenn ich kein Kamel habe?«

Hector betrachtete Sheba und hörte offenbar schon, wie die Münzen in den Kasten fielen. »Ist es abgerichtet?«

»Aber sicher. Sie kann eine ganze Reihe von Tricks.«

»Einen Abrichter habe ich ja«, sagte Hector. »Wo ist Davis?«

»Besoffen«, sagte jemand. »Der schläft seinen Suff aus.«

»Hat früher Kamele abgerichtet«, sagte Hector.

»Schien ein fähiger Typ zu sein«, schmeichelte Lewis ihm.

»Er ist erste Klasse. Na, der wird dem Kamel hier im Handumdrehen das Tanzen beibringen.«

Lewis sah Sheba an und konnte sich aber beim besten Willen nicht vorstellen, dass sie tanzen würde. Das Kamel betrachtete seine neue Umgebung offenkundig mit Belustigung.

»Bringt sie zu der kleinen Koppel«, sagte Hector zu seinen Leuten. Dann wandte er sich wieder Lewis zu.

»Das ist höchstanständig von dir, Lewis. Ein Kamel bringt eine Spur von Exotik in eine Vorstellung. Aber du brauchst ja keine Exotik mehr, wenn du eine Hunde-und-Pony-Show machst«, sagte er mit unschuldiger Miene, und ein paar seiner Männer lachten unterdrückt.

»Da hast du sicherlich Recht, Hector. Und ich habe noch etwas für dich. Eher ein persönliches Geschenk, weniger was für deinen Zirkus. Mr Zheng?«

Lewis trat zur Seite und ließ Zheng, bekleidet in einem grüngoldenen Kaftan, vortreten. Zheng verneigte sich vor Hector und stellte einen kleinen, mit einem Tuch bedeckten Käfig vor ihn hin. Er sah Lewis an und tat so, als wischte er sich eine Träne aus dem Auge.

Besser nicht übertreiben, Zheng, dachte Lewis.

»Na, was haben wir denn da?«, sagte Hector und ließ sich vor dem Käfig auf die Knie.

Der kleine Affe war mindestens ebenso prächtig gekleidet wie Sheba: Er trug ein blau-goldenes T-Shirt und Shorts, und auf dem Kopf hatte er eine kleine Kappe, mit der er aussah wie ein sehr behaarter Liftboy. Während Hector ihn bewunderte, riss sich der Affe die Kappe vom Kopf und schmiss sie auf den Käfigboden. Dann sprang er an die Gitterstäbe und kreischte laut in einem Anfall von Wahnsinn, aber Hector bemerkte nichts.

Er zog den Käfig näher zu sich heran und strahlte sein Geschenk an. Sein langes, hartes Gesicht war von kindlicher Freude überzogen, als er das Tier betrachtete, denn alle wussten, das Einzige, was Hector außer Geld liebte, waren kleine Affen, je kleiner, desto besser.

»Er ist bildhübsch«, hauchte Hector.

»Ich hatte noch ein paar, die waren einfach ganz normal. Aber dieser da, der war der Star, und jetzt schenke ich ihn dir.«

Hector nickte und schob sein Gesicht näher an den Käfig, worauf der Affe versuchte, ihm die Augen auszukratzen.

»Guck, er mag dich, Hector. Mich mochte er nie.«

»Er ist ein Schmuckstück«, murmelte Hector. Er grinste und

machte seltsame gurrende Geräusche vor dem psychopathischen Äffchen.

Gott hat sie zusammengefügt, dachte Lewis.

»Gut, wir sollten aufbrechen, Hector.«

»Wiedersehen, Lewis«, sagte Hector und blieb hocken.

Lewis führte seine Leute durch Blaneys Männer und lächelte. Als er am Rand von Hectors Camp ankam, hatte er noch eine Idee.

»Hector? Er spielt gern mal mit den anderen Tieren.«

»Gesellig, was? Danke, Lewis.«

»Keine Ursache.«

Sie gingen und stiegen in ihre Fahrzeuge. Als Lewis sich in seinen Wagen schwang und Shelby und Harley Fitzroy von der anderen Seite einstiegen, lächelte der Zauberer ihn an.

»Du bist ein harter Kerl, Lewis.«

»Auf der harten Straße des Lebens wird man zu einem harten Kerl«, sagte Lewis, dann grinste er Shelby und Harley an und startete den Wagen.

Epilog

Lewis hörte, wie Shelby draußen etwas auf den Wagen lud. Ein kräftiger Novemberwind blies und brachte den Geruch von Feuchtigkeit, und nachts sank die Temperatur um zehn Grad. In Montana schneite es jetzt schon.

Er warf einen Blick auf die alte Zeitung, die er wegen der gemischten Nachrichten aufgehoben hatte. Aus der Welt des Sports gab es schockierende Neuigkeiten: Der große Dempsey war von einem Angehörigen der Marine namens Tunney besiegt worden, und die Cardinals hatten die Yankees unter Babe Ruth geschlagen.

Aber nicht alle Nachrichten waren so besorgniserregend: In Helena, Montana, war ein Zirkusbesitzer wegen »Vandalismus, Gefährdung der Öffentlichkeit und Erregung öffentlichen Ärgernisses« in Gewahrsam genommen worden, nachdem einer seiner Zirkuswagen wild durch die Straßen gekurvt war, mehrere Fahrzeuge und eine Ladenfassade beschädigt hatte und schließlich in eine Bank gefahren war. Der Zirkusbesitzer, bei dem es sich um Hector Blaney handelte, hatte bei der Behörde für Empörung gesorgt, weil er behauptete, ein übergeschnappter Affe habe am Steuer gesessen. Der Ruf des Zirkusbesitzers war bereits beschädigt, weil ein flüchtiges Kamel und die darauf folgende Verfolgungsjagd der Zirkusleute für Ärger gesorgt hatten. Und er nahm weiteren Schaden, als der Zirkusbesitzer wiederholt behauptete, das Kamel sei von »einem nicht benennbaren bösen Geist besessen«.

Lewis lächelte, als Helen die Kaffeekanne auf den Tisch stellte und sich ihm gegenübersetzte. Er drehte sich um und guckte in das neue Zimmer, das Lewis und Shelby angebaut hatten und in dem der Junge schlief.

Lewis verkaufte einem Züchter einen Teil seiner Herde, erwarb ein paar junge Hengste, richtete sie ab und verkaufte sie mit Gewinn, er verschaffte sich und Shelby und den anderen Männern Arbeit bei einem Straßenbauprojekt, dann bei einem Ranchbesitzer. Er arbeitete fünfzehn Stunden am Tag und sah seine Herde wachsen, er half Sam Jeanette beim Füttern der Zebras und Lamas, und abends spielte er mit Helen Karten, und sie hörten im Radio die Sendungen aus Tulsa. Manchmal spielte er mit den anderen Männern, die noch bei ihm waren – Zheng und Harley, Sam Jeanette und die McKeons, Joseph Coates und Shelby –, ein paar Runden Poker, oder er plauderte mit ihnen. Er sagte nichts von irgendwelchen Plänen und hätte auch geleugnet, dass er welche schmiedete. Eines Abend fuhr er in die Stadt und rief Alma an. Die erkannte an, dass er wohl endlich, wenn auch spät, Vernunft angenommen hatte.

Er gestand sich, dass er in mancher Hinsicht glücklicher war als je zuvor in seinem Leben, aber manchmal, morgens, wenn er Sam beim Füttern half und der Wind so durch die Bäume wehte, dann konnte er einen Zirkus riechen. Und jedes Mal raubte die Sehnsucht ihm fast den Atem, und er schüttelte den Kopf, weil sein altes Leben vorbei war.

Sie waren beim Kartenspiel, Charlie hörte das leise Gemurmel, als einer – wahrscheinlich Emmett McKeon – etwas über sein Blatt sagte. Der Junge lag auf dem Rücken und lauschte dem unaufhörlich wehenden Wind, der an den Scheiben klapperte.

Manchmal zwang er sich, abends wach zu bleiben und den Erwachsenen zuzuhören. Am häufigsten belauschte er Lewis und Helen, besonders, da sie sich so oft über ihn unterhielten. Aber er mochte die Abende, wenn Shelby und Harley kamen und alle zusammen Poker spielten. Er überlegte sich, ob er sie seine Familie nennen konnte, und kam zu dem Schluss, dass das ging, sie waren alle seine Familie.

Während der Wind das kleine Haus schüttelte, schlief Charlie ein, und dann überkam ihn ein seltsamer Traum. Er träumte, ein großer, müde aussehender Mann kam über eine Hügelkuppe und führte ein Tier an einer Leine, einen Elefanten. Der Elefant stieß den Mann mit dem Rüssel am Hinterkopf.

Shelby warf Lewis drei Karten auf den Tisch für die, die er weglegte, dann schmiss er den Packen gereizt hin.

»Was machen wir denn jetzt. Lewis?«

»Wir spielen noch ein paar Runden.«

»Nein, du weißt genau, was ich meine. Wenn das neue Jahr anfängt, was sollen wir dann machen?«

»Ich weiß es noch nicht genau. Aber es soll dich und Betty nicht hindern, ein Paar zu werden.«

»Darüber mache ich mir keine Sorgen. Ich will es einfach nur wissen.«

Aus der Dunkelheit des Zimmer hörte er Helen sagen: »Er hat Recht. Was hast du vor, Lewis?«

»Na ja, wir haben eine ansehnliche Herde zusammen …«

Shelby schüttelte den Kopf. »Lass das doch, Lewis. Du bist doch kein Typ für eine Hunde-und-Pony-Show. Pferdenummern«, schnaubte er.

Lewis starrte auf seine Karten – schlechte Karten, miserable Karten, den ganzen Abend hatte er kein anständiges Blatt gehabt, und es würde ihn nicht wundern, wenn Shelby ihn einfach aus diebischer Freude betrog.

»Ich weiß, was ihr hören wollt, aber das ist dumm. Die Situation hat sich geändert.«

»Man kann für alles eine Lösung finden, wenn man nur will«, sagte Helen.

Lewis machte den Mund auf und gleich wieder zu. Damit hatte er nicht gerechnet.

»Ich habe keine Lust auf etwas, das keine richtige Show ist. Mit allem anderen verschwendet man nur Zeit. Meine und die aller anderen.«

»Das stimmt«, sagte Shelby.

»Und man kann eine richtige Show nur machen, wenn man ein paar grundlegende Elemente hat. Zum Beispiel Geld.« Er hielt den Blick auf die Karten in seiner Hand gerichtet und war sich bewusst, dass Helen ihn ansah.

»Das hat dich bisher noch nie abgehalten«, sagte sie.

»Und man braucht Nummern …«

»Die hast du immer gekriegt.«

»Außerdem braucht man einen Dickhäuter.«

»Gibt viele gute Shows ohne Elefanten«, sagte Shelby.

»Nenn mir eine.«

Shelby schwieg. Sie spielten eine halbe Stunde weiter, und dann sagte Shelby, er wolle aufhören. Er wünschte gute Nacht und wollte sich auf den Weg machen zu der Hütte, die sie gebaut hatten, als Helen bei Lewis einzog. Der alte Zauberer, der den ganzen Abend nicht viel gesagt hatte, verabschiedete sich ebenfalls, er würde zu seinem Zelt mit der Katze und den Finken gehen. Shelby ging mit ihm zur Tür.

Lewis stellte den Kartentisch zur Seite, als er draußen ein Rumpeln hörte. Er runzelte die Stirn. »Kommt etwa ein Sturm auf? Das ging aber plötzlich.«

»War ein klarer Abend. Tausende von Sternen«, sagte Shelby.

An der Tür starrte Harley Fitzroy in die Dunkelheit von Oklahoma. Es rumpelte wieder, es war ein holperndes Geräusch, nicht besonders nah, aber doch so nah, dass man es spüren konnte. Alle sahen Harley an.

»Was passiert da draußen, Harley? Kommt Regen?«

Der Zauberer schüttelte den Kopf. »Nein.«

»Siehst du was?«, fragte Helen.

Der alte Mann sah Lewis mit belustigter Miene an, als wäre ihm ein kleiner Scherz gelungen. »Hier ist Besuch für dich, Lewis.«

Lewis, der sich gerade die Stiefel ausziehen wollte, hielt inne, stand mit einem Stiefel auf und humpelte zum Eingang. Er guckte über Harleys Schulter, konnte aber nichts sehen, und es schien, als wären die Wolken bis zum Boden gekommen und hätten die Nacht verdeckt. Er hörte ein klägliches Trompeten, und dann bewegte sich die Dunkelheit, und die große, graue Form vor ihm trat von einem Fuß auf den anderen, wie vor Verlegenheit.

Lewis lachte laut auf. »Du bist ein Bild des Jammers«, sagte er zu dem Besuch.

Aber es ist ein Anfang, sagte er sich und streichelte Jupiter über den Rüssel.

Danksagung

Der Autor dankt Bill Jackson vom Circus World Museum in Baraboo, Wisconsin, für seine freundliche Unterstützung bei der Recherche von einigen eher obskuren Aspekten der alten Zirkuswelt; außerdem Rebecca Powell von Bozeman, Montana, für ihr unschätzbares Wissen über das Verhalten von Pferden.

Dank gilt auch dem Lektor Hillel Black für seine erhellenden Kommentare und Vorschläge bei der Fertigstellung des Manuskripts.

Zu guter Letzt schuldet der Autor der Person Dank, die ihn nicht nur bei diesem Projekt, sondern bei vielen anderen unterstützt hat: seiner Agentin und Freundin, der unermüdlichen Jane Jordan Browne.